ILLUSTRIERTE GESCHICHTE DER DEUTSCHEN LITERATUR

BAND I

ILLUSTRIERTE GESCHICHTE DER DEUTSCHEN LITERATUR

IN SECHS BÄNDEN

von
Prof. Dr. Anselm Salzer
und
Prof. Eduard von Tunk
Neubearbeitung und Aktualisierung
von
Dr. Claus Heinrich
Dr. Jutta Münster-Holzlar

BAND I

VON DEN ANFÄNGEN
BIS ZUM
16. JAHRHUNDERT

NAUMANN & GÖBEL

ILLUSTRIERTE GESCHICHTE DER DEUTSCHEN LITERATUR

Redaktion: Dr. Claus Heinrich und Dr. Jutta Münster-Holzlar
Lektorat: Waltraud Still
Korrektur: Walter Burkart
Schutzumschlag: Hermann Bischoff
Satzarbeiten: Zobrist & Hof AG, Liestal
Gesamtherstellung: Ebner Ulm
Printed in West Germany

ISBN 3-625-10421-0

Revidierte und erweiterte Neuauflage
Neubearbeitung durch: Dr. Claus Heinrich und Dr. Jutta Münster-Holzlar

ÜBERSICHT ÜBER DAS GESAMTWERK

BAND I

Von den Anfängen bis zum 16. Jahrhundert

Werdezeit – Die Karolingische Renaissance –
Die Ottonische Renaissance – Hochmittelalter –
Aufsteigendes Bürgertum – Umbruchzeit

BAND II

Vom Barockzeitalter bis zum Sturm und Drang

Das Barockzeitalter – Das Zeitalter der Aufklärung –
Auf dem Weg zur Klassik – Sturm und Drang

BAND III

Von der Klassik bis zur Romantik

Der junge Goethe – Der junge Schiller – Die Weimarer Klassik –
Das Zeitalter der Romantik – Zwischen Romantik und Realismus

BAND IV

Vom Jungen Deutschland bis zum Naturalismus

Das Junge Deutschland – Das Zeitalter des Realismus –
Zwischen Realismus und Naturalismus – Naturalismus und
Impressionismus – Abseits der Avantgarden

BAND V

Das 20. Jahrhundert

Die Literatur der Jahrhundertwende – Die Ära des Expressionismus –
Zwischen den Weltkriegen

BAND VI

Von 1933 bis zur Gegenwart

Die Literatur zwischen 1933 und 1945 – Die Literatur in der Bundesrepublik
Deutschland – Die Literatur der Deutschen Demokratischen Republik

INHALT

	Seite
WERDEZEIT	11
Von den alten Germanen	11
Vom Germanischen zum Deutschen	14
Die althochdeutsche Literatur	21
DIE KAROLINGISCHE RENAISSANCE	25
Die »Akademie« um Karl d. Gr.	25
Glossarien und Übersetzungen	27
Die Zeit Ludwigs des Frommen	41
DIE OTTONISCHE RENAISSANCE	49
Die Vorstufe	50
Die erste Stufe	52
Die zweite Stufe	56
Die Abkehr	62
HOCHMITTELALTER	65
Die Voraussetzungen	65
Führender Klerus	67
Biblische Dichtung	70
Mariendichtung	78
Deutsche Legendendichtung	81
Religiöse Prosadichtung	82
Dramatische Dichtung	84
Kleriker und Spielleute	87
Glänzende Ritterschaft	95
Die ersten Minnesänger	96
Die Spruchdichtung	99

Seite

Die ersten höfischen Romane 101
Das höfische Epos unter den Hohenstaufen 104
Die Behandlung antiker Stoffe 107
Hartmann von Aue 117
Wolfram von Eschenbach 129
Gottfried von Straßburg 150
Höfische Epigonen 157
Die Blüte der mittelhochdeutschen Lyrik 161
Deutsche Minnelieder 161
Walther von der Vogelweide 170
Höfische Dorfpoesie 187
Das Heldenepos 192
Das Nibelungenlied 192
Das Kudrunepos 217
Die Zyklen um »Dietrich von Bern« 219
Poetische Erzählungen und didaktische Dichtungen 231
Die Prosa 237
Predigten 237
Die Gesetzessammlungen 238

AUFSTEIGENDES BÜRGERTUM 241

Politische und soziale Umgestaltungen 241
Umbruch der bildenden Literatur 242
Mystiker und Chronisten 243
Verbürgerlichung der profanen Poesie 258
Konrad von Würzburg 258
Das höfische Epos in Bayern, Österreich und Böhmen . . . 263
Die Ausläufer des höfischen Epos 267
Die Lyrik 276
Ulrich von Lichtenstein und seine Zeitgenossen 276
Hugo von Montfort und Oswald von Wolkenstein 281
Bürgerliche Spruchdichtung 283
Der ältere Meistergesang 286
Volkslieder 289
Legenden, Schwänke, Erzählungen 296
Didaktische Poesie 301
Geschichtliche Dichtung 322

Seite

Das Drama 326
Geistliche Spiele 326
Weltliche Spiele 333
Der Prosaroman 339

UMBRUCHZEIT 341

Fremde Einflüsse, eigene Bereitschaft 341
Humanismus in deutschen Landen 342
Anfänge der humanistischen Bewegung 342
Blüte des Humanismus 350
Erasmus von Rotterdam 364
Die Reformation und ihre literarischen Folgen 367
Martin Luther und seine Schüler 368
Polemiken für und gegen Luther 373
Theophrastus Paracelsus 377
Das lateinische Schuldrama 379
Das Schuldrama in deutscher Sprache 388
Schwankdichtungen und Volksbücher 395
Die Entwicklung des deutschen Prosaromans 406
Volkslied und Meistergesang 409
Hans Sachs 415
Satire und Unterhaltungsliteratur des aufstrebenden Bürgertums 436
Das Schauspiel gegen Ende des 16. Jahrhunderts 446
Geschichtsschreibung, Memoiren- und Predigtliteratur . . . 459

WERDEZEIT

VON DEN ALTEN GERMANEN

Die deutschsprachigen Stämme und Völker (in Deutschland, Österreich und der Schweiz) sind ein Zweig der Germanen. Deren Ursprung und Urheimat liegen im Dunkel, doch gehören sie mit Sicherheit sprachlich zu den Indoeuropäern, genau wie die Griechen, die Römer, die Kelten und die Slawen.

Erste wissenschaftliche Kunde von den Germanen brachte den damals maßgebenden Nationen der griechische Gelehrte Pytheas (um 325 v. Chr.) aus Massilia (Marseille), der aus seiner Vaterstadt ausgezogen war, das Land zu finden, in dem, wie die damalige Astronomie verlangte, die Sonne im Sommer nicht unterging; so kam er bis an die Nordküste von England, vielleicht auch nach Norwegen, jedenfalls an die norddeutschen Küsten. Dort entdeckte er germanische Stämme, die sich Ingwäonen nannten und durch den Bernsteinhandel mit Gallien, mittelbar auch mit Italien in Verbindung standen.

Fünf Vierteljahrhunderte später pochten zum erstenmal Germanen an die Tore des Römischen Reiches: die Cimbern. Sie gehörten zu den Westgermanen, d. h. zu jenen Stämmen, die am Unter- und Mittellauf der Elbe und westlich davon ihre Wohnsitze hatten. Außerdem gab es die Ostgermanen (Goten, Vandalen, Rugier, Heruler, Gepiden, Skiren, Burgunder) zwischen Elbe und Weichsel, endlich die in Skandinavien angesiedelten Nordgermanen: Norweger, Dänen, Schweden.

Weit davon entfernt, einer einheitlichen politischen Führung zu folgen, verzichteten die Germanen oft genug sogar auf Siedlung in geschlossenen Dörfern; man baute sein Haus lieber abseits und allein; ganz anderes berichten die römischen Sagen von Äneas bis Romulus, wo »Städte«-Gründungen die Regel sind. Diesen und so manch anderen Unterschied zwischen den beiden Völkern der Römer und Germanen hat der Historiker Tacitus (55–120) in seiner Monographie »Über den Ursprung, die Lage und die Völkerschaften Germaniens«, kurz »Germania« genannt, klar herausgestellt. Außer Cäsars Erwähnungen und den Notizen der Historiker ist die genannte Studie eine der Hauptquellen für unsere Kenntnis der germanischen Frühgeschichte und Kultur.

Die religiösen Anschauungen der Germanen waren, wie bei allen Völkern des Altertums, die Juden ausgenommen, polytheistisch. Dem Zeus der Griechen, dem Diespiter (Iuppiter) der Römer entsprach sprachlich wie in seiner Stellung als höchster Himmelsgitt Tiwaz (Tius) oder Ziu oder Tyr. Dennoch überwog seine Bedeutung als Kriegsgott, so daß ihn die antiken Völkerkundler mit Mars bzw. mit Ares verglichen. Seinen Namen trägt heute noch der Dienstag (englisch: Tuesday), genau dem *dies Martis* (französisch: mardi) der Römer entsprechend. Was heute dagegen nüchtern Mittwoch heißt, war früher der Tag des Wodan oder Odin, des Sturmgottes, der sich gleichfalls zum Kriegsgott entwickelte, jedoch auch als der Förderer der Kultur verehrt wurde; darum setzten ihn die Römer mit ihrem Mercurius gleich, dessen Tag in der Woche bei den Engländern noch immer Wednesday heißt. Der fünfte Tag war dem Gott des Gewitters geweiht, dem Donar oder Thor, auch er schließlich Ansporner zum Kampf, vor allem, wenn es galt, Freunde gegen feindliche Angriffe zu schützen; deshalb identifizierte man ihn mit Herakles – Hercules, aber auch mit dem Iuppiter tonans, dem Donnerer. Den drei wichtigsten Gottheiten folgte, wenn man so sagen darf, im Kalender Frîja, die »Gemahlin«, die »Geliebte«, die Göttin der Erde und der Toten, nach den verschiedenen mythologischen Überlieferungen mit Tius oder Wodan ehelich verbunden.

Neben den Glauben an diese und andere Götter trat die Überzeugung vom Fortleben der Menschenseelen nach dem Tod, die teilweise zum Gespensterglauben entartete; denn nicht alle Seelen, so meinte man, wurden sofort in das von Wodan geführte Heer der Geister aufgenommen, sondern einige von ihnen mußten als Irrwische lange auf Erden weilen, in diesem Zustand bestrebt, die noch lebenden Menschen irrezuführen oder ihnen sonst irgendwie zu schaden. Diese Ansichten leben noch heute fort in bis zur Gegenwart weitererzählten Sagen und Märchen, in denen wie einst Druckgeister, Hexen, Werwölfe (Männer in Wolfsgestalt), Elfen (Alben) und Wichte (Zwerge) mit ihrem König Alberich (Albenkönig, romanisiert: Oberon), Hausgeister (Kobolde) und Alraunen, Feen und Walküren (»Wählerinnen der im Kampf Getöteten«) eine wichtige Rolle spielen.

Waren somit die Vorstellungen von den Göttern stark vom Krieg beeinflußt, so erst recht der Aufbau des Stammes als politische Gemeinschaft. Die Grundlage des staatlichen Lebens bildete die Familie, deren Haupt volle Gewalt über Frau, Kinder und Gesinde besaß und bei Ehebruch seine Gattin verjagen konnte. Die meist monogame Ehe wurde hoch- und heiliggehalten; Verführen und Sich-verführen-Lassen war, wie der Römer Tacitus bewundernd feststellte, nicht »Mode«. Durch die Verheiratung der Söhne entwikkelte sich die Familie zur Sippe, zum Geschlecht. Die ihm Angehörigen waren verpflichtet, füreinander einzustehen, die Blutrache zu üben und das Wergeld an die Familie eines Erschlagenen gemeinsam zu zahlen. Die Geschlechterverfassung war auch Grundlage der militärischen und dadurch der politischen Organisation, denn nur der Wehrfähige hatte Mitspracherecht in der Volksversammlung. Die Wehrfähigen bestimmten auch, wer sie im Kriege führen sollte, während Erb- oder Wahlkönigtum nur für einzelne Stämme charakteristisch war. In Zeiten der Wanderung gab es natürlich keinen Grundbesitz; war man aber seßhaft geworden, wurde ein Drittel des erworbenen Landes den Familien zur eigenen Bestellung zugewiesen, während der größere Teil gemeinsamer Besitz blieb, wie die schweizerischen Allmenden noch heute bezeugen.

Der Krieg gebar schließlich auch die älteste Poesie der Germanen, das Heldenlied und den Schlachtengesang, dessen Vortrag nach Tacitus »barditus« hieß; dabei sahen die Krieger besonders auf rauhe Töne und stoßweises Dröhnen, hielten die Schilde vor den Mund und erreichten so durch die Resonanz ein Anschwellen der Stimme zu größerer Tonstärke und Wucht. Gesang begleitete nach dem Kampf das Siegesfest und die mit ihm verbundene Opferhandlung; singend geleitete man den gefallenen Helden zu Grabe, so Theoderich auf den Katalaunischen Feldern (451), so selbst den Hunnenkönig Attila nach seinem »Strohtod« (453). Doch Lieder kannte man auch für die Tage des Friedens, für Fest und Feier, bei Opfern und Prozessionen, für Hochzeits- und Grabgeleit. Zunächst hatte der Chorgesang den Vorrang, doch trat neben ihn bald die von einzelnen vorgetragene Spruchdichtung, interessanterweise besonders als Zauberspruch ausgebildet.

Germanisch-heidnischen Ursprungs sind die zwei *Merseburger Zaubersprüche*, die von Georg Waitz 1841 in der Dombibliothek zu Merseburg in der Provinz Sachsen aufgefunden wurden. Sie standen in einer aus dem Kloster Fulda stammenden Sammelhandschrift und sind, im thüringischen Dialekt, vielleicht erst im 10. Jahrhundert aufgeschrieben worden.

Der erste Spruch erzählt zunächst, wie einmal hehre Frauen (»Idise« = Walküren) auf die Walstatt kamen, um sich am Kampf zu beteiligen. Die eine, die den Feinden die Gefangenen entreißen will, gelangt durch den Zauberspruch zum Ziel, der nun folgt: »Insprinc haptbandun, invar vîgandun!« (Entspring den Banden, entflieh den Feinden!) Der zweite Zauberspruch ist eine Art medizinisches Rezept. Sein Mythus lautet: Phol (vermutlich Balder) und Wodan ritten auf die Jagd. Da wurde dem Rosse Balders sein Fuß verrenkt. Wodan besprach ihn:

bên zi bêna, bluot zi bluoda,	Bein zu Beine, Blut zu Blute,
lid ze geliden, sôse gelîmida sîn.	Gelenk zu Gelenke, als ob geleimt sie wären.

Nach dem Muster der heidnischen Zauberformeln wurden bis ins 14. Jahrhundert viele christliche Segen gebildet, in denen Christus, Maria, die Apostel und andere Heilige auftreten. Hierher gehört ein Segen gegen Wolfsschaden, bekannt als der *Wiener Hundesegen;* der *Straßburger Blutsegen* wurde zur Stillung des Blutes angewendet. Der *Lorscher Bienensegen* sollte die Rückkehr des ausgeflogenen Bienenschwarmes bewirken. Im *Weingartner Reisesegen* wird für den Scheidenden um Gottes und seiner Engel Geleit gebeten. Alle diese Sprüche in christlichem Gewand sind uns in Handschriften aus dem 9. bis 12. Jahrhundert überliefert, weisen aber auf viel ältere Grundformen zurück.

Für die Germanen versank bald alles, was vor der Völkerwanderung lag, unter die Schwelle des Bewußtseins, und wie diese Bewegung unseren gesamten Kontinent neu gestaltete, so gab sie den Germanen erst das Wissen um ihre Bedeutung. Die neuen Verhältnisse, die sie in den römischen Ländern kennenlernten, boten zudem ihrer Phantasie völlig neue Anregungen und Stoffe. Aus diesem historischen Erlebnis, in welches sich dann freilich die mythischen Wesen der Vorzeit einschlichen, entstand die germanische Heldensage. Diese hat keine Erinnerung an den Cherusker Arminius und die Schlacht im Teutoburger Walde (9 v. Chr.), weiß nichts von den Umständen, die den »Befreier Germaniens«, wie Tacitus ihn nennt, um den Erfolg seiner Mühen gebracht hat; sie setzt erst ein mit der »nibelunge nôt«, mit König Etzel (Attila), mit Dietrich von Bern (Theoderich der Große »von Verona«, 471–526). Zur Zeit aber, da diese Sagen literarische Formen annahmen, war das Erlebnis schon so weit entfernt, daß sie nichts mehr von einem Gegensatz zwischen Römern und Germanen zu künden haben, daß sie auch die Namen der einzelnen Stämme nicht mehr zu kennen scheinen; der Individualismus stellte den einzelnen Menschen in den Vordergrund: Hauptsache war die Persönlichkeit.

VOM GERMANISCHEN ZUM DEUTSCHEN

»Die Sprache«, sagt Müllenhoff, »macht die Nation; sie ist Dasein und Leben eines Volkes, und ohne sie ist es tot. Die großen Perioden und Wandlungen, die es bald rascher und gewaltsamer, bald langsamer und allmählich durchmacht, prägen sich daher auch ihr ein, und so unvertilgbar, daß es die Merkzeichen einer jeden und die seiner ganzen Vergangenheit in ihr allezeit gegenwärtig mit sich herumträgt. Je größer aber die Wandlungen, desto tiefer greifen sie auch in die Sprache ein, und die Wirkung seiner größten Epoche, des Anfangs seines eigentümlichen und selbständigen Lebens, muß in ihr am deutlichsten sichtbar sein.«

Die Sprachvergleichung hat gezeigt, daß das Germanische ein Zweig der arischen oder indogermanischen, indoeuropäischen Sprachenfamilie ist. Die Arier (Sanskrit Arjâs, d.i. die »Hohen«, »Trefflichen«) wohnten einst als Volk im mittelasiatischen Hochlande. Noch in vorhistorischer Zeit verließen sie ihre Heimat und spalteten sich auf ihrer Wanderung in mehrere Stämme. Der eine, die Iranier, ließ sich im Norden des Hindukusch nieder und teilte sich in die Baktrer (Zendsprache) und Perser, der andere, die Inder (Sanskrit), zogen nach Süden, und die übrigen nahmen ihren Weg nach Westen (Westarier). Zu dieser Gruppe gehören die Kelten, Griechen, Italer, Germanen, Litauer und Slawen. Gewiß ist, daß die Indogermanen einmal ein gemeinsames Band der Sprache verbunden hat, die wir uns freilich nicht ganz frei von Dialekten denken dürfen. Durch die Spaltung in die verschiedenen selbständigen Stämme schritt die Bildung der Dialekte immer weiter vor, bis sich diese unter Einwirkung der geänderten lokalen Verhältnisse, der anderssprachigen Nachbarvölker und der Eigenart der Stämme zu eigenen Sprachen entwickelten. Trotzdem lassen viele, allen indogermanischen Sprachen gemeinsame Wurzeln und die gleiche Art der Flexion noch immer ihre Zusammengehörigkeit erkennen.

Wie bei den anderen indogermanischen Stämmen förderte die Losreißung von der Gesamtheit und die Niederlassung unter einem anderen Himmelsstriche auch bei den Germanen die Bildung ihres Nationalcharakters und die eigenartige Entwicklung ihrer Sprache. Zur Zeit, als die Germanen am Rhein mit den Römern in Kampf gerieten, war die Differenzierung des Germanischen von den Schwestersprachen bereits durchgeführt. Die Satzfügung war durch den Verlust des bezüglichen Fürworts, an dessen Stelle als Ersatz das hinweisende trat, eine losere geworden. Einzelne Formen, wie z.B. der Aorist, das Perfektum, das Plusquamperfektum, der Vokativ und Ablativ, waren verlorengegangen und mußten auf andere Weise ersetzt werden.

Jedoch vollzogen sich die meisten Wandlungen im Lautbestande, besonders bei den Mitlauten. Man bezeichnet diese Veränderungen als die *erste* oder *germanische Lautverschiebung*. Diese war kein einheitlicher Prozeß, sondern ist in eine Reihe von Einzelvorgängen aufzulösen. Die Lautverschiebung kennzeichnet am meisten die Trennung des Germanischen von den anderen indoeuropäischen Sprachen.

Während die Lautverschiebung zu Beginn der historischen Zeit sich schon vollzogen und so der germanische Konsonantismus sein besonderes Gepräge erhalten hatte, gehört die Entwicklung des Vokalismus in der Mannigfaltigkeit, die er im Deutschen aufweist, zum größten Teil der jüngeren Zeit an.

Schon in alter Zeit besaßen die Germanen eine Art Buchstabenschrift, die *Runen*. So nannte man ursprünglich jene geheimnisvollen symbolischen Zeichen, deren man sich beim Losen bediente. Das Wort »Rune« hatte zunächst die Bedeutung »Gemurmel«, »Geheimnis«, bezeichnete aber dann jene Zeichen selbst. Erhalten ist das Wort in unserem »Raunen« und den mit *run* gebildeten Frauennamen (Gudrun, Albrun, Sigrun), wie denn nach Tacitus besonders die Frauen die Kunst verstanden, jene in die Stäbe eingeritzten Zeichen zu deuten. Die Benennung »Rune« ging dann auch auf jene Zeichen über, die am Ende des zweiten oder zu Beginn des dritten Jahrhunderts n. Chr. von einem südlich wohnenden germanischen Stamme aus der römischen Kapitalschrift gebildet und zu den anderen Germanen verbreitet wurden. Jede dieser Runen hatte eine bestimmte Bedeutung, und sie bildeten daher die Elemente der ältesten Schrift. Das Material, in das die Runen in der ersten Zeit geritzt wurden, waren Tafeln oder Stäbe aus Holz. Dadurch erklärt sich ihre von der lateinischen Schrift abweichende Form. Die gebogenen und waagrechten Linien mußten aus technischen Gründen zu senkrechten und schrägen geformt werden. Die Runen hießen nach ihrer Form auch »Stäbe«, *buohstab* (Buchstabe) oder *runstab*. Mit dem Worte »Buch« (gotisch bòka) aber wurde eine Tafel aus Buchenholz bezeichnet. Der Ausdruck für das Einritzen der Runen, also die älteste Art des Schreibens, lautete im Altsächsischen »wrîtan« (engl. to write), im Althochdeutschen »rîzzan« (reißen) und ist erhalten in Wörtern wie »Grundriß«, »Aufriß«, »Reißbrett«, »Reißzeug«. Erst als den Germanen mit dem Christentum die lateinische Schrift gebracht wurde, mußte die alte Bezeichnung der neuen (»schreiben«, von scribere) weichen.

Die Runen wurden in der späteren Zeit nicht bloß in Holz, sondern auch in Metall geritzt. Münzen aus Gold- oder Silberblech wurden auf einer Seite mit Runen geziert (Brakteaten), Schmucksachen, Waffen, Geräte und Trinkhörner waren mit ihnen geschmückt; sie verkündeten über den Türen der Häuser Zeit und Namen der Erbauer und suchten auf Grabsteinen, wie die nordischen Runensteine zeigen, die Erinnerung an die Toten lebendig zu erhalten.

Die ältesten Runendenkmäler (Bukarester Ring, Speerblätter von Kowel) tragen gotischen Charakter. Den Goten war, wie zwei erhaltene Alphabete zeigen, die Runenschrift schon vor Wulfila bekannt. Am weitesten verbreitete sie sich im skandinavischen Norden, dann in England, aber auch den anderen germanischen Stämmen war sie, nach den Funden in deutschen Gräbern zu schließen, nicht fremd. In Skandinavien malte man noch auf Pergamentblätter mit Tinte und Feder die alten Runen.

Man hat durch Vergleichung gefunden, daß es ein gemeingermanisches Runenalphabet gegeben hat, und pflegt es nach den ersten sechs Buchstaben *Fuþark* (= Futhark) zu nennen. Es bestand aus 24 Zeichen, die zu Gruppen von je 8 geordnet waren. Das daraus gebildete nordische Alphabet zählte 16, das angelsächsische 28 Zeichen. Es sind uns mehrere solcher Alphabete erhalten, da die Germanen, vielleicht wegen der geheimnisvollen Bedeutung, die sie ihnen beilegten, manchmal die ganze Reihe eingruben.

Das germanische Runenalphabet.

Man ritzte die Runen in der älteren Zeit nach dem Vorbilde der römischen Schrift von links nach rechts, später von rechts nach links oder bei längeren Inschriften in Schlangenlinien ein. Die Anordnung der Runen hing vielleicht mit mythischen Vorstellungen zusammen. Wie die älteren Runen, von denen Tacitus erzählt, dienten auch die jüngeren zum Prophezeien und zu Besprechungen (Siegrunen, Bergrunen) und standen mit dem Opfer und Zauber in innigem Zusammenhange. Das Orakel aber beim Losen wurde in Form eines Verses gegeben, und so traten die Runen auch in den Dienst der Poesie. Das Runenzeichen bestimmte den Anlaut des Wortes, zu dem ein Vers in der Art gebildet werden mußte, daß innerhalb desselben der eingeritzte Anlaut noch zweimal an betonten Wurzelsilben anschlagen mußte. Die Rune hieß Stab, und Stäbe hießen auch die alliterierenden Wörter, auf denen sich der Vers aufbaute.

Dies führt uns zur *Form der altgermanischen Poesie.* Bei der Betrachtung des Versbaues im Westgermanischen müssen wir zwischen dem Vers des im Chor gesungenen Liedes und dem von einzelnen vorgetragenen (in der epischen Dichtung) unterscheiden. Jener muß, da er für den Gesang bestimmt war, taktmäßig und nach einem einheitlichen Rhythmus gebaut gewesen sein; dieser aber folgt in seinem Bau den Gesetzen des Sprechverses und bewegt sich daher nicht in einem gleichförmigen (steigenden oder fallenden) Rhythmus, sondern beruht auf einem freien Rhythmuswechsel. Die Chorlieder waren jedenfalls strophisch gegliedert; in den epischen Dichtungen aber reiht sich Vers an Vers ohne Gliederung.

Über den Bau des Gesangsverses der Chorlieder können wir, da uns keines erhalten ist, nur auf Grund der in der altnordischen, angelsächsischen und althochdeutschen Literatur überlieferten alliterierenden Dichtungen die Vermutung aufstellen, daß der altgermanische Vers die reimlose Alliterationszeile gewesen sei. Im allgemeinen finden sich im Westgermanischen nur zwei Versarten, der kürzere (zweihebige) Normalvers und der längere (dreihebige) Schwellvers. Die Verbindung zweier Normal- oder Schwellverse zur Langzeile geschieht durch die *Alliteration*, d. h. durch den gleichen Anlaut mindestens je einer Hebung. Für die Alliteration gilt die Regel, daß von den Vokalen alle, von den Konsonanten aber nur die gleichen untereinander alliterieren.

Der Gleichklang der Anfangslaute findet sich bei den Namen in derselben Familie (Segimerus, Segestes, Segimundus; Thusnelda, Thumelikus), ging in die Rechtssprache über, wo er zur Bildung bestimmter Formeln führte, und hat sich bis heute in zweigliedrigen Verbindungen erhalten, wie z. B. Mann und Maus, Eigen und Erbe, Wind und Wetter, Bank und Bett. In der nordischen Poesie hat sich die Alliteration lange erhalten, in der hochdeutschen verschwand sie mit dem Auftreten des Endreims im 9. Jahrhundert.

In diesem Sprachbereich geschah aber noch etwas anderes. Es zeigt sich nämlich, daß innerhalb der Westgermanen die Sprache der süddeutschen Stämme eine Verschiebung in den Konsonanten ergriffen hat, die sich auch auf die Wörter erstreckte, die dem Lateinischen entnommen waren. Durch diese *zweite (hochdeutsche) Lautverschiebung* wurden die oberdeutschen Stämme von den niederdeutschen in ähnlicher Weise geschieden, wie sich durch die erste alle Germanen von den Indogermanen getrennt hatten. Die sprachliche Scheidung, die durch eine gemeinverständliche Schriftsprache, da es eine solche nicht gab, nicht ausgeglichen werden konnte, drohte auch eine politische zu werden. Daß dies geschah, verhinderte Karl d. Gr. durch die Unterwerfung der Sachsen.

Die hochdeutsche Lautverschiebung begann um das Jahr 600 und dauerte bis zum 8. Jahrhundert. Sie nahm ihren Anfang in Alemannien und Bayern und drang bis nach Mitteldeutschland vor, ließ aber das Niederfränkische, Sächsische, Angelsächsische und Friesische fast unberührt, und so bewahren im allgemeinen das Holländisch-Flämische, das Plattdeutsche, das Englische und Friesische in den Formen, in denen sie heute gesprochen werden, ebenso wie die nordgermanischen Sprachen (das Isländische und Norwegische, das Dänische und Schwedische) die ursprüngliche germanische Lautstufe. Diese zweite Lautverschiebung war kein einheitlicher Vorgang, weder in ihrer Verbreitung noch in ihrer Wirkung.

Auf der Verschiedenheit der Beteiligung an der Lautverschiebung beruhen hauptsächlich die *deutschen Mundarten* und die Abweichungen in der Aussprache des Gemeindeutschen selbst im Munde der Gebildeten. Nach den Stämmen, die von der Lautverschiebung ergriffen wurden, unterscheiden wir drei hochdeutsche Dialekte, und zwar den *bayerischen* und *alemannischen*, die sich am nächsten verwandt sind und die oberdeutschen im engeren Sinne genannt werden, und den *oberdeutsch-fränkischen*, der sich wieder mehrfach spaltete. Man pflegt diese Mundarten unter dem Namen des *Althochdeutschen* zusammenzufassen und die Periode, in der dieses in literarischen Denkmälern zur Darstellung kam, als die althochdeutsche zu bezeichnen.

Bevor wir uns zu deren Besprechung wenden, müssen wir noch des Einflusses des Christentums auf die deutsche Sprache gedenken, der es eine Fülle neuer, kirchlicher Ausdrücke, teils in ihrer ursprünglich griechischen Form, zum größten Teile aber in lateinischem Gewande zugeführt hat.

Bei dieser Bereicherung des deutschen Wortschatzes schlug man ein doppeltes Verfahren ein. Entweder übernahm man einfach die fremden Wörter zur Bezeichnung des christlichen Begriffes (z.B. »Kirche«, ahd. kiricha, aus κυριακή, »Papst« aus papa, »Bischof« aus episcopus), oder man suchte sie zu verdeutschen.

Bei der Verdeutschung lateinischer Wörter ging man auf verschiedene Weise vor; man bezeichnete einen christlichen Begriff mit einem Worte, das eine heidnisch-mythologische Vorstellung ausdrückte, und suchte diese dadurch auszurotten. Das Wort »Weihnacht« beispielsweise diente bei den alten Germanen zur Bezeichnung der zwölf heiligen Nächte vom 23. Dezember bis 6. Januar, in denen man die Wiedergeburt des Lichtes feierte. In passender Weise benannte die Kirche damit das Fest, an dem sie die Feier der Geburt des Lichtes der Welt begeht, und suchte dadurch die heidnischen Gebräuche zu heiligen und zu läutern.

Ein anderer Weg, den man bei der Verdeutschung einschlug, bestand darin, daß man ein Wort, das einen weltlichen Begriff ausdrückte, auch zur Bezeichnung eines christlich-religiösen anwandte. So galt z.B. das Wort »Beichte« (von bejehen = bekennen) zuerst als Bezeichnung eines Bekenntnisses jeder Art, die Bedeutung wurde aber dann auf das Sündenbekenntnis eingeschränkt.

Der urgermanischen Zeit gehören Entlehnungen aus dem Keltischen an, die vor allem in Ortsnamen durchklingen (z. B. »Wien« aus Vindobona). Bedeutsamer aber als die Berührung mit den Kelten wurde für die deutsche Sprache der Einfluß der römischen, zum größten Teil zugleich mit dem Christentum den Germanen vermittelten Kultur. Insbesondere übte die höhere römische Kultur auf das germanische Leben einen großen Einfluß aus. Wir begegnen ihm in Begriffen wie »Schule« (schola), »schreiben« (scribere), »Tinte« (tincta) usw.

Diese und ähnliche Lehnwörter finden sich als Erklärungen (Glossen) in lateinischen Schriften, die von Deutschen für Deutsche geschrieben wurden. Zusammenhängende Sprachdenkmäler in deutscher Prosa hat es in der Zeit der Merowinger noch nicht gegeben. Gewiß aber hat die glossographische Tätigkeit schon im 6. Jahrhundert begonnen, denn aus diesem stammen die altniederfränkischen Glossen zur »Lex Salica«, die unter dem Namen *Malbergische Glossen* bekannt sind. Es sind dies salfränkische Wörter und Sätze, die mit der Bezeichnung mall. oder malb. in die lateinischen Texte der Handschriften eingefügt wurden und Rechtsausdrücke oder prozessuelle Formeln darstellen, die den lateinischen Wortlaut des Gesetzes durch die »an der Gerichtsstätte« (am Malloberg) üblichen technischen Ausdrücke deutlich machen wollen.

Dem »Volksrecht der Salier« geht ein zum größten Teile rhythmisch abgefaßter Prolog voraus. Er ist, wie das Gesetz selbst, in lateinischer Sprache, aber von einem Franken verfaßt und das älteste uns erhaltene Denkmal einheimischer Poesie der Franken.

Dem Verfasser erscheint die frühere Abhängigkeit der Franken von den Römern als die Zeit härtester Knechtschaft, deren Joch sie mit ihrer gewaltigen Kraft abgeworfen hätten, und voll Stolz erwähnt er die reichen Gaben seines Volkes an die Kirchen der heiligen Märtyrer, gegen die die Römer einst mit Feuer und Schwert gewütet hätten. Und mit Recht hat der Dichter dieses Hohelied auf die Tüchtigkeit der Franken gesungen und mit richtigem Blicke die Grundlage ihres Ruhmes in der Bekehrung zum Christentum erkannt. Dieses brach den wilden Sinn des Germanen, brachte ihm Sitte und Kultur und bildete seine unverdorbene Kraft, daß sie das Größte im Bereiche der höheren Kultur mit Arm und Geist zu schaffen vermochte. Der Weg zu diesem Ziele erforderte freilich noch viel Mühe und Arbeit, doch der Grund zur Bildung war gelegt, und was Bonifatius angebahnt hatte, wurde fortgesetzt durch Karl d. Gr., den Geisteserben des Apostels Germaniens.

In der uns erhaltenen althochdeutschen Literatur offenbart sich der Versuch der damaligen Menschen germanischer Zunge, sich die römische Antike und vor allem das Christentum anzueignen. Dieser Aufgabe hatte sich freilich schon im 4. Jahrhundert ein Angehöriger des westgotischen Volkes unterzogen. Auf einem seiner Züge, die es im Jahre 264 bis nach Kleinasien führte, hatte es viele Gefangene aus Kappadozien mit sich genommen, unter ihnen auch eine christliche, griechisch sprechende Familie. Diese wurde bald gotisiert, hielt aber am Bekenntnis zu Christus fest. Ein Nachkomme derselben, WULFILA – die Griechen nannten ihn Ulfilas –, widmete sich dem geistlichen Stand und wurde Bischof. Er wirkte als Missionar unter seinen Landsleuten, bis ein heidnischer Häuptling die christliche Gemeinde blutig verfolgte und sie nötigte, über die Donau zu gehen (um 348/349). Bald nachher übersetzte Wulfila (er starb erst 383; sein Name ist vom gotischen »wulfs« = Wolf abzuleiten und bedeutet demnach »Wölflein«) für diese »Kleingoten«, wie man die über die Donau Gegangenen nannte, die Heilige Schrift. Leider ist uns Wulfilas Werk nicht vollständig erhalten. Die bezüglichen Handschriften stammen aus Italien, wo sie vermutlich an der Wende des 5. zum 6. Jahrhunderts geschrieben worden sind. Unter ihnen ist die bedeutendste der *Codex argenteus*, den die Universitätsbibliothek in Uppsala verwahrt. Seinen Namen verdankt er der auf Purpurpergament aufgetragenen Silberschrift. Er enthält Bruchstücke aus den vier Evangelien.

Die anderen Handschriften der gotischen Bibelübersetzung können sich weder an Pracht noch an Inhalt mit der silbernen messen. Von ihnen enthält der *Codex Carolinus* in Wolfenbüttel Bruchstücke aus dem Römerbriefe, die vier Mailänder Handschriften, die aus dem Kloster Bobbio stammen, Teile aus den paulinischen Briefen, aus dem Evangelium des Matthäus und aus Nehemia.

In einer gotischen Erklärung des Johannesevangeliums aus der Mitte des 5. Jahrhunderts, die in Bruchstücken erhalten ist (»Skeireins«), werden Stellen aus der Bibel des Wulfila wiederholt angeführt. Wir sehen, wie die literarische Tätigkeit der Goten auf ihren gelehrten Bischof zurückweist, dem sie sogar deren Elemente, das Lesen und Schreiben, verdanken. Wulfila hat die gotische Schrift erst geschaffen. Als Grundlage dafür benutzte er das griechische Alphabet, dessen Reihenfolge und Zahlwert er beibehielt, und ergänzte es durch lateinische Buchstaben und Runenzeichen.

Mehr noch als die Erfindung der gotischen Schrift müssen wir den Scharfsinn Wulfilas bewundern, mit dem er seine Vorlage, den griechischen Text des Lukianos Martyr, in seine Muttersprache übertrug. Bei aller Wahrung des gotischen Sprachcharakters sucht er dem Originale möglichst treu zu bleiben. Der Wortvorrat seiner Muttersprache genügt ihm zur Übersetzung der neuen Begriffe, und nur selten muß er die fremde Bezeichnung dafür beibehalten. So wurde Wulfilas Werk eine in sich vollendete Leistung, die uns durch die vollklingenden Sprachformen und manche uns fremd gewordene syntaktische Wendung den Wohlklang und die Entwicklungsfähigkeit der gotischen Sprache erkennen läßt. Als das älteste germanische Sprachdenkmal bildet Wulfilas Werk den Ausgangspunkt für die deutsche Sprachforschung und den Beginn des deutschen Schrifttums.

Wahrscheinlich durch Wulfilas Bibelübersetzung gefördert, nahmen schließlich auch andere germanische Stämme die Religion des Kreuzes an und gerieten gerade dadurch neben dem nationalen in einen konfessionellen Gegensatz zu den Römern und romanischen Völkern, in deren Gebiete sie eindrangen und wo sie doch stets nur eine Minderheit blieben (denn Wulfila war gemäßigter Arianer). Die germanischen Heerkönige sahen sich vor die Wahl gestellt, entweder katholisch und dann romanisiert zu werden oder in einem fortwährenden Kampf die Eigenart zu bewahren und dennoch in dieser unterzugehen. Dies war unter anderem das Schicksal der Vandalen und der Ostgoten. Die erste Entscheidung trafen die Westgoten und die Langobarden.

Anders erging es den Westgermanen. In ihrem Bereich führte die Völkerwanderung nun zu einer Verschiebung der Stämme im Innern Deutschlands, der Kampf gegen Rom zu zeitweiligen Verbindungen unter Alemannen, Franken, Sachsen, Thüringern und Bayern; dabei hielten sie zunächst am Glauben ihrer Väter fest. Erst als die Franken und die ihnen angeschlossenen, bisher am Mittel- und Niederrhein seßhaften Stämme der Herrschaft der Römer über Gallien ein Ende machten (Entscheidungsschlacht bei Soissons 486) und in freundschaftliche Beziehungen zu den längst christlich gewordenen Galliern traten, nahmen auch sie unter Führung ihres Königs Chlodwig aus dem Hause der Merowinger das Christentum an, und zwar im katholischen Glaubensbekenntnis. Ihnen folgten die anderen Westgermanen. Aber es bedurfte geraumer Zeit, bis diese Völker wirklich europäisiert und christianisiert waren. Von diesem Prozeß legt die erhaltene althochdeutsche Literatur Zeugnis ab. Ein einziges Werk reicht weiter in die Vergangenheit zurück: das *Hildebrandslied.*

Die Landesbibliothek zu Kassel verwahrt eine aus dem Kloster Fulda stammende theologische Handschrift gemischten Inhaltes, auf deren äußere Umschlagseiten um das Jahr 800 zwei fuldaische Mönche das Lied nach einer Vorlage geschrieben haben. Diese selbst wieder weist auf eine niederdeutsche Grundform des Liedes zurück, die aber schon mit oberdeutschen (ostfränkischen) Formen durchsetzt war, als das Lied von einem Oberdeutschen aufgezeichnet wurde.

Die Überlieferung bietet nur einen Teil des Liedes, und dieser besteht bloß aus lose und willkürlich aneinandergereihten Bruchstücken, deren Anordnung zu einem einheitlichen Ganzen die Versetzung einzelner Verse und die Ausmerzung mancher Flickwörter notwendig machte. Leider bricht das Bruchstück gerade dort ab, wo die Entscheidung des Kampfes erwartet wird, wohl deshalb, weil das Pergament keinen Raum mehr bot. Der Inhalt des Liedes gehört dem ostgotischen Sagenkreise an und schildert den Kampf zwischen Hildebrand, dem Waffenmeister Dietrichs von Bern, und seinem Sohne Hadubrand. Dabei sind die geschichtlichen Verhältnisse von der Sage umgekehrt worden. Dietrich erscheint hier als der rechtmäßige Herr Italiens, Odovakar aber als Usurpator, der jenen aus seinem Besitztum verdrängt und genötigt hat, dreißig Jahre in der Verbannung zu leben und an Etzels Hof Zuflucht zu suchen. Nach Odovakars Tod kehrt Hildebrand, der mit seinem Herrn die Verbannung geteilt und Weib und Kind in der Heimat zurückgelassen hat, wieder nach Italien heim. An der Grenze des Reiches, das Hadubrand verwaltet hat, stoßen Vater und Sohn aufeinander. Ein Kampf entbrennt zwischen ihnen:

Welaga nû, **w**altant got, **w**êwurt skihit,
ih **w**allôta sumaro enti **w**intro sehstic,
dâr man mih eo **s**cerita in folc **s**ceotantero,
sô man mir at **b**urc ênîgeru **b**anun ni gifasta,
nû scal mih **s**uâsat chind **s**uertû hauwan,
bretôn sînû **b**illjû eddo ih imo ti **b**anin werdan.
der sî doh nû **a**rgôsto **ô**starliuto,
der dir nû **w**îges **w**arne, nû dih es sô **w**el lustit
gûdeâ gi**m**einûn, **n**iuse dê môttî,
huerdar sih **h**iutû dero **h**regilo **h**ruomen muotti,
erdo desero **b**runnôno **b**êdero waltan.

Weh nun, waltender Gott, Wehgeschick erfüllt sich!
Ich wallte der Sommer und Winter sechzig,
Da stets man mich scharte zu der Schießenden Volk:
Vor keiner der Städte doch kam ich zu sterben;
Nun soll mit dem Schwert mich schlagen mein Kind,
Mich strecken mit der Mordaxt oder ich zum Mörder ihm werden!

Der sei doch der ärgste aller Ostleute,
Der den Kampf dir nun weigere, nun dich so wohl lüstet
Handgemeiner Schlacht! Das Treffen entscheide,
Wer heute sich dürfe der Harnische rühmen
Oder der Brünnen beider walten! (Bötticher)

Mit dem Beginn des Kampfes endet die Aufzeichnung des Liedes, das nicht bloß als Sprachdenkmal, sondern auch als poetisches Kunstwerk unsere Bewunderung erregt. Das Lied atmet den Geist der Helden während der Völkerwanderung. Das Gebot der Waffenehre und die Treue, mit der Hadubrand seinem Gegner den Eintritt in das Land verwehrt, wirken erschütternd, die naive Ruhmbegierde und die Freude an Gold und Geschmeide rührend. Die Entwicklung der Handlung und die Schürzung des tragischen Knotens geschieht in steter Steigerung, und zwar durch die Charakterisierung der beiden Helden. Ihre Naturen sind entgegengesetzt. Der Alte ist bedächtig, der Junge heißblütig, und gerade dieser Gegensatz führt die Handlung auf den Höhepunkt. Denn unmöglich konnte Hadubrand aus der Versöhnlichkeit seines Gegners auf seinen Vater schließen, der ihm als das Ideal eines Helden vorschwebte, ja er mußte darin nur Feigheit erblicken.

Daher sind auch Hadubrands Hohnreden erklärlich, durch die er Hildebrands Heldenehre, des germanischen Kriegers höchstes Gut, verletzt und ihn zum Kampf nötigt. Dieser mußte nach der ganzen künstlerischen Anlage des Gedichtes folgen und tragisch enden. Der versöhnliche Abschluß, den jüngere Bearbeitungen der Sage aufweisen, gehört einer Zeit an, der die Anschauung von der altgermanischen Waffenehre schon fremd geworden war.

DIE KAROLINGISCHE RENAISSANCE

Inzwischen war die Christianisierung der Franken und anderer deutscher Stämme fortgeschritten, waren die Merowinger durch die Karolinger abgelöst, war Karl d. Gr. am Weihnachtsfest des Jahres 800 zum Kaiser gekrönt worden – eine Persönlichkeit, die in zweifacher Hinsicht einen neuen Augustus darstellte. Wie Cäsars Adoptivsohn einigte Carolus Magnus die aus den Fugen geratene Welt; wie jener, dem die Geschichte den Kaisertitel zuerkennt, förderte er Kunst und Wissenschaft. Während aber Augustus die Bildung seiner Zeit persönlich genossen hatte, mußte sich der Karolinger erst anläßlich seiner Feldzüge nach Italien der Macht und Überlegenheit bewußt werden, welche eine Frucht der Bildung sind. Um so erstaunlicher ist seine Leistung. Nach seiner zweiten Romfahrt (781) zog er gebildete Männer geistlichen und weltlichen Standes an seinen Hof, belebte die Hofschule (Schola Palatina) in Aachen, jene älteste Gelehrten- und Dichterakademie des Abendlandes, die schon unter den Merowingern eine erste Blüte erfahren hatte, gab Weisungen für Gründung und Leitung von Dom- und Klosterschulen und inspizierte gerne diese Lehranstalten. Besondere Aufmerksamkeit widmete er den Bibliotheken und der Ausstattung der Bücher, vor allem weilte er mit Vorliebe im Kreis der gelehrten Männer seines Hofes.

DIE »AKADEMIE« UM KARL D. GR.

Die Seele dieses Kreises war Alkuin (um 735–804) aus York, den Karl in Rom kennengelernt hatte und in seine Nähe zu ziehen wußte. In seinen Schriften behandelte er fast alle Gebiete der damaligen Gelehrsamkeit, von der grammatischen Regel bis hinauf zur Trinitätslehre; didaktischen Zielen sind auch die meisten seiner Briefe gewidmet, und selbst seine Werke in Versen erheben nicht den Anspruch, für hohe Poesie gehalten zu werden.

Überhaupt darf man bei Alkuin nicht im entferntesten an den Grundsatz »l'art pour l'art« denken: Es gab damals – wie vorher und nachher –

Gebildete, denen Vergil aus formalen Gründen höher stand als die Bibel – Alkuin berührte das peinlich; es gab damals in Alkuins Heimat Geistliche, die sich zum Mahl alte Lieder vortragen ließen – ihrem Bischof schrieb Karls »Horaz«, beim Mahle der Priester sei Gottes Wort vorzulesen; den Vorleser, nicht den Harfner solle man hören, Predigten der Kirchenväter, nicht heidnische Lieder; was habe Ingeld (Held einer dänischen, in England bekannten Rachesage) mit Christus zu tun? Diese Kritik richtete sich gegen die Gefahr der Verweltlichung des Klerus; im allgemeinen zeigte nämlich der unter der geistigen Führung Alkuins stehende Kreis Karls d. Gr. eine aufgeschlossene Haltung auch gegenüber der altgermanischen Poesie.

Zu Alkuins Gedichten zählt man auch eine vielleicht nicht von ihm verfaßte Idylle im Stil der vergilischen Eklogen, das merkwürdige Streitgespräch zwischen Lenz und Winter, wobei jener den Ruf des Kuckucks herbeisehnt, dieser ihm wehren möchte. Zugunsten des Frühlings entscheidet den Hader Palaemon, ein Held der griechischen Sage, doch weder dieser Eindringling aus dem fernen Hellas noch die lateinischen Laute können das echt germanische Naturgefühl, das sich in diesen Versen ausspricht, unterdrücken.

Latein also ist die literarische Sprache der karolingischen »Akademie«, zu der unter anderen der Franke Angilbert (um 740–814), der Westgote Theodulf (um 760–821), seit 788 Bischof von Orléans, der Dichter des Hymnus »Gloria, laus et honor ...«, mit dem die lateinische Kirche noch heute den am Palmsonntag in Jerusalem einziehenden Herrn begrüßt, der Langobarde Paulus Diaconus (um 720 bis um 797), der Historiker seines Volkes, und der Mainfranke Einhard (um 770–840), der Biograph Karls d. Gr., gehörten.

Einhard sagt von seinem kaiserlichen Herrn: »Ferner ließ er uralte Gedichte in der Volkssprache, worin die Taten und Kriege vorzeitlicher Könige besungen waren, aufschreiben und dem Gedächtnis erhalten.« Die letzte Wendung zielt zweifellos auf das Auffangen vorliterarischer Poesie in die Bande der Schrift. Man hat die Frage gestellt, ob dem Frankenkönig und römischen Kaiser das altgermanische Heldenlied schon als antik galt, würdig, geborgen zu werden, ehe es völlig verklänge. Beantworten läßt sich diese Frage so wenig wie jene andere, was denn nun jener Poesie ein Ende gesetzt habe. Die christliche Kirche, die im Reich der Angelsachsen altes Volkstum bewußt erhielt und wahrte? Die lateinische Bildung, die höchstens klärend und scheidend hätte wirken können? Oder war einfach die Zeit für derartige Gesänge vorüber?

GLOSSARIEN UND ÜBERSETZUNGEN

Karls Anregung und eigenem Triebe folgend, haben die Schulen der karolingischen Ära die deutsche Sprache in Unterricht und Wissenschaft verwendet, haben die Lehrer dieser Schulen durch bewußte Pflege des Übersetzens das einheimische Idiom gepflegt und gefördert.

Im Zusammenhang damit entstand oder wurde eigentlich vermehrt die sogenannte Glossenliteratur. Unter Glossen (lateinisch: glossa) versteht man in diesem Zusammenhang die den lateinischen Wörtern in Handschriften von zusammenhängenden Texten oder Wörterbüchern (Glossaren) beigeschriebenen Verdeutschungen. Das lateinische Wort, das verdeutscht wird, nennt man Lemma, das deutsche Interpretament oder Glosse im engeren Sinn, doch wird der Ausdruck »Glosse« auch in weiterem Sinn gebraucht, nämlich für die Gesamtheit von Lemma und Interpretament.

Zur Glossenliteratur darf man wohl schon die Aufzeichnung der alten Rechtswörter im langobardischen *Edictus Rothari* (643) rechnen, dessen älteste St. Galler Handschrift von etwa 700 zugleich unsere älteste althochdeutsche Handschrift ist. Das älteste deutsche Buch ist die Übersetzung eines lateinischen Synonymenwörterbuches, das unter anderem seltenere lateinische Ausdrücke propagieren wollte. Nach seinem ersten Wort heißt es der *Abrogans,* seine Übersetzung der *Deutsche Abrogans.* Er entstand zwischen 764 und 769 in Freising unter Bischof ARBEO, der seine Vorlage vermutlich aus Pavia/Bobbio mitgebracht hatte, und als Verfasser der Heiligenleben Korbinians und Emmerams – natürlich in lateinischer Sprache – der erste mit Namen bekannte deutsche Autor ist. Der deutsche Abrogans, früher Keronische Glossen genannt, übersetzte oft gewaltsam und mit argen Fehlern, manchmal jedoch wahrhaft sprachschöpferisch, z. B. »Pharisaei« mit »kiwisfiringa« (Bewußtseinssünder) oder »Philosophus« mit »unmezwizzo« (Unmaßwisser). Eine Bearbeitung des Abrogans aus Regensburg haben wir in den *Samanunga*, den »Wörtersammlungen«, früher Hrabanische Glossen genannt. Diese Beispiele könnten leicht vermehrt werden; sie zeigen die mühsame Kärrnerarbeit der daran beteiligten Leute, ohne deren Anstrengung die Eindeutschung christlicher Begriffe und Kulturerscheinungen nicht erfolgt wäre.

Neben die Glossen treten bald eigentliche Wörterbücher, Sach- und Bibelglossare sowie eine weitausgedehnte Übersetzertätigkeit, teils für gelehrte Zwecke, teils für das Volk, wie Übersetzungen des Vaterunsers (z. B. das St. Galler Paternoster, um 790) oder von Glaubens- und Sündenbekenntnissen.

Diese Gebete und anderes sind im *Weißenburger Katechismus* enthalten, der bald nach 789 unter Abt Erembert abgefaßt wurde und eine der wichtigsten Quellen für das Rheinfränkische bildet. Ebenfalls nach Rheinfranken weisen einige Übersetzungen, die man die *Mondseer Bruchstücke* zu nennen pflegt, weil sie von Mondseer Büchereinbänden (des 15. Jahrhunderts) losgelöst wurden. Sie enthalten Übersetzungen aus Matthäus und Lukas, des Traktates *De vocatione gentium* (Über die Berufung der Völker zum Christentum), einer Predigt des hl. Augustin und des Werkes Isidors von Sevilla *De fide catholica* (Über den katholischen Glauben), in dem die Grundwahrheiten des Glaubens gegen jüdische Einwendungen verteidigt werden. Die genannten Bruchstücke bilden den Höhepunkt der deutschen Prosa unter Karl.

Im Jahre 802 verlangte Karl, daß alle Franken das Vaterunser und das Glaubensbekenntnis in lateinischer Sprache sich aneignen sollten. Als Anleitung zur Empfehlung dieser Verordnung sollte die sogenannte *Exhortatio ad plebem christianam* (Ermahnung an das christliche Volk) dienen, die in Freising um 801 ins Deutsche übertragen wurde. Im Jahre 813 wurde die kaiserliche Verordnung, da sie undurchführbar war, wieder aufgehoben.

Den Benediktinern wurde vom Kaiser im Jahre 802 befohlen, die Regel ihres Stifters genau zu studieren und ihrem Gedächtnisse einzuprägen. Diesem Zwecke diente die in Sankt Gallen zu Beginn des 9. Jahrhunderts entstandene *Interlinearversion der Benediktinerregel.* Es wurde über jedes lateinische Wort die deutsche Glosse in der entsprechenden grammatischen Form geschrieben. Die Übersetzung, das Werk mehrerer Mönche, ist nur zum Teil zusammenhängend, gegen Ende fehlen die Glossen ganz.

Auf eine kaiserliche Verordnung vom Jahre 802, die eine Verbesserung der Rechtsbücher befahl, dürfte die *Übersetzung des salischen Rechtes* zurückzuführen sein, von der uns Bruchstücke in einer Handschrift zu Trier erhalten sind. Diese ostfränkische Übertragung der »Lex Salica« war ein bedeutender Schritt in der Entwicklung der deutschen Literatur des Rechtes. Bis dahin fand die deutsche Sprache nur in den Erklärungen zu den lateinischen Gesetzen Verwendung. Außer den Malbergischen Glossen gab es im 9. Jahrhundert auch jüngere, teils lateinische, teils deutsche Glossen zur »Lex Salica« und zu den Gesetzsammlungen der Alemannen und Bajuwaren. Mit den Volksgesetzen hingen auch die kaiserlichen Kapitularien (Verordnungen) zusammen, von denen eines, das Erbschaftsbestimmungen enthält und aus dem Jahre 818 stammt, in mittelfränkischer Übersetzung erhalten ist. Auf die Mainzer Reichsversammlung (803) weist das sogenannte *fränkische Taufge-*

löbnis zurück, in dem, im wesentlichen dem römischen Rituale entsprechend, in Frageform Abschwörung und Glaubensbekenntnis vom Täufling verlangt werden. Gebetsformeln sind ein *fränkisches Gebet* und das *St. Emmeramer Gebet*, die zu Ende des 8. Jahrhunderts abgefaßt wurden. Für die Kulturgeschichte von Interesse ist die um 810 geschriebene *sächsische Beichte*, aus der wir sehen, welche Mühe es den Missionaren bereitete, die heidnischen Gebräuche auszurotten. Schulzwecken diente die um 810 in Reichenau geschriebene Interlinearversion von 27 kirchlichen Hymnen, die nach dem Fundort der Handschrift als *Murbacher Hymnen* bekannt sind.

Dies sind die Anfänge der deutschen Prosa. Es sind zum größten Teile Übersetzungen aus dem Lateinischen; sie dienten meist praktischen Zwecken und wagten nur selten einen freieren Flug. Einem solchen setzte die Sprache noch zu große Schwierigkeiten entgegen. Es mußten für manche Begriffe die Wörter erst gebildet und die deutsche Syntax der lateinischen erst angepaßt werden. Diese liebte die Unterordnung, jene die Beiordnung der Sätze; dem Latein standen viele Verbindungswörter zur Verfügung, dem Deutschen fehlten sie.

Im Mittelpunkte der Bestrebungen, die deutsche Sprache zur Literatursprache nach dem Muster des Lateinischen zu gestalten und eine der lateinischen Literatur gleichlaufende deutsche ins Leben zu rufen, stand der große Kaiser selbst und förderte sie nicht wenig durch sein eigenes Beispiel. Sein Biograph Einhard erzählt von ihm, daß er Monaten und Winden deutsche Namen gegeben habe: *Wintarmmânôth, Hornung, Lentzinmânôth, Ostarmânôth, Winnemânôth, Windumemânôth, Herbistmânôth, Heilagmânôth – Ostrôniwint, Ostundrôni, Sundostrôni* u. a. Auch die Abfassung einer deutschen Grammatik soll Karl begonnen haben. Nicht mit Unrecht hat man die Vermutung ausgesprochen, daß diese wahrscheinlich einer lateinischen nachgebildet war und mit den Bestrebungen Karls, eine Art Gemeinsprache für das fränkische Reich zu schaffen, im Zusammenhang gestanden habe.

Die von Karl d. Gr. gegebenen Anregungen wirkten auch unter seinen Nachfolgern fort, und so bewegte sich das literarische Leben, ohne daß die Herrscher darauf Einfluß genommen hätten, noch eine Zeitlang im selben Geleise; immerhin wird es selbständiger. So preist damals zum ersten Mal die deutsche Sprache den Christengott im *Wessobrunner Gebet*, so genannt nach dem Fundort der Handschrift im oberbayerischen Kloster Wessobrunn. Es ist eine merkwürdige Mischung von Vers und Prosa, wahrscheinlich der Anfang eines Gedichtes von der Weltschöpfung, im Stil an die alte Epik erinnernd; erhalten sind neun stabende Langzeilen.

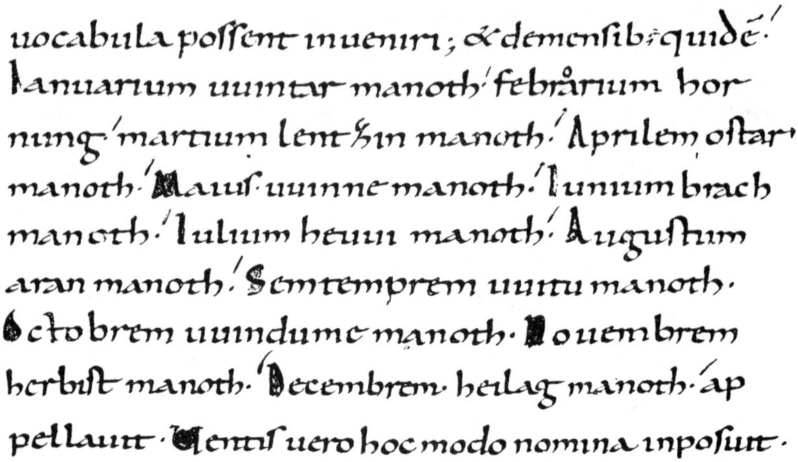

Übertragung

uocabula possent inueniri. Et de mensibus quidem: | Ianuarium uuintarmanoth, febroarium hor | nung, martium lentzinmanoth, Aprilem ostar | manoth, Maius uuinnemanoth, Iunium brach | manoth, Iulium heuuimanoth, Augustum | aranmanoth, Semtemprem uuitumanoth, | Octobrem uuindumemanoth, Nouembrem | herbistmanoth, Decembrem heilagmanoth ap | pellauit. Uentis uero hoc modo nomina inposuit.

Übersetzung

(während früher für die Winde kaum vier) Namen konnten gefunden werden. Und von den Monaten nannte er den Jänner Wintermonat, den Februar Hornung, den März Lenzmonat, den April Ostermonat, den Mai Wonnemonat, den Juni Brachmonat, den Juli Heumonat, den August Erntemonat, den September Holzmonat, den Oktober Weinlesemonat, den November Herbstmonat, den Dezember Heiligmonat. Den Winden aber gab er auf folgende Weise Namen.

Die Monatsnamen Karls des Großen
Nach der Handschrift 510 der Nationalbibliothek in Wien. (10. Jahrhundert.)

Nach einer alten Überlieferung, deren Kenntnis wir dem protestantischen Theologen und Polemiker Matthias Flacius Illyricus (1562) verdanken, gab Ludwig der Fromme einem Manne von sächsischer Abstammung, der bei seinen Landsleuten sich als Dichter eines großen Ansehens erfreute, den Auftrag, das Alte und das Neue Testament in die deutsche Sprache zu übertragen, damit auch die des Lateins Unkundigen eine Kenntnis der Heiligen Schrift erlangten. Der Mann, heißt es in dem Berichte weiter, sei dem Befehle nachgekommen und habe die beiden Testamente in den Hauptpunkten, einzelnes in mystischem Sinne deutend, in dichterischer Form dargestellt und das ganze Werk in Fitten, d. h. Leseabschnitte eingeteilt. Diese Erzählung bezieht sich auf die altsächsische Bibeldichtung, von der das Neue Testament uns fast vollständig überliefert wurde und die unter dem ihm von seinem ersten Herausgeber (J. A. Schmeller) gegebenen altsächsischen Namen *Heliand* (= Heiland) bekannt ist.

Über den Verfasser des Heliand wissen wir nichts. Nach Art der alten Epiker hat er sich nur als den Mund des Volkes betrachtet und seinen Namen verschwiegen. Als Sachsen verrät ihn die Mundart, in der die Dichtung geschrieben ist, und daß er ein mit der kirchlichen Literatur wohlvertrauter Geistlicher war, kann man aus der Gelehrsamkeit, die in der Dichtung niedergelegt ist, und aus der belehrenden Tendenz erschließen, die sie verfolgt. Darauf deutet auch die nicht schwer erkennbare Einteilung der Dichtung in Predigtvorträge mit Einleitung und Schluß hin. Die Dichtung war jedenfalls für Hörer berechnet, wie sich aus den oft in die Mitte der Verse fallenden Übergängen aus der indirekten Rede in die direkte ergibt.

Gedichtet wurde der Heliand in Sachsen. Näher läßt sich die Heimat der Dichtung nach den bisherigen Untersuchungen noch nicht mit voller Sicherheit bestimmen. Auch über die Zeit der Abfassung ist man noch zu keinem sicheren Ergebnis gelangt. Man nimmt an, daß er zwischen 822 und 840 gedichtet wurde. Für die erzählenden Abschnitte haben dem Dichter die evangelische Geschichte des Juvencus und die Tatianische Evangelienharmonie, teilweise auch die Bibel selbst als Quelle für den evangelischen Bericht gedient. Vertraut mit der heimischen Kunstform, wählte er für seine nahezu 6000 Verse zählende Dichtung die alliterierende Langzeile und machte von den Darstellungsmitteln des überlieferten altgermanischen epischen Stiles wiederholt Gebrauch.

Auch seinen Stoff behandelt der Dichter nach der Art der nationalen Dichtungen, für die eben jenes poetische Rüstzeug geschaffen war. Wie in diesen wird auch im Heliand das Verhältnis zwischen König und Gefolge nach altgermanischer Auffassung zur Grundlage des Werkes gemacht.

Christus erscheint wie ein germanischer König. Klugheit im Rate, Mut im Kampf und Treue bis in den Tod bildeten die Tugenden des germanischen Helden und erwarben ihm Ruhm bei seinem Gefolgsherrn. Dieser hingegen war seinem Gefolge verbunden durch Freigebigkeit und Aufopferung für dasselbe in der Stunde der Gefahr. Dieses gegenseitige, auf der Treue beruhende Verhältnis zwischen Fürst und Gesinde wird auf Christus und seine Apostel übertragen.

Die Bergpredigt bildet den Mittelpunkt der ganzen Dichtung. Von allen Burgen eilen die Mannen herbei, überall erschallt das Lob des Herrn. Um den Heiland gruppiert sich die Menge; die einen erwarten Heilung, andere Speise und Trank von dem Wundersohn, wieder andere, falsche Volksgenossen, lauern auf seine Worte und Taten, um sie schlecht zu deuten. Da begibt sich der Mächtige auf einen Berg und setzt sich dort, gesondert von der Menge. Aus dieser aber wählt er sich zwölf aus, die nun wie in einer Volksversammlung mit ihm zu Rate gehen über den Kriegsplan, den er zum Heile der Menschen gegen den Fürsten der Hölle entwirft. Wo es irgend möglich ist, schildert der Dichter das Treueverhältnis zwischen Herrn und Gefolgsmann. Des Dichters Streben, den fremden Inhalt seinen Sachsen in volkstümlichem Gewande zu bieten, erstreckt sich auch auf Vorgänge des täglichen Lebens; die Hochzeit zu Kana wird ein sächsisches Brautmahl.

Auch den Schauplatz kleidet der Sänger der heiligen Geschichte in ein volkstümliches Gewand. Die Städte Judäas werden zu Burgen im Sachsenlande. Das Galiläische Meer wird zum deutschen Meere, und der Dichter ist mit ihm wohl vertraut. Er kennt die Fischerei, aber auch die Gefahren, die das Meer bringt, wenn seine Fluten im Sturm sich empören.

Die Dombibliothek zu Bamberg besaß einst, vielleicht als Geschenk Heinrichs II., eine aus dem 9. Jahrhundert stammende Handschrift des Heliand. Jetzt bildet sie eine Zierde der Münchner Bibliothek. Jünger und wahrscheinlich eine Kopie einer älteren Vorlage ist die Londoner Handschrift. Nur kleine Teile des Heliand enthalten das Prager und das Vatikanische Fragment. Zugleich mit dem letzteren wurden im Jahre 1894 Teile einer altsächsischen alttestamentlichen Bibeldichtung gefunden. Diese als *Altsächsische Genesis* bezeichneten Bruchstücke entdeckte Zangemeister in der Vatikanischen Bibliothek in Rom in einem lateinischen, aus Mainz stammenden Kodex, auf dessen leere Blattseiten und Stellen sie um 900 von einem oder mehreren Rheinländern eingetragen worden waren. Sonst wissen wir von der altsächsischen Genesis nur noch aus einer angelsächsischen Überarbeitung derselben, die in die angelsächsische Genesis eingeschaltet ist. Die altsächsische Genesis ist nach dem Heliand entstanden. Nirgends nämlich finden wir in diesem einen Hinweis auf eine Bearbeitung des Alten Testamentes. Der Heliand bildet ein in sich abgeschlossenes Werk und stammt von einem anderen Verfasser als die viel weicher und lyrischer gehaltene Genesis. Nur selten findet sich hier die im Heliand oft zur Weitschweifigkeit führende Variation, mit größter Gewandtheit wechseln Rede und Gegenrede, noch mehr reißt uns die psychologische Vertiefung der Motive und die dichterische Erfassung und Freiheit in der Gestalt des Stoffes zur Bewunderung hin.

Die Schicksale der Seele des Menschen nach dem Tode schildert ein Gedicht, das von seinem ersten Herausgeber (Schmeller) *Muspilli*, d. h. »Weltbrand«, genannt wurde. Es ist zwischen 830 und 840 entstanden und auf die freien Stellen eines lateinischen Kodex, den Adalram, Erzbischof von Salzburg, Ludwig dem Deutschen gewidmet hatte, entweder aus dem Gedächtnis oder nach Diktat etwa um 900 von einem Bayern geschrieben worden. Anfang und Schluß des Gedichtes und ein Teil im Innern fehlen. Sein theologischer Charakter läßt auf einen Geistlichen als Dichter, die darin gegeißelten Sünden auf adelige Hörer oder Leser schließen, die damit zur Bekehrung ermahnt werden sollten.

Der Dichter beginnt mit der Erzählung, wie nach dem Tode des Menschen zwei Heere um seine Seele sich streiten, von denen das eine von den Himmelsgestirnen, das andere aus der Hölle kommt. Sorgen hat die Seele, bis das Urteil gesprochen ist, zu welchem Heere sie geholt werden soll.

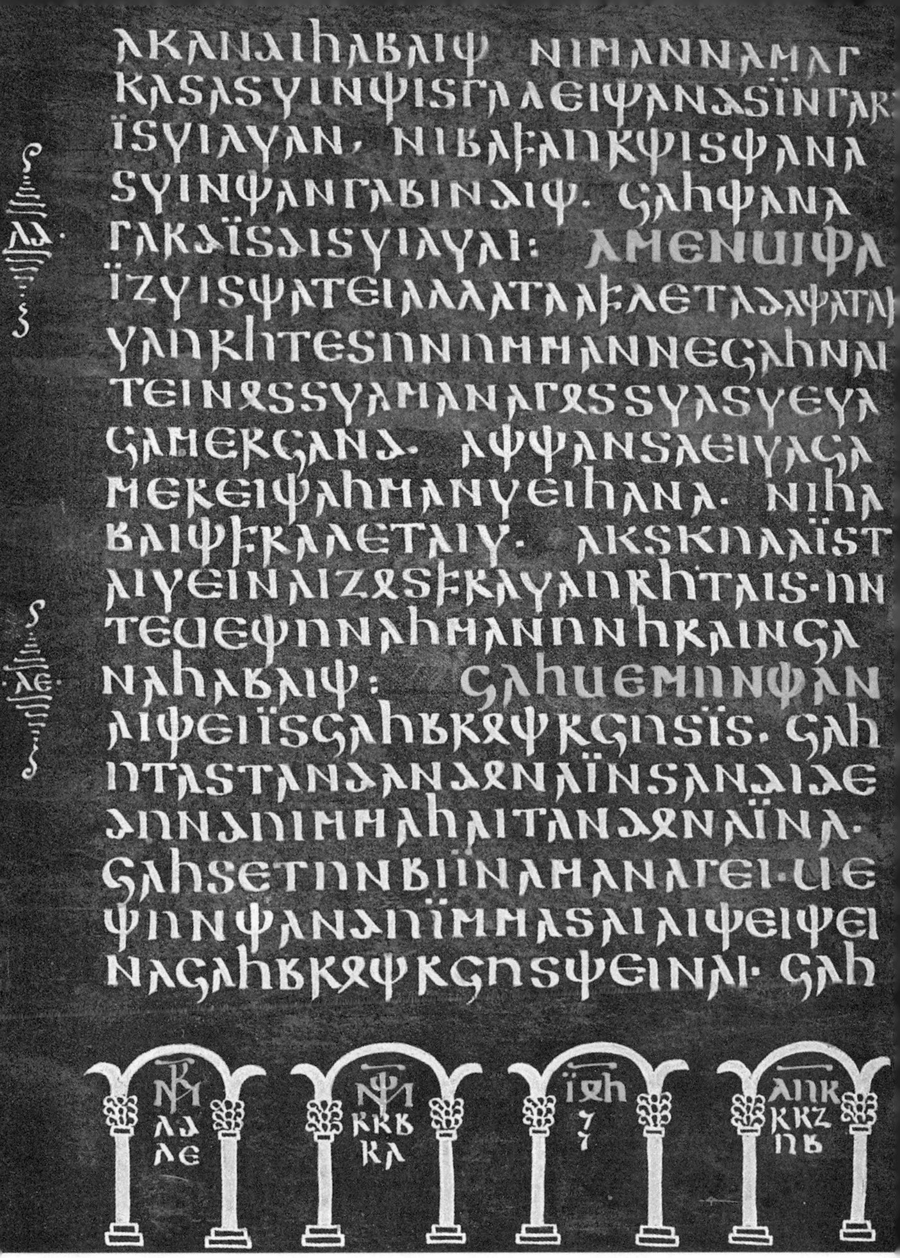

Eine Seite aus dem Codex argenteus des Wulfila (Markus, Kap. 3, Vers 27–32).

Übertragung

ak andi habaiþ. (27.) ni manna mag
kasa swinþis galeiþands in gard
is wilwan, niba faurþis þana
swinþan gabindiþ. jah þana
. ld . gard is diswillai. (28.) **amen qiþa**
izwis þatei allata afletada þata fra-
waurhte sunum manne jah nai-
teinos swa managos swaswe wa-
jamerjand. (29.) aþþan saei waja-
mereiþ ahman weihana. ni ha-
baiþ fralet aiw. ak skula ist
aiweinaizos frawaurhtais. (30.) un-
te qeþun ahman unhrainja-
. le . na habaiþ: (31.) **jah qemun þan**
aiþei is jah broþrjus is. jah
uta standandona insandide-
dun du imma haitandona ina.
(32.) ja setun bi ina managei qe-
þun þan du imma sai aiþei þei-
na jah broþrjus þeinai. jah.

r̄	þ̄		
m	m	ioh	luk
ld	rkb	—	rkz
le	ra	—	ub

Übersetzung

sondern ein Ende hat. (27.) Niemand vermag
(die) Gefäße eines Starken, gehend in das Haus
desselben, zu rauben, wenn er nicht zuvor den
Starken bindet und (ergänze þan, *dann) kann er das*
34. Haus desselben ausrauben. (28.) fürwahr, ich sage
euch, daß alles nachgelassen wird (das) von
Sünden den Söhnen der Menschen, auch die
Lästerungen, so viele sie auch
ausstoßen; (29.) aber wer lästert
den heiligen Geist, erhält nicht
Nachlaß in Ewigkeit, sondern ist schuldig
ewiger Sünde. (30.) Denn
sie sprachen: «Einen unreinen Geist
35. hat er. (31.) Und es kamen da
seine Mutter und seine Brüder und
außen stehend sandten sie hinein
zu ihm, ihn rufen lassend.
(32.) Und es saßen bei ihm eine Menge.
Sie sprachen da zu ihm: «Siehe, deine Mutter
und deine Brüder und

Markus	*Matthäus*	*Johannes*	*Lukas*
34[1]	*122*	—	*127*
35	*101*	—	*72*

[1] *Diese Zahlen geben die Parallelstellen in der Zählung dieses Kodex an.*

Das Kästchen, das nach seinem Entdecker Franks Schmuckkästchen heißt, ist angelsächsischen Ursprungs und stammt wahrscheinlich aus dem 8. Jahrhundert. Besonders interessant sind die Inschriften in Runenschrift. Links ist eine Szene aus der Wielandsage dargestellt, rechts die Anbetung des Jesuskindes durch die Weisen aus dem Morgenland.

DIE MERSEBURGER ZAUBERSPRÜCHE

Übertragung

Eiris sâzun idisi, sâzun hera duoder.
suma hapt heptidun, suma heri lezidun,
suma clûbôdun umbi cuniouuidi:
insprinc haptbandun, invar vîgandun!
Phol ende Uuodan vuorun zi holza.
dû uuart demo balderes volon sîn vuoz birenkit.
thû biguolen Sinthgunt, Sunna era suister,
thû biguolen Frîja, Volla era suister:
thû biguolen Uuodan, sô hê uuola conda,
sôse bênrenkî, sôse bluotrenkî
sôse lidirenkî:
bên zi bêna, bluot zi bluoda,
lid zi geliden, sôse gelîmida sîn.

Übersetzung

Einstmals setzten sich Schlachtjungfrauen, setzten sich hierhin, dorthin,
die einen hefteten Haft, andere hielten das Heer auf;
einige klaubten an den Fesseln herum:
«*Entspring den Haftbanden, entflieh den Feinden!*»

Phol und Wodan ritten in den Wald.
Da ward dem Balders Fohlen sein Fuß verrenkt.
da besprachen ihn Sinthgunt, Sunna ihre Schwester,
da besprachen ihn Frija, Volla ihre Schwester,
da besprachen ihn Wodan, was er wohl vermochte,
sei's Beinverrenkung, sei's Blutverrenkung, sei's Gliederverrenkung:
Bein zu Beine, Blut zu Blute,
Glied zu Gliedern, als ob sie zusammengeleimt seien.

(Müllenhoff-Scherer)

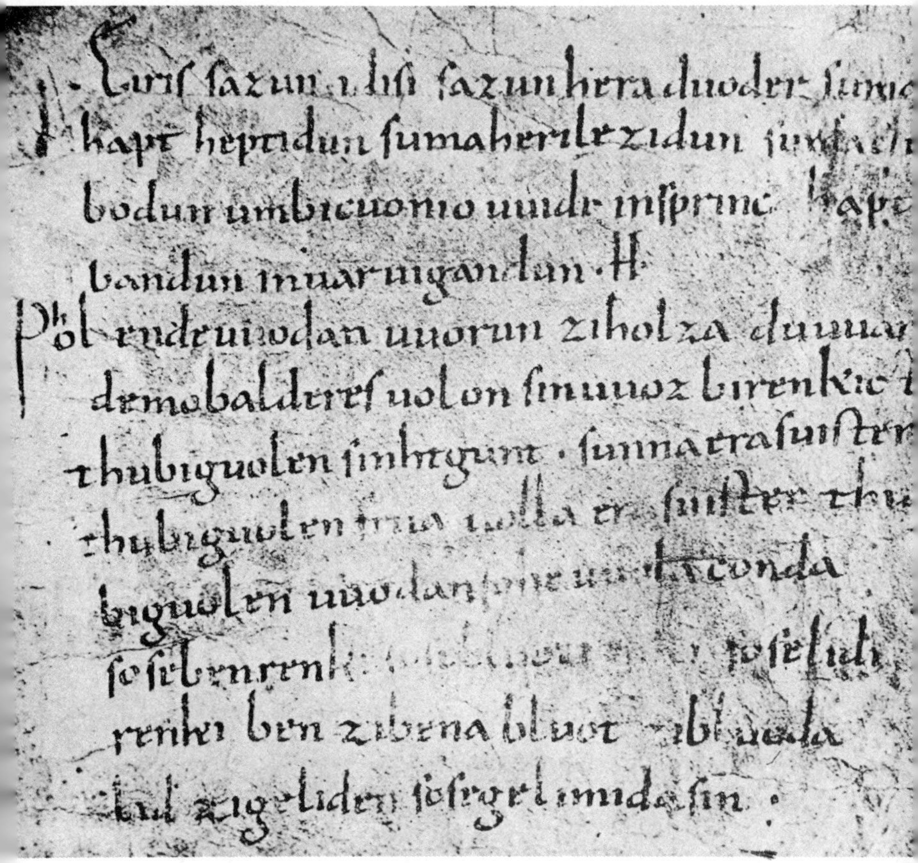

Eiris sazun idisi sazun hera duoder suma
hapt heptidun suma heri lezidun sumaclu
bodun umbi cuonio uuidi insprinc hapt
bandun inuar uigandun · H ·
Phol ende uuodan uuorun zi holza du uuar
demo balderes uolon sin uuoz birenkit
thu biguolen sinhtgunt · sunna era suister
thu biguolen friia uolla era suister thu
biguolen uuodan so he uuola conda
sose benrenki sose bluotrenki sose lidi
renki ben zi bena bluot zi bluoda
lid zi geliden sose gelimida sin ·

Heidnisch-germanischen Ursprungs sind die beiden Merseburger Zaubersprüche, die im 10. Jahrhundert niedergeschrieben wurden.

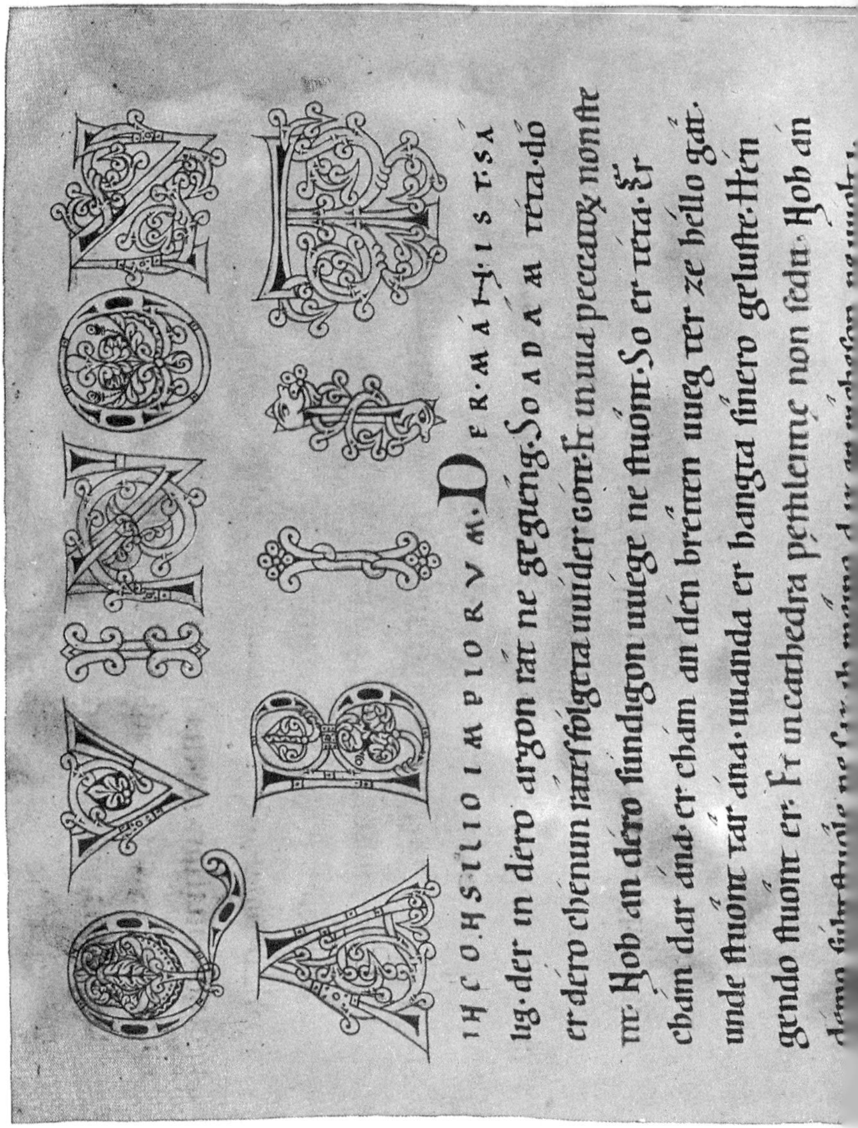

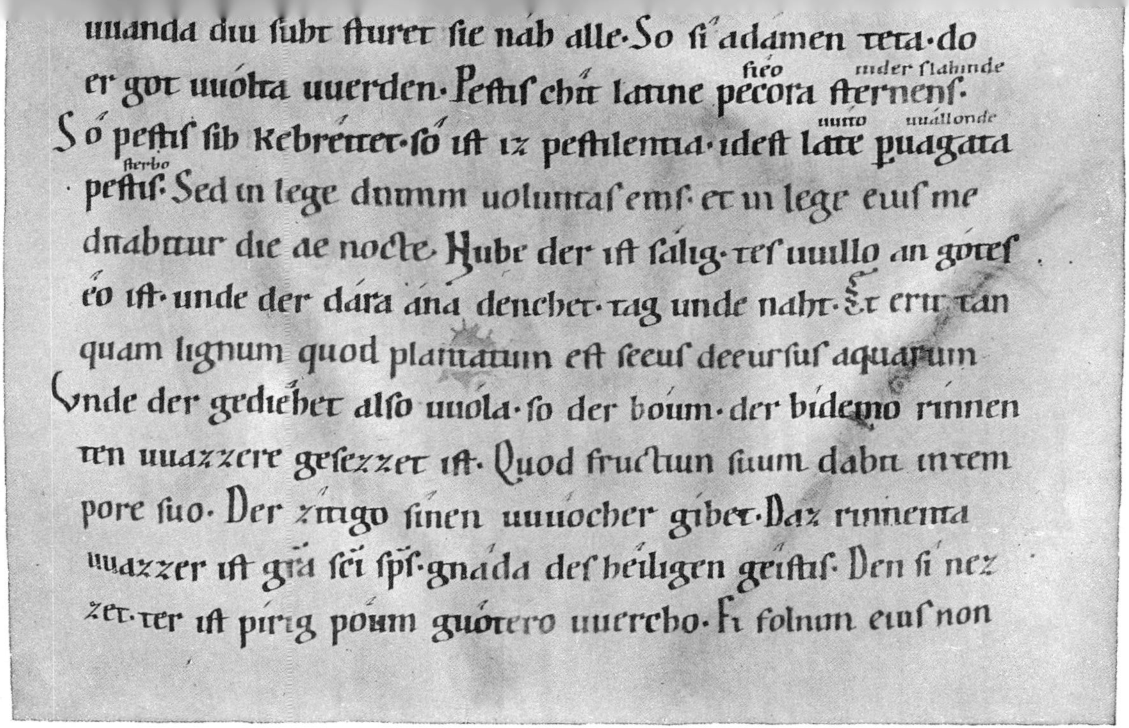

Eine Seite aus der Psalmenübersetzung Notkers des Deutschen (um 950–1022).

AUS NOTKERS PSALMENÜBERSETZUNG

Übertragung

Qui non abiit

in consilio impiorum. Der mán ist sâlig, der in dero argon rât ne gegiêng, so adâm téta. dô er déro chénun râtes fólgeta uuider Góte. *Et in via peccatorum non stetit.* Noh an déro súndigon uuége ne stuônt. So er téta. Er chám dar ána, er chám an dén brêiten uueg, ter ze héllo gât, unde stuônt târ ána, uuanda er hangta sînero geluste. Héngendo stuônt er. *Et in cathedra pestilentiae non sedit.* Noh án démo súhtstuôle ne saz. ich mêino, daz er rîcheson ne uuólta, uuánda diû suht stûret sie náh alle. So sî adâmen teta, do er got
fiêo nider slahinde
uuólta uuerden. Pestis chît latine pecora sternens. Sô pestis sih kebrêitet, sô
uuîto uuállonde stérbo
ist iz pestilentia, id est late pervagata pestis. *Sed in lege domini voluntas eius et in lege eius meditabitur die ac nocte.* Nube der ist sâlig, tes uuilio an gótes êo ist, unde der dára ána denchet tag unde naht. *Et erit tanquam lignum, quod plantatum est secus decursus aquarum.* Unde der gediêhet also uuóla, so der bôum, der bî demo rínnenten uuazzere gesezzet ist. *Quod fructum suum dabit in tempore suo.* Der zîtigo sînen uuûocher gíbet. Daz rinnenta uuazzer ist gratia sancti spiritus, gnâda des hêiligen gêistes: Den sî nezzet, ter ist pírig pôum, guôtero uuercho. Et folium eius non.

Übersetzung

«Der Mann ist selig, der in der Gottlosen Rat nicht ging», wie Adam tat, als er dem Rate des Weibes folgte wider Gott. «Und auf der Sünder Weg nicht stand»; wie er tat. Er kam dorthin, er kam auf den breiten Weg, der zur Hölle führt, und stand dort, weil er seinen Lüsten nachgab. Nachgebend stand er. «Und auf dem Stuhle der Sucht nicht saß.» Ich meine, daß er herrschen nicht wollte, denn diese Sucht zieht sie alle nach sich; wie sie es dem Adam tat, da er Gott werden wollte. «Pest» heißt auf lateinisch pecora sternens *(Tiere niederschlagend); wenn die Pest sich ausbreitet, so ist es Pestilenz, das ist ein weithin wanderndes Sterben. Sondern nur der ist selig, «dessen Wille in Gottes Gesetz ist und der daran denket, Tag und Nacht.» «Und der gedeiht so gut wie der Baum, der bei dem fließenden Wasser gepflanzt ist, der zur rechten Zeit seine Frucht gibt.» Das fließende Wasser ist* gratia sancti spiritus, *die Gnade des heiligen Geistes: den sie benetzt, der ist ein Baum, der gute Werke trägt. «Und sein Laub (fällt) nicht (ab).»*

Verfällt sie dem Gesinde des Satans, so wird sie in Feuer und Finsternis geführt, wird sie aber von den Engeln geholt, so gelangt sie in das himmlische Reich.

dâri ist lîp âno tôd, lioht âno finstrî,	Da ist Leben ohne Tod, Licht ohne Finsternis,
sâlida âno sorgûn: dâr nist siuh neoman.	Seligkeit ohne Sorgen: dort ist siech niemand.
denne in pardîsu der man pû kiwinnit,	Denn im Paradiese gewinnt Wohnung der Mann,
hûs in himile, dâr quimit imo hilfâ kinuok.	Haus im Himmel, dort kommt ihm Hilfe genug.

Darum möge der Mensch hier auf Erden bedenken,

daz in es sîn muot kispane,	daß sein Mut ihn treibe,
daz er kotes uuillun kerne tuo	Gottes Willen gern zu tun
enti hella fuir harto uuîse	Und Höllenfeuer höchlich meiden,
pehhes pîna: dâr piutit der Satanâz,	Pechbrandes Pein: dort beut Satanas,
der altist, heizan lauc: sô mac huckan (za diu	der alte, heiße Lohe. Drauf lenke den Sinn
sorgên dratô, der suntîgen uueiz.)	(Und sorge emsig, wer sich sündig weiß.)

Auf das besondere Gericht folgt das allgemeine, zu dem der mächtige König alle Sippen beruft, damit sie sich dort über alles verantworten, was sie hier auf Erden getan haben. Dem Jüngsten Gerichte geht aber der Kampf des Antichrists mit Elias voraus. Im dritten, nicht vollständig erhaltenen Teil wird dann das Jüngste Gericht geschildert.

Die Ungenauigkeit, mit der die Alliteration im Muspilli angewendet wird, und die mangelhafte Rhythmik im Bau der Langverse deuten darauf hin, daß zur Zeit der Abfassung des Gedichtes das Verständnis für die altepische Dichtungsform schon zu schwinden anfing.

Es erweist sich also, wie richtig Karl d. Gr. die Lage beurteilt hatte, als er die, fast möchte man sagen, letzten Reste dieser »Literatur« retten wollte.

DIE ZEIT LUDWIGS DES FROMMEN

Inzwischen hatte Ludwig der Fromme (814–840) eine etwas andere Richtung eingeschlagem; er wollte von »heidnischen Liedern«, ob in germanischer oder lateinischer Sprache, nichts wissen. Sein Streben ging auf eine radikale Verchristlichung der gesamten Kultur. Dieses Unternehmen leitete sozusagen HRABANUS MAURUS (um 780–856) aus Mainz, ein Schüler Alkuins, 822–842 Abt des Klosters Fulda, an dessen Schule er schon vorher gelehrt hatte, 847 Erzbischof von Mainz, genannt »primus praeceptor Germaniae«, d. h. der erste Lehrer Deutschlands oder, freier übersetzt, Deutschlands erster Unterrichtsminister. Er war mehr Lehrer als Literat, versuchte sich auch im Dichten und hatte damit so viel Erfolg, wie einer haben kann, der dazu nicht geboren ist. Nur sein Hymnus *Veni creator spiritus* (Komm, Schöpfer Geist) überragt weit seine sonstigen Gelegenheitsgedichte und ist mit Recht weltbekannt.

Wie Hrabanus, der »Rabe aus Mainz«, schrieben ungefähr gleichzeitig lateinische Verse oder Prosa der Alemanne WALAHFRID STRABO (um 808–849), seit 838 (oder 842) Abt von Reichenau, und NITHARD (gest. 844), der einzige literarische Laie dieser Epoche, ein Enkel Karls d. Gr. In seiner Geschichte über die Jahre 804–843 finden sich die ältesten Dokumente für die beginnende sprachliche, nationale und politische Sonderung von »deutsch« und »welsch«. Die »Urform« des erstgenannten Wortes findet sich allerdings schon in einer päpstlichen Urkunde aus der Zeit Karls d. Gr., nämlich das fränkisch-lateinische Wort »theutiscus«, und wurde zuerst dem Sprachgebrauch der römischen Kurie geläufig. Ihm entspricht die althochdeutsche Form »diutisk« (mittelhochdeutsch: diutisch, diutsch), womit man die volkstümliche Sprache (gotisch: thiuda, althochdeutsch: diot, diota = Volk) gegenüber der lateinischen Staats-, Kirchen- und Gelehrtensprache und den romanischen Idiomen (= »Welschen«: für die Schweizer sind das die Franzosen, für die Österreicher die Italiener) bezeichnete. Aber nur allmählich trat dieses Wort an die Stelle des üblichen »Fränkisch« und wurde erst seit dem 12. Jahrhundert (zunächst in Niederdeutschland) allgemein gebraucht.

Nach dem Tode Ludwigs des Frommen (840) brachen unter seinen Söhnen Streitigkeiten aus; Karl (der Kahle) und Ludwig (der Deutsche) verbanden sich gegen ihren Bruder Lothar (den Kaiser) und besiegten ihn (841). Im Jahr darauf erneuerten sie bei Straßburg im Angesichte ihrer Heere das Bündnis in feierlichen Eiden, wofür Karl die werdende französische, Ludwig die deutsche Sprache benützte. Auch die Heere der beiden Fürsten schwuren, jedes in seinem Idiom. Nithard hat uns diese Eide der Könige und der Völker vor Straßburg in den Originaltexten mitgeteilt und dadurch wichtige Sprachdenkmäler erhalten. Den *Straßburger Eiden* folgte 843 der Teilungsvertrag von Verdun; doch banden das gemeinsame Herrschergeschlecht, der gemeinsame Klerus, die gemeinsame Bildung und das aus ihr hervorgehende Bewußtsein der gemeinsamen Verantwortung für das christliche Abendland noch lange die beiden Reichsteile zusammen.

In der Linie dieser Tradition liegt noch durchaus die Evangelienharmonie (zwischen 865 und 868 vollendet) des oberdeutschen Dichters OTFRID von Weißenburg (an der Lauter im Elsaß). Unterrichtet an der Klosterschule seiner Heimat und später in Fulda, wo er noch Hrabanus hörte und Beziehungen zum späteren Konstanzer Bischof Salomo und zwei St. Galler Mönchen anknüpfte, kehrte er nach Weißenburg zurück, wurde Mönch und Priester des Klosters, später Leiter der Klosterschule; Ort und Jahr seines Todes sind unbekannt.

In Weißenburg schrieb Otfrid sein *gereimtes Evangelienbuch* (»Liber evangeliorum theotisce conscriptus«). Er begann es in den dreißiger Jahren und vollendete es zwischen 865 und 868. Hierauf sandte er es mit einer Zuschrift an seinen ehemaligen Lehrer zur Prüfung und legte dann ein Exemplar seinem Diözesanbischof Liutbert von Mainz vor, um die kirchliche Genehmigung dafür zu erhalten. Nun erst erfolgte die Widmung des Werkes an den König Ludwig den Deutschen. Auch an seine Freunde in St. Gallen schickte Otfrid ein Exemplar mit einer Zueignung, die dann später am Ende des Werkes ihren Platz fand. Die Zuschrift an Liutbert ist in lateinischer Prosa, die anderen Widmungen aber sind in deutscher Sprache, und zwar derart in zweizeiligen Strophen abgefaßt, daß die Anfangs- und Endbuchstaben jedesmal die Namen der Empfänger bilden. Vorbilder für diese »Spielerei« fand Otfrid bei Hrabanus Maurus und den lateinischen Dichtern der Karolingischen Hofschule.

Von innen getrieben und vielleicht auch von außen angeregt, schrieb Otfrid einen Teil der Evangelien in südrheinfränkischer Sprache, damit, wer sie in der fremden Sprache nicht zu lesen vermöge, hier in der eigenen die hochheiligen Worte erfahre und, durch sie über das göttliche Gesetz belehrt, sich in acht nehme, von ihm auch nur ein wenig abzuweichen. Er legte seinem Werke die von der Kirche zu liturgischen Zwecken aus den vier Evangelien ausgewählten Perikopen (Ausschnitte) zugrunde und teilte das Ganze in fünf Bücher, wozu ihn ein Mystizismus bewog, der auf Isidor von Sevilla zurückgeht und auf die fünf Sinne des Menschen Bezug nimmt. Schon dieser gekünstelte Aufbau unterscheidet Otfrids Buch wesentlich von dem Heliand. Noch mehr aber weichen beide in der Art der Behandlung ihres Stoffes voneinander ab. Der altsächsische Dichter stand mitten im Volke und in unmittelbarer Fühlung mit dessen poetischem Schaffen. Daher gelang es ihm auch, den fremden Inhalt ganz im Geiste des Volkes zu erfassen und zu verarbeiten. Nirgends drängt sich der Dichter hervor, an keiner Stelle wird auf eine gelehrte Quelle hingewiesen.

Ganz anders stellt sich Otfrid dem Stoff gegenüber. Er steht über dem Volk und fern seiner Dichtungsweise. Überall tritt der gelehrte Theologe hervor, und den Gebildeten seiner Zeit genugzutun gilt ihm vor allem als das Ziel seiner Dichtung. Er beruft sich zur Bekräftigung seiner Worte auf Quellen und bringt in reichem Maße, was er daraus geschöpft hat. Ganz besonders in den mit »Spiritaliter«, »Moraliter«, »Mystice« überschriebenen Kapiteln, die zwischen die mehr erzählenden Inhaltes eingestreut sind, zeigt er sein theologisches Wissen. Die Homilien seiner und der früheren Zeit sind ihm gleich bekannt, und gewissenhaft teilt er mit, was er an gelehrten, besonders mystischen Deutungen in den Bibelkommentaren gefunden hat.

Am schönsten zeigt sich sein dichterisches Talent dort, wo er seine eigenen Gefühle in Worte kleidet. So z. B. wenn er im Anschlusse an die Rückkehr der drei Weisen (Genossen) die Sehnsucht nach dem Paradies mit dem Heimweh vergleicht (I. 18, 25 ff.):

Wolaga élilenti! hárto bistu hérti,
thu bist hárto filu suár, thaz ságen ih thir in álawar!
Mit árabeitin wérbent, thie héiminges thárbent;
ih haben iz fúntan in mír; ni fand ih líbes wiht in thír;
Ni fand in thír ih ander gúat, suntar rózagaz muat,
séragaz herza joh mánagfalta smérza!
Ob uns in múat gigange, thaz unsih héim lange,
zi thémo lante in gáhe ouh jámar gifáhe:
Farames, so thíe ginoza, ouh ándara straza,
then wég, ther unsih wénte zí éiginemo lánte.

Ach, Fremdland! sehr bist du hart;
du bist gar sehr schwer, das sage ich dir fürwahr,
In Mühsalen leben, die der Heimat entbehren,
ich habe es an mir erfahren; ich fand nichts Liebes an dir.

Ich fand in dir kein anderes Gut außer traurigen Sinn,
schmerzerfülltes Herz und mannigfaltigen Schmerz.
Wenn uns in den Sinn kommt, daß uns heim verlangt,
nach dem Lande plötzlich auch Sehnsucht uns ergreift,
Fahren wir, wie die Genossen, auch eine andere Straße,
den Weg, der uns wende zu dem eigenen Lande.

Alle diese Stellen, denen noch jene angereiht werden könnte, wo Otfrid das Lob seiner Franken singt, zeigen, daß er nicht bloß Gelehrter, sondern auch Dichter, und zwar Lyriker war. In der Wiener und Heidelberger Handschrift sind über einzelne Verse Neumen gesetzt, d. h. Zeichen, die das Steigen oder Fallen der Stimme anzeigen und so das musikalische Gedächtnis unterstützen sollten. Man hat daraus geschlossen, daß aus Otfrids Dichtung einzelne Abschnitte gesungen wurden.

In formeller Beziehung wurde Otfrids Werk die Grundlage der späteren deutschen Metrik. Er ging beim Bau seines Verses von dem alliterierenden Kurzvers aus. Je zwei Kurzverse werden durch den Endreim zu einem Langvers verbunden und je zwei solche zu einer Strophe.

Nu síngemes álle mánnolih bí bárne:
wola kínd diuri, fórasago mári!

Nun singen wir alle Mann für Mann,
Heil, teures Kind, berühmter Seher!

Otfrids Streben zielte darauf ab, durch regelmäßige Aufeinanderfolge von Hebung und Senkung strengere metrische Gesetze zu schaffen. In den drei ältesten Handschriften seiner Dichtung sind die wichtigsten Hebungen, oft auch alle, für den Vortrag mit Tonakzenten bezeichnet. Von dem Endreim spricht Otfrid in seinem Briefe an Liutbert als von etwas schon lange

Gebräuchlichem. Den Ursprung des Endreims in der deutschen Poesie sucht man in dem Einfluß der lateinischen Kirchenpoesie, die ihn schon in den ersten Jahrhunderten nach orientalischen Vorbildern anwandte und in die romanische Volkspoesie verpflanzte. Es ist aber auch möglich, daß er sich aus dem deutschen Alliterationsvers selbst entwickelte, und tatsächlich ist er im Angelsächsischen von selbst durchgebrochen. Jedenfalls war er zur Zeit Otfrids schon im Gebrauch, und es ist nicht unwahrscheinlich, daß er sich in jenen Liedern, die Otfrid verdrängen wollte, bereits gefunden habe. Kaum wäre es sonst erklärbar, daß ihn Otfrid mit einer immerhin großen Sicherheit hätte anwenden können und dessen Einfluß auf die deutsche Poesie so entscheidend geworden wäre, da ja sein Buch nach seinem Charakter doch nur auf einen kleinen Kreis von Lesern beschränkt bleiben mußte und nicht in das Volk gedrungen ist. Otfrid hat also den Endreim nicht als der erste, wohl aber zum ersten Male in einer umfangreichen deutschen Dichtung und mit Regelmäßigkeit angewendet. Von da an tritt der Endreim an die Stelle des Stabreims.

Auch sonst läßt Otfrids Werk den Zusammenhang mit der alten Dichtungsweise erkennen. So begegnen wir wiederholt der Variation, der Ankündigung des Subjektes oder eines anderen Satzgliedes durch ein Pronomen, einer Menge alliterierender Formeln, der Wiederholung eines Verses zur Verbindung der Strophen, wie es im Volksliede geschieht, und ähnlichem mehr.

Wie der Helianddichter übertrug auch Otfrid volkstümliche Verhältnisse auf den fremden Stoff; es gelang ihm aber nicht in gleicher Weise wie jenem, die christlichen Anschauungen mit dem germanischen Volkstum zu verschmelzen.

Auch in Otfrids Dichtung wird Christus, der König des Himmels, wie ein irdischer Germanenkönig aufgefaßt. Auf eine lange Ahnenreihe blickt er zurück; alle Eigenschaften, mit denen der Germane seinen König geziert wissen wollte, schmücken ihn: Gerechtigkeit und Milde, Tapferkeit und Mut in allen Gefahren. Kein Wunder daher, daß er über ein großes Gefolge verfügt. Ohne Furcht tritt er seinen Feinden in Gethsemane entgegen, und nicht aus Ohnmacht, sondern weil er für uns sterben wollte, unterliegt er ihrer Übermacht. Durch die Treue sind ihm die Apostel, seine Holden, seine Degen und sein Gesinde verbunden. Versammlungen, wie z. B. bei der Bergpredigt, werden nach Art der germanischen »Dinge« abgehalten. Die Ehebrecherin wird mitten in den Ring gestellt und so das Urteil über sie gesprochen, und wie ein Tageding wird einst auch das Weltgericht abgehalten werden. Personen und Orte erhalten germanisches Gewand. Pilatus wird »Herzog«, der Hauptmann, der bei der Kreuzigung Christi auftritt, »Schultheiß« genannt. Jerusalem, Bethlehem, Nazareth sind Burgen, ihre Bewohner Burgleute, und da die Wüste den Germanen fremd war, fastet Johannes in der Einöde des Waldes. Maria erscheint als Edelfrau aus fürstlichem Geschlechte. Feines Tücherwerk aus kostbarem Garn zu wirken, war ihre Lieblingsarbeit. Der gelehrte Theologe tritt auch hier durch die Erklärungen hervor, die er der Erwähnung fremder Gebräuche beifügt.

Otfrids Dichtung ist uns in vier Handschriften überliefert, von denen drei, nämlich die Wiener, die Heidelberger und die nur in Bruchstücken (Berlin, Bonn, Wolfenbüttel) erhaltene noch dem 9., die Münchner aber dem Beginn des 10. Jahrhunderts angehört. Die Haupthandschrift wird in Wien aufbewahrt und ist wahrscheinlich das von Otfrid selbst durchkorrigierte Exemplar.

Die rhythmischen Neuerungen Otfrids, die strophische Gliederung und den Endreim finden wir auch in einigen Gedichten, die entweder gleichzeitig oder bald nach Otfrids Werk entstanden und mehr oder minder von ihm beeinflußt sind. Ihre Verfasser sind Kleriker, ihr Inhalt entweder ein rein geistlicher oder ein historischer mit geistlicher Einkleidung. Wir beginnen mit der ersten Gruppe, die als Vorbotin der bald üppig erblühenden geistlichen Dichtung angesehen werden kann, und nennen zuerst den *Bittgesang an den heiligen Petrus*, wahrscheinlich das älteste geistliche Volkslied in deutscher Sprache. Es ist, obschon die Überlieferung bayerischen Charakter verrät, fränkischen Ursprungs und wurde vielleicht bei Prozessionen gesungen. Mit dem »Kyrie eleison, Christe eleison« fiel die Menge in den von einzelnen vorgetragenen Gesang ein. Das Gedicht gehört der Form nach zu den sogenannten »Leichen«, wie man jene ungleichstrophigen Lieder nannte, in denen das musikalische Element vorherrscht und das Wort diesem sich unterordnet. Sie wurden von einem Chor unter Musikbegleitung vorgetragen.

Wieder nach Franken führt uns ein Gedicht, das nach der Perikope aus dem Johannesevangelium 4, 3–42 die *Unterredung Christi mit der Samariterin* zum Inhalte hat.

Am Ende des 10. oder zu Beginn des 11. Jahrhunderts schrieb der Mönch Wisolf auf die letzten Seiten der Heidelberger Otfrid-Handschrift, wahrscheinlich aus dem Gedächtnis, das *Georgslied*. Die Abhängigkeit desselben von Otfrid in technischer und sprachlicher Hinsicht, der Fundort und der Dialekt lassen vermuten, daß das Original in einem Kreise verfaßt worden sei, der Otfrid nahestand, und zwar zu jener Zeit, in der dessen Evangelienbuch noch gelesen wurde.

Ein bayerischer Schreiber überlieferte uns eine in Rheinfranken entstandene Übersetzung eines lateinischen Gebets, des sogenannten *Augsburger Gebets*, und von dem Schreiber der Freisinger Otfrid-Handschrift stammen, die zwei *Gebete Sigiharts*. In literarhistorischer Hinsicht interessant durch die Anwendung der Alliteration neben dem Endreim ist eine in Bayern entstandene freie Bearbeitung des 138. Psalms.

Im Jahre 843 hatten sich Ludwigs des Frommen Söhne in das Frankenreich geteilt. Dieser Teilung folgten unter deren Nachfolgern wiederholt andere. Die Herrscher wechselten schnell hintereinander, innere Wirren brachen aus und führten zum Bürgerkriege. Das Reich des großen Karl war der Zertrümmerung um so näher, da auch Feinde von außen, die Slawen und Normannen, es bedrohten. Diese fielen im Jahre 881 in Westfranken ein, als eben dessen Herrscher Ludwig III., ein Sohn Ludwigs II., des Stammlers (gest. 879), mit seinem Bruder Karlmann und Karl dem Kahlen den Boso von Burgund bekriegte. Auf die Kunde, daß die Normannen die Somme überschritten hätten, hob Ludwig III. die Belagerung von Vienne an der Rhône auf und zog gegen die Feinde, die sich in Gent festgesetzt hatten. Am 3. August 881 kam es zur entscheidenden Schlacht bei Saucourt, westlich von der Mündung der Somme. Ludwig, kaum 18 Jahre alt, aber an Mut und Tatkraft, an Tapferkeit und Selbstbewußtsein seines großen Ahnherrn würdig, erfocht einen glänzenden Sieg. Diese Heldentat der fränkischen Waffen fand bald einen romanischen Sänger, und um den Sieger wob sich ein reicher Sagenkranz. Ludwig III. starb am 5. August 882. Als einen noch Lebenden, also unter dem noch frischen Eindrucke jenes Ereignisses, preist ihn ein geistlicher Sänger, vermutlich aus des Königs Umgebung, in rheinfränkischer Sprache in dem sogenannten *Ludwigsliede*.

Den König als einen von Gott selbst Erwählten und ihm ganz Ergebenen zu schildern, bildet das Ziel, das der Dichter, erfüllt von stolzem Nationalbewußtsein, mit seinem Sange erreichen will. Wie im Alten Testament wird daher Gott zu dem Frankenkönig in unmittelbare Beziehung gesetzt. Schon als Kind wurde Ludwig vaterlos. Da nimmt sich Gott selbst seiner als Erzieher an, und aus seiner Hand erhält er auch die Krone. Ludwig muß sich aber als treuer Diener des Herrn erproben, so jung er auch sein mag. Daher läßt Gott Trübsale über ihn kommen: Die heidnischen Normannen fallen, während er eben in der Ferne weilt, in sein Reich ein. Wie der König, so sollte damit auch sein Volk geprüft, die Frommen erwählt, die Unfrommen bestraft werden.

Thoh erbarmêdes got   Uuisser alla thia nôt:
  Hiez her Hluduîgan   Tharôt sâr rîtan.
Doch erbarmte sich dessen Gott, wußte er ja alle die Not:
  Hieß er Ludwigen dorthin sogleich reiten.
»Hluduîg kuning mîn,   Hilph mînan liutin!
  Heigun sa Northman   Harto biduuungan.«
Ludwig, mein König, du hilf meinen Leuten!
  Es haben die Nordmänner sie gar hart bezwungen.
Thanne sprah Hluduîg   »Hêrro, sô duon ih.
  Dôt ni rette mir iz,   Al thaz thû gibiudist.«
Darauf sprach Ludwig: »Herr, also tu'ich,
  – Nur der Tod hindere mich –, alles, was du gebietest.«
Thô nam her godes urlub,   Huob her gundfanon ûf,
  Reit her thara in Urankôn   Ingagan Northmannon.
Da nahm er Gottes Urlaub, er hob die Kriegsfahne auf,
  Ritt nach Franken entgegen den Nordmannen.

Ludwig reitet mit seinen Getreuesten den Feinden entgegen, stimmt ein heiliges Lied an, in das die Menge mit dem »Kyrie eleison« einfällt, und der Kampf beginnt. Mit einem Dankgebet für den errungenen Sieg und einem Segenswunsch für Ludwig endet das Lied.

Der Dichter des Ludwigsliedes war mit dem deutschen historischen Volksliede vertraut. Darauf deutet die an volkstümlichen Zügen reiche Schilderung des Kampfes hin, ferner die Ankündigung des Themas gleich zu Beginn des Liedes, die reiche Verwendung des Zwiegespräches als Darstellungsmittel und die Auffassung Gottes als Volksherrn und »magaczogo« (Erzieher) Ludwigs. Und doch weist es einen anderen Charakter auf als das episch-historische Lied, wie wir es im Hildebrandsliede kennengelernt haben.

Diese Verschiedenheit ist auf den Einfluß lateinischer historischer Dichtungen zurückzuführen, mit denen das Ludwigslied zusammengehalten werden muß, wenn man seine Stellung in der geschichtlichen Entwicklung des Volksliedes bestimmen will. Die einen, von Seemüller »historische Lieder« genannt, sind unmittelbar an Zuhörer gerichtet, gehen sofort in die Situation ein, auf deren Bericht sich ihr Inhalt beschränkt (wie im Hildebrandsliede), und weisen auch die übrigen genannten Merkmale des deutschen historischen Volksliedes auf; die anderen (»historischen Gedichte«) schildern ein geschichtliches Ereignis in seinem ganzen Verlauf. Beiden Arten gemeinsam ist die Einfügung geistlicher Nutzanwendungen, der typische Schluß mit Segenswunsch und Gebet, die Gliederung in Strophen und der rhythmische Vers. Erhalten sind deren nicht wenige; sie zeigen uns, daß um 900 die aus Hrabanus' Schule hervorgegangene volkssprachliche geistliche Dichtung erlosch.

DIE OTTONISCHE RENAISSANCE

Durch den Vertrag von Mersen (870) zwischen Karl dem Kahlen (823–877) und Ludwig dem Deutschen (843–876) wurde die sprachlich schon lange vorhandene Trennung der Länder des Karolingischen Reiches auch politisch vollzogen und – nach vorübergehender Einigung unter Karl III., dem Dicken (885) – endgültig durch die Wahl Odos von Paris zum König der Westfranken, Arnulfs (887–899) zu dem der Ostfranken. Wohl war er erfolgreich gegen Normannen und Slawen; doch sein Sohn Ludwig das Kind (900–911), der letzte Karolinger im deutschen Sprachbereich, war, wie sein Beiname besagt, noch ein Kind, so daß äußere Feinde und innerer Zwiespalt sowie das Emporkommen der Stammesherzöge die Einheit des Reiches zerstörten, um deren Wiederherstellung Konrad von Franken (911–918) sich vergebens bemühte. So verzichtete er auf die Krone für sich und sein Haus und ließ sie auf seine Gegner übertragen, die Sachsen.

Heinrich I. (919–936) schuf das nationale Königtum, stellte die Einheit wieder her und sicherte das Reich nach außen; Otto I. (936–973) befestigte die königliche Macht durch Schwächung der herzoglichen und durch Förderung der geistlichen Fürsten, schlug die Magyaren in der Schlacht auf dem Lechfeld (955) und erwarb 962 die Kaiserwürde. Die dadurch hergestellte Verbindung mit Italien machte sich auf allen Gebieten des wirtschaftlichen und kulturellen Lebens bemerkbar. Es entstand der romanische Baustil, die christliche lateinische Literatur blühte auf – es entwickelte sich die ottonische Renaissance. Renaissance bedeutet immer eine Wiederbelebung der lateinischen Studien. Deren Förderer war in diesem Fall Ottos d. Gr. Bruder Bruno (925–965), Erzbischof von Köln, Herzog von Lothringen, Kanzler des Reiches; mit persönlicher Heiligkeit wußte er das Vergnügen an wissenschaftlichen Gesprächen zu verbinden, war selbst Schüler von Männern, die in der Geistesgeschichte des Abendlandes eine Rolle spielten, und zog Gelehrte an seinen fürtbischöflichen Hof. Auch der Kaiser lernte noch Latein und berief bedeutende Grammatiker aus Italien nach dem Norden. Otto II. (973–983), Schüler des St. Galler Mönches Ekkehard II. und des durch sein Kunstverständnis und sein politisches Wissen ausgezeichneten Bischofs Willigis von Meißen, kann geradezu als ein Gelehrter auf dem Thron bezeichnet werden. Gar Otto III. (983–1002), Sohn der byzantinischen Prinzessin Theophano, Enkel der Kaiserin Adelheid, in deren Adern romanisches Blut floß, wurde persönlich gewissermaßen ein Kreuzungspunkt der verschiedensten kulturellen Einflüsse. Auf ihn folgte Heinrich II., der Heilige (1002–1024), der letzte Kaiser und König aus dem sächsischen Geschlecht. In den Bahnen der Ottonen wandelten auch die beiden ersten Salier Konrad II. (1024–1039) und Heinrich III. (1039–1056).

DIE VORSTUFE

Dieses Jahrhundert der ottonischen Renaissance beginnt mit dem Zeichen eines neuen künstlerischen Gefühls. Im Kloster St. Amand, nahe der Mündung der Scarpe in die Schelde, an einer der Grenzen des deutschen und welschen Sprachgebietes, pflegte man außer dem kirchlichen Latein auch die deutsche und die romanische Literatur; denn in Handschriften dieser Mönchsgemeinde sind uns älteste Sprachdenkmäler der damals im Werden begriffenen Nationen erhalten; das deutsche Ludwigslied und die kurze altfranzösische Eulaliasequenz. Die *Sequenz* war eine neue Form kirchlicher Lyrik, gerade in jener Zeit aus dem Orient in das Abendland verpflanzt, und diente als textliche Grundlage zu den schwierigen Jubilationen des Alleluja-Gesanges am Ende des Graduale innerhalb der Meßliturgie. Das Grundlegende war also die Melodie, die Musik; ihr fügte sich der Text. Natürlich ist die oben genannte Sequenz nicht die älteste, aber auch die in der Kirchensprache gedichtete scheint auf dem Boden des heutigen Frankreich entstanden zu sein; jedenfalls brachte nach 860 ein aus der Gegend von Rouen gekommener Mönch ein liturgisches Gesangbuch nach St. Gallen, in dem sich bereits einige Verse zu den Alleluja-Figuren fanden.

Eine andere Art Entfaltung im liturgischen Text schlummernder Keime waren die *Tropen,* Einschübe in Melodie und Wortlaut von »Introitus«, »Graduale« und »Offertorium«, zunächst in ungereimter Prosa, später in Vers und Reim. Auch sie gehen wahrscheinlich auf Anregungen der Ostkirche zurück und dürften wie die Sequenzen ihren Ursprung in Frankreich haben. Limoges in Gallien, Winchester in England, St. Gallen im Land der Alemannen sind die ältesten Zeugen dieser Versuche, die angeschlagene Stimmung eines lyrisch-musikalischen Teiles der Liturgie in Wort und Weise weiter auszukosten. Die St. Galler Überlieferung feiert den Mönch Tutilo (um 900) als Schöpfer des Tropus. Der Tropendichter war an den jeweils tropierten Text gebunden, doch konnte er ihn dialogisieren. Diese Zwiesprache, aus der noch heute gebrauchten, wenn auch später entstandenen Ostersequenz, die eigentlich in ihrem Kernstück ein Tropus ist, bekannt, sollte die Urzelle des geistlichen Spieles werden.

Vom literarischen Standpunkt aus betrachtet, war die Sequenz dem Tropus weit überlegen. Der Meister, der sie zur Höhe emporführte, war gleichfalls ein St. Galler Mönch: Tutilos Zeitgenosse Notker Balbulus (d. h. der Stammler, um 840–912), höchstwahrscheinlich aus dem toggenburgischen Jonschwil stammend, demnach der älteste Schweizer Poet und unter den lateinischen Dichtern des Mittelalters der größte. Er erhob die Sequenzen zu Kunstschöpfungen, indem er jeder Tonbewegung des Alleluja-Jubels eine eigene Silbe zukommen ließ; dazu konnte er die altklassischen quantitierenden Verse nicht, die rhythmischen Zeilen nur selten gebrauchen. Was er, wohl vom Schweizer Hirtenjodel beeinflußt, tat, war Beispiel für alle Zukunft: Durch ihn »wurde den Dichtern der Mund geöffnet, sie wurden dazu gebracht, sich selbst ihre Singweisen und Strophen zu finden«. Er überragte seine Zeitgenossen und viele seiner Vorgänger mit ihrer schulmäßig in rhetorischer Weise ausgeübten Fertigkeit durch die echte Kunst seines ergriffenen Herzens. Der vor ihm gepflegte Hymnus war immer noch antik – die Sequenz ist der erste poetische Ausdruck einer neuen Zeit, romanisch, bzw. bei Notker deutsch, wenn auch in lateinischer Sprache, die Ahnfrau auch aller weltlichen Lyrik diesseits der Alpen.

Wie bedeutsam in Notkers poetischem Schaffen, dem außer den Sequenzen noch andere Gedichte entsprungen sind, die nationale Note ist, zeigt der Einfluß, den die vorliterarische Spielmannskunst auf ihn ausübte. Er übernahm von den fahrenden Sängern und Mimen Märchen, Fabeln, Schwänke und gab den ungehobelten Erzeugnissen dieser oft derben Gesellen den »klosterlateinischen Schliff«. Durchaus ein Volksbuch sind auch seine *Gesta Caroli Magni*, die »Taten Karls d. Gr.«, keine gelehrte Historie, sondern die Sammlung alles dessen, was man damals vom Helden des Buches zu erzählen wußte, lateinisch geschrieben, doch vorgetragen mit behaglichem Ton und alemannischem Humor.

Wie wenig es auf die Sprache ankommt, beweist ein dritter St. Galler Mönch der damaligen Zeit, der um 890 gestorbene Ratpert (aus Zürich?). Er hatte auf den Gründer seines Klosters ein Lied in deutscher Sprache verfaßt und dazu eine eigene Weise komponiert. Etwa hundert Jahre später hat dann

Ekkehard IV. sich bemüßigt gefühlt, »dieses Lied möglichst getreu ins Lateinische zu übersetzen, damit seine so süße Melodie auch in lateinischer Sprache erfreue«. Der gleiche Vertreter der ottonischen Renaissance wurde auch der Vollender der vom eben genannten Ratpert begonnenen Klosterchronik, die natürlich von Anfang an in der Sprache der Kirche geschrieben war.

DIE ERSTE STUFE

Die Geschichte stand nicht still; vom Osten drohte Gefahr für Christentum und Abendland; die Ungarn kamen geritten, verschwanden, kamen wieder. Dieses Erlebnis dürfte der Anstoß gewesen sein, daß ein Klosterschüler von St. Gallen nach einem altdeutschen Sagenstoff das Epos *Waltharius manu fortis*, d. h. Walther Starkhand, dichtete. Der Klosterschüler, wenn er das wirklich noch war, hieß EKKEHARD (um 900–973), in der Chronik seiner Abtei der erste dieses Namens, wohl aus der Gegend von Gossau stammend, auf Grund seiner Gelehrsamkeit zum Dekan erkoren; 958 sollte er sogar Abt werden, doch schlug er wegen eines Unfalls die ihm angetragene Würde aus. Im Anschluß an Notker hatte sich Ekkehard auch in der geistlichen Lyrik betätigt, durch Einfachheit, Vergeistigung, Verhaltenheit vom Meister unterschieden (sechs Sequenzen und ein Hymnus sind erhalten), doch in keinem dieser Gedichte die poetische Kraft des Erstlingswerkes erreichend. Dieses war Bischof Erchambold von Straßburg gewidmet. Die Widmung (22 Hexameter von geringer Wortgewandtheit und schwer zu verstehen) schrieb Gerald (etwa 890 bis etwa 970), der seit jungen Jahren das Amt des Magisters an der Klosterschule versah. Der Inhalt des Epos ist folgender:

Der Hunnenkönig Attila, begierig nach Beute, zieht mit einem ungeheuren Heer nach Westen. Die Bedrohten suchen durch Geiseln und Tribut den Frieden zu erkaufen: Der Frankenkönig Gibich sendet nebst unermeßlichen Schätzen seinen Verwandten Hagen, der aber bald von Attilas Hof flieht. Herich von Burgund sendet seine Tochter Hiltgund, welche Attilas Gemahlin Ospirin zur Hüterin ihrer Schätze macht. Der Sohn des Königs Alphere von Aquitanien, Walther, gewinnt durch einen glänzenden Sieg, den er über ein ausländisches Heer erficht, am Hofe Attilas großes Ansehen.

Nach der Rückkehr Walthers vom Kampfe kommt es zwischen ihm und Hiltgund, mit der er schon als Kind verlobt worden war, zu einem Zwiegespräch, in dem der Plan zur Flucht ausgeheckt wird. Durch eine List verschafft sich Walther die Gelegenheit zur Flucht. Walther und Hiltgund fliehen mit Attilas Schätzen der fernen Heimat zu.

Als der König am nächsten Morgen seine Geiseln nicht vorfindet, verspricht er unermeßliche Schätze dem, der ihm Walther zurückbringt. Doch keiner der Hunnen wagt es, den Gefürchteten zu verfolgen.

Walther und Hiltgund gelangen nach 40 Tagen an den Rhein. Den Fergen, der sie über den Strom setzt, entlohnen sie mit einem Fisch, der, an die fränkische Hofküche verkauft, die Aufmerksamkeit des Königs Gunther erregt. Als dieser die näheren Umstände erfährt, heißt er zwölf Helden, Walther zu bekämpfen, um jene Schätze, die Gibich einst dem Hunnenkönig gesandt, zurückzugewinnen. Die Brautleute waren unterdessen nur acht Stunden von Worms entfernt und hatten in einer Felshöhle Unterschlupf gefunden. Zum ersten Mal seit 40 Tagen legt Walther die schwere Rüstung ab. Doch schon sieht Hiltgund feindliche Scharen nahen und erkennt unter den Franken auch Hagen. Dieser versucht vergeblich zwischen seinem alten Waffenfreunde Walther und König Gunther zu vermitteln. Walther weigert sich, den Schatz herauszugeben. Im Laufe des Kampfes streckt Walther 11 fränkische Helden zu Boden. Bei Morgengrauen stellen sich ihm Hagen und Gunther zum Kampf, der erst ein Ende findet, als die drei Helden kampfesunfähig sind. Während Hiltgund die Wunden verbindet, erneuern Walther und Hagen die alte Bruderschaft. Die Franken ziehen nach Worms, Walther und Hiltgund nach Aquitanien, wo sie Hochzeit feiern. »Haec est Waltharii poesis« (»das ist das Lied von Walther«), so beendet Ekkehard seine Dichtung.

Ekkehards Werk ist das letzte Aufflammen des alten nationalen Heldengeistes, der, gebannt in die Verse Vergils, dennoch ungeschwächt darin fortlebt, und das einzige Denkmal, das uns einen näheren Einblick in das Wesen unserer Heldendichtung tun läßt. Wie Tacitus in seiner »Germania«, so führt uns auch Ekkehard die alten Germanen mit ihren guten und schlimmen Eigenschaften vor. Sanfte Regungen des Gemüts, die in der Hochschätzung des Weibes und besonders in der Treue gegen den Waffenbruder und Gefolgsherrn Gestalt gewinnen, körperliche Kraft, die im Kampfe sich erprobt und Wunder von Tapferkeit zu leisten vermag, Todesverachtung, wenn die Ehre auf dem Spiele steht, daneben Haß gegen den Feind, demgegenüber so ziemlich alles erlaubt ist, das sind die Züge, die an den Recken des Walthariliedes uns entgegenleuchten. Sein Grundton ist heidnisch, doch klingen auch christliche Töne hinein. Aber alle christlichen Motive, durch die der fromme Dichter seinen Helden als einen christlichen darzustellen sucht, haben den heidnischen Charakter der Dichtung nur wenig geändert. Walther und Hiltgund lohnen dem Königspaare die Freundschaft durch Beraubung, Beutegier verlockt Gunther zum Kampfe.

Die Sage hat dem Dichter nur den Grundriß der Handlung und die Charaktere in allgemeinen Zügen geboten. Mit echt künstlerischem Geschick hat Ekkehard die Handlung in Abschnitten, die sich deutlich voneinander abheben und gleichmäßig dem Höhepunkt zustreben, aufgebaut. Diesen erreicht sie in den Einzelkämpfen vor dem Wasgenstein, dem Glanzpunkte des Gedichtes. Hier zeigte der Dichter vor allem seine Kunst im Individualisieren. Elfmal wird das Motiv des Zweikampfes verwendet, und doch ermüdet es den Leser nicht. Überall herrscht echt dramatisches Leben, voll Anschaulichkeit in der Darstellung und dabei doch ohne augenscheinliche Übertreibung.

Und welche Mannigfaltigkeit an Charakteren wußte der Dichter zu schaffen, angefangen von dem edlen Walther bis herab zu dem derben Trogus! Dort sehen wir das Ideal eines Helden aus der alten Zeit. Walther sucht den Kampf nicht, weiß aber, wenn die Pflicht ihn ruft oder die Not es gebeut, Wurfspieß und Schwert mit Macht zu führen. Zu seiner schier unerschöpflichen Körperkraft steht seine sanfte Gemütsart, die einige Male zur Weichherzigkeit wird, in merkwürdigem Kontrast. Zart und rein ist sein Verhältnis zu Hiltgund, und die Treue gegen den Waffenfreund Hagen wurzelt so fest in seiner Brust, daß er sie auch auf dessen Neffen überträgt und ihn vom Kampfe abhalten will. In Hagen verherrlicht der Dichter die Mannentreue. Durch sein ruhiges und bedächtiges Wesen bildet er einen wirksamen Gegensatz zu Gunthers leidenschaftlichem Charakter, der sich im Kampfe tüchtiger in Worten als in Taten erweist. Um die Ehre des Königs zu retten, verschmäht Hagen auch die List nicht. Wie bei Walther, so sehen wir auch bei Hiltgund ein reiches Gemütsleben. Sie ist nicht mehr eine Walküre, eine mildere Zeit hat sie geschaffen. Ihren Bräutigam will sie gerettet wissen, um Heldenruhm kümmert sie sich wenig; ihm ist sie in Treue ergeben und bittet daher beim Herannahen der Feinde um den Tod durch seine Hand, um nicht in ihre Gewalt zu kommen.

Die Höhe und Reife dieser Dichtung setzt ungewöhnliche Schulung voraus, geboten durch den heidnischen Vergil und den christlichen Prudentius, durch die Bibel und die frühmittelalterliche Literatur. Ihre Früchte sind sachgetreue und plastische Schilderung, anziehende Erzählung und ein leicht erfaßbarer Stil von so persönlicher Färbung, daß man von einer »genialen Vergewaltigung der Sprache« gesprochen hat.

Mehr dem Horaz verpflichtet, dem der namenlos gebliebene Dichter ganze und halbe Verse entnimmt, ist das Tierepos *Ecbasis cuiusdam captivi per tropologiam* (Flucht – wörtlich: das Hinausgehen – eines Gefangenen im bildlichen Sinne). Es entstand ungefähr gleichzeitig mit dem Waltharilied, und zwar, wie sich aus den örtlichen Andeutungen erschließen läßt, in Lothringen. Sein Verfasser war wahrscheinlich ein Mönch des Klosters St. Evre bei Toul. Die Dichtung zählt 1229 oder, wenn wir den als spätere Einschiebung erkannten Teil wegrechnen, 1175 Hexameter, die nach einer damaligen Gepflogenheit leoninisch gereimt sind, d.h., das Wort vor der Zäsur ist mit dem Schlußwort durch den Reim verbunden. Der Inhalt der Tierdichtung zerfällt in eine Außen- und in eine Innenfabel; die eine erzählt von der Feindschaft zwischen Wolf und Fuchs, die andere berichtet in bildlicher Einkleidung die Lebensschicksale des Dichters:

Er war, wie der Dichter von sich selbst im Prolog erzählt, ein Klosterschüler, aber ein recht fauler, der sich in die Ordnung nicht fügen wollte und wegen seiner Trägheit den Namen «Eselein» erhielt. Den Unterricht zu schwänzen, herumzustreifen, zu prahlen und allerlei Possen zu treiben war sein Vergnügen. Schließlich verläßt er das Kloster. Wieder zurückgebracht, erhält er Gelegenheit, in der Haft Einkehr in sich zu halten. Wirklich ergreift ihn die Reue über seine Faulheit, und er beschließt, um sich an Arbeit zu gewöhnen, das Dichten zu versuchen. Da er sich aber großen Stoffen nicht gewachsen fühlt, schildert er in einer Fabel sein eigenes Leben. Beim Anblick der Arbeiter auf dem Felde fühlte er sich einmal wie ein Kalb, das mit Banden im Stalle festgehalten wurde. Die Flucht des Kalbes und dessen Wiedereinbringung wird dem Dichter zum Bilde seines eigenen Lebens.

Die Ecbasis wird in künstlerischer Beziehung vom Walthariliede weit übertroffen, in literarhistorischer aber erlangte sie große Bedeutung, weil sie durch ihre allegorisch-symbolische Darstellung des geistlichen und politischen Lebens allen späteren Tierdichtungen zum Vorbilde wurde. Der Dichter deutet ausdrücklich an, daß seine Tierdichtung sinnbildlich aufzufassen sei. Wie weit sich die Anspielungen im einzelnen auf Personen, Orte und Verhältnisse erstrecken, läßt sich nicht bestimmen, der sinnbildliche Charakter aber des Ganzen ist klar, und zwar bildet die von Cluny ausgehende klösterliche Reform in ihren Wirkungen den Grundgedanken. Wie in St. Evre, so mochte auch in anderen Klöstern der Waldmönch Wolf es versucht haben, den einen oder anderen Mönch der frommen Klostergemeinde an sich zu locken. Unser Dichter betrachtet die Verhältnisse mit dem Auge des Satirikers. Dadurch wurde die Tiersage lokalisiert und zum Eigentum der Deutschen, als deren Schöpfung sie in diesem Sinne angesehen werden muß.

Neue äsopische Fabeln, die im 12. Jahrhundert in Prosabearbeitungen verbreitet wurden, führten zu einer Erweiterung des Umfanges der Tiersage. Das reiche Material bildete die Grundlage des Tierepos, das 1146–1148 in Flandern, also dort entstand, wo römisches und deutsches Wesen in innigster Wechselwirkung standen. Der Verfasser dieser Dichtung, die mit Rücksicht auf den Hauptbelden *Ysengrinus*, nach anderen *Reinardus vulpes* genannt wird, war vielleicht der MAGISTER NIVARDUS. Das Gedicht enthält zwölf Abenteuer und ist besonders dadurch interessant, daß in ihm die Tiere zum erstenmal mit Namen auftreten. Der Wolf heißt Ysengrinus (der mit dem eisernen Helme), der Fuchs Reinardus (aus »raginohart«, überaus hart), der Bär Bruno.

Der satirische Charakter tritt in diesem Gedichte, das in mancher Beziehung über der Ecbasis steht, sehr scharf hervor und wird oft zu gehässigem Spotte, der nebst manchen Rohheiten und ungeziemenden Dingen beleidigt und die Freude daran trübt. Von dem Ysengrinus wurde später ein Auszug gemacht, und mit ihm und einigen kleineren Tiergeschichten schließt im 13.

Jahrhundert die lateinische Tierdichtung. So lange hat auf diesem Gebiete die ottonische Renaissance nachgewirkt.

DIE ZWEITE STUFE

Gehören der »Waltharius« und die »Ecbasis« der ersten Stufe der ottonischen Renaissance an, wird die zweite eröffnet mit dem Werk der ersten deutschen Dichterin.

Hrotsvith (Roswitha) lebte etwa von 935 bis 1000 und war Nonne im Kloster Gandersheim (Land Braunschweig), einer von den Ottonen besonders geschätzten Stiftung, deren Äbtissin eine Zeitlang Ottos d. Gr. Nichte Gerberg war. Die ersten Gedichte der gelehrten Frau waren Legenden in teils epischer, teils elegischer Form. Im wesentlichen ist der ganze Legendenzyklus vom Glauben an die heiligende Kraft der Jungfräulichkeit beherrscht, ein Thema, das der gleichfalls lateinisch dichtende Angelsachse Aldhelm (um 640–709) als erster literarisch gemacht hatte; die Kenntnis seiner Werke ist für Hrotsvith nachgewiesen worden. Sie selbst aber hat, soviel wir wissen, in der *Theophiluslegende* zum erstenmal einen Bund zwischen Mensch und Teufel zum Gegenstand poetischer Darstellung gewählt.

Überhaupt war der Wille, Neues zu schaffen, in dieser Nonne aus sächsischem Adel stark ausgeprägt. Sie hatte die Entdeckung gemacht, daß Terenz ein Lieblingsautor vieler frommer Christen sei – natürlich sind Kleriker gemeint, andere konnten kaum genügend Latein, um römische Komödien zu lesen –, und deshalb den Vorsatz gefaßt, Terenz nachzuahmen, um in der gleichen Dichtungsart, in welcher bei dem Römer die Buhlerei schamloser Weiber vorgetragen werde, die Keuschheit heiliger Jungfrauen zu feiern. Dadurch sind Hrotsviths Dramen als Lesedramen und als Fortsetzung des Legendenzyklus charakterisiert. Dennoch ist der Einfall schlechthin überraschend, denn seit Seneca, d. h. seit rund neun Jahrhunderten, hatte niemand mehr Dramen gedichtet. Eigentlich faßt man es nicht, daß dieses Beispiel keine Nachahmung fand, ja nicht einmal größeres Interesse, wie die Überlieferung durch eine einzige Handschrift bezeugt. Dafür waren Jubel und Begeisterung im Kreise der Humanisten des 16. Jahrhunderts groß, als der »poeta laureatus« Konrad Celtis die Werke Hrotsviths im Benediktinerstift St. Emmeram zu Regensburg wieder auffand und besonders mit ihren Dramen die Gelehrtenwelt überraschte. Man verglich sie mit Terenz, Horaz,

Abraham führt in Gestalt eines Jünglings seine Nichte zur Gottseligkeit zurück.
Aus Hrotsviths »Abraham« nach der Ausgabe von Konrad Celtis, 1501.

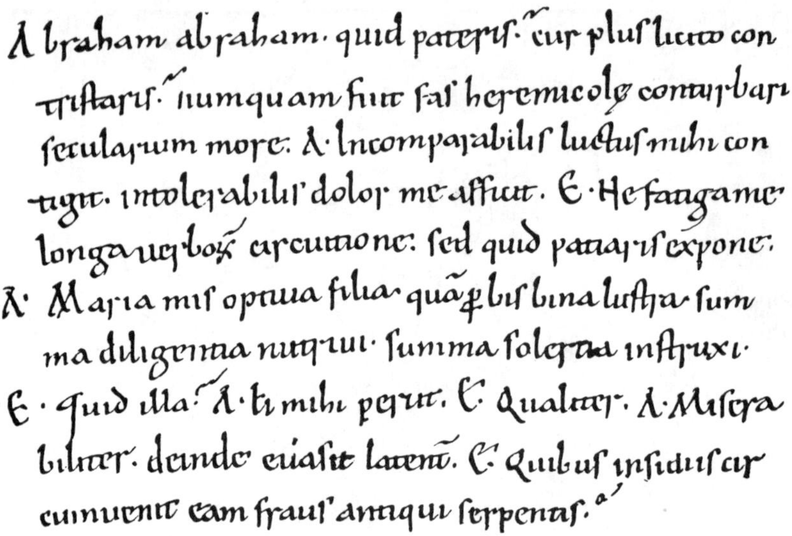
Abraham abraham. quid pateris. cur plus licito con
tristaris. numquam fuit fas heremicole conturbari
secularium more. A. Incomparabilis luctus mihi con
tigit. intolerabilis dolor me afficit. E. Ne fatiga me
longa verborum circuitione. sed quid patiaris expone.
A. Maria mis optiva filia quam pro bis bina lustra sum
ma diligentia nutrivi. summa solertia instruxi.
E. Quid illa. A. Ei mihi periit. E. Qualiter. A. Misera
biliter. deinde evasit latenter. E. Quibus insidiis cir
cumvenit eam fraus antiqui serpentis.

Wortlaut aus der Münchner Handschrift von Hrotswiths „Abraham".

Ephrem:	Abraham, Abraham, quid pateris? cur plus licito constristaris? numquam fuit fas heremicolae conturbari secularium more.
Abraham:	Incomparabilis luctus mihi contigit, intolerabilis dolor me afficit.
Ephrem:	Ne fatiga me longa verborum circuitione, sed quid patiaris expone.
Abraham:	Maria mis optiva filia, quam pro bis bina lustra summa diligentia nutrivi, summa solertia instruxi ...
Ephrem:	Quid illa?
Abraham:	Ei, mihi periit!
Ephrem:	Qualiter?
Abraham:	Miserabiliter; deinde evasit latenter.
Ephrem:	Quibus insidiis circumvenit eam fraus antiqui serpentis?

Ephrem:	*Abraham, Abraham, was fehlt dir? Warum so betrübt, mehr als sich gehört? Niemals durften Einsiedler sich verwirren lassen wie die Kinder dieser Welt.*
Abraham:	*Mein Jammer ist unerhört, mein Schmerz unerträglich.*
Ephrem:	*Nicht viele Worte! Sag mir's was dir fehlt!*
Abraham:	*Maria, meine liebe Pflegetochter, die ich zwanzig Jahre so sorgsam aufzog, so emsig belehrte ...*
Ephrem:	*Was ist's mit ihr?*
Abraham:	*Ach, die ist verloren!*
Ephrem:	*Wie?*
Abraham:	*Erbarmenswert; dann entlief sie heimlich.*
Ephrem:	*Wie konnte sie nur die betrügerische alte Schlange umstricken?*

Vergil; der selbst gefeierte Pirckheimer begrüßte sie mit einem Epigramm, in dem er Sappho als die zehnte, Hrotsvith als die elfte der Musen pries. Seitdem ist die Begeisterung wohl etwas geschwunden, aber noch immer erregt die dichtende Nonne durch ihre für das 10. Jahrhundert seltene Gelehrsamkeit und Bildung sowie durch ihr hervorragendes, an Genialität streifendes poetisches Taltent unsere Bewunderung.

Die Dichterin erkannte, daß die Hexameter ihres ersten Zyklus für den Dialog nicht geeignet wären; darum schrieb sie ihre »Komödien« in (gereimter) Prosa, auch dies wieder ein kühner Schritt in recht ferne literarische Zukunft. Das Thema des szenisch angelegten Legendenkranzes ist wiederum die Jungfräulichkeit, oft verbunden mit dem Gedanken an Gottes Gnade und Geduld mit dem Sünder. Als Beispiel diene das bedeutendste Stück, der *Abraham:*

Der Titelheld, ein alter Einsiedler, besucht seinen Freund Effrem und teilt ihm mit, er habe aus Sorge um das Seelenheil seiner Nichte Maria mit deren Einverständnis ihr Vermögen unter die Armen verteilt und sie selbst Christus angelobt. Nach zwanzig Jahren kommt Abraham wieder zu Effrem, denn Maria ist verführt worden und seither verschwunden. Zwei Jahre später erfährt Abraham, daß sich Maria im Hause eines Kupplers aufhalte, eilt ihr nach, spielt den in sie Verliebten, und ehe die beiden einander erkennen, wird Maria von Reue erfaßt, verläßt das Haus der Sünde und folgt dem Onkel. Die Schlußszene zeigt nochmals Abraham und Effrem, wie sie mit freudigem Ernst den Sieg über den Versucher feiern.

Nicht der Aufbau der Handlung macht diese Szenenfolge zu einem Kunstwerk, sondern die Charakterisierung der Personen: Die beiden Alten sind Vertreter echten und edlen Menschentums im Einsiedlergewand, der eine ein ahnungslos frommer Greis, aber tatkräftig, wo Taten nötig sind, der andere eine beschauliche Natur, die stets das rechte Wort zu finden weiß; zwischen den beiden steht die rührende Gestalt Mariens, deren reines Herz auch in den schlimmen Jahren vom Schmutz der Sünde nicht völlig überdeckt wird.

Im *Gallicanus* wirbt der Titelheld, ein noch heidnischer Feldherr Konstantins d. Gr., um dessen Tochter Konstantia und wird durch deren Klugheit zu Christus geleitet, für den er schließlich den Martyrertod erleidet.

Dulcitius will drei fromme Schwestern seinen unsauberen Begierden opfern und läßt sie in einen Küchenraum sperren. Im Dunkel der Nacht dort eindringend, umarmt er, von Gott geblendet, die Töpfe und Schüsseln. Im *Kallimachus* bittet Drusiana, des Andronikus Gemahlin, Gott um den Tod, damit sie nicht der Verführung des Titelhelden erliege, und wird erhört. Mit dem Abraham ist im Thema am nächsten verwandt der *Pafnutius*, der die öffentliche Dirne Thais bekehrt. – Allegorie ist das Legendenspiel von *Sapientia* und ihren drei Töchtern Glaube, Hoffnung und Liebe.

Ihr dichterisches Schaffen beschloß Hrotsvith mit historischen Dichtungen. Auf den Wunsch der Äbtissin Gerberg verherrlichte sie in einem Epos von 1500 Hexametern die *Taten Ottos d. Gr.* (bis zum Jahre 962, d. h. bis zur Kaiserkrönung), in einem zweiten die *Gründung des Klosters Gandersheim*, in beiden den Preis Gottes mit dem des ihrem Kloster so nahe stehenden Herrscherhauses verbindend.

Ottos schon genannter Bruder Bruno fand in RUOTGER einen Biographen, der Brunos Lebensbild im Auftrag von dessen Nachfolger Folcmar (965–968) entworfen hat. Es ist dies eine wertvolle historische Quelle in etwas schwülstigem Stil nach klassischen Vorbildern, im Aufbau bestimmt durch das von Einhard vermittelte Muster Suetons, in der Idee durch Augustins Programm, »pax et iustitia« (Friede und Gerechtigkeit), eine der hervorragendsten mittelalterlichen Lebensbeschreibungen. Die meisten Arbeiten dieser Art beschäftigten sich mit Heiligen und sind eher erbauliche Legenden als historisch zuverlässige Zeichnungen; Wundersucht beherrscht vielfach die Verfasser, deren Stil gleichfalls viele Wünsche offenläßt. Immerhin stellen sie in ihrer Gesamtheit eine große Summe geschichtlicher Tatsachen dar, deren Bedeutung für die damalige Zeit allerdings größer gewesen ist als für die Gegenwart.

Fürstliche Lebensläufe dagegen wurden nur selten dargestellt, weder in lateinischer Sprache noch in der des Volkes. Einer der wenigen Biographen dieser Art ist WIPO (gest. um 1050), aus Burgund oder aus der Gegend von Solothurn stammend, Hofkaplan Konrads II. (1024–1039), des ersten Saliers, unter dem die ottonische Renaissance noch weiterwirkt. Dies zeigt Wipos verhältnismäßig reines und stilisiertes Latein, vor allem aus Sallust und aus der Bibel genährt; in Prosa gebrauchte er es für seine Monographie *Gesta Chuonradi II. imperatoris* (Die Taten des Kaisers Konrad II.), in der er auch die bereits begonnene Herrschaft Heinrichs III. mitberücksichtigt, in Versen für die didaktische und andere Poesien, wie die *Proverbia* (Sprichwörter) und den *Tetralogus* (Viergespräch), einen Fürstenspiegel, in dem vier Personen (Dichter, Muse, Gesetz und Gnade) zu Wort kommen.

Am bekanntesten indessen ist Wipo als Dichter der heute noch in der lateinischen Liturgie verwendeten Ostersequenz *Victimae pascalis laudes*, die auf einen Tutilo zugesprochenen Tropus zurückgeht und, wie schon gesagt, als Urzelle des geistlichen Spieles gelten darf. Bei Tutilo und Wipo fragen die Engel am leeren Grab des Auferstandenen: »Wen sucht ihr im Grabe, Christusverehrerinnen?«, und erhalten die Antwort: »Jesus von Nazareth, den Gekreuzigten«; darauf geben die Engel Bescheid: »Er ist nicht hier, ist auferstanden, wie er's vorausgesagt; geht, meldet, daß er auferstanden aus dem Grab!« Sobald diese gesungenen Worte, die sich zunächst an den Osterritus anschlossen, von der Meßliturgie gelöst und einer kultischen Handlung zugeordnet wurden, entstand dramatisches Leben.

Das früheste Zeugnis hierfür findet sich in einer um 970 entstandenen Anweisung an den Domklerus von Winchester aus der Feder des Bischofs Aethelwold. Dort wird vorgeschrieben, daß sich während der Mette ein Kleriker, mit der Alba bekleidet, eine Palma in der Hand, an die Grabesstätte begeben und dort niedersetzen solle. Drei andere nähern sich, als ob sie etwas suchten, dem bezeichneten Ort. Dann entspinnt sich der aus dem Evangelium und dem St. Galler Tropus bekannte Dialog; dabei ist noch ein Mehr an stummen symbolischen Handlungen vorausgesetzt, so daß wir ein stationsweises Heraustreten geschlossener Szenen aus dem Gang einer Prozession feststellen können. Die Handlung – ganz im Sinne des griechischen Wortes Drama, das ursprünglich die kultische Opferhandlung meinte – ist nur von wenigen Worten begleitet und wäre auch ohne diese verständlich, sie bedarf auch keiner Vermummung der Zelebranten zu wirklichen Rollenfiguren, auch dann nicht, wenn nach der Rückkehr der frommen Frauen die Apostel ans Grab kommen, um sich von dem zu überzeugen, was ihnen gemäß dem Befehl des Engels die Frauen verkündet haben.

Diese Wiederholung des Schreitens zum Grab, die seit dem 11. Jahrhundert bezeugt ist, macht das Hinzuwachsen weiterer Szenenbilder begreiflich, das später, sobald etwa die Passion auch dramatisch dargestellt wurde, zur Sprengung des liturgischen Rahmens und zur Verselbständigung des geistlichen Spieles führen mußte. Wipos Ostersequenz setzt übrigens eine andere, und zwar neue Szene voraus, nämlich die Begegnung der Apostel mit der vom Grab zurückkehrenden Maria Magdalena. Der Dichter löst auch diese Szene aus ihrer an sich möglichen Stummheit. »Sag uns, Maria, was sahst du unterwegs?«, so reden die Jünger des Herrn die erste Zeugin seiner Auferstehung an und erhalten von ihr Bescheid. Die gesamte Weltliteratur ist nicht reich an solchen Belegen, die den Übergang einer mimischen Szene ins Reich der Literatur zeigen und damit die Macht des dichterischen Wortes beweisen. Wipo, an sich kein erstrangiger Dichter, hat hier nämlich eine Szene erfunden, für die kein unmittelbares Zeugnis vorlag, und ihr das die Handlung begleitende Sprachgewand gegeben.

Zeitgenosse Wipos war Hermann der Lahme (1013–1054), ein Sproß des schwäbischen Grafengeschlechtes von Altshausen, seit frühester Jugend an den Krankenstuhl gebannt, Schüler und dann Mönch im Kloster Reichenau, einer der größten Gelehrten seiner Zeit wie des ganzen Mittelalters. Aus seinem wissenschaftlichen Nachlaß darf hier nur die *Weltchronik* erwähnt werden, zwar nicht das erste mittelalterliche Werk dieser Art, aber vollständiger als alle vorausgehenden Versuche, verständig in der Stoffwahl, richtig in der Chronologie, gerecht und maßvoll in der Beurteilung der Dinge und Ereignisse, klar in der Sprache, einfach und ungekünstelt in Stil. Sie reicht von Christi Geburt bis zum Todesjahr des Verfassers.

Hermannus Contractus – da er lateinisch schrieb, sei auch sein Name einmal in dieser Sprache genannt – war nicht bloß Gelehrter, sondern auch Dichter, seinem Doppelberuf entsprechend zunächst Vertreter der didaktischen Poesie. Die acht Hauptsünden sind Gegenstand seiner nicht vollständig erhaltenen Lehrdichtung *De octo vitiis principalibus.* Nicht sicher, aber wahrscheinlich ist der körperlich lahme, jedoch geistig rege Dichter-Mönch der Verfasser der in der ganzen Welt bekannten Antiphon *Salve Regina.*

DIE ABKEHR

Um die Jahrtausendwende fällt bezeichnenderweise das Leben eines großen Abendländers, in dessen Werk die erste Abkehr von der ottonischen Renaissance erkennbar ist. Dieser Mann war Notker der Deutsche (um 950–1022), Leiter der Klosterschule St. Gallen. Seine literarische Tätigkeit ist völlig aus den Bedürfnissen der Schule hervor- und doch weit über diese hinausgegangen. Mit bloß scheinbarem Recht kann man sagen, er wäre »nur« Übersetzer gewesen, aber gerade das war damals eine kühne Tat; zudem war Notker ein geradezu genialer Übersetzer, denn er beschränkte sich nicht auf bloße Interlinearversionen, sondern schuf mit merkwürdig feinem Sprachgefühl dem Geiste des Originals entsprechende Übertragungen, ohne dieses je sklavisch nachzuahmen. Die Psalmen des Alten Bundes, der »Trost«, den Boëthius »durch die Philosophie« (»De consolatione philosophiae«) erfahren hatte, Vergils bukolische Gedichte und eine Komödie von Terenz sind neben anderen Schriften nicht durchwegs erhaltene, aber durch die Berichte Ekkehards IV. beglaubigte Zeugen von Notkers Vielseitigkeit.

Wie Beda Venerabilis, der große Angelsachse, auf dem Sterbebett die Frohbotschaft nach Johannes in seine Muttersprache übertrug, so hielt es Notker Labeo, das ist der mit der großen Lippe (war dieser Beiname eine Schülererfindung?), mit dem Buch des Dulders Job, als die Pest nach dem Leben des fleißigen und frommen Mönches griff.

Sein Schüler Ekkehard IV. (um 980 bis um 1060), ein gebürtiger Elsässer, zeitweise Lehrer an der Mainzer Domschule, schrieb wieder lateinisch. Als Dichter verfaßte er die zum Schulbuch bestimmten *Benedictiones super lectores per circulum anni* (Segnungen über die Leser im Jahresablauf) und die *Benedictiones ad mensam* (Tischgebete) sowie Verse für Wandgemälde in Mainz und St. Gallen, latinisierte auch, wie früher bemerkt, Ratperts Lobgesang auf den hl. Gallus und »verbesserte« auf Befehl des Erzbischofs Aribo von Mainz das Walthari-Epos seines Namensvorgängers.

An Ratpert knüpfte er auch an, indem er in den *Casus St. Galli* (Geschicke St. Gallens) die von jenem begonnene Klostergeschichte bis zur Zeit Abt Notkers (971–975) fortsetzte. Historiker kann jedoch Ekkehard nicht genannt werden; ihm ging es wenig um Tatsachentreue, sondern, was in gewissem Sinne mehr ist, um die Erfassung von Menschen und Zuständen. Die Leute, die er schildert, erstehen leibhaftig vor uns und leben, ihre Worte und Gebärden sind glücklich aufgefangen. Manchmal macht ihn sein Streben, geistreich zu sein, unverständlich, und sein Latein zeigt sich beeinflußt von den damals noch nahe an St. Gallen heranreichenden Rätoromanen.

Klassischem Muster der Sprache wandte sich dagegen ein wahrscheinlich mittelrheinischer Geistlicher oder Mönch zu (um die Mitte des 11. Jahrhunderts), der sogar seinen Namen hinter einem römisch aufgebauten Pseudonym verbarg: Sextus Amarcius Gallus Piosistratus, der nach Horazens Vorbild »sermones«, d. h. Plaudereien satirischen Inhalts mit kecker Anmut, scharfem Witz und sprühender Lebendigkeit dichtete.

Fern von satirischer Absicht hält sich der in einem eigenwilligen, von Germanismen durchsetzten Latein geschriebene Versroman *Ruodlieb* (sein Autor ist unbekannt), der wahrscheinlich um 1050 von einem Tegernseer Mönch ritterlicher Herkunft verfaßt wurde. Seltsam mischen sich darin Elemente verschiedenster Herkunft, hellenistischer Roman, altdeutsche Sage, orientalische Motive, höfische Sitte und Zeitgeschichte; neben Königen und Rittern begegnet der Leser Vertretern des kleinen Volkes, vor allem Angehörigen des Bauernstandes, neben Idealgestalten sehr real geschauter Typen des wirklichen Lebens. Vor allem fällt die große Rolle der Frau auf, die in diesem nur fragmentarisch überlieferten Werk oft das entscheidende Wort spricht.

Ruodlieb ist ein tapferer Kriegsmann der, von der Mutter Segen begleitet, in den Dienst eines Königs tritt, die ihm gestellten Aufgaben tüchtig löst und dann, mit fürstlichen Gaben und zwölf »goldenen Lebensregeln« beschenkt, in die Welt zieht, um allerhand Versuchungen teils zu erliegen, teils zu widerstehen, bis er seinen Neffen zur Hochzeit geleitet und selbst Aussicht erhält auf die Ehe mit einer reichen Braut.

Wie die Geschichte weitergehen sollte, wissen wir nicht, allzuviel kann kaum fehlen. In formaler Hinsicht steht der Ruodlieb weit hinter den Werken der gelehrten Dichtermönche jener Epoche zurück, inhaltlich bietet er völlig Neues – die Zeit der ottonischen Renaissance ist nur noch erkenntlich an der Wahl der lateinischen Sprache – und gedanklich überrascht der Verzicht auf »geistlichen« Zuspruch und die Bändigung des Kriegerideals durch den Geist der Mäßigung und Milde.

Die Skizze des Zeitalters der ottonischen Renaissance soll der in die Zukunft weisende Adam von Bremen (gest. um 1081) beschließen. Wohl auf Anregung des Erzbischofs Adalbert machte sich Adam daran, die Geschichte der hamburgisch-bremischen Kirche zu schreiben, wobei er sorgfältig die Urkunden der ihm zugänglichen Archive sowie das Material bereits vorhandener einschlägiger Werke aufarbeitete, vor allem aber auf Reisen zum Dänenkönig Sven durch Fühlungnahme mit nordischen Persönlichkeiten und durch Augenschein von Land und Leuten sich die geographischen und völkerkundlichen Voraussetzungen für sein Geschichtswerk, die *Gesta Hammaburgensis ecclesiae pontificum* schuf. Dieses ist in einem gewissen Sinn eine Rechtfertigungsschrift des Bremer Erzbischofs gegenüber dessen politischen Gegnern, aber durchaus sachlich und objektiv gehalten, zugleich jedoch eine der ersten missionsgeschichtlichen Arbeiten und im Zusammenhang mit dieser Aufgabe die erste Historiographie des skandinavischen Nordens.

Ein Jahrhundert später hat der Däne Saxo Grammasticus (um 1150 bis um 1216) in seiner *Dänischen Geschichte* durch das Mittel lateinischer Sprache altgermanisches Sagengut der Nachwelt vermittelt. Eineinhalb Jahrzehnte nach dessen Tod edierte Snorri Sturluson (1178–1241) auf Island die sogenannte *Jüngere Edda*, die abschließende Poetik der altgermanischen Dichtung.

HOCHMITTELALTER

DIE VORAUSSETZUNGEN

Das im Herzen der Schweiz liegende Kloster Einsiedeln hat eine nicht gerade häufige und kaum an anderen Orten vorkommende Tradition: Als wenige Jahre nach der Gründung des Stiftes Anno Domini 946 die Abteikirche geweiht werden sollte, hatte die Nacht zuvor Bischof Konrad von Konstanz eine Vision. Er sah den Herrn selbst vom Himmel kommen, die künftige Pilgerstätte seiner viellieben Mutter Maria persönlich zu segnen, begleitet von Petrus und den vier Evangelisten, von Gregor d. Gr. und den heiligen Kirchenvätern Ambrosius und Augustinus; auch fehlten nicht Sankt Stephan und Sankt Laurentius und die Scharen der Engel, um derentwillen die Erinnerung an jenen Tag noch heute als Fest der Engelweihe begangen wird. Diese Legende ist ein legitimes Kind des ottonischen Zeitalters, das auf dem durch die Väter der lateinischen Kirche errichteten Fundament auch die Welt auferbauen wollte und in der Welt die Kunst und die Literatur. Als gar um das Jahr 1000 an die Stelle der älteren holzbedeckten Basiliken die romanischen Hallenkirchen traten und mit ihrem Willen zur Dauer gegenüber der vergänglichen Welt die Ewigkeit symbolisierten, schien der Geist der ottonischen Renaissance den endgültigen Sieg davongetragen zu haben. Die Fronten, Vorhallen, Giebelfelder, Torbogen und Türen der neuen Gotteshäuser füllten sich mit Relieffiguren, Statuen, plastischen Gruppen und verkündeten jedem, der Augen hatte, die Frohe Botschaft, erzählten auch dem der Schrift Unkundigen die biblische Geschichte und das Leben der Heiligen.

»Litteratura laïcorum« nannte man schon früh diese Sprache des gemeißelten Gesteins, und in der Tat war sie es bald allein, die neben dem gesprochenen Wort das Amt der Predigt und der Erbauung ausübte. So geschah, was keineswegs beabsichtigt war: Die Zunge des Volkes sang, wo die bildende Kunst eine gewisse Höhe erreichte, von den Dingen des Alltags, von Freud und Leid der Welt, die Kirche aber pries Gott weiter in ihrer Sprache, dem bald nur den Gebildeten verständlichen Latein. Diese Trennung der Aufgaben erfolgte nicht von heute auf morgen noch wurde sie je restlos durchgeführt, ist aber immerhin auf lange Zeit hin Kennzeichen der Jahrhunderte und rasch eine große Gefahr für das Ineinander von Kult und Kultur, für das Miteinander von Klerus und Laienwelt.

Zunächst freilich lebte die Literatur aus den Quellen der Tradition. Um das Jahr 1050, mit dem ungefähr eine neue Epoche der Literaturgeschichte beginnt, wirkten recht lebendige Männer des Geistes und des Federkieles in allen Regionen des Abendlandes und somit auch in den Landen der deutschen Sprache.

Bevor man sich ihnen zuwendet, ist jedoch noch anderes zu erwägen: Die Aufgaben, die die Ottonen dem Klerus stellten, den zeremoniellen, gesellschaftlichen, diplomatischen Verkehr zu pflegen, vom Bischofssitz oder vom äbtlichen Stuhl aus auch weltliche Geschäfte zu besorgen, Territorialbesitz zu verwalten und darin Herrschaftsrechte auszuüben, lenkten höhere und niedere Geistlichkeit von ihrer kirchlichen und seelsorglichen Sendung ab und lockerten die strenge Kirchenzucht. Das führte umgekehrt zum Eingreifen der weltlichen Macht in kirchliche Belange und gipfelte im Investiturstreit unter Heinrich IV. (1056–1106) und Heinrich V. (1106–1125). Die Zeit der Hohenstaufen (1138–1254) entbehrte gleichfalls nicht politischer Auseinandersetzungen zwischen Papst und Kaiser, Italien und Deutschland, umschloß aber auch die Zeit der Kreuzzüge, eine Periode, in der Idealismus und Realismus seltsame Bündnisse eingingen und der bekämpfte Orient dem Abendland starke Impulse verlieh.

Die Reaktion der Kirche auf die Überforderung durch die Welt ging vom französischen Benediktinerkloster Cluny (nördlich von Lyon) aus, von wo aus seit dem 12. Jahrhundert auf strenge Ordens- und Kirchenzucht und auf Freiheit der Kirche von staatlichem Einfluß gedrungen wurde; in Deutschland übernahm die kluniazensischen Reformen das Stift Hirsau im Schwarzwald. Diesen Bestrebungen folgten die Bemühungen der Zisterzienser (besonders unter Bernhard von Clairvaux) und die völlige Weltabgeschiedenheit der Kartäuser. Die Heiligen Franz von Assisi und Dominikus begründeten anschließend die Bettelorden, die das Ideal der Armut in den Vordergrund stellten und die religiöse Erneuerung unter die breiten Massen brachten. Doch auch die weltlichen Kreise verschlossen sich dem Wehen des Heiligen Geistes nicht, das Rittertum erhielt eine religiöse Grundlage und verband – im Zusammenhang mit den Kreuzzügen – in den geistlichen Ritterorden kämpferischen Sinn mit Hingabe an Gott.

Die Geschichtsschau der Romantiker hat ein halbes Jahrtausend später diese Zeit des Hochmittelalters idealisiert; heutzutage ist es eher Mode, die Schattenseiten auch dieser Periode hervorzukehren. Den richtigen Weg für die Betrachtung hat wohl der in Freiburg i. Ü. weilende deutsche Historiker Gustav Schnürer gewiesen, wenn er seinen Hörern einprägte: »Das Mittelalter war keine ideale Zeit, doch eine Zeit der Ideale.« Davon mag auch die Geschichte der Literatur Zeugnis ablegen.

FÜHRENDER KLERUS

Geistliche deutsche Dichtungen entstanden fast gleichzeitig in allen Ländern, die von der religiösen Bewegung des 11. und des 12. Jahrhunderts ergriffen wurden. Der Anteil aber, den die einzelnen Stämme daran nahmen, ist verschieden. Am wenigsten hat sich daran das alte Sachsen, das eigentliche Niederdeutschland, beteiligt. Es hielt am Altheimischen fest und griff erst im 13. Jahrhundert wieder in das literarische Leben Deutschlands ein. Nur wenige Dichtungen führen uns nach Alemannien, eine größere Zahl zu den Schwaben, wo die Ideen Clunys nicht bloß in den Klöstern des Schwarzwaldes das geistige Leben erneuerten, sondern auch die Laien derart ergriffen, daß viele von ihnen in der Nähe von Klöstern ein gemeinschaftliches Leben nach der Regel des heiligen Benedikt führten. Die eifrigste Pflege aber fand die geistliche Dichtung in deutscher Sprache bei den Franken, die den Rhein hinab bis Köln und im Elsaß wohnten, dann bei den Bajuwaren, und zwar zunächst in den österreichischen Alpenländern und später in Bayern selbst.

Ihr Heim hatte die deutsche geistliche Dichtung an den Bischofssitzen und in den Klöstern; ihre Pfleger waren Geistliche, die sich nicht selten neben der deutschen Sprache auch der lateinischen in ihren Dichtungen bedienten. Und lateinisch waren auch die Schriften, denen man den Stoff zu den geistlichen deutschen Dichtungen entnahm. Die Bibel, die Evangelien, ferner die Heiligenlegenden, die Kommentare zu den heiligen Schriften und andere Werke theologischen Inhaltes, dann aber auch kirchliche Gebetsformeln und Predigten bildeten die Quellen, aus denen die Dichter den Stoff zu ihren deutschen Dichtungen schöpften. Kompendienartig abgefaßte Bücher, wie z. B. des Honorius von Autun »Speculum ecclesiae« und »Elucidarium«, enthoben die Dichter vielfach der Mühe des Suchens bei den einzelnen Autoren selbst. Kompilatorisch, wie die lateinischen Vorlagen zumeist waren, ist auch der Charakter der deutschen Dichtungen, und nur selten gelingt es den Verfassern, den Stoff selbständig poetisch zu gestalten. Dieser wurde im südöstlichen Deutschland vorzugsweise der Bibel entnommen, im westlichen aber der Legende. Dort wollte man mit den Dichtungen nur belehren, hier aber nicht bloß die Aufmerksamkeit spannen, sondern auch unterhalten. Die Dichtungen blieben aber nicht landschaftlich begrenzt, sondern müssen, wie man aus ihrer Abhängigkeit voneinander erkennen kann, bald verbreitet worden sein. Die Absicht, von der die geistlichen Dichter geleitet wurden, bildete das Streben, ihre Leser oder Zuhörer, Geistliche und Laien, in den Heilswahrheiten zu unterrichten und sie aufzufordern, das den Menschen gesetzte Endziel, Seligkeit oder Verdammnis, nie aus den Augen zu verlieren. Das Memento mori (»gedenke des Todes«) bildet den Grundton, der durch alle geistlichen Dichtungen klingt.

In innigem Zusammenhang mit den Dichtungen, deren Inhalt die Aufforderung zur Entsagung bildet, stehen auch jene, in denen die Heilsgeschichte des Menschengeschlechts entweder ganz oder in einzelnen Abschnitten vorgeführt wird. Die bedeutendsten derselben bilden der Opfertod Christi und das Weltgericht.

Dies sind die leitenden Ideen in den deutschen geistlichen Dichtungen des 11. und des 12. Jahrhunderts. Es sind dieselben Grundwahrheiten des Christentums, die teilweise auch den Inhalt einiger Gedichte aus der Karolingerzeit bilden. In formeller Beziehung aber schlossen sich die geistlichen Kunstdichter nicht an jene des 9. Jahrhunderts an, da ja deren Werke kaum mehr bekannt waren, sondern an die Predigt und Liturgie, an die lateinische religiöse und weltliche Poesie und an die Überlieferung der volksmäßigen Dichtung.

Nicht bloß der Inhalt, sondern auch der Ausdruck und die Darstellungsweise waren für die Dichter durch die genannten Muster vielfach schon gegeben. Die Metrik weist nicht mehr die Strenge des Otfridschen Verses auf, sondern es herrschen Freiheit und Willkür; überall ist der Werdeprozeß einer neuen Kunstform bemerkbar, die gegen Ende des 12. Jahrhunderts vollendet auftritt. Den Rhythmus des Verses bestimmt zwar noch die Grundform der vier Hebungen, es finden sich aber auch oft in demselben Gedichte Verse mit fünf und noch mehr hochbetonten Silben, und die Zahl der Silben in den Senkungen ist ganz unbestimmt. Die Vereinigung von Reimpaaren zu Strophen von ungleichem Umfange fanden wir schon in der Karolingerzeit, jetzt aber werden noch mehr Reimpaare zu Strophen verbunden, und deren Ungleichmäßigkeit wird noch häufiger. Daneben wieder ist in einzelnen Gedichten der Umfang der einzelnen Strophen gleichmäßig geregelt. Die lateinischen Hymnen und die strophisch gegliederten Sequenzen mögen auf diese, die in unregelmäßigen Abschnitten gebauten Sequenzen auf jene eingewirkt haben. In manchen Gedichten findet sich überhaupt keine strophische Gliederung; Reimpaare in ungleichmäßiger Zahl vereinigen sich dafür zu Redeabschnitten von großem Umfange, die oft durch verlängerte Schlußzeilen bezeichnet werden. Schließlich wird auch diese Teilung aufgegeben, und so entwickelte sich die Kunstform der laufenden Reimpaare, die für Gedichte erzählenden Inhalts allmählich zur Regel wurde. Der Reim selbst war noch nicht ausgebildet; oft vertritt ihn bloße Assonanz, und erst bei Heinrich von Veldeke hat er sich zur Reinheit ausgestaltet.

Von den Dichtungen, die wir zu betrachten haben, ist eine der ältesten der sogenannte *Ezzoleich,* der auf Veranlassung des Bischofs Gunther (1057–1065) in Bamberg von dem Schulvorsteher Ezzo verfaßt wurde, worauf ein anderer Geistlicher namens Wille ihn vertonte. »Als er die Weise gefunden, da eilten alle hin, um Mönche zu werden.« Aus dieser Bemerkung, die in einer der beiden Fassungen, in denen das Gedicht uns überliefert ist, sich findet, hat man gefolgert, daß dessen Abfassung mit einer Verordnung des Bischofs zusammengehangen habe, durch die den Stiftsherren die Vereinigung zum gemeinsamen Leben nach Art der Klöster aufgetragen wurde. Das Gedicht ist dann als eine Wirkung der klösterlichen Reformbewegung aufzufassen und vielleicht bei der Einweihung eines Hauses zu dem genannten Zweck gesungen worden. Es ist wohl dasselbe Gedicht gemeint, wenn ein unbekannter Mönch zu Göttweig im 12. Jahrhundert in dem Leben des Bischofs Altmann von Passau erzählt, daß Ezzo bei der großartigen Fahrt nach Jerusalem, die Bischof Günther mit etwa 7000 geistlichen und weltlichen Pilgern im Jahre 1046 unternahm und auf der er den Tod fand, ein deutsches Lied von den Wundern Christi gedichtet habe. Durch die Glaubensinnigkeit und die fromme Zuversicht, die es atmet, und besonders durch das Lob des Kreuzes, in das es ausklingt, war es gewiß geeignet, den Gefühlen Ausdruck zu geben, von denen die Pilger beseelt waren, und mochte daher auf der Fahrt oft gesungen worden sein. Die Beliebtheit des Ezzoleiches mit seinen 28 symmetrisch gegliederten Strophen muß sehr groß gewesen sein. Dafür spricht schon der Einfluß, den er auf die geistliche Literatur bis weit in das Mittelalter hinein ausgeübt hat.

Das »Gedenke des Sterbens« bildet den Inhalt des *Memento mori*, als dessen Verfasser sich am Schlusse NOTKER nennt. Es ist die älteste deutsche, symmetrisch gebaute Sequenz und wurde in der zweiten Hälfte des 11. Jahrhunderts in Alemannien, wahrscheinlich in St. Gallen, verfaßt, wohin die Reform der Cluniazenser schon unter Abt Norpert (1034–1072) gedrungen war. Der Dichter wünscht die Aufhebung des Standesunterschiedes, und als Anwalt der Armen gegen die Reichen (die Ritter) tritt auch der Verfasser des um 1115 in Kärnten entstandenen Gedichtes *Vom Rechte* auf. Treue, Gerechtigkeit und Wahrhaftigkeit sind die drei Pflichten (das Recht), die zu einem gottgefälligen Leben gehören. Die Mahnung, die Welt zu fliehen und für das Heil zu wirken, ehe es der Tod unmöglich macht, bildet den Inhalt eines dürftigen Gedichtes, das sein österreichischer Verfasser *Die Wahrheit* nennt. Es will ja den Menschen den wahren Weg weisen, der in die Heimat, in das Himmelreich führt, und sie vor dem Teufel warnen, der die Seelen in die Fremde, in die Hölle, locken will. Geleitet von derselben Absicht, sucht ein mittelfränkischer Dichter, der sich der Wilde Mann nennt, zur Übung der wahren Weisheit zu bewegen und Abscheu vor der Habgier zu erregen.

Biblische Dichtung

Eine besondere Gruppe bilden die Erzählungen, die ihren Stoff aus der Bibel, dem Alten und dem Neuen Testamente, nahmen. Diese biblischen Dichtungen scheinen großen Anklang gefunden zu haben und gaben ihren Verfassern Gelegenheit, einen eigenen epischen Stil auszubilden. Dabei suchten sie entweder die Knappheit, die Frische und das Sprunghafte der Spielmannspoesie nachzuahmen oder im Anschluß an die nationale Epik in behaglicher, breit dahinfließender Art zu erzählen. Die zweite Darstellungsweise finden wir besonders im Südosten, die erste in Mitteldeutschland. Vielfach aber sehen wir beide Richtungen in denselben Gedichten. Der Anschluß an die Predigt und der Einfluß der lateinischen Kommentare zur Bibel sind nahezu überall erkennbar.

Nach Franken weisen uns drei zu Beginn des 12. Jahrhunderts entstandene Dichtungen. Von ihnen steht das *Lob Salomons*, wie aus der warmen Darstellung der Friedenszeit geschlossen werden kann, im Zusammenhange mit den Bemühungen zur Durchführung des Gottesfriedens. Neben gelehrten symbolischen Deutungen, wie z. B. Salomons auf Christus, finden wir auch den Einfluß der Spielmannspoesie, und zwar in der jüdisch-talmudischen Sage von dem Drachen, die in das Gedicht eingeflochten ist.

Noch mehr tritt der Einfluß der Spielmannspoesie in zwei anderen Gedichten hervor, von denen das eine den Triumph der *Drei Jünglinge im Feuerofen* über Nabuchodonosor, das andere den *Sieg Judiths* über dessen Feldherrn Holofernes schildert. Der Ton der Erzählung ist frisch; in feststehenden Formeln werden die einzelnen Ereignisse vorgeführt und mit einer Leichtigkeit, wie sie eben nur den Spielmannsdichtungen eigen ist. Dieselben Vorzüge in der Darstellung wie in der »Judith« finden wir auch in einer südrheinfränkischen Bearbeitung des *Makkabäerbuches*, während sich die um 1110 im Südosten geschriebene sogenannte *Jüngere Judith* eng an die Bibel anschließt.

In Kärnten entstand um 1070 eine poetische Bearbeitung des ersten Buches Moses. Sie ist uns erhalten in einer Handschrift, die nach ihrem Aufbewahrungsorte »Wiener Genesis« genannt wird und in einer jüngeren Bearbeitung in der Millstätter Sammelhandschrift sich findet. Die *Wiener Genesis* bildet in sprachwissenschaftlicher und in literarhistorischer Beziehung eines der wertvollsten Denkmäler und gehört wegen ihres Bildschmuckes und der prachtvollen Schrift zu den schönsten uns erhaltenen Handschriften. Die Sprache zeigt im allgemeinen noch den altertümlichen Charakter; aber Abschwächungen vollklingender Vokale der Endsilben zu tonlosem e zeigen schon den Beginn der Änderungen, die sich in der Sprache am Ende des 11. und zu Beginn des 12. Jahrhunderts vollzogen haben und den Übergang des Althochdeutschen zum Mittelhochdeutschen vorbereiteten. Die Quellen, die der Dichtung den Stoff liefern, sind die Bibel, dann die um 507 verfaßte Schöpfungsgeschichte des Alcimus Avitus, Bischofs von Vienne, und viele Kommentare. Die Erzählung fließt bald in altepischer Art breit dahin, bald ist sie knapp und sprunghaft. Der Anschluß an die Predigt ist durch eingestreute Ermahnungen an die Leser, die zuweilen auch apostrophiert werden, allenthalben erkennbar. Es fehlen aber auch gelehrte Bemerkungen nicht; wir finden die üblichen Deutungen auf das Neue Testament und auch naturwissenschaftliche Exkurse, wie z. B. bei der Schöpfung die Aufzählung vieler Pflanzennamen, und zwar nach dem Kapitulare Karls d. Gr., worin ein Normalgarten geschildert wird. Zuweilen wird der Inhalt der Zeit des Dichters angepaßt und mit ihr in Fühlung gebracht. So finden wir in den letzten drei Teilen, besonders im vierten und sechsten, wiederholt Beziehungen zu den ritterlichen Lebensanschauungen, die immer mehr zur Geltung kamen.

Die Vorzüge der Darstellung teilt mit der Wiener Genesis eine Dichtung, die sich in derselben Handschrift findet und unter dem Namen *Exodus* in die Literaturgeschichte aufgenommen wurde. Der Verfasser erzählt in frischem Tone den Auszug der Israeliten aus Ägypten, der einer ritterlichen Heerfahrt gleicht, unterbricht den Gang der Handlung nicht durch allegorische Deutungen und weiß das Interesse seines Publikums durch die Schilderung einzelner Ereignisse aus dem Geiste seiner Zeit heraus zu wecken, ähnlich wie im angelsächsischen Epos.

Das 1163 gegründete Chorherrenstift Vorau in Steiermark besitzt eine überaus wertvolle Handschrift, in der sich mehrere geistliche und weltliche

Gedichte des 11. und des 12. Jahrhunderts gesammelt finden. Von diesen steht eine Bearbeitung des ersten Buches Moses, die sogenannte *Vorauer Genesis* (um 1117), ohne Zweifel in Beziehung zur Wiener Genesis. In der Auffassung und Behandlung des Stoffes aber weichen beide Dichtungen wesentlich voneinander ab. Diese legt das Hauptgewicht auf die Erzählung, jene auf die allegorisch-typologische Erklärung, die durch die immer mehr sich entfaltende Scholastik und besonders durch die Mystik wieder neuen Boden gewann.

Dieselbe Vorauer Handschrift nennt uns auch den Namen der ersten deutschsprachigen Dichterin. Es ist dies Frau Ava. Sie war, wie dort mitgeteilt wird, Mutter zweier Söhne, die ihr den Stoff und die Motive zu ihren Dichtungen lieferten und von denen der eine nicht mehr am Leben war, als jene Zeilen geschrieben wurden. Mehr wissen wir über Frau Ava nicht, und es ist nur eine Vermutung, wenn man sie mit der Inclusa identifiziert, deren Tod in den Nekrologien von Melk, Göttweig, St. Lambrecht und anderen am 7. Februar 1127 verzeichnet ist.

Als »inclusae« oder »reclusae« aber bezeichnete man jene Frauen, die, abgeschieden von der Welt, in der Zelle eines Klosters oder in der Nähe eines solchen unter strengen Bußübungen ihr Leben zubrachten. Zur Heiligung des Lebens sucht die fromme Frau Ava mit ihren Werken anzueifern. Es sind dies *Das Leben Jesu und der Apostel, Die Gaben des Heiligen Geistes, Der Antichrist* und das *Jüngste Gericht*, denen dann später als eine Art Vorgeschichte in der mit Bildern geschmückten Görlitzer Handschrift noch das von einem anderen Verfasser stammende *Leben Johannes des Täufers* vorangesetzt wurde. Die Dichterin verfügt zwar über keine große poetische Gestaltungskraft, aber dennoch sind ihre Gedichte wirksam durch die Einfachheit der Darstellung und das zarte, tief fromme Gemüt, das aus ihnen spricht. So wenn sie ihrem Mitleide mit Maria Magdalena und der Gottesmutter, die am Fuße des Kreuzes stehen, Ausdruck verleiht oder in kindlich frommer Art dem Josef von Arimathia versichert, daß sie sich ihm, hätte sie damals gelebt, angeschlossen hätte und voll des Dankes gern etwas Liebes tun möchte. In den Gedichten von den letzten Dingen wird sie sogar hochpoetisch, in dem vom Heiligen Geiste aber zum Theologen.

Den Blick auf das Jenseits richtet das in der Vorauer Handschrift überlieferte Gedicht *Vom himmlischen Jerusalem,* in dem nach einer Schrift Marbods, eines französischen Schriftstellers, die in der Geheimen Offenbarung erwähnten Steine nach ihren wunderbaren Eigenschaften und Wirkungen in mystischem Sinne gedeutet werden.

Einzug Christi in Jerusalem. Illustration aus Otfrids Evangelienbuch.

Da namen. mit gemeinlichem rate: daz ez dr
kunich iht hate: zeleid oder zeuminne: als
er ds wrde inne. daz sie in dem lande wæren.
vnd in iedoh uerbæren. do giengen die rec-
ken ziere. fur den ubeln wirt schiere. herodes
was er genant. v̄ rihsent uber daz lant. er en
pfie sie wol fur ware. do huben sie uf di mæ-
re: uon dm niwen kind. v̄ dem sterne dr in

luhte. der kunik enpfieng ez swind. di rede
in fremde duhte: al dr hof erchom ioh di stat.

Übertragung

da nâmen,
mit gemeinlichem râte,
daz ez der | kunich iht hâte
ze leide oder ze unminne,
als | er des wrde inne,
daz sie in dem lande waeren
unde in iedoh uerbaeren.
do giengen die rec | ken ziere,
fur den ubeln wirt schiere.
Herodes | was er genant
unde rihsent uber daz lant.
er en | pfie sie wol fur wâre
do huben sie ûf div mae | re
uon dem niuwen kinde
unde dem sterne, der in | lûhte,
der kunik empfieng ez swinde,
diu rede | in fremde dûhte.
al der hof erchom ioh diu stat.

Übersetzung

(Eine Frist sie) da sich nahmen,
Zusammen zu beraten,
Ob nicht der König zu Ungnaden
Es ihnen nähm' und zur Unminne,
So er des würde inne,
Daß sie wären in seinen Landen
Und ihm doch nicht Kunde sandten.
Die Recken, aller Recken Zier,
Vor den üblen Wirt sie traten schier,
Herodes war er genannt,
Und herrschte über das Land.
Er empfing sie da mit Ehre,
Da huben sie an die Märe
Von dem neugebornen Kinde
Und dem Sterne, ihrer Leuchte;
Auf fing es der König geschwinde,
Die Rede fremd ihn däuchte.
Der ganze Hof und auch die Stadt
Erschrak ... *(M. Brühl)*

Die drei Weisen aus dem Morgenland vor Herodes. Aus Priester Wernhers »Drei Lieder von der Jungfrau«, Handschrift aus dem 12. Jahrhundert.

Ein Bild aus der »Wiener Genesis« (Gott mit zwei Männern). Handschrift aus dem 12. Jahrhundert.

Wiederholt hören wir, wie die Dichter in das Treiben der Welt des Memento mori rufen. Keiner aber unter allen tut das in so erschütternder Weise wie der Verfasser der um 1160 geschriebenen *Erinnerung an den Tod,* der sich am Schlusse Heinrich, Gottes armen Knecht, nennt. Der Dichter kündigt sein Thema, von des »tôdes gehugede« (von der Erinnerung an den Tod), an, schildert aber, bevor er dessen Durchführung beginnt, das sündhafte Treiben aller Stände. »Omnes declinaverunt« (Alle sind untreu geworden). Priester, Richter, Ritter, Bauern und Kaufleute, kurz, alle Stände werden in diesem einleitenden Abschnitte, dem der Dichter daher im Vers 450 passend den Titel »von dem gemäinem lebene« gibt, von der Geißel des Satirikers getroffen, denn als solchen müssen wir Heinrich von Melk beurteilen.

Die Bischöfe beschuldigt er der Simonie und Bestechlichkeit, das Leben der Priester steht nicht im Einklange mit ihren Lehren, Helme und Brünnen und ein glänzendes Gefolge bilden die Freude der geistlichen Ritter, Putzsucht und Eitelkeit herrschen selbst im Bauernstande.

Nach dieser Einleitung führt er sein Thema, die Erinnerung an den Tod, in erschütternden Gemälden durch. Die Reize der Welt, von denen sich die Menschen berücken und über das Elend hinwegtäuschen lassen, und die Schauer des Todes und der Hölle geben ihm dazu die Farben, und er malt mit einer Naturalistik, die auch vor dem Gräßlichsten nicht zurückbebt. Er läßt den Sohn des reichen Weltmannes den obersten Stein des Grabes seines Vaters wegheben, ihm durch dessen Mund eine bis ins Mark erschütternde Schilderung des Lebens in der Hölle geben und ihn im Hinblick auf die Herrlichkeit des Himmels zur Buße mahnen.

Die Unterredung zwischen dem Sohne und dem im Grabe ruhenden Vater erinnert in ihrer Form an die »visiones« oder »conflictus«, die in der lateinischen Literatur des Mittelalters sehr beliebt waren. Der Vater gehört dem Ritterstande an, und ein Ritter war wohl auch der Dichter, ehe er die Welt, die ihn betrogen hatte, verließ und nach dem Beispiele vieler anderer durch die trüben Zeitverhältnisse geängstigter Gemüter als Laie in ein Kloster eintrat. Wahrscheinlich war es Melk, dem 1121–1163 der Abt Erchanfried vorstand. Heinrichs Gedicht verrät überall ein poetisches und rhetorisches Talent und bildet den Höhepunkt der geistlich satirischen Poesie jener Zeit. Auch für die Kulturgeschichte ist es von hohem Werte, weil es uns deutlich den Kampf der neuen Richtung in der Lebensanschauung mit der alten zeigt. Hier strenge Askese, dort heiterer Genuß, genährt durch die Wohlhabenheit in einzelnen Ständen.

Es ist wahrscheinlich derselbe Heinrich, der in dem Gedichte *Vom Priesterleben* mit der schneidendsten Waffe, die je ein Satiriker führte, das verweltlichte Treiben der Priester rücksichtslos geißelt und mit einer schonungslosen Härte und Bitterkeit, die oft zum Hohne wird, eine Reihe von Lastern aufzählt, denen die Hirten des Volkes frönen. Trotz aller Verbitterung aber wahrt der Dichter den dogmatisch richtigen Standpunkt, indem er in der damals oft besprochenen Frage von der Gültigkeit der Sakramente diese von der Würdigkeit des Priesters unabhängig erklärt.

Mariendichtung

In der »Vorauer Sündenklage« wendet sich die Dichterin an die heilige Gottesmutter, um ihre Fürbitte zu erflehen, und nennt sie das Reis aus der Wurzel Jesse, des Himmels erhabene Königin, des Gottessohnes Amme, des Feldes Blume, die edle, liebe Frau, die uns die Lilie, die Blume der Täler, brachte. Und wie hier, so wurde Maria in vielen Gedichten des Mittelalters gepriesen.

Die Marienverehrung ist so alt wie das Christentum und kam mit diesem aus dem Orient nach dem Abendlande. Schon im 2. Jahrhundert begann man gegenüber den Irrlehrern Stellen aus dem Alten Testamente in allegorisch-typologischem Sinne auf Maria zu deuten, und noch vor dem Konzil zu Ephesus (431) war zum größten Teile der Schatz von Bildern und Beiworten gesammelt, mit denen die Erwählte unseres Geschlechtes bis zur Stunde in gebundener und ungebundener Rede gepriesen wird. In allen Zungen und mannigfach erscholl ihr Lob. Der Grieche und der Lateiner gingen voran, und auch der deutsche Sänger säumte nicht, seine Harfe zum Lobe der »sonnenklaren Gottesmagd«, des »schimmernd weißen Edelsteins«, zu stimmen, als den sie schon Otfrid von Weißenburg begrüßte. Die Anregung zu dem glänzenden Marienkult, dem Deutschland im Mittelalter huldigte, kam aus Frankreich. Die Kluniazenser, besonders aber die Zisterzienser und Prämonstratenser förderten ihn durch Wort und Schrift, weihten Kirchen und Altäre ihrer Beschützerin, und auch Pinsel und Meißel mußten Mariens Ruhm verkünden. Zahlreich sind die lateinischen Predigten und Abhandlungen, zahlreich auch die Hymnen und Sequenzen, in denen die Geistlichen Deutschlands und Frankreichs im 12. und 13. Jahrhundert Mariens Lob gesungen haben.

Als neben der lateinisch-theologischen Literatur auch die deutsche geistliche Dichtung eifrige Pflege fand, begann auch die Marienminne ihre Blüten zu treiben, um sie dann im 13. Jahrhundert in voller Pracht zu entfalten. Es sind einfache und schlichte Weisen, in denen die Sänger der heiligen Minne nach dem Muster lateinischer Hymnen und Sequenzen Mariens Ruhm unter den Bildern priesen, die in diese aus der patristischen Literatur übergegangen waren.

Übertragung

vnser herre sprach ir aber zv:
„wip, waz weinest dv?"
Si sprach: „daz ich wein also sêre,
daz tv̊n ich mînen herren,
der ist mir hie genommen.
ich enweiz, war er ist chomen.
maht du mir frum sîn,
ich gibe dir alle di hab mîn."
er sprach: „Noli flere,
niht enwein niht mêr(e)."
Maria er si nande,
zehand si in erchande.
Si stund im nahen bî.
si sprach: „Râboni."
Er sprach: „rv̊re mich niht,
ich enchom noch ze mînem vater
du solt den jungern sagn [niht.
daz si niht enchlagen,
Petro vnd den anderen.
sag in, ich sî erstanden,
daz si chomen in Galilea,
da wil ich vor in gên!"

Übersetzung

Unser Herr aber sprach zu ihr:
„Weib, warum weinest du?"
Sie sprach: „Daß ich weine also sehr,
das tu ich um meines Herrn willen,
der mir von hier genommen worden ist;
ich weiß nicht, wo er ist hingekommen.
Kannst du mir Auskunft geben,
so gebe ich dir alles, was ich habe."
Er sprach: „Weine nicht!
Weine nicht mehr."
Mit „Maria" redete er sie an;
sofort erkannte sie ihn.
Sie trat nahe zu ihm hin;
sie sprach: „Rabboni".
Er sprach: „Rühre mich nicht an,
ich bin noch nicht zu meinem Vater gekommen.
Sage den Jüngern,
daß sie nicht klagen,
dem Petrus und den anderen.
Sage ihnen, ich sei erstanden,
Sie sollen nach Galiläa kommen,
dorthin will ich ihnen vorangehen."

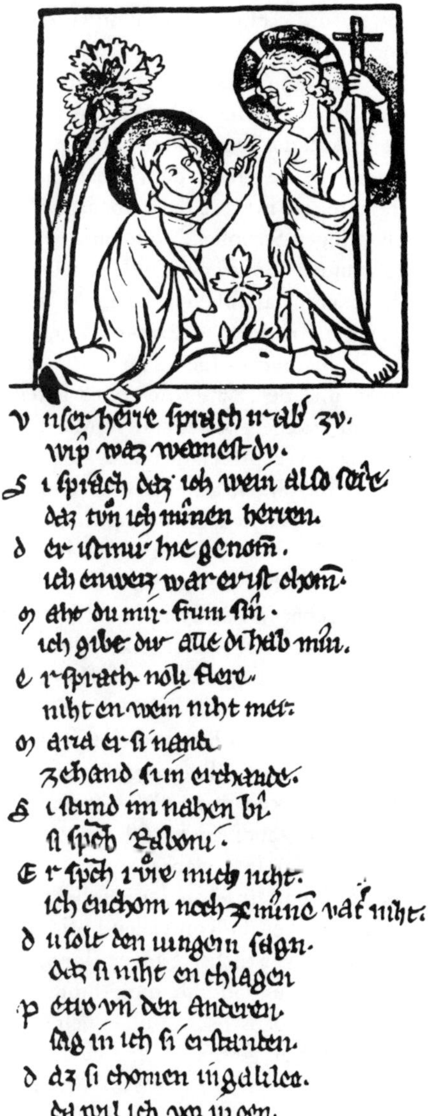

Der auferstandene Heiland und Maria im Garten.
Aus dem »Leben Jesu« der Frau Ava. Görlitzer Handschrift. Ende 13. Jahrhundert.

So wird die Himmelskönigin von dem Verfasser des *Melker Marienliedes* (um 1125) mit Aarons Stab, der Frucht trug, verglichen; sie ist ihm der brennende Dornbusch, der brannte und doch nicht verbrannte, der Meeresstern, der ungepflügte Acker, das Reis aus der Wurzel Jesse, die verschlossene Pforte, die Taube ohne Galle, der versiegelte Brunnen, der verschlossene Garten, die Zeder auf dem Libanon, die Rose von Jericho, die Pforte zum Paradiese; sie brachte das Leben, Eva den Tod. In 14 regelmäßig gebauten, sechszeiligen Strophen, von denen jede mit »Sancta Maria« schließt, werden diese zumeist biblischen Bilder aneinandergereiht.

In einem Marienliede, das in Arnstein an der Lahn gefunden wurde und daher der *Arnsteiner Marienleich* genannt wird, wendet sich die Verfasserin zum Schlusse ihres Liedes an Maria, die Zuflucht der Sünder, den Trost der Armen und den Schild der Niedrigkeit, mit der Bitte, auch ihr Gnade bei Gott zu erflehen. Zwei andere Marienlieder schließen sich an die berühmte Sequenz »Ave praeclara maris stella« an, und zwar das eine, die *Mariensequenz aus Muri*, als eine freie Umarbeitung auf die gleiche Melodie, das andere, die *Mariensequenz aus St. Lambrecht*, als teilweise wörtliche Übersetzung. Reich an Bildern ist ein in Abschnitte geteiltes *Marienlob*, das ein niederrheinischer Geistlicher im 12. Jahrhundert dichtete.

In epischer Weise besingt, vielleicht in Augsburg, Mariens Lob im Jahre 1172 ein bayerischer PRIESTER WERNHER. Angeregt wurde er dazu durch den Weltpriester Manegolt; den Stoff bot ihm das apokryphe Buch »De infantia Mariae« (Über die Jugend Mariens). Das Original des Marienlebens Wernhers ist uns nur in Bruchstücken erhalten; Umarbeitungen aber, von denen die mit herrlichen Bildern geschmückte und kunstvoll gebaute Berliner noch dem 12., die kunstlosere Wiener dem 13. Jahrhundert angehört, überliefern uns den vollständigen Text dieser zarten und warm empfundenen Dichtung. Das ist heilige und wahre Minne, kindlich fromme und rückhaltlose Hingabe, weit entfernt von der weltlichen, oft nur anempfundenen und berechnenden Minne, die von vielen höfischen Sängern gepriesen wird. Und doch steht unser geistlicher Sänger durch die Gefälligkeit des Stils, trotz aller Einfachheit, und durch die Anmut der Sprache jenen nahe. Ja selbst die ritterliche Lebensanschauung spielt wiederholt herein, wenn auch Wernher im allgemeinen getreu seiner Quelle folgt.

Wernhers *Drei Lieder von der Jungfrau* bezeichnen in der epischen geistlichen Dichtung des 12. Jahrhunderts den Höhepunkt und stellen den Übergang von der noch wenig gewandten älteren biblischen Dichtung zu der leicht und gefällig dahinfließenden Poesie dar. Er wollte aber nicht bloß erzählen und dadurch unterhalten, sondern vor allem erbauen und seine Leser und Hörer zur Nacheiferung des Tugendlebens Mariens und ihrer Eltern ermuntern. Daher flicht er wiederholt Betrachtungen ein und gestaltet einzelne Personen zu Typen aus, so z. B. Joachim zu dem eines mildtätigen Mannes und Maria zum Vorbilde der Nonnen. Solche Beispiele von Tugendhaftigkeit für die einzelnen Stände und Berufsarten wurden, wie von Wernher, auch von allen Dichtern vorgeführt, die ihre Stoffe dem Schatze christlicher Legenden entnahmen, und so stand auch dieser Zweig geistlicher Literatur in innigem Zusammenhange mit den asketisch-kirchlichen Bestrebungen des 11. und 12. Jahrhunderts.

Deutsche Legendendichtung

Mit dem aus dem Lateinischen stammenden Wort »Legende« bezeichnete man ursprünglich alle Stücke, die beim Gottesdienste gelesen werden mußten, also vor allem die Evangelien und die Episteln. Später pflegte man damit im engeren Sinne die Lebensbeschreibungen der Heiligen zu bezeichnen. Die Blüte der deutschen Legendendichtung fällt in das 13. Jahrhundert; ihre Anfänge aber reichen in das 11. zurück, und in der zweiten Hälfte des 12. gab es schon eine bedeutende Zahl deutscher Heiligenlegenden.

Wer zuerst den Deutschen eine Legende in ihrer Sprache erzählte, läßt sich oft ebensoschwer bestimmen wie die Zeit und der Ort, wann und wo dieses geschah. War die Waffenehre, die Besiegung des Gegners das Ideal des altgermanischen Heldentums, so berichten uns die Legenden von den Leiden und Martern, die die Heiligen um Christi willen erdulden mußten. Das Schwert verliert seine Schärfe, Wunder und Zeichen geschehen an den Gräbern der Heiligen, den Frommen zur Aufmunterung, den Bösen zum Schrecken.

So übten die Lebensbilder der Heiligen einen großen Einfluß auf die Weltanschauung des Mittelalters und deren Betätigung im täglichen Leben aus. Die Legendendichtungen bewahrten die Kunde von den Großtaten, die Gott in seinen Heiligen wirkte, und wurden so gleichsam zu Erläuterungen der Dome und Klöster, der Statuen und Gemälde, die demselben Glauben an die Verherrlichung Gottes in seinen Heiligen ihr Entstehen verdanken und auch uns Spätgeborenen noch melden, daß unser höheres Kulturleben in dem Glauben unserer Ahnen an das Fortleben Christi in seinen Heiligen wurzle.

Die deutschen Legenden gehen, wie die meisten geistlichen Dichtungen des Mittelalters, auf lateinische Quellen zurück, z. B. auf die apokryphen Evangelien, aber auch die echte Bibel, dann die Martyrologien, Heiligenleben und Aufzeichnungen wunderbarer Geschichten aus Orient und Okzident, vor allem seit dem 13. Jahrhundert auf die »Legenda aurea« des Dominikaners Jacobus a Voragine und die Sammlung von Wundergesprächen des Zisterziensers Caesarius von Heisterbach.

Eine große Rolle spielen Erzählungen von Totenerscheinungen; schon Gregor d. Gr. (gest. 604) hatte viele derartige Mitteilungen gesammelt, ebenso Beda Venerabilis (gest. 735), dann Walahfrid Strabo (gest. 849), der die Visionen des Mönches Wettin von Reichenau aus dem 9. Jahrhundert aufzeichnete. Die Visionsliteratur setzte sich fort und fand im 11. und 12. Jahrhundert reiche Förderung durch die kirchlich-asketische Richtung sowie durch die Mystik, einen glänzenden Förderer in Petrus Damiani (1007–1072). Ein deutscher Zeitgenosse des Kardinalbischofs von Ostia, der St. Emmeramer Mönch Otloh (um 1010 bis um 1070), sammelte derartige Visionsberichte im *Buch der Geschichte.* Auch Frauen traten in die Fußstapfen dieser Männer: Wie eine Prophetin redete Hildegard, die Äbtissin des Benediktinerklosters auf dem Rupertsberg bei Bingen (gest. 1178), Geistlichen und Laien ins Gewissen; Elisabeth, die Priorin von Schönau in Hessen (gest. 1164), erschütterte durch ihre Visionen geistliche und weltliche Kreise. Von den deutschsprachigen Visionslegenden gehören die meisten, wenigstens in der uns überlieferten Fassung, einer jüngeren Zeit an; diejenigen älteren Datums sind zumeist unvollständig erhalten.

Religiöse Prosadichtung

Mit der Blüte der geistlichen deutschen Dichtung in der Zeit der letzten Salier und der ersten Staufen fällt auch die Wiederaufnahme der Pflege deutscher Prosa zusammen, auch sie im Dienste der religiösen Unterweisung. Damals wirkte der aus fränkischem Adel stammende, im Kloster Fulda erzogene, seit 1048 zum Abt des oberbayrischen Klosters Ebersberg bestellte WILLIRAM (gest. 1085) und hinterließ ein Beispiel seiner Tätigkeit in der Übersetzung und Erklärung des Hohen Liedes. Sinn und Stil des Werkes ist nicht wie beim St. Galler Mönch Notker der humanistische Unterricht, sondern die theologische Auslegung. Williram setzt lateinkundige, nicht lateinlernende Leser voraus. Die Braut des Hohen Liedes ist für ihn die Kirche im Sinne der kluniazenischen Reform, erfüllt von mönchischem Geist, von Christus aus ihrer Beschauung zum tätigen Leben aufgerufen. Das

Werk ist so eingerichtet, daß in der mittleren Kolumne der lateinische Vulgatatext, links davon eine Bearbeitung in leoninischen Hexametern und rechts eine Übersetzung und Erklärung in lateinisch-deutscher Sprache geschrieben stehen. Nach dem 11. Jahrhundert wurde Willirams Werk in andere deutsche Dialekte umgeschrieben und in der zweiten Hälfte des 12. Jahrhunderts die Grundlage einer durchweg deutschen Bearbeitung in alemannischer Mundart. Es ist dies das *Trudperter Hohelied*, so genannt nach dem im Schwarzwald gelegenen Benediktinerkloster, aus dem die Handschrift des Liedes stammt. Die Liebe Salomons zu Sulamith, die Williram, wie gesagt, auf das Verhältnis Christi zu seiner Kirche deutet, wird hier auch auf die Beziehungen Christi zu den Seelen als seinen Bräuten und auf die des Heiligen Geistes zur seligsten Jungfrau ausgelegt. Die Freude an typologischen und allegorischen Deutungen veranlaßte im 11. Jahrhundert zwei alemannische Geistliche zu einer teilweisen Übersetzung des lateinischen »Physiologus« (Naturforscher), einer anonymen, in frühchristlicher Zeit (vielleicht schon im 2., spätestens im 4. Jahrhundert) im Vorderen Orient entstandenen Schrift, die in 48 kurzen Kapiteln einige Tiere (z.T. auch mystische), Pflanzen und Steine schildert und diese als Typen für Christus, Kirche, Mensch und Teufel erklärt. Ein Jahrhundert später folgte ihr in Österreich eine vollständige Verdeutschung in Prosa, bald auch eine in Versen.

Ein Werk ähnlicher Art, aber auf geographischer und ethnographischer Grundlage, entstand um 1190. Sein Verfasser war ein Geistlicher, sein Auftraggeber ein Herzog Heinrich (vermutlich der Löwe). Die ursprüngliche Fassung ist nur in Bruchstücken erhalten, ihr Inhalt wird noch in Bearbeitungen des 14. und des 15. Jahrhunderts überliefert. Nach seiner Bedeutung für die Wißbegierigen heißt es die »aurea gemma« (guldine gimme), nach seinem Zweck, Licht über die Dinge auf der Welt zu verbreiten, *Lucidarius* (Leuchter). Die zur geistlichen Didaktik neigende Dichtung der Zeit kam dabei ebenso auf ihre Rechnung, wie der Einfluß der Kreuzzüge bei der Schilderung der Länder unverkennbar ist.

Allmählich fand die deutsche Sprache auch Verwendung im Gottesdienst, und zwar in der Predigt. Aus dem 11. Jahrhundert sind allerdings nur wenige Bruchstücke deutscher Kanzelreden erhalten, besonders die aus dem bayerischen Kloster Wessobrunn. Der Predigt folgte ein allgemeines Sündenbekenntnis und das Glaubensbekenntnis, beide vom Priester vorgesprochen und dann vom Volk wiederholt. Am ausführlichsten ist die Überlieferung bewahrt im *Bamberger Glaube und Beichte* (um 1060).

Aus dem Gottesdienst selbst aber entwickelte sich damals die neue dramatische Dichtung. Bei Tutilo und Wipo haben wir bereits auf diese Tatsache hingewiesen. Was dort dargestellt wurde, ist die *liturgische Osterfeier*. Sie war überall im christlichen Abendland üblich geworden, ihre Sprache war die der lateinischen Kirche, ihr Ort das Gotteshaus. Zu ihrem rein liturgischen Charakter stimmte auch die Beschränkung der Kostümierung auf die kirchlichen Gewänder, denen man nur selten etwas hinzufügte, wie Palmzweige für die weißgekleideten Engel am Grabe und ähnliches.

An dieser Dramatisierung der Liturgie hatte natürlich das Volk seine Freude und begehrte, wie es scheint, deren Ausbau. Diesem Wunsche kamen die Geistlichen nicht ungern nach, erweiterten die in den Osterfeiern oft bloß angedeuteten Momente und nahmen neue, auch weltliche, auf, führten die Gegenspieler (Pilatus, Judas, Juden, Soldaten) ein und erweiterten so die Osterfeier zum *Osterspiel*. Damit war der liturgische Rahmen gesprengt, bald wurde auch der Spielplatz vor die Kirche verlegt, das Latein von deutschen Szenen zunächst unterbrochen, schließlich verdrängt, auch der Gesang allmählich durch das gesprochene Wort ersetzt. Das älteste erhaltene Osterspiel in deutscher Sprache ist das von Muri, dem von den Habsburgern gestifteten Benediktinerkloster im schweizerischen Aargau. Zu Anfang des 13. Jahrhunderts entstanden, ist es allerdings nur in Bruchstücken bewahrt, doch zeigen diese, daß sein Verfasser, ob in Muri oder in Bremgarten, ob gar ein Edelmann namens Walter von Rheinau, getreu verarbeitete, was er sah und erlebte: Die Wächter am Grabe sind Ritter; ein Krämer preist seine Salben in den Wendungen ritterlichen Frauendienstes an. Woher er all dies hatte, ist nicht ergründet. – Fast selbstverständlich reihte sich dann an das Osterspiel das *Passionsspiel*, das zunächst in Verbindung mit jenem, später – oft einen ganzen Tag in Anspruch nehmend – allein aufgeführt wurde und fast als einziges bis in unsere Zeit Bestand hat.

In ähnlicher Weise wie aus der liturgischen Osterfeier die Osterspiele, erwuchsen aus der kirchlichen Weihnachtsfeier die *Weinachtsspiele*. Inwiefern die dramatischen Elemente, an denen der Bericht des Evangelisten über die Geburt des Herrn viel reicher ist als der über die Auferstehung, schon in ältesten Zeiten sinnenfällig dargestellt wurden, entzieht sich unserem Wissen. Daß es aber geschah, können wir aus dem Reichtum der dramatischen Gestaltung schließen, die uns in den überlieferten liturgischen Weihnachtsfeiern entgegentritt und eine langjährige Praxis voraussetzt. Die ältesten von ihnen stammen allerdings aus Frankreich, wo sie allem Anschein nach beliebter waren als in anderen Ländern. Sobald die Ereignisse der Heiligen Nacht durch das Auftreten der heiligen Drei Könige erweitert wurden, war nicht nur ein neues stoffliches Element geworden, sondern gewann das Drama selbst ein neues dramatisches Element, das Gegenspiel, durch das Erscheinen des Widersachers Herodes. Die Hirten, die Könige, die unschuldigen Kinder wurden so Mittelpunkt von drei verschiedenen Szenen und Szenerien. Es ist die Frage, ob diese aus einem ursprünglich alles umfassenden Spiel hervorgegangen sind oder erst nachträglich zu einem solchen vereinigt wurden. Eine Freising-Münchener Handschrift des 11. Jahrhunderts enthält immerhin bereits ein Weihnachtsspiel, das die einzelnen Feste des Festkreises einheitlich ineinander verarbeitet hat. Wichtige Bruchstücke von Weihnachtsspielen stammen aus Einsiedeln (12. Jahrhundert), Straßburg (um 1200) und Benediktbeuren (13. Jahrhundert).

Gewissermaßen Prolog zum Weihnachtsspiel war das *Prophetenspiel.* In jenem ist ja viel die Rede von den messianischen Weissagungen. Als weitere Quelle für dieses gilt eine dem hl. Augustinus zugeschriebene Predigt, in der die Propheten des Alten Bundes und aus dem Neuen Bund der greise Simeon, Zacharias, Elisabeth und Johannes, ja selbst die Heiden Vergil, Nabuchodonosor und die Sibylle als Zeugen aufgerufen werden, daß Jesus von Nazareth wirklich der verheißene Messias sei.

Als Beispiel diene der *Ludus scenicus de nativitate domini* (Schauspiel von der Geburt des Herrn) aus dem 12. Jahrhundert, in einer Handschrift des 13. Jahrhunderts aus dem bayerischen Kloster Benediktbeuren erhalten, aufbewahrt in der Münchner Nationalbibliothek. Die Szenenfolge reicht von der Prophetenzeit über die Ereignisse von Bethlehem bis zur Flucht nach Ägypten und schließt mit einem Fest am Pharaonenhof, bei dem in Liedern, ganz in der Art der Vagantenpoesie (haben etwa Klosterschüler den Text verfaßt?), Lenz und Liebe, die Größen der Wissenschaft sowie die Götter Ägyptens besungen werden.

Weiter zurück als die messianischen Weissagungen reichen die Ursachen, welche die Erlösung notwendig machten: der Abfall Luzifers, der Sündenfall der ersten Menschen, die Vertreibung aus dem Paradies. Ein Spiel, das die eben angegebenen Themen miteinbezog, führte man am 7. Februar 1194 in Regensburg auf. Umgekehrt beschäftigten sich die Spiele auch bald mit dem Weltende, es entstanden die *eschatologischen Spiele*, teils unter Verwertung dazu geeigneter Gleichnisse aus dem Munde des Herrn, z. B. jenes von den klugen und den törichten Jungfrauen, teils unter Einbezug des Antichrists.

Vor 1161 verfaßte ein deutscher Dichter den lateinischen *Ludus de Antichristo* (Osterspiel von der Ankunft und dem Untergang des Antichrists), der hauptsächlich durch eine Handschrift des Klosters Tegernsee weiter bekannt geworden ist. Das Stück, das sich an Abt Adsos Schrift über den Antichrist (Ende des 1. Jahrtausends) anschließt, aber auch die geschichtlichen Gegebenheiten des eigenen Jahrhunderts nicht unberücksichtigt läßt, zeigt uns zunächst als treibende Kraft der Handlung »Gentilitas« (Heidentum), »Synagoge« (Judentum) und »Ecclesia« (christliche Kirche), die in dieser dem historischen Ablauf entsprechenden Reihenfolge die Wahrheiten ihres Glaubens verfechten. Gefolgsmann der »Gentilitas« ist der König von Babylon, der »Synagoge« angeschlossen ist selbstverständlich das Volk Israel, der »Ecclesia« sind zugeordnet der Papst – doch tritt er aus nicht ersichtlichen Gründen kaum je ins volle Licht der Bühne – und der Kaiser, für den deutschen Dichter des 12. Jahrhunderts begreiflicherweise zugleich deutscher König, sowie andere christliche Monarchen.

Die Überwindung der äußeren Feinde bleibt ungenügend, solange es innere Feinde gibt. Die Auseinandersetzung mit ihnen ist der Inhalt des zweiten Teils, in dem der Antichrist und seine Helfer, Heuchelei und Häresie, niedergerungen werden.

Die wenigen Andeutungen über gewisse Szenen, die sich in die geistlichen Spiele einschlichen, genügen, um zu verstehen, daß das ganze Genre schließlich der Kritik ausgesetzt war. Einer dieser Kritiker war Propst GERHOH VON REICHERSBERG (1093/1094 bis 1169), der vielgereiste, scharf beobachtende und einflußreiche Schriftsteller jener Tage, ein Mann, der den deutschen Kreuzfahrern die Pflege des volkstümlichen religiösen Liedes nachrühmte, also über den Verdacht des übertriebenen Glaubenseifers erhaben sein sollte, ja seinerzeit ein Freund und Förderer theatralischer Aufführungen durch Klosterschüler gewesen war; dieser nun eiferte in seiner Schrift über den Antichrist (1161) gegen die Aufführungen von Schauspielen in der Kirche und erblickte in ihnen einen dem Antichrist geleisteten Dienst. Deutlicher noch wurde HERRAD VON LANDSPERG, Äbtissin zu Hohenburg im Elsaß.

Gerhoh und Herrad nennen als Gründe ihrer Ablehnung die Darstellung des Wochenbettes Marias, des Heilandes in der Wiege, die Nachahmung des Kleinkindergeschreis und des grausamen Wütens des Herodes, des Jammers der Rachel und der dem Tode geweihten Kinder, das Auftreten des Antichrists und seiner in Teufelsmasken erscheinenden Begleiter. Insbesondere Herrad rügte, daß man die Kirche entweihe durch allerlei Possen sowie durch Essen und Trinken, wobei es nie ohne Streit abgehe. Daß unter solchen

Umständen die Aufführung der Spiele in der Kirche nicht mehr geduldet wurde, ist nicht verwunderlich. So wanderte schließlich das geistliche Spiel aus dem Kirchenraum in den Kirchhof oder ein nahes Gebäude anderer Art und die burleske Szene als Schwank in das Wirtshaus. Die lokale Verschiebung trug dann dazu bei, wenn sie auch nicht einzige Ursache dafür war, daß neben dem Kleriker der Laie Literatur gestaltete.

KLERIKER UND SPIELLEUTE

Zuerst waren es die sogenannten Spielleute, die den Klerikern literarische Konkurrenz machten. Ihr Stand, wenn man von einem solchen überhaupt sprechen darf, genoß zunächst nicht den besten Ruf: Die Spielleute waren ja die Erben der »ioculatores«, der Spaßmacher, der alten Welt und unterhielten durch ihre Künste nicht bloß die breiten Massen des Volkes, sondern auch die Kreise der Adeligen. Sie betätigten sich als Wahrsager, Zauberer, Quacksalber, Taschenspieler, führten vermummt allerlei Possen auf und dressierte Tiere vor, ergingen sich in Spottreden über Personen und Verhältnisse und vermittelten Nachrichten und Botschaften. Meist stammten sie aus dem niedrigsten Pöbel, waren heimatlos und fristeten ein kümmerliches Dasein; darum hieß man sie auch »varnde diet«, d. h. »fahrendes Volk«, oder kurz »Fahrende«. Es ist nicht wahrscheinlich, daß sich unter diesen Leuten ein echter Dichter fand.

Doch gab es schon in altgermanischer Zeit fahrende Sänger, die Skopen. Sie starben auch nicht aus, als die gesellschaftlichen Voraussetzungen, unter denen sie gewirkt hatten, zu Ende gegangen waren. Konnten sie also nicht mehr an den Höfen der germanischen Edelinge wirken, mußten auch sie sich an das Volk halten. Die einen schlossen sich dann den »Fahrenden« an und sanken auf deren Stufe herab, andere zogen vielleicht sogar diesen oder jenen Fahrenden auf ihre eigene Höhe; auch schlossen sich ihnen fahrende Kleriker an, die ihr Studium zwar nie abgeschlossen, aber durch dieses eine größere Bildung erhalten hatten. So war es ihnen möglich, je nach dem Publikum das Latein oder die Sprache des Volkes zu gebrauchen, gelegentlich auch beide Idiome zu mischen. Ausschnitte aus der Sage oder dem Gegenwartsgeschehen, Schwänke und Märchen, profane oder sogar religiöse Stoffe zu bieten. In jedem Fall war ihre Art des Sagens oder des Dichtens volkstümlich und wurde nicht ungern von seriösen Literaten übernommen.

Spielmännische Art in der Behandlung des Stoffes findet sich schon zur Zeit der Ottonen in den sogenannten *Modi*. Die Glossen übersetzen das lateinische Wort »modus« mit »Leich«, womit man Lieder bezeichnete, in denen das Wort der Musik untergeordnet war. Auf Originalität der »Weise« legte man nicht unbedingt Wert. Einmal lesen wir »Modus qui et Carelmanninc«, und das bedeutet, das Lied sei so vorzutragen wie ein damals offenbar bekanntes Lied auf Karlmann, das uns nicht erhalten ist und anscheinend einen weltlichen Stoff zum Thema hatte.

Von den erhaltenen Modi preist der *Modus Ottine* den Sieg Ottos d. Gr. über die Ungarn, erklärt aber seinen eigenen Namen »Ottoweise« in der ersten Strophe damit, daß mit ihr der Kaiser beim Brande der Pfalz aus dem Schlaf geweckt werden konnte, jener Kaiser, den niemand, wenn er schlief, zu rütteln wagte. Ein anderer Modus erhöht die Freundschaft über die Ehe. Wir sehen, es gibt also ernste Themen, aber auch Schwankhaftes, Märchen, Lügengeschichten.

Merkwürdig ist das Gedicht *De Heinrico:* Sein Dichter will vom Bayernherzog Heinrich singen und beginnt mit der Aussöhnung zwischen diesem und seinem Bruder Otto I. Als ein Bote Heinrichs Ankunft meldet,

Tunc surrexit Otdo ther unsar kaisar guodo
perrexit illi obviam inde vilo manig man
et excepit illum mid mihilon êron.

(Da stand Otto, unser guter Kaiser, auf,
ging ihm entgegen und gar viele Mannen,
Und empfing ihn mit großen Ehren.)

Es ist dies das älteste Beispiel lateinisch-deutscher Mischpoesie, wahrscheinlich gegen Ende des 10. Jahrhunderts verfaßt.

Derartige Mischgedichte fanden Pflege besonders bei den sogenannten *Goliarden,* wie sich vom 12. Jahrhundert an jene Studenten nannten, die an keiner Hochschule blieben, sondern von Universität zu Universität zogen und an ihren Studienorten wie unterwegs durch ihre Lieder ihr tägliches Brot, das will sagen: ihren täglichen Wein verdienten; diese fahrenden Schüler (in Frankreich, England und Deutschland, weniger in Italien) verehrten als ihren Patron einen Bischof Golias, von dem bis heute nicht feststeht, ob er je wirklich existiert hat. In den Liedern dieser fahrenden Scholaren sind die verschiedensten Elemente vereint. Das zeigen die *Carmina Cantabrigiensia* (Cambridger Liederbuch), eine um die Mitte des 11. Jahrhunderts entstandene kostbare Sammlung geistlicher und weltlicher, fast durchwegs rhythmischer Lieder aus Deutschland und Frankreich, darunter Preislieder, Krönungsgedichte und Totenklagen auf die Kaiser von Otto I. bis Heinrich III.

und andere weltliche und geistliche Fürsten sowie Schwänke, Natur- und Liebeslieder, und die *Carmina Burana*, das Liederbuch aus Benediktbeuren, das verschiedenartige im 12. und 13. Jahrhundert entstandene, meist anonyme Gedichte umfaßt (beide Sammlungen haben ihren Namen vom Aufbewahrungsort der sie überliefernden Handschriften). Einige Texte dekken sich mehr oder weniger mit denen der englischen Sammlung, woraus hervorgeht, wie verbreitet diese Lyrik war, die in unserer Zeit durch Carl Orffs Vertonung eine Neubelebung erfuhr. Aber was jenseits des Kanals natürlich ohne Interesse war, das bringen die Pergamentblätter des bayerischen Klosters: deutsche Verse, Gedichte, in denen lateinische und deutsche Partien einander abwechseln, immerhin zumeist doch Lieder mit lateinischem Text. Unter diesen schreibt man einige einem ganz bestimmten Dichter zu, dessen Name verschollen blieb. Er ist – von anderen oder aus eigener Machtvollkommenheit? – der ARCHIPOETA geheißen, der Erzpoet oder Dichterfürst. Man hat diesen Mann aus übergroßer Freude an Originalität zum größten lateinisch schreibenden Dichter des ganzen Mittelalters machen wollen; das geht natürlich zu weit, denn Dichten ist Kunst, und Kunst ist mehr und anderes als urwüchsiges Naturell. Spaß bereiten seine Verse allerdings, besonders die der *Confessio Goliae* (Beichte des Golias). Nur humorlose Leser werden vor ihrer Offenheit zurückschrecken, die wohl nie allzu keck sein wollte: Wer mag auch ermessen, wie viel an diesem Gedicht anläßlich seiner Wanderung von Mund zu Mund durch Zersingen gesündigt wurde? Andererseits läßt sich nicht bestreiten, daß mancher Goliarde ein freches Mundwerk besaß und die Grenzen erlaubter Kritik weit überschritt; darum finden sich unter den Vagantenliedern in ihrer Frivolität geradezu abstoßende Stücke.

Aber mit solcher Feststellung soll dieser Abschnitt nicht schließen, er tut es lieber mit dem aus dem 14. Jahrhundert stammenden Weihnachtslied *In dulci iubilo*, der duftendsten Blüte am Zweig der lateinisch-deutschen Mischpoesie.

Ist es ein Wunder, wenn diese Art des Dichtens, die fast ganz Mitteleuropa erobert hatte, von den bisherigen Hütern der Poesie, ja der Literatur überhaupt, d.h. von den Klerikern übernommen wurde? Besonders dann, wenn sie sich der deutschen Sprache bedienten und weltliche Stoffe behandelten? So verfaßte um 1090 ein Geistlicher in Utrecht, wohin er als Kriegsflüchtiger gekommen war, eine gereimte Erdbeschreibung, bekannt unter dem Namen *Merigarto*. Dieser »Meergarten«, nur fragmentarisch erhalten, weiß z.B. davon, daß das Meer nicht überall die gleichen Eigenschaften besitzt: Das

Rote Meer ist rot wie Menning oder Blut. Schiffe, die in das geronnene Meer (oder Lebermeer) westlich des Wendelmeeres (Weltmeeres) geraten, werden festgehalten, wenn nicht Gott sie rettet. In der ewigen Nacht Islands friert das Meer zu Kristallen; macht man darauf Feuer, bis sie glühend werden, so kann man kochen und heizen; trotzdem ist das Land reich an Wein, Mehl und Salz. – Die Freude an derartigen märchenhaften Berichten, schon zum Teil aus dem Altertum überliefert, wurde besonders genährt durch die Kreuzfahrer, deren Erzählungen der Phantasie der Spielleute willkommenen Stoff boten.

Zu Beginn des 12. Jahrhunderts entstand in Rheinfranken die *Summa Theologiae*, deren Verfasser die 31 Strophen dazu benützte, um in dieser kaum je gesungenen, weil prosanahen deutschen Dichtung eine Art Laiendogmatik zu bieten, deren Hauptthema die durch die Menschensünde verletzte, durch Christi Tod wiederhergestellte Ehre Gottes ist.

Das *Annolied* wurde von einem Mönch des bei Bonn gelegenen Klosters Siegburg nach einer um das Jahr 1105 geschriebenen lateinischen Biographie des großen Kölner Erzbischofs und Reichsfürsten Anno (1056–1075, 1183 heiliggesprochen) in deutscher Sprache verfaßt. Die Kraft und Gedrungenheit der Darstellung, die bald lieblichen, bald grandiosen Bilder und der rasche Fluß der Erzählung des Annoliedes entschädigen für den Mangel einer vollendeten poetischen Form. Leider ist es uns in keiner Handschrift überliefert, sondern nur durch die Ausgabe, die Martin Opitz genau nach der ihm vorliegenden Membrane, auch ohne Absetzung der Verse, 1639 besorgte. Woher er die Handschrift bekam und wohin sie nach seinem Tode gekommen ist, wissen wir nicht. In neuhochdeutscher Übersetzung lautet der Anfang des Annoliedes:

> Wir hörten oft von weltlichen Dingen singen;
> wie schnelle Degen fochten,
> wie sie starke Burgen brachen,
> wie sich liebe Freunde schieden,
> wie mächtige Könige untergingen –
> jetzt ist's Zeit, daß wir bedenken, wie wir selber sollen enden.

Zur Hauptsache berichtet das Annolied von den Wundern, die am Grabe des Heiligen geschahen. Dabei wird in kurzen Zügen die Weltgeschichte von der Erschaffung des Menschen bis zu den Zeiten Annos geschildert. Anderen Zwecken dienen die beiden folgenden Werke, nämlich der Verbindung von spannenden Abenteuern mit christlichen Pflichten.

Um 1125 oder um 1138 entstand das *Alexanderlied* des Pfaffen Lamprecht, eines Priesters vom Niederrhein. Die Geschichte Alexanders d. Gr.,

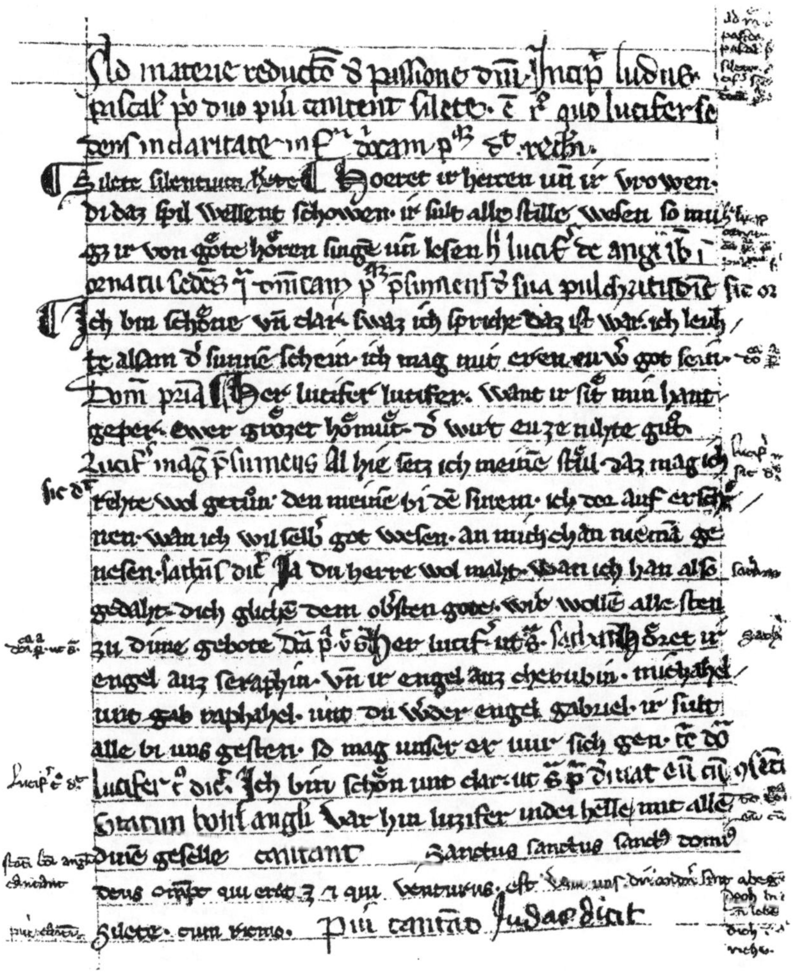

Eine Seite aus einem Osterspiel des 13. Jahrhunderts.

Übertragung

Ad materie reductionem de passione domini. Incipit ludus pascalis. Primo duo pueri cantent „Silete!" cum retro, quo Lucifer sedens in claritate informa (?) dominicam personam dicit:

Silete, silentium habete!
Hoeret ir hêrren unt ir vrowen,
di daz spil wellent schowen,
ir sult alle stille wesen:
sô muget ir von gôte hôren singen unde lesen.

Hic Lucifer de angelis (?) ibidem in ornatu sedens contra dominicam personam presumens de sua pulchritudine sic or(dinat):

Ich bin schône unt clâr,
swaz ich spriche, daz ist wâr!
ich leuhte alsam der sunnen schein:
ich mag mit êren euwer got sein.

Dominica persona [2]:

Hêr Lucifer, Lucifer,
want ir sîet mîn hantgeper,
ewer grôzer hômût
der wirt eu zu nihte gût.

Lucifer magis presumens sic dicit:

Al hie setz ich meinen stûl,
daz mag ich rehte wol getûn,
den meinen bî dem sînem.
ich dor auf erscheinen,
wan ich wil selber got wesen:
ân mich chan nie man genesen.

Sathanas dicit:

Iâ, dû hêrre maht,
wan ich hân alsô gedâht
dich glîchen dem obersten gote.
wir wollen alle stên zu dîme gebote!

Dominica persona ut supra:

Hêr Lucifer. ut supra.

Sathanas:

Hôret ir engel auz Seraphin,
un ir engel auz Cherubin,
Michahêl unt Raphahêl
unt dû werder engel Gabriêl,
ir sult alle bî uns gestên
sô mag unser êr vur sich gên.

Lucifer tertio dicit:

Ich bin schôn unt clâr. ut supra.

Tunc dominica persona deiciat eum cum consenti(entibus):

Var hin, Luzifer, in dei helle
mit allen dînen gesellen!

Statim boni angeli cantant:

Sanctus, sanctus dominus deus omnipotens
qui erat est et qui venturus est.
Want uns die andern sint abege . . . doch b . . .
unt loben dich in d . . . rîche.

Pueri cantant „Silete" cum ricmo.

Bemerkung: Am Rande stehen die Weisungen für die Spieler und den Spielmeister, die später ein anderer Schreiber mit Mennige an den leer gelassenen Stellen zwischen den Text einmalte. (J. Haupt.) – In der letzten Zeile hat eine spätere Hand die Worte «Judas dicit» eingefügt.

Übersetzung

Zur Verkürzung der Geschichte von dem Leiden des Herrn [1]. Es beginnt das Osterspiel. Zuerst sollen zwei Knaben singen: «Stille!», worauf Luzifer, in Herrlichkeit nach Art der Person des Herrn sitzend, sagt:

Stille! Verhaltet euch still!
Höret, ihr Herren und ihr Frauen,
die das Spiel wollen schauen,
ihr sollt alle ruhig sein:
Dann könnet ihr von Gott hören singen und lesen.

Hier spricht Luzifer, ebendort in Prachtgewändern gegenüber der Person des Herrn sitzend und zu den Engeln sich seiner Schönheit also brüstend:

Ich bin schön und klar!
Was immer ich sage, das ist wahr!
Ich leuchte ebenso wie der Sonnenschein:
Ich verdiene mit Recht, euer Gott zu sein!

Die Person des Herrn:

Herr Luzifer, Luzifer:
Da ihr doch seid in meine Hand gegeben,
Euer frecher Übermut,
Der wird euch zu nichts gut!

Luzifer, noch mehr sich brüstend, sagt:

Hierher setze ich meinen Stuhl,
das kann ich mit Recht tun,
den meinen zu dem seinen!
ich (will) darauf erscheinen,
denn ich will selbst Gott sein:
ohne mich kann niemand am Leben bleiben!

Satan sagt:

Ja, Herr, du vermagst dies wohl,
denn ich habe ebenso gedacht
dich dem obersten Gotte gleich!
Wir wollen alle deinen Geboten gehorchen!

Die Person des Herrn:

Herr Luzifer (wie oben).

Satan:

Höret ihr Engel aus Seraphim
und ihr Engel aus Cherubim,
Michael und Raphael
und du, werter Engel Gabriel:
Ihr sollt alle auf unserer Seite stehen,
dann kann unsere Ehrung vor sich gehen.

Luzifer sagt zum drittenmal:

Ich bin schön und klar (wie oben).

Hierauf soll ihn die Person des Herrn mit den Zustimmenden hinabstürzen:

Fahr hin, Luzifer, in die Hölle
mit allen deinen Genossen!

Sofort singen die guten Engel:

Heilig, heilig, heilig ist der Herr, der allmächtige Gott,
der war, ist und kommen wird!
Da uns die anderen sind . . ., doch . . .
und loben dich im Himmelreich.

Die Knaben singen «Stille!» mit dem Spruch.

---

[1] *Gemeint ist wohl eine verkürzte, nur auf die Hauptmomente sich beschränkende Darstellung der Leidensgeschichte.* [2] *Die Handschrift hat patria, trotz der richtigen Randbemerkung. Der Schreiber hatte vom Lateinischen keine Kenntnis.*

seine Züge in den Orient, seine gewaltigen Unternehmungen und raschen Erfolge, erregte schon im Altertum die Teilnahme der Historiker. Bald aber genügten die geschichtsgetreuen Berichte nicht mehr, Sage und gelehrte Erfindung schmückten sie mit allerlei Zutaten aus. Das ging – im Orient und Okzident – so fort durch die Jahrhunderte bis zum Franzosen Alberich von Besançon (oder Briançon), der im 11. Jahrhundert die Eitelkeit der Welt dadurch zu überwinden helfen wollte, daß er ihr einen mit allen höfischen und ritterlichen Tugenden ausgestatteten Helden des Altertums vorhielt. Unter ausdrücklicher Berufung auf Alberich dichtete Lamprecht sein Alexanderlied. Das Verhältnis zu seiner Quelle läßt sich deshalb nicht genau bestimmen, weil Alberichs Dichtung nur sehr fragmentarisch erhalten ist. Beide sind in der Volkssprache geschrieben und beiden wird wohl die Auffassung des Stoffes in gleicher Weise zu eigen sein. Jedenfalls sieht Lamprecht die Taten Alexanders in heilsgeschichtlicher Bedeutung und baut mehr auf dem Grunde der Bibel als auf den Fundamenten der Antike, denn sein Held dringt sogar über Indien hinaus bis zu den unersteigbar hohen Mauern des Paradieses vor. Auf die trotzige Aufforderung zur Übergabe hin erhält er eine ernste Mahnung, die ihn zur Umkehr und inneren Einkehr veranlaßt. Besonders beliebt waren die in das Alexanderlied eingestreuten orientalischen Märchen, vor allem die Episode von den Blumenmädchen, die im Frühjahr aus den Blütenkelchen erblühen und im Herbst mit den Blumen verwelken.

Die Dichtung ist uns nicht im Original erhalten, sondern in einer kürzeren Vorauer Handschrift und in der längeren Straßburg-Molsheimer Fassung (um 1187) mit geglätteten Versen und breiterer Darstellung. Eine dritte Version ist in eine Basler Weltchronik vom Jahre 1370 eingeschaltet; sie stammt aus dem Ende des 13. Jahrhunderts und dürfte auf einer älteren Bearbeitung des Originals beruhen; sie schickt als Einleitung die Geschichte von Alexanders Geburt voraus und gestaltet auch sonst den Text durch Einschübe noch phantastischer.

Künstlerisch bedeutsamer als das Alexanderlied ist das *Rolandslied*, das Anno 1139 der Pfaffe Konrad am Hof des Bayernherzogs Heinrich des Stolzen vollendete. Es besingt Kampf und Tod des berühmten Neffen Karls d. Gr. im Pyrenäental von Roncesvalles und ist von einem der französischen »Chansons de Roland« angeregt. Während aber in Frankreich Karl d. Gr. und die Helden um ihn nationale Idealgestalten sind, gewiß im Sinne einer christlichen Nation, sind im deutschen Gesang die heroischen Taten der fränkischen Krieger völlig dem Religiösen untergeordnet; die ursprüngliche

Liebe zu »la douce France« wird zur Sehnsucht nach der ewigen Heimat, die Helden sterben wie Heilige, ihre Leiber bettet man als Reliquien.

Mit den weltgeschichtlichen Abschnitten des Annoliedes stimmt die *Kaiserchronik* überein, eines der beliebtesten Bücher des Mittelalters. Der Verfasser dieses Reimwerkes ist unbekannt, wahrscheinlich ein geistlicher Angehöriger des bayerischen Stammes, jedenfalls – gleich dem Pfaffen Konrad – den Ideen des Welfen Heinrich des Stolzen verpflichtet. Man hat sogar den Eindruck, die Chronik sei eine Art Gemeinschaftsarbeit, an die – bei Werken der bildenden Kunst war es oft nicht anders üblich – ein Meister und seine Gesellen zusammen Hand anlegten. Die Geschichte des Reiches und somit die Dichtung beginnt mit Julius Caesar und schließt mit den Vorbereitungen König Konrads zur zweiten Kreuzfahrt. Herkunft und Anhänglichkeit an Bayerns regierenden Fürsten veranlaßten ferner die Aufnahme vieler bayerischer Sagen, Märchen, Legenden, wiewohl im allgemeinen alles Unhistorische und Märchenhafte, alle volkstümliche und Spielmannsüberlieferung, ja selbst die Geschichten über König Etzel und Dietrich von Bern als Lüge und daher die Seele schädigende Erzählung abgelehnt werden. Die Kaiserchronik erhebt also darauf Anspruch, als Geschichtswerk zu gelten, und wurde tatsächlich lange Zeit als solches anerkannt; daß sie – im Sinne moderner Historiographie – keines ist, braucht nicht betont zu werden. Sie hat dennoch ihre »Wahrheit«, beruhend auf ihrer Gottbezogenheit, und ist jedenfalls als Dichtung eine nicht zu verachtende Leistung. Sie reicht, wie bereits angedeutet, bis zum Jahre 1147. Zu Beginn des 13. Jahrhunderts glättete ein Herausgeber Reime und Verse des Originals, ein anderer goß sie in ganz neue Verse um; bald nach 1250 wurde sie bis zum Tode Friedrichs II., später noch einmal bis in die Tage Rudolfs von Habsburg fortgesetzt.

Der Verfasser der Kaiserchronik lehnte, wie gesagt, die Spielmannspoesie ab, aber sie ließ sich nicht verdrängen; ja sie erlebte, gerade zur Zeit, als die Kaiserchronik geschrieben wurde, eine neue Blüte in den Spielmannsepen. Deren gab es nicht wenige; die bekanntesten sind der *König Rother* und *Herzog Ernst*, glückliche Mischungen von Erinnerung an Heldentum und spielmännischem Scherz und Fabuliererei.

»König Rother« erzählt eine Brautwerbung und zugleich die Geschichte wahrer Mannentreue. Rother, König von Bari, läßt durch Gesandte um die Tochter des Kaisers von Konstantinopel werben, doch werden diese vom Byzantiner in den Kerker geworfen. Da segelt Rother selbst nach Konstantinopel, kommt als Pilger verkleidet in die Kemenate der Schönen und erhält von ihr das Geständnis ihrer Liebe. Die Prinzessin hilft dem König, seine Mannen zu befreien. Nach mancherlei anderen Abenteuern kommen die Liebenden ans Ziel ihrer Wünsche, um dann – ins Kloster zu gehen.

Dieser Schluß ist gewissermaßen ein Zugeständnis an den zeitgenössischen Gedanken an die Vergänglichkeit, sonst zeigt sich eher der Wille, allgemein gültige Vorbilder aufzustellen, die nicht in erster Linie vom Religiösen her bestimmt sind. Auch das ist neu: die Frau darf dem geliebten Manne ihre Neigung frei gestehen.

Dem »Herzog Ernst« liegt eine historische Begebenheit zugrunde. Der Titelheld unternimmt eine Fahrt zum Heiligen Grab und kämpft im Orient gegen die Heiden, um sich die Huld seines Stiefvaters, Kaiser Konrads II., wiederzugewinnen; bei der Rückkehr überreicht er dem Kaiser den unvergleichlich schönen »Waisen«, den glänzendsten Stein aus dem Karfunkelberg, der später in die Kaiserkrone aufgenommen wird.

Dem Bedürfnis der Leser entsprechend, muß Herzog Ernst seltsame Abenteuer mit Schnabelleuten, Greifen, Pygmäen, Giganten und Zyklopen bestehen. Zahllose Nebenerzählungen dienen der Verherrlichung der Tapferkeit und der Treue. Auch dieses Gedicht liegt in der weltanschaulichen Linie des »Königs Rother«. Beide, an die höhere Gesellschaft gerichtet, während andere Spielmannsepen mit dem niederen Volk als Publikum rechnen, bezeichnen den Aufstieg der Ritterschaft.

GLÄNZENDE RITTERSCHAFT

Die Ritterschaft hatte in den Kreuzzügen des Ostens und des Westens nicht nur heidnische Lande erobert, sondern auch einen gesellschaftlichen Vorrang, hatte gelernt, edler und anderer Frauen Minne zu gewinnen, und sckickte sich nun, um die Mitte des 12. Jahrhunderts, an, auch das Feld zu besetzen, das bisher dem Klerus beinahe allein gehörte: die Gefilde der Literatur, den Berg der Musen. Der einzige Konkurrent innerhalb des Laienstandes war der Spielmann, aber der stand ja bereits im Dienste der Ritter. Die Frage ist nur, wer denn das sogenannte Volkslied gedichtet hat, denn gedichtet hat nicht das Volk, gedichtet hat immer nur ein einzelner; nur blieb sein Name verborgen, und an seinen Worten und Weisen mochte wieder ein einzelner gebessert haben, bis eine Fassung zustande kam, die jemand des Aufschreibens wert empfand. Solche Texte – sie stammen aus der Zeit zwischen 1150 und 1170 – zeigen die gleichen oder ähnliche Strophenformen, wie sie in der volkstümlichen epischen Dichtung üblich waren; ihre Themen sind Frühlingslust, Tanzfreude, Liebe:

Der stare winder hat uns verlân; diu summerzît ist schône getân, walt unde heide sih ih nû an, loup unde bluomen, clê wol getân; davon mac uns vröude nimmer mêr zergân.	Der rauhe Winter hat uns verlassen. Wie schön ist der Sommer, wenn ich so in ihrer Pracht Wald und Heide, Laub, Blumen und Klee betrachte: Das bringt uns Freuden, die nimmer vergehen. (Schönbach)

In einem zarten Lied versichert die Braut den Geliebten ihrer Treue in einem Bilde, das in der Literatur aller Völker sich findet:

Dû bist mîn, ich bin dîn: des solt dû gewis sîn. dû bist beslozzen in mînem herzen: verlorn ist daz slüzzelîn: dû muost immer drinne sîn.	Du bist mein, ich bin dein: dessen sollst du gewiß sein. Du bist beschlossen in meinem Herzen: Verloren ist das Schlüsselein, du mußt immer drinnen sein.

Die ersten Minnesänger

Dieser Sprache des Herzens, nicht schon jener der Kunst, schlossen sich auch die ersten namhaft zu machenden deutschen Lyriker an, so der Kürenberger sowie sein Landsmann und Standesgenosse Dietmar von Aist (gest. vor 1171). Wenn auch deren Lied von dem Gesang der Troubadours in der Thematik beeinflußt ist, so stehen doch viele Motive in Gegensatz zu diesen: Mann und Frau sind gleichgeordnet, nicht in weiter Ferne steht der Sänger vor einer unnahbaren Herrin; dem Mädchen, nicht der Frau eines andern neigt sich das Herz des Mannes zu. Und wenn Dietmar nach romanischem Muster das Tagelied (Abschied der Liebenden bei Tagesanbruch) in die deutsche Literatur einführt, so lehnt er sich auch in diesem mehr an Volkstümliches an denn an das fremdnationale Vorbild; kurz: Er singt, weil er liebt.

Darum zeigt sich die Eigenart des deutschen Minnesanges zunächst in dem starken Hervortreten persönlicher Empfindung, die im Dichter durch ein Ereignis oder durch eine Situation erweckt und von ihm in der Absicht in Worte gekleidet wird, mit seinem Liede in den Hörern ähnliche Gefühle zu erregen. Damit wird das Lied zum Mittel gesellschaftlicher Unterhaltung und erhält dann in dem Frauendienste einen bestimmten Inhalt. Eine eigentümliche Erscheinung der ältesten ritterlichen Lyrik bilden die sogenannten Frauenstrophen, in denen eine Frau ihrer Sehnsucht nach dem fernen Geliebten und ihrem Schmerze über unerwiderte Liebe Ausdruck verleiht und dies oft mit einer solchen Innigkeit tut, daß man meinte, diese Strophen seien wirklich von Frauen gedichtet worden. Diese Ansicht ist aber abgetan, seitdem nachgewiesen wurde, daß die ältesten Strophen dieser Art in Wechselbeziehung zu Herrenstrophen stehen und daher wohl auch von Dichtern herrühren. Als einer der ältesten von diesen wird ein Herr von Kürenberg genannt, der, aus einem österreichischen Rittergeschlecht stammend, um 1170 die unter seinem Namen überliefertern Liedchen gedichtet haben soll. In Wirklichkeit aber sind sie namenlos, vielleicht von mehreren Sängern verfaßt und ihm nur deshalb zugeschrieben worden, weil sein Name sich in einem von ihnen befindet.

Ich stuont mir nehtint spâte   an einer zinne:
dô hôrt ich einen ritter   vil wol singen
in Kürenberges wîse   al ûz der menigîn.
er muoz mir diu lant rûmen   ald ich geniete mich sîn.

(Ich stand heut abends spät auf einer Zinne, da hört' ich einen Ritter herrlich singen in des Kürenberges Weise; ihn allein vernahm ich aus der Menge; entweder erfreue ich mich seiner Liebe, oder er muß mir das Land räumen.) (Schönbach.)

Innige Liebe auch noch gegen den verlorenen Freund spricht aus dem schönen, der Weltliteratur angehörigen Bilde:

Ich zôch mir einen valken   mêre danne ein jâr.
dô ich in gezamete,   als ich in wolte hân,
und ich im sîn gevidere   mit golde wol bewant,
er huop sich ûf vil hôhe   und fluog in anderiu lant.
Sît sach ich den valken   schône fliegen:
er fuorte an sînem fuoze   sîdîne riemen,
unt was im sîn gevidere   alrôt guldîn.
got sende sie zesamene   die gerne wellen sîn.

(Einen Falken zog ich mir länger denn ein Jahr; da er nun mein eigen und wohl gezähmet schon war und ich mit Gold ihm schmückte sein stolzes Federkleid, da stieg er in die Lüfte und flog von mir gar weit. Seither sah ich den Falken oftmals fliegen, er trug an seinem Fuße seidene Riemen, und sein Gefieder deckte all rotes Gold; ach, sende Gott zueinander, die sich lieb sind und hold.) (Schönbach.)

Alle diese Lieder sind mit Ausnahme zweier, in denen durch Einschaltung eines Halbverses eine Erweiterung eintritt, in der Nibelungstrophe abgefaßt. Vier paarweise gereimte Langzeilen sind zu einer Strophe verbunden. Jeder Vers zerfällt in zwei Halbverse, von denen der erste jedesmal drei Hebungen mit klingendem, reimlosem Ausgange enthält, der zweite aber stumpfen Reim hat und in den ersten drei Zeilen drei, in der vierten vier Hebungen zählt. Durch die Assonanz, die zuweilen noch den Reim vertritt, und durch die Verwendung eines Endsilbe-e als Trägers der Hebung bekundet die Strophenform ihr höheres Alter vor der Nibelungenstrophe. Wer sie erfunden hat, wissen wir nicht; in den Gedichten des von Kürenberg tritt sie uns zum erstenmal entgegen und läßt uns deren Zusammenhang mit einer älteren Stufe lyrischer oder episch-lyrischer Dichtung erkennen. Inwiefern ein solcher sonst noch stattfand, können wir nicht nachweisen. Gewiß ist, und jeder Leser fühlt es, daß diese Liedchen, mit denen im Osten Deutschlands des Minnesangs Frühling seinen Einzug hielt, etwas von seiner Frische und Würze atmen und durch die Unmittelbarkeit der Empfindung von den

Minneliedern der späteren Zeit sich sondern. Hier Zergliederung der Gefühle und Erwägung, aus der erst die Leidenschaft entspringt, dort eine mit wenigen Strichen entworfene Situation oder ein Bild, wodurch die persönliche Empfindung geweckt wird, und auch diese nur mit wenigen Worten angedeutet. Aber gerade diese Kürze des Ausdrucks, verbunden mit Anschaulichkeit und Echtheit der Empfindung, wirkt auf den Leser, erregt dessen Phantasie und läßt ihn des Dichters Gefühle voll und ganz nachempfinden.

Schärfer bereits treten die Züge des ritterlichen Minnedienstes hervor in mehreren der Lieder, die uns unter dem Namen des oberösterreichischen Ritters Dietmar von Aist überliefert und etwas jünger als die des Kürenbergers sind. Neben den alten metrischen Formen, der Nibelungenstrophe, den paarweise gereimten vierhebigen Versen, der Verbindung von längeren und kürzeren Zeilen und der Assonanz statt des Reims, finden sich auch solche, die, wie z. B. der überschlagende Reim (a b a b) und die Einschiebung eines reimlosen Verses (Waise), auf den Einfluß jüngerer Kunst hinweisen. Deren Einwirkung verrät auch der Inhalt. Während nämlich die einen Lieder durch die Knappheit und Frische im Ausdruck der Empfindung noch auf eine ältere Stufe hindeuten, bewegen sich die andern mit ihren Darlegungen über die Minne und ihre Leiden schon ganz in dem Vorstellungskreise des Frauendienstes. Darin scheint indes der Ritter nicht immer glücklich gewesen zu sein.

Auch in Bayern und Schwaben erklang schon um 1170 der Minnesang. Dort treten uns der Burggraf von Regensburg und der von Rietenburg (an der Altmühl) als Minnesänger entgegen und zeigen uns, wie die Freude an der Dichtung auch den hohen Adel zur Selbsttätigkeit anregte. Von ihren Liedern stehen die des ersten nach Inhalt und Form mit denen des Kürenbergers auf derselben Stufe, während die des Rietenburgers trotz der Einfachheit der Motive den Einfluß provenzalischer Dichtung schon deutlich zeigen. Noch mehr tritt dieser hervor in den Liedern des Meinloh von Sevelingen (bei Ulm), der einem Ministerialengeschlechte entstammte, das bei den Grafen von Dillingen das Truchsessenamt innehatte. Zwar beschränkt sich der Bau seiner noch einstrophigen Lieder auf die Weiterbildung altertümlicher Formen, aber ihr Inhalt verrät den neuen Geschmack, der unter romanischem Einfluß Mode wurde. Meinloh will zeigen, wie »wol er frouwen dienen kan«, und führt daher, freilich ganz äußerlich, den Begriff des Minnedienstes durch ein selbsterlebtes Liebesverhältnis nach allen Vorschriften romanischer Kunst durch. Dabei entwickelt er schon eine förmliche Liebesterminologie und sucht auch durch Wortspiele und künstliche Reime sein fremdes Vorbild nachzuahmen. An die Stelle der Unmittelbarkeit der Empfindung treten in den Liedern Meinlohs Erwägungen über die Gründe seines Liebens und Trauerns, Vorschriften über den Minnedienst und Lobpreisung der Dame. Der Dichter trauert und schmachtet, nicht weil sein Herz so gestimmt ist, sondern weil die romanische Sitte und literarische Vorbilder diese neue Auffassung der Liebe und den Frauendienst zur Kardinaltugend des Ritters gemacht haben.

Die Spruchdichtung

Ungefähr zu derselben Zeit, in der an den Höfen der deutschen Ritter der Minnesang in kunstmäßiger Form Blüten zu treiben begann, bildeten Fahrende bürgerlicher Herkunft jene Art volkstümlicher Lyrik weiter aus, die in Lob- und Scheltliedern und lehrhaften Sprüchen in Deutschland stets gepflegt wurde. Schon um 1170 waren in den Hauptzügen die später schärfer ausgeprägten und voneinander geschiedenen poetischen Formen der Fabel, Parabel, Priamel, Bispel und des Sprichwortes vorhanden. Man hat für alle diese Arten die Bezeichnung Spruchdichtung eingeführt und sie von den rein lyrischen Dichtungen getrennt. Indes ist eine solche Sonderung zwischen Lied und Spruch nur mit Rücksicht auf den Inhalt berechtigt, denn in formaler Beziehung stimmen beide im allgemeinen überein. Auch der Spruch wurde gesungen, und im metrischen Bau unterscheidet er sich vom Liede hauptsächlich dadurch, daß er auch dann noch einstrophig blieb, als mehrstrophige Lieder schon allgemein wurden, und dafür lieber eine größere Anzahl oft längerer Verse wählte. Den Inhalt des Spruches bilden zunächst persönliche Erfahrungen des Dichters: Er lobt seine Gönner und schilt seine Gegner; oft aber erhebt er sich zum Allgemeinen und bespricht gesellschaftliche und politische Verhältnisse oder erörtert ganz allgemein moralische und religiöse Fragen.

Unter dem Namen des Spervogel ist uns eine Sammlung rein volkstümlich-spielmännischer Sprüche erhalten, von denen die ältere Gruppe etwa um 1173 entstanden sein dürfte. Aber gerade diese stammt, wie Inhalt und Form zeigen, nicht von Spervogel, sondern von einem unbekannten Dichter, vielleicht von Herger. Ob das übrige Strophengut der Sammlung von einem einzigen Spervogel herrühre oder ob ein Teil davon einem zweiten, dem jungen Spervogel, angehöre, ist eine noch offene Frage.

Der ältere Teil der Sammlung trägt einen so stark persönlich gefärbten Charakter, daß es möglich ist, von ihrem Verfasser ein Bild zu entwerfen. Er stammte aus bäuerlichem Stande und hatte Haus und Hof verlassen, um als Spielmann durch die Welt zu reisen. Er kam bis nach Niederdeutschland und trug auch am Hofe des Burggrafen Heinrich von Regensburg seine Lieder vor. In Bayern scheint er seine Sprüche verfaßt und Gönner gefunden zu haben, von denen er besonders den Wernhart von Steinberg reich mit Lob bedenkt. Zwar trug ihm die Übung seiner Kunst manches ein, aber von den Sorgen des Lebens befreite sie ihn nicht. Und diese drückten ihn, als ihm der Tod seine Freunde nach und nach raubte, recht schwer.

Wie hier, so knüpfte er auch anderswo an eine Erfahrung, die er entweder selbst gemacht oder an anderen beobachtet hat, eine allgemeine Lehre, die er gern in ein Bild hüllt. Dazu wählt er oft eine Tierfabel oder einen Vergleich aus dem ihm naheliegenden bäuerlichen Leben. Wie aber seine Darstellung überhaupt prägnant ist und sich immer nur auf einen Gedanken beschränkt, so werden auch die Tierfabeln nicht breit erzählt, sondern als etwas allgemein Bekanntes vorausgesetzt und daher nur angedeutet. Die Lehre daraus zu ziehen, bleibt dem Zuhörer überlassen, über dessen Vorstellungskreis der Dichter nirgends hinausgreift. Er war tief religiös, konservativ und den neuen Idealen des Rittertums abhold. Auf eine ältere Zeit, mit der er geistig verbunden war, weist die Strophenform seiner Sprüche, die sich aus drei Reimpaaren zusammensetzt, von denen das letzte durch Einschub einer Waise eine Erweiterung erfährt. Wann er starb, wissen wir nicht. Daß er 1175 noch lebte, kann daraus geschlossen werden, daß er den Tod Walthers von Hausen und Heinrichs von Staufen beklagt.

Über das Leben Spervogels, von dem eine andere Gruppe der Sprüche stammt, geben uns diese keine weitere Auskunft, als daß er ein Fahrender war. Er beklagt das Los des Spielmanns, tut es aber in einer möglichst allgemeinen Form, und auch dort, wo er Lehren erteilt, entbehrt seine Darstellung der frischen Unmittelbarkeit Hergers. Spervogel steht mit seinen Anschauungen schon unter dem Einflusse der höfischen Kunst, rühmt sich deren auch gelegentlich einmal und zeigt sie in der Technik des Vers- und Strophenbauens. Eigenartig ist seinen Sprüchen die Häufung von Gedanken und Bildern, die wie in der Priamel lose aneinandergereiht, aber nicht immer, wie in dieser, überraschend verknüpft werden. Gern wählt er zum Abschluß ein Bild, um eine verblüffende Wirkung zu erzielen. Dies geschieht in noch höherem Grade in jenen Sprüchen, die dem jungen Spervogel zugeschrieben werden und aus dem 13. Jahrhundert stammen.

Zur Zeit, als unter romanischem Einflusse der Minnesang im Süden Deutschlands seine ersten Blüten trieb, entstanden im Nordwesten einige epische Dichtungen, die, nach französischen Vorlagen verfaßt, für das Leben in den höfischen Kreisen berechnet waren und so den endgültigen Sieg der weltlichen Richtung über die geistliche ankündigten, in deren Interesse doch ursprünglich französische Stoffe deutsch bearbeitet worden waren. Vor allem wurde die Minne, die in den deutschen Epen bis dahin nur bei Episoden eine Rolle spielte, zum leitenden Motiv und damit nach französischem Muster die ersten *Liebesromane* in die deutsche Literatur eingeführt.

Hierher gehört ein Gedicht, das 1170–1173 in Thüringen, wahrscheinlich von einem Ritter, verfaßt wurde und die Geschicke des *Grafen Rudolf* erzählt, die im Orient, und zwar zur Zeit der Kreuzzüge, sich abspielten. Ob der deutsche Dichter den Stoff aus einer schriftlichen französischen Vorlage schöpfte oder ihn nur vom Hörensagen kannte, läßt sich nicht nachweisen. Gewiß aber ist, daß die Sage in Frankreich entstanden und schon in der Vorlage unseres Dichters mit einem historischen Ereignis verschmolzen war. Graf Hugo von Puiset war 1127 Erbe der Grafschaft von Joppe geworden, geriet aber mit Fulko von Anjou, dem König von Jerusalem, in Streit und sollte sich nach dem Schiedsspruche der Pairs zum Zweikampf stellen. Er floh jedoch zu den Ägyptern und bot sie zum Kriege gegen Fulko auf. Durch Vermittlung des Patriarchen unterblieb zwar der Kampf, aber Hugo mußte in die Verbannung gehen, wo er vor Ablauf der festgesetzten Frist starb. Mit dieser geschichtlichen Tatsache nun wurde die von Frankreich über ganz Europa verbreitete Sage von »Beuve de Hanstone« verbunden, die von der viel geprüften Liebe des christlichen Ritters Beuve, des Sohnes Guidos, zu der Tochter eines heidnischen Königs erzählt. Die deutsche Bearbeitung läßt die Hauptmomente der geschichtlichen Tatsache trotz der aufgenommenen sagenhaften Züge noch deutlich erkennen und lehrt uns die Verhältnisse in Jerusalem sowie die Stimmung in Europa nach dem ersten Kreuzzuge kennen. Leider ist der Zusammenhang der einzelnen Teile der Dichtung infolge der mangelhaften Überlieferung nicht immer ersichtlich.

Spuren des höfischen Wesens fanden wir schon in der Kaiserchronik und in Lamprechts Alexanderlied; der Graf Rudolf aber zeigt uns die neue ritterliche Lebensanschauung bereits ausgebildet und in dem Helden das ritterliche Ideal des Mannes verkörpert. Er versteht den kunstgemäßen Gebrauch der Waffen, kennt die feinen Umgangsformen, weiß mit den Frauen zu verkehren und wird deren Liebling. Daher spielt auch die Minne eine bedeutende Rolle, aber noch hält sich die Darstellung ihres Waltens frei von Reflexionen und ist voll Wahrheit und Anmut.

Frei von jeder historischen Beziehung ist die anmutige Geschichte des Liebespaares *Flore und Blancheflore* (Blume und Weißblume). Die Sage ist byzantinischen Ursprungs, kam über Italien in das Abendland und fand hier bis hinauf nach Island Gefallen und Bearbeiter in gebundener und ungebundener Rede. Schon um 1170 brachte sie am Niederrhein ein Dichter nach einer französischen Vorlage in schlichte, deutsche Verse, von denen uns aber nur ein Teil überliefert ist.

Flore (Floyris), der Sohn eines heidnischen Königs, und Blancheflore, die Tochter einer christlichen Kriegsgefangenen, werden in der Blütezeit an einem Tage und in einer Stunde geboren und sind sich vom ersten Augenblicke ihres Daseins an in zärtlicher Liebe zugetan. Aus Furcht, Flore könnte einmal seine Gespielin zum Weibe nehmen, verkauft sie der König in das Morgenland. Flore aber verläßt Haus und Hof und zieht in die Ferne, um die Verlorene zu suchen. Er kommt immer dorthin, wo Blancheflore eben gewesen ist, und hört die Leute von ihr erzählen. In Babylon erteilt ihm ein Mann Ratschläge, wie er zur Freundin gelangen könnte. Ein Sarazenenfürst hält sie in einem unnahbaren Turm eingeschlossen. List führt zum Ziele. Flore wird in einem Korbe, mit Rosen verdeckt, zu ihr getragen. Über den Freuden des Wiedersehens aber vergessen sie die Vorsicht, werden von dem Fürsten entdeckt und zum Feuertode verurteilt. Eines von beiden könnte durch den Zauberring Flores gerettet werden. Doch entschlossen, kein getrenntes Schicksal zu tragen, werfen sie den Ring in das Meer. Solche Liebe und Treue rührt das Volk und den Sultan. Er begnadigt beide und entläßt sie reich beschenkt. Sie gehen nach Spanien und sterben dort hundert Jahre alt an demselben Tage und in derselben Stunde.

Der Zauber des Märchens bestimmt der »Rose« und der »Lilie« Geschick; der reinen Liebe stilles und ungetrübtes Glück ward ihr Lohn für die Leiden schwer geprüfter Treue.

Nicht so versöhnend waltet die Minne in dem Leben *Tristans und Isoldens*, eines anderen viel genannten, durch die Dichter alter und neuer Zeit verherrlichten Liebespaares. Hier tritt uns die Minne als Dämon entgegen, der in den Liebenden die Leidenschaft zur verzehrenden Flamme anfacht, Gottes unverbrüchliches Gesetz und des Menschen heiliges Recht mißachtet, seine Opfer in Schuld verstrickt und nicht ruht, bis er sie dem Verderben in die Arme getrieben hat. Es ist der zügellosen und verbrecherischen Liebe unheilvolle Macht, die Eilhart von Oberge in seinem *Tristan* wohl erst nach 1180 zum ersten Male in die deutsche Dichtung einführte. Kraftlos erweist sich des Menschen Wille, machtlos der Sitte eherne Satzungen gegenüber der Gewalt dieser Liebe. Tristan und Isolde trifft keine Schuld; sie sind nur willenlose Puppen, die von einer außerirdischen Macht von Schuld in Schuld getrieben werden. Dies ist der Gedanke der Tristansage. Ihn herauszuarbeiten und die Sage psychologisch zu vertiefen blieb Gottfried von Straßburg vorbehalten.

Eilhart hält sich noch getreu an seine französische Vorlage, die für jene allbezwingende Macht der Minne ein Symbol, den Zaubertrank, einführte, durch dessen Genuß in Tristan und Isolde die Liebesraserei entflammt wird. Der Zauber, nicht der verderbte Wille, hat die beiden zu Ehebrechern gemacht, fügt Eilhart, ihre Tat entschuldigend, hinzu.

Die Darstellungsweise bewegt sich noch in dem alten, durch die Spielleute gelegten Geleise; so z. B. gebraucht er bei Kampfesschilderungen die üblichen Formeln, liebt ferner sprichwörtliche Redensarten, vergleicht die Ritter gern mit den Helden der nationalen Sage und läßt auch noch Fahrende auftreten. In der dramatischen Führung des Dialogs und durch die höfischen Anreden verrät er den Einfluß seiner Vorlage, aus der er auch, wie es der moderne Geschmack verlangte, Wörter herübernahm. Und diesen hat Eilhart als ein nach französischer Sitte gebildeter Ritter wohl gekannt. Er stammte aus dem seit 1189 bezeugten Ministerialengeschlecht von Oberg im hildesheimischen Gebiete und erscheint bereits in einer Urkunde desselben Jahres neben seinem Vater als Dienstmann Heinrichs des Löwen. Später war er Ministerial der Söhne Heinrichs, des Pfalzgrafen Heinrich und Königs Otto. Zwischen 1209 und 1227 trat er in die Dienste des Grafen Siegfried von Blankenburg. Seinen Tristan dürfte er nach 1170, aber vor 1180 geschrieben haben. Er bediente sich aber dabei nicht der niederdeutschen Mundart seiner Heimat, sondern des Mitteldeutschen. Seine Reim- und Verskunst genügte den Anforderungen seiner Zeit nicht mehr, und darum wurde sie bald einer Umarbeitung unterzogen, die wir aus späteren Handschriften kennen. Von Eilharts eigener Übersetzung sind uns nur Bruchstücke überliefert. Sie lebte aber, im 15. Jahrhundert, in Prosa aufgelöst und gedruckt, fort im Munde des Volkes, während Gottfrieds Dichtung der Vergessenheit anheimfiel. Eilhart gilt als Vorläufer der höfischen Dichtkunst, und gewiß hat er mit der Wahl des Stoffes jene Dichtung angebahnt, die in der deutschen Literatur bald die Herrschaft gewann.

DAS HÖFISCHE EPOS UNTER DEN HOHENSTAUFEN

Tatenreich verfloß das Leben des Staufers Friedrich I. Alle seine Unternehmungen aber zielten auf die Gründung einer Weltmonarchie, deren Gesetze er allein, wie ein anderer Augustus, bestimmen wollte. Die Idee von der Berufung der Deutschen auf den Thron der römischen Cäsaren, durch die Friedrich I. seiner Zeit ihr Gepräge aufdrückte, ging als unheilbringendes Erbe auf seine Nachfolger über. Wie der Rotbart jagten sie alle dem Phantome von der Gründung eines Weltreichs nach, das auf der Grundlage einer absoluten Herrschaft aufgebaut werden sollte, während sie das Papsttum zu einem Werkzeug ihrer Politik herabwürdigen wollten. Die hochstrebende Macht des gewaltigen Herrschergeschlechtes der Staufer zerschellte an einem unerreichbaren Ziele, und traurig gestaltete sich ihr Ausgang: Heinrich VI., umflossen von der Fülle kaiserlicher Macht, wird mitten aus seinem Schaffen abberufen (1197), Philipp von Schwaben wird ermordet (1208) und Konradin, der letzte Sprößling, stirbt auf dem Blutgerüste (1268).

Nie hatte das römische Kaisertum deutscher Nation in solchem Glanze gestrahlt wie unter den Staufern; aber auch das Papsttum war nie in solcher Fülle der Macht erschienen wie unter Innozenz III. (1198–1216), vor dessen Größe die Herrscher der Reiche der Erde sich beugten. Erfüllt von der Hoheit der Kirche, sorgte dieser große Papst auch für deren Reinheit. Er predigte den Kreuzzug gegen die Ketzer, die im Süden Frankreichs unter dem Deckmantel der Frömmigkeit einen Krieg gegen die Kirche begannen, und suchte durch den heiligen Franziskus von Assisi und den heiligen Dominikus und die von ihnen gegründeten Bettelorden den Geist der evangelischen Armut und Glaubenslauterkeit in Volk und Klerus wieder zu beleben. Die Freiheit der Kirche war gerettet; das Papsttum als solches hatte den Sieg gegen die materielle Gewalt behauptet; die Päpste aber verließen das Schlachtfeld ermüdet und waren nicht imstande, mit gleicher Kraft den Kampf für die Idee von der kirchlichen und weltlichen Oberherrlichkeit des Papstes als des Hauptes der Kirche gegen den neuen Feind aufzunehmen. Es war dies Philipp der Schöne von Frankreich, der Gegner des großen Papstes Bonifaz VIII. (gest. 1303), der den letzten Versuch machte, die mittelalterliche Machtstellung des Papsttums zu behaupten.

Die gewaltigen Ideen, die jene Zeit bewegten, spiegelten sich wider in der Poesie. Die Herrlichkeit des deutschen Kaisertums leuchtet uns entgegen in dem Spiele vom Antichrist und in der Erzählung vom Grafen Rudolf; Vaganten sangen gegen den Klerus im Dienste der Ketzerei, und mitten in den heißen Kampf der Kaiser mit den Päpsten führt uns der persönlich fromme, als Parteimann aber verbitterte Walther von der Vogelweide.

Die Fahrten in den Orient, die Züge nach Italien und die Kriege mit dem östlichen Nachbarn der Deutschen boten den Rittern Gelegenheit zu Abenteuern und Taten persönlicher Tapferkeit.

Das Rittertum gewinnt in den drei geistlichen Ritterorden der Johanniter, Templer und Deutschherren seine edelste Gestalt und zeigt uns das menschenfreundliche Wirken der christlichen Nächstenliebe, die ihren Ausdruck durch die Gründung der Hospitäler fand. Von dem Glanze aber, den das weltliche Rittertum zu Pfingsten in Mainz (1184) bei der Schwertleite der Söhne Friedrichs I. verbreitete, sagten und sangen die Dichter noch lange. Tausende von Rittern aus allen Gauen des Reiches und aus den Nachbarländern nahmen an diesem Friedensfeste teil. Es war die größte Nationalfeier des Mittelalters und bedeutete den Höhepunkt der kaiserlichen Macht. Die Waffenspiele aber, die dabei aufgeführt wurden, und all das Schaugepränge, mit dem die Ritter die Pracht des Festes erhöhten, zeigten, daß die Ritterschaft die erste Stelle im Reiche sich errungen hatte.

Bald übernahmen die Ritter auch die Führerschaft in der deutschen Dichtung, während die Geistlichen nur selten sich daran beteiligten und mehr der lateinischen Literatur sich widmeten. Jener Geschmack an der französischen Literatur, dem Geistliche durch Übersetzungen, freilich in kirchlicher Absicht, zuerst in Deutschland die Bahn gebrochen hatten, gewinnt jetzt die Herrschaft. Aus französischen Quellen schöpft das ritterliche oder höfische Epos seine Stoffe, die französisch-provenzalische Lyrik wird zum Vorbild für den deutschen Minnesang, und selbst im Volksepos verspürt man den Atem der neuen Richtung, die von Süden und Norden her in Deutschland sich verbreitete.

Die deutschen Bearbeiter französischer Vorlagen begnügen sich aber nicht mit deren bloßer Übersetzung, sondern suchen die Handlungsweise ihrer Helden psychologisch zu begründen und so den Stoff zu vertiefen. Versuche dieser Art fanden wir schon bei den ältesten Minnesängern und in Eilharts von Oberge »Tristrant«; noch weiter in der Beobachtung des Seelenlebens gingen die Klassiker der ersten Blüteperiode deutscher Dichtung. Von diesen zeichnet der liebenswürdige Hartmann von Aue in fein durchgearbeiteter Erzählung ein Bild des Rittertums, dem das Weltliche genügt und die Schicklichkeit nach der höfischen Anstandslehre als Lebensideal erscheint. In denselben Gesichtskreis der »chevalerie« führt uns Gottfried von Straßburg und leistet in deren Schilderung das Höchste, was an dichterischer Verherrlichung des weltlichen Rittertums je geschaffen wurde; innerhalb dieses Rahmens glänzender Lebensformen (»courtoisie«) entwirft er aber auch ein Seelengemälde, in dem die höfische Minne zur glühendsten Leidenschaft gesteigert wird. Noch tiefer hat Wolfram von Eschenbach in das Herz des Menschen geschaut und in seinem Parzival nicht bloß das Leben des geistlichen und weltlichen Ritters geschildert, sondern es zu einem Bilde des Ringens und Strebens der Menschheit gemacht. Und derselbe Dichter erzählt uns in seinem Willehalm von den Aufgaben des Ritters im Dienste der Menschheit und läßt die zartesten Regungen seines Herzens im Liede ausklingen. Nicht konventionelle Poesie, sondern tief empfunden sind auch die Gedichte anderer Sänger, vor allem Walthers, des Meisters des ritterlichen Minnesanges, und voll der inneren Erregung klingen jene Töne, die fromme Dichter zur Ehre Gottes und der jungfräulichen Gottesmutter ihrer Harfe entlocken.

In allen ritterlichen Kreisen war durch den romanischen Einfluß der Sinn für gefällige Formen geweckt worden, und dies kam auch der Dichtung zugute. Der sprachliche Ausdruck wird gewählter und sorgfältiger, der poetische Stil leicht und anmutig, der Rhythmus der paarweise gereimten vierhebigen Verse, deren man sich in den erzählenden Dichtungen mit Ausnahme der volkstümlichen bediente, wird wohllautend und die Reinheit des Reims zum Gesetz. Die Lyrik entwickelt große Mannigfaltigkeit im Strophenbau und in der Reimkunst. Diese Vollkommenheit in Sprache und Vers wirkte noch lange über die Blütezeit (1190–1220) hinaus und verleiht selbst jenen Dichtungen noch Anmut, deren Verfasser aus Mangel an Talent Inhalt und Form nicht in künstlerische Übereinstimmung bringen konnten.

Der romanische Geschmack war von Italien her in die südöstlichen und östlichen Teile Deutschlands eingedrungen und hatte sich hier zunächst in der Lyrik bemerkbar gemacht. In der Epik hielt man dort eine Zeitlang noch an den alten nationalen Stoffen fest. Es entstehen die Nibelungen und die Kudrun, aber auch sie erfahren die Einwirkung der neuen Kunstrichtung sowohl in formaler Beziehung als auch inhaltlich durch Anpassung an den modernen Geschmack des Rittertums. Ungefähr zu derselben Zeit war die neue Dichtung aus Nordfrankreich an den Mittel- und Niederrhein gekommen und in das mittlere und obere Deutschland vorgedrungen, wo den französischen Erzählungsstoffen »die deutsche Seele« eingehaucht wurde und die höfische Epik die schönsten Früchte reifte.

Unberührt blieb von dieser literarischen Strömung der niedersächsische Stamm, der mit der Bekämpfung des Ostens beschäftigt war und sich fast gar nicht an dem literarischen Leben beteiligte, das sich im oberen Deutschland, am Sitze der politischen Macht, entfaltete. In Niedersachsen lebte die heimische Heldendichtung in der Form des Spielmannsliedes noch fort, und von dem Reichtum an Heldenliedern und Sagen, die dort noch lebendig waren, zeugt die *Thidrekssaga*, ein Prosawerk, das dort auf Grund niedersächsischer Lieder und Sagen um die Mitte des 13. Jahrhunderts entstanden ist. Es waren nahezu nur die oberdeutschen Mundarten, die schwäbisch-alemannische und die bayerisch-österreichische, in denen die deutschen Dichtungen erblühten. Da nun diese für die gesamte höfische Welt berechnet waren, verzichteten die einzelnen Dichter auf die bedeutendsten Eigentümlichkeiten ihrer heimischen Mundart, und so entstand eine Art einigender Literatursprache; zur Ausbildung einer mittelhochdeutschen Schriftsprache in unserem Sinne aber ist es nicht gekommen.

Die Verbindung der Dichtung mit der ritterlichen Gesellschaft machte die Höfe zu ihren Pflegestätten, und zwar fand das Epos besonders am Hof der Landgrafen von Thüringen (Ludwig III. und Hermann), die Lyrik an dem der österreichischen Herzöge und der Hohenstaufen Gunst und Förderung; und diese brauchten die Sänger, da sie größtenteils dem armen niederen Adel angehörten und auf die Milde (Freigebigkeit) der Fürsten angewiesen waren. Doch auch gekrönte Häupter, wie z. B. Kaiser Heinrich VI. und Konradin, sangen Minnelieder. Die Abhängigkeit der Dichter von ihren Gönnern hemmte sie oft in der Wahl der Stoffe und nötigte sie auch in der Darstellung, wie z. B. durch ermüdende Beschreibungen von Festen, Waffen und Pferden, der an den Höfen herrschenden Freude an äußerem Glanz Rechnung zu tragen.

Die Zeit der Blüte des Rittertums und der damit im Zusammenhange stehenden Dichtung währte nicht lange. Schon zu Beginn des 13. Jahrhunderts klagen die Sänger über den Verfall der höfischen Zucht und Sitte, und all die Unterweisungen, durch die manche Dichter ihm steuern wollten, konnten ihn nicht aufhalten.

Die Behandlung antiker Stoffe

Als ihren geistigen Ahnherrn betrachteten die höfischen Epiker des 13. Jahrhunderts Heinrich von Veldeke, auf den sie ihre ganze Kunst zurückführten. Er stammte aus einem freiherrlichen Geschlechte, dessen Stammsitz Veldeke in der Nähe der Abtei St. Truyden (Trond) bei Maestricht lag, also in einer Gegend, wo deutsches und französisches Wesen sich vielfach berührten. Über sein Leben geben nur seine Werke einigen Aufschluß. Sein Geschlecht stand in Beziehungen zu den Grafen von Loz und zu der Abtei St. Truyden, die dem heiligen Servatius geweiht war, den sich Heinrich auch selbst zum Patron wählte. Auf Anregung einer Gräfin Agnes von Loz (gest. 1175) und auf die Bitten des Klosterküsters Hessel beschrieb er um 1170 in zwei Büchern das *Leben des heiligen Servatius* und die nach seinem Tode geschehenen Wunder. Goslar und Quedlinburg, wo dieser Heilige besonders verehrt wurde, scheint der Dichter, wie man auch aus der Anspielung in einem Liede schließen kann, besucht zu haben. Die Legende dichtete er nach derselben lateinischen Vita, aus der auch eine hochdeutsche Bearbeitung desselben Stoffes geflossen ist. Fraglich ist, ob er auch das Gedicht von den Liebesqualen des *Königs Salomon* geschrieben hat, das wegen der prächtigen Schilderung des Bettes, auf dem Salomon ruhte, viel bewundert worden sein soll. Seinen Ruhm aber begründete der Veldeker durch seine *Minnelieder* und vor allem durch seine *Eneide*, die durch ihre bis ins 14. Jahrhundert nachwirkenden Anregungen eine historische Bedeutung erlangte, die ihren poetischen Wert weit übersteigt.

Heinrich von Veldeke hatte eine gelehrte Bildung genossen und war vielleicht für den geistlichen Stand bestimmt gewesen. Er war vertraut mit der lateinischen Sprache, und in der Kenntnis des Französischen kam ihm nur noch Gottfried von Straßburg gleich. Das erstere bestätigt uns schon seine »Legende van sent Servâs«, beides ersehen wir aus seiner Eneide.

Diese bearbeitete er nicht, obschon er Vergil, Ovid und Statius kannte, nach dem lateinischen Original, sondern nach dem französischen »Roman d'Enéas«, der von einem unbekannten Dichter etwa 1160 verfaßt worden war.

Heinrich schrieb die Eneide in seiner Maestrichter Mundart, einem niederfränkischen Dialekte, vermied aber alle Ausdrücke, die im oberen Deutschland nicht verstanden worden wären, und wählte Reimwörter, die leicht in oberdeutsche reine Reime umgesetzt werden konnten. Schon in Thüringen wurde die Eneide ins Oberdeutsche umgeschrieben, da nur auf solche Weise eine weite Verbreitung des Buches erzielt werden konnte, woran den Landgrafen als den eifrigsten Förderern des modernen Geschmackes viel gelegen war. Und in der Tat erstreckte sich der literarische Einfluß der Eneide mehr auf das mittlere und obere Deutschland als auf die Heimat des Dichters.

Die überraschend große Wirkung der Eneide läßt sich teils aus ihrer Form, teils aus der Behandlung des Stoffes erklären. In formaler Beziehung wurde die Reinheit der Reime gerühmt, die zum ersten Male die Assonanzen

Die Akademie Karls d. Gr. Der angelsächsische Mönch Alkuin (um 735–804) brachte die Schola Palatina in Aachen, die älteste Gelehrten- und Dichterakademie des Abendlandes, zu neuer Blüte. Gerne beteiligte sich der Kaiser an den Disputationen des Gelehrtenkreises. Zeichnung von F. M. Moreau le Jeune, Paris 1780.

Der St. Galler Mönch Notker der Stammler (um 840–912) zeichnet in seinem Buch »Gesta Caroli Magni« die Taten Karls d. Gr. auf. Türrelief an der Kathedrale von St. Gallen von Josef Büsser, 1935.

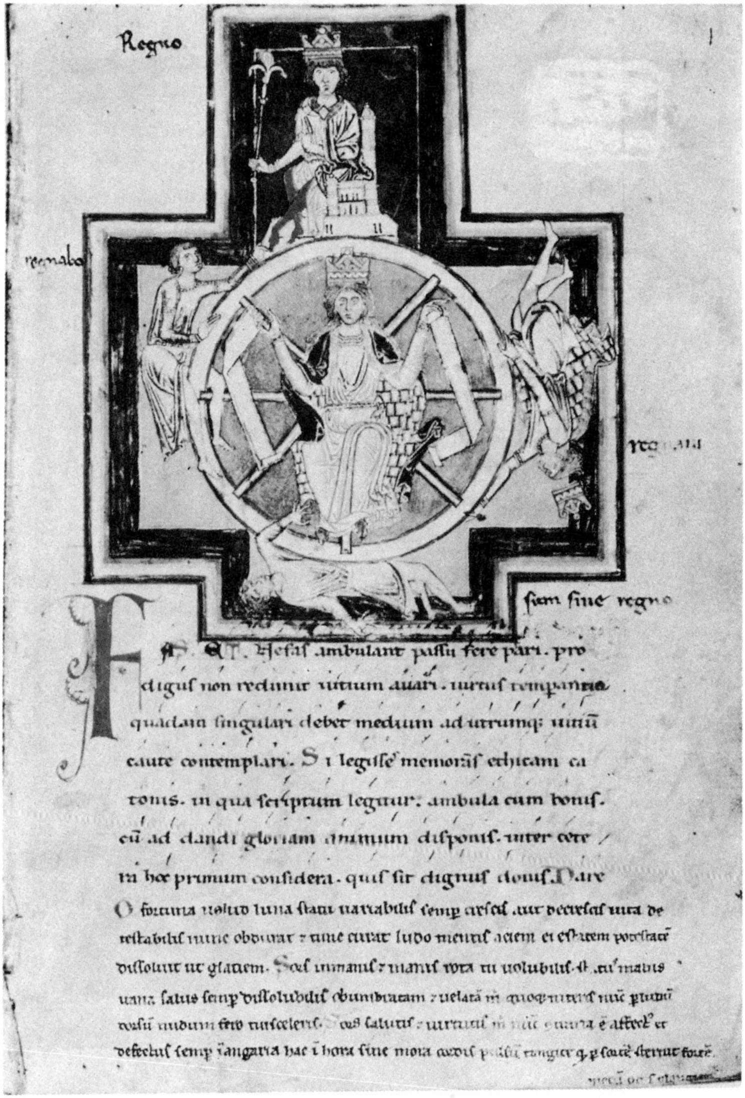

Eine Seite aus den »Carmina Burana«. Diese Sammlung aus dem 13. Jahrhundert enthält lateinische und deutsche Vagantenlieder.

Einer der ältesten Minnesänger ist der Herr von Kürenberg. Miniatur aus der großen Heidelberger Liederhandschrift, 14. Jahrhundert.

verdrängten. Die Verse sind der Mehrzahl nach regelmäßig gebaut, meist zu vier Hebungen; die Senkungen sind einsilbig oder können auch fehlen. Der poetische Stil ist zwar noch breit und überreich an epischen Formeln, der Satzbau ist noch einfach, aber überall zeigt sich das Streben nach künstlerischer Ausbildung. Der Dialog ist zuweilen dramatisch, stichisch gehalten, d. h., es wechseln in Rede und Gegenrede Vers um Vers rasch hintereinander; durch Reimhäufungen und Wortspiele versucht sich der Veldeker bereits in metrischen und stilistischen Künsteleien und regte damit deren Übung bei späteren Dichtern an. Und in der Anregung zu weiterem Streben nach Vollendung der Form und des Inhalts, die der Veldeker mit seiner Eneide gab, liegt deren epochemachende Bedeutung.

Heinrich folgte genau seiner französischen Vorlage, die ihm den Stoff schon im ritterlichen Kostüm des 12. Jahrhunderts bot, ohne sie jedoch sklavisch nachzuahmen. Durch Weglassung belehrender und fremdartiger Stellen, durch strengere Beobachtung von Ursache und Folge wurde der Gang der Handlung straffer, durch Zurückdrängung der antiken Mythologie und des heidnischen Wunderglaubens der Inhalt verständlicher. Mehr noch als der französische Dichter legt der deutsche das Hauptgewicht auf die Ausmalung seelischer Vorgänge, wozu die Schilderung der in Dido erwachenden und bald verzehrend wirkenden Liebe zu Äneas und dessen Minneverhältnis zu Lavinia reichlich Gelegenheit boten.

In mehr als 200 Versen beschreibt der Dichter, wie Dido den fremden Helden, dessen Schicksale sie mit stets wachsender Erregung aus seinem Munde vernommen hatte, an der Hand nimmt und in das Schlafgemach geleitet, dann in ihrer eigenen Kemenate eine ruhelose Nacht verbringt und am Morgen der Schwester verschämt silbenweise den Namen des Geliebten, die Ursache ihrer Qualen, nennt. Das ist nicht jenes heroische Weib Vergils, das mit den schrecklichsten Verwünschungen gegen den falschen Freund stirbt, sondern ein liebekrankes, das in Tränen um den Äneas zerfließt und für seine Treulosigkeit doch nur Verzeihung kennt.

Eine solche Auffassung entsprach dem Wunsche der ritterlichen Kreise, und der französische Bearbeiter und sein deutscher Übersetzer fühlten sich gleich anderen Dichtern berechtigt, den antiken Stoff aus dem eigenartigen Vorstellungskreise ihrer Zeit heraus umzugestalten. Diese aber liebte es, mit dem kriegerischen Ideal auch die Empfindsamkeit zu verbinden und über psychische Vorgänge zu reflektieren. Ein viel bewundertes und oft nachgeahmtes Beispiel dafür ist die oft in stichischer Form geführte Unterredung zwischen der naiven Lavinia und ihrer erfahrenen Mutter über das Wesen der Minne.

Die Königin fordert ihre Tochter auf, den Turnus zu minnen, der so lange schon um ihre Huld sich bewerbe.

»Wie mochte ich mînen moet
an einen man gekêren?«
»die minne sal dich't lêren.«
»dorch got, wat es minne?«
»si es van anegenge
geweldich over die wereld al
end iemer mêre wesen sal,
went an den soendach,
dat her nieman enmach
neheine wîs wederstân,
want si es sô gedân,
dat mans enhôret noch ensiet.«

»Wie könnte ich meinen Sinn
an einen Mann kehren?«
»Die Minne wird dich's lehren.«
»Bei Gott, was ist die Minne?«
»Sie ist von Anbeginn
gewaltig über die ganze Welt
und wird es immer sein,
bis an den Jüngsten Tag,
daß ihr niemand vermag
irgendwie zu widerstehen,
denn sie ist so beschaffen,
daß man sie nicht hört noch sieht.«

Die Fragen Laviniens über die Minne nötigen die Mutter, ihr bis ins einzelne deren Lust und Leid zu schildern. Und bald erfährt die Tochter an sich selbst, wie wahr die Mutter gesprochen hat. Äneas hat es ihr angetan. In Selbstgesprächen teilt sie die in ihrem Herzen wogenden Gefühle mit, das Suchen und Meiden, das Sehnen und Bangen, Leid und Freude, bis sie den Geliebten in einem Brief ihrer Huld versichert, worauf dieser erklärt, nimmer ihre Gunst vergelten zu können, und lebte er tausend Jahre.

Eine solche Analyse der Gefühle war etwas Neues, und die Liebesgeschichte entsprach ganz dem ritterlichen Lebensideal der Zeit, dem der Dichter auch sonst vollauf Rechnung trug. Die modernisierte Eneide sollte nicht wie die während des ganzen Mittelalters viel gelesene und bewunderte Vergils Aufschluß über Roms Geschichte geben, sondern den aristokratischen Lesern Stoff zur Unterhaltung bieten. Daher wird auch Äneas als das Ideal eines modernen »chevalier« gezeichnet und alle die antiken Helden reden, denken und handeln und kleiden sich, wie man es von Rittern des 12. Jahrhunderts verlangte. Es fehlt nicht an kühnen Abenteuern, Belagerungen von Burgen, Schlachten und Zweikämpfen, die als Turniere nach den Regeln der Ritterlichkeit ausgefochten werden.

Die Eneide machte bald Schule, und alle Dichter, die etwas gelten wollten, mußten in die von dem Veldeker eingeschlagene Richtung einlenken. Die älteren Dichtungen genügten nicht mehr den höheren Anforderungen und wurden entweder vergessen oder umgearbeitet, wobei man sich freilich zunächst nur auf die Glättung der Verse und Reime beschränkte, dann aber durch Erweiterungen auch inhaltlich dem modernen Geschmack anpaßte. Merkwürdigerweise gelangte in den Gebieten am Nieder- und Mittelrhein, von denen doch die Dichtung in Mittel- und Oberdeutschland die erste Anregung zur künstlerischen Ausbildung erhielt, weder das höfische noch das volkstümliche Epos zur kunstmäßigen Ausgestaltung. Dies geschah zuerst in Thüringen, wo die Wartburg, der Sitz des Landgrafen Hermann (1190–1217), bald zu einem viel und gern besuchten Heim der Dichter wurde. Eben dieser Förderer deutscher Poesie, auf dessen Geheiß der Veldeker seine Eneide vollendet hatte, wünschte auch, die Geschichte *vom trojanischen Kriege,* als deren Fortsetzung man Vergils Äneis im Mittelalter betrachtete, in deutschen Versen erzählt zu hören.

Die trojanische Sage fand wie keine andere im Mittelalter das größte Gefallen und die weiteste Verbreitung. Die Hauptursache dafür lag wohl darin, daß eine alte Sage die Franken von den Trojanern abstammen läßt und daher das Interesse für deren Geschichte weckte. Die Kenntnis davon schöpfte man aber nicht aus Homer unmittelbar, sondern hauptsächlich aus Dares, Dictys und dem lateinischen Homer, einem unter dem Namen des Pindarus Thebanus überlieferten Auszuge aus der Iliade Homers in lateinischen Hexametern. Die beiden anderen Quellen sind apokryphe Schriften, und zwar soll die eine, den Trojanern freundliche und daher beliebtere, von dem Troer Dares, die andere, den Griechen günstige, von dem Kretenser Dictys stammen. Beide sind nur in lateinischen Übersetzungen überliefert, von denen die des Dares dem Cornelius Nepos unterschoben wurde. Aus diesen Quellen, neben denen Vergil, Ovid, die Achilleis des Statius nur gelegentlich berücksichtigt wurden, lernte das Mittelalter die trojanische Sage kennen, und seit dem 11. Jahrhundert begann man, sie in der lateinischen und in den nationalen Sprachen zu erzählen, wobei es natürlich nicht ohne Änderungen abging.

Die größte Bedeutung für die Verbreitung der Sage über ganz Europa gewann deren altfranzösische Bearbeitung durch den nordfranzösischen Dichter BENOIT DE SAINT-MORE, der sie um die Mitte des 12. Jahrhunderts nach den genannten und anderen Quellen in seiner *Déstruction de Troyes* oder *Roman de Troie* aus dem ritterlichen Geiste seiner Zeit heraus erzählte und manches selbständig hinzufügte, wie z. B. die Novelle von Troilus und Brisëida, die dann bis zu Shakespeare immer wieder Gefallen fand. Auf Benoît gehen dann mittelbar oder unmittelbar fast alle die späteren Darstellungen dieser Sage zurück.

Benoîts »Roman de Troie« kam durch einen Grafen von Leiningen in die Hände des Landgrafen Hermann, der ihn dem Hessen HERBORT VON FRITZLAR, einem jungen Kleriker, mit dem Auftrage übergab, durch dessen Bearbeitung zu der deutschen Eneide die Vorgeschichte zu schreiben. So dichtete denn Herbort im engen Anschluß an Benoît zu Beginn des 13. Jahrhunderts sein *Liet von Troye* in mitteldeutscher Mundart. Wie der Veldeker, den er sich zum Muster nahm, trug auch er aus eigenem, manches aus der Mythologie, aus den Sitten und Rechtsgewohnheiten seines Volkes in seine Bearbeitung der Vorlage hinein, deren Umfang er übrigens durch Zusammenziehung der Reden und der Schlachtenschilderungen ungefähr um den dritten Teil kürzte. Er blieb hinter Heinrich von Veldeke zurück, und seine Dichtung erlangte trotz aller Verwandlung der antiken Helden in Ritter seiner Zeit, die ihre Lebensaufgabe in Abenteuern, Heldentaten und Liebesgeschichten erblicken, doch nicht den Beifall wie die Eneide. Ursache davon war die unvollendete metrische Technik und der Mangel einer eleganten Darstellung. Diese ist nicht immer höfisch, oft erinnert sie an ältere Dichtungen, wie z. B. an das Alexanderlied, zuweilen wird sie sogar realistisch. Herbort war ein gerader und biederer Charakter, dem vor allem an einer idealen Auffassung der Treue und Heldenehre lag. Darum ereifert er sich gleich zu Beginn der Dichtung gegen seine Quelle, die dem treulosen Pelias Lob spendet. Achilles tötet den Hektor im offenen, ritterlichen Kampfe und nicht, wie es in der Vorlage stand, durch Hinterlist. Den Gefallenen verhöhnt er nicht, sondern wünscht ihm Gottes Frieden; dem deutschen Dichter widerstrebt es, den Leichnam des Troilus von Achilles um die Stadt schleifen zu lassen, und er läßt es daher durch Kalo, eine erfundene Person, geschehen.

Zu dem deutschen Vergil und zur deutschen Trojanersage fügte ALBRECHT VON HALBERSTADT im Jahre 1210 eine Verdeutschung der *Metamorphosen Ovids*, und zwar in der thüringischen Mundart, obschon er nach seiner eigenen Angabe weder Schwabe noch Bayer, weder Thüringer noch Franke, sondern ein zu Halberstadt geborener Sachse war. Er wird als Scholastikus (Schulvorsteher) an der Propstei Jechaburg (bei Sondershausen) in der Mainzer Diözese in Urkunden von 1217 und 1218 als Zeuge genannt. Aus den rühmenden Worten, mit denen er des Landgrafen Hermann als seines Landesherrn gedenkt, hat man geschlossen, daß er zu ihm in näherer Beziehung gestanden sei und auf seine Anregung hin die Übersetzung abgefaßt habe. Vollständig erhalten ist sie nur in der schlechten Umdichtung des Jörg Wickram von Kolmar, die 1545 in Mainz gedruckt erschien. Der Prolog, den Wickram zur Probe nach der handschriftlichen Überlieferung aufnahm, und ein paar andere Bruchstücke sind die einzigen Reste von der ursprünglichen Gestalt der ersten Verdeutschung Ovids.

Mehr Beifall als Albrecht fand BLIGGER VON STEINACH (gest. 1228), der in der Rheinpfalz lebte und für sein Gedicht *Der umbehanc* das Lob der Besten seiner Zeit erntete. Leider ist davon nichts erhalten, und es ist nur Vermutung, wenn man annimmt, es sei eine Sammlung im höfischen Stile erzählter Liebesgeschichten gewesen, zu der ihm die Bilder eines Teppichs (»umbehanc«) als Vorlage gedient haben.

Wie diese Dichtung sind auch zwei andere zu Beginn des 13. Jahrhunderts entstandene verloren, von denen die eine BITEROLF am thüringischen Hofe, die andere BERCHTOLD VON HERBOLZHEIM im Würzburgischen verfaßt hat. Den Inhalt entnahmen beide der Alexandersage. Die Wahl ihres Inhalts scheint unter dem Einflusse Heinrichs von Veldeke getroffen worden zu sein, und gewiß war dies der Fall bei zwei anderen in Mitteldeutschland verfaßten Gedichten, die nach französischen Bearbeitungen Stoffe aus dem byzantinischen Sagenkreise behandeln. Die eine von ihnen, *Athis und Prophilias*, erzählt in flott dahinfließenden Versen eine der viel verbreiteten Freundschaftssagen und hebt sich, soweit die erhaltenen Bruchstücke erkennen lassen, von der Vorlage durch seelische Vertiefung des Stoffes ab; die andere, *Eraklius*, hat den gelehrten und in der Literatur seiner Zeit wohlbewanderten MEISTER OTTE zum Verfasser, der darin die Wiedergewinnung des heiligen Kreuzes dem Kaiser Heraklius erzählt und damit als Episode die Liebesgeschichte von der Kaiserin Athenais und dem Jüngling Parides verbindet.

Des Veldekers Einfluß auf Oberdeutschland sehen wir in der von einem unbekannten Dichter stammenden Novelle in mittelhochdeutschen Versen, die ein Liebesabenteuer des nordfranzösischen Minnesängers MORIZ VON CRAUN (gest. 1196) wahrscheinlich nach mündlicher Überlieferung erzählt und bereits den Frauendienst schildert und verherrlicht. Durch Frische der Darstellung und plastische Zeichnung der Charaktere unterscheidet sich diese Dichtung zu ihrem Vorteil von vielen anderen höfischen Romanen.

Im südwestlichen Oberdeutschland gelangte die von dem Veldeker angebahnte Richtung gegen Ende des 12. und zu Beginn des 13. Jahrhunderts zur künstlerischen Vollendung. Sie knüpft sich an das Dreigestirn Hartmann von Aue, Wolfram von Eschenbach und Gottfried von Straßburg, von denen sich jeder trotz des Anschlusses an eine fremde Vorlage als eine ganz bestimmte und eigenartige Dichterpersönlichkeit uns darstellt. Mit ihnen treten die bretonischen Sagenstoffe, die Sagen von Tristan und Artus in die deutsche Dichtung ein und beherrschen eine Zeitlang den Geschmack der Dichter und des adeligen Publikums.

Hartmann von Aue

Der erste Dichter, der bretonische Sagenstoffe den Deutschen zuführte, das höfische Leben in idealer Weise schilderte und gemütvoll vertiefte, war HARTMANN VON AUE (1170 bis 1210/1220), der auch als Schöpfer der klassischen poetischen Form gilt. Anmut und Grazie bilden das Hauptgepräge seiner Werke; durch ihn erst erhielt der Redefluß Ungezwungenheit, Leichtigkeit und Natürlichkeit, der Reim eine bewunderungswürdige Mannigfaltigkeit, die Darstellung Klarheit und Durchsichtigkeit, wie sie das lautere Gemüt des Dichters selbst besaß, dessen Streben nur auf »rechte Güte« gerichtet war. Das in sich gefestigte ruhige Gleichmaß seines Wesens, das durch keine tief eingreifende Leidenschaft gestört ward, seine edle, fromme Gesinnung, die nur an Gottes Ehre und das Heil der Seele denkt, Zartheit und Tiefe der Empfindung, Sanftmut und Kindlichkeit, all dies erfüllt seine Worte mit Wärme, und diese teilt sich daher auch dem Hörer mit, wie Gottfried von Straßburg in seinem Tristan (um 1207) von dem liebenswürdigen Hartmann rühmend sagt:

wie lûter und wie reine
sîn kristallîniu wortelîn
beidiu sint und iemer müezen sîn!
si koment den man mit siten an,
sie tuont sich nâhe zuo dem man
und liebent rehtem muote.
swer guote rede ze guote
und ouch ze rehte kan verstân,
der muoz dem Ouwære lân
sîn schapel und sîn lôrzwî

(Wie klar und wie rein seine kristallenen Wörtelein leuchten und immer leuchten werden! Mit feinem Anstand schmiegen sie sich an den Hörer, sie schmeicheln sich bei ihm ein und erfreuen jeden urteilsfähigen Sinn. Wer immer gute Rede in Güte und nach Gebühr zu verstehen weiß, der muß dem Ouwære lassen seinen Ehrenkranz und seinen Lorbeer.)

Hartmann stammte aus einem armen Rittergeschlechte in Schwaben und war Dienstmann der freien Herren von Aue. Als Knabe kam er in die Schule eines größeren Klosters und erhielt dort eine tiefe Bildung geistlichen Charakters, die seine sittlichen Anschauungen auch dann noch bestimmte, als er mitten im Weltleben stand. Um sich für seinen ritterlichen Beruf auszubilden, verließ er mit seinem fünfzehnten Jahre die Schule und erlernte nun die ritterlichen Beschäftigungen. Und da dem Adel und oft auch den Rittern das Rechtsprechen oblag, ließ sich Hartmann auch in den deutschen Rechtsgang und dessen Handhabung einführen. Mit einer Reise nach Frankreich, auf der er sich die Kenntnis der französischen Sprache und Literatur erwarb, scheint er seine ritterliche Ausbildung vollendet zu haben. Ehe er noch Ritter wurde, also vor dem einundzwanzigsten Jahre, brachte er, wie es die Sitte verlangte, einer Dame in *Minneliedern* seine Huldigungen dar, und aus diesem Minneverhältnisse ist auch das sogenannte *Erste Büchlein* erwachsen, ein Gedicht, das durch seinen dem Rechtsverfahren nachgebildeten Aufbau und die dort übliche Terminologie die noch frische Nachwirkung der juristischen Studien des Dichters und seine Kenntnis ritterlicher Galanterie verrät. Im Hinblick auf den Schluß hat man dem Gedicht den Namen »Büchlein«, d. h. poetisches Sendschreiben, gegeben, eine hier zum erstenmal auftretende und später nachgeahmte Form der Minnedichtung. Neu war den Deutschen auch der

Artusroman, den Hartmann ungefähr zu derselben Zeit in die deutsche Literatur einführte.

Die Artussage ist in ihrem Ursprung eine auf geschichtlicher Grundlage ruhende Heldensage, in der die Erinnerung an die gewaltigen Kämpfe der keltischen Briten mit den Pikten und Skoten im Norden und mit den Sachsen und Angeln im Osten und Süden von Großbritannien fortlebte. In einer im Jahre 796 abgefaßten Chronik, die von jenen Kriegen im 5. und 6. Jahrhundert berichtet, tritt Artus als der Feldherr der Briten auf. Die Quelle, aus der der Chronist schöpfte, bildete eine in Wales entwickelte Sage, die den britischen und wahrscheinlich historischen Führer Artus mit dem Glanz eines Heiligen umgab.

Durch die welschen Auswanderer kam die Artussage schon im 5. und 6. Jahrhundert auch auf die armorikanische Halbinsel (die heutige Bretagne) und fand hier ihre weitere Ausgestaltung.

Bei Galfried (Gottfried) von Monmouth, der um 1135 in Wales eine lateinische Chronik der Könige Britanniens schrieb, erscheint Artus als König der Briten und wird als das Ideal eines Herrschers gezeichnet. Als er im Kampfe tödlich verwundet wird, landet ein Schiff und führt ihn in das Feenreich Avalon. Es lag nahe, daß eine dankbare Nachwelt einen solchen König nicht sterben lassen konnte, sondern in den feenhaften Tälern von Avalon fortleben ließ und seine Rückkehr ebenso erhoffte wie die Deutschen die Rückkehr Barbarossas. Gottfrieds Chronik wurde im Mittelalter viel bewundert und wiederholt ins Französische übertragen.

Bretonische Erzählungen, aus denen teilweise auch Gottfried schöpfte, wurden die Grundlage jener französischen Prosaromane von Artus, die vor den Artusgedichten entstanden und ähnlich wie Gottfried, aber ausführlicher, die Sage erzählen.

Ein weiterer Schritt in der Entwicklung der Artussage geschah in den französischen Artusgedichten der zweiten Hälfte des 12. Jahrhunderts, deren Schöpfer Chrestien de Troyes ist. Die Sage, wie sie ihm wahrscheinlich aus den Prosaromanen bekannt war, bot dem französischen Dichter dabei bloß den Rahmen, die Namen, den Ort und die Zeit, in die er die Handlung verlegte, diese selbst aber ist freie Erfindung seiner Phantasie, seine Personen sind nichts anderes als Idealgestalten des französischen Rittertums. Der Artushof wird zum Bild alles höfischen Lebens, der König selbst erscheint als der Typus eines ritterlichen Fürsten, der selbst keine Taten mehr vollführt, da seine ritterliche Tüchtigkeit nicht mehr erprobt zu werden braucht. Zu Caridol in Wales hält er Hof mit seiner Gattin Ginevra, dem Muster aller ritterlichen Damen. Er ehrt die zwölf hervorragendsten Ritter, indem er sie an seiner Tafel Platz nehmen läßt. Diese ist rund gedacht, damit keiner der Helden sich zurückgesetzt fühlen konnte. Der Artushof ist der Mittelpunkt der Ritter, von dem sie ausziehen, um kühne Taten zu vollführen, und wohin sie wieder zurückkehren. Die Aufgabe der Ritter ist es, durch alle Lande zu ziehen, um Unterdrückte zu schützen und Zauberwerk zu zerstören. Königreiche und schöne Frauen sind ihr Lohn. Die Abenteuer eines Ritters bis zu seiner Rückkehr an des Königs Artus Hof, wo ihm die offizielle Anerkennung durch den König und die Aufnahme in die Tafelrunde zuteil wird, und der damit verbundene Minnedienst bilden den Inhalt der Artusgeschichte.

Das erste Artusgedicht Chrestiens war der *Erek*, mit dem die neue Epoche des ritterlichen Epos in Frankreich eingeleitet wurde. Seine deutsche Bearbeitung steht an der Spitze der deutschen Artusromane. Hartmann von Aue, dem wir sie verdanken, hat seine Vorlage nicht einfach übersetzt, sondern durchgearbeitet und ihr gegenüber seine Freiheit gewahrt. Gingen dabei auch einzelne Züge realistischer Darstellung Chrestiens verloren, so hat sie der deutsche Dichter doch durch Vorzüge seiner Eigenart, durch gemütvolle Schilderungen seelischer Vorgänge und durch eine durchsichtige Herausarbeitung des Problems ersetzt, dessen Lösung erst durch seine Umbildung des letzten Abenteuers vollkommen befriedigt. Das Problem aber, das den leitenden Gedanken in Erek bildet, besteht in der Frage, ob sich die Pflichten, die dem Manne die ritterliche Ehre auferlegt, mit jenen vereinen lassen, deren Erfüllung die Liebe zu seiner Gattin von ihm fordert.

Erek, der Sohn des Königs Lak und Ritter der Tafelrunde, sieht auf einem Jagdzuge einen Ritter mit einer Jungfrau und einem Zwerge über die Heide dahinreiten. Ereks Frage nach dem Ritter wird vom Zwerg mit einem Geißelhiebe beantwortet. Darüber erbost, reitet Erek ihnen nach und kommt an einen Ort, wo sich zahlreiche Ritter versammelt haben, von denen jeder seine Frau für die schönste erklärt und dafür im Kampfe sich messen will; Erek findet bei dem alten und armen Grafen Coralus Unterkunft, dessen Tochter Enite er zu seiner Braut erwählt. Von dem Grafen mit Waffen ausgerüstet, besiegt er den Herrn des Zwerges und schickt ihn an des Artus Hof, wohin er sich auch selbst begibt, um mit Enite Hochzeit zu halten.

Hierauf kehrt er in sein Königreich zurück und verfällt, nur seiner Gemahlin lebend, in Tatenlosigkeit. Die Liebe hat den Ritter, der einst durch Taten glänzte, überwunden, er »verliget sich«. Die Ritterschaft zieht sich von ihm zurück und verwünscht Enite, die ihren Gemahl bezaubert habe. Diese vernimmt es und wird darüber recht traurig. Einmal, als sie wähnt, daß Erek schlafe, preßt ihr der Kummer Worte der Klage aus. Von dem Gemahl, der wach lag, um die Ursache davon befragt, teilt sie ihm mit, wie sehr es sie schmerze, daß seine Tatenlust in der Liebe versunken sei. Dieses Wort weckt in Erek wieder das Streben nach ritterlicher Ehre; zugleich aber regt sich in ihm auch der Zweifel an Enites Liebe. Sofort macht er sich zur Fahrt auf Abenteuer bereit und heißt Enite, um ihre Treue zu erproben und sie für den ihm gemachten Vorwurf zu strafen, ihm folgen, verbietet ihr aber bei Todesstrafe, ihn anzureden, was immer auch geschehen möge. Enite gehorcht und reitet wie ein Schildknecht vor Erek einher. Es gilt nun eine Reihe Abenteuer zu bestehen, deren jedes Erek, dem die Rüstung den freien Ausblick nahm, in

Lebensgefahr gebracht hätte, wenn ihn nicht Enite, unbekümmert um die ihr drohende Strafe, rechtzeitig aufmerksam gemacht hätte. Zum Lohne dafür wird sie von Erek jedesmal hart bestraft. In dem Kampfe, den Erek auf der weiteren Fahrt mit zwei Riesen aufnimmt, weil sie einen Ritter schmählich behandeln, öffnen sich seine im Kampf mit dem kleinen Guivreiz erhaltenen Wunden wieder und er stürzt wie tot vor Enite nieder. Da bricht sie in erschütternde Klagen aus.

Um sich von den Leiden zu befreien und mit Erek zu vereinen, will sie sich in dessen Schwert stürzen, das ihn so schmählich im Stiche gelassen habe. Da kommt ein Graf des Weges, der es ihr entreißt und sie, von ihrer Schönheit geblendet, auf sein Schloß bringen läßt, wohin auch der vermeintlich tote Erek geschafft wird. Hier dringt der Graf in sie, ihn zum Manne zu nehmen. Sie aber weigert sich und erträgt geduldig dessen rohes Benehmen. Als er ihr einmal einen Faustschlag ins Gesicht gibt, erhebt sie so laute Klage, daß davon Erek aus seiner Ohnmacht erwacht. Er springt auf, greift nach einem Schwert, erschlägt den Grafen und die beiden zu dessen Seiten; die anderen entweichen in eiliger Flucht, die der Dichter mit vielem Humor schildert. Erek und Enite versöhnen sich, entfliehen und kommen zu Guivreiz, auf dessen Burg Penafrek sie bleiben, bis Ereks Wunden geheilt sind. Beim Abschied erhält Enite von einer Schwester des Grafen ein prächtiges und seltsames Pferd mit kostbarem Sattel- und Saumzeug. Mehr als fünfhundert Verse braucht der Dichter, um das Roß und seinen Schmuck zu schildern.

Von Guivreiz begleitet, kommen Erek und Enite zur Burg Brandigan, auch »Joie de la cort« genannt. Dort haust der Ritter Mabonagrin, der seiner Gemahlin am Hochzeitstage hat versprechen müssen, die Burg nicht zu verlassen, ehe er nicht im Kampfe wäre überwunden worden. Viele Ritter haben schon ihr Leben lassen müssen, ihre Köpfe stecken auf Eichenpfählen in einem wunderbaren Garten, in dem Bäume stehen, die auf der einen Seite blühen, auf der anderen herrliches Obst tragen. Achtzig Frauen schon müssen als Witwen ihr Leben auf der Burg vertrauern. Trotz aller Warnungen des Volkes und der Bitten Enites nimmt Erek den Kampf mit dem Riesen auf und besiegt ihn. Dieser ist dadurch seines Gelübdes entbunden und der Ritterschaft und dem höfischen Leben wiedergeschenkt, so wie es Erek selbst war, und auch hier geschah es ohne Trübung des Verhältnisses zur Gattin. Deren Liebe beruht auf Egoismus und bildet so einen wirksamen Gegensatz zu der entsagenden Enites, wie auch Erek, der nur im Dienste der guten Sache kämpft, von dem durch die Selbstsucht seiner Gattin grausam gewordenen Mabonagrin sich abhebt.

Das Abenteuer auf Joie de la cort bildete die Krone der Taten Ereks und stellte seine ritterliche Ehre in glänzender Weise wieder her; aber auch die Treue Enites hat sich bewährt und das Mißtrauen aus dem Herzen Ereks vertrieben. Und so war ein Ausgleich zwischen den Forderungen des Herzens und dem Streben nach männlich-ritterlichen Taten herbeigeführt worden, und zwar durch die entsagungsvolle Güte des Weibes.

Im Erek und auch dort, wo die Quelle dazu keine Veranlassung gab, redet Hartmann vom Selbstmord, und es ist daher vermutet worden, daß er sich in schweren Stunden trotz seiner Frömmigkeit mit dem Gedanken an eine solche Tat allen Ernstes beschäftigt habe. Schmerzliche Ereignisse scheinen sein Leben getrübt und sein von Natur aus heiteres Gemüt oft verstimmt zu haben. Er selbst redet von dem Schmerz, den ihm der Tod seines Herrn bereitet habe. Der Freuden besten Teil hat er mit ihm verloren, und dankbar weiht er seiner Seelenruhe die Hälfte der Verdienste, die er durch die Teilnahme an einem Kreuzzuge sich sammeln will. Wahrscheinlich hat er den Entschluß zu einem solchen, von dem er in einem seiner *Kreuzlieder* spricht, auch ausgeführt. Es ist wohl der 1197 unternommene gewesen, der aber durch Kaiser Heinrichs Tod erfolglos wurde. Bald daruf scheint er zum zweiten Male in Beziehungen zu einer Dame getreten zu sein, an die mehrere *Minnelieder* gerichtet sind.

Ob ein Hartmann zugeschriebenes *Zweites Büchlein*, das durch seinen durchsichtigen Aufbau und die dialektische Beredsamkeit zu den besten in Gesprächsform abgefaßten Gedichten gehört, auch wirklich von ihm stammt, ist neuestens ganz unsicher geworden.

Noch vor 1203 dürfte Hartmanns *Iwein*, sein zweiter höfischer Roman, entstanden sein, den man als das in formaler Beziehung beste Artusgedicht zu bezeichnen pflegt. Und in der Tat sehen wir in ihm alle Vorzüge der Hartmannschen Darstellungskunst, die im Erek zuweilen erst im Keime sich zeigt, zur Vollendung ausgereift. Die Reinheit und Glätte der Sprache, die Regelmäßigkeit im Versbau, die Leichtigkeit in der Handhabung des Reimes, die Wortspiele, die Mannigfaltigkeit im dichterischen Ausdruck und in der Anwendung von Stilmitteln, dazu noch die strengere Motivierung der Handlung erheben den Iwein über den Erek, mit dem er übrigens die psychologische Vertiefung der Charaktere, das Ausmalen von Gemütszuständen und die Einschiebung von Sentenzen und Reflexionen gemein hat. Als Vorlage diente Hartmann der gleichnamige Roman Chrestiens, doch hält er sich strenger an seine Quelle, die er als »âventiure«, »buoch«, »meister« bezeichnet, als im Erek, nicht etwa aus Mangel an schöpferischer Kraft, sondern weil er ihren Wert besser kennen- und schätzen gelernt hat. Dabei aber beschränkt er sich nicht auf eine bloße Übertragung der Vorlage, sondern bildete sie durch die Eigenart seiner Sprache und geistigen Auffassung selbständig um.

Beiden Gedichten liegt dieselbe Idee, nur von verschiedenen Seiten behandelt, zugrunde. Es wird der Konflikt dargestellt, in den die beiden treibenden Kräfte aller Artusdichtungen, die Anforderungen der Liebe und die des Heldentums, geraten können. Dieser Grundgedanke durchzieht die zwei entsprechenden Gedichte Chrestiens, und Hartmann hat ihn für seine Zuhörer ebenso deutlich, ja im Iwein noch schärfer als dieser aus dem Stoffe herausgearbeitet. Um die Herzensgüte des Weibes darzustellen, hat Hartmann den Charakter Laudinens und noch einiges andere seiner zarten Gemütsanlage entsprechend, aber nicht zum Vorteile der Dichtung, umgestaltet.

An einem Pfingstfeste erzählte der Artusritter Kalogreant von einem Wunderbrunnen im Walde Breziljan. Dieser sei von einer Linde überschattet und in seiner Nähe liege ein durchlöcherter Stein. Wer auf diesen Wasser aus dem Brunnen gieße, beschwöre ein furchtbares Ungewitter herauf, das

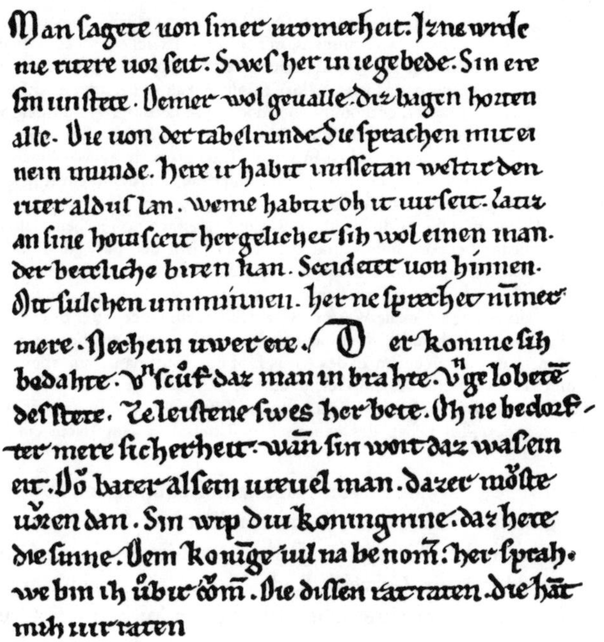
Man sagete uon siner uromecheit. Iz ne wrde
nie ritere uorseit. Swes her in ie gebede. Sin ere
sin unstete. Demer wol gevalle. diz bagen horten
alle. Die uon der tabelrunde. Sie sprachen mit ei
nem munde. Here ir habit missetan weltir den
riter aldus lan. Weme habtir oh it uirseit. latiz
an sine houisceit her gelichet sih wol einen man.
der betliche biten kan. Sceidet er uon hinnen.
Mit sulchen umminnen. her ne sprechet nimer
mere. Nechein uwer ere. Der konine sih
bedahte. vn̄ scůf daz man in brahte. vn̄ gelobete
des stete. Ze leistene swes her bete. Oh ne bedorf-
ter mere sicherheit. wan̄ sin wort daz was ein
eit. Dŏ bater als ein ureuel man. dazer mŏste
uŏren dan. Sin wip diu koninginne. daz hete
die sinne. Dem konige uil na benom̄. her sprah.
we bin ih ůbir cŏm̄. Die dissen rat taten. die hāt
mih uirraten

Übertragung

Man sagete von siner vromecheit[1] | Iz[2] ne w*u*rde nie ritere vorseit | Swes[3] her[4] in[5] ie gebede[6] | Sin ere[7] sin unstete, | Dem er wol gevalle. | diz bagen[8] horten alle | Die von der tabelrunde. | Sie sprachen mit einem munde: | „Here, ir habit[9] missetan[10], | welt[11] ir den riter aldus[12] lan[13]. | Weme[14] habt ir oh[15] it[16] virseit?[17] | Lat iz[18] an sine hoviscei t[19]. | her gelichet sih[20] wol einen man | der beteliche biten[21] kan. | Sceidet[22] er von hinnen | Mit sulchen umminnen[23], | her[4] ne sprechet nim*m*er mere[24] | Nechein uwer ere[25]". | Der koninc sih[26] bedahte[27] | Un*d* scůf[28] daz man in[5] brahte | Un*d* gelobet*en* des stete[29] | Ze leistene[30] swes[31] her[4] bete[32]. | Oh ne[33] bedorfter mere[24] sicherheit. | Wan*te*[34] sin wort daz was[35] ein eit. | Dŏ bat er als ein vrevel[36] man[36] | Daz er mŏste vŏren[37] dan[38] | Sin wip diu koninginne. | Daz hete[39] die sinne | Dem koni*n*ge vil na benom*en*. | Her[4] sprah: we[40] bin ih ůbircŏm*en*[41], | Die dissen rat taten, | Die ha*n*t[42] mih virraten.

[1] *Tüchtigkeit;* [2] *es;* [3] *um was immer;* [4] *er;* [5] *ihn;* [6] *bat;* [7] *Ehre;* [8] *Streite, laute Reden;* [9] *habt;* [10] *Unrecht gehandelt;* [11] *wollt;* [12] *also;* [13] *lassen;* [14] *wem;* [15] *auch;* [16] *etwas;* [17] *versagt;* [18] *gewährt es;* [19] *höfisches Benehmen;* [20] *er gleicht;* [21] *bittlich bitten;* [22] *scheidet;* [23] *Verdruß;* [24] *mehr;* [25] *er wird nie Eurer in Ehren gedenken;* [26] *sich;* [27] *bedachte;* [28] *schuf, veranlaßte;* [29] *Stetigkeit, Beständigkeit;* [30] *leisten;* [31] *was;* [32] *bäte;* [33] *nicht;* [34] *denn;* [35] *war;* [36] *verwegener Mann;* [37] *führen;* [38] *von dannen;* [39] *hatte;* [40] *wie;* [41] *überkommen – überredet, getäuscht;* [42] *haben.*

Aus Hartmanns »Iwein«. Heidelberger Handschrift des 13. Jahrhunderts.

auch ihn selbst in große Gefahr bringe, und wenn er schon dieser entgehe, so harre seiner noch ein Kampf mit dem Herrn und Hüter des Brunnens, der sofort zur Rache erscheine. Iwein, einer aus der Tafelrunde, will das Abenteuer allein bestehen und verläßt sofort des Artus Hof. Er tut, was er gehört hat, und sogleich bricht das Unwetter los. König Askalon, der nun als Rächer erscheint, wird von Iwein tödlich verwundet, entkommt aber noch in seine Burg. Hinter dem verfolgenden Iwein fällt ein Fallgitter herab und schneidet ihm den Rückweg ab. Der König stirbt; alle, besonders aber die Königin Laudine, beklagen seinen Tod. Da wäre es wohl auch Iwein an das Leben gegangen, hätte nicht Lunete, der Königin Kammerfrau, ihn durch ein Ringlein unsichtbar gemacht. Noch weiter sorgt sie für ihn. Sie hat gemerkt, wie sehr er für die Königin in Liebe entbrannt sei, und weiß nun dieser durch kluge Reden begreiflich zu machen, daß sie schon des Brunnens halber wieder heiraten müsse und daß als Gemahl der Besieger ihres Mannes der berufenste sei. Die bevorstehende Ankunft des Königs Artus beschleunigt den Entschluß Laudines.

Nachdem die Hochzeit vorüber ist, erscheint Artus beim Zauberbrunnen, um das Abenteuer zu bestehen. Er gießt aus der alten Schale Wasser auf den Stein; ein Ungewitter bricht los. Iwein tritt als Rächer für den Frevel auf, kämpft, ohne daß er erkannt wird, mit Keie, besiegt und bestraft ihn für die Schmähreden, mit denen er ihn an des Artus Hof überhäuft hat. Dann aber gibt sich Iwein zu erkennen und lädt Artus mit seinem Geleite auf die Burg, wo er sie gastlich bewirtet. Beim Abschiede mahnt Gawein, der trefflichste Ritter von der Tafelrunde, den Iwein, sich nicht wie Erek zu »verliegen«, schildert das Leben des bäuerischen Ritters und lädt Iwein ein, mit ihm auf Abenteuer auszuziehen.

Diese Mahnrede Gaweins ist von Hartmann frei und ganz abweichend von der Vorlage gestaltet worden. Während nämlich hier Gawein seinen Freund Iwein in humoristischer Weise warnt, nicht ganz im ehelichen Leben aufzugehen, vertieft Hartmann Gaweins Rede, so daß sie zu einer ernsten Mahnung an die Erfüllung der ritterlichen Pflichten wird und den Grundgedanken der Dichtung gerade dort herausarbeitet, wo der Zusammenstoß der Liebes- und der Ritterpflichten vorbereitet wird.

Iwein verspricht seiner Gattin, nach Jahr und Tag zurückzukehren, und zieht auf Abenteuer aus. In deren buntem Wechsel aber achtet er nicht auf den Tag der Rückkehr, wird daher von Lunete in Gegenwart der Artusritter als treulos gescholten und muß hören, daß Laudine ihn nicht mehr liebe.

Er fällt in Wahnsinn und treibt sich eine Zeitlang in den Wäldern herum. Frauen, die ihn finden, heilen ihn durch eine Salbe von der Tobsucht. Hierauf besteht er mehrere Abenteuer: Er tötet einen Drachen, der eben einen Löwen zerfleischen will, worauf ihn dieser dankbar auf allen seinen Fahrten begleitet; dann bezwingt er einen Riesen und rettet Lunete vor dem Feuertode, indem er mit Hilfe des Löwen ihre Ankläger besiegt. Allgemeine Freude herrscht über Iweins Erscheinen am Artushof. Diesen aber quält noch immer der Gedanke an Laudine. Er geht, vom Löwen begleitet, zum Zauberbrunnen, beschwört das Ungewitter herauf und gelangt durch Lunetes List wieder in den Besitz der Huld seiner Gattin.

So hat der Dichter auch im Iwein einen Ausgleich zwischen seinen beiden Idealen, der Minne und dem Heldentum, gefunden und damit seinem Publikum aus dem Herzen gesprochen. Dies und die formalen Vorzüge gewannen dem Löwenritter den Beifall der adeligen Kreise, wie schon aus den vielen Handschriften, in denen er ganz oder teilweise überliefert ist, geschlossen werden kann, und regten viele Dichter zur Nachahmung an. Ja selbst in dem späteren Heldenepos, wie z. B. im Laurin, ist der Einfluß des Iwein allenthalben noch deutlich zu erkennen.

Trübe Lebenserfahrungen mögen mitgewirkt haben, daß sich Hartmann nach dem »Erek« von der weltlichen Dichtung abkehrte und der geistlichen zuwandte, in der seine religiöse Anlage und Natur, die in seinen ritterlichen Epen nur wenig hervortritt, erst zum vollen Durchbruch kam. »Mein Herz hat sehr oft meine Zunge bezwungen, daß sie viel von dem gesprochen hat, was auf den Lohn der Welt zielt. Das rieten mir meine jungen Jahre.« Da aber der Dichter erkannt hat, wie gefährlich es sei, die Bekehrung auf die alten Tage zu verschieben, will er jetzt schon damit anfangen und hofft auf Gottes Barmherzigkeit, an der niemand vorschnell verzweifeln soll. Dies beweist uns die Geschichte von »eim guoten sündære«, die er zur Warnung und zum Troste seinen Lesern mitteilen will.

Der fromme Sünder ist *Gregorius auf dem Steine*. Dessen Geschicke fand Hartmann in einem französischen Gedicht erzählt, und dieses bildete für das seine die Vorlage. Man hat in der Legende von Gregorius eine Fort- und Umbildung der heidnischen Ödipussage in christlichem Sinne erblicken wollen. Der Zusammenhang aber ist ein zu loser, und es dürfte daher jene Meinung wahrscheinlicher sein, die sie aus den das 11. Jahrhundert bewegenden Ideen gleich den verwandten Legenden von Albanus und Andreas entstanden sein läßt. Neben frohem Weltgenusse begegnen uns in jener Zeit Beispiele der strengsten Buße, und daß die geistliche und weltliche Obrigkeit sich mit Heiraten in verbotenen Graden, Blutschande und ähnlichen Dingen beschäftigen mußte, melden uns mehrere schriftliche Denkmäler. Der Stoff zum Gregorius also lag im 11. und auch noch im 12. Jahrhundert sozusagen in der Luft, und so erklärt sich auch die weite Verbreitung seiner dichterischen Darstellung.

Einem König von Aquitanien gebar die Gemahlin einen Knaben und ein Mädchen. Als diese zehn Jahre alt waren, starben die Eltern. Der Teufel wendet die Liebe, in der sich die Geschwister zugetan sind, zum Bösen. Sie werden die Eltern eines Knaben. Von Gewissensangst darüber getrieben, zieht der Vater zur Buße in das Heilige Land und stirbt daselbst; die Mutter aber hüllt den Knaben in seidene Tücher, legt ihn in ein Gefäß und hängt daran eine Tafel, auf der geschrieben steht, er sei von hoher Geburt, seine Mutter sei seine Tante und sein Vater sein Oheim. Man möge ihn taufen, die Tafel aber aufbewahren, bis er erwachsen sei. Das so gebettete Kind wird nun in eine Barke gelegt und dem Spiele der Wellen des Meeres überlassen. Diese treiben das Schiffchen an einen Strand, auf dem ein Kloster liegt. Zwei Fischer finden das Knäblein und bringen es dem Abt, der es auf den Namen Gregor tauft und einem Fischer zur Erziehung anvertraut. Als Gregor sechs Jahre alt ist, kommt er in die Klosterschule und wird dort ausgebildet. Überaus schön von Körper, überragt er auch geistig bald seine Mitschüler. Zufällig erfährt er einmal von seiner Pflegemutter, daß er ein Findelkind sei. Der Abt, den er um Auskunft bittet, klärt ihn auf und sucht ihn dem Kloster zu gewinnen. Gregorius aber entgegnet, da er ritterbürtig sei, wolle er gestehen, daß seine Gedanken sich stets mit dem ritterlichen Waffenhandwerk beschäftigt haben.

Der Abt entläßt schweren Herzens seinen Schüler, und dieser zieht nun als Ritter fort, um Gut und Ehre zu erkämpfen. Das Schiff, dem er sich anvertraut, trägt ihn in das Land seiner Mutter, das von Vasallen und abgewiesenen Freiern bedrängt wird. Gregor besiegt die Feinde und heiratet seine Mutter. Durch die Tafel wird das gräßliche Verhältnis offenbar. Darüber tief erschüttert, trägt er seiner Mutter auf, Buße zu tun, und geht selbst als Bettler von dannen. Er kommt zu einem Fischer und wird von ihm gemäß seinem Wunsch, büßen zu wollen, auf einen wilden Fels (Stein) im Meere gebracht, an den ihn auf sein Bitten hin der Fischer mit einer eisernen Kette festschließt. Den Schlüssel aber dazu wirft er in das Meer und verläßt Gregor mit den Worten, daß er nicht eher auf Gottes Gnade hoffen dürfe, als wann der Schlüssel gefunden würde. Hier bleibt nun der fromme Büßer 17 volle Jahre. Da stirbt der Papst und die Römer erhalten in einem Traumgesicht von Gott den Auftrag, Gregorius auf dem Steine auf den Stuhl Petri zu erheben. Die Männer, die abgesandt wurden, um Gregorius aufzusuchen, kommen zu dem Fischer, der eben einen Fisch gefangen hat, in dessen Magen ein Schlüssel gefunden wird. Dadurch erschüttert, gibt er die gewünschte Aufklärung und Gregorius kommt als Papst nach Rom, wo drei Tage vor seiner Ankunft die Glocken von selbst läuten. Als seine Mutter, die noch in Aquitanien lebt, von des Papstes Heiligkeit und Wundertaten hört, geht sie nach Rom, um Verzeihung ihrer Sünden zu erflehen. Gregor spricht sie von ihrer Schuld los, worauf sich beide erkennen und noch jahrelang als Gotteskinder in Rom leben.

Hartmann schließt seine Legende mit der Bitte um das Gebet ihrer Leser und mit der Aufforderung, den frommen Büßer nachzuahmen, der, obschon ohne Schuld, an Buße mehr tat, als zur Sühne hätte gefordert werden können, wenn er wirklich gesündigt hätte, also wirklich ein »frommer Sünder« war. Um an seinem Leben sich erbauen zu können, ließ Herzog Wilhelm von Lüneburg das Gedicht durch den Abt Arnold von Lübeck (1210 bis 1212) in lateinische Verse übertragen, die den gebildeten Kreisen Niederdeutschlands damals noch geläufiger waren als die hochdeutschen.

Durch die Behandlung des religiösen Stoffes in höfisch-ritterlichem Sinne lenkte Hartmann die deutsche Legendendichtung in diese dem Geschmacke des adeligen Publikums gefällige Richtung. Mehr noch als in den »Gregorius« spielt der Gegensatz zwischen dem geistlichen und dem ritterlichen Leben in den *Armen Heinrich* hinein, der nach Stil und Metrik dem »Iwein« am nächsten steht, während der »Gregorius« in der Kunstform zu dem »Erek« sich stellt. Daher dürfte die Reihenfolge der Werke Hartmanns gewesen sein: »Erek«, »Gregorius«, »Armer Heinrich«, »Iwein«. Auch der »Arme Heinrich« ist seinem Wesen nach eine Legende, eine fromme Erzählung, und darum hofft der Dichter, damit das Seelenheil seiner Leser zu fördern und durch ihre Fürbitte einst auch die ewige Seligkeit zu erlangen. Damit die Leser wüßten, wen sie für die Mühen seiner Arbeit lohnen sollten, hat er sich als Verfasser genannt:

Ein ritter sô gelêret was,
daz er an den buochen las,
swaz er daran geschriben vant.
der was Hartman genant,
dienstmann was er ze Ouwe.

Er will aber mit seiner Erzählung nicht bloß erbauen, sondern auch die Herzenslast mancher trüben Stunde verscheuchen. Und diesem doppelten Zwecke, der Ehre Gottes zu dienen und den Leser zu unterhalten, entspricht auch der Stoff und seine Behandlung. Man pflegt, wie man Erek und Iwein gegeneinander stellt, so auch den armen Heinrich ein Gegenstück zum Gregorius zu nennen. Der arme Heinrich gibt sich dem Genusse der irdischen Freuden hin und vergißt darüber, Gott als den Geber alles Guten anzuerkennen. Seine Schuld liegt also in der Gesinnung. Gott will ihn läutern und legt ihm daher selbst die Buße auf.

Anders ist die Sache bei Gregorius. Dieser hat ohne sündhafte Gesinnung eine Tat begangen, die in der Meinung des Volkes trotz der Schuldlosigkeit des Täters als Verbrechen galt. Schuldlos nach dem Gesetze, nimmt »der fromme Sünder« dennoch eine überstrenge Buße auf sich und wird dafür durch die Berufung zur höchsten kirchlichen Würde belohnt. Der arme Heinrich kommt erst nach harter Prüfung zur Selbsterkenntnis und demütigen Ergebung in Gottes Willen, wofür ihm als Lohn seine verlorenen irdischen Güter und obendrein »stæte êre«, d. h. die ewige Seligkeit, zuteil wird. Woher der Dichter den Stoff zum Armen Heinrich nahm, wissen wir nicht. Vielleicht hat ihm eine bloße Notiz in einer lateinischen Chronik eben der Herren von Aue, in deren Diensten er stand, das Motiv zur Erzählung gegeben, die ihrer Verherrlichung dienen sollte. Weil er aber an keine Vorlage gebunden war, konnte sich sein Talent, wie in dem Büchlein, frei entfalten und die in sich musterhaft gefügte, wohldurchdachte und fein stilisierte liebliche Erzählung schaffen, in der Hartmanns Streben nach weisem Maßhalten in Rede und Handlung sein Ziel am schönsten erreichte.

Heinrich von Aue, ein schwäbischer Ritter, erzählt Hartmann, galt als Ideal seines Standes: Er war von hoher Geburt, reich, im Lande beliebt, in allen ritterlichen Tugenden wohl erfahren, kurz, alles, was nach weltlicher Auffassung zur Vollkommenheit gehört, war in ihm vereint. Im Genusse dieser irdischen Güter aber vergaß er Gott. Zur Strafe wird er durch Gottes Macht von der Mieselsucht (Aussatz) befallen und muß die Gesellschaft der Menschen meiden. Ein Arzt in Salerno sagt ihm, daß er nur geheilt werden könne, wenn eine reine Jungfrau ihr Herzblut für ihn opfere. Er verschenkt alle seine Güter und zieht sich auf einen einsamen Hof zurück, den ein freier Meier bebaut. Nach Verlauf von drei Jahren fürchtet man, Heinrich müsse sterben. Der Pächter fordert ihn auf, die Ärzte in Salerno zu befragen, und vernimmt, welches Mittel ihn allein heilen kann. Die Tochter des Pächters, fast noch ein Kind, hört es und durchweint viele Nächte, bis sie den Entschluß faßt, sich für Heinrich zu opfern. Sie überredet die Eltern, ihrem Vorhaben zuzustimmen.

Das Mädchen geht mit Heinrich nach Salerno. Da es auch der Arzt in seinem Vorsatz nicht wankend machen kann, schickt er sich an, ihm das Herz auszuschneiden. Jetzt aber kommt es über Heinrich. Gerührt von des Mädchens Opfersinn und Schönheit, weist er das Opfer zurück. Heinrich hat die Prüfung bestanden; er verurteilt seinen Hochmut und erkennt in Gottes Gnade allein die Quelle aller Güter. Nun erst ist er ein christlicher Ritter, zu dem ihn Gott erziehen wollte;

das Weltliche ist dem Geistlichen untergeordnet, und so sind beide die Zeit bewegende Gegensätze in das richtige, ideale Verhältnis gebracht. Durch Gottes Güte erlangt Heinrich die Gesundheit und seine irdischen Güter wieder. Das Mädchen aber wird sein trautes Ehegemahl. So hat Hartmann auch hier, wie sonst, geistliche und weltliche Motive miteinander verquickt.

Hartmann von Aue hatte dem höfischen Roman seine Bahn gewiesen, und bald schlugen diese zahlreiche Dichter ein, ohne ihn jedoch zu erreichen. Der erste von ihnen und zugleich einer der unbedeutendsten ist der Alemanne ULRICH VON ZATZIKHOVEN, der mit seinem *Lanzelet* der deutschen Literatur den zweiten Artusroman schenkte. Als Vorlage diente ihm eine jetzt verlorene französische Fassung der in Nordfrankreich von Spielleuten ausgebildeten Sage, die auch Chrestien von Troyes in einem Gedichte bearbeitet hatte. Die Sage von dem Artusritter Lanzelet war sehr verbreitet und beliebt; sie wurde in Nordfrankreich um die Mitte des 13. Jahrhunderts in umfangreichen Prosaromanen bearbeitet, war in Umbildungen, Erweiterungen und Übertragungen aus dem Französischen in allen romanischen Ländern, in England, in den Niederlanden verbreitet, auch in Deutschland wurde sie in ungebundener und gebundener Redeform bearbeitet. Eine Dichtung von Lanzelet bildet einen Teil des nach 1487 verfaßten Buches der Abenteuer des Ulrich Füetrer, und Püterich von Reichertshausen erwähnt in seinem Ehrenbrief außer dem des Thurgauers noch vier »Lanczelundt« im Besitze der Erzherzogin Mathilde von Österreich.

Ulrich von Zatzikhoven dürfte sein Gedicht etwa um 1195 verfaßt haben, weil darin Hartmanns Erek schon benützt ist. Sein Roman ist eine willkürliche Aneinanderreihung von Abenteuern, die nicht im Dienste einer höheren Idee bestanden werden, sondern nur des Dichters Freude am Stofflichen verraten. Nirgends eine Spur von seelischer Vertiefung der Charaktere, keine Reflexionen, wie sie doch zum Wesen der höfischen Dichtung gehörten und in der von ihm benützten Eneide Veldekes sich finden. Einige ausführliche Beschreibungen höfischen Glanzes, in denen er sich gefällt, sind nur ein Aufputz des nicht durchgearbeiteten und noch weniger im Geiste Hartmanns idealisierten Stoffes. Die Freude an der Erzählung möglichst vieler und rasch hintereinander folgender Taten teilt Ulrich mit der Spielmannspoesie, an die auch sein von Elementen volkstümlicher Darstellungsart durchsetzter Stil vielfach erinnert.

Trotz des Mangels einer die Abenteuer beherrschenden Idee scheint der Lanzelet in vielen Kreisen Gefallen gefunden zu haben; denn nur so erklärt sich seine weite Verbreitung. Es war eben ein Abenteuerroman, wie ihn die nur Unterhaltung verlangende Leserwelt wünschte.

Feinfühlige Naturen aber wandten sich dem maßvollen Hartmann zu, und jene, die über dem Getriebe abenteuerlichen Rittertums und glänzender Hoffeste des Menschen höhere Bestimmung nicht aus dem Auge verloren hatten, lauschten voll Bewunderung den Worten WOLFRAMS VON ESCHENBACH (um 1170 bis um 1220), des markigsten und tiefsinnigsten Pflegers höfisch-ritterlicher Epik und des größten deutschen Dichters im Mittelalter. Leider versagen uns über seine Lebensgeschichte Urkunden und Chroniken jede Auskunft, und nur aus den Bemerkungen in seinen Dichtungen und aus jenen anderer Poeten können wir uns ein Bild davon entwerfen. Er stammte aus einem ritterlichen, aber armen Ministerialengeschlechte im bayerischen Nordgau, das sich nach dem zwei Meilen südöstlich von Ansbach gelegenen Städtchen Eschenbach, jetzt Obereschenbach, seinen Namen beilegte. Dieses war Besitztum der Grafen von Wertheim, zu denen Wolfram wahrscheinlich im Dienstverhältnisse stand. Ob er adelig war, ist zweifelhaft, gewiß aber ist seine Ritterbürtigkeit, die auch seinen Stolz bildete: »schildes ambet ist mîn art« (der ritterliche Kriegsdienst ist mir angeboren), sagt er einmal und erklärt, daß er von eines guten Weibes Gunst nur so viel verlange, als er durch Schild und Speer sich verdienen könne. Als Ritter bezeichnet ihn auch die Anrede mit »hêr«, der wir bei zeitgenössischen Dichtern begegnen (»hêr Wolfram ein wîser man von Eschenbach«), und sein Bild in der großen Heidelberger Liederhandschrift. Über die Armut in seinem Hause, in dem es für Mäuse nichts zu stehlen gab, spricht er bald mit scherzhaften, bald mit bitteren Worten wiederholt in seinen Dichtungen. Sie muß ihn auch nicht verlassen haben, als er ein eigenes Heim sich gründete, in dem er weilte, wenn ihn nicht die ärmlichen Verhältnisse genötigt haben, eine Zeitlang als fahrender Ritter und Sänger die Länder zu durchziehen, obschon er dies mit dem Berufe eines Ritters zu bemänteln sucht: »swer schildes ambet üeben wil, der muoz durchstrîchen lande vil.« Am liebsten und längsten weilte er am Hof des Landgrafen Hermann von Thüringen (1190–1216), wo er 1203 mit Walther von der Vogelweide zusammen lebte und manche Anregung zu seinem dichterischen Schaffen empfing, einige Bücher des Parzival vollendete und den Stoff zum Willehalm erhielt. Nach dem Tode seines Gönners Hermann scheint sich Wolfram in sein festes Haus in Wildenberg zurückgezogen zu haben, wo seine liebende Gattin und eine Tochter lebten, die ihm wohl vorschwebten, als er die treue Gattin Kondwiramur und die liebliche Obilot mit ihrer Altklugheit in seinen Parzival einführte.

Solche Beziehungen auf sich und seine eigene Lage, ferner Vergleiche von Vorgängen und Verhältnissen seiner Zeit mit denen, über die er in seinen Erzählungen berichtet, finden sich in Wolframs Dichtungen oft und erklären sich aus der Subjektivität seiner poetischen Anlage, in der auch die Gegenständlichkeit seines Denkens und die Anschaulichkeit seiner Darstellung begründet ist. Die Äußerungen Wolframs im besonderen über die ihm bekannten Werke deutscher Dichter und dieser über ihn selbst haben für die Literaturgeschichte der mittelhochdeutschen Blütezeit große Bedeutung erlangt, weil sie oft den einzigen Anhalt zur chronologischen Bestimmung der um 1200 erschienenen Dichtungen bieten.

Wolfram hat als Fahrender Stücke aus seinen Dichtungen vorgetragen, und dieser praktische Zweck vor allem dürfte ihm bei der Einteilung des »Parzival« in Bücher vorgeschwebt haben. Möglicherweise hat sie ihm auch bei seinem poetischen Schaffen als ein Maß gedient. Die Stoffe zu seinen Epen entnahm er französischen Quellen. Mit vollen Händen schöpfte er aus der nie versiegenden Quelle der Volksüberlieferung und der Volkspoesie; nach dieser bildete er vorzugsweise seinen Stil, und jene machte ihn mit allerlei mystischen Naturerkenntnissen, Zauberformeln und mit einer weltliche und geistliche Elemente vermischenden Auffassung der Lehren und Zeremonien der katholischen Kirche vertraut. Als Fahrender trat Wolfram vielfach auch mit den die Lande vom Westen bis zum fernsten Osten durchziehenden Jongleuren und Spielleuten in Verkehr, unter denen sich Leute befanden, die eine gelehrte Schulbildung genossen und sich auf ihren Wanderungen eine reiche Welterfahrung erworben hatten. Diesem rastlosen Völkchen verdankte er einen Teil seines Wissens, so z. B. die Kenntnisse aus der Medizin und Astronomie, wie sie von den Arabern nach Spanien verpflanzt worden waren, und allerlei Fabeln und Märchen, die aus Indien stammten.

Als der Landgraf Hermann starb (1217), dichtete Wolfram noch an seinem »Willehalm«; von da fehlt jede Nachricht über ihn. Sein Grab fand er im Münster unserer Frauen zu Eschenbach, wo Püterich von Reichertshausen um die Mitte des 15. Jahrhunderts und im Jahre 1608 der Nürnberger Patrizier Kreß das Grabmal mit des Dichters Wappen noch gesehen haben. Seitdem ist jede Spur davon verschwunden.

Waffenehre und Frauendienst bildeten die treibenden Kräfte im Leben der Ritter und zugleich auch die Quellen der höfischen Poesie. Es waren zwei eng miteinander verbundene Ziele, die schon auf die Erziehung des Knappen bestimmend wirkten und nicht bloß die Unterweisung im ritterlichen Kampfe, sondern auch im feinen Benehmen, insbesondere gegen die Frauen, und in der Kunst, das Lob der Herrin in Versen zu besingen, verlangten. Solche unter Musikbegleitung vorgetragenen Lieder dienten zur Unterhaltung der höfischen Kreise und gaben den Sängern Gelegenheit, was sie an Leid und Freud selbst im Minnedienst erfahren hatten, andeutungsweise zu sagen und ihre eigenen Gefühle zum Ausdruck zu bringen. Da mochte nun wohl auch mancher Ritter singen, bloß um der konventionellen Sitte zu genügen, ohne wirklich zu empfinden, was er sang.

Ganz anders Wolfram von Eschenbach. Wahrheit und Echtheit des Gefühles atmen seine *Minnelieder,* sein ganzes energisches Wesen spiegelt sich darin; um so mehr müssen wir daher bedauern, daß uns davon nur sieben überliefert sind, für die seine Autorschaft sicher bezeugt ist. Vier von ihnen hat er in der lyrisch-epischen Form des Tageliedes abgefaßt und darin, um die Szenerie möglichst anschaulich zu machen, nach provenzalischem Muster auch den Wächter auf der Burgzinne eingeführt, der die Liebenden zur Trennung mahnt. Glühende und unverhüllte Sinnlichkeit, realistische und an Bildern reiche Darstellung geben diesen Liedern ein eigenartiges Gepräge. In anderen Liedern zürnt er der Untreue einer Dame, singt dann das Lob einer anderen und nimmt Abschied von der heimlichen Minne, da er zur Überzeugung gelangt ist, daß das wahre Glück doch nur die eheliche Liebe bieten kann.

Wie Wolfram dadurch die Minne adelte und sich über die Anschauungen seiner Standesgenossen erhob, so hielt er auch deren Streben nach Ehre im Kampfe nur dann für rühmenswert, wenn dieser einem idealen Zwecke diente. Ein durch das Christentum durchgeistigtes Rittertum bildete ja den Inhalt seiner Weltanschauung, und ihre poetische Verkörperung liegt uns vor in seinem gewaltigen Epos *Parzival,* dem hohen Liede des Rittertums.

Geschrieben wurde dieses alle anderen höfischen Epen an Ideengehalt weit überragende Gedicht in den ersten zwei Jahrzehnten des 13. Jahrhunderts, etwa zwischen 1203 und 1217. Den Stoff dazu entnahm Wolfram einer französischen Vorlage, als deren Verfasser er den Provenzalen Kyot (franz. Guiot) bezeichnet; daneben kannte er auch das Parzivalgedicht Chrestiens von Troyes, von dem er jedoch behauptet, daß er dem Märe Unrecht getan habe, während es Kyot der Wahrheit gemäß berichte. Da aber dessen Dichtung bis jetzt nicht wieder entdeckt ist, ja ein provenzalischer Dichter dieses Namens überhaupt nur einmal, und zwar von einem Nachahmer Wolframs, dem Verfasser des jüngeren Titurel, erwähnt wird, der erwiesenermaßen in Mystifikationen sich gefällt, hat man vermutet, daß Wolfram den Namen seines Gewährsmanns entweder durch Verwechslung mit dem

Dichter Guiot von Provins (in Nordfrankreich) gebildet oder frei erfunden habe, um damit seiner Dichtung die von den Lesern verlangte Glaubwürdigkeit zu sichern, wozu auch recht gut die Kritik paßte, die er nach Art der Spielleute an Chrestien übte, um dessen Gedicht aus der Gunst des Publikums zu verdrängen. Von diesem Dichter ist ein nicht vollendetes Parzivalgedicht, »Li conte du Graal«, erhalten, das mit dem Wolframs vom dritten bis zum dreizehnten Buch dem Inhalte, der Anordnung und oft auch dem Wortlaute nach übereinstimmt. Daraus nun hat man gefolgert, daß der Eschenbacher nur dieses französische Gedicht als Vorlage benutzt, die beiden einleitenden und die drei das Werk abschließenden Bücher aber sowie noch vieles andere seines Parzival selbst erfunden habe. Näher wird man der Wahrheit kommen, wenn man, Wolframs Worten glaubend, daran festhält, daß er aus dem Werke eines Dichters geschöpft habe, der dem Königshause Anjou nahestand, und die Übereinstimmung zwischen Kyot-Wolfram und Chrestien damit erklärt, daß beide eine gemeinsame Vorlage benutzt haben.

Mag nun auch diese oder jene Lösung der Kyot-Frage die richtige und, solange die von Wolfram benutzte Quelle nicht entdeckt ist, eine allseitige Beurteilung der schöpferischen Kraft Wolframs nicht möglich sein, so ergibt sich doch schon aus der formellen und inhaltlichen Übereinstimmung der unzweifelhaft von Wolfram stammenden Abschnitte mit den durch die Vorlage ihm gebotenen, daß er diese nicht etwa bloß übersetzt, sondern zu seinem vollen Eigentum gemacht, vielfach bereichert, selbständig umgestaltet, durch die Beziehungen der Personen und Ereignisse aufeinander die verschiedenen von ihm berührten Kreise einheitlich verbunden und das Ganze mit seinem Geiste durchdrungen hat. So wird Kondwiramur bei Wolfram Parzivals Gemahlin und nicht wie bei Chrestien seine Geliebte, die eheliche Treue der Leitstern auf seinen Fahrten, die entscheidende Frage auf der Gralsburg zu einer Frage des Mitleids mit den Leiden des Amfortas und betrifft nicht wie bei Chrestien bloß die Wunder des Grals. Überall finden wir dieselbe Wolfram eigene sinnlich-anschauliche Kraft der Darstellung, überall dieselbe innige Teilnahme des Gemütes der Personen, denselben ritterlichen Geist, den er zu einer sittlichen Macht erhebt, die dem Helden die Huld der Welt und den Frieden mit Gott sichert, also ein vollkommenes Glück erwirbt. Was Wolfram von Gott und dem Rittertum dachte, hat er in seinem Parzival ausgesprochen, selbst die unbedeutendsten Nebenfiguren sind in den Dienst seiner Anschauungen gestellt, seine ganze Persönlichkeit ist hineingelegt und so sein Werk wie aus einem Gusse geschaffen, das trotz aller Entlehnungen als seine eigene Schöpfung angesehen werden muß.

Die Lösung der Frage, wie sich die Pflichten, die dem Manne das Rittertum und die Minne auferlegen, vereinigen lassen, bildet den Inhalt zweier Dichtungen Hartmanns; dabei schweben ihm aber bloß die weltlichen Aufgaben des Ritters vor Augen und nur im Armen Heinrich vertieft er das Problem in geistlichem Sinne und zeigt, wie das Ideal des Ritters nur verwirklicht werde, wenn er sich in den Dienst Gottes stelle. Was hier innerhalb eines engeren Rahmens sich abspielt, tritt uns auch in dem grandiosen, farbenreichen und warm empfundenen Gemälde Wolframs entgegen. Parzival weiht sein Schwert der Sache Gottes, die Minne aber ist die treue, durch die Ehe geheiligte Liebe, der eine reinigende und erlösende Macht innewohnt. Die Kraft jedoch, die Treue dem Weibe, sich selbst und Gott zu wahren, schöpft der Held aus dem nicht verzagenden ritterlichen Mannesmut, der Parzival durch alle inneren und äußeren Wirrnisse hindurch auf die Höhe der Menschheit, zum Gralskönigtum, führt.

Was ist der Gral? Im großen, um 1220 von einem Geistlichen verfaßten französischen Gralsbuche ist er eine heilige Schale, die volles Gefallen bringt; im späteren Mittelalter wurde der Gral mit dem Abendmahlskelch identifiziert. Nach Wolfram ist er das Höchste, was man sich auf Erden wünschen kann, ja etwas, das über jeden Wunsch noch weit hinausreicht, ein Stein, so schwer, daß ihn die ganze sündige Menschheit nicht von der Stelle zu bewegen vermöchte, und gleichwohl so leicht, daß er von den Händen der Gralshüterinnen sich tragen läßt, deren hohe Reinheit sie dazu heiligt. Er ist also ein Wunschding, ein Talisman, dessen Anblick das Sterben verhindert, der unerschöpflich Speise und Trank spendet, kurz, der die höchste irdische, ja auch die höchste himmlische Seligkeit verleiht. Eine andere Deutung findet sich in dem späteren Gedicht vom Wartburgkrieg, das den Gral mit Luzifer in Verbindung bringt, in ihm den Edelstein erblickt, der aus Luzifers Krone auf die Erde fiel, als sie ihm der Erzengel Michael vom Haupte schlug.

Seine Kraft erhält der Gral durch eine kleine weiße Oblate, die an jedem Karfreitag eine weiße, vom Himmel herabschwebende Taube auf ihn niederlegt. Durch dieses Sinnbild Christi und der Erlösung wird die Kraft Gottes im Gral wirksam und er selbst zu einem Werkzeug der göttlichen Gnade.

Der Gral ist also eine seligmachende Reliquie, und die zu ihrer Bewachung Auserwählten müssen sich dieser Gnade würdig machen, indem sie sich der weltlichen Minne entschlagen. Nur der König darf vermählt sein. Wenn aber ein Gralsritter in ein herrenloses Land gesandt wird, um dort die Herrschaft zu übernehmen, erlischt für ihn das Gebot der Ehelosigkeit. Die Gralshüter haben die Aufgabe, für den Gral Ritterschaft zu üben, stets zu seiner

Verteidigung bereit zu sein und zum Schutze der Bedrängten und Unterdrückten das Schwert zu führen.

Die Obrigkeit im Gralsreiche bildet der König, der oberster Wächter und Hüter des Grals ist. Als erster Gralskönig erscheint Titurel; ihm folgte sein Sohn Frimutel; von seinen fünf Kindern folgte ihm Amfortas, der Bruder Herzeloydens, der Mutter Parzivals.

Die Einrichtung des Gralsordens ist den geistlichen Ritterorden, besonders dem der Templer, nachgebildet. Aufbewahrt wird der Gral in einem Tempel, der sich auf dem Munsalvaesche (mons silvaticus, altfranz. mons salvaiges, neufranz. sauvage, d. h. der wilde Berg) erhebt. Das Reich um ihn herum, Terra de salvaesche genannt, umgibt ein dreißig Meilen breiter Wald von allen Seiten, und nur der vom Gral selbst Gerufene kann den Weg zu ihm finden.

So hat Wolfram in seinem Parzival das Wesen und die Art des Grals geschildert, aber nicht im Zusammenhang, sondern in Einzelzügen, die an mehreren Stellen zerstreut sich finden. Es mag dies daher rühren, daß er sich über dieses Wunderding selbst nicht vollständig klar geworden ist und sich daher auf die Angaben seiner uns unbekannten Quelle beschränken mußte. Ob nun diese auch schon die weltlichen Züge in die Gralssage aufgenommen hat, denen wir bei Wolfram begegnen, oder ob sie seine eigene Schöpfung sind, wissen wir nicht. Gewiß ist, daß seine Mitteilungen über den Gral von den wenigen Andeutungen, die sich über ihn bei Chrestien finden, und von denen, die aus den zahlreichen französischen Gralserzählungen zufließen, bedeutend abweichen. Auf Grund der Angabe Wolframs, daß sein Gewährsmann Kyot die Gralsgeschichte aus einem »heidensch«, d. h. arabisch geschriebenen Buche eines aus heidnisch-jüdischer Ehe stammenden Astrologen und Naturkundigen in Toledo geschöpft habe, und der spanischen Namen hat man Spanien als die Heimat der Gralssage angesehen und in Wolframs Auffassung des Grals den Einfluß des schwarzen Steines der Kaaba erkennen wollen.

Andere Forscher erblicken den Ursprung der Gralssage in der Legende, die Robert de Boron, ein Dichter aus der Franchecomté, um 1200 erzählt. Hier ist der Gral die Schüssel, in der Jesus mit seinen Jüngern das letzte Abendmahl eingenommen und Josef von Arimathia das Blut gesammelt hat, das aus der Wunde Christi floß. Als Josef später in den finsteren Kerker geworfen worden war, erschien ihm Christus und brachte ihm die Reliquie, deren Anblick ihm reichlich Speise und Trank ersetzte, und erklärte ihm ihre Geheimnisse. Nach Josefs Tode brachte sein Schwager Bron die wunderwirkende Schüssel nach Britannien. Wieder eine andere Gruppe von Gelehrten meint, die Gralssage habe sich aus der Verbindung keltischer Volks- und Nationalsagen und christlicher Mysterien entwickelt. Es ist wohl kaum möglich, den Knäuel von Sagen zu entwirren, die sich um den Gral angesetzt haben, und man wird sich daher mit der Annahme begnügen müssen, daß schon vor Chrestien von Troyes eine ausgebildete Gralssage vorhanden gewesen sei, deren Mittelpunkt der Gral und seine Hüter bildeten und die sowohl keltische Sagen als auch christliche Mysterien und orientalische Märchen aufgenommen habe.

Die erste Weiterbildung scheint die Gralssage bei den Bretonen gefunden zu haben. Darauf weisen die vielen bretonisch klingenden Namen und einzelne an britische Sagen und Märchen erinnernde Züge hin, die in die altfranzösischen Gedichte übergegangen sind, in denen uns die ältesten Formen der Gralssage überliefert sind. In diesen erscheint die Gralssage entweder dem ritterlichen Geschmacke mit seinem Minnedienst und seiner Abenteuerlust angepaßt und das Religiöse nur als geheimnisvoller Hintergrund beibehalten (Chrestien), oder sie wird im mystisch-asketischen Sinne umgedeutet, wie von Boron und seinen Nachahmern. So wird z. B. die blutende Lanze des Amfortas auf die Lanze gedeutet, mit der Longinus die Seite des Heilands durchstach, und auch die anderen Elemente der Gralssage werden im christlichen Sinne erklärt, während bei Wolfram der symbolische Charakter durch die Oblate nur schwach angedeutet ist, der Gral als ein Wunschkleinod, eine Art »Tischlein deck dich«, erscheint, wie sich ähnliche in den Märchen vieler Völker finden. Manche Züge aber, wie z. B. Amfortas, »der Fischerkönig«, der nur geheilt werden könne, wenn der beste Ritter der Tafelrunde frage, wozu der Gral diene, die Nachahmung der Einrichtungen in der Gralsgemeinde durch den Zauberer Merlin und andere zeigen, daß Wolfram zwar nicht aus Boron, aber vielleicht aus einer ihm verwandten Quelle geschöpft hat.

Mit der Gralssage sehen wir schon bei Chrestien von Troyes die Artussage und die Geschichte von Perceval verbunden. Diese war ihrem Ursprunge nach wahrscheinlich ein keltisches Dümmlingsmärchen, dessen Held Parzival (Peredur) in Einsamkeit und Unerfahrenheit aufgewachsen ist, dann in die Welt hinauszieht, hier in seiner tölpischen Art allerlei Unheil anrichtet, zuletzt aber durch Großtaten wider Erwarten zu Ruhm und Ansehen gelangt. In weiterer, erst in Frankreich vollzogener Entwicklung des Märchens gelangt Parzival auch an den Hof des Artus, um an dem »roten Ritter« Rache zu nehmen, der ihm seinen Vater erschlagen hat. Das auf solche Weise in den Artussagenkreis aufgenommene Märchen gab der Jugendgeschichte Parzivals seine Gestalt und wurde mit der Gralssage in Verbindung gebracht, indem des Helden weitere Schicksale, seine Abenteuer erzählt werden, von denen eines ihn auf die Gralsburg führt.

Durch den leitenden Grundgedanken zu einer Einheit verschmolzen, bilden die Gralssage und die Artussage die Grundlage in Wolframs von Eschenbach Epos »Parzival«, einem Lebensroman, der sich zu einem Weltbild seiner Zeit erweitert. Die ungeheure Masse des Stoffes hat der Dichter mit Rücksicht auf seine Tätigkeit als Rezitator in 16 Bücher, zur Kontrolle der Schreiber in 827 Abschnitte von je 30 Zeilen eingeteilt und eine Einleitung vorausgeschickt, die den Leser über das Programm unterrichten soll, das ihm bei der Abfassung seines Epos als Richtschnur diente. Er will erzählen von Liebe und von Leid, von großer Treue, von des Weibes echter Weiblichkeit und von echtem, starkem Mannesmut, den selbst die härteste Prüfung nicht zu beugen vermag. Unter der Treue aber versteht er die Reinheit und Lauterkeit der Gesinnung des Menschen gegen Gott, gegen sich und die Mitwelt in allen Lagen des Lebens. Unberührt von Wankelmut, ist die Seele des Treuen stets im Gleichgewichte und sich klar über ihre Aufgabe, durch lauteres Wollen und Handeln nach einem edlen Menschentum zu streben. Gestört aber wird dieser innere Friede, getrübt der Blick auf das Ziel durch den Zweifel.

Ist zwîvel herzen nâhgebûr, daz muoz der sêle werden sûr.	Wohnt der Zweifel nah dem Herzen, Das bringt bitteres Weh der Seele.

Doch kann ein solcher Zweifler und nicht zielbewußt Strebender sich noch zur Klarheit emporringen, wenn unverzagter Mannesmut, d. h. ritterlicher Geist, ihm innewohnt. Dieser schmückt, wie die weiße Farbe die Elster, die vom Zweifel verfinsterte Seele und verleiht ihr Anteil am Himmel. Nur der Untreue (»unstaete«), der Charakterlose, verliert sein ganzes Heil; haltlos schwankt er durch das Leben, trägt nur die schwarze Farbe und verfällt der Finsternis; weiß aber ist der Mann mit treuem Sinn (»mit staeten gedanken«), sein Glaube führt ihn zum Himmel hin.

Den inneren Entwicklungsgang eines solchen Menschen, den unverzagter Mannesmut vor der Verzweiflung rettet, legt Wolfram in seinem Epos tief und klar dar. Parzival hat von seinem Vater den ritterlichen Geist geerbt, und dieser offenbart sich bald in manchen Streichen des Knaben. Der Mutter verdankt er den Unterricht im christlichen Glauben. Unbewußt besitzt er kühnen Wagemut und frommen Glauben, wie sie vom Ritter gefordert wurden. Aus dieser kindlichen Naivität (»tumpheit«) wird er herausgerissen durch die Stürme des Lebens.

Wolfram von Eschenbach hat die bunten Abenteuer der Artussage in den Dienst eines tiefsinnigen Gedankens gestellt, die Heldentaten durch göttliche Ziele geadelt und geweiht, die Erdenminne geheiligt durch die Gottesminne, zugleich aber auch die höchsten Probleme des menschlichen Geistes gelöst und das tiefste Sehnen in der Menschenbrust gestillt. In Parzivals Seelengeschichte ist die eines jeden tief veranlagten Menschen dargestellt, der erst nach hartem Ringen des Geistes aus den Wirren des Lebens zu einem edlen Menschentum sich durchringt. Parzival tritt in die Pfade, die Dante durch die Wildnis und das Inferno empor zu den lichten Höhen schritt, die lange nach ihm der Simplizissimus eines Dichters gegangen ist, den die grauenvollen Zeitumstände im besten Wachstum geknickt hatten, und auch Goethe hat für seinen Faust trotz seiner verschiedenen Weltanschauung keinen anderen Abschluß gewußt, als Wolfram seinem Parzival gegeben hat. Er bietet reiche Abwechslung, aber alle die Szenen, je nach ihrer Bedeutung für den Leitgedanken der Dichtung mehr oder minder ausgeführt, sind mit künstlerischem Sinn geordnet zu einem prächtigen Bild ritterlichen Lebens und Treibens am Beginn des 13. Jahrhunderts.

Die beiden ersten Bücher bringen in Kürze die Geschichte von Parzivals Vater Gahmuret, der durch tückischen Verrat auf einem Kriegszug den Tod findet, knapp bevor Herzeloyde Parzival das Leben schenkt. Nach dem Tod ihres Gemahls hat Herzeloyde keine Freude mehr an ihren Ländern, sie zieht sich in die Einsamkeit zurück. So wächst Parzival fern von der Welt in der Waldwüste Soltane auf. Es ist ein reizendes Idyll, das uns der Dichter davon entwirft.

bogen unde bölzelîn	Bogen samt den kleinen Bolzen
die sneit er im mit sîn selbes hant	Schnitt er sich mit eigener Hand
und schôz viel vogele, die er vant.	Und schoß die Vögel in dem Wald.
swenne ab er den vogel erschôz.	Doch war das Vögelein nun tot,
des schal von sange ê was sô grôz,	Das eben noch so hell gesungen,
so weinde er unde roufte sich,	So weint' er laut und raufte sich
an sin hâr kêrt er gerich.	Und strafte sich an seinem Haar.
sî lîp was klar unde fier,	Hell leuchtete sein edler Leib:
ûf dem plân am rivier	In einem Bächlein auf dem Anger
twuog er sich alle morgen	Wusch er sich jeden Morgen.
ern kunde niht gesorgen,	Er sorgte um das eine nur:
ez enwære ob im der vogelsanc,	Daß Vögleins Sang ihm nimmer fehle,
diu süeze in sîn herze dranc;	Der süß ihm in das Herz drang.
daz erstracte im sîniu prüstelîn.	Drob wollt' ihm springen die kleine Brust.
al weinde er lief zer künegîn.	Zur Mutter lief er weinend dann,
sô sprach si »wer hat dir getân?	Die sprach: »Du warst dort auf dem Anger,
du wære hinûz ûf den plân«.	Hat jemand dir ein Leid getan?«
ern kunde es ir gesagen niht,	Da wußt' er ihr kein Wort zu sagen,
als kinden lîhte noch geschiht.	Wie's Kindern wohl noch heute geht.
	(Bötticher)

Parzival wächst heran und lernt den Wurfspieß schwingen. Bei einem seiner Weidezüge begegnet er vier Reitern in glänzenden Rüstungen, von denen er jeden für den lieben Gott hält. Die Fremden erzählen ihm, daß sie Ritter seien, und bald hört er aus ihrem Munde von König Artus' Tafelrunde. In dem Knaben erwacht der Wunsch, an den Artushof zu ziehen. Da Herzeloyde ihn nicht von seinem Vorhaben abbringen kann, hüllt sie ihn in ein Narrengewand und gibt ihm etliche Lehren mit, die er getreulich auf seiner Reise befolgt und mit welchen er allerlei Unheil anrichtet. Herzeloyde aber sinkt, als er davoneilt, um und stirbt vor Gram.

Parzival tötet im Zweikampf den König Ither und raubt ihm seine rote Rüstung. Als »roter Ritter« kommt er zum klugen Gurnemanz, der in ihm sofort den tüchtigen Helden erkennt und ihn im kunstgemäßen Gebrauch der Waffen und in der höfischen Zucht unterrichtet. Auch er gibt Parzival beim Abschied Lehren, die dieser buchstäblich befolgt, darunter auch die, nie unnötig zu fragen. Er kommt zu einer Stadt am Meer, wird Gemahl der Fürstin Kondwiramur und Herr des Reiches. Doch nicht lange genießt er das eheliche Glück, es treibt ihn fort zu neuen Abenteuern.

Er kommt zur Gralsburg, wo er in einen hohen Saal geführt wird. Hundert Ruhebetten mit herrlichen Polstern sind für die Ritter aufgestellt. Den Vorsitz führt der kranke König, in welchem Parzival den Fischer, der ihn zur Burg geleitete, erkennt. Plötzlich öffnet sich die Türe. Ein Knappe tritt mit einer blutenden Lanze ein, und unbeschreibliches Wehklagen erfüllt den Saal. Darauf folgen Jungfrauen, aus deren Mitte die Königin tritt. Sie trägt des Paradieses Fülle, »daz was ein dinc, daz hiez der Grâl«, und stellt den Gral vor dem König auf den Tisch. Nun beginnt das Mahl. Staunend sieht Parzival all diese Wunder, doch getreu die Lehren Gurnemanz' befolgend, wagt er nicht, nach ihrem Sinn zu fragen. Als Parzival am nächsten Morgen erwacht, findet er die Burg leer. Da wendet er sich an den Torwart um Auskunft:

»ir sult varen der sunnen haz«
sprach der knappe, »ir sît ein gans.
möht ir gerüeret hân den flans,
und het den wirt gevrâget!
vil prîß ìuch hat betrâget.«

»Ihr sollt der Sonne Haß erfahren«,
Sprach der Knapp', »Ihr dumme Gans,
Konntet Ihr das Maul nicht auftun
Und den Wirt befragen?
Da ist Euch durch Eure Trägheit hoher Preis entgangen.«
(Teilweise nach Bötticher)

Parzival weiß nun, daß er durch die Unterlassung der Frage das höchste Glück verscherzt und dem Gralskönig Amfortas die Genesung entzogen hat. Wieder folgt eine Zeit ritterlicher Kämpfe. Schließlich holen die Ritter der Tafelrunde Parzival in ihre Mitte. Noch schwelgt er im Hochgefühl, die Ehre des Rittertums erstritten zu haben, als plötzlich die häßliche Kundrie la Sorzière, die Botin des Grals, erscheint und den Fluch über den Ritter ausspricht.

Im tiefsten Herzen von dem Fluch getroffen, zieht Parzival fort. Im Hader mit Gott will er den Gral suchen und durchwandert die Länder bis an das Meer. Fünf Jahre irrt Parzival herum, ohne den Gral zu finden. Da trifft er am Karfreitag auf einen frommen Mann: es ist Trevrezent, Herzeloydes und Amfortas' Bruder. Hier nun, beim Oheim, macht Parzival 15 Tage geistliche Exerzitien, und hier vollzieht sich ein Wandel in seinem Leben.

Die Erzählung hat damit ihren Höhepunkt erreicht. Aus dem Mund des Oheims erfährt Parzival die Wunder des Grals. Er wird von seinen Sünden losgesprochen; einig mit sich und Gott zieht der Ritter fort, bereit, sein Leben höheren Aufgaben als bisher zu widmen. Auf der Suche nach dem Gral hat Parzival verschiedene Abenteuer zu bestehen, er kommt unter anderem auch auf das Wunderschloß des Zauberers Klinschor, besiegt Gawan, der ebenfalls den Gral sucht, und gerät in einem Walde in Kampf mit einem Heiden, der sich dann als sein Bruder Feirefiß (der spätere Vater des Priesters Johannes) zu erkennen gibt.

An den Hof des Königs Artus zurückgekehrt, erscheint die Gralsbotin und teilt mit, daß Parzival durch die Flammenschrift am Gral zum König des Gralsreiches berufen sei. Parzival reitet auf die Gralsburg, stellt die verhängnisvolle Frage und befreit so Amfortas von seinem Leiden. Parzival wird nun Gralskönig und mit Kondwiramur wieder vereint. Auf der Gralsburg aber haßt man, weil des Amfortas Leiden erst so spät durch eine Frage behoben wurden, fortan alles Fragen. Ein Gralsritter darf nur so lange einem irdischen Reich Beistand leisten, als man keine Frage an ihn richtet. So muß Lohengrin, der, von einem Schwan gezogen, in Brabant eine Fürstentochter vor ungerechten Forderungen geschützt hatte und dann ihr Gemahl geworden war, nach ihrer Frage nach seiner Herkunft von ihr scheiden und auf die Gralsburg zurückkehren, zu deren König er bestimmt war.

So schließt Wolframs Dichtung mit einem weiten Ausblick in das Reich der Sagen. Von diesen ist die vom Schwanritter ihrem Ursprung nach eine alte und an verschiedene Orte des Niederrheins geknüpfte, später frei ausgestaltete Stammsage der Franken. Auch die Märe von einem christlichen König und Priester Johannes, der in Asien ein Reich und eine unter seinem Namen sich fortvererbende Dynastie gegründet haben soll, fand, nachdem sie im 11. Jahrhundert aus dem Orient in das Abendland gedrungen war, eine reiche, oft ins Ungeheuerliche gehende Weiterbildung. Durch ihre Verbindung mit dem Parzivalepos wurde ein wirksames orientalisches Gegenbild zu dem abendländischen Gralskönigtum geschaffen, wie denn auch durch die Kampf- und Erkennungsszene des Feirefiß und Parzival die Vorgeschichte einen versöhnenden Abschluß erhielt.

Und harmonisch ist der ganze Aufbau der Dichtung, Licht und Schatten sind richtig verteilt, kein Widerspruch bei den vielen Personen und Vorgängen zu finden. Niemals verliert der Dichter sein Ziel aus dem Auge, und auch der Parallelismus, in den er die Schicksale Parzivals und Gawans bringt, war notwendig, um das Bild des Rittertums vollständig zu entwerfen. Parzival ist tief und strebt über den Gesichtskreis seiner Standesgenossen hinaus, während der oberflächliche Gawan innerhalb desselben verweilt und so die weltliche Strömung der ritterlichen Gesellschaft seiner Zeit darstellt. Gleichwohl macht auch dieser einen Läuterungsprozeß durch, bis er in den Besitz der Zauberburg gelangt, die ein Gegenstück zur Gralsburg bildet. Am meisten offenbart sich die Verschiedenheit der beiden Helden in ihrem Verhalten gegen die Frauen. Parzival preist überall die Ehe und bekennt offen, daß ihre Heilighaltung allein wahres Glück verleihe und die Grundbedingung geordneter gesellschaftlicher Verhältnisse sei. Damit tritt Parzival in offenen Gegensatz zum Minnewesen, das nicht selten auf einer Geringachtung des ehelichen Bundes beruhte. Auch Gawan pflegt solchen Minnedienst, bis er sein Geschick dauernd an die stolze Orgeilluse knüpft, deren dämonischer Schönheit viele Ritter, darunter auch Amfortas, zum Opfer gefallen sind. Wie der Gegensatz in den Charakteren der zwei Haupthelden dem Aufbau der Handlung dient, so auch die Begegnungen Parzivals mit Sigune, die an den drei bedeutsamsten Wendepunkten im Leben Parzivals erscheint. Bei seinem Eintritt in die große Welt verheißt sie ihm wegen seiner

Treue Heil und Glück; nach dem ersten Besuche auf der Gralsburg verflucht sie ihn wegen seiner Untreue, und als er nach seinen Irrfahrten in Treue den Gral sucht, verzeiht sie ihm und wünscht ihm, daß er ihn finde. Den Leichnam ihres Geliebten stets in den Armen haltend und mit ihm selbst dem Tode entgegenwelkend, greift sie wie ein Wesen aus der anderen Welt in ihres Blutsverwandten Schicksale ein, und ihre Worte erschüttern ihn, denn sie kommen aus einem Herzen, dessen letzter Schlag der Treue gilt. Die Treue haben wir als den Grundzug im Charakter Parzivals erkannt; unverbrüchliche Treue wahrt ihm auch sein Freund, der mit den höfischen Formen wohl vertraute, aber doch warmfühlende Gawan; hochherzig übt der Fürst Lyppaut die Vasallentreue; in Treue wartet die Maurenfürstin Belakane auf des entflohenen Gemahls Rückkehr; die Gatten- und Muttertreue zugleich leuchten uns an Herzeloyden entgegen, deren Seele ihr gar getreuer Tod vor der Hölle Qual bewahrte; in Geduld ertrug die treue Kondwiramur die lange Abwesenheit ihres Mannes. Die Treue ist die Begleiterin echter Weiblichkeit, und diese wieder der Frauen schönste Zierde. Gott ist der Getreue, der Teufel aber heißt der Ungetreue. Der Bruch der Treue bringt Schande und Unglück, wie es Parzival an sich selbst erfuhr. So tönt das Lob der Treue, dieser von alten Zeiten her so oft gepriesenen Tugend der Germanen, in verschiedenen Variationen durch das große Epos und macht es zu einem Lied der Treue. Es sind aber nicht sentimentale Phantasiegebilde, sondern wirkliche Menschen, die diese Tugend schmückt.

Das ist eben ein weiterer Zug in Wolframs dichterischem Schaffen, daß er Vorgänge und Personen mit realistischer Anschaulichkeit schildert, mit aller Macht dem Hörer alles plastisch darstellen will, wie er es selbst geschaut hat, und dabei den unbedeutendsten wie den wichtigsten Dingen dieselbe Liebe und Sorgfalt widmet. Wie wenige Dichter hat Wolfram seine Gestalten zu individualisieren verstanden und besonders die Frauencharaktere scharf herausgearbeitet. Doch auch die Männer zeigen des Dichters Kunst im Individualisieren. Der ernste und welterfahrene, schwer geprüfte und fromme, gastliche Ritter Gurnemanz, »ein Hauptmann höfischer Zucht und ritterlicher Tugend«, der milde und sichere Kenner und Lehrer der Menschen Trevrezent, der, um seines Bruders Schuld zu sühnen, das rauschende Leben am Hofe mit der Einöde vertauscht, der edle, kampfgeübte und starke Heide Feirefiß, der polternde und prahlende, scheltende und strafende Zuchtmeister Keie und endlich im Hintergrund, als oberster Richter in allen Fragen ritterlichen und höfischen Anstands, König Artus, treten den Frauencharakteren würdig zur Seite und machen das Weltbild vollständig.

Die wärmsten Töne klingen uns aus Wolframs Dichtung dort entgegen, wo er aus eigener Erfahrung heraus die zartesten Gefühle nachempfindet, wie es in den *Titurelbruchstücken* geschieht. Wahrscheinlich wollte er in einem Epos die Geschichte der Liebe Sigunens und Schionatulanders erzählen, die so bedeutsam auch in den Parzival hineinspielt. Die künstliche, an die Gudrunstrophe erinnernde Strophenform aber, die er anwandte, mochte sich ihm bald als ungeeignet für den Hauptteil der Erzählung erwiesen und ihn bewogen haben, den Plan aufzugeben (nach 1216). Wie durch das äußere Gewand, so heben sich die uns überlieferten Fragmente auch durch die Wahrheit und Zartheit der Empfindung, durch den Reichtum an Bildern und den gehobenen Ton der Darstellung von allen Gedichten jener Zeit ab und bilden das Edelste, das die höfische Poesie je geschaffen hat.

Die Benennung verdanken die Titurelbruchstücke dem ersten, das eine Rede des Gralskönigs Titurel einleitet, worauf die vielverzweigte Genealogie der Gralskönige behandelt und die Geschichte des Treuverhältnisses zwischen Sigune, der Tochter Schoisianes, einer Schwester des Gralskönigs Amfortas, und Schionatulander begonnen wird.

Sigune ist noch ein Kind, als die Minne sie ergreift. Wer sie sah, dem schien sie wie der Maienglanz bei taufeuchten Blumen. Mit rührender Naivität fragt das unschuldige Kind ihren von Minne redenden Freund, was denn die Minne sei (Strophe 64):

Minne, ist daz ein er?	Minne, ist das ein Er?
maht du minn mir diuten?	Kannst du mir Minne deuten?
ist daz ein si? kumet mir	Ist das ein Sie? Kommt zu mir
minn, wie sol ich minne getriuten?	die Minne, wie soll ich Minne liebkosen?
muoz ich si behalten bî den tocken?	Muß ich sie behalten bei den Puppen?
oder fliuget minne ungerne ûf hant	Oder fliegt die Minne ungern auf die Hand,
durch die wilde? ich kan minn wol locken.	weil sie wild ist? Ich weiß wohl die Minne zu locken.

Schionatulander schildert darauf die Gewalt der Minne über alles, »daz loufet, kriuchet, fliuget oder fliuzet«. So plaudern die Kinder noch lange miteinander, bis die eben sich öffnende Mädchenknospe in das Geständnis ausbricht: »Ich bin dir holt, getriuwer friunt; nu sprich, ist daz minne? ez brinnent elliu (alle) wazzer, ê diu liebe mînhalp (meinerseits) verderbe.« Doch Schionatulander muß sich »under schiltlichem dache« ihre Liebe verdienen, so zieht er als Knappe mit seinem Oheim Gahmuret ins Morgenland, um sich Ehre zu erstreiten. Aber der Knabe wird aus Sehnsucht krank, und das Mädchen quält nicht minder das Verlangen nach dem Herzenstrauten.

In dem anderen Bruchstücke finden wir die beiden Liebenden in einem Walde unter einem Zelt. Schionatulander hat einen Bracken, Gardeviaz mit Namen, gefangen, dessen Hals ein kostbares Band schmückt, auf das eine ganze Aventiure mit Buchstaben aus Edelsteinen gestickt ist. Der Hund, eine Fährte witternd, reißt sich, während Schionatulander eben Fische angelt, los, und Sigune, die ihn festhalten will, wird dabei an der Hand arg verwundet. Sie will aber die begonnene Aventiure zu Ende lesen und fordert daher den Freund auf, das Tier zu verfolgen. Als er unverrichteter Dinge und mit verwundeten Beinen aus dem Walde zurückkehrt, verlangt gleichwohl Sigune teils aus Laune, teils aus Mißverständnis der Ritterlichkeit, daß Schionatulander das Brackenseil zur Stelle schaffen müsse, wenn er sich noch länger ihres Besitzes erfreuen wolle. Er verspricht, ihren Wunsch zu erfüllen, und damit begann für Sigune eine Zeit der härtesten Mühsal, von der Wolfram in seinem Parzival erzählt.

Die Verbindung wahrhaft christlichen Sinnes mit körperlicher Tüchtigkeit und äußerem Anstand schafft nach Wolframs Ansicht den echten Ritter und erwirbt ihm Gottes und der Menschen Huld. Dieses Ideal des Rittertums verkörpert Parzival und noch mehr *Willehalm,* dessen Kämpfe mit den Heiden uns der Eschenbacher nach der ihm vom Landgrafen Hermann vermittelten französischen Vorlage erzählt. Um 1216 dürfte er das Epos begonnen haben, aber noch vor seiner Vollendung vom Tode überrascht worden sein. Wilhelm, ein Verwandter des königlichen Hauses der Karolinger, hatte sich um dieses als Herzog von Aquitanien in den Kämpfen gegen die Sarazenen (793) große Verdienste erworben und den Abend seines tatenreichen und sturmbewegten Lebens als Mönch in dem von ihm gestifteten Kloster Gellones verbracht. Schon von dem karolingischen Hofpoeten Ermoldus in lateinischen Versen besungen, wurde er bald auch zu einer legendarischen Persönlichkeit, deren sich die Sage bemächtigte, um in ihrer phantastischen Art einzelne Abschnitte seines Lebens auszugestalten.

Besonders reich und mannigfaltig hat sich die Sage in der französischen Jongleurdichtung (»chansons de geste«) entfaltet, von der uns 18 Lieder überliefert sind, und eines von ihnen, die Schlacht von Aleschanz (»La bataille d'Alischans«) ist die Quelle gewesen, aus der Wolfram den Stoff schöpfte. Er hat ihn aber, wie es schon in seiner starken Persönlichkeit lag, selbständig behandelt, die zahlreich eingestreuten Sagen erweitert und, im Gegensatze zum »Parzival«, wo er sich oft ganz seinem subjektiven Empfinden überläßt, die Dichtung objektiv gehalten und einheitlich komponiert. Wie im Rolandslied erscheint auch im Willehalm die Bekämpfung des Unglaubens als das Ideal der ritterlichen Gesellschaft und dessen Verwirklichung als ihre große geschichtliche Aufgabe. Denn bei aller Achtung, die Wolfram vor den Rechten hat, die den Heiden als Menschen zukommen, und bei aller Toleranz, die er gegen sie geübt wissen will, hält er doch daran fest, daß der christliche Glaube allein der wahre sei und dessen Verteidigung mit dem Schwerte den Weg zum Himmel öffne. Wenn er auch den Heiden ritterliche Tugenden und edle Gesinnung zuschreibt, erhöht er damit die Bedeutung des Glaubenskampfes der Christen gegen die Heiden. Die Ausführung geschieht ganz in der Art des höfischen Epos, und so erzählt uns Wolfram nicht bloß von Kriegsnot und Siegesjubel, herbem Verlust und reichem Ersatz, sondern auch von der Liebe Leid und Freude.

Zu Anfang des Epos preist Wolfram in einem hochpoetischen Hymnus den dreieinigen Gott und ruft Sankt Willehalm um seine Fürbitte an. Dann beginnt die Erzählung von diesem heiligen Ritter. Er hat dem heidnischen König Tybalt seine Gattin Arabele entführt und sich, nachdem sie auf den Namen Gyburg getauft war, mit ihr vermählt. Um sie ihm zu entreißen, erscheinen der beraubte Gemahl, ihr Vater Terramer und viele heidnische Fürsten mit einem gewaltigen Heere in der Ebene von Aleschanz. Die Christen, die sich vor Orange versammelt haben, erliegen der Übermacht trotz der Wunder von Tapferkeit, die sie vollführen. Willehalm, seiner Mannen beraubt, will sich in seine Burg Orange retten. Auf der Flucht kommt er auf die Höhe eines Berges, überblickt der Heiden zahllose Scharen, macht in einer Rede an sein Pferd Pußat seinem gepreßten Herzen Luft und führt es zur Quelle Larkant, wo er seines Neffen Vivianz Schild und bald auch ihn selbst unter einer Linde, zu Tode verwundet, findet. Sich durch die Sarazenen durchkämpfend, gelangt er endlich nach dem hart bedrängten Orange, dessen Verteidigung Gyburg mit Umsicht und Heldenmut leitet. Von ihr aufgefordert, macht er sich bald auf die Fahrt nach Orleans, um von König Loys (Ludwig) ein Entsatzheer zu erbitten. Nur ungern verspricht es dieser. Vor seinem Abschied erblickt Willehalm den Riesen Rennewart und nimmt ihn mit des Königs Erlaubnis als Knappen mit sich. Gerade noch zur rechten Zeit kommt Willehalm mit dem Hilfsheer vor Orange an. Die Heiden ziehen sich gegen die Küste zurück; die Christen rüsten zum Kampfe, der bald in der Ebene von Aleschanz wütet. Viele Franzosen, die sich ihm aus Mutlosigkeit entziehen wollen, treibt Rennewart mit seiner Eisenstange zurück. Ein schreckliches Blutbad wird angerichtet und dem Morden erst Einhalt getan, als König Terramer, auf den Tod verwundet, weggetragen wird. Die Christen haben gesiegt. Rennewart aber, der Hauptheld in diesem Kampfe, wird vermißt, und Willehalm gibt 25 vornehme heidnische Fürsten nur unter der Bedingung frei, daß sie Rennewart ausliefern. Den Heiden gestattet er, die Toten nach ihrer Sitte zu begraben.

Dies ist in den Hauptumrissen die Geschichte vom Markgrafen Wilhelm von Orange, der sich, wie es Wolfram vom echten Ritter verlangte, »des Leibes Ruhm und der Seele Seligkeit erjagte mit Schild und Speer« und daher seinen Standesgenossen als Vorbild dienen konnte. Mag dem Epos auch jener religiöse Zauber fehlen, den wir am Parzival bewundern, so weist es doch viele Vorzüge auf, um derentwillen es von der Mitwelt mit Recht bewundert und verbreitet wurde. Dies können wir schon aus den zahlreichen Handschriften schließen, in denen es uns ganz oder in Bruchstücken überliefert ist. Besonderer Beliebtheit erfreute sich »Willehalm« bei den deutschen Ordensrittern, in deren Bibliotheken denn auch die meisten Handschriften gefunden wurden.

Der Willehalm steht mit der Entwicklung des Dichters und seiner Kunst im engsten Zusammenhang, übertrifft in formeller Beziehung den Parzival und kommt ihm an Ideengehalt sehr nahe. Jene schöne Harmonie zwischen den Aufgaben des Rittertums und der christlichen Lebensanschauung, zu der Parzival nach hartem Ringen gelangt, erscheint uns bei Willehalm als ein bereits erworbenes Gut und äußert sich in einem edlen Menschentum, das auch an dem Heiden Großmut übt und seine innere Kraft aus einer tief christlichen Überzeugung schöpft. Die Anschauungen, die Gyburg und Willehalm über religiöse Dinge aussprechen, sind wohl des Dichters eigene gewesen und zeigen seine Abgeklärtheit, seinen inneren Frieden. Wiederholt werden religiöse Fragen behandelt; zwischen Gyburg und ihrem Vater kommt es einmal zu einer förmlichen theologischen Disputation über die

Stellung des Heidentums in der Heilsökonomie, und vor der Entscheidungsschlacht hält Gyburg eine Rede an das christliche Heer, in der sie bereut, durch ihre Flucht den Krieg heraufbeschworen zu haben, und bittet, den Tod des jungen Vivianz zu rächen, aber um die Christen zur Milde zu stimmen, durch verschiedene Argumente die Heiden in ein helleres Licht zu stellen sucht.

Die Volkssage und die orientalische Märchenwelt haben zu den Schilderungen die Züge geliefert. Und an der Volkspoesie hat Wolfram seinen Stil gebildet und die Kunst wirksamer Darstellung gelernt. Dies gilt besonders von den Schlachtbildern, die in ihrer Großartigkeit an das Nibelungenlied erinnern, durch das ganze Mittelalter viel bewundert, oft nachgeahmt, nie erreicht wurden. Frischer Kampfesmut weht durch das Gedicht; mit homerischer Anschaulichkeit und Farbenpracht wird der Zusammenstoß der gewaltigen Heere geschildert. Auf zahlreichen Schiffen sind die feindlichen Könige aus dem Orient gekommen, darunter auch der von Pozzidant, das am Ende der Welt liegt, und Gorhant aus dem Gebiete des Ganges, wo ein gehürntes Volk ohne menschliche Stimme wohnt; ungezählte Mannen werfen sie an das Land, weithin über Berg und Tal schlagen sie in der Ebene von Aleschanz ihr prächtiges Lager auf, ihnen gegenüber steht das nicht minder herrliche Christenheer, geführt von Willehalm. Mit Posaunenschall eröffnen die Heiden die Schlacht. Alles »swaz man von Etzeln ie gesprach und ouch von Ermenrîche«, läßt sich nicht vergleichen mit dem Tage von Aleschanz. Wenn man den Rhein und die Rhône vierzehn Tage schwellte und dann die Dämme durchstäche, so wäre die Wassermenge doch geringer als die Zahl der Heiden, mit denen Terramer die Christen umflutet. Die Schilderung der Schlacht gleicht einem grandiosen Gemälde, das aus vielen prächtigen Szenen kunstvoll zu einer Einheit sich zusammensetzt. Kühne Vergleiche bringen in das Ganze ein bewegtes Leben, die Scharen und ihre Anführer, die Rüstungen, Rosse und Krieger werden bis ins Detail geschildert, gewaltige Situationen geschaffen, durch Abwechslung nirgends ermüdend, überall spannend und wirksam.

Wolfram hat in seinem Rennewart einen jugendlichen Helden geschaffen, der durch sein reines, kindliches Gemüt und sein täppisches Wesen an das Naturkind Parzival erinnert und durch sein Geschick gleich diesem uns rührt und erheitert. Und darauf gründet sich jener Humor, der lacht mit der Träne im Auge, wie ihn Wolfram nicht selten in allen seinen Dichtungen mit Souveränität spielen läßt.

Alles lebt und atmet in Wolframs Dichtungen und er in ihnen. Und wie seine überaus lebhafte Phantasie ihn alle Gestalten und Vorgänge bis ins

gesellen. mit genelunes uol laiste. wande in sine
me geiste. was ne hein truwe. uon ime chom
michel ruwe. er iruolte daz altsprochene wort.
ia ist gescrieben dort. under scönem schade
liget. iz en ist nicht allez golt daz da glizzet.
genelun was michel unde lussam. er muse
sine nature began. michels boumes schone
machet dicke hoene. er dunchet uzzen grune
so ist er innen dürre. so man in meiset mar
zet. so ist er wurmbeizeich. er ist innen uul
unde übele getan. daz bezeichenet den man.
der uzzen wole redet. unde valsches in deme
herzen phleget. er dunchet uzzen uol. sin mut

Eine Seite aus dem Rolandslied, das 1139 vom Pfaffen Konrad vollendet wurde: Im Rat der Ungetreuen wird beschlossen, Roland und seine Genossen zu töten. Heidelberger Handschrift aus dem 12. Jahrhundert.

AUS DEM ROLANDSLIED

Übertragung	*Übersetzung*
gesellen |	*Genossen*
mit Genelûnes volleiste:	*mit Geneluns Hilfe:*
wande in sîne | me geiste	*Denn in seinem Herzen*
vvas nehein truvve.	*wohnte keine Treue.*
uon ime chom | michel ruvve.	*Von ihm kam große Trauer.*
er iruolte altsprochene vvort; |	*Er erfüllte das alte Sprichwort;*
jâ ist gescrieben dort:	*geschrieben dort fürwahr:*
„under scônem schade | lûzet;	*«Unter der Schönheit lauert Verderben;*
iz enist nicht allez golt daz dâ glizzit.“	*es ist nicht alles Gold, was glänzt.»*
Genelûn vvas michel unde lussam:	*Genelun war groß und schön:*
er muse | sîne nâtûre begân.	*er mußte seinem innern Wesen entsprechend sich*
michels boumes schône |	*Eines hohen Baumes Schönheit [entwickeln.*
macht dicke hoene.	*macht ihn oft zum Spotte.*
er dunchet uzzen grûne: |	*Er erscheint von außen grün*
sô ist er innen dûrre.	*Im Innern aber ist er dürr.*
sô man in nieder meiz | zet,	*Wenn man ihn fällt,*
sô ist er vvurmbeizeich;	*so ist er wurmstichig;*
er ist innen uûl | unde ûble getân.	*er ist innen faul und schlecht beschaffen.*
daz bezeichenet den man, |	*Das ist ein Bild des Mannes,*
der ûzen vvole redet	*der nach außen schöne Worte redet*
unde ualsches in deme | herzen phleget.	*und im Herzen Falschheit birgt.*
er dunchet ûzen uol,	*er erscheint nach außen voll,*
sîn mût |	*sein Herz . . .*

Eine Sammlung von Spruchgedichten vom Ende des 12. und Anfang des 13. Jahrhunderts wird dem Dichter Spervogel zugeschrieben. Miniatur aus der großen Heidelberger Liederhandschrift, 14. Jahrhundert.

Gottfried von Straßburg (geb. um 1170) erwieß sich mit seinem Versroman »Tristan« als einer der größen Meister der höfisch-ritterlichen Epik. Miniatur aus der großen Heidelberger Liederhandschrift, 14. Jahrhundert.

einzelne gewissermaßen wirklich sehen läßt, so will er sie auch seinen Zuhörern möglichst anschaulich machen, und wenn dies durch Schilderung nicht geschehen kann, verwendet er Vergleiche und Bilder und entwickelt hierin eine schöpferische Kraft, die geradezu ans Wunderbare grenzt. Vor allem ist es die belebte und die leblose Natur, aus deren unversiegbarem Born er seine Bilder schöpft; dann wieder überträgt er seine ritterlichen Anschauungen auf die Äußerungen und Tätigkeiten des menschlichen Geistes und führt dadurch der Sprache eine große Menge von Bildern zu, durch die er die ganze abstrakte Welt »verrittert«, indem er sie entweder unter dem Bilde des ritterlichen Lebens darstellt oder ihre Gestalten in Ritter verwandelt, die untereinander und mit ihm selbst verkehren. So nennt er die Freude, die Minne und die weibliche Güte einen Schild, spricht von des Jammers und der Minne Lanze, vergleicht die getrübte Freude dem verhauenen Schild, läßt die Treue Scharten empfangen, die Tugenden und Laster zu Gesellen der Menschen werden, Freud und Leid hoch zu Roß einander anrennen und sagt von einer freudigen Stimmung Willehalms, die Sorge sei ihm so weit geritten, daß sie ein Speer nicht zu erreichen vermochte. Auch die Vorgänge im Universum erscheinen Wolfram in den Formen des ritterlichen Lebens.

Die Sprache beherrscht Wolfram mit Souveränität, alle Stimmungen des Gemüts läßt er erklingen und mit großem Geschick baut er die Reden, wenn es dabei auch nicht an Folgewidrigkeiten, störenden Kürzungen im Ausdruck mit logischen Sprüngen fehlt und die Darstellung dadurch oft dunkel wird. Die Verse und Reime binden sich nicht immer an die Kunstregel und fließen nicht leicht, sondern schwer dahin, ganz im Einklang mit der Gedankentiefe und Gedankenglut des Dichters, deren Vermittler sie sein sollen. Der Mangel einer literarischen Bildung macht sich hierin unangenehm fühlbar, während er anderseits Wolframs dichterische Freiheit begünstigte, seiner Phantasie keine Schranken zog und ihn seine eigenen Gedanken- und Sprachwege gehen ließ, auf denen ihm keiner folgen konnte. »Laienmund nie schöner sprach.« So sagte von ihm Wirnt von Gravenberg, einer seiner Nachahmer, und dieses Urteil ward durchs ganze Mittelalter wiederholt, bis mit dessen Ende das Rittertum verfiel und damit auch des Eschenbachers Dichtungen verblaßten und verschwanden. Denn diese wurzeln im Rittertum, und die Vereinigung seiner weltlichen und geistigen Aufgaben bildet Wolframs Ideal, das er in seinen Epen verkörpert hat. Mit Bewunderung blickte man zu ihm als dem tiefsinnigsten und gedankenreichsten Vertreter seiner Zeit empor, folgte seinen Spuren, glaubte ihn durch dunkle, mystische und schwulstige Schreibart zu erreichen, ohne jedoch seinem Gedankenreichtum auch nur nahezukommen. Die von Wolfram behandelten Stoffe und die von ihm ausgebildeten Formen verbreiteten sich in weite Kreise und griffen sogar in das wirkliche Leben über. So nahm ein steirischer Stubenberger 1216 vor der Kreuzfahrt das Ankerwappen Gahmurets an, um unerkannt zu bleiben, und unter den Taufnamen, die zu derselben Zeit die adeligen Geschlechter Bayerns und Innerösterreichs aus den Artusepen zu wählen pflegten, begegnen wir sehr oft solchen aus Wolframs Dichtungen. Ihr Einfluß erstreckte sich auf die Volksepik, der Wolfram selbst seine sprachliche Technik verdankt, dann auf die höfische Epik und Lyrik, und selbst die belehrenden Dichtungen nehmen auf ihn wiederholt Bezug. Noch um 1490 kleidete in Bayern, wo Wolframs Verehrung am längsten anhielt, Ulrich Füetrer seine zyklische Bearbeitung der Artusdichtungen in die Titurelstrophe.

Der Parzival erhielt 1331–1336 durch zwei Straßburger Dichter, Klaus Wisse und Philipp Colin, Ergänzungen, der Willehalm durch Ulrich von Türheim.

Nach Erfindung der Buchdruckerkunst gehörte er zu den ersten Druckwerken (1477). Kein Dichter hat tiefer, unmittelbarer und nachhaltiger auf das geistige Leben des Mittelalters eingewirkt als Wolfram von Eschenbach, den seine Grabschrift »den strengen Ritter« genannt, die Nachwelt aber in den Kreis der Heroen der Weltliteratur eingereiht hat.

Gottfried von Straßburg

Nur einer hat die allgemeine Bewunderung, die man Wolfram, auch ohne ihn zu verstehen, zollte, nicht geteilt, sondern sogar in harten Worten über seine Dichtungsweise geurteilt. Es ist dies Gottfried von Strassburg (geb. um 1170), neben Wolfram und Hartmann von Aue der dritte große Meister auf dem Gebiet der höfisch-ritterlichen Epik. Bei der Schilderung der Schwertleite seines Tristan übte Gottfried an den zeitgenössischen Dichtern eine durch Feinheit des Geschmackes ausgezeichnete Kritik. Wolfram nennt er zwar nicht, zeichnet ihn aber so deutlich, daß er sofort erkannt wird, und stellt ihn zu Hartmann in scharfen Gegensatz. Er nennt Wolframs Sprache hochtrabend und weitschweifig, ihn selbst einen Erfinder wundersamer Abenteuer »vindære wilder mære« und Geschichtenjäger, der nach Art der Taschenspieler und Gaukler mit Zauberketten und anderem Blendwerk zu täuschen suche und stumpfen Sinn betrüge. Mit dem Stock, nicht mit dem grünen Laubgehange wolle er Schatten bringen. Dieser aber tue den Augen nicht wohl, und ebensowenig wecke seine Dichtung in den Herzen der

Zuhörer edle Freude und frohen Mut. So dunkel sei seine Sprache, daß der Dichter zugleich auch Erklärer seiner Worte mit aussenden solle, denn nicht jeder Hörer verfüge über die Zeit, ihren Sinn aus den schwarzen Büchern (Zauberbüchern) erst zu erschließen. Dieses abfällige Urteil Gottfrieds war dem Eschenbacher wohl bekannt, aber er ging unbekümmert seine eigenen Wege, und es leiteten ihn sichere Sterne, Ideale von Kunst und Leben, die sein Widerpart nicht zu ahnen vermochte. Gottfried erblickt sein Kunstideal in einer vollendeten Form und betritt darum jene Bahn, die Heinrich von Veldeke vorgezeichnet und Hartmann ausgebaut hat. Diesem als Lehrmeister folgend, schuf er eine Sprache, die an Wohllaut und Reichtum, an Geschmeidigkeit und Zierlichkeit, an Eleganz und Klarheit alles früher Gebotene hinter sich läßt, durch die beste neuhochdeutsche Übersetzung nicht erreicht und nur im Original nachempfunden werden kann. Und wie durch den Zauber seiner gleich einem Springquell in den glänzendsten Farben dahingleitenden und kunstvoll gereimten Verse wirkt Gottfrieds Erzählung auch durch die Klarheit des Baues der Sätze und läßt durch geschmackvoll gewählte Bilder die Vorgänge und Personen plastisch vor uns erstehen.

Gottfried von Straßburg erfreute sich bei den zeitgenössischen und späteren Dichtern großen Ansehens, und die reiche, aus dem 13. bis zum 15. Jahrhundert stammende und in verschiedenen Mundarten abgefaßte handschriftliche Überlieferung seines »Tristan« bezeugt seine allgemeine und nachhaltige Beliebtheit. Um so mehr müssen wir uns wundern, daß uns von seinem Leben nichts bekannt ist. Geboren dürfte er, wie aus dem Beinamen »von Straßburg« geschlossen werden darf, wohl in dieser elsässischen Stadt sein, wogegen aus seiner Sprache kein Bedenken erhoben werden kann. Vielfach wird ihm von den Dichtern der Titel »Meister« gegeben, und daraus hat man geschlossen, daß er bürgerlichen Standes gewesen sei, wozu auch die Abbildung in der großen Heidelberger Liederhandschrift stimmt, die ihm die ritterlichen Abzeichen, Schwert, Helm und Wappenschild, nicht beigibt und ihn unter bürgerliche Dichter einreiht. Wenn es daher auch immerhin möglich ist, daß man ihn als Bürgerlichen ansah, so ist doch auch die Vermutung berechtigt, die mit dem Namen »Meister« seinen gelehrten Stand bezeichnet wissen will. Und gelehrt war er; er verstand Französisch und Lateinisch, kannte Ovids »remedia amoris« und zeigt sich vertraut mit der antiken Mythologie.

Von seinen Dichtungen ist uns außer einem kleinen Spruchgedichte nur das Epos *Tristan und Isolde* (um 1210) überliefert. Er hat es aber nicht vollendet, denn er wurde dabei vom Tode überrascht, der ihn, wie seine Fortsetzer melden, vor der Zeit abberief. Ihnen verdanken wir auch die Gewähr für die Autorschaft Gottfrieds, da dieser seiner Dichtung nicht, wie es sonst die höfischen Epiker zu tun pflegten, seinen Namen am Schlusse selbst einfügen konnte.

Die Tristansage hat sich wahrscheinlich in Frankreich entwickelt, und zwar nicht aus einem bestimmten historischen Kern, sondern aus der Liebessage, wie sie sich in ähnlicher Weise bei verschiedenen Völkern nachweisen läßt. Die Elemente der Episoden, aus denen die äußere Handlung der Tristansage sich zusammensetzt, finden sich in dem Märchen- und Novellenschatz, der vielfach orientalischen Ursprungs, im Mittelalter weit verbreitet war. Der Name »Isolde« ist wahrscheinlich fränkisch-germanischer Herkunft. Französische Spielleute des 12. Jahrhunderts haben zunächst einzelne Episoden bearbeitet, dann auch die Kunstdichter, deren wichtigster Chrestien de Troyes war.

Auf das französische Gedicht des »Thomas von Britanje« beruft sich Gottfried als seine Quelle. Leider ist es uns nur in Bruchstücken überliefert, und diese beginnen sonderbarerweise dort, wo die deutsche Bearbeitung aufhört. Nur wenige Verse können zur Vergleichung gegenübergestellt werden. Da uns aber die Dichtung des Thomas in einer norwegischen Übersetzung vom Jahre 1226 und in der freien Behandlung des mittelenglischen, in Strophenform abgefaßten Gedichtes Sir Tristam vollständig vorliegt, können wir doch einigermaßen das Verhältnis Gottfrieds zu seiner Quelle bestimmen und seine dichterische Arbeit annähernd richtig einschätzen. Im Vergleiche zu Eilhart war er entschieden im Vorteil, da ihm das Thomasgedicht als das Werk eines Kunstdichters eine Fülle poetischer Vorzüge bot, deren das Spielmannsgedicht, das jener benützte, entbehrte. Gleichwohl hat Gottfried sich nicht mit einer bloßen Übersetzung begnügt, sondern durch selbständigen Kunstsinn und sprachschöpferisches Talent ihren Wert erhöht und sie zur klassischen Bearbeitung der Tristansage ausgestaltet.

Wolfram von Eschenbach verherrlicht in seinen Epen die eheliche, Gottfried von Straßburg die freie Liebe. Diese ist sein Ideal und ihrem Dienste ist sein Epos gewidmet. Es ist dies aber jene sinnliche Minne, die in den Liebenden unbewußt aufkeimt, dann zur Leidenschaft entflammt wird und über alle Hemmnisse, die Recht und Gesetz ihrem Ausbruch in den Weg legen, sich verwegen hinwegsetzt. Und diese Minne gilt dem Dichter als das höchste Gut, das Ehre und Tugend erlangt, erscheint ihm wegen ihrer Ursprünglichkeit als berechtigt und so allgewaltig, daß jedermann, auch der Gemahl und König, sie anerkennen und sich ihr fügen muß. Da sie das höchste Glück bringt, muß sie mit allen Kräften angestrebt werden; daher ist es Diebstahl am eigenen Glücke und verrät es Torheit und Feigheit, wegen des »herzeleit«, das nun einmal mit »herzelieb« stets verbunden und doch nur eine Würze und Süßigkeit der Minne ist, scheu vor dem winkenden Genusse zu fliehen. In Treue genährt und gepflegt, erwirbt die Minne den Liebenden »êre«, d.h. die Anerkennung der »Besten«, und ist allein im Besitze des Rechtes, so daß alle anderen Interessen und Ansprüche zurücktreten müssen und, was ihr widerstrebt, Haß und Spott verdient.

Solchen erntet in reichem Maße der königliche Oheim, denn nicht Tristan und Isolde sind die Schuldigen, sondern König Marke, da er sieht, daß die beiden sich lieben, und aus Egoismus es doch nicht sehen will. Nur eine Schranke ist der Minne gezogen, nur eines nimmt den Liebenden die Ehre, und dies ist das höfische Sittengesetz. Wird nur dieses nicht verletzt, wird nur der Skandal vermieden, dann ist Lüge, List, Betrug, Verbrechen, kurz so ziemlich alles erlaubt, was zu der Minne Ziel führt. Die Wahrung des öffentlichen Anstandes also (»diu êre«) gilt dem Dichter als alleiniges Moralgesetz.

Ein Beispiel treuer, trotz aller Qualen beglückender Liebe will Gottfried in seinem »senemære« von Tristan und Isolde schildern. Nicht um die Entwicklung eines Charakters zur sittlichen Vollendung handelt es sich, sondern ein Liebesleben wird geschildert. Bilder von Lust und Leid werden entworfen, List und Betrug besorgen ihren bunten Wechsel, die Treue gibt den Liebenden die Kraft, der Minne Qualen süß zu fühlen, und die unüberwindliche Liebesmacht spricht sie frei von aller Schuld. Von einem Kampfe zwischen Pflicht und Neigung und von einer Tragik ihres Geschickes ist keine Rede. Die Macht der Minne aber, die alle Szenen belebt, ist mit einer Seelenkenntnis gezeichnet, wie sie nur wenigen Dichtern eigen war. Das harmlose Sehnen des Jünglings, das Erwachen, der Ausbruch der Leidenschaft, die Allgewalt der Liebe, Freud und Leid, die Treue, die Verstellung, die Rücksichtslosigkeit und der geplante Mord, kurz alle Stimmungen und Empfindungen der Seele werden mit einer inneren Wahrheit und Wärme geschildert, die nur noch von Goethe erreicht worden ist. Und all diese Seelengemälde prangen in der Farbenpracht einer formvollendeten und kristallhellen Sprache und Darstellung, während das höfische Leben nur den Rahmen dazu bildet. Es ist das Hohelied der Minne. Unter diesen Gesichtspunkt hat Gottfried seinen Roman gestellt und ihm in der Vorgeschichte seines Helden einen tragischen Hintergrund geschaffen, von dem sich die Freuden und Leiden des Liebespaares um so wirksamer abheben, als das traurige Vorspiel die Minneglut

Tristans erklärt und als ererbt entschuldigt, zugleich aber auch die Ahnung eines traurigen Endes erweckt.

»Von triste Tristan was sîn name«, und dieser war passend gewählt, denn schon seine Geburt war von Leid und Trauer begleitet. Er ist das Kind der heimlichen Liebe Riwalins, eines Fürsten von Parmenien, und Blancheflures, der Schwester des Königs Marke. Riwalin wird im Kampf mit seinem Lehensherrn Morgan erschlagen, und Blancheflure muß bei der Geburt ihres Sohnes ihr Leben lassen.

Der treue Marschall Rual und seine Gemahlin nehmen sich des Verwaisten an, halten, um ihn vor Morgan zu schützen, seine Abstammung geheim und übergeben ihn in seinem siebenten Jahre einem weisen Manne, der ihn ganz im Geist und nach Art der eleganten Welt ausbildet. Überall leistet er ganz Besonderes und gilt bald als Wunderkind. Doch eines Tages entführen norwegische Kaufleute den Knaben; er wird jedoch von ihnen an Land gesetzt, seinem Schicksal überlassen, schließlich von Pilgern und Jägern aufgenommen und kommt an den Hof König Markes. Dort findet ihn sein vermeintlicher Vater Rual wieder, klärt den König über die Herkunft des Knaben auf, und dieser beschließt, seinen Neffen zu seinem Nachfolger zu machen.

Der König und sein Land sind eben in großer Trauer, denn Gurmun, der König von Irland, will den durch seinen Schwager Morolt einst auferlegten Tribut von 30 schönen Knaben einheben. Tristan tötet im Zweikampf Morolt, wird aber an der Hüfte durch Morolts vergiftetes Schwert verwundet. Diese Wunde kann nur Isolde, die Schwester Morolts und Königin von Irland, heilen. Tristan reist nach Irland, gibt sich als Spielmann aus und gewinnt das Herz der Königin. Diese verspricht ihm die Heilung der Wunde, wenn er ihre Tochter Isolde im Saitenspiel unterrichte. Der Spielmann ist damit einverstanden, wird geheilt, unterrichtet Isolde mit bestem Erfolg und kehrt an den Hof des Königs Marke zurück. Der König will sich vermählen, und Tristan rät ihm, um die Hand Isoldes zu werben. Er selbst begibt sich als Brautwerber nach Irland und erlegt einen Drachen, der das Land verwüstete. Er erhält Isolde als Preis für die mutige Tat und will Isolde nun seinem Oheim zuführen. Die Mutter bereitet einen zauberhaften Liebestrank und gibt ihn Brangäne mit dem Auftrag, davon Isolde und Marke zu reichen und sorgsam darauf zu achten, daß sonst niemand davon trinke.

Doch während der Überfahrt geschieht es einmal, daß Tristan auf seine Bitte um einen Trunk der Zaubertrank gereicht wird; zu spät entdeckt Brangäne den Irrtum. Tristan und Isolde haben getrunken, und bald zeigen sich die Wirkungen dieses Liebestrankes.

Mit seltener Kunst schildert nun der Dichter die in Tristan und Isolde keimende wachsende und schließlich leidenschaftlich hervorbrechende Liebe. Nur der alten Sage zuliebe, die den Zaubertrank als Ursache der ihr unerklärlichen Leidenschaft ansah, hat Gottfried ihn beibehalten; er hätte diese von außen wirkende Macht auch weglassen können, ohne daß deshalb die Liebesraserei unverständlich geblieben wäre. Denn als genauer Beobachter der Seelenzustände hat er schon bei ihrem ersten Zusammentreffen die in ihnen erwachende Liebe angedeutet. Der innere Kampf zwischen Scham und Geständnis, der in beiden tobt, ehe sie von der Leidenschaft sich hinreißen lassen, wird in glänzender Weise geschildert und bildet den Höhepunkt der ganzen Erzählung.

Dies zeugt von des Dichters Kenntnis der männlichen und weiblichen Natur und bekundet seine Meisterschaft in der Seelenmalerei. In ihr erschöpft sich aber auch Gottfrieds dichterische Kraft. Tristan und Isolde haben sich der Leidenschaft hingegeben und halten ihre Liebe, da sie auf unerschütterlicher Herzensneigung beruht, für berechtigt, alle Einsprüche, die das göttliche und menschliche Gesetz, Sitte und Herkommen dagegen erheben, für feindliche Angriffe auf ihr gutes Recht. Wie nun das Liebespaar dieses durch Verbrechen, List, Lug und Betrug gegen den König Marke zu behaupten und dabei doch einen öffentlichen Skandal zu meiden sucht, bildet den weiteren Inhalt des Epos. Es folgt eine Reihe von Ehebruchsnovellen. Alles läuft auf die Verherrlichung einer Liebe hinaus, die, wenn sie auch den Anschauungen der Welt als verbrecherisch gilt, dem Dichter durch ihre Ursprünglichkeit als berechtigt und durch die Treue der Liebenden geadelt erscheint.

Schon als Betrogener wird Marke der Gemahl Isoldens und bleibt fortan das Opfer ihrer Intrigen und Täuschungen, die sie mit Schlangenlist und Verstellungskunst ins Werk setzt. Ja selbst als er Isolde verurteilt, in einem Gottesgerichte sich von dem auf ihr ruhenden Verdachte zu reinigen, weiß sie ihn zu überlisten. Doch endlich des Betruges müde, verbannt er die Liebenden von seinem Hofe. Sie ziehen in einen einsamen Wald und führen dort in Wonne und Seligkeit ein idyllisches Leben.

Hier, wo es Seelenzustände, der Minne Freude und Qual zu schildern gibt, zeigt sich der Dichter wieder in vollendeter Meisterschaft, und wie das treue Liebespaar Tristan und Isolde, so ward auch die Minnegrotte im ganzen Mittelalter viel bewundert. In der Tat hat Gottfried hier allen jenen Zauber, durch den die besten romantischen Dichtungen auf uns wirken, entwickelt und eine Idylle entworfen, die, aus dem Zusammenhang gerissen und für sich allein betrachtet, in künstlerischer Beziehung ein Meisterstück ist.

Riesen haben vor alter Zeit die Grotte in Felsen gehauen und mit Geschmeide und edlen Steinen geziert; vielästige Linden beschatten sie; eine kühle Quelle, hell und klar wie die Sonne, sprudelt in ihrer Nähe hervor und plätschert als Bächlein durch die geblümte Au; Vögel beleben mit vielstimmigem Chor die Stille des Waldes. Das ist die Szenerie, in der das Liebespaar seines Glückes sich erfreut, nicht gequält vom Schuldbewußtsein ihrer verbrecherischen Tat und nur besorgt, durch seine Entfernung die Ehre, d. h. das Ansehen in der eleganten Welt, zu verlieren. Und was wollten sie sich auch noch wünschen?

si heten hof, si heten rât,	Sie hielten Hof, sie hatten Gut,
dar an diu fröude elliu stât.	Darauf die Freude all beruht.
ir stætez ingesinde	Ihr stetes Ingesinde,
daz was diu grüene linde,	Das war die grüne Linde,
dar schate und diu sunne	Der Schatten und die Sonne,
diu rivier' und der brunne,	Die Aue und der Bronne,
bluomen, gras, loup unde bluot,	Blumen und Gras, Laub und Blüt',
daz in den ougen sanfte tuot.	Was tröstet Augen und Gemüt.
ir dienest was der vogele schal:	Ihr Dienst, das war der Vogelschall:
diu kleine reine nahtegal,	Die kleine reine Nachtigall,
diu troschel und das merlîn	Drossel und Amsel obendrein
und ander waltvogelîn;	Und andere Waldvögelein
der zîsec und der galander,	Der Zeisig und Galander,
die dienden wider ein ander	Die dienten wieder einander
enwette und enwiderstrît.	Um die Wette und in Widerstreit. (Vers 16883 f.)

In dieser Wonne leben Tristan und Isolde dahin. Auch ihre Ehre wird wiederhergestellt. König Marke, dem der Dichter einmal seinen Zweifel an der Treue des Liebespaares, ein andermal aber wieder seine Kurzsichtigkeit vorwirft, kommt, in seiner Schwachheit von Reue über sein Verhalten gegen Isolde geplagt, zur Minnegrotte, wird wieder getäuscht und gestattet den beiden die Rückkehr an den Hof. Bald jedoch wird er überzeugt, daß er betrogen sei, und Tristan muß, um sein Leben zu retten, die Flucht ergreifen. Tristan ist zu Jovelin, dem Herzog von Arundel, gekommen, leistet ihm Kriegsdienste und lernt dessen Tochter Isolde, »die mit den weißen Händen«, kennen. Der Name erweckt aufs neue die Erinnerung an die blonde Isolde, zugleich aber wird er von der Schönheit der Weißhändigen angezogen. Er ist sich über die Gefühle, die durch Treue und die neue Liebe in ihm geweckt werden, nicht klar; um jene zu betäuben, versteckt er diese in sophistischer Weise hinter dem gleichen Namen der Geliebten und merkt, wie die Weißhändige alle seine Liebesseufzer auf sich beziehe. Mitten unter dieser mit feiner Dialektik geführten Durchforschung und Zergliederung seiner Seelenstimmung bricht die Dichtung ab.

Gottfrieds Epos wurde von zwei Dichtern fortgesetzt, die aber nicht dem Thomas, sondern einer Überlieferung folgten, die der Eilharts verwandt ist. Ulrich von Türheim, der eine dieser Fortsetzer, dichtete um 1240 in Schwaben, der andere, Heinrich von Freiberg, um 1300 für einen böhmischen Herrn Raimund von Leuchtenburg. Heinrich ahmt Gottfrieds Stil geschickter nach als der trocken berichtende Türheimer; beide aber reichen nicht an Gottfried hinan. Dem Inhalt nach stimmen beide Fortsetzungen im allgemeinen überein, in Einzelheiten aber weichen sie voneinander ab.

Sie erzählen, wie Tristan die weißhändige Isolde heiratet und in einem ritterlichen Abenteuer von einem vergifteten Speere verwundet wird. Er schickt einen Boten an Markes Hof mit der Bitte, die blonde Isolde möge kommen, seine Wunde zu heilen. Zugleich gibt er den Auftrag, falls Isolde komme, ein weißes, sonst ein schwarzes Segel zu hissen. Als das Schiff endlich kommt, fragt Tristan nach der Farbe des Segels. Seine Gemahlin aber sagt ihm fälschlich, es sei ein schwarzes; da wendet er sich ab und stirbt vor Schmerz. Zu spät erscheint die blonde Isolde; sie findet Tristan als Leiche, stürzt auf ihn hin und stirbt. Als dann König Marke erfährt, daß die Minne der beiden durch den Zaubertrank hervorgerufen worden sei, läßt er die Leichen nach Kurnwal bringen, dort nebeneinander bestatten und auf das Grab Tristans einen Rosenstrauch, auf das Isoldens aber eine Weinrebe pflanzen, die in wunderbarer Weise zusammenwachsen und ihre Zweige ineinander verflechten.

Heinrich von Freiberg brachte die Tristansage in Verbindung mit der von Artus, nahm, wahrscheinlich seiner Vorlage folgend, eine Fülle von Abenteuern auf und zeigte dadurch, wie wenig er in Gottfrieds Geist eingedrungen ist, da ja dieser absichtlich die Erzählung von Abenteuern meidet und seine ganze Kunst auf die Zeichnung der Charaktere verwendet, insofern in ihren Handlungen die Vorgänge in der Seele sich äußern. Darum verzichtet Gottfried auch auf die Schilderung von Festlichkeiten, wie z. B. bei der Schwertleite Tristans, indem er auf andere Dichter hinweist, die solche beschrieben haben und ihm zu deren Charakteristik Anlaß gaben. Die Heilung Tristans wird kurz mit der Bemerkung abgetan, daß es nicht des Hofes Art sei, bei der Schilderung solcher Vorgänge nach Art anderer (Wolframs) zu verweilen.

Wo Gottfried schildert, tut er es mit großer Genauigkeit, wie z. B. bei der Minnegrotte. Oft wird die Beschreibung durch die Wirkung ersetzt; so erzählt er nicht viel von der Ausbildung Tristans, läßt ihn aber dann vor Marke als das Muster eines geistig und körperlich geschulten Knappen auftreten. Verweilt nun auch der Dichter nur selten bei äußeren Vorgängen, so hat er doch viele Reflexionen eingeflochten und oft weit ausgesponnen; in geschickter Weise aber versteht er es, sie nicht als seine Anschauungen, sondern als solche zu bringen, die sich dem Leser von selbst ergeben. Die Neigung zum Reflektieren führte den gelehrten Dichter zuweilen auch zu allegorischen Deutungen, wozu ihn die kirchliche Literatur angeregt haben mag. Die reichste, bis ins einzelne gehende Allegorie knüpft er an die Beschreibung der Minnegrotte; die Wölbung, die Höhe, die Breite, die Wand, der Estrich, das Bett, die Türe, das Schloß, die Riegel, die Fenster, alles wird auf die Eigenschaften der Minne und der Minnenden gedeutet, das erste Beispiel der in den folgenden zwei Jahrhunderten mit Vorliebe gepflegten Minne-Allegorie.

Höfische Epigonen

Das Erbe der drei Klassiker der höfisch-ritterlichen Epik trat eine Reihe von Dichtern an, die, selbst als Epigonen sich fühlend und bezeichnend, ihren Ruhm durch die Nachahmung der drei großen Meister zu begründen suchten. Von diesen hat Hartmanns anmutiger Stil und maßvolle Darstellung in dem ganzen Gebiete des höfischen Romans zur Nachbildung angeregt, während Gottfrieds und Wolframs bedeutend schärfer ausgeprägte Darstellungsweise nur bei stammverwandten Dichtern Gefallen fand und daher die höfische Epik in Alemannien an Gottfried, in Bayern und Mitteldeutschland aber an Wolfram sich anschloß. Außer der Verschiedenheit der Stammescharaktere wirkten auch die landschaftlichen Verhältnisse mit, das höfische Epos auf beiden Gebieten in verschiedene Bahnen zu lenken. Der unmittelbare Verkehr des westlichen Deutschland mit Frankreich bewirkte, daß hier die Epigonen nach der Art Gottfrieds und Hartmanns viel enger an die französischen und lateinischen Vorbilder sich hielten als in den südlichen und östlichen Teilen, für die Frankreich überhaupt nie in dem Grade maßgebend war, daß dadurch die volkstümliche Art ganz zurückgedrängt worden wäre. So sahen wir, daß Wolframs dichterisches Schaffen zum größten Teile in der Volksepik wurzelte, und in ähnlicher Weise unterscheiden sich auch die bayerisch-österreichischen Epigonen von den alemannischen in ihrer Stellung gegenüber dem überlieferten Stoff und in dessen Behandlung.

Während diese gewissenhaft ihrer französischen oder lateinischen Vorlage folgten, schritten jene durch Einfügung neuer Personen und Szenen immer mehr zur Selbständigkeit vor, bis sie schließlich die ganze Handlung nach Motiven aus den vorhandenen Artusromanen willkürlich zusammensetzten und nur, um den Schein der Gelehrsamkeit zu wahren und dem Verlangen nach wahren Geschichten zu genügen, auf eine französische Quelle sich beriefen. Zuweilen nahmen sie ihre Stoffe auch aus der mündlichen Überlieferung oder der Gegenwart und griffen selbst in die ältere deutsche Literatur zurück, um Dichtungen, wie z. B. das Rolandslied, Herzog Ernst, die Kaiserchronik, umzuarbeiten und fortzusetzen.

Der unmittelbare Einfluß der drei Heroen der höfischen Epik auf ihre Nachahmer zeigt sich hauptsächlich in der Form, denn an genialer Begabung standen diese so weit hinter jenen zurück, daß sie an einen Wettbewerb in bezug auf Ideengehalt selbst nicht einmal dachten. Aber eben diese rein äußerliche Nachahmung führte vielfach zu Übertreibungen und bewirkte, daß die charakteristische Eigenart des Stils, die bei dem Meister als natürlicher Ausfluß seiner starken Persönlichkeit gefühlt wird, bei dem Schüler den Eindruck berechnender Nachahmung weckt und mißfällt. Dies gilt insbesondere von den Epigonen, die Wolframs Eigentümlichkeiten, seine dunkle und oft schwerverständliche Ausdrucksweise nachbildeten und mit ihrer geschraubten und von Gelehrsamkeit strotzenden Erzählungsart in des Meisters Bahnen zu wandeln wähnten, während sie doch kaum ein Hauch seines Geistes berührt hatte. Minder störend wirken die Übertreibungen bei den Schülern Gottfrieds, da trotz aller stilistischen Verkünstelungen und Tändeleien der Fluß der Rede dennoch klar und leicht verständlich bleibt, und Hartmanns nicht scharf ausgeprägte, ebenmäßige Erzählungsweise hielt ihre Nachbilder von vornherein innerhalb der Grenzen edler Einfachheit, gab keinen Anhalt zur Manieriertheit und förderte am meisten die Entwicklung der höfischen Form, an der übrigens im allgemeinen alle Epigonen festzuhalten suchten. Die höfischen Epigonen der Blütezeit scheiden sich also in zwei Gruppen, in die bayerisch-österreichische und in die alemannische.

Zu der ersten gehört Wirnt von Gravenberg; ostfränkischem Geschlecht entstammend, verließ er seine Heimat, um als Dichter sich das Wohlwollen der Leute zu erwerben, und dichtete tatsächlich seinen *Wigalois* (vor 1209 vollendet), einen Artusroman nach unbekannter Quelle. Den ersten auf österreichischem Gebiet entstandenen Versroman des gleichen Sagenkreises schweißte aus verschiedenen Elementen und aus eigener Erfindung Heinrich von dem Türlin zwischen 1215 und 1220 zusammen; ohne Plan und inneren

Zusammenhang entstanden 30041 Verse; ihr Verfasser (Dichter darf man kaum sagen) gab ihnen dennoch den Titel *Die Krone* (nämlich »aller Abenteuer«). Den beiden Edelleuten gesellte sich der bürgerliche fahrende Sänger, welcher DER STRICKER heißt, aus Oberfranken stammte, seinen Beruf jedoch in Österreich ausübte; er schrieb neben geistlichen Dichtungen, Gebeten, didaktischen Poesien zwei Ritterromane (»Daniel vom blühenden Tal« und »Karl«) und meisterhaft schwankhafte Kurzgeschichten, von denen mehrere durch eine romanhafte Rahmenerzählung um einen englischen Priester als Zentralfigur zusammengefaßt sind (»Der Pfaffe Amis«). Die Zeit seiner Wirksamkeit liegt etwa zwischen 1220 und 1250. Anonym überliefert ist die auf den Volkston herabgestimmte Artuserzählung *Wigamur*, wahrscheinlich aus der Feder eines bayrischen oder österreichischen Fahrenden, und der durch frische Erzählung und Reichtum an Bildern ausgezeichnete, leider nur fragmentarisch überlieferte *Edolanz* (wahrscheinlich um 1250 in Österreich geschrieben).

Ungefähr zur selben Zeit entstand auch die bayrisch-österreichische Novelle *Mai und Beaflor* (Schönblume), formell unter dem Einfluß Gottfrieds und Wolframs, obwohl nicht dem Sagenkreis um König Artus zugehörig; das Gedicht erzählt die Schicksale Beaflors, die, von ihrem Vater bedrängt, flieht und den Fürsten Mai heiratet, dann aber, durch die Ränke ihrer Schwiegermutter Eliacha verleumdet, ins tiefste Elend gestürzt wird, bis ihre Treue durch die Wiedervereinigung mit ihrem Gemahl den verdienten Lohn findet.

Endlich sei REINBOT VON DURNE, wohl aus Wörth an der Donau, genannt, der zwischen 1231 und 1236 im Auftrag Ottos II. von Bayern den *Heiligen Georg* dichtete, eine Art Seitenstück zu Wolframs »Willehalm«, das Romanhaftes und Erbauliches so gut zu vereinen wußte, daß diese typisch ritterliche Legende im 15. Jahrhundert als Volksbuch bearbeitet wurde.

Die alemannische Gruppe der höfischen Epigonen sei eröffnet mit dem Namen KONRAD FLECK. Dem Basler Dienstadel zugehörig, bearbeitete er um 1220 nach einer französischen Vorlage, als deren Verfasser er den sonst unbekannten Ruopreht von Orbênt nennt, die schon im 12. Jahrhundert von einem niederrheinischen Dichter, den er kaum kannte, in deutsche Verse gebrachte Liebesgeschichte *Flore und Blancheflur*. Eleganz der Sprache, seelische Vertiefung der Sagenelemente machen sein Buch zum besten Werk der Hartmannschule, doch der Einfluß Gottfrieds vom nahen Straßburg gibt Anlaß zu erotischen Überreizungen, die den ursprünglichen Zauber des Märchens zerstören.

Hartmanns und Gottfrieds Einfluß zeigt sich auch in der um 1250 von einem Alemannen nach einer französischen Vorlage geschriebenen *Geschichte der guten Frau;* wie Flecks »Flore und Blancheflur«, an die der Eingang wohl absichtlich erinnert, wird auch diese Mär in Versen mit den Ahnen Karls d. Gr. in Zusammenhang gebracht. Ein anderer namenlos gebliebener Alemanne schuf die nach ihrem Fundort benannte *Vorauer Novelle,* die zum ersten Mal auf deutschem Boden das Faustproblem behandelt. Der bedeutendste Dichter dieser Gruppe ist zweifellos der churrätische Ritter RUDOLF VON EMS (um 1200–1254), Ministeriale der Herren von Montfort, wie diese ein Vorarlberger; er dichtete seit 1220 eine stattliche Reihe epischer Werke in Reimpaaren, stilistisch unter dem Einfluß Gottfrieds von Straßburg, weltanschaulich eher Wolfram von Eschenbach verpflichtet. Obwohl er nicht aus der Kraft und Tiefe eines dichterischen Genies schuf, war er doch ein warmer und anschaulicher Erzähler, bei seinen Zeitgenossen, wie die Zahl der seine Werke überliefernden Handschriften beweist, zweifellos beliebt. Zu dieser Popularität mochte beigetragen haben, daß Rudolf von Ems sehr verschiedenartige Themen für sein poetisches Wirken auswählte.

Geradezu überraschend ist diesbezüglich sein erstes Hauptwerk, *Der gute Gerhard* (um 1225), das Leben des kölnischen Kaufmanns Gerhard, der als Inbegriff der Demut der Werkheiligkeit und dem Eigenruhm des Kaisers Otto d. Gr. gegenübergestellt wird; es folgten die vom hl. Johannes von Damaskus ins Christliche gewendete, in mehreren lateinischen Fassungen stets neu gestaltete, dem Dichter durch Abt Guido (Wido) aus dem Zisterzienserkloster Kappel (Zürich) vermittelte Buddhalegende *Barlaam und Josaphat* (ursprünglich: Joasaph), das schwache und zudem unvollendet gebliebene *Alexanderepos* (zwischen 1230 und 1235), der höfische Abenteuerroman *Wilhelm von Orlens* (um 1238) und endlich die weitverbreitete *Weltchronik*; der Hohenstaufe Konrad IV. hatte hierzu den Auftrag gegeben, auch war es des Dichters Absicht, sein Werk bis zur Gegenwart zu führen; aber der Tod nahm ihm die Feder aus der Hand, die bereits 36000 Verse geschrieben hatte und doch nur bis zum Tode Salomons gekommen war. Bald nach Rudolfs Tod bearbeitete sie ein Thüringer Chronist und kam nur bis zum biblischen Buche der Richter; diese Bearbeitung heißt *Christ-Herre-Chronik* oder *Thüringer Reimbibel* und fand eine bis zu Ludwig dem Frommen reichende Fortsetzung durch Heinrich von München (13. Jahrhundert), der hierfür die Weltchronik des Jansen Enikel (Enkel) benützte; im 14. Jahrhundert wurde das Ganze in Prosa aufgelöst und lebte unter dem Titel *Historienbibel* fort.

Der Kürenberger und Dietmar von Aist, Herger und Spervogel hatten, wie wir wissen, volkstümliche Elemente und ausländische Lyrik zu einem neuen Kunstgesang vereinigt. Der fremden Weise verhalf zum Sieg Graf Rudolf von Fenis-Neuenburg (urkundlich 1158–1192 bezeugt, gest. wohl vor 1196), mit seiner realistischen Bildersprache noch dem alten Minnesang verpflichtet, aber als Übersetzer oder besser Nachdichter provenzalischer Troubadours deren Methoden propagierend. Denn die Gewalt der Sprache, der Reichtum an Motiven, Gedanken und Gefühlen, der Wechsel an Melodien und damit im Zusammenhang die bis dahin unerreichte Vollendung der äußeren Form erregten allenthalben Bewunderung und spornten zur Nachahmung an. Als daher die Troubadours infolge der Albigenserkriege (1209–1229) aus der Provence auswanderten, eröffneten sich ihnen jenseits der Pyrenäen Aragonien, auf der andern Seite Italien, besonders der Hof Friedrichs II. in Palermo, über dem Kanal England und durch verschiedene Einfallspforten Deutschland.

Deutsche Minnelieder

In Deutschland freilich traf die ursprünglich provenzalische Lyrik andere gesellschaftliche Verhältnisse an, als jene waren, unter denen sie entstanden, und mußte sich daher diesen erst anpassen.

Die Pfleger des deutschen Minnesanges gehörten fast zu drei Vierteln einem Stande an, der in Frankreich, wo sich um den König der Kreis des Adels schloß, nur wenig Bedeutung erlangt hatte. Es waren dies die Ministerialen oder Dienstmannen, ursprünglich unfreie Leute, die an einen adeligen Herrn, an ein Kloster oder unmittelbar an das Reich durch das Dienstverhältnis gebunden waren. Dieses war in dem letzteren Falle wenig drückend, denn es lag dem Kaiser daran, sich die Dienstmannen eng zu verbinden, fürs erste, weil er in ihnen eine kriegstüchtige Macht gegenüber dem Adel erhielt, dann aber auch, weil sie durch ihre geistige Bildung zu Beamten sich eigneten. Und als solche wurden sie von den Staufen, besonders von Friedrich I., in den Dienst des Reiches gestellt, und auch den adeligen Herren dienten sie als nahezu unentbehrliche Verwaltungsorgane. Trotz der Bedeutung, die dadurch die Ministerialen vom 11. Jahrhundert an gewannen, und ungeachtet der Wohlhabenheit, deren sie sich erfreuten, blieben sie dennoch unfrei, und dieser Makel hinderte bis in das 13. Jahrhundert hinein den Abschluß einer

Ehe zwischen einem von ihnen und einer adeligen Dame. Nur mit Verlust aller Rechte konnte diese eine solche Ehe eingehen, setzte aber damit ihr Ansehen beim Volke herab. Und daran wurde auch noch festgehalten, als um die Wende des 12. zum 13. Jahrhundert die meisten Dienstmannen schon mit dem Rittergurt ausgezeichnet waren. Die Vorzüge der geistigen Bildung aber hatten mit den Ministerialen die adeligen Frauen gemein, während deren Gatten ihrer oft nicht teilhaft waren.

Als nun nach den romanischen Vorbildern die Frauenhuldigung auch das Hauptmotiv der deutschen Lyrik wurde, brachten die deutschen Sänger jene sofort in die Formen des Lehensdienstes und trugen als Minnevasallen ihren Dienst eben den adeligen Damen an, die ihnen durch die Bildung nahestanden, durch den Standesunterschied aber von ihnen getrennt waren. Die Ehre des Standes und die eheliche Treue, deren Wahrung hochgehalten wurde, verboten der Aristokratin zärtliche Beziehungen zu dem ritterlichen Sänger, der ihr huldigte und dem sie vielleicht auch selbst hold gesinnt war. Aus diesem inneren Zwiespalt, einer Folge der gesellschaftlichen Verhältnisse, erklärt sich der eigenartige Charakter des deutschen Minnesanges. Das immer wiederkehrende sehnsüchtige Flehen um eine kleinere oder größere Gunst, deren Verweigerung oder ängstliche Zusage von seiten der Dame, die Versicherung der eigenen Beständigkeit, der unsichere und furchtsame Ton, die ganz allgemein gehaltene Zeichnung der Situationen und die selbstverständliche Verschweigung des Namens der Geliebten, alles dies erklärt sich aus der Heimlichkeit, unter deren Mantel sich das unerlaubte Verhältnis verbergen mußte, wollten sich nicht Sänger und Dame durch die »merkære« und »huoter« der Schande und dem Spotte der Welt preisgeben. Ob die fast formelhaft immer wiederkehrenden Verwünschungen gegen die Aufpasser aus der provenzalischen Lyrik oder unmittelbar aus der Antike (Ovid) in den deutschen Minnesang aufgenommen wurden, läßt sich nicht entscheiden.

Die Abhängigkeit des deutschen Minnesanges von den provenzalischen und französischen Vorbildern tritt naturgemäß bei den älteren Minnesängern mehr hervor, da diese die neuen Motive einfach herübernahmen und nachahmten. So fanden wir schon bei Meinloh von Sevelingen eine förmliche Terminologie für den Frauendienst ausgebildet, der einer verheirateten Dame geleistet wurde. Es war dies die »hohe Minne«, während das Verhältnis, in das ein ritterlicher Sänger zu einer ländlichen Schönen trat, die er übrigens nicht zu heiraten gedachte, als »niedere Minne« bezeichnet wurde. Etwa um 1190 hörte die unmittelbare Nachahmung der fremden Vorlagen auf; die deutsche Lyrik begann die neuen Motive zu vertiefen und zu verinnerlichen, erreichte gleichzeitig mit der Epik ihre höchste Vollendung nach Inhalt und Form und genoß die Gunst der Fürsten und Herren. Mittelbar aber blieb auch in der Blütezeit der fremde Charakter dem deutschen Minnelied aufgeprägt, denn die oben dargelegten politischen Verhältnisse schufen ihm nicht jene reale Grundlage, deren es zu einer freien und individuellen Entwicklung bedurft hätte. Nur die Stimmungen, die im Liede ausklingen, sind, wenigstens beim echten Dichter, wahr, die geschilderten Vorgänge aber erdichtet oder halbwahr. Daher können die eigentlichen Minnelieder für die Biographie ihrer Sänger nur selten als Quelle dienen. Mehr oder minder kehren in allen Minneliedern dieselben ererbten Motive wieder, und nur wenigen Poeten ist es gelungen, ihre dichterische Persönlichkeit zur Geltung zu bringen, während die Mehrzahl an Formvollendung ihre Meister zwar erreichte, inhaltlich aber über die allgemeine Empfindsamkeit nicht hinauskam. So entstanden Lieder, denen kein bestimmtes Verhältnis zugrunde lag, und oft wußte die besungene Dame selbst nicht, daß das Lied ihr gelte.

Nach Art der älteren leiten Frühlingsfreude und Sommerlust, Herbsttrauer und Winterklage zuweilen auch die späteren Minnelieder ein. Während aber dort das Mädchen den Geliebten um seine Huld bittet, war durch den Einfluß der provenzalischen Dichtung die Frau die Umworbene geworden, und das Flehen um ihre Huld, das Lob ihrer Schönheit, die Versicherung der Treue, kurz der Frauendienst in allen Formen bildet nun den Inhalt der Minnelieder. Es ist ein stiller, milder Glanz, der von vielen Minneliedern ausgeht, den alle Künstelei und Reflexion über wirklich empfundene oder unempfundene Gefühle nicht zu trüben vermag. Oft freilich artet das Sehnen des Geliebten in Sentimentalität, das Lob der Dame in Überschwenglichkeit aus, und nicht immer bleibt der Sänger in seinem Wünschen und Verlangen innerhalb der von Natur und Sitte ihm gezogenen Schranken.

Das Verhältnis der Geschlechter, das im Minneliede zum Ausdruck kam, bildete den Mittelpunkt der höfischen Lyrik, und daher pflegt man sie als Minnesang und ihre Träger als Minnesänger zu bezeichnen. Der Frauendienst aber war nicht das einzige Thema der Sänger. »Sie singen von Lenz und Liebe, von sel'ger, goldner Zeit«, aber auch »von Freiheit, Männerwürde, von Treu und Heiligkeit«. So ertönt auch das Lob der Frau aller Frauen, die das ganze Geschlecht der Frauen erhoben und ihm seinen segensreichen Einfluß auf die Familie und das gesellschaftliche Leben gesichert hat, in lateinischen, französischen und deutschen Liedern. Andere Sänger preisen die Allmacht Gottes und die heilige Dreieinigkeit oder lassen die ernsten Töne der Zeit, die Verhältnisse des Lebens, im Lied erklingen.

Irdische Minne und Gottesminne liegen in den *Kreuzliedern* oft noch miteinander im Kampfe; die Sehnsucht nach der Geliebten folgt dem Ritter auf der Fahrt in das Heilige Land, und nicht jedem gelingt es, der weltlichen Lust zu entsagen und nur »dem zu dienen, der lohnen kann«. In derselben Weise wurden die Kreuzzüge als poetisches Motiv schon von den Romanen verwertet, und für den Kreuzzug von 1147 ist das älteste französische Kreuzfahrerlied gesungen worden. Auch in anderen Formen und Motiven sind die Deutschen nur Nachahmer gewesen, so z. B. in der *Lehre von der Minne,* dann in den *Klageliedern*, die manche Sänger dem Tode eines ihrer Gönner oder Kunstgenossen weihten. Und wenn deutsche Dichter die Gunst und Milde noch lebender Edlen und Fürsten rühmen (»hügeliet«), mit ihrem Liede in den Dienst eines Herrn treten, für Kaiser und Reich kämpfen, der Fürsten Gebaren loben (»lobeliet«) oder tadelen (»rüegliet«) oder zu Richtern ihrer Zeit werden, folgen sie auch hierin den Sirventes (politisch-moralisierende Rügelieder) der Provenzalen. Persönliche Erfahrungen lieferten den Sängern den Stoff zu solchen zeitgeschichtlichen Liedern, die eben darum eine ergiebige Quelle für ihre Lebensgeschichte bilden. Wie durch den Inhalt, so unterscheiden sich viele von den Liedern dieser letzten Art auch durch die Form von dem Minneliede und bilden eine eigene Gruppe, für die man die Bezeichnung »Spruchpoesie« eingeführt hat.

Die Formen des deutschen Liedes waren ursprünglich sehr einfach. Es bestand in der Regel nur aus einer Strophe, »liet« genannt, die aus Reimpaaren oder ähnlich der Nibelungenstrophe gebildet war. Unter romanischem Einfluß aber schritt die Vers- und Reimkunst vor und gelangte teils durch Nachahmung, teils durch Weiterbildung der überkommenen Formen zur Vollendung. Wir können der Form nach die Kunstlyrik der Blütezeit in drei Gattungen teilen, in *Lieder, Sprüche* und *Leiche*.

Das Lied besteht aus mehreren gleichgebauten Strophen, von denen jede aus drei Teilen sich zusammensetzt, den beiden Stollen und dem Abgesang. Die beiden ersten Teile des Liedes, die Stollen, sind gleich gebaut und haben die gleichen Reime. Der Dichter des Liedes war in der Regel auch der Komponist der Melodie. Leider sind uns die alten Tonweisen nicht überliefert, aber schon die Mannigfaltigkeit der Verse läßt auf einen großen Reichtum von Melodien schließen. Der Spruch wurde zwar auch gesungen, aber die Melodie scheint für ihn nicht von derselben Bedeutung gewesen zu sein wie für das Lied, bei dem der Strophenbau durch die Melodie bestimmt wurde. Daher sind viele Sprüche auf denselben Ton verfaßt und vielleicht bloß rezitativ ohne Begleitung von Musikinstrumenten vorgetragen worden.

Dagegen überwiegt das Musikalische bei dem Leiche so sehr, daß sich ihm der Text unterordnen muß. Die Form des Leiches (leich = Spiel, gespielte Melodie) ist aus der kirchlichen Sequenzendichtung hervorgegangen und kann etwa mit dem vielgliedrigen Bau der Kantate verglichen werden. Der Leich fügt sich nicht der strophischen Gliederung und bot der dichterischen Freiheit einen weiten Spielraum, ihre Reim- und Verskunst zu üben, wovon sie auch reichlich Gebrauch machte. Daher weichen die Leiche in ihrem Bau voneinander weit ab, und erst gegen Ende des 13. Jahrhunderts scheint es üblich geworden zu sein, die Sätze, in die ein Leich zerfiel, zweiteilig zu bauen und jedem eine eigene Melodie zu geben, die nicht wiederholt wurde. Verschieden wie der Bau ist auch der Inhalt der Leiche. Die meisten haben die Minne zum Gegenstande, andere behandeln religiöse oder politische Themen, und wieder andere wurden beim Tanze gesungen.

Über den musikalischen Vortrag der Minnelieder sind wir leider infolge der mangelhaften Überlieferung nur wenig unterrichtet. Die Lieder wurden mit einem Musikinstrument begleitet, entweder mit einer Geige von der Art, wie sie gegenwärtig im Gebrauche ist, oder mit einer Kniegeige. Nach vorhandenen Zeugnissen wissen wir aber auch, daß die musikalische Begleitung eines Liedes durch einen Knappen oder ein »singerlîn« besorgt wurde, ganz ähnlich, wie es bei den Provenzalen und Franzosen geschah, bei denen auch Vortrag des Liedes und Begleitung zuweilen auf zwei Personen verteilt waren.

Der Nachtigallen, wie Gottfried in seinem Tristan die Minnesänger nennt, waren viele, und von mehr als anderthalb Hundert sind uns die Namen und auch Lieder erhalten. Dennoch können wir uns aus der schriftlichen Überlieferung nicht durchweg ein klares Bild von dem Minnesang entwerfen, da die vorliegenden Aufzeichnungen der Lieder fürs erste in einer der Blüte des Minnesanges schon fernen Zeit und dazu in wenig kritischer Weise geschahen. Die von den Dichtern selbst oder ihren Schreibern stammenden Sammlungen sind verloren. Es gab aber auch Liederbücher, die sich berufsmäßige Sänger auf Grund mündlicher oder schriftlicher Überlieferung anlegten, um damit ihr Gedächtnis beim Vortrage an den Höfen oder in geistlichen Häusern zu unterstützen. Solche Liederbücher bildeten auch die Hauptquellen, aus denen man bei der Abfassung der erhaltenen Liederhandschriften schöpfte.

Wenn auch nicht die älteste, so doch die am Inhalt reichste ist die große *Heidelberger Handschrift.* Sie wurde im ersten Drittel des 14. Jahrhunderts auf alemannischem Boden, entweder in der Nordostschweiz oder an den deutschen Ufern des Bodensees, von mehreren Händen geschrieben und von verschiedenen Malern mit den Bildern der Sänger geschmückt. Man bezeichnet diese Handschrift auch als *Manessische Handschrift*. Älter als diese sind die *kleine Heidelberger* und die *Stuttgarter Handschrift*.

Unter den mittelrheinischen Dichtern läßt zum erstenmal die Kunst FRIEDRICHS VON HAUSEN (um 1150–1190) den fremden Einfluß deutlich erkennen. Wo das Ministerialengeschlecht derer von Hausen ansässig war, ist nur dahin sicher bestimmt, daß es am Mittelrhein Güter besaß. Auf Hausen bei Mainz weisen Friedrichs und seines Vaters urkundlich (1171) bezeugte Beziehungen zu Christian I., dem Erzbischof dieser Stadt, in dessen Gefolge wir Friedrich 1175 in Italien finden. Zum zweitenmal verweilte er dort mit Heinrich VI., dessen Minnelieder seinen Einfluß verraten. 1189 zog er mit Barbarossa ins Heilige Land, wo ihn bei Philomelium in einem Gefechte mit den Türken am 6. Mai 1190, einen Monat vor seinem Kaiser, der Tod ereilte. In welchem Ansehen der ritterliche Sänger stand, geht aus dem Berichte des Chronisten hervor, der erzählt, daß man nach seinem Tode die Schlacht sofort abgebrochen und das Kriegsgeschrei in eine laute Klage verwandelt habe, als sei des Heeres bester Trost dahingeschwunden.

Zu dem Ruhm, den sich Friedrich von Hausen durch seine politische Klugheit und persönliche Tapferkeit erwarb, gesellte sich auch der seines dichterischen Schaffens, das für die Entwicklung des deutschen Minnensangs von großer Bedeutung wurde und ihn selbst zu einem der anziehendsten Minnesänger machte. An seinen Namen knüpft sich die Verpflanzung der französischen Reflexionslyrik und des feinen französischen Tons nach dem mittelrheinischen Deutschland, und keiner seiner Zeitgenossen hat ihn so trefflich gehandhabt wie er. In kunstvoll gebauten Strophen und in mannigfaltigen Reimen und Rhythmen spielt er gelegentlich nach Art seiner provenzalischen Vorbilder mit Antithesen, wendet dabei ein Bild nach verschiedenen Seiten und führt solche Gedankenspiele mit feiner Kunst und Sprachgewandtheit durch.

Manche seiner Lieder aber, gewöhnlich einfach gebaut, wurzeln in persönlichen Erfahrungen des Dichters, spielen auf zeitliche und örtliche Verhältnisse an und atmen eine dem Volksliede sich nähernde wahre und warme Empfindung. So, wenn ihm auf einer seiner Reisen, denen er übrigens nicht eben viele poetische Motive verdankt, das Bild seiner »vrouwe« in den Sinn kommt und er denkt, was er ihr wohl sagen würde, wenn er ihr nahe wäre, und es kürzt ihm die Meilen, wenn er ihr all das Schwere in Gedanken klagen darf. Ein anderes Mal schwebt ihm ihre Güte und Schönheit vor, die Gott in ihr vereinte, und er versichert sie der Treue, die nur Gott streitig machen kann. Seine Feinheit, Zartheit und Gewandtheit ist aber durchaus nicht weichlich und weibisch; sie fließt vielmehr aus einem raschen und männlichen Geiste, der zugleich von der liebenswürdigsten Art ist.

Im Mittelpunkte seiner Lieder steht die Minne, und mit Meisterschaft weiß er die Vorgänge im Herzen und das Wesen der Liebe zu schildern, nicht in spielender Art wie Veldeke, sondern mit männlichem Ernste, der besonders dort zum Ausdruck kommt, wo er den Pflichten gegen die Geliebte jene gegen Gott gegenüberstellt, wie er es in einem Kreuzliede tut, in dem er mit feiner Dialektik Herz und Leib miteinander streiten läßt. Dieser ist zur Fahrt bereit, jenes aber wird mit zarten Banden zurückgehalten. Den Sieg über die Minne trägt schließlich die Pflicht des Glaubens davon.

Mîn herze und mîn lîp diu wellent scheiden,	Es will mein Leib von meinem Herzen scheiden,
diu mit ein ander varnt nu mange zît.	die friedlich doch vereint so lange Zeit.
Der lîp wil gerne vehten an die heiden:	Der Leib will gerne kämpfen mit den Heiden,
sô hat jedoch das herze erwelt ein wîp	doch hat mein Herz geweiht sich einem Weib
vor al der werlt: daz müet mich iemer sît,	Vor aller Welt: Wie quält es mich so sehr,
daz sie ein ander niene volgent beide	Daß Herz und Leib sich nicht mehr folgen beide.
mir habent diu ougen vil getân ze leide,	Viel taten meine Augen mir zu leide,
got eine müeze scheiden noch den strît.	Und nur entscheiden kann den Streit der Herr.
	(Schönbach)

Als Fortsetzer der von Friedrich von Hausen begründeten Kunst tritt uns zunächst eine Reihe alemannischer Dichter entgegen. So der uns schon bekannte Graf Rudolf von Fenis-Neuenburg in der Schweiz (gest. vor 1196). An Reinheit der Reime übertrifft er Friedrich von Hausen, steht aber an Originalität in der Nachahmung seiner provenzalischen Vorbilder hinter ihm zurück.

Aus der Gegend von Schaffhausen stammt Ulrich von Gutenburg, der Verfasser eines in sechs Systemen durchkomponierten, streng metrisch gebauten und kunstvoll gereimten weltlichen Minneleichs, in dem sich Anspielungen auf bekannte Liebespaare und poetische Vergleiche aus der Natur finden. Gutenburg war ein gelehrter Dichter; er besaß ein formales Talent, seiner Dichtung aber fehlt die Ursprünglichkeit der Empfindung.

Einen religiösen Leich, in dem der Tod Friedrichs I. beklagt und zu einem neuen Kreuzzug aufgefordert wird, verfaßte 1191 der Ministeriale Heinrich von Rugge, der in einer zwischen 1175 und 1178 ausgestellten Urkunde des Abtes Eberhard von Blaubeuren als Zeuge auftritt. Der Leich enthält reine Reime, während diese in des Dichters früher abgefaßten Liedern noch durch Assonanzen ersetzt werden. Rugges Dichtung weist Künstlichkeit der Formen und Anschluß an die volkstümliche Poesie auf, ist aber im allgemeinen nüchtern und verstandesmäßig. Hausens Einfluß verrät auch Bernger von Horheim, der entweder dem in Enzgau in Württemberg oder dem bei Frankfurt ansässigen Ministerialengeschlechte dieses Namens angehörte. 1194 zog er mit Heinrich VI. nach Italien, wo er bis 1196 verweilte. Bernger baut seine Lieder mit Vorliebe im daktylischen Rhythmus und beginnt eines von ihnen mit einer Anspielung auf die Tristansage.

In das bajuwarische Gebiet führt uns Hartwig von Rute, der, wahrscheinlich aus Salzburg stammend, im Dienste Kaiser Friedrichs I. stand und ihm ins Heilige Land folgte. Hartwigs Lieder verraten einen Mann von lebhaftem Temperament, dem die Huld seiner Dame über alles geht. Ein schönes Talent offenbart sich in den Liedern des in der Zeit von 1180–1202 mehrmals urkundlich bezeugten Engelhart von Adelnburg, der dem bayerischen Nordgau angehört. Ungefähr zu derselben Zeit erscheint in Urkunden als Dienstmann der Passauer Bischöfe Wolfger und Mangegold der biedere und liebenswürdige Albrecht von Johannsdorf. Treuherzigkeit und sittlicher Ernst, der sich auch in der Auffassung der Minne kundgibt, zeichnen seine Lieder aus, von denen einige auf des Dichters Teilnahme an einem Kreuzzuge, wahrscheinlich dem Leopolds von Österreich (1190), schließen lassen.

Nach Österreich wurde die im westlichen Deutschland ausgebildete, eigentlich höfische Lyrik durch Reinmar verpflanzt, den man zum Unterschiede von dem jüngeren Reinmar von Zweter den Alten (geb. zwischen 1150 und 1160; gest. vor 1210) zu nennen pflegt. Er stammt wohl aus einem edlen Geschlecht aus dem elsässischen Hagenau. Schon als gefeierter Dichter kam er um 1180 an den Babenbergerhof nach Wien, wo er zu Leopold V., dem Tugendhaften (1177–1194), in nahe Beziehungen trat und, in angenehmen Verhältnissen lebend, nicht eigentlich als gewerbsmäßiger Sänger, durch seine Kunst die adeligen Kreise, seine »Welt«, entzückte. Im Gefolge Leopolds zog er nach Palästina (1190–1192) und setzte seine dichterische Tätigkeit in Wien auch über den Tod seines Gönners (1194) hinaus fort.

Reinmar der Alte ist der bedeutendste Lyriker der ersten Epoche des deutschen Minnesanges. Er wandelte die Wege, die Friedrich von Hausen vorzeichnete, schlug aber auch neue ein, befreite sich bald von der unmittelbaren Nachahmung der Romanen, machte deren Dichtungsweise zu seinem wirklichen Eigentum und schuf selbständig metrische Formen und künstliche Reime. So hat Reinmar in Österreich, was Dietmar von Aist begonnen hatte, mit Virtuosität vollendet und der modernen, empfindsamen Richtung der Lyrik auch in diesem Lande die Herrschaft errungen. Reinmars Kunst ging allem Anschein nach wie die Dietmars von dem volkstümlichen Liede aus, wurde aber bald in Gedanken und Formen von der romanischen Lyrik beeinflußt. Seine Lyrik ist reine Stimmungslyrik; die Vorgänge in dem liebenden Herzen bilden die Welt, der er seine Stoffe entnimmt; sein Hangen und Bangen, seine Hoffnung und Enttäuschung, seine Beständigkeit, Entsagung und nie gestillte Sehnsucht sind die in seinen Gedichten immer wiederkehrenden Motive. Und diese Empfindungen sind echt; der Dichter fühlt all diese Zustände in seinem zart besaiteten Herzen, in dem Leid und Freude rasch ineinander übergehen. Er singt aber die ihn eben bewegende Stimmung nicht unmittelbar heraus, um sich dadurch gewissermaßen von ihr zu befreien, sondern er reflektiert darüber, beobachtet und zergliedert sie, bleibt nicht bei der einen, sondern verbindet sie mit anderen und freut sich über die wechselnden Gefühle, die sie in ihm hervorruft. Bezeichnend für Reinmar ist es, daß kein Minnesänger so viele Frauenlieder gesungen hat wie er. Ob sie nun Erfolg hatten oder nicht, ob die Dame seine Bitten und Klagen erhörte, zurückwies oder ihn vertröstend zur Beständigkeit ermahnte, änderte in nichts seine Dichtungsweise, denn auch die Empfindungen des Schmerzes weiß er mit seiner oft geradezu spitzfindigen Dialektik in einer Klage ausklingen zu lassen, die in ihm das Gefühl der Befriedigung zurückläßt. Ja, der Schmerz wird ihm für seine Motive geradezu die ergiebigste Quelle. Er hat, wie er selbst sagt, die Minne nur in bleicher Farbe gesehen, abgehärmt und blaß; sanfte Liebestrauer durchzittert daher auch seine Minnelieder und macht ihn zum Dichter der ungestillten Liebessehnsucht.

In Reinmars Liedern ist wenig Tatsächliches, nur selten eine Situation mit hellen Farben gemalt oder eine Gestalt scharf gezeichnet, und dort, wo ein altes Motiv, wie z. B. das vom Falken, benutzt wird, erscheint es wesentlich umgebildet. Seine Lieder waren eben für einen bestimmten Kreis von Zuhörern berechnet, und diesem die Lust des Liebesschmerzes in immer neuen Variationen und innerhalb der durch die Chevalerie gesteckten Grenzen zu schildern, galt dem klugen Herzenskündiger als sein höchstes Ziel. Und man hörte ihn gern und fühlte sich beglückt. »îch hân hundert tûsend herze erlôst von sorgen«, sagt er einmal von der Wirkung seiner Lieder. Und noch dazu wurde der von den Zuhörern mitempfundene Inhalt in einer hocheleganten Form, in zierlichen Versen, die durch mannigfach verschlungene Reime zu kunstvollen Strophen sich aufbauen, und in einer wohltönenden Sprache geboten und durch eine stimmungsreiche Musik seine Wirkung erhöht. So wurzelt Reinmars Lyrik in der spezifisch höfischen, an sich einseitigen Anschauungsweise und ist deren klassische poetische Verkörperung geworden wie Goethes Leiden des jungen Werthers für ähnliche Gefühle einer späteren Zeit.

Wie sehr Reinmars Lyrik ganz in der ungestillten Sehnsucht aufgeht, sehen wir besonders daraus, daß er ihr selbst wirkliche Verhältnisse dienstbar macht. So weilen, wie er in seinem Kreuzliede sagt, selbst während dieser heiligen Fahrt seine Gedanken nur zu gern bei der Geliebten und stören seine Ruhe. Die ergreifende Elegie auf Leopolds V. Tod wird zu einer Minneklage, die er allem Anscheine nach der hinterbliebenen Herzogin in den Mund legt.

Viel schon wurde dieses Gedicht gerühmt, auf seine Verwandtschaft mit dem volkstümlichen Liede hingewiesen, und in der Tat bildet es einen Höhepunkt in des Dichters künstlerischem Schaffen. Es versteht sich, daß Reinmars idealistische Lyrik nur so lange Gefallen finden konnte, als die Stimmung anhielt, aus der sie geflossen war. Mit deren Schwinden begann der Zweifel an der Echtheit der Empfindungen und der Spott über die Eintönigkeit und Tränenseligkeit der Lieder Reinmars, und schelmisch fragte man ihn nach dem Alter seiner Frau, um die er schon so lange vergeblich seufze; ja er ironisiert sich selbst einmal, indem er auf seine grauen Haare hinweist. Indes tut Kurzlebigkeit dem Werte der Lyrik Reinmars keinen Abbruch; sie hat eine der merkwürdigsten Epochen in dem Geistesleben des deutschen Rittertums uns erschlossen und Walthers Lyrik vorbereitet, in der Idealismus und Realismus in künstlerischer Weise zur vollendeten Einheit sich verbinden sollten.

Zwei Zeitgenossen Reinmars des Alten führen uns nach dem Westen, beide Heinrich geheißen, beide am Thüringer Hofe tätig. Der eine, Heinrich von Veldeke, schon im Zusammenhang mit der epischen Dichtung genannt, übte mit seinen realistischen Naturschilderungen und seinem frischen Ton großen Einfluß auf seine Umwelt aus, der andere, Heinrich von Morungen (gest. 1222), schildert anschaulich die Geliebte, malt leidenschaftlich und lebensnah die Liebesszenen, läßt den Gegenstand seiner Sehnsucht durch die Wand in sein Gemach treten und schwebt dann mit ihm himmelwärts; sein Leben wurde später in der Ballade »Vom edlen Möringer« sagenhaft behandelt.

Walther von der Vogelweide

Doch nicht der Thüringer Hof, sondern jener der Babenberger in Wien wurde die geistige Heimat für Walther von der Vogelweide. Hier wollte Reinmar der Alte für seine Art des Singens und Sagens den um vieles Jüngeren gewinnen, doch wuchs der Schüler über den Meister bald hinaus.

Von Walthers Herkunft wissen wir nichts; die Ehre, seinen Geburtsort in sich zu schließen, beanspruchen die Schweiz, Niederösterreich, das Land der Franken, Südtirol, selbst Böhmen. Herzog Leopold VI. nennt er seinen heimischen Fürsten; auch sagte er: »Ze Osterrîche lernte ich singen und sagen«; wie und wann er aber dorthin kam, ist unbekannt. Um 1170 mag Walther das Licht der Welt erblickt, um 1185 zu dichten begonnen haben; 1198 wandte er sich vom Minnesang zur Spruchdichtung, das heißt zugleich: er schied vom Wiener Hof und zog als Fahrender in deutschen Landen umher, wobei er auch auf die Wartburg kam; das Jahr 1220 erfüllte ihm den Herzenswunsch, ein Lehen zu bekommen – man sucht es bei Würzburg, doch fehlt auch hierüber jede sichere Kunde –, und acht Jahre später verstummte sein Gesang; sein Todesjahr und sein Grab sind so unbekannt wie der Ort und das Datum seiner Geburt.

Mit ihm beginnt die mittelhochdeutsche Lyrik eine neue Epoche, in der erreicht wurde, was man vom Minnesang überhaupt erwarten konnte. Walther war Minnesänger und Spruchdichter zugleich und vereinte so in seiner Person den Sang des Ritters mit dem des Fahrenden, deren Gebiete bis dahin getrennt waren. In seinen *Minneliedern* bildet zwar auch, wie es herkömmlich war, der Frauendienst den Inhalt, aber er durchbrach bald die engen Grenzen, mit denen die ritterliche Kunst den Minnesang umschrieben hatte, indem er ihm aus dem immer fließenden Borne der Volkspoesie neue und fruchtbare poetische Motive zuführte und ihn mit lebenswarmem und jugendfrischem Geiste erfüllte. Zierliche höfische Form in Sprache und Metrik und reicher Wechsel in den Melodien vereinigten sich mit anschaulicher Art der Darstellung in Walthers Liedern, mögen sie uns nun die geheimsten Regungen des Gemütes unmittelbar zeigen oder in phantasievoller Betrachtung nur aus der Ferne in das Reich der Gefühle uns schauen lassen, mag die hohe oder niedere Minne ihren Inhalt bilden.

Früh vom Leben in eine sehr harte Schule genommen, wurde Walthers Charakter eigenartig entwickelt. Er war vertraut mit der feinen Bildung der aristokratischen Kreise, aber in der Welt viel herumgeworfen, stets auf die Güte und Milde fremder Menschen angewiesen, oft in seinen Erwartungen enttäuscht, selten beglückt und am Abend seiner Tage nur im Besitze eines Zinsgutes, lernte er auch scharf beobachten, was um ihn her sich abspielte, erwarb sich reiche Menschenkenntnis, sah das Volk in seinen Leiden und Freuden und wurde mit dessen ethischen Anschauungen vertraut, denen es in Spruchform eine poetische Prägung gegeben hatte. Und dieses volle Menschenleben, in das er mitten hineingestellt war, wirkte auf seine leicht empfängliche Natur und bot seinem poetischen Genius eine Fülle von Stoffen. Er bearbeitete sie in seinen *Sprüchen*, und zwar in einer Weise, die ihn zum Klassiker der Spruchdichtung erhob.

Dem Inhalt nach stehen jene Sprüche, in denen er über die üblen Zustände der Welt klagt, am engsten im Zusammenhang mit seinen Liedern, die ja auch oft in einer Klage ausklingen. Mit der Spruchdichtung wurde Walther zum Lehrer seines Volkes. Auf dem Boden der christlich-sittlichen Anschauungen seiner Zeitgenossen stehend, schildert er das Ideal männlicher Festigkeit, ermahnt die unerfahrene Jugend, gibt Ratschläge für deren Erziehung, verwünscht die allenthalben herrschende Untreue, verurteilt die Gier nach Besitz und preist das verständnisvolle Maßhalten in allen Dingen als die oberste, das Weltleben regelnde und erhaltende Tugend. Mit seiner Spruchdichtung greift Walther auch in das politische Leben ein und wird, begeistert von der Liebe zu seinem Vaterlande, dem deutschen Reiche, das ihm wie nur wenigen seiner Zeitgenossen als ein vollendeter Bau erschien, zum Mitstreiter in jenem unheilvollen Kampfe zwischen den Staufen und dem Papste.

Walther war Sanguiniker und darum einem raschen Wechsel der Stimmungen unterworfen. Aufjubelnder Frohsinn und Mutlosigkeit, Weichheit und Schroffheit, neckender Humor und flammender Haß, Optimismus und Pessimismus gehen unvermittelt ineinander über und äußern sich im Liede oder im Spruche bald als gewinnende Liebenswürdigkeit, bald als verletzende Härte. Erst spät und nur nach hartem Kampfe ist es dem Dichter gelungen, die nervöse Gereiztheit seines Wesens, die auf alle Eindrücke von außen rasch und nicht immer in gerechter Weise reagierte, zu besiegen und die Selbstbeherrschung, das von ihm so warm empfohlene Gleichmaß der Seele, zu erringen. Der Empfindlichkeit, die nicht selten in hellen Flammen glühender Leidenschaftlichkeit aufloderte und ihn zu Übertreibungen fortriß, verdankte er aber auch die Fähigkeit, für ideale Ziele sich zu begeistern und für deren Verwirklichung alles zu wagen. Der jugendfrische Enthusiasmus und die Erregbarkeit seiner Natur stellen Walther zu dem stürmisch losbrechenden Heinrich von Morungen, dessen Lieder er gewiß kannte, und scheiden ihn von Reinmar dem Alten, dessen weich angelegtes Wesen ähnliche Kämpfe mit dem Leben nicht hätte aufnehmen können. Und sie blieben ihm auch erspart. In gesicherten Verhältnissen am Wiener Hof lebend und als der Töne Meister von den adeligen Kreisen bewundert, kannte er ja außer seinem Liebeskummer keine Sorge, und wenn ihm schon einmal der Undank oder die Rücksichtslosigkeit der Umgebung Schmerz bereitete, so war doch nie seine Lage gefährdet.

Walther hingegen mußte in hartem Kampfe mit dem Leben sich Stellung und Ehre erst erstreiten. Dieser Kampf aber stählte seinen Charakter, drückte seiner Dichtung den Stempel tatkräftiger Männlichkeit auf und erklärt uns die Eifersucht, mit der er seine Dichterehre gegenüber den Kunstgenossen und den Fürsten zu wahren suchte, wenn ihm die gewünschte Anerkennung nicht zuteil ward. Je mehr seine Kunst sich entwickelte, desto größer wurde auch sein Selbstbewußtsein und desto zuversichtlicher auch die Verteidigung seines Ansehens. Höher als der Dichterruhm stand ihm Gottes Huld, zu der er aus der irdischen Not und Bedrängnis voll Sehnsucht aufwärts schaute. Walther war ein überzeugungstreuer Katholik und ist dieses nicht erst in seinem Alter geworden, sondern er hat immer dieselben religiös-sittlichen Anschauungen gehegt und zu wiederholten Malen in seinen Gedichten ausgesprochen. Die Religion war ihm, wie der Mehrzahl seiner Zeitgenossen, Herzenssache, und er wurde ihr, wie wir sehen werden, nicht untreu, obschon er zur Zeit, in der das kirchliche und das weltliche Oberhaupt miteinander in unversöhnlichem Kampfe lagen, von der Leidenschaft hingerissen, gegen die politischen Maßnahmen des Papstes auftrat und Sprüche voll Ungerechtigkeit und glühenden Hasses gegen ihn schleuderte.

Über Lieder, die Walther vor seinem Aufenthalt an dem Hofe des kunstinnigen Herzogs Leopold V. gedichtet hat, fehlt uns jede Nachricht: die ältesten, die wir besitzen, tragen schon den Charakter der Kunst Reinmars an sich. Ihr Inhalt setzt sich aus den traditionellen Elementen der konventionellen höfischen Lyrik zusammen. Bestimmte Wendungen und Gedanken lassen allenthalben den Einfluß des Vorbildes erkennen. Walther reflektiert über Vorgänge in seiner inneren Welt und setzt sie zur äußeren, der Natur, noch in keine Beziehung; das Ziel seines Sanges ist kein bestimmtes, die Äußerungen von Freud und Leid, Hoffnung und Sehnsucht klingen noch wie angelernte Töne der Modelyrik. Standesvorurteil, Rücksicht auf die gesellschaftliche Sitte und die Absicht, in den Minneliedern Idealbilder des Verkehrs zwischen dem Herrn und der Dame zu entwerfen und dadurch sittlich zu veredeln, haben die höfische Lyrik eingeengt und einen freieren Flug des Geistes gehemmt. Was sich innerhalb dieser Grenzen erreichen ließ, hat Walther in seinen der »hohen Minne« dienenden Liedern geschaffen. Individuelle Begabung, Kenntnisse und Anschauungen, die er auf seinen Fahrten sich erwarb, das liebevolle Verständnis, das er der Volkspoesie entgegenbrachte, die Lektüre Ovids und anderer römischer Dichter wirkten zusammen, ihn allmählich im höfischen Sange zur Meisterschaft zu führen und diesen selbst mit frischem Hauche zu beleben. Vor allem sehen wir dies an seinem Stil. Die Darstellung des Gegenständlichen, früher farblos und in allgemeinen Umrissen gehalten, wird anschaulich und charakteristisch. Die Minnelieder, sonst nur Gefühlspoesie, erhalten einen greifbaren Inhalt.

So wird die »frouwe« in einer bestimmten Situation vorgeführt. Gehüllt in ein festliches Gewand und mit dem Kranz im aufgebundenen Haar, schreitet sie hochgemut und züchtig im Geleite ihrer Frauen einher, läßt aber doch verstohlen ihre Blicke bisweilen in die Runde schweifen. Ein andermal sieht der Dichter die Dame, als sie eben aus dem Bad kommt, und darf ihr ins Antlitz blicken. Da glaubt er in den dunkelblauen Himmel der klaren und reinen Sommernacht zu schauen; ihre Augen, zwei Sternen gleich, lächeln ihm freundlich entgegen: das Weiß und Rot ihrer Wangen, wie Lilien und Rosen so minniglich, hat der göttliche Werkmeister selbst auf sie gemalt. Die beschränkte Aufgabe des Minnesanges erlaubte den älteren Sängern keine Schilderung körperlicher Schönheit; Walther aber entfaltet eine Fülle von zierlichen Wendungen und anmutigen Vergleichen für die körperlichen Reize der Geliebten. Die jugendfrische Farbe der Geliebten vergleicht er der Rose im Tau, die schwellenden Lippen sind ein wie Balsam duftendes Kissen, das den Sänger, fände er dort Rast, von aller Not befreien und gesund erhalten würde. Ein holdes Lächeln sitzt auf dem roten Munde, aus den lichten Augen lacht die Liebe, und ihre Blicke verwunden wie Pfeile das Herz im tiefsten Grunde.

Mit der körperlichen Schönheit der Dame verbindet Walther deren geistige Vorzüge, denn nur wenn sie Schönheit und Ehre besitzt, entspricht sie dem Frauenideal. Dann sieht sie der Dichter lieber als den Himmel und den Himmelswagen, dann hält sie ihn fest wie mit Zauberkräften und erfreut sich an ihrer Schönheit ein ganzes Land. In mannigfaltigen bildlichen Ausdrücken schildert Walther auch das Seelenleben der Liebenden. Das Herz ist wie eine Burg, in die sich die Minne mit Gewalt den Eintritt verschafft; das Herz der Geliebten gleicht einem wohlgezierten Haus der Freude, in das die Minne einzieht, um dem Geliebten das Tor zu öffnen.

Walther bleibt jedoch nicht bei der Wahl von Bildern und Vergleichen aus der Natur stehen, sondern versenkt sich in deren Betrachtung mehr denn alle seine Zeitgenossen. Er lebt, liebt und singt mit der Natur. Sie spielt hinein in seine Sprüche und in seine Lieder, auch in jene, die dem Preise der hohen Minne dienen. Zwar haben schon vor ihm einzelne Dichter, so vor allem der kongeniale Morunger, dieses Motiv benutzt; sie sind aber über die Gegenüberstellung der Vorgänge der äußeren Natur, des Wechsels der Jahreszeiten und der Gemütsstimmung selten hinausgekommen. Walther dagegen verwertet die Naturbilder als stimmungserweckenden und belebenden Hintergrund, aus dem die Personen uns frisch entgegentreten, und begnügt sich nicht damit, sie als bloße Einleitungsmotive einzuführen.

Freude und Hoffnung schwellen des Sängers Brust; bald wieder drücken Trauer und Schmerz ihn darnieder, denn er muß sich von der Herrin entfernen, um den lästigen Fragen nach ihrem Namen auszuweichen. Vor Liebesschmerz wird er auf den Tod krank; da kommt der Frühling, und mit ihm zieht neues Leben in sein Herz ein.

Der rîfe tet den vogellînen wê,	Der Reif tat kleinen Vöglein weh,
daz si niht ensungen,	Daß sie nicht mehr sangen;
nû hôrte ich 's aber wünneclîche als ê:	Nun singt es herrlicher denn je,
nû ist diu heide entsprungen.	Da Wald und Wiese prangen
dâ sach ich bluomen strîten wider den klê	Und Blumen streiten mit dem Klee,
weder ir lenger wære.	Wer wohl länger wäre:
mîner frouwen seite ich diu mære.	Herrin, welche Märe! (Samhaber)

Schon vor Walther haben einige Sänger Personifikationen abstrakter Begriffe und allegorische Figuren in ihre Minnelieder eingeführt; am häufigsten und am lebendigsten aber begegnen sie uns in Walthers Gedichten. Einmal richtet er sein Lied an »Frau Maße« (»mâze« = das rechte Gleichgewicht edler Sitte), durch die alles Gute in der Welt, am meisten in der Liebe kommt. Ein andermal wendet er sich an »Frau Minne« mit der Bitte, in das Herz der Geliebten zu dringen und ihn mitzunehmen. Auch an »Frau Sälde« (Glück) richtet der Dichter eine Bitte. Ringsum verteile sie ihre Gaben, ihm aber kehre sie den Rücken zu und schicke ihn fort mit leeren Händen.

Manches der Lieder, die Walther im Dienste der hohen Minne sang, gewinnt durch den Ausdruck wahren und innigen Gefühls den Charakter eines echten Liebesliedes. So sehr war es seinem Genius gelungen, das Minnelied innerhalb der durch die höfische Sitte gezogenen Grenzen inhaltlich und formal zu heben. Damit war er weit über Reinmar hinausgekommen. Hierdurch aber noch nicht befriedigt, suchte Walther alle Fesseln der höfischen Minnepoesie abzustreifen und in einer durch keine Standesrücksichten gebundenen Weise seine Kunst zu üben. Er stellt den Gattungsnamen »Weib« über den Titel »Frau«, widmet seine Lieder einem Mädchen und findet schließlich wie der Eschenbacher in der ehelichen Vereinigung mit einem solchen das Ziel alles Minnewerbens.

Frei von jeder den Schwung seines Geistes hemmenden Fessel der höfischen Sitte, hat Walther in diesen Liedern der sogenannten »niederen Minne« die wärmsten Töne schöner Menschlichkeit erklingen und mehr denn sonst sein poetisches Talent erglänzen lassen. Und dies geschieht, wie es eben Art des echten Dichters ist, durch die Art der einfachsten Mittel der Darstellung. Da findet man wenig Vergleiche und Bilder, selten eine Reflexion, alles ist klar und durchsichtig gezeichnet, alles atmet frisches Leben. Freilich nehmen es dem Sänger viele seiner adeligen Zuhörer übel, daß er seine Lieder einem Mädchen aus niederem Stande zuwende; er aber erträgt den Vorwurf, denn er will nur von wahrer Liebe singen, und diese dünkt ihn unvereinbar mit dem konventionellen Minnedienst. Nur Treue und aufrichtige Liebe verlangt er von der Geliebten, sonst aber gilt ihm ihr gläserner Ring mehr als das Gold einer Königin, und ihr Liebreiz steht ihm höher denn Reichtum und Schönheit. Mit Vorliebe läßt der Dichter in die Liebeslieder dieser Art die Natur hineinspielen, denn aus ihr vernimmt er denselben Laut von Freude und Trauer wie aus des Menschen Seele.

Da sitzt er einmal in Gedanken vertieft und von Zweifeln gequält und will mit der Geliebten brechen. Ein Trost oder vielmehr ein kleines trœstelîn bringt ihm wieder Lebensfreude; er will davon erzählen, selbst auf die Gefahr hin, darob verlacht zu werden.

Mich hât ein halm gemachet frô:
er giht, ich süll genâde vinden.
Ich maz daz selbe kleine strô,
als ich hie vor gesach von kinden.
Nû hœret unde merket, ob siz denne tuo.
»si tuot, si entuot, si tuot, si entuot, si tuot.«
swie dicke ichz tete, sô was ie daz ende guot.
daz trœstet mich; dâ hœret ouch geloube zuo.

Ein Halm war es, der macht mich froh:
Er sprach, mir sollte Glück geschehen.
Ich maß mir dieses kleine Stroh,
Wie ich's bei Kindern hab' gesehn.
Nun hört und merket, wie sie mir gesinnt:
»Sie liebt mich, liebt mich nicht, liebt mich – das gute Kind!«
Sooft ich's probte, immer war das Ende fröhlich.
Das tröstet mich –, denn Glaube, der macht selig. (Schönbach)

Walther liebt es, seine Zuhörer eine Zeitlang im ungewissen zu lassen und dann mit einer überraschenden Schlußpointe eine Aufklärung zu geben, die in helles Gelächter ausbricht. In der Überraschung und im Gegensatze wurzelt Walthers liebenswürdiger und neckender Humor, wobei es selten ohne Ironie und Übertreibung abgeht. Des Eschenbachers Tagelieder und das Volkslied sind in der anschaulichen und lebendigen Gestaltung, wie sie auch die Liebesromanze »Unter der Linde« zeigt, Walthers Lehrmeister gewesen.

Ungefähr vierzig Jahre alt, kündete Walther der Minne den Dienst, und wenn er auch noch Liebeslieder dichtete, so dürfte er doch kaum mehr über die erreichte Höhe hinausgekommen sein. Leider fand sich kein gleich begabter Dichter, der das Minnelied im Sinne und mit der Kunst Walthers weitergepflegt hätte. Neue Weisen erklangen in den Burgen und verdrängten den alten höfischen Sang, der in Walther seinen Klassiker gefunden hatte.

Die meisten seiner Minnelieder scheint Walther während seines Verweilens am Wiener Hofe gedichtet zu haben. Herzog Friedrich I. fand an ihnen Gefallen und war dem Sänger hold. Anders gestalteten sich die Verhältnisse für Walther, als sein fürstlicher Gönner von der Kreuzfahrt nicht mehr zurückkehrte. Er war am 16. April 1198 in Palästina gestorben. Sein Bruder und Nachfolger, Herzog Leopold VI., der Glorreiche, war der Kunst Walthers nicht gewogen. Verschiedene Mißhelligkeiten, über die wir nicht unterrichtet sind, mögen beigetragen haben, dem Dichter den Aufenthalt am Hofe unbehaglich zu machen. »Damals«, sagt er voll Wehmut in einem an König Philipp gerichteten Spruche, »als Friedrich von Österreich ein solches Geschick erfuhr, daß er zwar an der Seele genas, dem Leibe nach aber starb, damals nahm er meinen (stolzen) Kranichschritt mit sich unter die Erde; da ging ich schleichend wie ein Pfau, und wo ich ging, da ließ ich das Haupt niederhangen bis auf mein Knie.« Da, wie es scheint, die Verhältnisse für den Sänger immer ungünstiger wurden, machte er sich auf die Wanderung, um als Fahrender anderswo sein Glück zu suchen. In jenen Tagen mag das fromme Lied, eine Art Reisesegen, entstanden sein, mit dem er sich dem Schutze Gottes, des Erlösers, der Gottesmutter und dem Schutzengel empfahl, damit sie ihn behüten, wohin er immer gehen oder reiten möge.

Und des himmlischen Schutzes bedurfte Walther, denn schwere Zeiten waren über Deutschland hereingebrochen. Kaiser Heinrich VI., des Rotbart gewaltiger Sohn, war am 28. September 1197 in Messina mitten in den Vorbereitungen zu einem Kreuzzuge gestorben. Nur wenige deutsche Herrscher haben über eine solche Macht verfügt und die Gemüter mit so großer Scheu vor dem kaiserlichen Namen erfüllt wie Heinrich VI. Es begreift sich daher leicht, daß sein unvermutetes Ende tief in das politische und soziale Leben eingriff. Italien rüstete sich zum Abfall, und Deutschland ging der traurigsten Verwirrung entgegen. Zwar hatte Heinrich VI. zu Ende des Jahres 1196 die Wahl seines zweijährigen Sohnes Friedrich zum Nachfolger durchgesetzt, aber die Fürsten besannen sich nach des Kaisers Tod anders und schritten zur Wahl eines neuen Königs. Am 8. März 1198 wurde von den meisten staufischen Fürsten in der Reichsstadt Mülhausen Herzog Philipp von Schwaben, Heinrichs VI. jüngster Bruder, zum König gewählt und einige Monate später in Köln von der welfisch gesinnten Partei unter Führung des Erzbischofs Adolf der Graf Otto von Poitou, Heinrichs des Löwen jüngerer Sohn, zum König ausgerufen. So war Deutschland geteilt, das Reich hatte zwei Herren, der brudermörderische Kampf begann.

Dies war die Lage der politischen Verhältnisse, als Walther den Wiener Hof verließ und in die sturmbewegte Welt hinaussteuerte. Hatte bisher sein eigenes Geschick den Inhalt seiner Lieder bestimmt, so gaben nun die Beziehungen zum Reich seiner Harfe einen mächtigen Klang und hoben ihn auf die Höhe seines Ruhms und Einflusses. Die traurigen Dinge, die täglich sich abspielten und einem jeden, der als Glied des Reiches sich fühlte, Worte des Jammers auf die Zunge legten, mußten vor allem des Sängers Gemüt erschüttern und ihn zum Dolmetsch des Volkes machen. So redete denn Walther in seinen Sprüchen ernste und mahnende Worte an die Fürsten, an das Volk, erhob seine Stimme selbst gegen den Papst. Geblendet aber von Leidenschaftlichkeit und, wie es bei der engen Begrenzung des Horizonts in jenen trüben Zeiten oft geschah, ohne klare Übersicht über den Lauf der Dinge, ließ er sich zuweilen zu Ausbrüchen, besonders gegen den Papst, hinreißen, die durch ihre Maßlosigkeit und Ungerechtigkeit verletzen.

Ungefähr im Sommer 1198, als Walther durch den Tod seines fürstlichen Gönners jede Hoffnung, in Österreich Ehren und Besitz zu erwerben, aufzugeben genötigt ward, dürfte er, wahrscheinlich in Worms, zum erstenmal den Bewegungen des nationalen Lebens seine Stimme geliehen haben. Sie ward gehört, grub sich tief in die Herzen der Zeitgenossen und pflanzte sich durch die Überlieferung so lebendig auf die unmittelbar folgenden Generationen fort, daß sie sich Walther am liebsten so vorstellten, wie er sich selbst in den einleitenden Versen des Spruches gezeichnet hat. So wurde er auch zum Vorwurfe für die bildlichen Darstellungen, mit denen die Stuttgarter und die große Heidelberger Liederhandschrift geschmückt sind.

Ich saz ûf eime steine
und dahte bein mit beine.
dar ûf sazt ich den ellenbogen,
ich hâte in mîne hant gesmogen
mîn kinne und ein mîn wange.

Ich saß auf einem Stein
Und schlug Bein über Bein,
Den Ellenbogen setzt ich auf
Und schmiegt in meine Hand darauf
Das Kinn und eine Wange.

Der Dichter denkt über die Frage nach, wie es unter den trüben Zeitverhältnissen möglich wäre, Ehre, Gut und Gottes Huld zu erwerben, und findet keine Lösung, denn Untreue und Gewalt lauern im Hinterhalt, Recht und Friede sind verwundet. Kranken aber diese beiden, dann entbehren jene drei des schützenden Geleites.

Von der allgemeinen Weltlage wendet sich Walther in einem anderen Spruche an das deutsche Reich und fordert es auf, der allgemeinen Unsicherheit durch Verleihung der rechtmäßigen Königskrone an Philipp, den Vormund des dreijährigen Friedrich II., ein Ende zu machen.

Der Sänger sitzt am rauschenden Bach und sieht dem Spiele der Fische zu. Er versenkt sich in die Betrachtung des Lebens und Webens in der Natur und merkt, wie alles, »swaz kriuchet unde fliuget und bein zer erde biuget«, sich haßt, bekriegt und starke Stürme streitet und dennoch Ordnung und

Recht in der Schöpfung herrschen. Diese beiden allein können auch die Verwirrung im Vaterland beheben, und nur des Kaisers starker Arm kann sie schaffen. Mit der Mahnung, Philipp das notwendige Regiment zu übertragen, schließt der Spruch:

sô wê dir, tiuschiu zunge,
wie stêt dîn ordenunge!
daz nû diu mugge ir kunec hât,
und daz dîn êre also zergât.
bekêra dich, bekêre.

die cirkel sint ze hêre,
die armen kunege dringent dich:
Philippe setze en weisen ûf,
und heiz si treten hinder sich.

Drum weh' dir, armes deutsches Land!
Schlecht ist's um dein Gesetz bewandt.
Der Mücken waltet ein König, seht,
Dein' Ehr' und Ansehen aber vergeht.
Bekehr dich schnell, noch ist es Zeit.

Die Fürsten sind zu mächtig.
Die Königlein drängen an dich heran.
Herrn Philipp setze die Krone auf
Die anderen weise du zurück! (Schönbach)

Walther stand zur Zeit des Wahlstreites auf seiten Philipps, an dessen Hof er vielleicht schon im Sommer 1198 Aufnahme gefunden hatte. Wenigstens weiht er der Krönungsfeier zu Mainz (8. September) einen Spruch, in dem er den Waisen, d. h. den in seiner Art einzigen und darum so benannten Edelstein in der echten Krone als den Leitstern für alle Fürsten bezeichnet, die noch den König suchen gehen. Gewiß hat Walther das Weihnachtsfest, das Philipp 1199 in Magdeburg beging, in dessen Gefolge mitgefeiert, denn er verherrlicht es als Augenzeuge in einem Spruche, mit dem er Philipp und seine Gemahlin Maria, die als griechische Prinzessin Irene genannt worden war, als das legitime und von Gott berufene Königspaar begrüßt.

Beide Könige bewarben sich um die Anerkennung des Papstes. Otto zeigte ihm seine Wahl an, und die sogenannte »Reichspartei« richtete am 28. Mai 1199 von Speyer aus ein Schreiben an den Papst, worin die unterzeichneten 26 Fürsten gemeinsam erklärten, daß Philipp rechtmäßig gewählt sei und auf ihre zu Nürnberg ihm versprochene und jetzt aufs neue beschworene Unterstützung zur Unterwerfung seiner Gegner rechnen könne. Zugleich warnten sie den Papst vor Eingriffen in die Rechte des Reiches, wogegen sie die der Kirche wahren wollten. Der Papst antwortete auf dieses herausfordernde Schreiben erst im August 1200 mit der Erklärung, die Rechte des Reiches achten, aber auch eine Verletzung seiner eigenen nicht dulden zu wollen. Das Kriegsglück war in diesem Jahre dem Welfen hold, während sich von dem Staufer mehrere Fürsten, weil sie ihre Wünsche nicht erfüllt sahen, abwandten. Da ermahnt Walther seinen König zur Freigebigkeit nach dem Beispiel Saladins und Alexanders, dem sie die Reiche der Welt erobert habe, und warnt in einem anderen Spruche vor den Ratschlägen der übermächtigen Reichsdienstmannen Süddeutschlands, die zum Unheil ausschlügen und eine Beendigung des Bürgerkrieges, der Deutschland zerfleische, unmöglich machten. Des Reiches trauriges Geschick geht dem Dichter nahe.

Die Ursache alles Unheils aber, das über Deutschland gekommen war, glaubt Walther in dem Verhalten der römischen Kurie gegenüber den Verhältnissen in Deutschland wahrzunehmen, und bezeichnet des Papstes vorsichtige Zurückhaltung in der Anerkennung eines der Könige als Lug und Trug und als den Anfang der »nôt vor aller nôt«, die der Bürgerkrieg den Deutschen an Leib und Seele brachte. Der Spruch, in dem der staufisch gesinnte Sänger diesem Gedanken Ausdruck verleiht, ist gleich seinen beiden anderen Reichssprüchen im sogenannten »Reichston« vielleicht noch im Herbst 1201, jedenfalls erst nach Verhängung des Bannes über Philipp, abgefaßt worden. Am 1. März 1201 wurde Otto IV. vom Papst als römisch-deutscher König bestätigt, am 3. Juli desselben Jahres als solcher zu Köln durch den Kardinalbischof Guido von Präneste ausgerufen und der Bann über alle verhängt, die sich ihm ferner widersetzen würden. Daraufhin versammelte sich am 8. September in Bamberg eine große Zahl von den Häuptern der Reichspartei, darunter auch hervorragende Kirchenfürsten, legte gegen die getroffenen Verfügungen Roms Protest ein und formulierte ihre Beschlüsse zu Halle im Januar des folgenden Jahres.

Was in diesen Versammlungen verhandelt wurde, spiegelt sich in Walthers drittem Reichsspruch, der seine Verwandtschaft mit jener Kundgebung der Reichspartei auch dadurch verrät, daß er nicht unmittelbar gegen den Papst, sondern gegen dessen Berater, besonders gegen den Legaten Guido, gerichtet ist. Mit diesem Stücke hatte Walther seinen Sang zum letzten Male für die Sache Philipps erhoben, die er in den drei Sprüchen des Reichstons als poetischer Publizist vertreten hatte.

Die Entscheidung des Papstes für Otto brachte Deutschland nicht den erwünschten Frieden; der Bürgerkrieg flammte neu auf und wurde mit wechselndem Glücke geführt, bis das Jahr 1204 eine für Philipp günstige Wendung brachte. Die mächtigsten Fürsten des Reiches traten zum Staufer über. Dieser Umschwung zum Vorteil Philipps führte auch zu seiner Versöhnung mit dem Papste. Vom Bann losgesprochen und von Innozenz anerkannt, rüstete sich Philipp zu einem entscheidenden Feldzug gegen Otto IV., als er 1208 im bischöflichen Schlosse zu Bamberg durch Mord fiel.

All diese Ereignisse fanden, wie es scheint, keinen Widerhall in Walthers Dichtung. Er hatte das Hoflager Philipps, vielleicht weil er das gewünschte Lehngut nicht erhielt, verlassen und sich wieder auf die Wanderung begeben. Diese führte ihn zunächst an den Hof des Landgrafen Hermann von Thüringen, des vielgepriesenen Sängerfreundes. Doch scheint dem Dichter das lärmende Treiben nicht behagt zu haben.

Dieses Treibens müde, verließ Walther nach kurzem Aufenthalte die Wartburg, ging nach Süden und kam auf seinen Wanderfahrten auch einmal in das Land seiner Sehnsucht, an den wonnereichen Hof zu Wien, der neben der Huld Gottes und der Liebe seiner Herrin sein Herz stets mit Sorge erfüllte.

Im Jahre 1203 begegnet uns Walther im Gefolge Wolfgers, Bischofs von Passau, der durch seine Vermittlungsversuche während der Thronstreitigkeiten eine wichtige Rolle im politischen Leben spielte und durch Förderung deutscher und welscher Sänger, die ihn zahlreich umgaben, sich auch um die Dichtkunst verdient machte. Die Vermählung Leopolds VI. mit der griechischen Prinzessin Theodora dürfte der Grund gewesen sein, warum er 1203 die Reise nach Wien unternahm, auf der in Zeiselmauer das uns schon bekannte einzige urkundliche Zeugnis entstand, das über Walthers Leben berichtet. In Wien tritt Walther zunächst in einem Spruch als Bittender auf: Ihm ist des Glückes Tor versperrt; verwaist steht er vor ihm, und es hilft ihm nichts, wie sehr er auch daran klopft. Rings um ihn her regnet es, ihm aber wird davon auch nicht ein Tropfen. Gleich dem sanften Regen erfreut die Milde des Fürsten aus Österreich Volk und Land, und auch der Sänger scheint ihn nicht umsonst an sich gemahnt zu haben, denn in einem anderen Spruche dankt er für die erhaltenen Gaben und rühmt den Wiener Hof, wo man bei Festen Silber schenkt, als ob man es auf der Straße fände, und Rosse, als wenn sie Lämmer wären.

In diesen glücklichen Tagen dürfte Walther das herrliche Preislied auf Deutschland, auf die deutschen Frauen und die deutsche Tugend gesungen haben, das ihn auf dem Höhepunkt höfischer Kunst zeigt, seinen Namen in alle Lande deutscher Zunge trug und mit seinen voll und harmonisch klingenden Versen auch uns Spätgeborene noch mächtig ergreift. Das Gefühl, allen andern Kulturvölkern überlegen zu sein, aus dem die staufische Reichsidee erwuchs, bildet auch die Grundstimmung dieses hohen Liedes auf Deutschland. Die flehende Bitte des Sängers, an Leopolds VI. Hof dauernde Aufnahme zu finden, ward nicht gewährt, und so verließ er denn Wien, um in einem anderen Lande ein Heim zu suchen.

Noch im Jahre 1204 oder etwas später scheint Walther nach Thüringen gekommen und diesmal länger im Dienste des Landgrafen geblieben zu sein. Dessen schwankende Politik hatte während der Thronstreitigkeiten sein Land wiederholt zum Tummelplatz der feindlichen Kriegshaufen gemacht. Not und Sorge des Fürsten verscheuchten eine Zeitlang der Sänger und Gaukler Scharen; aber bald ertönte es wieder von Gesang, Tanz und Festesfreude in den Hallen der Wartburg. Auch Walther freute sich jetzt, zu des Fürsten Ingesinde zu gehören, und rühmt die Beständigkeit seiner Milde gegenüber der von Launen abhängigen anderer Fürsten: Mancher von diesen spendet heute prahlend und ist übers Jahr geiziger denn je; dessen Ruhm grünt und welkt wie der Sommerklee: »der Dürnge bluome schînet durch den snê; sumer und winter blüet sîn lop als in den êrsten jâren.«

Walther fühlte sich schon damals als Meister seiner Kunst und wollte die Dichterlinge zum Schweigen bringen. Solches Unkraut der Hofgesellschaft, Lärmer und Schreier, die, wie z. B. ein »Herr Wicmann«, durch ihr Gekrächze den höfischen Sang zu stören suchten, gab es viele auf der Wartburg, und Walther konnte sich ihrer ebensowenig erwehren als einer anderen Gattung von Unruhestiftern, von »Krippenreitern und Buschkleppern«.

»Guoten tac, boese unde guot«, so beginnt ein uns verlorener Spruch, mit dem Walther die bunte Rotte grüßte. Auch Wolfram von Eschenbach, der in seinem Parzival auf diesen Gruß Walthers einmal hinweist, redet von dem Ingesinde der Wartburg, von dem ein Teil besser Ausgesinde wäre, und wünscht dem Fürsten einen Keib als Truchsessen. Eine spätere Zeit hat das Treiben auf der Wartburg mit Glanz umgeben; mag dieser auch bei einer Prüfung des Lebens und der Regierung des Fürsten verblassen, so bleibt ihm doch sein Verdienst um die Förderung der Dichtung ungeschmälert. Das höfische Epos, der Klassizismus und die Lyrik fanden dort Pflege, und vor allem traten daselbst die zwei bedeutendsten deutschen Dichter des Mittelalters zueinander in Beziehung, von denen Walther die gewaltige Persönlichkeit Wolframs voll auf sein innerstes Wesen wirken ließ. Wie lange Walther auf der Wartburg verweilte, wissen wir nicht. Um 1210 dürfte er in die Dienste des Markgrafen Dietrich von Meißen, des Schwiegersohnes des Landgrafen von Thüringen, getreten sein, und im Jahre 1212 widmet er seine Kunst wieder der Reichspolitik.

Nach Philipps Tod hatte Otto IV. allgemeine Anerkennung und aus den Händen des Papstes Innozenz III. die Kaiserkrone empfangen. Als er aber, um seine Versprechungen sich nicht kümmernd, die Bahn der staufischen Politik betrat und trotz aller Ermahnungen des Papstes mit Gewalt kirchliche Gebiete besetzte und in Sizilien eindrang, wurde er mit dem Bann belegt und die Untertanen von dem Eide der Treue entbunden. Zwar stellte er auf dem Reichstage zu Frankfurt (1212) sein Ansehen wieder her, aber im Dezember desselben Jahres wurde der Staufer Friedrich zu Frankfurt zum König gewählt und in Mainz gekrönt. Der Bürgerkrieg entbrannte von neuem. Am

Reichstage, den der gebannte Otto IV. im März 1212 in Frankfurt hielt, erschien im Gefolge des Markgrafen Dietrich von Meißen auch Walther und begrüßte den Kaiser mit drei Sprüchen, die, schon äußerlich durch den gleichen Anfang »Herr Kaiser« zusammenhängend, die ganze Größe der staufischen Kaiseridee zum Ausdruck bringen.

In dem ersten Spruch rühmt Walther des Kaisers Ehre, Reichtum und Macht, zu belohnen und zu strafen. Geschickt verdeckt er die Gefahren, die ihm aus der Herren territorialen Bestrebungen drohten, und versichert ihn der Treue der Fürsten, besonders des Meißners. Im nächsten Spruch bringt der Sänger als »frônebote« Otto IV. Meldung von Gott: »ir habt die erde, er hât daz himelrîche.« In dem Lande seines Sohnes haben ihn und den Kaiser, seinen Vogt, die Heiden geschändet mit bösen Streichen. Dem Kaiser obliege es, Gott in seinen Ansprüchen auf das Heilige Land zu schützen, wofür ihm Christus seinen Schutz dort verspreche, wo einst er als Vogt über seine Seele zu richten habe. In der Herstellung des Reichsfriedens »mit dem Strang« und in der Verwendung der gesamten Kraft des Reiches zum Kampfe gegen die Sarazenen erblickt Walther auch im dritten Spruche des Kaisers Aufgabe.

Es ist möglich, daß Walther bei seiner Aufforderung zum Kreuzzug noch an eine Versöhnung des Kaisers mit dem Papste dachte; aber schon ein Jahr darauf verfaßte er, in des welfischen Kaisers Otto IV. Diensten stehend, seine von Parteileidenschaft erfüllten Sprüche gegen den Papst, in dessen zwischen Philipp, Otto und Friedrich wechselnder Gesinnung er die Hauptursache des neu ausbrechenden Bürgerkrieges erblickt. Diese Sprüche gegen das Oberhaupt der Christenheit sind voll beißenden Spottes und verletzenden Hohnes und gehören zu dem Schärfsten, was je im Kampfe zwischen Kirche und Staat gesagt wurde.

Es ist schwer, des Sängers persönliche Frömmigkeit mit seinen Papstsprüchen zu vereinen. Man kann zur Erklärung des Widerspruches auf zwei Momente hinweisen: einmal auf Walthers Begeisterung für die staufische Kaiseridee und dann auf sein Dienstverhältnis zu Otto IV.

Man mag über Walthers Papstsprüche wie immer urteilen, eines ist gewiß: Klugheit und Besonnenheit, Liebe zur Wahrheit, Recht und Gerechtigkeit sind damals nicht auf seiner Seite gestanden. Dem Sänger wurden seine Otto IV. geleisteten Dienste übel gelohnt. Vergeblich wendet er sich an ihn mit rührenden Bitten, ihm doch ein Heim zu gewähren, damit er es noch erlebe, daß er einen Gast begrüße, der ihm als Wirt dann danken müßte. »Ich bin daheim, ich möchte heim« bringe mehr Trost als die ihm beschiedene Losung: »sît hînat hie, sît morgen dort« (Heute hier, morgen dort). Doch alles Flehen war vergeblich. Noch vor der entscheidenden Niederlage Ottos bei Bouvines (1214) wandte sich Walther dem Sprossen des Hauses zu, für dessen Interesse er schon zur Zeit Philipps seine Harfe gestimmt hatte. Mit der Erinnerung an diese alten Sprüche empfiehlt er sich dem jungen König,

»dem besten Mann«. Friedrich, der als berechnender Politiker den Wert der öffentlichen Meinung für die Erreichung seiner Absichten wohl zu schätzen wußte, mochte gern bereit gewesen sein, die weithin wirkende Stimme des allbekannten Sängers für sich zu gewinnen, und ließ ihm wahrscheinlich ein Geschenk verabreichen, denn Walther dankt für ein solches in einem humoristischen Spruch.

Da sich aber seine Hoffnung nicht erfüllte, mußte Walther wieder von einem Fürstenhofe zum andern pilgern. Er kam nach Kärnten, dessen Herzog Bernhard ihn wiederholt freundlich aufnahm, und begrüßte 1219 in Aquileja Herzog Leopold VI., der auf der Rückkehr vom Kreuzzuge dort landete. Dieser scheint sich dem Sänger gnädig erwiesen zu haben, aber sein Sehnen nach einem dauernden Aufenthalte in Österreich blieb unerfüllt. Endlich erhielt er von Kaiser Friedrich II. ein Lehngut (1220). »Ich hân mîn lêhen, al diu werlt, ich hân mîn lêhen!« So ruft er hochbeglückt aus. Nun braucht er den harten Frost nicht mehr zu fürchten und bei kargen Herren nicht mehr zu bitten. Im Sommer kühl, im Winter warm, so hofft er nun zu leben, von bösen Nachbarn nicht mehr mit Hohn verfolgt und wie eine Vogelscheuche angesehen. Wo dieses, wahrscheinlich ein Haus mit einem Baumgarten, gelegen war, wissen wir nicht, und es ist nur Vermutung, wenn man es in Würzburg sucht.

Nochmals ließ Walther sein Lied im Dienste der kaiserlichen Politik erklingen. Friedrich hatte bei seiner Krönung in Aachen (1215) aus freiem Antriebe einen Kreuzzug gelobt und wurde nun vom Papst Honorius III. zur Ausführung des Versprechens aufgefordert. Da dichtete im Auftrage des Kaisers und teilweise in Übereinstimmung mit dem päpstlichen Rundschreiben Walther, wahrscheinlich 1217, sein erstes Kreuzlied, um die Christenheit zur Fahrt aufzufordern. Das Lied, kunstvoll und doch einfach gebaut, wurzelt in einer tief gläubigen Überzeugung und gehört zu dem Schönsten und Erhabensten, was religiöses Empfinden je geschaffen hat. Der Kreuzzug kam indes nicht zustande; mit verschiedenen Gründen wußte ihn der Kaiser trotz der Mahnungen des Papstes hinauszuschieben, und erst 1227 schien es damit ernst zu werden. Damals mochte Walther, wieder im Auftrage Friedrichs II., sein zweites Kreuzlied gedichtet haben, das ebenso einfach zum Herzen spricht wie das erste und doch überaus wirksam war, wie sich schon aus den vielen volkstümlichen Umbildungen und Fortbildungen ergibt, die es erfahren hat. In der harmlosen, gemütlichen Art, in der das Volk zu den Heiligen in Beziehung zu treten pflegt, erinnert Walther in einem anderen Liede die drei Erzengel Michael, Gabriel, Raphael an ihre Pflicht, ihre gewaltigen Scharen in den Kampf gegen die Sarazenen zu führen. Dann könnten sie des Lobes gewiß sein, das man ihrer gegenwärtigen Untätigkeit, wollte man nicht den Spott der Heiden erregen, nicht spenden dürfe. Eine Frivolität, die man in diesen Worten hat finden wollen, lag Walther fern und ist auch unvereinbar mit den das Gedicht einleitenden gläubig-frommen Bitten an Gott und an die süße Magd, die durch ihre Fürbitte bei ihrem göttlichen Sohne uns Erdenpilgern den höchsten Trost gewährt. Da der Kreuzzug wieder nicht unternommen wurde, kam es zwischen dem Kaiser und dem Papste Gregor IX. zu neuen Zerwürfnissen, unter deren tiefem Eindrucke Walther den gebannten Kaiser in einigen politischen Sprüchen zu rechtfertigen suchte und in dessen Auftrag nochmals den Ruf zur gottgeweihten Fahrt ertönen ließ, aber er erklingt nicht mehr siegesfroh, sondern traurig und klagend (1227).

Mit einem schmerzlichen Wehruf beginnen auch die Strophen eines anderen in demselben Winter verfaßten Gedichtes, des wehmütigsten aller Lieder Walthers. Es ist dies die sogenannte *Elegie*, eine Dichtung, die durch Wahrheit und Wärme der Empfindung, Tiefe und Fülle der Anschauung am ergreifendsten von allem wirkt, das wir Walthers Muse verdanken. Kein Dichter des Mittelalters verstand es wie er, seine eigenen Gefühle in solcher Weise zum Ausdruck zu bringen und auch die anderer Menschen so ausklingen zu lassen, als ob sie seine ureigensten wären. Todesahnung klingt aus den langhallenden Versen dieses Liedes. Entschwunden in weite Fernen sind dem Sänger die Ideale seiner Jugend, des Lebens innerster Kern zeigt sich ihm wie jedem ernst über das Dasein denkenden Menschen, wenn der Tod seine Fittiche über ihn schwingt. Treu besorgt um das deutsche Reich, trat Walther noch in seinen letzten Lebenstagen dem Gebaren des jungen Königs Heinrich entgegen, das allerlei Wirren im Reiche heraufbeschwor. Alter, Adel und Weisheit habe ein unerfahrener Herrscher von ihren Stühlen gestoßen, und sie allein besetzt. Darum hinke das Recht, trauere die Zucht und klage die Scham. Vertrauensvoll wendet sich der Dichter an Maria und ihr göttliches Kind mit der Bitte, sie mögen jene drei Vertriebenen wieder zu Ehren bringen.

Dies ist der Ton des wehmütig warnenden Greises, der für die Welt, die er verlassen muß, Hilfe und für sich selbst Trost in der Erhebung zu seinem Schöpfer sucht. Mochte auch, wie es in der menschlichen Natur selbst begründet ist, Walthers religiöse Gesinnung an seinem Lebensabende sich stärker und reicher äußern als in den Tagen seiner Manneskraft, so darf man doch nicht glauben, daß er erst im Alter beten gelernt habe. Über sein ganzes

Leben hin verbreiten sich die Zeugnisse seiner christlichen, katholischen Überzeugung.

Wahrscheinlich mit dem »Leiche«, einem in kunstvollen Strophen symmetrisch aufgebauten und durchkomponierten Gedichte, verstummte der Mund des Sängers. Die Vergänglichkeit alles Irdischen, Angst vor dem Tode, Sündenbekenntnis, Reue und glaubensinnige Bitte um Errettung seiner Seele durch die Fürbitte Mariens, der Mutter ohne Dorn, bilden den Inhalt dieses tief ergreifenden Liedes.

Den Kreuzzug Friedrichs II. hat Walther nicht mehr erlebt; wenigstens meldet uns davon keines seiner Gedichte. Mit dem Jahre 1228 verstummen Walthers Lieder. Wahrscheinlich ist er in diesem Jahre gestorben und hat also vermutlich ein Alter von 60 Jahren erreicht. Wo Walther von der Vogelweide starb und wo seine Gebeine ruhen, ist uns nicht bekannt, und alles, was die Überlieferung davon berichtet, ist nur das Werk der dankbaren Gesinnung des Volkes gegen seinen großen Dichter und Lehrer. Dies gilt auch von der Sage, nach der auf Walthers Grabstein, der in das Stift Neumünster zu Würzburg verlegt wird, nach des Dichters testamentarischer Bestimmung den Vögeln täglich Futter und Wasser gegeben worden sei. Ja, noch im 17. Jahrhundert soll es der Überlieferung zufolge bei Todesstrafe verboten gewesen sein, die auf der Linde am Grabe Walthers singenden Vögel zu stören.

Die Zahl der Minnesänger war groß; sie würde aber ihres Glanzes entbehren, stünde nicht Walther an der Spitze. Er war der vielseitigste und künstlerisch vollendetste von allen. Seine Dichtung wurzelt in seiner Zeit, erhielt aber dadurch, daß er aus den ihn umgebenden Verhältnissen das immer Geltende, das Allgemeinmenschliche heraushob und in einfachschöne Formen kleidete, einen dauernden Wert, und mit Recht hat man ihn mit Goethe verglichen, dem es nach langen Irrfahrten deutscher Lyrik wieder gelang, die Singweisen zu treffen, mit denen Walther seine Zeit veredelte und erfreute. Denn hierin allein erblickte er seine Künstleraufgabe, an Nachruhm dachte er nicht. Er ist aber nicht ausgeblieben. Seine Sprache, seine metrische und rhythmische Kunst haben dem Minnesang des 13. und seinen Nachklängen im 14. Jahrhundert den Weg gewiesen. Walthers Lieder und besonders seine Sprüche haben noch die Bewunderung des Schulmeisters Hugo von Trimberg erregt und ihm die schlichten Worte des Dankes dafür auf die Zunge gelegt: »Herr Walther von der Vogelweide, wer deß vergäße, der täte mir leid.« Walther galt als einer der zwölf Ahnherren des deutschen Meistergesanges und man hat nach ihm auch Melodien benannt. Mit dem 15. Jahrhundert versank das geistige Leben des Mittelalters und damit auch Walther. Als es aber durch die Romantiker wieder aufgehellt und die deutsche Philologie begründet wurde, da erwachte aufs neue die Begeisterung für den bedeutendsten Sänger des Mittelalters und pflanzte sich fort bis in unsere Zeit.

Höfische Dorfpoesie

Walther klagt einmal, daß der höfisch feine Gesang bei der Gesellschaft durch grobe Töne verdrängt werde, und bittet, man möge das Ärgernis beseitigen, damit die älteren Sänger wieder zum Worte gelangen könnten. Die Burgen wenigstens und die Höfe sollten nach des Dichters Wunsch der neuen Weise verschlossen werden; dann wäre wenig zu besorgen; denn bei den Bauern dürfte die neue Kunst schon bleiben, von dorther sei sie ja doch gekommen. Ähnliche Klagen über das Schwinden der Freude an höfischer Kunst erhoben vom Beginn des 13. Jahrhunderts an auch andere Dichter und deuten damit auf die Reaktion hin, die gegen die Lebensauffassung der ritterlichen und die sie widerspiegelnde Dichtung eingetreten war. Die Ursache dieser von der höfischen Gesellschaft selbst ausgehenden Gegenströmung lag in dem Unbehagen an einer Dichtung, die von den wirklichen Verhältnissen sich abwandte und in einer erträumten Welt schwelgte. Man verlangte nun statt dieser höfischen Reflexionspoesie Dichtungen mit greifbarem Inhalte und schuf sie durch die Rückkehr zur nationalen Überlieferung und auf den natürlichen Boden des Volkes. Die Wirkungen dieser realistischen Bewegung sehen wir um die Wende des 12. Jahrhunderts in der Epik, in der Lyrik und in der Spruchpoesie. Auf den beiden letzten Gebieten war Walther Bahnbrecher gewesen, denn er hat zuerst mit künstlerischem Bewußtsein volkstümliche Elemente in die höfische Poesie eingeführt und sich damit von der Überschwenglichkeit der reinen Empfindungsdichtung Reinmars losgesagt. Da aber Walther das Volkstümliche in idealistischer Weise behandelte, hat er seinen Liedern nicht nur Lebenswahrheit eingehaucht, sondern die Minnepoesie selbst erst auf ihren Höhepunkt gebracht. Darum fühlte er sich mit Recht als Meister der wahren Kunst und erblickte deren Aufgabe in der Förderung und Veredelung des geselligen Lebens in den ritterlichen Kreisen.

Ganz andere Ziele strebte jene gleichfalls aus der Reaktion gegen die Sentimentalität der Minnepoesie hervorgegangene Richtung an, die Walther von den Höfen in die bäuerlichen Kreise verbannt wissen will und deren

Sänger er Fröschen vergleicht, die sich selbst an ihrem Gequak erfreuen, während die Nachtigall ihr Lied verzagend aufgibt. Ihre Ausbildung erhielten diese neuen, den alten Konkurrenz machenden Weisen durch Neidhart von Reuental (um 1180–1241), den Schöpfer der sogenannten höfischen Dorfpoesie. Österreichs Bauern sind es, die dem aus Bayern stammenden Dichter herhalten müssen, nicht um von ihm besungen zu werden, sondern um durch ihn den blasiert gewordenen Herren und Damen der ritterlichen Gesellschaft zur Kurzweil zu dienen. »Frau Unfuge, ihr habt gesiegt«, war des Vogelweiders Urteil über die neue literarische Mode. Gönner des Reuentalers war vor allem der Babenberger Friedrich II., genannt der Streitbare (1230–1246); des Herzogs Gunst vermittelte dem fahrenden Ritter eine Stelle am Hof, ein Heim in Melk; dennoch brach allmählich des Sängers Kraft, dem alternden Mann verbitterten die äußeren Verhältnisse das Leben: »Vrômuot ist ûz Osterrîche entrunnen, Leit und Jâmer wont in Osterlande.« Von Böhmen und von Ungarn her ward die Ostmark des Sacrum Imperium bedroht. Wenige Jahre nach dem von ihm geförderten Sänger fand Friedrich – als der letzte seines Stammes – den Tod in der Leithaschlacht (1246), im gleichen Jahr, in dem ein österreichischer Didaktiker das Lehrgedicht *Die Warnung* schrieb, ein Memento mori in gewandtem Stil, von reichem Ausdruck der Empfindung, mannigfaltig in der Variierung ein und desselben Gedankens, ein Beispiel für skeptische Haltung weiter Kreise, vor allem innerhalb des Klerus, gegenüber der höfischen Kultur und ritterlichen Dichtung.

Diese wurde dennoch weitergepflegt, sogar von sehr vornehmen Herren, wie da sind: Markgraf Diepold von Vohburg, Dichter einiger zierlicher Tageslieder, Graf Otto von Botenlauben (gest. 1245), der in seinen Liedern noch den älteren Stil nachahmte und vielleicht gerade dadurch seiner zarten und warmen Empfindung Ausdruck verleihen konnte, in einem seine Taten im Orient besang, in einem anderen sich über Kaiser Otto lustig machte, der mit den falschen Reichsinsignien gekrönt worden wäre, schließlich ein Herzog von Anhalt (gest. 1252), Schwiegersohn des gesangliebenden Landgrafen Hermann von Thüringen (seine Lieder verraten zuweilen seine mitteldeutsche Mundart). Am Hof des Thüringers lebte der Tugendhafte Schreiber, in Urkunden von 1208 bis 1228 erwähnt, späteren Generationen wichtiger als den Zeitgenossen. Sein Zeit- und Zunftgenosse war der Schwabe Hiltbolt von Schwangau (Hohenschwangau am Lech), von dessen Gedichten eines auf eine Kreuzfahrt (vor 1217) Bezug nimmt.

In der Schweiz widmen sich der höfischen Lyrik Freiherr Heinrich von Frauenberg, dessen Name in keinem amtlichen Dokument zu finden ist, und

Ulrich von Singenberg (zwischen 1209 und 1228 in Urkunden genannt), Truchseß von St. Gallen, ein geistreicher und fleißiger Kopf, der von den jungen Menschen seiner Zeit, die keine Edelleute mehr seien, nichts wissen will, der Dame seines Herzens und der Magd des Herrn in gleicher Weise dienen möchte und es in seinen »Sprüchen« verstand, auch dem einfachen Manne eine Wahrheit klarzumachen, z. B. »der guote wîn wirt selten guot wan in dem guoten vazze« (das bezieht sich auf die damalige Lage im Reich unter Heinrich, dem rebellischen Sohn gegen Friedrich II.). Die Wendung von Walther zu Neidhart vollzog unter anderen Burkart von Hohenfels (zwischen 1216 und 1242 bezeugt), dessen Burg bei Sipplingen über dem Bodensee stand. Durch die anmutige Gegenüberstellung der Minne und entsprechender Vorgänge in der Natur entzückte Leutold von Seven, ein Ministeriale, der zwischen 1221 und 1228 dichtete.

An dieser Stelle erinnern wir uns nochmals des Vogelweiders, jenes Dichters, der Minnesang und Spruchdichtung in gleicher Weise pflegte. Wie der Minnesang in seiner ursprünglichen Haltung die profane Entsprechung zum liturgischen Gotteslob ist, so ist die Spruchdichtung die Parallele zur Predigt: »Frohbote« nannte sich Walther und erhob Anspruch darauf, dem »Herrn Kaiser« »Botschaft von Gott« zu bringen.

Sein ältester und bedeutendster Schüler war Bruder Wernher, ein wahrscheinlich aus Österreich stammender Fahrender, der etwa zwischen 1220 und 1240 seine Sprüche verfaßte, von denen 76 erhalten sind. Dieser Meister des Spruchstils ist gewissermaßen die Stimme des Volkes gegenüber den politischen und sozialen Zuständen im Heiligen Reich, besonders in Österreich. Drei Jahrhunderte später nahmen ihn die Meistersinger unter die legendarischen Ahnherren ihrer Kunst auf und erwiesen die gleiche Ehre dem weniger bedeutenden, wahrscheinlich aus dem niedrigen Adelsgeschlecht der Herren am Rhein von Zeuten stammenden Reinmar von Zweter (Blütezeit 1234–1241, gest. nach 1252), der an den Höfen von Wien und Prag wirkte, doch auch in ganz Deutschland herumwanderte. Die Nachwelt rühmte ihn für den »Frau Ehren-Ton«, eine nach Walthers Weisen gebildete Strophe, verwendet in einem Gedicht, in dessen Mittelpunkt die Frau Ehre steht. Von ihr meint er, sie sei einst mächtig gewesen, doch irre sie jetzt als Vertriebene müde umher. Das mag für Reinmar der Grund gewesen sein, als ursprünglich adeliger Sänger in den Wettbewerb mit den bürgerlichen zu treten.

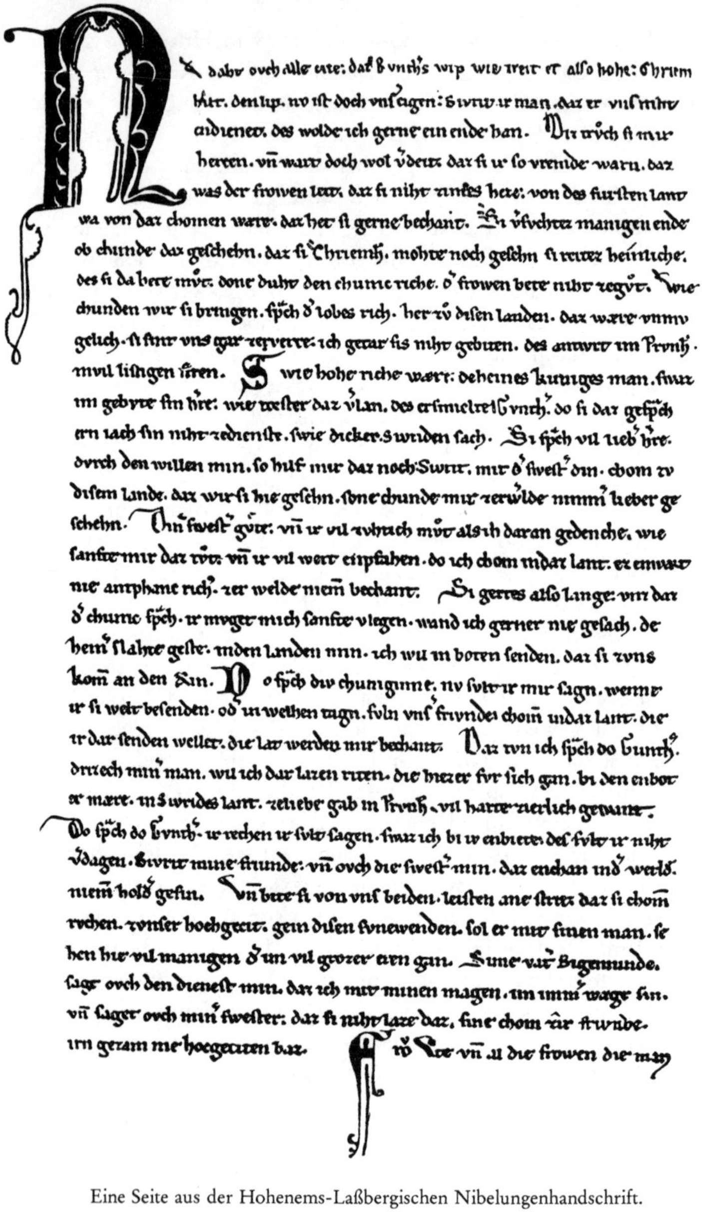
N v dahte ouch alle zite: daz Gunth's wip wie treit et also hohe: Chriem
hilt. den lip. nv ist doch vnser eigen: Sivrit ir man. daz er vns niht
gedienet. des wolde ich gerne ein ende han. Diz truch si in ir
herzen. vñ wart doch wol v̊dert. daz si ir so vremde waru. daz
was der frowen leit. daz si niht zinses hete: von des fursten lant
wa von daz chomen wære. daz het si gerne bechant. Si v̊suchtez manigen ende
ob chunde daz geschehn. daz si Chriemh. mohte noch gesehn si reitez heimliche.
des si da hete mvt. done duht den chunic riche. d' frowen bete niht ze gvt. Wie
chunden wir si bringen. sp̄ch d' lobes rich. her zv disen landen. daz wære vnmv
gelich. si sint vns gar ze verre. ich getar sis niht gebiten. des antwrt im Prvnh.
mvl listigen siten. Swie hohe riche wær: deheines kuniges man. swaz
im gebvte sin h're: wie rest er daz v̊lan. des ersmielte Gvnth'. do si daz gesp̄ch
en iach sin niht ze dienste. swie dicke er Sivriden sach. Si sp̄ch vil lieb' h're.
dvrch den willen min. so hilf mir daz noch Sivrit. mit d' swest' din. chom zv
disem lande. daz wir si hie gesehn. sone chunde mir ze wilde nimm' lieber ge
schehn. Diner swest' gvte: vñ ir vil zvhtich mvt als ih daran gedenche. wie
sanfte mir daz tvt. vñ ir vil wert enpfahen. do ich chom in daz lant. er enwart
nie anphane rich'. ze welde niem̄ bechant. Si gertes also lange: vnz daz
d' chunic sp̄ch. ir mvget mich sanfte vlegen. wand ich gerner nie gesach. de
hein' slahte geste. in den landen min. ich wil in boten senden. daz si zvns
kom̄ an den Rin. Do sp̄ch div chunginne. nv svlt ir mir sagn. wenne
ir si welt besenden. od' in welhen tagn. svln vns' frivnde chom̄ in daz lant. die
ir dar senden wellet. die lat werden mir bechant. Daz tvn ich sp̄ch do Gunth'.
drizech min' man. wil ich dar lazen riten. die hiezer fvr sich gan. bi den enbot
er mære. in Sivrides lant. ze liebe gab in Prvnh. vil harte zierlich gewant.
Do sp̄ch do Gvnth'. ir rechen ir svlt sagen. swaz ich bi iv enbiete. des svlt ir niht
v̊dagen. Sivrit mine frivnde: vñ ouch die swest' min. daz enchan in d' werld'.
niem̄ holt' gesin. Vñ bete si von vns beiden. leisten ane strit: daz si chom̄
rechen. ze vnser hochgezit. gein disen svnewenden. sol er mit sinen man. se
hen hie vil manigen d' im vil grozer eren gan. Sime vat' Sigemunde.
sagt ouch den dienest min. daz ich mit minen magen. im imm' wage sin.
vñ saget ouch min' swester: daz si niht laze daz. sine chom̄ zir frivnde.
in gezam nie hochgeziten baz. rote vñ al die frowen die man

Eine Seite aus der Hohenems-Laßbergischen Nibelungenhandschrift.

Nu daht ouch alle[1] cite[1] daz Gunthers wip:
„wie treit[2] et also hohe Chriemhilt den lip?
nu ist doch unser eigen Svrit ir man:
daz er uns nicht endienet[3], des wolde ich gerne ein ende han.“
Diz trůch si in ir hercen, und wart doch wol verdeit[4].
daz si ir so vremde warn, daz was der frowen leit:
daz si niht zinses hete[5] von des fursten lant,
wa von daz chomen waere, daz het si gerne bechant[6].
Si versuchtez manigen ende, ob chunde[7] daz geschehn,
daz si Chriemhilte mohte noch gesehn
si reitez[8] heinliche, des si da hete můt:
done duht den chunic riche der frowen bete[9] niht ze gůt.
„Wie chunden wir si bringen“ — sprach der lobes rich[10] —
„her zů disen landen? daz waere unmugelich[11].
si sint uns gar zeverre[12]. ich getar sis niht gebiten[13]“
des antwurt im Prunhilt in viel listigen siten:
„Swie[14] hohe riche waere deheines kuniges man,
swaz im gebute[15] sin herre, wie torster[16] daz verlan?
des ersmielte[17] Gunther, do si daz gesprach:
ern jach sin niht ze dienste[18] swie dick[19] er Sivriden sach
Si sprach: „vil lieber herre, durch den willen min[20]
so hilf mir, daz noch Sivrit mit der swester din
chom zu disem lande, daz wir si hie gesehn:
sone chunde mir zer werlde nimmer lieber geschehn.
Diner swester gůte, und ir vil zuhtich[21] můt,
als ih daran gedenche, wie sanfte mir daz tůt.
und ir vil wert enphahen, do ich chom in daz lant,
ez enwart nie antphanc richer zer welde niemen bechant.“
Si gertes[22] also lange, unz[23] daz der chunic sprach:
„ir muget mich sanfte vlegen[24] wand[25] ich gerner nie gesach
deheiner slahte[26] geste in den landen min:
ich wil in boten senden, daz si zuns komen an den Rin.“
Do sprach diu chuniginne: „nu sult ir mir sagn,
wenne ir si welt besenden, oder in welhen tagn
suln unser friunde chomen in daz lant?
die ir dar senden wellet, die lat werden mir bechant[27].“
„Daz tun ich“ — sprach do Gunther — „drizech[28] miner man
wil ich dar lazen riten.“ die hiez er fur sich gan.
bi den enbot[29] er maere in Sivrides lant:
ze liebe gab in Prunhilt viel harte[30] zierlich gewant.
Do sprach do Gunther: „ir rechen, ir sult sagen,
swaz ich bi iu enbiete, des sult ir niht verdagen[31]
Sivrit, mine friunde, und ouch die swester min,
daz enchan[32] in der werlde niemen holder gesin
Und bite si von uns beiden leisten[33] ane strit,
daz si chomen ruchen[34] zunser hochgecit.
gein disen sunewenden soll er mit sinen man
sehen hie vil manigen, der im vil grozer eren gan[35]
Sime vater Siegemunde sagt ouch den dienest min,
daz ich mit minen magen im immer waege[36] sin:
und saget ouch miner swester, daz sie niht laze daz,
sine chom zir friunde. irn gezam nie hocgeciten baz.“
Frou Ůte und al die frowen die man . . .

---

[1] *allezeit,* [2] *trägt,* [3] *nicht verdient,* [4] *verschwiegen,* [5] *hätte,* [6] *erkannt,* [7] *könnte,* [8] *besprach es,* [9] *Bitte,* [10] *Lobesreiche,* [11] *unmöglich,* [12] *zu fern,* [13] *ich wage nicht, sie drum zu bitten,* [14] *wie mächtig immer auch wäre,* [15] *geböte,* [16] *dürfte er,* [17] *lächelte,* [18] *er forderte keinen Dienst,* [19] *oft,* [20] *meinetwegen,* [21] *züchtiger,* [22] *begehrte es,* [23] *bis,* [24] *leicht flehen,* [25] *weil,* [26] *irgendwelcher Art,* [27] *bekannt,* [28] *dreißig,* [29] *durch die entbot,* [30] *gar sehr,* [31] *verschweigen,* [32] *kann nicht,* [33] *zu tun,* [34] *geruhen,* [35] *gönnt,* [36] *gewogen.*

DAS HELDENEPOS

Das Nibelungenlied

Ritterlich-höfische Lebensanschauung bildete die Grundlage, auf der sich unter Einwirkung fremder Vorbilder die deutsche Kunstepik und der Minnesang aufbauten. Unter dem Sonnenschein der höfischen Kunst entfaltete sich auch nach langem und verwickeltem Werdegang das *Nibelungenlied.* Die ihm zugrundeliegende Sage, Verbindung eines rheinfränkischen Mythos mit dem geschichtlichen Stoff vom Untergang des Burgunderreiches, im 6. Jahrhundert hergestellt, wanderte nach dem skandinavischen Norden sowie zugleich nach Deutschland und wurde in beiden geographischen Zonen verschiedenartig umgestaltet.

Bei dieser Umgestaltung der gesamten vereinigten Sagenmasse wurde die burgundische Nibelungin Kriemhilde zur Rächerin des Todes ihres Mannes an den eigenen Brüdern, während Attila, der nach der nordischen Form der Sage den Untergang der Burgunden herbeiführt, ganz zurücktritt und die Entscheidung in den letzten blutigen Kämpfen durch Dietrich von Bern vollzogen wird. Drei Momente lassen sich anführen, die uns die Umbildung der Nibelungensage auf österreichischem Gebiete erklären. Hier sah man unter dem Einflusse ostgotischer Überlieferung in Attila nicht den habgierigen und treulosen Wüterich, den man im westlichen Deutschland in ihm erblickte, und haßte dagegen die üble fränkische Kriemhilde. Der Berner aber, der ostgotische Heldenkönig Theoderich, galt im südlichen Deutschland fast als heimatlicher, jedenfalls als der Held, dem keiner an Ruhm und Stärke gleichkam. Kein Wunder daher, daß man diesen Lieblingshelden in die Nibelungenkatastrophe mächtig eingreifen ließ. Um das Jahr 900 herum muß die älteste oberdeutsche Schicht der Nibelungensage mit Kriemhilde im Mittelpunkt der Haupthandlung schon in ihren wesentlichen Zügen bestanden haben. Ein Werk der folgenden Zeiträume war es, die Sage durch Einflechtung neuer Personen und Bezüge auf Örtlichkeiten und geschichtliche Ereignisse zu erweitern. So z.B. kamen noch im 10. Jahrhundert Pilgrim, Bischof von Passau, und die Gestalt des milden Markgrafen Rüdiger in die Sage, von denen dieser zuerst zu Etzel, dann zu Dietrich und mit diesem zu den Nibelungen in Beziehung gesetzt wurde. Ansprechend ist die Vermutung, daß der Verfasser des Epos mit der Einführung Pilgrims von Passau als Oheims der Kriemhilde dem sängerfreundlichen Wolfger, zu dessen Diözese zu Beginn des 13. Jahrhunderts Niederösterreich gehörte, eine Huldigung habe darbringen wollen. In der zweiten Hälfte des 12.

Jahrhunderts gewann die Sage auch viele neue Einzelzüge durch Anlehnung an niederösterreichische Örtlichkeiten (Pöchlarn, Melk, Traismauer, Tulln, Wien) und verherrlichte durch deren Aufnahme Land und Leute des Donautals, denn mit den Ortsnamen hat sie auch ein gutes Stück geschichtlicher Erinnerungen erhalten.

Diese Vertrautheit mit den geographischen und geschichtlichen Verhältnissen an den Ufern der niederösterreichischen Donau beweist, daß die deutsche Heldensage hier zu Lande noch warme Pflege und Zuhörer fand, als der Westen Deutschlands sich schon voll der Einwirkung französischer Kunst ergeben hatte. In Niederösterreich fand denn auch die Nibelungensage zwischen 1190 bis 1210 ihren Abschluß und ihre dichterische Gestaltung, wie sie im Nibelungenliede uns vorliegt. Um die Wende des zwölften zum dreizehnten Jahrhundert, als die ritterlich höfische Kunst auch die österreichischen Lande in den Bannkreis ihrer Formen zog und Adelige als Dichter in Wettbewerb mit den Spielleuten und Geistlichen traten, wurde die vielverzweigte Nibelungensage von einem Ministerialen, dem die Regeln moderner Dichtung wohlbekannt waren, zu dem großen einheitlichen Hauptwerke gestaltet, das wir zwar nicht im Original, aber in Handschriften besitzen, deren Abfassung von ihm nicht weit abliegt.

Die jüngste Schicht des Epos, in der sich gesellschaftliche und lokale Wiener Verhältnisse aus der Zeit um 1200 abspiegeln, läßt vermuten, daß seine Schlußredaktion zum Teil in Wien selbst geschah. So erklärt sich die persönliche Bevorzugung, die diese Stadt vor allen Orten erfährt, die von der Handlung berührt werden. In Wien spielt sich der glänzendste Vorgang in der ganzen Dichtung ab, die Hochzeit Etzels mit Kriemhilde, nach des Dichters Versicherung das prächtigste Hochzeitsfest, das je von einem König gefeiert wurde. Die Stadt kann zwar die Gäste nicht beherbergen, aber doch alles zum Verkaufe bieten, dessen man bedarf. Und wie der Sänger hier dem Selbstbewußtsein seiner österreichischen Zuhörer schmeichelt, so auch an einer anderen Stelle, wo er von guten Beziehungen der »edelen burgaere« und der »guoten burgaere wîp« zu der adeligen Gesellschaft spricht, die in der gemeinsamen Klage über Siegfrieds Ermordung sich offenbaren. Dem Adel gehörte der Dichter, ein ritterlicher Herr, selber an, und darum weiß er so genauen Bescheid über das Zeremoniell in Hofkreisen bei festlichen Aufzügen, Empfängen, Gastmählern, Verlobungen, kurz in allem, was zum höfischen Wesen gehört. Alle derartigen Züge dienten der Geschmacksrichtung des ausgehenden 12. Jahrhunderts, wie denn auch von anderen Kulturepochen Niederschläge im Nibelungenliede deutlich erkennbar sind. Viele Generationen haben die Sage weitergebildet, und jede hat Anschauungen und Gebräuche ihrer Zeit in sie hineingetragen. Daher haben sich nicht nur die Auffassungen des Verlaufes der Sage, der Helden und Situationen vielfach geändert, sondern auch verschiedene Schichten übereinandergelagert oder ineinanderverschoben, die im Nibelungenepos noch gefühlt werden, weil es dem letzten Bearbeiter nicht möglich war, alle diese Verschiedenheiten und Widersprüche auszugleichen. Daher finden sich neben Abschnitten, die im Ton und in der Vorstellung altertümlich, oft mythisch sind, solche, die der modernen höfischen Zeit entsprechen; man merkt, daß der Sagenstoff nicht zum vollen Eigentum eines Dichters wurde, der ihn aus sich heraus frei, seiner Individualität entsprechend und in allen Teilen einheitlich gestaltet hätte. Dennoch ist es ihm gelungen, das Epos nach einem in den wesentlichen Zügen einheitlichen Plan aufzubauen.

Rein menschliches, historisches und poetisches Interesse bewirkte, daß man sich durch Jahrhunderte mit der Sage in Poesie und Prosa beschäftigte. Das Erbe der alten Heldensänger übernahmen die Spielleute und pflegten es bis weit hinauf in das 12. Jahrhundert. Von solchen Liedern, die in sich abgeschlossene Stücke der Nibelungensage zum Inhalt hatten, berichtet Metellus von Tegernsee (um 1160) und der Marner, ein bürgerlicher Sänger des 13. Jahrhunderts. Zahlreich scheinen aber diese Rhapsodien nicht gewesen zu sein, und weit mehr dürfte die Sage ihre weitverzweigte Verbreitung durch prosaische Erzählungen gefunden haben. Die Form der Nibelungenlieder war offenbar jene, deren sich die fahrenden gleich den geistlichen Dichtern jener Zeit allgemein bedienten, nämlich die der fortlaufenden kurzen Reimpaare. Lieder also, in Reimpaaren abgefaßt, und Erzählungen in Prosa pflanzten die Sagenmasse bis zu ihrer künstlichen Vollendung im Nibelungenliede fort. Woher aber in diesem die Strophenform? Die Antwort darauf gibt uns der Stand der deutschen Dichtung in den letzten Jahrzehnten des 12. Jahrhunderts.

Der Minnesang war ungefähr zu derselben Zeit unter romanischem Einfluß, allerdings mit einem volkstümlichen Einschlag, auch in Österreich eingezogen; der höfische Roman brachte es hier zu keiner eigenen Schöpfung, sei es daß es an französischen Vorlagen fehlte oder daß die nationale Sage noch alles Interesse an sich zog. Dennoch wurden die Artusdichtungen auch in Österreich gelesen, und die Wirkung davon ist nicht ausgeblieben. Wir sehen sie vor allem in der Anregung, die umlaufenden Stücke der Heldensage zu Epen zu verbinden, dann in der Entlehnung verwandter Motive, mit denen man den alten Sagenstoff ausschmückte, und endlich in der Sprache und im Stil. Die Strophe jedoch, in der das Nibelungenlied abgefaßt ist, weist uns auf die Anfänge des Minnesanges. Mit diesem war eine Fülle neuer Strophenformen in die Literatur gekommen. Es waren aber dieselben adeligen Sänger, genauer Ministerialen, die das Minnelied und das Epos pflegten. Da lag es nun nahe, daß sie die lyrischen Formen auch auf die epische Darstellung anwandten. So hat auch der letzte Bearbeiter des Nibelungenliedes den Sagenstoff in eine bekannte, der Weise des Kürenbergers ähnliche Form umgegossen, und es ist ihm dies derart gelungen, daß es nur selten möglich ist, aus seinen Wortformen die ursprünglichen zu erschließen.

Wie beliebt das Nibelungenlied in höfischen Kreisen und beim Volke war, zeigt schon die große Zahl von Handschriften, in denen es uns überliefert ist. Aus dem 13. und 14. Jahrhundert sind ihrer 21, aus dem 15. und 16. zehn entweder vollständig oder in Bruchstücken erhalten. Weitaus die meisten stammen aus Oberdeutschland, und zwar aus Tirol. Sie zerfallen in zwei Gruppen, in ein »Nibelungenlied« und in eine »Nibelungennot«, je nach den Schlußworten: »daz ist der Nibelunge liet« und »daz ist der Nibelunge nôt«. Die bedeutendsten unter den Handschriften sind drei dem 13. Jahrhundert angehörige, die Karl Lachmann mit A, B und C bezeichnete, um damit zugleich seine Ansicht über ihr Verhältnis zueinander und über ihren Wert auszudrücken. A und B enthalten die Nibelungennot, C das Nibelungenlied.

Von den drei genannten Handschriften befindet sich die A seit 1810 in der Münchener, die B, früher im Besitz des Geschichtsschreibers Ägidius Tschudi, seit 1773 in der Sankt Galler und die C, ehemals dem Freiherrn von Laßberg gehörig, jetzt in der fürstlich von Fürstenbergischen Bibliothek zu Donaueschingen. Die anderen Handschriften bilden entweder Mittelgruppen oder stimmen mit der C oder mit der Gruppe AB. Schon im 15. Jahrhundert wurde das Nibelungenlied teils nach der C, teils nach einer bisher unbekannten alten Handschrift vollständig umgearbeitet unter dem Titel »Der Nibelungen Liet«. Diese Überarbeitung ist uns erhalten in der aus dem Piaristenkollegium in Wien stammenden und jetzt in der Nationalbibliothek daselbst aufbewahrten Handschrift aus dem 15. Jahrhundert.

Uns ist in alten mæren wunder vil geseit
vom heleden lobelæren von grôzer kuonheit.
von fröuden, hôchgezîten von weinen unde klagen,
von küener recken strîten muget ir nu wunder hœren sagen.

Viel Wundersames melden uns Mären alter Zeit,
Von rühmenswerten Helden, von mühevollem Leid.
Von frohen Festlichkeiten, von tränenreichen Klagen,
Von kühner Recken Streiten laßt Wunderdinge euch jetzt sagen.

Nach dieser Strophe, die, wie es auch in anderen Epen geschieht, den Inhalt der Dichtung im allgemeinen ankündigt, versetzt uns der Sänger mitten in die Handlung selbst und erzählt, Kenntnis der Personen und ihrer Namen nach Art eines Volksdichters voraussetzend, von Kriemhildens Traum.

Zu Worms am Rhein auf der alten Königsburg im Lande der Burgunden wuchs nach des Vaters frühem Tode seine Tochter Kriemhild unter der sorgsamen Obhut ihrer Mutter Ute und der Pflege ihrer drei starken Brüder Gunther, Gernot und Giselher zur herrlichen Jungfrau heran. Da sieht einmal die holde Maid im Traum, wie einen wilden Falken, den sie sorgsam sich gezogen hat, zwei Adler mit ihren Klauen vor ihren Augen zerfleischen. Ahnungsvoll deutet die Mutter den Falken auf einen edlen Mann, der vor den Feinden sich wohl hüten möge. Doch die Jungfrau will nichts von Mannes Minne wissen, denn an vieler Frauen Leben sei es schon offenbar geworden, »wie liebe mit leide ze iungest lônen kan«.

In Kriemhildens Liebe, Leid und Rache verwirklicht sich später das Traumbild, und deren Schilderung bildet den Inhalt des Nibelungenliedes. So hat der Dichter gleich zu dessen Beginn mit der kleinen Szene wirkungsvoll die Hauptmomente des Epos angekündigt, deren Entwicklung er sich sofort zuwendet. Ohne ausführlich zu berichten, was Lied und Sage von Siegfrieds abenteuerreicher Jugend ihm melden, strebt er danach, Kriemhild mit Siegfried (dem Falken) in Verbindung zu bringen.

Zu Xanten am Niederrhein war Siegfried, des Königs Siegmund und der Königin Siegelinde Sohn, zum kühnen und gewaltigen und dabei gesitteten Recken herangewachsen. Voll Heldenmut und Kraftgefühl zog er in vieler Herren Lande und erprobte seine Stärke im Kampfe mit Riesen und Drachen. Unter großem Gepränge wird sieben Tage lang das Fest seiner Schwertleite gefeiert. Als man nun ihn auffordert, sich eine seiner würdige Braut zu wählen, entscheidet er sich für Kriemhild, und trotz der Warnungen seines Vaters und der Tränen der Mutter, die Gunther und seine Mannen fürchten, zieht Siegfried mit zwölf erlesenen Rittern in zierlichen Gewändern und kostbarem Waffenschmuck an den Hof der Burgunden. Hier erregen die Fremdlinge großes Aufsehen, und nur Hagen von Tronje, dem alle Lande kund sind, vermag über sie Auskunft zu geben. Zwar hat auch er den Führer der Schar noch nie gesehen, aber er vermutet aus allem, was er sieht, daß es Siegfried sei, der die Nibelungen besiegt, den unermeßlichen Hort von Gold und Edelsteinen und obendrein das Schwert Balmung gewonnen habe. Dem Zwerg Alberich habe er die Tarnkappe entrissen, die ihn unsichtbar mache, außerdem einen Linddrachen erschlagen und sich in seinem Blute gebadet, wovon seine Haut hörnen geworden sei, so daß ihn keine Waffe verwunden könne. Auf Hagens Rat werden die fremden Recken ehrenvoll begrüßt.

Während die Helden mit allerlei Kurzweil sich die Zeit vertreiben, schaut durch das Fenster die hehre Kriemhild verstohlen den Kampfspielen im Burghofe zu, Siegfried mit den Augen suchend, dem an Kraft keiner der Helden gleichkommt. Siegfried aber hat, obschon er bereits ein Jahr am Hofe der Burgunden weilt, noch nie die Minnigliche gesehen, durch die ihm noch im Leben viel Liebeslust und Leid geschah. Nachdem der Dichter, um dem höfischen Geschmacke zu genügen, bei der Schilderung des Hoflebens ziemlich lange verweilt hat, rückt er seinem Ziele, der Annäherung Siegfrieds und Kriemhildens, rasch entgegen.

Der Sachsenkönig Liudger und der Dänenkönig Liudgast kündigen dem Burgundenkönig Fehde an. Darüber erschreckt, wendet er sich an Siegfried um Hilfe. Und nicht umsonst, denn dessen Heldenkraft gelingt es, im Verein mit seinen Recken und den Burgunden die Feinde zu überwinden. Boten tragen die Siegesnachricht an den Rhein, und von einem erfährt sie auch Kriemhild. Treubesorgt um den Königssohn aus Niederland, vernimmt sie aus des Boten Mund, wie zwar alle wehrlich gestritten, die größten Wunder aber des kühnen Helden starke Hand gewirkt habe. Mit lautem Jubel wird das zurückkehrende Heer begrüßt, die Frauen treffen Vorbereitungen zum Siegesfest, an dem sie auf Ortwins Rat auch teilnehmen dürfen. Hier nun erblickt Siegfried zum erstenmal Kriemhild. Im festlichen Gewand, geleitet von ihrer Mutter Ute und umgeben von ihren Rittern und Frauen, tritt sie in die Öffentlichkeit, dem Morgenrote gleich, das aus dunklen Wolken strahlt.

Sam der lichte mâne vor den sternen stât,
des scîn so luterliche ab den wolken gât,
dem stuont si nu gelîche vor maneger frouwen guot.
des wart dâ wol gehœhet den zieren heleden der muot.

Gleich wie der Glanz des Mondes bleicht der Sterne Licht,
Wenn er mit hellem Scheine die Wolken klar durchbricht,
So überstrahlte Kriemhild die Frauen schön und gut,
Ins Antlitz ihr zu schauen, das hob der Ritter Herz und Mut.

Aus der Zeit höfischer Zucht und Sitte in die gewaltigen Reckentums und der Walküren führen uns die zwei folgenden Abschnitte, die erzählen, um welchen Preis Siegfried die Braut seines Herzens gewinnen muß. Er besteht in der Überwindung Brunhildens, die Gunther als Gemahlin heimführen will.

Fern über der See, auf dem meerumflossenen Isenstein, herrscht diese überaus schöne und gewaltige Königstochter. Wer sie freien will, muß sie in Kampfspielen übertreffen; gebricht's ihm an einem, so hat er das Leben verwirkt. Um diese Maid will Gunther freien. Siegfried verspricht ihm seine Hilfe, wenn er ihm dafür Kriemhildens Hand zusage. Auf das prächtigste ausgerüstet, machen sich beide mit ihrem Gefolge auf die Fahrt und landen nach zwölf Tagen an der vieltürmigen Burg Isenstein. Brunhild begrüßt züchtig den Helden Siegfried, fragt ihn um den Zweck der Reise und erfährt von ihm, daß Gunther, sein Lehensherr, um sie werben wolle. Da läßt sie die Spiele vorbereiten. Siegfried eilt indessen, ohne daß es jemand merkt, zum Schiff und schlüpft in seine Tarnkappe, die ihn unsichtbar macht. Er besiegt Brunhild an Gunthers Stelle in den Kampfspielen. Da heißt Brunhild ihre Mannen dem König Gunther huldigen und rüstet sich zur Fahrt in das Burgundenland.

Mit voller Macht ragt in die Werbung um Brunhild noch der alte Mythus herein. Zwar ist diese nicht mehr die von der Waberlohe umschlossene Walküre, aber ihre hohe Schönheit und die unheimliche Kraft, die sie in der Handhabung der Waffen von ungewöhnlicher Größe und Schwere offenbart, erinnern noch an ihr ursprüngliches Wesen. Sie nennt Siegfried bei der Begrüßung mit dem Namen, wird aber von ihm mit der Versicherung getäuscht, daß er Gunthers Eigenmann sei, worauf sie ihn als solchen behandelt. Scheinbar zwar mit Siegfrieds Aufklärung zufrieden, beginnt sie doch über dessen Verhältnis zu Gunther zu grübeln. Mißtrauen gegen ihren angeblichen Besieger setzt sich in ihrer Seele fest und steigert sich, als Gunther noch gar seine Schwester Kriemhild mit Siegfried, seinem Dienstmann, vermählt. So bildet die Fahrt nach Isenstein für den Aufbau des Epos in zweifacher Hinsicht eine bedeutsame Stufe; denn fürs erste führt sie zur Verbindung Siegfrieds und Kriemhildens, und dann leitet sie auch schon den Konflikt zwischen den beiden Königinnen und daher auch jenen zwischen Kriemhild und Hagen ein, der im deutschen Nibelungenliede zur Haupthandlung herausgearbeitet wird, wogegen die Edda einen solchen zwischen Brunhild und Siegfried darstellt.

Während Brunhild ihr Reich auf Isenstein bestellt, fährt Siegfried in das Nibelungenland und kehrt mit großem Gefolge und reichen Schätzen zurück. Jetzt erst tritt man die Reise nach Worms an, wo Brunhild herzlich empfangen wird. Unter festlichem Gepränge findet Gunthers Hochzeit und Kriemhildens Verlobung mit Siegfried statt.

Daß Brunhild den Helden von Niederland schon vor dessen Aufenthalt auf Isenstein gesehen habe, verrät uns die Begrüßungsszene. Von der näheren Beziehung zwischen beiden, die in der nordischen Fassung der Sage vorausgesetzt wird, meldet das Nibelungenlied nichts und es ist auch nicht notwendig, die Trauer Brunhildens durch die Erinnerung an die ihr von Siegfried einst gelobte Treue zu erklären, denn ihre Mienen und die Erregtheit ihres Gefühls bei dem Anblick des glücklichen Paars zeigen deutlich, daß der Neid das Weh in ihres Herzens Tiefe verursacht habe. Nicht Erbarmen mit Kriemhilden, noch auch der Gedanke, einen Vasallen zum Schwager zu haben, erfüllen sie mit Schmerz, sondern die Eifersucht auf Kriemhilden, die Gemahlin des schönen und starken Siegfried. Dazu kommt die Unklarheit über dessen Beziehungen zu Gunther, über die ihr dieser keinen Aufschluß geben will. All dieses wirkt zusammen, daß Brunhilde ihrem Gemahl nicht mit Liebe entgegenkommt.

Noch einmal überwindet Siegfried, in die Tarnkappe gehüllt, die mit dämonischer Kraft kämpfende Brunhild und nötigt sie, Gunthers Weib zu werden. Aus Übermut nimmt er ihr Armring und Gürtel und schenkt beides unbedachterweise seiner Gemahlin. Die Schuld doppelten Betruges lastet auf Siegfrieds Seele, und er selbst hat dem Verderben den Weg gezeichnet, das zu dessen Sühne über ihn hereinbrechen sollte.

Siegfried und Kriemhild ziehen nach Xanten, werden mit hohen Ehren empfangen und genießen zehn Jahre lang ein reines und ungetrübtes Glück. Groß ist Siegfrieds Macht, da ihm sein Vater Krone und Reich abgetreten hat; sein sind das Niederland und das Nibelungenreich mit all ihren unermeßlichen Schätzen und herrlichen Burgen.

Das Ansehen aber, dessen Kriemhild als Königin sich weithin erfreut, nährt die noch nicht erloschene Glut der Eifersucht und des Neides in

Brunhildens Brust. Daher dringt Brunhild in ihren Gemahl, von dem Eigenholden Siegfried den schuldigen Zins und Dienst zu verlangen, und heuchelt sogar Sehnsucht nach der Schwester. So wird denn eine Gesandtschaft unter Markgraf Gere nach Xanten abgeordnet, um die Freunde zu dem Sonnenwendfeste nach Worms einzuladen. Die Einladung wird angenommen; begleitet von einem stattlichen Heergefolge und mit vielen Schätzen zieht das königliche Paar und der greise König Siegmund den Rhein hinauf in das Burgunderland, wo sie mit lautem Jubel und hohen Ehren empfangen werden. »Noch hegte zu den Gästen Brunhild keinen Haß.«

Doch kann sie aus ihrem Grübeln, warum Siegfried ihrem Mann so lange den Zins versaß, nicht herauskommen und fühlt sich immer mehr gedrängt, Kriemhild darüber zur Rechenschaft zu ziehen. Endlich stellt sie die verhängnisvolle Frage, deren Beantwortung den Glücksumschwung (die Peripetie) in der Nibelungentragödie herbeiführt. Es ist eine ungemein bewegte, zu einem kleinen Drama sich entwickelnde Szene, in der uns der Streit der beiden Königinnen geschildert wird.

Traulich sitzen die beiden Königinnen beisammen und sehen den Kampfspielen zu, an denen sich die Ritter im Burghof vergnügen. Da sagt Kriemhild, voll Glückseligkeit auf ihren Gemahl hinsehend: »Ich habe einen Mann, dem wären billig alle diese Reiche untertan.« Mit finsterem Blick entgegnet Brunhild, dies sei wohl doch unmöglich, solange Gunther lebe. Jene aber, ganz versunken in den Anblick Siegfrieds, beachtet nicht den aufsteigenden Groll ihrer Schwägerin, vergleicht ihren Gatten dem Monde unter den Sternen und behauptet, daß er als ebenbürtiger Genoß neben Gunther hintreten dürfe. Jetzt bricht Brunhildens Zorn los. Sie weist auf das Dienstverhältnis hin, in dem Siegfried zu Gunther stehe, als dessen Eigenhold er sich selbst auf Isenstein einführte, und beharrt voll Trotz, obgleich Kriemhild mit freundlichen Worten den Zwist beilegen will, bei ihrer Behauptung. Nun hält auch diese nicht länger mehr zurück und will öffentlich beim Kirchgang zeigen, daß ihr Mann kein Vasall, sondern ein König sei, dessen Gemahlin der Vorrang beim Eintritt in die Kirche gebühre. Mit glänzendem Gefolge gehen die beiden Königinnen, voneinander getrennt, zum Münster. Vor dem Portal wartet Brunhild und befiehlt der herankommenden Kriemhild, still zu stehen, denn nicht gezieme es der Eigenholdin, vor der Königin in die Kirche einzutreten. Dadurch aufs heftigste erbittert, ruft jene Brunhilden zu, besser stünde es ihr an, zu schweigen, da sie doch von dem vermeintlichen Eigenmann gezwungen worden sei, Gunthers Weib zu werden. Darüber vor Entsetzen sprachlos, weint Brunhilde bittere Tranen, und vergeblich sucht Kriemhild durch gütlichen Zuspruch sie zu stillen. Sie hat das ihr vom Gatten anvertraute Geheimnis verraten, und nach dem Gottesdienste legt sie auf Verlangen die Wahrzeichen ihrer Aussage, Armring und Gürtel, in Brunhildens Hände.

Glühender Haß erfüllt jetzt Brunhilds Brust gegen den Mann, der sie zweimal bezwungen und ihrer Beschimpfung sich sogar gerühmt hat. Vergeblich sucht Gunther sie zu beschwichtigen, vergeblich beteuert Siegfried mit hohen Eiden, die Königin nicht verlästert zu haben. Scheinbar ist der Streit beigelegt, aber Brunhild weint und ihre Tränen verlangen Siegfrieds Blut. Hagen, der dem Helden aus Niederland von allem Anfang an nicht hold war, kann es in seiner Mannentreue nicht überwinden, daß seine Königin an ihrer Ehre gekränkt worden ist, und bietet sich zum Werkzeug ihrer Rache an.

Die Ausführung des Mordanschlages wird listig eingeleitet und mit dem Sachsenkriege in Verbindung gebracht. Man sprengt das Gerücht aus, die Sachsen hätten den beschworenen Frieden gebrochen. Eine Heerfahrt soll gegen sie unternommen werden und auch Siegfried daran teilnehmen. Hagen weiß Kriemhilden das Geheimnis zu entlocken, daß ihr Mann zwischen den Schultern eine verwundbare Stelle habe, und rät ihr, sie durch ein Zeichen kenntlich zu machen, damit er ihn vor den feindlichen Geschossen desto leichter schützen könne. Und wirklich läßt sich Kriemhild von dem Arglistigen betören und näht in ihrer Angst und Sorge um den geliebten Gatten mit feiner Seide ein Kreuz auf sein Gewand, das Zeichen seines Todes. Als Hagen dieses am andern Tag sieht, wird der Krieg abgesagt und dafür eine Jagd im Odenwald veranstaltet. Bei dem Mahle, das die Jagd beschließt, fehlt der Wein. Auf Hagens Vorschlag wird ein Wettlauf zu einer nahen Quelle unternommen, und Siegfried langt, obschon er Rüstung, Speer und Schild mit sich führt, die andern aber leicht gekleidet laufen, dennoch weit früher am Ziele an. Nach höfischer Sitte wartet er indes, bis der König getrunken hat. Der schwärzeste Undank wird dafür Siegfrieds Lohn, denn während er trinkt, stößt ihm Hagen den Speer durch das Zeichen, so daß das Blut ihm vom Herzen springt hin bis an des Mörders Kleid.

»Nie konnte«, sagt der Dichter zum Schlusse dieses Abschnittes, »schlimmer enden für Helden eine Jagd. Das Wild, das sie erlegten, beweinte manches Weib. Manch guter Kämpfer büßte hernach mit Leben es und mit Leib.« Es ist eine der ergreifendsten Szenen des ganzen Liedes, breit in der Schilderung, voll Leben und Wirken durch die Gegensätze und die erschütternde Tragik. Mit dem Zeichen der Liebe weist Kriemhild dem Mordstahl den Weg; die Träume der liebenden Gattin und deren schreckliche Erfüllung, Siegfrieds Ehrfurcht vor dem König und sein Lohn, die Prophezeiung des über die Mörder kommenden Verderbens, all dies ergreift auf das tiefste des Lesers Gemüt und ruft jene Rührung und Erschütterung hervor, die als unmittelbares Ziel jeder Tragödie angesehen werden. Und tragisch war Siegfrieds Schicksal, denn Schuld und Sühne sind aufs innigste miteinander verknüpft und stehen nicht in dem entsprechenden Verhältnis. Jene, an sich allerdings schwer, sucht der Dichter zu mildern durch die Motive und den Charakter des Helden, denn das erste Mal macht die Liebe zu Kriemhilden Siegfried zum Betrüger an Brunhilden, das zweite Mal die Freundschaft zu Gunther. Aus Siegfrieds naiver Eigenart erklärt sich, daß er unbedachterweise seine Frau in das Geheimnis einweiht und ihr die Wahrzeichen der Tat übergibt und damit in echt tragischer Weise gerade dort die sühnende Rache heraufbeschwört, wo er auf dem Höhepunkt seines Glückes zu stehen wähnt. Er büßt mit einem frühen, ruhmlosen Tode.

Mit dem Tode Siegfrieds schließt der erste Teil des Nibelungenliedes, in dessen einheitlichen Plan der Dichter diese aus einer älteren und jüngeren Schicht (Sachsenkrieg) erwachsene Szene derart eingefügt hat, daß sie uns auch einen Ausblick in den weiteren Gang der Handlung gewährt. Kriemhildens Liebe endet mit Leid, und dieses wird gestillt durch ihre Rache. Fortan tritt Kriemhild in den Vordergrund der Handlung, und ihr Konflikt mit Hagen bildet den Inhalt des zweiten Teiles der Dichtung, während Brunhild, die in der nordischen Überlieferung ihrem einst geliebten Siegfried freiwillig im Tode folgt, zwar Kriemhild den Tod ihres Gatten beweinen sieht, dann aber nur noch einmal erwähnt wird. Die deutsche Dichtung ließ den tragischen Gehalt, der in Brunhild lag, unbeachtet und wandte ihre Teilnahme Kriemhilden zu, in der das Menschliche entwickelt und poetisch in warmem Mitleid verklärt werden konnte, wogegen der dämonische Charakter Brunhildens durch die alte Sage so scharf geprägt war, daß man eine Änderung daran nicht vorzunehmen wagte. An Brunhildens Stelle tritt im Nibelungenliede Hagen, der aus Mannentreue die Rache seiner Herrin übernimmt.

Er läßt die Leiche Siegfrieds in der Nacht vor Brunhildens Kemenate legen, wo sie Kriemhild, als sie am Morgen zur Kirche gehen will, findet. Lauter Jammer erfüllt die Burg, und nur mit Mühe hält Kriemhild Siegfrieds Mannen von sofortiger Rache zurück. Die Leiche wird aufgebahrt; die Verwandten müssen zur Bahrprobe nahen, damit man den Mörder erfahre. Als sich Hagen der Leiche nähert, beginnen die Wunden des Toten aufs neue zu fließen und klagen den Lebenden an.

Arm an Trost und Freuden zieht Siegmund mit seinen Mannen in die Heimat; Kriemhild aber bleibt an der Stätte ihrer Liebe und ihres Leides, und ihm allein ist fortan ihr Leben gewidmet. Weder ihr Sohn noch der Schwiegervater noch die Aussicht auf die Herrschaft über Niederland und das Reich der Nibelungen können sie von dem Grabe ihres Gatten trennen. Sie verharrt in ihrem stillen Leid und sinnt auf Rache. Vier Jahre lang spricht sie kein Wort zu Gunther und sieht niemals Hagen, den Mörder ihres Gatten. Um sie aus ihrer stummen Trauer zu reißen und einem tätigen Leben zuzuführen, wird der Nibelungenhort nach Worms gebracht. Da aber Kriemhild davon reichlich austeilt und dadurch viele für sich gewinnt, wird Hagen besorgt, nimmt ihr die Schlüssel zum Hort, dann diesen selbst und versenkt ihn in den Rhein.

Die Überführung des Hortes aus dem Nibelungenlande und dessen Versenkung in den Rhein sind Teile der alten Sage und vom Dichter mit vielem Geschick in den Zusammenhang des Ganzen gebracht worden. Denn der Verlust des Hortes entflammt in Kriemhilden aufs neue die Rachegedanken gegen Hagen, der durch den Raub ihr die Mittel genommen hat, Rächer zu gewinnen. Mittellos aber, wie Kriemhild nach Verlust des Schatzes war, schenkt sie der Bitte Etzels um so leichter Gehör, da sich ihr dadurch die Möglichkeit zur Rache bietet. Diese füllt den zweiten Teil des Epos aus und wird eingeleitet durch Etzels Werbung. Mit deren Annahme geschah der entscheidungsvolle Schritt zur allgemeinen Katastrophe; aber auch für die Rüdiger-Tragödie, die sich mit der Haupthandlung verknüpft, war der Konflikt eingeleitet; denn mit dem eidlichen Treuversprechen, das der Markgraf ahnungslos Kriemhilden leistete, hat er das namenlose Leid heraufbeschworen, das über ihn, seinen Freund und seine Mannen hereinbrechen und das schönste Familienglück zerstören sollte. Nicht Liebe, nicht das Verlangen nach der Krone, auch nicht die Macht der Überredung bestimmt Kriemhild, Etzels Gemahlin zu werden, sondern einzig die Hoffnung, Rache nehmen zu können. Rache ist ja das Ziel ihres Strebens geworden, und die Heirat mit Etzel weist ihr den Weg dazu. Die Brüder billigen die Heirat und verspotten Hagens warnende Worte. Giselher, der stets die Sache der Schwester vertritt, bietet ihr seine Hilfe an, sobald sie ihrer bedürfe. Hagen aber kränkt die Scheidende noch einmal durch die Vorenthaltung des nicht versenkten Teiles des Schatzes. So werden verschiedene Fäden angesponnen, die zur Einleitung der Katastrophe dienen sollen.

Mit schwerem Herzen scheidet Kriemhild von den heimatlichen Gefilden, den Zeugen ihrer Lust und ihres Leids. Hohe Ehren erwarten die neue Herrin zu Bechlarn in der Burg des Markgrafen Rüdiger. Bei Tulln bewillkommnet Etzel seine Braut. Zu Ehren Kriemhildens findet ein glänzendes Turnier statt. Den Höhepunkt erreichen die Festlichkeiten bei der Hochzeit, die in Wien durch 17 Tage gefeiert wird. Bei Miesenburg besteigt man die Schiffe und fährt die Donau hinab in die Etzelburg (Gran). Mit Jubel wird die Königin empfangen; er findet aber keinen Widerhall in ihrem Herzen, dem fremd die neue Heimat und nur lieb und wert die Erinnerung an Siegfried bleibt. Auch Ortlieb, den sie nach siebenjähriger Ehe ihrem Gemahl schenkt, vermag das stille Leid nicht zu verscheuchen. So vertrauert sie noch sechs Jahre, bis sie die Zeit der Rache für gekommen hält. Um nicht als freundlose Fremde im Hunnenlande zu erscheinen, bittet sie Etzel, dem ihre Wünsche längst zum Befehl geworden sind, daß ihre Verwandten zum Sonnenwendfeste eingeladen und die Spielleute Swemmel und Werbel nach Worms gesandt werden, um die Botschaft zu entrichten.

In Worms wird nach siebentägiger Beratung die Reise beschlossen. Mit mehr als 1000 Rittern und 9000 Knechten machen sich die Burgunden auf die Fahrt. Von bösen Träumen gequält, will sie Ute zurückhalten. Durch Ostfranken ziehen die Burgunden an die Donau. Hier warnt eine Wasserfrau Hagen vor der Reise ins Hunnenland. Doch dieser, entschlossen, jeder Gefahr Trotz zu bieten, achtet nicht darauf, erschlägt den bayerischen Fergen, der ihnen die Überfahrt weigert, setzt selbst die Reisigen über den Strom und zertrümmert das Fahrzeug, damit keinem die Rückkehr möglich sei. Dann verkündet er den Helden die grausigste der Mären, die von der Wasserfrau erzwungene, aber von ihm bis jetzt verschwiegene Prophezeiung, daß keiner von ihnen die Heimat wiedersehen werde. Da erbleichen vor Schrecken die Helden kühn und hehr. An der Grenze von Etzels Reich trifft Hagen den Grenzwächter Eckewart schlafend, nimmt ihm die Waffen und gibt sie ihm erst wieder, als er flehentlich darum bittet. Zum Dank dafür warnt Eckewart, der hier die Rolle des getreuen Warners Eckart spielt, die Burgunden vor Kriemhildens Rache und empfiehlt ihnen als Nachtherberge die Burg Rüdigers, dessen »Herz Tugendblüte trägt, den Blumen gleich im Grase, vom süßen Mai gestreut. Wenn's Helden gilt zu dienen, so tut er es voll Herzensfreud'.«

In Bechlarn finden die Burgunden auch wirklich die freundlichste Aufnahme. Der siebentägige Aufenthalt der Nibelungen in Bechlarn gestaltet sich zu einer herzerfreuenden Idylle, beleuchtet vom vollen Sonnenschein lautesten Jubels und reinster Freude, in der die Ahnungen, die so manches Ritters Herz früher beschlichen, nur mehr flüchtig hier und dort wie ein halbvergessener Traum auftauchen. Neue Verbindungen werden geschlossen, neue Hoffnungen geschöpft, und die zartesten Bande der Freundschaft und Liebe schlingen sich zwischen den Herzen, um dann aufs schmerzlichste zerrissen zu werden. Der Dichter hat auch in dieses liebliche Bild einige Züge verwoben, die bei dem Hereinbruch der allgemeinen Katastrophe deren tragische Wirkung bedeutend erhöhen. Rüdiger schließt Bundesbrüderschaft mit Gernot und schenkt ihm sein erprobtes Schwert, das ihm den Todesstreich versetzen soll. Gotlind, die treubesorgte Hausfrau, holt aus der Waffenhalle den Schild, den einst ihr Sohn Nudung trug, und gibt ihn Hagen als Geschenk, für das sie bald den Schild ihres toten Gatten empfängt. Denn ihre Gastfreunde machen sie zur Witwe, ihre Tochter, die mit Giselher sich jetzt verlobt, zur Waise, und Volker, der fröhliche Fiedler von Alzei, der beim Abschied noch einmal die schönsten Weisen ertönen läßt, muß bald den Fiedelbogen mit dem Schwert vertauschen. Den Tagen lautesten Jubels und herzinniger Freude, die selbst Hagen etwas milder stimmt, folgt schnell die grauenhafte Stille des Todes und der tiefsten Trauer.

Rüdiger gibt den Nibelungen das Geleite auf dem Wege, der sie dem unabwendbaren Verhängnis entgegenführt. Tiefe Trauer herrscht, als der Markgraf und die Nibelungen sich auf ihre Rosse schwingen. Es weint manche Frau und manche herrliche Jungfrau, als ob sie das künftige Leid ahnten. Boten verkünden die Ankunft der Nibelungen in Etzels Land. Dietrich von Bern reitet ihnen mit seinen Amelungen entgegen und wird von den Königen begrüßt, worauf er sie vor Kriemhilden warnt, die noch immer weine um den Helden vom Nibelungenland.

So nähern sich die Recken Etzels Burg. Der Dichter wendet nun aus dem Gewühl unseren Blick auf Kriemhilde. Als minnigliche Jungfrau ist sie einst in Worms in einer Fenstervertiefung gestanden, als Siegfried in den Burghof einritt, und verstohlen hat sie durch das Fenster auf den herrlichen Jüngling bei den Ritterspielen geblickt. Wieder steht sie in einer Fenstervertiefung, aber ihr Blick dürstet nach Rache und zählt die Opfer, ob keines fehle; sie freut sich auf den Kampf und frohlockt, daß die Stunde der Rache endlich gekommen ist: »Welch Glück und welche Wonne, da kommen meine Magen (Verwandten). Wer mit mir nun meines Leids gedenken will, dem werde ich Gold und meine Huld stets schenken.«

Die Gäste werden beherbergt. Gleich die erste Begegnung der Königin und des Tronjers führt zu einem Konflikt; denn als ihn jene fragt, ob er den Nibelungenhort bringe, antwortet er voll Hohn: »Ich bringe euch den Teufel. Ich habe an meinem Schild und Harnisch genug zu tragen.« Und als Kriemhild die Nibelungen entwaffnen lassen will, erklärt sich Hagen dagegen, denn der Berner hat sie gewarnt, wie die Königin beschämt aus dessen Munde selbst vernehmen muß. Hagen, Kriemhildens Gegenspieler, tritt in den Mittelpunkt der Handlung. Ihm reicht Dietrich die Hand, und darüber verwundert, fragt Etzel, wer jener gewaltige Held sei, den der Berner so auszeichne. Als man ihm Hagen nennt, gedenkt er in freudiger Erinnerung der Tage, in denen dieser mit Walther und Hildegund an seinem Hofe lebte. Der Platz wird allmählich leer von den Rittern, nur zwei Recken bleiben dort noch stehen, schreiten dann zur Saaltüre und lassen sich dem Palaste Kriemhildens gegenüber auf einer Bank nieder. Es sind dies der grimmige Hagen und Volker, der kühne Fidelspieler. Voll Trotz fordern sie Kriemhildens Rache heraus. Im Angesichte des Todes schließen die beiden gewaltigen Recken Waffenbrüderschaft, die bis zu ihrem letzten Atemzuge währt und auf des sonst ungeheuren Tronjers Gestalt einen mild verklärenden Schimmer wirft. Es ist eines der herrlichsten Bilder unserer Poesie, das der Dichter hier entrollt.

Kriemhild ruft ihre Mannen zur Rache auf. Doch diese beben vor Volkers rollenden Augen und vor dem Balmung des grausen Hagen, der als junger Mann mit Walther die Hunnen einst zu manchem Sieg geführt. Trotz Kriemhildens Leid weichen sie schmählich zurück. Der erste Anschlag der auf Erfüllung ihrer Rachepläne drängenden Königin ist mißlungen.

Hagen und Volker erheben sich ruhig, gehen zu dem Saale, in dem ihre Herren untergebracht sind, und übernehmen freiwillig in treuer Mannenpflicht die Schildwache vor der Türe, während drinnen die Helden sorgenvoll sich auf das prächtig bereitete Nachtlager strecken. Gegen Mitternacht gewahrt Volker einzelne glänzende Helme. Es sind Kriemhildens Mannen, von ihr gesandt, die schlafenden Helden meuchlings zu morden. Als sie aber die beiden gewaltigen Helden Schildwacht vor der Saaltüre halten sehen, weichen sie, von Volkers Hohn begleitet, feige zurück.

Am Morgen gehen die Nibelungen auf Hagens Rat und zur Verwunderung Etzels, den aus Stolz und Trotz niemand über die Lage der Dinge aufklärt, in voller Rüstung zur Kirche. An der Türe stellen sich Hagen und Volker auf und weichen der Königin nicht handbreit, als sie mit großem Gefolge naht. Und nicht zufrieden mit dieser Herausforderung zum Kampfe, ersticht Hagen mittags bei dem Turnier einen läppisch gekleideten Hunnen, worüber Etzels Mannen derart in Erregung geraten, daß es zum Gemetzel gekommen wäre, hätte es nicht Etzels entschiedenes Wort verhindert. Abwechselnd mit Hagen sucht jetzt wieder Kriemhild das Morden einzuleiten. Hildebrand und Dietrich, die gewaltigen Gotenhelden, die sie zuerst für ihre grausamen Pläne gewinnen will, weisen sie zwar ab, aber Blödel, Etzels Bruder, ist gegen hohe Versprechungen bereit, die Knechte in der Herberge zu überfallen. Kriemhild geht in den Saal, wo die Gäste bewaffnet beim Mahle sitzen, und läßt auch Ortlieb, ihren und Etzels Sohn, dorthin bringen. Das Unheil, das einem Gewitter ähnlich über ihnen schwebte, bricht plötzlich mit aller Macht über sie herein. Blödel hat, der Weisung Kriemhildens gemäß, die Knechte in der Herberge überfallen. Dankwart aber schlägt ihm das Haupt vom Rumpfe, worauf ein furchtbarer Kampf entbrennt.

Voll großer Anteilnahme an seinen Helden schildert hier der Dichter Kampfszenen, gebraucht sinnfällige Bilder, ist reich an Erfindungen und entwickelt eine Lebendigkeit und Anschaulichkeit der Darstellung, wie sie nur der Spielmannsdichtung eigen sind.

Dankwarts Leute unterliegen, da sie unbewaffnet sind, er allein kämpft noch. Er läßt seinen Schild, der mit Hunnenspeeren gespickt ist, fallen, schlägt sich durch die Feinde, kommt blutüberronnen mit dem bloßen Schwert in der Hand in den Saal und ruft mit mächtiger Stimme seinem Bruder Hagen zu: »ir sitzet al ze lange, bruoder Hagene, iu (euch) unde gote von himele klage ich unser nôt. ritter unde knehte sint in der herberge tôt.« Als Hagen vernommen, was geschehen ist, befiehlt er Dankwart, die Türe zu hüten und von den Hunnen keinen hinauszulassen. Mit Blut soll der Gedächtnistrunk der eben Gefallenen getan und Etzels Gastfreundschaft bezahlt werden. Und stracks schlägt Hagen dem jungen Ortlieb das Haupt ab, daß es in der Mutter Schoß springt. Damit war der Anfang gemacht zu dem Morden furchtbar grimm und groß. Ein zweiter Schwertschlag Hagens streckt des Prinzen Hofmeister zu Boden, ein dritter raubt dem Spielmann Werbel die rechte Hand.

Schon oft wurde darauf hingewiesen, daß Kriemhildens Rachsucht und Verlangen, ihren Gemahl in den Kampf zu verstricken, am schrecklichsten sich in der Hinopferung ihres Kindes zeige. Denn in dieser Absicht ließ sie es in den Saal bringen. Erschütternd wirkt der schroffe Gegensatz: Etzels Vaterfreude und die Ermordung seines Sprößlings. Diese und die Tötung des Hofmeisters werden in der Thidreksaga damit begründet, daß Ortlieb, von der Mutter angeleitet, Hagen einen Schlag ins Gesicht gibt, worauf dieser ihn und seinen Erzieher, weil er ihm so schlechte Sitten beigebracht habe, erschlägt.

Mitten in dem wilden Kampfgetöse ruft Kriemhilde den Gotenkönig Dietrich um Hilfe an, aber dieser, erfüllend die Pflicht gegen die Gastfreunde, springt auf den Tisch und ruft mit einer Stimme, die erdröhnt »alsam ein wisentes (Büffelochsen) horn« und den Lärm ein wenig zum Schweigen bringt: »lât mich ûz dem hûse mit iuwerm vride gân von disem herten strîte mit dem gesinde mîn.« Sein Verlangen wird erfüllt, und so verläßt er mit seinen Mannen, mit Etzel, Kriemhild und Rüdiger den Saal, in dem sofort das Morden sich erneuert und nicht endet, bis der letzte Hunne erschlagen ist. »O weh mir dieser Gäste, o weh des Festes«, ruft tiefbekümmert König Etzel.

Müde vom Streit, legen die Helden Helme und Schilde ab und verlangen, ihres Schicksals gewiß, von Etzel, sie im offenen Kampfe den Heldentod suchen zu lassen. Kriemhild will dies nur unter der für einen germanischen Fürsten unerfüllbaren Bedingung zugestehen, daß ihr Hagen als Geisel ausgeliefert werde. »Nicht doch«, antwortete darauf Gernot, »und wären unser tausend, wir lägen lieber alle tot, als daß den einen Mann wir zur Geisel ließen.« Auch Etzel, der sonst so milde, will nach der Ermordung seines Sohnes davon nichts wissen. Daraufhin läßt Kriemhild die Nibelungen in den Saal zurücktreiben und ihn dann in Brand setzen. Bald steht das Haus in hellen Flammen, die grausig hinausleuchten in die dunkle Nacht. Mit unbeugsamem Mut halten die Nibelungen zusammen und trinken, um ihren Durst zu löschen, auf Hagens Rat lieber das Blut der Erschlagenen, als daß sie voneinander lassen und sich ergeben. Ebensowenig vermögen die Gluten und der Rauch sie in ihrem Entschluß wankend zu machen. Sie stellen sich an die Wände des Saales und halten mit ihren emporgehobenen Schilden die herabfallenden Feuerbrände von ihrem Haupte ab, um sie dann tiefer in das Blut zu treten und zu löschen. Unter solcher Mühsal verfließt den Helden die fürchterliche Nacht; der anbrechende Morgen trifft Hagen und Volker noch als Wächter des Tores und bringt ihnen neuen Kampf.

Mit Staunen vernehmen Etzel und Kriemhild, daß die Helden die Feuersnot überstanden haben. Der Fürstin rotes Gold und ihres Gemahls Gebot treiben noch Hunderte der Hunnen in den Kampf und Tod. Vergeblich suchen Rüdiger und Dietrich einen Frieden einzuleiten. Da wendet sich Kriemhild weinend an den Markgrafen von Bechlarn, fleht ihn um Hilfe an und erinnert ihn an sein Versprechen, Ehre und Leben für sie zu wagen, und an die Treue, die er ihr geschworen, als er für Etzel um sie freite. Da leidet der treu gesinnte Recke gar harte Seelenpein, Eid und Lehenspflicht streiten mit den edelsten Gefühlen, die er als Geleitgeber, Gastfreund und Schwäher Giselhers gegen die Nibelungen hegt. Wie er sich auch entscheiden mag, nie kann er im Urteil der Menge rein dastehen; nur zwischen Eidbruch und Untreue an seinem Lehensherrn oder dem Bruch der Freundschaft und der Untreue an seinen Gastfreunden ist ihm die bange Wahl gelassen. Der König und die Königin dringen mit Mahnungen und Bitten so lange in ihn, bis er endlich verzweiflungsvoll ausruft: »So muß ich heute mit dem Leben bezahlen, was Gutes ihr mir getan habet. Die Pflicht verlangt die Erfüllung meines Schwurs. Eueren Gnaden empfehle ich mein Weib und Kind und all die Verlassenen in Bechlarn. O weh meiner Freunde, die ich befehde wider Willen.«

Er heißt seine Mannen sich rüsten und zieht mit ihnen gegen die Nibelungen. Freudig begrüßt ihn Giselher, der ihn zuerst erschaut, als ersehnten Helfer in der Not. Wie aber erschrickt er, als Rüdiger ihnen die Freundschaft aufkündet und erklärt, daß er mit ihnen kämpfen müsse, obschon das Herz ihm darüber blute. Die Burgunden begreifen seine Lage und seine Entschließung, nehmen tiefbewegt voneinander Abschied, Giselher auch von seiner Braut, und danken ihm für die Gaben, die er als Gastfreund ihnen einst geschenkt hat. Noch einmal zeigt sich Rüdigers edle Gesinnung, indem er Hagen, dessen Schild verhauen ist, auf seine Bitte den eigenen reicht. Ob solchen

Edelmuts bleibt kein Auge trocken und selbst der grimmige Hagen ruft aus: »Das lohn' Euch Gott vom Himmel; es findet sich Euresgleichen nimmermehr auf Erden. Gott gebe, daß solche Tugend nicht untergehe!« Hagen, Volker und Giselher verpflichten sich, keinen Schwertschlag gegen Rüdiger im Kampf zu führen. Dieser entbrennt alsbald mit aller Macht. Als Gernot seine Leute von Rüdigers Mannen hart bedrängt sieht, eilt er ihnen zu Hilfe und fordert den Markgrafen zum Zweikampf auf. Und sie kämpfen miteinander. Rüdiger schlägt seinem Gegner die Todeswunde durch das Haupt, und der letzte Schlag, den dieser, selbst schon todeswund, mit seinem Schwert, der Gabe Rüdigers, führt, ist des edlen Gebers Todesschlag. Der Tod der Gefolgsherren entflammt die Mannen zu neuer Wut, und nicht eher ruht der Kampf, als bis sie alle tot den Estrich bedecken.

Auch der Gotenkönig hört das Jammergeschrei und erfährt durch seinen Boten Helferich bald dessen Ursache. Da ergreift den Berner tiefes Weh; er will die Märe nicht glauben und sendet den sturmgewaltigen Hildebrand, um Näheres zu erfragen. Begleitet von Wolfhart und den bewaffneten Goten, geht dieser zu den Burgunden und hört hier Rüdigers Tod bestätigen. Hildebrand bittet um die Auslieferung des Leichnams Rüdigers, und sie wäre erfolgt, hätte nicht der heißblütige Wolfhart sie trotzig verlangt und mit seinem Ungestüm vereitelt. Seiner Forderung antwortet Volker mit Hohn; die Goten greifen gegen Dietrichs Gebot zu den Waffen, und so kommt es zum letzten furchtbaren Kampf, in dem die riesigen Goten und Burgunden nacheinander fallen. Der gewaltige Fiedler sinkt unter Hildebrands Schlag, Giselher und Wolfhart töten sich im Zweikampf, und über die Leichen hin rennt jetzt Hagen, erzürnt durch Volkers Tod, den Waffenmeister Hildebrand an und verwundet ihn schwer mit dem Balmung, so daß nur eilige Flucht ihn vor dem Tode rettet. Einsam stehen jetzt Hagen und Gunther im Königssaal mitten unter den Leichen ihrer Waffengefährten.

Als der gewaltige Berner Rüdigers Tod durch Hildebrand bestätigt hört, weint er laut vor Jammer und Schmerz und befiehlt ihm, seine Mannen sich wappnen zu lassen. Da wird ihm die schreckliche Antwort, daß seine Leute alle erschlagen seien. Er hüllt sich in sein lichtes Stahlgewand und geht, von Hildebrand geleitet, in den Königssaal, um Hagen und Gunther zu überreden, sich ihm als Geisel zu ergeben. Da aber Hagen trotzig das Ansinnen zurückweist und erklärt, sich nicht ergeben zu wollen, es zerbreche ihm denn das Nibelungenschwert, müssen die Waffen entscheiden. Ein furchtbares Schwertspiel folgt, bis endlich der Gotenkönig seinen Gegner verwundet, mit seinen gewaltigen Armen umschließt und gebunden vor die Königin führt, deren Schutz er ihn empfiehlt. Dietrich bezwingt hierauf nach hartem Kampfe auch Gunther und bringt auch ihn gebunden vor Kriemhilden, die für dessen Leben ihm Bürgschaft leistet. So hat der Berner die Dienstmannentreue gegen seine Fürstin, zugleich aber auch seinen Edelmut gegen die Feinde bewährt. Doch Kriemhild, nach Rache lechzend, läßt jeden von beiden in ein besonderes Gefängnis werfen, geht dann zu Hagen und sichert ihm das Leben, wenn er ihr den Nibelungenhort wiedergebe. Hagen aber, obschon todeswund und in Fesseln schmachtend, bewahrt auch jetzt noch seinen Trotz und erklärt, einen Eid geschworen zu haben, den Hort nicht zu zeigen, solange einer der Könige lebe. »Nun, so bringe ich's zu Ende«, erwiderte die Fürstin, läßt ihrem Bruder das Haupt vom Rumpfe schlagen, nimmt es bei den Haaren und tritt damit vor des Tronjers Angesicht. Als dieser in tiefer Wehmut das Haupt seines Herrn sieht, spricht er zur stolzen Königin das trotzige Wort:

du hâst iz nach dînem willen ze einem ende brâht,
und ist ouch rehte ergangen als ich mir hete gedâht.
Nu ist von Burgonden der edel künec tôt,
Giselher der junge und ouch her Gernôt.
den scaz den weiz nu niemen, wan got unde mîn;
der sol dich, vâlandinne, immer wol verholen sîn.

Da zieht voll Zorn und Schmerz das »Teufelsweib« (vâlandinne) aus Hagens Schwertscheide den Balmung. »Mein lieber Gatte trug das Schwert, als ich zuletzt ihn sah, um den mir durch euch das größte Herzeleid geschah.« Sie schwingt es mit den Händen und schlägt Hagen das Haupt ab. Über den Tod, den der allerbeste Held, der je im Sturm gestanden und Schildeswehr getragen, durch

Weibeshände gefunden, jammert König Etzel. Hildebrand aber wird über diese Untat von heftigem Zorn erfaßt und rächt den Friedensbruch, den die Fürstin an dem ihr empfohlenen Helden begangen hat, mit einem wuchtigen Schwertesschwang. Mit einem furchtbaren Aufschrei sinkt Kriemhild entseelt neben der Leiche ihres Feindes nieder. Etzel und der Vogt von Bern beklagen die dem Tod Verfallenen. Was einst groß und herrlich war, liegt nun tot; mit Leid ward beendet des Königs hohes Fest, wie alle Lust auf Erden zuletzt mit Leid endet. Über das weitere kann der Dichter keinen Bescheid geben und schließt daher mit den Worten:

Ine kan iu niht bescheiden, waz sider da geschach;
wan ritter unde vrouwen weinen man dâ sâch,
dazuo die edeln knechte, ir lieben vriunde tôt.
hie hât daz mære ein ende; daz ist der Nibelunge nôt.

So hat erst der Tod die Feinde versöhnt und den Haß zum Schweigen gebracht. Als die letzten sterben Gunther, Hagen und Kriemhild, also jene, zwischen denen einst der Konflikt sich entspann, und auch Siegfried ist an dessen Lösung durch sein gutes Schwert Balmung beteiligt. Traurig und hoffnungslos schließt das Lied, denn jene Helden, die zwischen den Leichen stehen, haben keine Zukunft mehr. Etzel ist alt und gebrechlich, Dietrich seiner Mannen beraubt, und Hildebrand kann sie ihm nicht ersetzen. Daher weiß auch der Dichter keinen tröstlichen Ausblick in die Zukunft zu eröffnen und berichtet nur von der Klage, die man überall um die Gefallenen erhebt.

In schrecklicher Weise hat sich Kriemhildens Traum erfüllt. Die Charakteranlagen und die Verhältnisse haben die Helden in Schuld verstrickt, die in stufenweiser Entwicklung zu dem Höhepunkte der Handlung und dann mit derselben Folgerichtigkeit zur sühnenden Katastrophe führte. Durch diese Großartigkeit des Aufbaues ragt das Nibelungenlied über alle unsere volkstümlichen Epen weit hinaus und übertrifft durch die enge Verkettung von Schuld und Sühne, durch die straffe Handlung und das Fernhalten alles dessen, was mit dem Grundgedanken des Gedichtes sich nicht berührt, selbst die homerische Iliade, wenn es ihr auch in der künstlerischen Form im einzelnen nicht gleichkommt. Mit Recht hat man das Nibelungenlied einer Tragödie verglichen, die aus zwei in sich selbständigen Tragödien, etwa wie Schillers Wallenstein, zu einer Einheit sich zusammensetzt. Der erste Teil des Epos bildet die eine, der zweite die andere Tragödie. Jene beginnt mit der Werbung Siegfrieds und Gunthers, erreicht ihren Höhepunkt in dem Streite der beiden Königinnen und endet mit dem Tod des Helden von Niederland. Die Vermählung der königlichen Witwe mit Etzel leitet die zweite Tragödie ein, die in der Begegnung Hagens und Kriemhildens vor dem Saale der Etzelburg zu ihrer Höhe sich aufbaut und mit dem Untergang der in den Konflikt verflochtenen Helden endet. Beide Dramen verschlingen sich innig ineinander zu einem Doppeldrama mit zwei dicht nebeneinander liegenden

Höhepunkten, von denen der eine, Siegfrieds Tod, zugleich die Katastrophe der ersten, der andere, Kriemhildens zweite Vermählung, das erregende Moment der zweiten Tragödie bildet.

Der einheitliche Plan, den schon der Aufbau des Epos verrät, offenbart sich auch in dem schönen Parallelismus, der zwischen Szenen des ersten und des zweiten Teiles besteht. So entspricht dem Tode Siegfrieds der im Verhältnis der Folge dazu stehende Untergang der Burgunden, und wie jenem die heitere Jagdszene vorausgeht, so diesem die freundlich hellen Tage von Bechlarn, und in beiden heiteren Bilder werfen die kommenden Ereignisse ihre Schatten schon herein. In tiefer Trauer wird Siegfrieds Tod beklagt, und das tragische Ende Rüdigers erregt den bittersten Schmerz der Goten. Mit Leid endet Siegfrieds Verlobung, mit Leid auch die Giselhers. Der Traum Kriemhildens von dem Falken, den ihr zwei Adler zerrissen, kündigt den Tod ihres Gatten an, und ebenso läßt sich das über alle hereinbrechende Verderben aus Utens Traum schon ahnen, in dem sie sah, wie in einer Nacht alle Vögel des Himmels tot zur Erde fielen. So ließen sich noch viele Parallelen zwischen Szenen des ersten und des zweiten Teiles ziehen und daran die kunstvolle Komposition der Dichtung zeigen.

Auch ohne dem Gesetze des Parallelismus zu dienen, spielen die Träume im Nibelungenliede eine bedeutsame Rolle, indem sie kommende Ereignisse ankündigen und so neben den demselben künstlerischen Zwecke dienenden Weissagungen und Ahnungen dem Epos seinen visionären Charakter verleihen, durch den es einen eigenartigen Reiz auf den Leser ausübt. Mit jenem Seherblick in die dunkle Zukunft, der von den alten Germanen den weisen Frauen zugeschrieben wurde, schaut der Dichter vom Anfang an das seinen Helden drohende Geschick und begleitet sie, bis es mit seiner furchtbaren Macht über sie hereingebrochen ist. So wird Kriemhild vor der unheilvollen Jagd von bösen Traumbildern geängstigt; sie sieht, wie zwei Berge auf Siegfried hereinstürzen, dann wieder, wie zwei Eber auf der Jagd die Blumen mit ihrem Blute rot färben. Wassernixen und Helden, wie Eckewart und Dietrich, weissagen den Burgunden Unglück, als sie dem Verhängnis entgegenziehen. Der alte Siegmund kann in der Nacht vor Siegfrieds Ermordung nicht Ruhe finden, und dieser selbst verkündet seinen Mördern im Angesicht des Todes ihr eigenes Verderben: »Glaubt mir in Treuen, ihr habt euch selber erschlagen.«

Tacitus rühmt an den alten Germanen ihre Tapferkeit und Treue, ihre Hochschätzung des Weibes, Gastfreundschaft und Heilighaltung der Ehe. Alle diese Tugenden sehen wir im Nibelungenlied erglänzen. Freilich merken wir in mancher sittlichen Anschauung bereits den Einfluß des Christentums, doch bricht altgermanisches Wesen immer wieder mit Macht an die Oberfläche. Gerade am Charakter der Kriemhilde, in dem Treue und Rache eine so merkwürdige Verbindung eingehen, zeigt sich der Zwiespalt von Christen- und Heidentum. Daß Kriemhild zur rücksichtslosen Rächerin, zur eigenhändigen Mörderin ihres Gegners werden kann, ist nur möglich, weil – trotz Kirchengang und Totenmessen – keinerlei Hemmungen christlicher Nächsten-, ja Feindesliebe den einmal gefaßten Rachegedanken niederhalten.

Die unchristliche Verabsolutierung einer einzigen Tugend, hier der Treue, ergänzt nach einer anderen Seite hin das gewonnene Bild der sich im Nibelungenlied äußernden Lebensauffassung: Siegfried hatte aus Freundestreue Gunther zur Brunhilde verholfen, Hagen aus Gefolgsmannentreue Siegfried erschlagen; Gattentreue machte Kriemhilde zur untröstlichen Witwe, zur unversöhnlichen Vergelterin; aus Geschwistertreue treten die gekrönten Brüder trotz deutlicher Warnung die Fahrt ins Hunnenland an. Nur in einem Fall scheint der Dichter zu wissen, daß mit der Parole der Treue die möglichen Konflikte noch nicht gelöst sind: Eine der edelsten Gestalten des ganzen Werkes ist Rüdiger von Bechlarn, Etzel und Kriemhilden eidlich verpflichtet, doch durch Blut und Geleite nicht minder den Burgunden zugetan. Als Kriemhildens erster Plan, Hagen und ihre Brüder durch Feuers Gewalt zu töten, nicht glückt, wendet sie sich an Rüdiger unter Berufung auf sein ihr persönlich geleistetes Versprechen, Ehre und Leben allzeit für sie zu wagen. Vergebens beruft sich der Markgraf auf seiner Seele Seligkeit, die zu verscherzen er nicht gesonnen sei; gemahnt an seinen Vasalleneid, erstickt er die Stimme in seinem Innern, die ihm Zurückhaltung auferlegt, tritt er ins Gefecht ein und sucht im Kampf den Tod. Dieses Verhalten ist keine Lösung des Konfliktes, es ist Flucht aus schwieriger Lage, aber wie anders sollte der Dichter die Frage lösen, wenn er dem Gewissen keine normative Leitung zuordnen wollte? Die geradezu satanische Überspannung des Treue- und Gehorsamsbegriffes, wie die dreißiger und vierziger Jahre unseres Jahrhunderts sie erlebt hatten, darf man allerdings nicht ohne weiteres mit den Auffassungen des Nibelungenliedes in Zusammenhang bringen, denn die Gestalt Rüdigers von Bechlarn ist nicht Beispiel, sondern Warnung.

Die Zurückhaltung des Dichters rückt das Nibelungenlied in die Reihe der großen Epen, zu deren Grundgesetz die Objektivität des Berichtes gehört; die Charakteristik der Personen ergibt sich aus dem, was sie tun und lassen, was sie sprechen und sagen. Im Gegensatz zum Monolog des höfischen Epos reden die Nibelungen im Dialog der altgermanischen Heldendichtung; wie dort finden sich auch hier Humor und Ironie, fehlen die langen Reflexionen und die künstlichen Figuren in Stil und Reim; zudem zwingt zu einfacher, manchmal sogar einförmiger Periodenbildung das angewandte Metrum, die Nibelungenstrophe.

Die deutsche Kulturgeschichte von Jahrhunderten spiegelt sich im Nibelungenlied, und wir begreifen daher den Einfluß, den es im 13. Jahrhundert auf die nationale Epik ausgeübt hat. Inhalt und Form werden nachgeahmt, überlieferte Motive mit erfundenen zu Neuschöpfungen benutzt und auch andere alte Lieder zu Lese-Epen, teils in Strophenform, teils in Reimpaaren, ausgestaltet. Urkundliche Zeugnisse melden uns, daß das Nibelungenlied bis ins 15. Jahrhundert hinein allgemein bekannt gewesen und von fahrenden Sängern oft vorgetragen worden sei. Noch in dem genannten Jahrhundert wurde es umgearbeitet und zwischen 1507 und 1517 ließ Kaiser Max I. durch Johann Ried, Zöllner am Eisack, nach dem sogenannten Heldenbuch an der Etsch die Ambraser-Wiener Handschrift anfertigen. Im Laufe des 16. Jahrhunderts geriet es allmählich in Vergessenheit; nur das Siegfriedslied, das im 13. Jahrhundert entstand, lebte in umgearbeiteter Form noch fort, wurde im 16. Jahrhundert gedruckt und von Hans Sachs (1557) dramatisiert. Im 17. Jahrhundert war das Nibelungenlied ganz verschollen und nur im Volksmunde, in Liedern und Volksbüchern blieb die Sage vom hörnernen (gehörnten) Siegfried noch lebendig. Als dann im 18. Jahrhundert das Nibelungenlied wieder entdeckt und durch Myller (1782) im Druck herausgegeben wurde, brachte ihm die vom französischen Geschmacke beherrschte Zeit wenig Interesse und Verständnis entgegen. Dennoch suchten einige Männer das Interesse an der neuen Erscheinung zu wecken und zu fördern. So meinte der Schweizer Historiker Johannes von Müller, daß das Nibelungenlied eine deutsche Ilias werden könnte, und durch Johann Heinrich Voß (1782) wurde es in die Schule eingeführt. Als dann zur Zeit der Freiheitskämpfe eine Poesie erblühte, die auf nationalem Boden wieder heimisch zu werden strebte, und die germanische Philologie die literarischen Schätze der Bibliotheken durchforschte, wurde das Nibelungenlied als ein Ehrendenkmal erkannt und gepriesen, das der Dichter den Mühen und Kämpfen, dem Fühlen und Wollen der Väter errichtet habe.

Von den Tagen der Romantik an erfreute sich das Epos eifriger Pflege. Gelehrte Forscher veranstalteten Ausgaben des Liedes für Fachgenossen, Erläuterungen und Übersetzungen machten es den Sprachunkundigen zugänglich, Umdichtungen und Bearbeitungen vermittelten es den Ungelehrten und brachten es auf der Bühne vor die Augen des ganzen Volkes. Balladen, Epen und Dramen entstanden, bald einzelne Episoden herausnehmend, bald wieder das Ganze darstellend. Dabei beschränken sich manche Dichter nicht auf das Nibelungenlied, sondern greifen zurück zu den Sagen der Edda und lassen die Bilder der Götter- und Riesenwelt vor unseren Augen sich entfalten. Dies gilt namentlich von Richard Wagners Bühnen-Festspiel »Der Ring der Nibelungen«, während Friedrich Hebbel in seiner Trilogie sich eng an die alte Dichtung anschließt. Die dramatische Poesie hat sich des Stoffes mehr als die epische bemächtigt und in den verschiedensten Arten ihn behandelt. »Der gewaltige Schöpfer unseres Nationalepos«, sagt Hebbel, »ist in der Konzeption Dramatiker vom Wirbel bis zur Zehe.« So entstanden im 19. Jahrhundert über zwanzig Dramen aus dem Sagenkreise der Nibelungen. Doch hat ihn außer den zwei genannten Dichtern nur noch Rudolf Hermann vollständig dramatisiert, während die andern sich auf einen Teil beschränken und Kriemhild, Siegfried, Brunhild oder Rüdiger in den Mittelpunkt ihrer Schöpfungen stellen. Im 20. Jahrhundert wurde der Stoff neuerlich dramatisch bearbeitet, und zwar durch den Österreicher Max Mell. Und wie die neuere Dichtung, so hat auch ihre Schwester, die bildende Kunst, sich durch die großartigen Erscheinungen des alten Sagenstoffs angeregt gefühlt. Peter von Cornelius entwarf in München (1882) seine Nibelungenkartons, die besonders durch das Riesenhafte und Dämonische, das des Meisters Hand in die Reckengestalten zu legen verstand, unwillkürlich fesseln, und Julius Schnorr von Carolsfeld schuf mit seinen Fresken voll kühnen Lebens und schwungvoller Romantik in den Nibelungensälen der königlichen Residenz in München ein herrliches Denkmal hoher Gesinnung und Kunst.

So haben Wissenschaft und Kunst zusammengewirkt, um das Nibelungenepos über den engen Kreis weniger Auserwählter hinaus wieder zum Eigentum des Volkes zu machen. Und mit Recht! »Die Kenntnis dieses Liedes gehört«, wie Goethe sagt, »zu einer Bildungsstufe der Nation. Und zwar deswegen, weil es die Einbildungskraft erhöht, das Gefühl anregt, die Neugierde erweckt und, um sie zu befriedigen, uns zu einem Urteil auffordert. Jedermann sollte es lesen, damit er nach Maß seines Vermögens die Wirkung davon empfange.«

In den meisten Handschriften des Nibelungenliedes ist an dieses ein Gedicht angehängt, das in Reimpaaren (2158 Verse) abgefaßt und nach der in seinem Schlusse sich findenden Bezeichnung *Die Klage* überschrieben ist. In ihrem ersten Teile läßt der Dichter die Überlebenden bei der Bestattung der an Etzels Hof Gefallenen laute und wortreiche Klagen erheben, Rückblicke auf die im Nibelungenliede erzählten Ereignisse werfen und die Eigenschaften und Taten der Helden sich vergegenwärtigen. In deren Beurteilung und in der einheitlichen Umformung der alten Sagenmotive im christlichen Sinne verrät sich der geistliche Charakter des Verfassers!

»Die Klage« steht ihrer Anlage und ihrem Charakter nach in innigem Zusammenhang mit den geistlichen Dichtungen des 12. Jahrhunderts und ist die Umarbeitung einer älteren Vorlage, die in Reimpaaren abgefaßt und schriftlich überliefert war. Die Darstellung des Stoffes in unserem Gedichte zeigt sich stark beeinflußt von der höfischen Epik, an die nicht nur einzelne sprachliche Wendungen, sondern auch die breiten Gefühlsausdrücke erinnern, die dem Nibelungenliede fremd sind, für die höfischen Epiker aber ein Gebiet bildeten, in dem sie mit vollem Behagen schwelgten. So tritt die Klage auch in formaler Beziehung in Gegensatz zum Nibelungenliede, das ihr Dichter genau kannte und durch seine eigenen Kenntnisse der Sage berichtigen wollte. Er war aber nicht imstande, dem Nibelungenliede Ebenbürtiges zu schaffen, und mußte sich damit bescheiden, das ihm überlieferte Gedicht mit einer neuen Auffassung des Stoffes zu erfüllen und alte wirksame Motive aufs neue in anziehender Form zu bearbeiten. Die Anlage der Klage erinnert an Preislieder für Tote, Fürsten und vornehme Herren, wie sie laut urkundlicher Zeugnisse in Österreich gepflegt wurden, und hier ist auch zu Beginn des 13. Jahrhunderts unsere Überlieferung der Klage entstanden. Ihr Verfasser kannte außer dem Nibelungenliede auch andere Dichtungen aus der deutschen Heldensage, aber nur seine Erfindung ist es, wenn er als deren gemeinsame Grundlage eine lateinische Aufzeichnung nennt, die Pilgrim von Passau nach den Erzählungen des Spielmanns Swemmel von dem Meister Konrad habe machen lassen.

Durch die Strophenform und die Darstellung dem Nibelungenliede verwandt ist ein in den ersten Dezennien des 13. Jahrhunderts auf bayrisch-österreichischem Gebiet entstandenes Gedicht von *Walther und Hildegund*, von dem sich leider nur einige Bruchstücke erhalten haben, in denen die Heimkehr Walthers in seines Vaters Land, der freudige Empfang und die Vorbereitungen zu seiner Hochzeit geschildert werden. Die Fassung der Sage unterscheidet sich von der im lateinischen Walthariliede.

▲ Abb. Seite 213: Hartmann von Aue. Miniatur aus der großen Heidelberger Liederhandschrift.

Abb. Seite 215: Wolfram von Eschenbach. Miniatur aus der großen Heidelberger Liederhandschrift. ►

Baldeweins Taufe. Eine Szene aus der Fortsetzung Ulrichs von Türheim zum »Willehalm« Wolframs von Eschenbach. Handschrift aus dem 14. Jahrhundert.

Von allen Epen, die unter dem Einfluß des Nibelungenliedes entstanden, kommt ihm an dichterischem Werte die *Kudrun* am nächsten, die ihrem Inhalte nach am weitesten von ihm absteht. Denn sie schöpfte ihn nicht aus der deutschen Heldensage, wie sie sich in Erinnerung an Taten und Ereignisse der Völkerwanderung entwickelt hatte, sondern aus den Überlieferungen über die Seefahrten und Raubzüge der nordischen Wikinger, zum Teil beruht sie auch auf Erfindung und Nachbildung bekannter Motive.

Die Frage nach der Entstehung des Kudrunepos bereitet der Forschung noch mehr Schwierigkeiten als das Nibelungenlied, da die wesentlichsten äußeren Bedingungen hierfür fehlen und mit Ausnahme der Hildensage kaum ein Zeugnis vorhanden ist, aus dem mit voller Sicherheit auf den Bestand der Kudrunsage und der sie berichtenden Gedichte geschlossen werden könnte. Erheblich erschwert wird die Lösung des Problems durch die Überlieferung des Epos. Es liegt uns einzig und allein in der Ambraser-Wiener Handschrift vor, die zu Beginn des 16. Jahrhunderts, also etwa dreieinhalb Jahrhunderte nach der Abfassung des Originals, angefertigt wurde. Zwar hat man die jüngere Sprachform der Abschrift in die ursprüngliche, mittelhochdeutsche Form zurückgebildet, aber damit noch nicht das Original hergestellt, da dies allem Anschein nach den Wandel der Zeit mitgemacht und durch den Abschreiber Änderungen und geschmacklose Zusätze erfahren hat. Ähnlich wie beim Nibelungenliede hat die literar-historische Kritik nach K. Müllenhoffs Vorgang auch aus der überlieferten Gestalt der Kudrun das ursprüngliche Epos herausschälen wollen, aber mit wenig Glück, und es gilt jetzt wohl als feststehende Ansicht, daß es unmöglich sei, aus dem uns überlieferten Bestande der Kudrun ein echtes altes Gedicht zu ermitteln.

Das Kudrunepos besteht in der uns überlieferten Fassung aus drei miteinander nur durch verwandtschaftliche Beziehungen der Hauptpersonen verbundenen, sonst aber voneinander unabhängigen Gedichten, von denen das erste, die Jugendgeschichte Hagens, sich als ein ganz später Sproß erweist, das mittlere, von Hilden, der Tochter Hagens, erzählende in das germanische Altertum zurückführt und das dritte, dessen Inhalt die Geschicke Kudruns, Hagens Enkelin, bilden, auf einer Weiterbildung der Hildensage beruht.

Das Hagenlied entbehrt der sagenhaften Grundlage, ist durch geschickte Verwertung von allgemein verbreiteten Motiven aus der mittelalterlichen Spielmannsdichtung und höfischen Epik entstanden und diente dem um die Mitte des 13. Jahrhunderts herrschenden Geschmacke, der Geschichte des

Helden die seiner Ahnen vorauszuschicken. Der im Hildenliede verarbeitete Stoff gehört seinem Kerne nach einer uralten Seeheldensage an und findet sich auch in der Prosa-Edda, wo der zugrunde liegende Mythus von einem ewigen, Tag für Tag sich wiederholenden Kampfe, den Licht und Finsternis miteinander führen, noch deutlich erkennbar ist.

König Högni (Hagen) hatte eine Tochter namens Hildur. Diese wird von König Hedin (Hetel) entführt, worauf Högni dem Räuber nachsetzt und ihn nach langer Seefahrt bei der Insel Haeny, einer der Orkneyinseln, einholt. Da der Versuch Hildurs, die beiden Könige zu versöhnen, mißlingt, kommt es zum Kampfe, in dem Högni den Sieg von seinem Schwert Dainsleif erhofft, das von Zwergen geschmiedet ist und auf jeden Hieb einen Mann tödlich verwundet. Den ganzen Tag währt der heiße Kampf der Hjadninge. In der Nacht aber geht Hildur auf die Walstatt und erweckt durch Zauberkünste die Gefallenen wieder zum Leben. Am Morgen erneuert sich der Kampf und setzt sich Tag für Tag in der Weise fort, daß die Gefallenen samt ihren Waffen in der Nacht zu Steinen werden, am Morgen aber wieder aufstehen, nach ihren wieder brauchbar gewordenen Waffen greifen und den Kampf aufs neue beginnen. Und in den Liedern wird gemeldet, daß die Hedeninge (Hegelingen) so fortkämpfen sollen bis zur Götterdämmerung.

Im wesentlichen finden wir dieselben Züge in der deutschen *Hildensage*, die schon in der ersten Hälfte des 12. Jahrhunderts in den Rheinlanden bekannt gewesen sein muß, denn sonst hätte der Pfaffe Lamprecht in seinem Alexanderliede nicht eine Schlacht dieses Welteroberers mit der auf dem Wülpenwert an der Scheldemündung vergleichen können. An dieser vielumstrittenen Stelle erscheint Hagen als Hildens Vater, mit dem Wate kämpft, ein in der Edda nicht genannter Held, der wahrscheinlich mythischen Ursprungs ist. Da aber Lamprecht auch Herwig nennt, der sich erst im dritten Teile der deutschen Kudrundichtung findet, hat man geschlossen, daß zur Zeit der Abfassung des Alexanderliedes die Sagen von Hilde und Kudrun schon verschmolzen gewesen sein müssen, ähnlich wie wir in weiterer Entwicklung der Sage eine solche Verbindung in dem Kudrunepos finden, wo die Schlacht auf dem Wülpenwert nicht mehr um Hilde, sondern um deren Tochter Kudrun stattfindet, und nicht Hildens Vater Hagen, sondern deren Gatte Hetel, Kudruns Vater, fällt, während der Kampf Hagens um die ihm entführte Hilde früher sich abspielt und keinen tragischen Ausgang nimmt. Das Motiv der Brautwerbung und Entführung, das den Grundgedanken des Hildenliedes bildet und in deutschen Volksepen oft verarbeitet ist, kehrt also in dem Kudrunliede wieder, doch mit der Variation, daß Kudrun nicht dem Vater, sondern ihrem Bräutigam geraubt wird. Die Entführung Hildens wird in märchenhafter Weise erzählt; dem dritten Teil des Kudrunepos liegt ein tiefer sittlicher Gedanke zugrunde, durch den es an poetischem Wert gewinnt. Kudrun, gewaltsam entführt, bleibt ihrem Bräutigam Herwig trotz aller Leiden treu und wird dafür durch die Wiedervereinigung mit ihm belohnt. So endet das deutsche Kudrunlied im Gegensatz zu den nordischen Darstellungen in versöhnlicher Weise.

Das Nibelungenlied fesselt uns durch seinen gewaltigen und einheitlichen Inhalt, der in Kriemhildens Geschick besteht und in steter Steigerung sich aufbaut. Die Handlung in der Kudrun dagegen entbehrt dieser Einheit, da jene auf Mutter und Tochter sich verteilt und die Wiederholung desselben Sagenmotivs sie eher stört als fördert. Auch an großen Zügen der Handlung kann sich die Kudrun dem Nibelungenliede nicht vergleichen; ihr künstlerischer Wert liegt vielmehr in einzelnen, farbenreich und lebendig ausgeführten Bildern und vor allem in der feinen Charakteristik der Personen. Doch auch an sich schon gewinnt die Handlung unser Interesse und nicht zum geringsten durch den Schauplatz, auf dem sie sich abspielt. Es ist das Meer, das uns mit seinem Rauschen empfängt, all seinen Zauber auf unsere Phantasie ausübt, uns von einer Küste zur anderen trägt und in das Leben von Helden blicken läßt, die, durch kecke Abenteuerlust gelockt, zu kühnen Unternehmungen sich hinauswagen in die stürmische See. Auf Schiffen und auf dem Sande der Werder wird gekämpft und das Wasser vom Blute rot gefärbt. Rache wird genommen an Übeltätern, in Knechtschaft weit über das Meer hin eine edle Jungfrau gebracht und ihre Treue auf eine harte Probe gestellt, aber auf das Leid folgt Freude; die Ahnung eines versöhnenden Endes begleitet uns vom Anfang bis zum Ende, und in einer Art Vorspiel kündet uns dies schon das Hagenlied an.

Die Zyklen um »Dietrich von Bern«

In der Nachfolge des Dichters der Nibelungennot stehen noch andere Epiker. Ihre Werke nannte man früher National-, heute Heldenepen. Den ersten Ausdruck gab man auf, um nicht die Ansicht aufkommen zu lassen, das Volk sei da als Autor tätig gewesen, die andere hat ihren Sinn durch den Inhalt dieser Gruppe dichterischer Erzeugnisse. Von der höfischen Epik unterscheidet sich die Heldenepik dadurch, daß jener die antike, keltische oder französische Sage den Stoff bietet und meistens ein französisches Werk als Vorbild dient, von der Spielmannsdichtung durch die Wahl eines heimischen Sagenstoffes und die vorwiegend heroische Thematik. Dennoch sind gegenseitige Beeinflussungen nicht ausgeschlossen.

Die Hauptwerke dieser Literaturgattung entstanden wie das Nibelungenlied und die Kudrun im 13., teils noch im 14. Jahrhundert. Ehe sie in

Vergessenheit gerieten, wurden sie im 15. Jahrhundert in sogenannten Heldenbüchern gesammelt, so in Dresden 1472 von KASPAR VON DER RHÖN und einem Unbekannten für den Herzog Balthasar von Mecklenburg (die Kompilatoren hatten gute Quellen, kürzten sie jedoch rücksichtslos), so im *Ambraser Heldenbuch,* das der Bozener HANS RIED im Auftrage Kaiser Maximilians 1512 zusammengestellt hatte, wahrscheinlich auf Grund des im 14. Jahrhundert entstandenen, aber verschollenen »Heldenbuches an der Etsch«, von dem die Akten Maximilians Zeugnis geben. Die Kürzung, die man in Dresden vornahm, zeigt, daß der Norden Deutschlands an dieser Poesie doch weniger Anteil nahm als der bayerisch-österreichische Raum, in den allem Anschein nach Reste des Gotenvolkes versprengt worden waren. Dies sei deshalb gesagt, weil die überwiegende Mehrzahl der Heldenepen um die Gestalt des Ostgotenkönigs Theoderich kreist, der bekanntlich hinter dem Sagenhelden Dietrich von Bern steht. Daß es über ihn ein Epos gegeben habe, ist allgemeine Ansicht; erhalten ist davon nichts. Statt dessen besitzen wir über ihn einen epischen Zyklus, der einzelne Partien der alten Dichtung in zuweilen ermüdender Breite, aber vermutlich zum Wohlbehagen der damaligen Leser und Hörer ausspinnt.

Als Beispiel für die gegenseitige stoffliche Durchdringung diene *Biterolf und Dietleib* (um 1200 entstanden), über 13000 Verse zählend.

Biterolf, Fürst eines spanischen Landes, als dessen Hauptstadt Toledo genannt wird, verläßt heimlich Weib und Kind und zieht zu König Etzel, um sich zu überzeugen, ob er wirklich, wie ein alter Pilger ihm berichtet hat, als ein anderer König Artus von den tapfersten Helden umgeben sei und wie kein anderer die ritterlichen Spiele pflege. Nach einigen unterwegs bestandenen Abenteuern kommt Biterolf an Etzels Hof, wird freundlich aufgenommen, nimmt an dessen Heerfahrten, darunter auch an der gegen die Preußen, teil und wird für seine Taten mit hohen Ehren belohnt. – Inzwischen ist sein Sohn Dietleib herangewachsen, erfährt von des Vaters Verschwinden und macht sich, wie Lanzelot und Wigalois, heimlich auf die Fahrt, um seinen Vater aufzusuchen. Er schlägt sich durch verschiedene Gefahren durch und wird in Worms von den burgundischen Helden, nachdem sie ihn zuerst feindlich angegriffen haben, an Etzels Hof gewiesen. Hier findet er freundliche Aufnahme und nimmt an Etzels Kriegszug gegen die Polen teil. In der Verwirrung des Kampfes gerät er mit seinem Vater hart aneinander und nur Rüdigers Weisheit verhindert den Kampf. Vater und Sohn erkennen sich und dieser soll nun zum Ritter geschlagen werden. Doch will er zuvor die ihm von den Burgunden zugefügte Unbill rächen. Diese wissen durch eine List alle ihre Helden an den Hof zu bringen und empfangen kampfbereit die Etzelshelden, die unter Rüdigers Führung in Worms erscheinen. Doch weder das Turnier noch die Feldschlacht bringt einer der beiden Parteien einen entscheidenden Sieg. Daher wird auf Rüdigers Vorschlag Friede geschlossen und der Streit mit einem fröhlichen Gelage beigelegt. Die Helden kehren heim, Biterolf und Dietleib gehen zu Etzel und lassen sich mit der Steiermark belehnen, in der ihnen das Leben besser behagt als in ihrer spanischen Heimat.

Inhaltlich berührt sich mit dem »Biterolf« das Gedicht vom *Rosengarten* (älteste Fassung um 1250). Die Vorstellung von Rosengärten als Stätten von Versammlungen und Wettkämpfen sind uralt. Für die überaus fruchtbare

Umgebung von Worms werden deren fünf genannt; hierher ist auch der Kampf verlegt, von dem die Dichtung berichtet. Diese war offenbar sehr beliebt, was die reiche handschriftliche Überlieferung bezeugt; in ihr lassen sich drei Hauptfassungen unterscheiden: eine mitteldeutsche, die sichtlich für höfische Kreise bestimmt war und den Text demgemäß ausrichtet, eine alemannische und eine bayerisch-österreichische, die beide in der grellen und flotten Spielmannsmanier geschrieben sind, von denen aber nur die letztgenannte, jedoch wohl ursprüngliche, das derb-komische Element voll zur Geltung kommen läßt.

Mit der alten Dichtung vom Rosengarten wurde um 1220 ein tirolisches Märchen vom Zwergenkönig *Laurin* verbunden und Dietrich nebst dem steirischen Helden Dietleib dazu in Beziehung gesetzt. Das Gedicht von Laurin ist das anmutigste und schönste der ganzen freieren Spielmannsdichtung, voll kindlicher Naivität und märchenhaftem Zauber, »eine lieblich duftende Blume unserer Volkspoesie«. Frei von den derben Possen und der Nachlässigkeit der Spielmannsdichtung teilt sie deren Vorzüge, den formelreichen Stil, den raschen Fortgang der Handlung und die launige Darstellung und verfeinert außerdem seine flott dahingleitenden Reimpaare durch Nachahmung des höfischen Epos. Die Sage von Laurin wurde in der Gegend von Meran lokalisiert und der Rosengarten in die Umgebung der Burg Tirol verlegt. Das Gedicht erzählt, wie Dietrich von Bern nach langem Kampf den heimtückischen Zwerg Laurin, den Besitzer des Rosengartens und Entführer von Dietleibs Schwester, besiegt.

Um 1300 erhielt dieses sehr beliebte Gedicht eine glättende Bearbeitung, die dann später in das Heldenbuch Aufnahme fand, und ungefähr zu derselben Zeit auch eine ermüdende Fortsetzung, die nach ihrem Helden *Walberan* genannt wird.

Wie im Laurin, so sehen wir den jungen Dietrich von Bern noch in einer Reihe von Epen im Kampfe mit Zwergen, Riesen, Drachen und anderen märchenhaften Wesen, mit denen die Phantasie Berge und Täler, Schluchten und selbst das Innere der Berge belebte. Einige dieser Gedichte sind in einer dreizehnzeiligen Strophenform, die der Bernerton, die Flammenweise oder Herzog-Ernst-Ton genannt wird, geschrieben, verraten im allgemeinen den Charakter der Spielmannsdichtung, aber auch mehr oder minder den Einfluß der ritterlich-höfischen Poesie und sind uns nur in erweiterten Umarbeitungen erhalten, aus denen sich der Kern kaum mehr herausschälen läßt.

Das seiner Grundlage nach älteste und wohl auch das Muster dieser Gedichte ist das *Eckenlied,* das um die Mitte des 13. Jahrhunderts schon in

Oberdeutschland bekannt war und, wie wir aus einer Bemerkung Konrads von Würzburg und aus der reichen Überlieferung schließen können, sich einer großen Beliebtheit erfreute. Konrad von Würzburg bezeichnet als Vertreter des Standes der Bänkelsänger »einen, der von Eggen sang«, und noch im 16. Jahrhundert wurde es gedruckt. In Frankreich wurde es zu einem Prosaroman verwertet. In naiv volksmäßiger, oft märchenhaft klingender Weise und zuweilen höfisch aufgeputzt, erzählt das Lied von Dietrichs Kampf in Tirol mit dem jungen Riesenkönig Ecke und des letzteren Tod. Dieser ursprüngliche Teil des Gedichtes erhielt schon früh eine Einleitung, die berichtet, daß die junge Königin Seeburg von Jochgrimm und ihre zwei Freundinnen den Riesenjüngling Ecke aufgefordert haben, ihnen den Berner zu bringen.

Früh schon wurde an das Eckenlied eine Fortsetzung gefügt, die erzählt, wie Dietrich auf seiner Fahrt vor dem Riesen *Fasolt,* Eckens Bruder, dem das Haupthaar in langen Zöpfen zu beiden Seiten bis weit über sein Pferd herniederhängt, ein Mädchen schützt, dann ihn und auch seine Mutter, die Riesin Birkhild, bezwingt. Man wird in Fasolt wohl den mythischen Sturmgott erkennen müssen, der im Wilden Jäger noch fortlebt. Wieder einen Kampf Dietrichs mit einem Riesen erzählt das nach diesem benannte Gedicht *Sigenot.*

Das Gedicht von Sigenot ist in seiner ersten Hälfte aus einer verlorenen älteren Dichtung durch Kürzung entstanden und wurde Vorlage für eine spätere Bearbeitung, die in alten Drucken überliefert ist. Stärker als in den zuletzt genannten zwei Epen tritt der Einfluß des höfischen Epos im Stil und in der Erfindung hervor in dem Gedichte von *Dietrichs erster Ausfahrt,* das nach einer anderen Fassung auch *Virginal* und nach einer dritten *Dietrich und seine Gesellen* genannt wird. Diese drei Hauptfassungen des Gedichtes weichen in der Darstellung weit voneinander ab, und es ist schwer, aus ihnen das verlorene Original herzustellen. Der Inhalt dieses an Umfang fast dem Nibelungenliede gleichkommenden Abenteuerromans baut sich aus überlieferten Sagenmotiven auf, die frei gestaltet und dadurch zu einer Einheit verbunden werden, daß Dietrich im Verein mit Hildebrand die meisten Kämpfe mit Riesen und Drachen aus freundschaftlich-ritterlicher Gesinnung im Dienste der jungfräulichen Bergkönigin Virginal, also ganz nach Art der höfischen Erzählungen, vollführt. Im Kampf mit Drachen trifft Bibung, der Königin Bote, die beiden Recken Hildebrand und Dietrich, als er sie zu seiner Fürstin bescheiden will. Als Dietrich später selbst gefangen wird, befreit ihn Hildebrand mit den Wülfingen, die er aus Bern geholt hat.

Von einem Abenteuer, das Dietrich im Dienste einer Frau besteht, erzählt auch das Gedicht von dem Zwergenkönig *Goldemar,* als dessen Verfasser sich Albrecht von Kemenaten nennt. Daß damit nicht der von Rudolf von Ems gerühmte Dichter gemeint ist, bezeugt schon der wenig künstlerische Charakter der erhaltenen Bruchstücke, die der zweiten Hälfte des 13. Jahrhunderts angehören.

Den bisher besprochenen Dietrichepen liegen märchenhafte Sagen zugrunde, die zunächst nur für irgendeine Gegend Interesse hatten und mit dem Berner in Verbindung gebracht wurden, um seine Unüberwindlichkeit darzustellen. Dietrich residiert in Bern und lebt mit seinem Oheim Ermanrich in Frieden. Als Begleiter folgt dem gewaltigen Gotenhelden sein getreuer Waffenmeister Hildebrand, um seine Kampflust zu wecken, ihm ein Ratgeber zu sein und, wenn es nötig ist, ihn aus Gefahren zu retten. Von einer Beziehung auf geschichtliche Ereignisse ist dabei nirgends eine Spur. Es ist uns aber auch eine Reihe von erzählenden Gedichten überliefert, die uns auf historischen Boden führen. Ihren Kern bilden die Kämpfe Dietrichs mit seinem Oheim Ermanrich, der in Raben (Ravenna) herrscht, ihn aus seinem Reiche verjagt, auch Bern (Verona) nehmen will und ihn nötigt, Hilfe bei Etzel zu suchen. Auf Seite des blutgierigen Ermanrich, den sein Ratgeber Sibeche selbst gegen das eigene Blut aufstachelt, kämpfen Witege und Heime, die Dietrich in treuloser Weise verlassen haben und ihm, wo sie nur können, zu schaden suchen. Von ihnen macht die deutsche Sage Witegen, der wahrscheinlich in dem gotischen Helden Widugoja sein Urbild hat, zum Sohne Wielands, des sagenberühmten Schmiedes, dessen Lob schon im 8. Jahrhundert in nordischen Liedern und später von Sängern in Alemannien und England, Island und Frankreich gesungen und gesagt wurde und schon früh eine bildliche Darstellung gefunden hat.

In den deutschen Epen des 13. Jahrhunderts erscheint Witege neben Heime zunächst als treuloser Verräter, der seine Heldenehre verloren hat, vor unehrenhaften Anschlägen nicht zurückscheut, ohne Bedenken die Flucht ergreift und seine Freude daran hat, das Schöne zu verderben und hoffnungsvolle Jünglinge dem Tod zu weihen. Besonders deutlich sehen wir diesen Gegensatz zwischen dem finsteren und heimtückischen Soldkämpfer und dem reinen jugendlichen Helden, der, »von dem ersten Morgenrot seines Lebens beschienen, unter jenen blutdürstigen Händen fällt«, in dem Gedichte von *Alpharts Tod,* das durch den Ernst der Darstellung und die Tiefe der Empfindung zu den Perlen unserer Volksdichtung gehört. Das Gedicht verrät den Einfluß des Nibelungenliedes, dessen Strophenform in wenig veränderter Form angewendet ist, und entstand, wie schon aus der Sprache und dem Stil gefolgert werden muß, in der zweiten Hälfte des 13. Jahrhunderts, vielleicht in Bayern. Gleich anderen Dietrichsepen wurde das Gedicht später umgearbeitet und mit einer matten Fortsetzung vermehrt.

Eine andere Dichtung dieses Kreises erzählt von *Dietrichs Ahnen und Flucht* und stammt von Heinrich dem Vogler, einem Österreicher, der sie im letzten Drittel des 13. Jahrhunderts verfaßte und das »buoch von Berne« nannte. Seine poetische Begabung war gering, und was sich dichterisch Wirksames darin findet, sind Anleihen, die er bei dem Nibelungenliede und der Kudrun ebenso machte wie bei den höfischen Dichtern, denen er hauptsächlich den Schmuck der Darstellung entlehnte. Der Grundton aber blieb trotzdem der in der niederen Spielmannspoesie übliche mit ihren immer wiederkehrenden Formeln in der Darstellung.

An dieses in Reimpaaren geschriebene Gedicht schließt sich eines von der *Rabenschlacht*, das in sechszeiligen Strophen abgefaßt und jenem zwar inhaltlich verwandt ist, aber doch von einem anderen Verfasser stammt. Die Bedeutung dieser im Stile der niederen Spielmannspoesie abgefaßten Dichtung liegt in der Verwertung eines der Alphartsage verwandten und an sich schon dichterisch wirksamen elegischen Motivs, das auf der Überlieferung freier Erfindung beruht und schon von Meier Helmbrecht (1236–1250) erwähnt wird, während die Schilderung der Schlacht vor Raben (Ravenna) noch die Erinnerung an Theoderichs geschichtliche Kämpfe um sein Reich erkennen läßt.

Etwas jüngeren Ursprungs als die zuletzt besprochenen drei Dietrichepen sind einige kleine Gedichte des Sagenkreises. Von ihnen erzählt eines von *Etzels Hofhaltung* und von dem Riesen *Wunderer,* der mit seinen bösen Hunden die Jungfrau Selde verfolgt und fressen will, von Dietrich aber, der eben an Etzels Hofe weilt, getötet wird. Es ist nicht unwahrscheinlich, daß in dem ungefügen Riesen die Erinnerung an die mythische Gestalt des wilden Jägers nachklingt. In mehreren Drucken des 16. Jahrhunderts ist uns als Volkslied das Gedicht vom Kampfe *Hildebrands* mit seinem Sohne überliefert, das mit einer Erkennungsszene einen versöhnlichen Abschluß findet. Einen solchen scheint die Sage schon in der zweiten Hälfte des 13. Jahrhunderts dem ursprünglich tragischen vorgezogen zu haben.

In niederdeutscher Fassung erzählt uns ein fliegendes Blatt des 16. Jahrhunderts von *Ermanrichs Tod,* den dieser bei der Belagerung von Friesach durch Dietrich und seine elf Gesellen fand.

Ortnit · Es wart ein Buch
funden ze Suderz in der
stat · daz het geschri
Ez wart ein Puech funden ·
ze Suderz in der stat ·
Daz het geschrift wunder
Daran lach manich plat ·
Die haiden durch ir erge ·
Die heten daz begraben ·
Nu sol wir von dem pueche
Guet chvertzweile haben
Swer in vreuden welle ·
Vnd in chvrtzweile wesen ·
Der lazz im von dem pueche ·
Singen vnde lesen ·
Von einem chvnich reiche ·
daz hat Lantparten namen ·
daz endarf vor alle chronen
Sich des namen nicht enschamen ·
Ez wuhse in Lamparten ·
Ein gewaltich chvnich reich ·
Dem waz pei den zeiten ·
Dehain chvnich geleich
vber allev lant zewalhen ·
daz bezeichent daz ·
die weil vnd daz er lebte ·
daz er gewaltichleichen saz ·
Si in vesten alle furhten ·
Den chvnich vnd auch sein her
dew lant het er betwungen ·
von pirge vntz an daz mer ·
Den zins si im musten pringen ·
die pei im sazzen do ·
die musten alle furhten ·
Sein gepot vnd auch sein dro ·
Durch chvnichleich wirde ·
Gab man im den preise ·

Anfang des »Ortnit«.
Handschrift des 14. Jahrhunderts.

Übertragung

O r t n i t. Es wart ein pvch
fvnden ze[1] svderz in der
stat. Daz het geschri
Ez wart ein puech fvnden
ze suderz in der stat.
Daz het geschrift wunder,
Dar an lach manich plat.
Die haiden durch ir erge
Die heten daz begraben.
Nu svl wir von dem pveche
Gvet chvertzweile haben.
Swer in vreuden welle
vnd in chvrzweile wesen,
Der lazz im von dem pueche
singen vnde lesen
von einem chunichreiche,
Daz hat Lamparten namen.
Daz endarf vor alle chronen
Sich des namen nicht enschamen.
Iz wvhse in Lamparten
Ein gewaltich chvnich reich,
Dem waz pei den zeiten
Dehain chvnich geleich —
Vber ellev lant ze walhen.
Daz bezaichent daz,
Die weil vnd daz er lebte,
Daz er gewaltichleichen saz.
Si mvesten alle furhten
Den chvnich vnd auch sein her.
Dev lant het er betwungen
Von pirge vntz an daz mer.
Den zins si im mvstem pringen.
Die pei im sazzen do,
Die mvsten alle furhten
Sein gepot vnd auch sein dro.
Dvrch chvnichleich wirde
Gab man im den preise.

Übersetzung

O r t n i t. Es ward ein Buch
gefunden in der Stadt Suders
das hatte Inhalt...
Es wurde ein Buch aufgefunden
in der Stadt Suders[2].
Das hatte einen wunderbaren Inhalt;
es bestand aus vielen Blättern.
Die Heiden[3] *in ihrer Bosheit,*
die hatten es vergraben.
Jetzt werden wir an dem Buche
eine gute Unterhaltung finden.
Wer immer in Freude
und in Heiterkeit sein will,
der lasse sich aus dem Buche
singen und lesen
von einem Königreich,
das Lamparten[4] *hieß.*
Das braucht sich vor allen Ländern
seines Namens nicht zu schämen.
Es wuchs in Lamparten
ein gewaltiger, reicher König,
dem zu seiner Zeit
kein König gleich war
im ganzen Welschland.
Dies ist daraus ersichtlich,
daß er während seiner Lebenszeit
mit Macht herrschte.
Sie alle mußten fürchten
den König und auch sein Heer.
Die Länder hatte er bezwungen
vom Gebirge bis zum Meer.
Zins mußten sie ihm bringen.
Jene, die in seiner Nähe wohnten,
mußten alle fürchten
seine Gebote und Drohungen.
Um der königlichen Würde willen
gab man ihm der Ehre Preis[5].

[1] Die Handschrift hat hier und auch sonst geschwänztes z. [2] Tyrus. [3] So werden die Mohammedaner immer genannt. [4] Lombardei, Langobardenland. [5] Das Gedicht besteht aus vierzeiligen Strophen mit gepaarten Reimen. In der Handschrift sind die Langzeilen geteilt; die verzierten Anfangsbuchstaben bezeichnen den Beginn der Strophen.

Andeutungen im Biterolf über die Kämpfe der Recken Etzels mit dem Böhmenkönig Witzlan oder Winslan mögen einem Österreicher die Motive zu seinem Gedichte von Dietrichs Kampf mit dem Polenkönig *Wenezlan* geliefert haben, dessen Darstellung unter dem Einfluß der höfischen Poesie, im besonderen Wolframs von Eschenbach, steht.

Zu Dietrich von Bern stehen auch zwei ursprünglich selbständige, in oberdeutscher Überlieferung nur miteinander verbunden überlieferte Sagenkreise in Beziehung, von denen der eine sich um Ortnit, der andere um Wolfdietrich schließt. Der *Ortnitsage* liegt der alte germanische Mythus von den göttlichen Brüdern, den »Hartungen«, zugrunde, dessen erster Teil in seiner älteren und reinen Gestalt in einer niederdeutschen Fassung erhalten ist, die durch nordische Quellen ergänzt und erläutert wird, während der zweite Teil nur in Verbindung mit anderen Sagen, niederdeutsch mit Dietrich von Bern, süddeutsch mit Wolfdietrich, erhalten ist. Daraufhin lassen sich nach Müllenhoff die Grundzüge des Hartungenmythus festlegen.

Hartnit (Ortnit), der ältere des Brüderpaares, erwirbt sich durch einen Kampf mit Riesen ein schönes Weib, das ihn dann bei der Bekämpfung der Ihrigen unterstützt. Später will er in goldglänzender Rüstung einen Drachen töten, wird aber von ihm verschlungen. Dem Toten ersteht ein Rächer in dem jüngeren Bruder Hartheri, der, in Hartnits Rüstung gehüllt, den Drachen erschlägt und von der Witwe Hartnits zum Gemahl genommen wird.

Unter dem Einflusse der Kreuzzüge und des in der Spielmannspoesie jener Zeit typischen Motivs der Brautfahrt wurde der erste Teil der Hartungensage in Oberdeutschland zu einer Brautfahrt, die Ortnit über das Meer nach dem Orient unternimmt und ein tirolischer Dichter zwischen 1225 und 1230 zum Hauptinhalt seines in der Nibelungenstrophe verfaßten Gedichtes machte, in das er eines der in Tirol beliebten Zwergenmärchen hineinverwob.

Ornit ist König in Lamparten (Lombardei) und residiert in Garten (Garda). Da er in der Heimat keine ebenbürtige Gattin findet, will er auf den Rat seines Oheims um die schöne Tochter des Heidenkönigs Machorel werben und schifft sich in Messina mit seinen Mannen zur Brautfahrt ein. Sie ziehen gegen Machorels Königsburg. Ortnit entführt die liebliche Sidrat. In Garda wird die Braut, die auf der Meerfahrt in der Taufe den Namen Liebgart erhalten hat, feierlich empfangen und zur Königin gekrönt. Der heimtückische Schwiegervater aber sinnt auf Rache und sendet nebst reichen Hochzeitsgeschenken durch einen Jäger auch zwei junge Lindwürmer in Ornits Land, die, als sie nach Jahresfrist herangewachsen sind, die Gegend schrecklich verwüsten und der Menschen Leben allenthalben bedrohen. Da beschließt Ortnit, vom Lande das Übel abzuwehren, und reitet in den wilden Wald, um den Kampf mit dem Drachen zu bestehen. Fahrtmüde rastet Ortnit unter einem Baum und versinkt zu seinem Verderben in tiefen Schlaf, denn ein Lindwurm wälzt sich heran und verschlingt ihn.

Für die trauernde Witwe in Garda tritt ein Rächer in Wolfdietrich, dem Ahnherrn Dietrichs von Bern, auf, dem Helden eines süddeutschen Sagenkreises, den er mit dem zweiten Teil der Hartungensage verbindet, indem er an die Stelle des zweiten Hartungen tritt. Die *Wolfdietrichsage* geht in ihrem Kern auf geschichtliche Ereignisse und Personen zurück. Schon der Name Hugdietrich weist darauf hin, denn er bedeutet einer alten Überlieferung zufolge, nach der die Franken einst »Hugones« genannt wurden, »der fränkische Dietrich«, und Theodorich, der Sohn Chlodwigs, des ersten Merowingerkönigs, wird in den Quedlinburger Annalen geradezu »Hugo Theodoricus« genannt. Auch die geschichtlichen Tatsachen, die in der Wolfdietrichsage sich widerspiegeln, lassen sich noch deutlich erkennen. Theodorich, König von Austrasien (gest. 534), ein unehelicher Sohn Chlodwigs, teilt nach seines Vaters Tod mit seinen drei Brüdern das Reich und erweitert, als Chlodomer, einer von ihnen, fällt, seinen Anteil durch Kämpfe mit den beiden Überlebenden. Auch Theodorichs Sohn Theodebert ist einer nicht standesgemäßigen Verbindung entsprossen und hatte nach seines Vaters Tode Schwierigkeiten, sich zu behaupten, da ihm seine Oheime das Reich streitig machten. Die unerschütterliche Treue aber seiner Vasallen erhielt ihm Thron und Reich. In diesen Ereignissen erkennen wir die Grundzüge der Wolfdietrichsage.

Ein junger König muß, weil an ihm der Makel unehelicher Geburt haftet, mit seinen Verwandten um sein Erbe streiten und behauptet es dank der Treue seiner Dienstmannen. Die Schicksale des Vaters und des Sohnes werden in der Sage auf eine Person übertragen, und nur der Name Hugdietrich bleibt dem Vater. Schon im 8. und 9. Jahrhundert wurden, wie wir aus den Chronisten jener Zeit wissen, Lieder von dem fränkischen Dietrich gesungen, in denen die geschichtlichen Ereignisse noch deutlich hervortreten. Später haben sich diese mehr verflüchtigt, und das ethische Motiv der Herren- und Mannentreue übte auf die dichterische Behandlung der Sage den größten Einfluß aus. Die Treue wird durch die Figur des Berchtung personifiziert und ihm als wirksamer Gegensatz der falsche und ränkevolle Saben gegenübergestellt.

Im Zeitalter der Kreuzzüge wurde, wie der aus dem Gedichte von Rother uns schon bekannte Zeitgeschmack es wünschte, von den Spielleuten auch die Sage von Wolfdietrich mit Byzanz in Verbindung gebracht, der Schauplatz in den Orient verlegt und die alte Sage mit anderen, sagenmäßigen, märchenhaften und novellistischen Überlieferungen und traditionellen Motiven der Spielmannspoesie bereichert, wozu der Orient beisteuerte und die Zeit der Verbannung Wolfdietrichs, die ausgefüllt werden mußte, eine erwünschte Gelegenheit bot. Unverkennbar merkt man in der Wolfdietrichsage den Einfluß der gotischen Sage. Ihr gehört Berchtung an, der als Berchter in dem

Rothergedichte die gleiche Rolle spielt; der ungetreue Saben erinnert an Sibeche, und Dietrichs Lebensschicksale, besonders sein Zug nach Italien, wo er mit eigener Kraft sich ein Reich erkämpft, haben viel Ähnlichkeit mit der Wolfdietrichsage, so daß wir in ihr fränkische, byzantinische, gotische und auch langobardische Stoffelemente vereinigt sehen, denn schließlich wurde sie zur Ortnitsage in Beziehung gesetzt, indem Wolfdietrich als Rächer des Königs von Lamparten auftritt, den Lindwurm tötet und Ortnits Witwe heiratet.

Die Wolfdietrichsage war im 13. Jahrhundert sehr beliebt, wie schon daraus gefolgert werden kann, daß sie vier poetische Bearbeitungen gefunden hat, von denen zwei in mehreren Handschriften überliefert sind. Die älteste und zugleich dichterisch bedeutendste Fassung, der *Wolfdietrich A (Wolfdietrich von Konstantinopel)*, sollte eine Fortsetzung des Gedichtes von Ortnit sein, mit dem er in sprachlicher, stilistischer und metrischer Beziehung so genau übereinstimmt, daß man ihn vielleicht demselben Verfasser zuschreiben kann. Die Erzählung entwickelt sich rasch und stetig, die Ausdrucksweise ist anschaulich, die Empfindung lebhaft und warm. Diese Vorzüge lassen es sehr bedauern, daß der Dichter sein um 1230 geschriebenes Epos nicht zu Ende geführt hat. Überliefert ist es nur in der Wiener-Ambraser Handschrift, die auch die Kudrun enthält.

Zu Konstantinopel herrscht der gewaltige König Hugdietrich; ihm schenkt seine Gemahlin zwei Söhne, von denen jeder Dietrich heißt. Da ihn eine Kriegsfahrt in die Ferne ruft, überträgt er die Verwaltung seines Reiches dem Herzog von Saben. Dieser aber stellt an die Königin ein verbrecherisches Ansinnen. Von ihr zurückgewiesen, heuchelt er, daß er nur ihre Treue habe prüfen wollen. Über die Abweisung erbittert, will er sich rächen. Als die Königin ihren Gemahl bei seiner Rückkehr mit einem dritten, während seiner Abwesenheit geborenen Sohn erfreut, bezichtigt er die Königin der Untreue, erklärt jenen für des Teufels Kind und überredet den König, es durch seinen treuesten Vasallen, den Herzog Berchtung von Meran, töten zu lassen. Als nun dieser mit dem Knaben in den Wald reitet, kann er es nicht übers Herz bringen, ihn zu ermorden. Als am Abend die Wölfe zur Tränke kommen, greift ihnen der Knabe ganz unbefangen in ihre im Dunkel glänzenden Augen und keiner von ihnen tut ihm etwas zuleide. Ob dieses Wunders staunt Berchtung und beschließt, koste es ihm auch das Leben, das Kind zu retten. Er übergibt es einem Wildhüter zur Pflege und nennt es Wolfdietrich.

Als die Königin den Verlust des Knaben merkt, erhebt sie laute Wehklage und beschuldigt ihren Gemahl des Mordes an seinem eigenen Kinde. Um ihn von dem Vorwurfe zu reinigen, wird auf des treulosen Saben Rat hin alle Schuld auf Berchtung geschoben und dieser gebunden vor Gericht geschleppt, dem Saben vorsitzt. Sein Schwager Baltram fordert ein Gottesurteil. Da aber keiner den verlangten Kampf mit dem Angeklagten wagt, wird auf dessen Wunsch ein Schriftstück verlesen, das Licht in die Sache bringt. Saben wird mit Landesverweisung bestraft. Wolfdietrich, der zu einem argen Raufbold herangewachsen ist, wird nun herbeigeholt und mit der Weisung, daß er sich einst selbst ein Reich erkämpfen möge, sogar von seinen Brüdern, wenn sie ihm sein Erbe verweigern sollten, dem Berchtung zur Erziehung übergeben. Nach dem Tode Hugdietrichs hetzt Saben die älteren Prinzen gegen Wolfdietrich auf, der nur ihr unechter Bruder sei, und bewirkt dessen und der Königin Vertreibung, die nur bei Berchtung eine Zufluchtsstätte findet.

Über diese Ungerechtigkeit empört, beschließt Berchtung, einen Rachezug zu unternehmen. Es kommt zu einer blutigen Schlacht, die für Berchtung zwar siegreich endet, aber alle seine Mannen, darunter auch sechs seiner Söhne, hinwegrafft. Später wird Berchtungs Burg von einem gewaltigen Heere, das die Dietriche aufgebracht haben, belagert und bald in arge Not gebracht. Wolfdietrich bittet seinen getreuen Erzieher, ihn fortziehen zu lassen, damit er entweder Rettung bringen oder doch in fremden Ländern sich Ruhm und Ehre erwerben könne. Berchtung willigt ein, und so reitet Wolfdietrich fort, nachdem er jenem noch versprochen hat, kein Weib zu nehmen, ehe er nicht ihn und dessen zehn treue Söhne gerettet habe. Auf Berchtungs Rat zieht er zu König Ortnit in Lamparten und muß auf der Fahrt dahin seine Treue erproben, als das Meerweib Sigeminne ihm verlockend entgegentritt. Er aber gedenkt des gegebenen Versprechens und reitet nach Garda, wo er die trauernde Liebgart trifft, die ihm Ortnits Tod berichtet. Mit dem Drachen, der den König verschlungen hat, nimmt nun Wolfdietrich den Kampf auf.

Mitten in dessen Schilderung bricht das in Aventiuren eingeteilte Epos plötzlich ab, und seinen weiteren Inhalt kennen wir aus einem späten und wenig künstlerischen Auszug, in dem sich die Abenteuer häufen, um die Zeit der Verbannung Wolfdietrichs auszufüllen. Er tötet den Drachen, muß mehrmals gegen Weiber seine Standhaftigkeit beweisen, heiratet Liebgart, findet dann seine Getreuen in elender Gefangenschaft in Konstantinopel, befreit sie, vollzieht die Rache an seinen Brüdern und an Saben und belehnt jene mit dem erledigten griechischen Reich. Er selbst aber zieht sich in ein Kloster zurück, wo er noch mit den Geistern der von ihm Erschlagenen kämpfen muß und dann zur ewigen Ruhe eingeht.

Der Kern der Wolfdietrichsage bot mehrere Anhaltspunkte zu ihrer Weiterbildung. Solche waren die Herkunft des Helden, sein Name, die Zeit seiner Verbannung und die Verbindung mit der Ortnitsage. Diese wird in der Bearbeitung A als Einleitung vorausgeschickt, während sie in dem ungefähr gleichzeitig auf österreichisch-bayerischem Gebiet entstandenen *Wolfdietrich B*, dem *Wolfdietrich von Salnecke* (Saloniki), in das Epos hineingedrungen ist und dieses mit Hugdietrichs Brautfahrt eröffnet wird.

Auf Berchtungs Vorschlag will Hugdietrich die schöne Hildburg, die Tochter des Königs Walgunt von Salnecke, als Braut erwerben. Da sie ihr Vater streng bewacht und in einem Turm eingeschlossen hält, greift Hugdietrich zur List und gelangt in Frauenkleidern als Erzieherin zur Prinzessin. Später, als er König von Konstantinopel geworden ist, nimmt er Hildburg zum Weibe und erkennt den Sohn, den sie ihm geschenkt hat, als erbberechtigt an.

Dieser ist von Wölfen geraubt und gesäugt und darum Wolfdietrich genannt worden. Dieselbe Erklärung des Namens findet sich auch in den beiden anderen Bearbeitungen der Sage, dem um 1250 verfaßten *Wolfdietrich C*, dem *Wolfdietrich von Athen*, der nur in einigen (mitteldeutschen) Fragmenten überliefert ist, und im *Wolfdietrich D*, dem sogenannten *großen Wolfdietrich*. B und D gehen wahrscheinlich auf eine gemeinsame Grundform zurück. Durch alle Bearbeitungen zieht sich das treueverhältnis Wolfdietrichs zu seinen Mannen, und einzelne Momente werden, um sie recht hervorzuheben, besonders grell gezeichnet, so z. B. die Szene der Wiedererkennung und Vergeltung.

Wolfdietrich, von einem Zauberweibe, der rauhen Else (Sigeminne), seiner Sinne beraubt, irrt ein halbes Jahr im Walde umher. Vergeblich wandert Berchtung, seinen Herrn suchend, von Land zu Land, geht nach Konstantinopel zu seinen Söhnen, die sich auf sein Geheiß dorthin begeben haben, und unterwirft sich mit ihnen den Königen, doch mit dem Vorbehalt, ihrem angestammten Herrn wieder zu dienen, sobald er wiederkehre. Jene aber gehen nicht darauf ein und zwingen den Alten und seine Söhne, auf der Mauer Tag und Nacht, je zwei aneinander geschmiedet, Schildwacht zu halten. Wolfdietrich, endlich den Banden des Zaubers entrissen, sucht seine Mannen auf, kommt nach Byzanz, reitet an den Burggraben heran und hört den alten Berchtung klagen: »Wolfdietrich muß tot sein, sonst würde er kommen und uns aus der Not erlösen.« Schon will sich dieser zu erkennen geben, als ihn der Zwerg vor der Übermacht der Feinde warnt. Daher reitet er wieder von dannen, ruft aber, weil das Herz ihm überwallt: »Herr, Gott, noch bin ich nicht tot; hilf mir und meinen Mannen aus dieser großen Not!« Die Gefangenen hörten diese Worte, die wie ein Lichtstrahl der Hoffnung in ihr Elend fallen. Nach vielen Abenteuern kommt Wolfdietrich wieder nach Konstantinopel, wo unterdessen in unerschütterlicher Treue gegen ihn der alte Berchtung gestorben ist. Wieder hört er seine Mannen auf der Mauer klagen. Wolfdietrich erfährt seines treuen Berchtung Tod, bejammert ihn und gibt sich zu erkennen. Da öffnen sich wie durch eine Bestätigung des Himmels die Ringe der Gefangenen; sie springen von der Mauer und erschließen die Tore der Stadt. Diese wird eingenommen und an den feindlichen Brüdern Rache geübt, die braven Mannen aber ernten reichen Lohn für ihre Treue.

Den Schmerz über den Tod des Vaters glauben die Söhne Berchtungs verwinden (sîn verwegen) zu können, ihren Herrn aber können sie nicht verschmerzen. Nicht mächtiger könnte das Gefühl edelster Mannentreue sich äußern. So werden auch die Gedichte von Wolfdietrich getragen von den Ideen der Ehre und Treue, die wie leitende Sterne aus der ganzen deutschen Heldenepik uns entgegenleuchten, Fürsten und Mannen in mannigfaltiger Weise in Kampf und Wagnis führen und Treubruch und Ehrlosigkeit als die größte Schande brandmarken.

POETISCHE ERZÄHLUNGEN UND DIDAKTISCHE DICHTUNGEN

Außer dem höfischen und dem Heldenepos entwickelte sich gleichzeitig noch ein Zweig der Epik, der bei geringem Umfang ein in sich abgeschlossenes Ganzes bietet und als poetische Erzählung bezeichnet zu werden pflegt.

Im weiteren Sinn gehört hierher auch die *Legende,* deren dichterische Form unter dem Einfluß höfischer Kunst nun ihre erste Vollendung findet. Einer der ersten und zugleich besten Vertreter dieses Genres ist KONRAD VON FUSSESBRUNN(EN), ein Laie aus der Gegend von Krems in Niederösterreich, einigemal zwischen 1182 und 1187 in Urkunden genannt, mit seiner Legende von der *Kindheit Jesu* nach einem apokryphen Evangelium im Stil Hartmanns von Aue. Nach diesem damals vielgelesenen Beispiel dichtete Konrad von Heimesfurt (jetzt Heinsfurt in der Gegend von Öttingen im Swalafeld), ein Priester, zwischen 1220 und 1230 den *Tod und die Himmelfahrt Mariens* sowie *Christi Auferstehung*, auch sie im Anschluß an apokryphe Überlieferung. Auf lateinischen Quellen und mündlicher Überlieferung fußt *Heinrich und Kunigunde* (nach 1201 geschrieben) von Ebernand von Erfurt, dem ersten nachweisbaren bürgerlichen Dichter, dessen Namen Urkunden vor 1212 und 1217 nennen; er schrieb in thüringischer Mundart und läßt es, obwohl die Gestalten seiner Legende ein Kaiser und eine Kaiserin sind, nicht an schwankartigen Zügen fehlen.

Das durch den höfischen Roman der Legende zugeführte weltliche Element gewinnt weithin den Vorrang gegenüber dem religiösen bei dem wahrscheinlich oberhessischen Meister Otto, der um 1203 nach einer um 1150 entstandenen französischen Vorlage, von der er sich je länger, je mehr frei machte, einen *Eraklius* schrieb (gemeint ist der byzantinische Kaiser Herakleios, der im Kampf gegen die Perser verlorene Provinzen und auch das Heilige Kreuz wiedergewann). Rein religiöser Natur sind die Dichtungen des bayerischen Minoriten Lamprecht von Regensburg, der zuerst in genauem Anschluß an Thomas von Celano die Legende von *Sankt Franzisken Leben* (um 1240), dann, auch hier nach einer lateinischen Vorlage arbeitend, die *Tochter Sion* in Verse brachte, deren Inhalt das bräutliche Verhältnis der Seele zu Christus bildet.

Die poetische Erzählung in eher profanem Sinn holte sich Stoffe aus lateinischen Büchern, z. B. der »Disciplina clericalis« des getauften Juden Petrus Alfunsi in Spanien, der wahrscheinlich in England entstandenen Novellensammlung »Gesta Romanorum«, dem indische Fabeln verarbeitenden »Directorium vitae humanae«, färbte sie nach der Palette der höfischen Poetik und verzichtete trotzdem nicht auf die Derbheiten der Spielleute. Wie in den Liedern Neidharts sehen wir auch in diesen kleinen Geschichten einen Rückschlag des Natürlichen und Volkstümlichen gegen die höfische Überfeinerung.

Als der eigentliche Vater dieser neuen Literaturgattung gilt der schon in anderem Zusammenhang behandelte Stricker. Hatte dieser überlieferte oder frei erfundene Stoffe behandelt, so griff Wernher der Gärtner (der gartenaere, um 1250) in seinem *Meier Helmbrecht* mit beiden Händen ins volle Menschenleben (»ich will sagen, was mir geschah, was ich mit eigenen Augen sah«), um in der Darstellung eines aus seinem Stand ins Rittertum hinausstrebenden Bauernsohnes beide Schichten, die höhere wie die niedere, Besinnung auf ihre Aufgabe zu lehren. Dieser Wernher war selbst adeliger Herkunft, und das nahm ihm etwas von der an sich erforderlichen Objektivität, aber er hatte für den Bauern ein Herz, er mißbrauchte seine Würde nicht, um andere zu amüsieren, wie es der Reuentaler getan, er entdeckte im Nährstand auch nicht ein billiges Opfer für die literarische Laune sogenannter Dorfpoesie im Stile des – später noch zu erwähnenden – Tannhäusers, vielmehr sieht er des Bauern Welt als ein Ganzes, das zumindest ebensoviel Existenzberechtigung hat wie jeder andere Kosmos, darum aber auch ebensowenig eine Durchbrechung seiner Ordnung verträgt.

Wer den Begriff nicht zu eng nimmt, kann im »Meier Helmbrecht« schon eine didaktische Dichtung sehen. Die eigentlichen Lehrgedichte zerfallen ihrerseits in zwei Gruppen: religiöse und profane. Die Verfasser der ersten sind anonym gebliebene Geistliche. Einer von ihnen, ein bayerischer Mönch, zählte um 1187 in einem Gedicht, das in Versen von sechs Hebungen mit meist klingenden Reimen abgefaßt ist, mit peinlicher Genauigkeit die Freuden des *Himmelreiches* auf, unterläßt es aber nicht, das Erdenleben kontrastierend zu schildern, angefangen vom Kochen, Spinnen und Weben bis zum Kämmen, Schlafen und Backen. In poetischer Beziehung ansprechender ist der *Trost in Verzweiflung*, darin ein anderer bayerischer Priester das Lebensbild eines Menschen entrollt, der nach einer dem Teufel und der Welt verschriebenen Jugend die Welt fliehen will, aber trotz der Fürsprache der Heiligen dazu nicht imstande ist. Schon ist er der Meinung, zur Verdammnis geboren zu sein, da wird ihm, während er sich dessen am wenigsten versieht, ein »Glück gebracht«; worin es bestand, stünde im leider verlorenen Schluß.

Als geistliche Anstandslehre für Frauen wurde der *Geistliche Rat* eines alemannischen Priesters bezeichnet. Eine der innigsten Mariendichtungen des Mittelalters, das *Frauenlob,* stammt dagegen vom Niederrhein: Sein Verfasser verfügt über wirksame Stilmittel und läßt sein tief erregtes Gemüt in solcher Wärme im Liede ausklingen, daß wir ihm gelegentliche Breite und zuweilen vorkommende gesuchte Deuteleien gerne verzeihen.

Diesen Namenlosen reiht sich der Kaplan Wernher von Elmendorf (in Thüringen) an, der im Auftrag des 1171 nachgewiesenen Propstes Dietrich von Heiligenstadt in der Zeit zwischen 1170 und 1180, d. h. als Heinrich von Veldeke seine »Eneide« dichtete, den in Frankreich entstandenen Traktat »Philosophia moralis de honesto et utili« ins Mittelhochdeutsche übertrug, was nicht sagen will: übersetzte. Das lateinische Original hatte Stellen aus antiken Klassikern, vor allem römischen Autoren, aber auch aus Xenophon zu einer Art Tugendlehre zusammengetragen und wurde nun von dem Thüringer nur teilweise wörtlich übernommen, mit sprichwörtlichen Redensarten durchsetzt und mit den deutschen Lesern vertrauten Vorstellungen bereichert, mit Bezügen auf das deutsche Epos und mit eigenen Erfahrungen völlig der eigenen Umwelt assimiliert. Das ist die Methode Ciceros gegenüber seinen griechischen Quellen, sagen wir: eine Art Humanismus; dieser Hinweis erscheint auch deshalb berechtigt, weil hier eine ethische Aufgabe mit antiken, d. h. vorchristlichen Rezepten gelöst werden will. Wernhers *Tugendlehre* gipfelt in der Kardinaltugend der »temperantia« (mittelhochdeutsch: diu mâze), der weisen Selbstbeschränkung in jeder Lage des Lebens.

Diu mâze ist auch der Titel einer didaktischen Dichtung eines oberdeutschen Zeitgenossen des Elmendorfer Kaplans und könnte auch die Überschrift für ein in Briefform abgefaßtes Poem sein, das man *Ratschläge für Liebende* genannt hat, weil es auch den Frauen Lebensregeln bietet, von denen sie sich bei der Wahl des Ritters leiten lassen sollen.

Zwischen 1215 und 1217 hat dann THOMASIN VON ZIRCLARIA (Zirclaere, um 1187 bis vor 1238), vielleicht bereits damals oder jedenfalls später Domherr an der Friauler Kathedrale Aquileia, im *Welschen Gast* den Versuch gemacht, die Angehörigen des Ritterstandes, und zwar beide Geschlechter, durch sein fast 15000 Verse zählendes Lehrgedicht von der Haltlosigkeit, die er am deutschen Adel wahrzunehmen glaubte, zu ernsterer Lebensauffassung und -führung hinüberzuleiten. Auffallend ist, daß er als Kleriker nicht lateinisch, noch mehr, daß er als Italiener deutsch schrieb; dem Kreis, an den er sich wandte, entsprechend, aber wohl auch eigener Überzeugung folgend, bekannte er sich, wie es übrigens auch der Eschenbacher getan hatte, zum Zusammenhang von Abstammung und Sittlichkeit, nicht minder zum Kontakt von Tugend und Bildung.

Dem gleichen Ziel wie Thomasin diente der schwäbische Geistliche FREIDANK (gest. 1233), der in seiner Spruchsammlung *Bescheidenheit,* wenn auch unter stärkerer Betonung theologischen Gedankengutes, zur Voraussetzung sittlichen Verhaltens verhelfen wollte, nämlich zur Fähigkeit, Gutes und Böses zu unterscheiden. Dazu gehört vor allem richtige Gottes- und Selbsterkenntnis, zu welcher der Dichter hinführen will; zur Selbsterkenntnis rechnet Freidank auch die Fähigkeit, nicht über den eigenen Stand hinausstreben zu wollen, hierin wie in manchen anderen Punkten sich aufs engste mit dem »Welschen Gast« berührend, den er allerdings in einprägsamer

Von manger hand lüten

Der münch wolt ich gern einer sein
Der für das wasser drincket win
Wer nit eim yeden recht kan leben
Der sol doch nach dem besten streben
Der won ist manigen lüten bey
Das ir leben das besser sey
Wer hoffnung nit vnd güter won
So mecht die welt kum halbs beston
Vil verheissen vnd wenig geben
Ist aller der von gouchberg leben

Cū recte vi uas non cu res verba malorum.

Promissis diues q̄libz esse potest. Ouidius.

Von alten vnd kinden. K ii

Eine Seite aus der »Bescheidenheit« des Freidank.
Nach der Ausgabe von Sebastian Brant.

Schlichtheit und Prägnanz übertraf, so daß der »Bescheidenheit« längere Dauer und größere Verbreitung zuteil wurde.

Zeitgenosse Freidanks war ein Angehöriger des bayerischen Geschlechtes von Windesbach, dessen Buch (es ist um 1217 geschrieben worden) einfach der *Winsbeke* heißt, ein strophisches Gedicht, auf schlichte Laienreligiosität ausgerichtet, darin der Vater in gemütvoller, treuherzig deutscher Art seinem Sohn kluge Lehren erteilt; seine Methode erinnert uns an die Weise, in welcher der alte Gurnemanz den Knaben Parzival unterrichtet oder der alte Titurel von einem tatenreichen Leben Abschied nimmt. Das Gegenstück, auf weibliche Verhältnisse übertragen, wahrscheinlich von einem Geistlichen verfaßt, ist die *Winsbekin,* darin eine Mutter ihrer Tochter über Frauendienst und höfische Zucht Lehren erteilt.

Zu den belehrenden Poesien gehören auch die *bîspel* (»Beispiele«), die in der Blütezeit mittelhochdeutscher Dichtung gern gepflegt wurden. Man verstand darunter kleine poetische Erzählungen, die irgendeine Lehre offenbarten oder eine lehrhafte Deutung zuließen (diese konnte vorausgeschickt, angehängt oder auch bloß angedeutet werden). Den Stoff holte man entweder aus der Tierwelt oder aus eigener Phantasie. Meister der bîspel-Dichtung ist der schon früher genannte Stricker. Als Didaktiker kann man schließlich auch den Priester EBERHARD bezeichnen, der unter der Äbtissin Mechtild Notar des Reichsstiftes Gandersheim war und um 1216 die *Gandersheimer Reimchronik* verfaßte, das erste Denkmal geschichtlichen Inhalts in niederdeutscher Sprache und den ersten ernsten Versuch historiographischen Charakters in deutscher Sprache überhaupt.

DIE PROSA

Predigten

Wie bei andern Völkern folgt literaturfähige Prosa auch im Raum der deutschen Sprache nur allmählich der Poesie. Ihr erstes Betätigungsfeld war hier die Predigt. Die deutsche Predigt hat sich, wie wir aus den erhaltenen Bruchstücken schließen können, bis zu Beginn des 13. Jahrhunderts nur sehr dürftig entwickelt und keinerlei Selbständigkeit angestrebt (man folgte einfach lateinischen Vorlagen, die man übersetzte oder bearbeitete). Im 12. Jahrhundert ließ man sich von den französischen Kanzelrednern anregen, wie ja auch die höfische Poesie von Frankreich her beeinflußt wurde, aber man las deren Wort aus lateinischen Übersetzungen und schrieb das eigene deutsche Wort auf lateinisch nieder. Die erste Sammlung deutscher Predigten bot ein Priester KONRAD, der wahrscheinlich am Ende des 12. Jahrhunderts am Bodensee wirkte. Sein Werk ist in einer in der Wiener Nationalbibliothek befindlichen Handschrift des 13. Jahrhunderts erhalten und von Schönbach im dritten Band seines monumentalen Werkes »Altdeutsche Predigten« veröffentlicht. An sich schon die bedeutendste kanzelrednerische Leistung vor Berthold von Regensburg, verdient sie, wie ein Vergleich mit den von Konrad benützten lateinischen Quellen zeigt, auch Beachtung in der Dogmen-, Kultur- und Sprachgeschichte. Eine andere Predigtsammlung gehört der Handschrift nach dem Kloster Oberalteich (das Manuskript liegt jetzt in München) und ist im zweiten Band des Schönbachschen Werkes zugänglich.

Das umfangreichste Denkmal der deutschen Predigtliteratur unseres Zeitabschnittes ist jenes große Sammelwerk, das in einer aus dem Anfang des 14. Jahrhunderts stammenden Handschrift auf der Leipziger Universitätsbibliothek aufbewahrt wird und den ersten Band der Altdeutschen Predigten Schönbachs bildet. Wir finden in dieser Handschrift 259 Predigten, die, wenn man die ersten 25 ausnimmt, alle noch dem 12. Jahrhundert angehören und wegen ihrer Beliebtheit auch später noch der Aufzeichnung für würdig befunden wurden. Daß sie Gefallen fanden, geht schon daraus hervor, daß viele von ihnen, vornehmlich aus der letzten Gruppe, mehr oder minder geändert, auch in anderen Handschriften überliefert sind.

Eine sehr beachtenswerte Sammlung altdeutscher Predigten hat Kelle nach einer früher dem Kloster Benediktbeuern gehörigen, jetzt in der Münchner Bibliothek befindlichen Handschrift herausgegeben und wegen einiger Beziehungen zu der Predigtensammlung *Speculum ecclesiae* des Honorius von Autun fälschlich mit demselben Titel bezeichnet. Außer den genannten deutschen Predigtwerken sind von Wackernagel mehrere Predigten aus der Schweiz und einzelne von anderen Forschern veröffentlicht worden (»Altdeutsche Predigten und Gebete«, 1876). Das vorhandene Material zeigt uns die deutsche Predigt im allgemeinen noch in Abhängigkeit von lateinischen Vorlagen, aber doch merken wir allenthalben schon die Versuche einer selbständigen Entwicklung. In ein neues Stadium tritt die deutsche Predigt mit der Missionstätigkeit der Franziskaner und Dominikaner, deren erhaltene Predigten aber schon in einen anderen Zeitraum gehören.

Die Gesetzessammlungen

In der Predigt diente die deutsche Prosa praktischen Zwecken, und dies gilt auch von den Anfängen der deutschen Rechtsprosa. Von alters her waren bei den Germanen die Gesetze lateinisch abgefaßt, selbst die Volksrechte, und nur die angelsächsischen machen davon eine Ausnahme. Indes zeigen die Malbergischen Glossen zur »Lex Salica«, in denen uns deutsche Wörter überliefert sind, die noch gemeingermanische Formen zeigen, und die Bruchstücke einer Übersetzung dieser Gesetzessammlung, daß man das Volk durch Übertragungen mit dem offiziellen lateinischen Text vertraut machte. Als dann im Zeitalter der Staufer die Ministerialen neue Zustände schufen, wünschte man allgemein deren Aufzeichnung in heimischer Sprache und ihre systematische Anordnung. Friesland war hierin vorangegangen, denn hier wurden schon gegen Ende des 12. oder zu Beginn des 13. Jahrhunderts landrechtliche Entscheidungen aus dem Lateinischen ins Friesische und später ins Niederdeutsche übertragen.

Von größerer Bedeutung für Deutschland wurde, daß der 1203–1233 urkundlich bezeugte Ritter und Schöffe EIKE VON REPCHOWE (Reppichau im Anhaltischen) das in Niedersachsen geltende Land- und Lehnrecht, das er ursprünglich dem literarischen Gebrauche seiner Zeit gemäß lateinisch aufgezeichnet hatte, auf Veranlassung des Grafen Hoyer von Falkenstein in deutscher Sprache umarbeitete. Weil diese Sammlung den Niedersachsen ihre Rechte wie in einem Spiegel zeigen sollte, nannte sie ihr Verfasser in einer gereimten Vorrede *spiegel der Sassen.* In ihr verrät er den Einfluß der mittelhochdeutschen Literatursprache; ob diese auch auf die erste deutsche Bearbeitung seines lateinischen Rechtsbuches einwirkte oder ob er davon eine mitteldeutsche und niederdeutsche Ausgabe veranstaltete, läßt sich nicht bestimmen; gewiß ist, daß der Sachsenspiegel in beiden Mundarten im 13. Jahrhundert Verbreitung fand. Und diese war eine außerordentliche und das beweist, daß Repchowe damit einem allgemein gehegten Wunsche entgegenkam. Während die lateinische Bearbeitung nur teilweise sich erhielt, verbreitete sich die deutsche, erweitert, im Auszuge oder mit Erklärungen versehen, in wenigen Jahrzehnten in ganz Norddeutschland, kam nach Mitteldeutschland, eroberte in ihren Umformungen noch im 13. Jahrhundert auch das südliche Deutschland und drang über die Reichsgrenze hinaus nach Böhmen, Mähren, Polen und Ungarn vor, wo sie vielfach in die Volkssprache übertragen wurde. Ursprünglich nur eine private Arbeit, wurde der Sachsenspiegel zu einem öffentlichen Rechtsbuch, das dann in Oberdeutschland als *Spiegel deutscher Leute* Verbreitung fand, den nach 1235 und vor 1275 ein Geistlicher in Oberfranken verfaßte und durch noch reichere Benutzung des Reichsstaatsrechtes, als es schon Repchowe getan hatte, zu einem gemeindeutschen Rechtsbuche ausgestalten wollte.

Vollständiger ist dieser Plan durch Benutzung weiteren Rechtsstoffes ausgeführt in dem sogenannten *Schwabenspiegel,* der um 1270 entstand, bald Gesetzesautorität erhielt, eine außergewöhnliche Verbreitung fand und in das Lateinische, Französische und Böhmische übertragen wurde. Dem Beispiele Eikens, der durch Übersetzung in die Volkssprache seinem Rechtsbuche eine so weite Verbreitung verschaffte, folgte auch die Reichsgesetzgebung, indem sie zu dem Mainzer Landfrieden von 1235 eine deutsche Übersetzung anfertigen ließ; bald folgten andere Reichs- und Landesgesetze, Kaiser Friedrichs II. Privilegium für Wien (1237), bis die deutsche Sprache seit der großen Landfriedensaktion unter Rudolf von Habsburg dafür die einzig übliche wurde. Nach der Mitte des 13. Jahrhunderts bediente man sich ihrer auch für die Stadtrechte und verwandte Aufzeichnungen, Privilegien und Satzungen der Bürger mehr und mehr, bis in der zweiten Hälfte des 14. Jahrhunderts die lateinische Sprache ganz in den Hintergrund gedrängt ist.

Auch in den *Urkunden* beginnt seit dem Mainzer Landfrieden eine nationale Reform, und zwar zunächst in jenen, die an keine feststehenden Formularien gebunden waren, also in denen des niederen Adels und in den politischen. Zuerst drangen nur einzelne deutsche Elemente, Namen und Lokalbezeichnungen, dann ganze deutsche Sätze ein, und seit 1240 mehren sich die ganz deutschen Urkunden dem Rhein entlang, von den Niederlanden bis zur Schweiz und die Donau abwärts bis nach Österreich und finden in Süddeutschland rascher Anklang als in Mittel- und Niederdeutschland. Allmählich wurden auch die Aufzeichnungen und Urkunden der Gerichte in deutscher Sprache abgefaßt.

Von den niederen Gerichten, die sich von jeher der Volkssprache bedienten, liegen aus dem 13. Jahrhundert nur einzelne, aus dem 14. und besonders seit dem 15. zahlreiche *Rechtssprüche* (Weistümer) vor. Für die höhere Gerichtsbarkeit wurde es von großer Bedeutung, daß die Reichshofgerichtskanzlei seit Rudolf von Habsburg die deutsche Sprache für ihre Urkunden aufnahm und ein eigenes Formular anfertigte. Die Landesgerichte folgten, während die geistlichen Gerichte am Lateinischen festhielten, das auch in den Kloster- und Bischofsurkunden sich behauptete.

Die Erstarkung des nationalen Gedankens, als dessen Träger der niedere Adel, die Geistlichen und Bürger erschienen, hat die Blütezeit der Poesie hervorgerufen und durch die Anwendung der heimischen Sprache in der Predigt, im Rechtsleben und in der Geschichtschreibung auch die deutsche Prosa geschaffen. Denn auch die Historiographie wurde in der ungebundenen Form der Muttersprache gepflegt, und der erste uns erhaltene Versuch dazu liegt vor in der sehr umfangreichen *Sächsischen Weltchronik,* die zwischen 1237 und 1250 von einem Geistlichen aus der Familie derer von Repchowe in der sächsischen Mundart unter Benutzung zahlreicher Quellen verfaßt wurde. Von diesen sind am reichsten herangezogen die Weltchronik Ekkehards von Aura, die Pöhlder Annalen, eine verlorene Weltchronik Alberts von Stade, die Bibel und die Legendenliteratur. Die Darstellung der römischen Kaiserzeit bildet den Hauptbestandteil des Werkes, das mit der Erschaffung der Welt beginnt und die Weltgeschichte bis zum Untergange der Staufer erzählt, dabei aber die Zeitgeschichte nur skizziert. Durch vier bayerische Fortsetzungen wurde die Weltchronik bis 1453, durch eine thüringische bis 1353 und durch eine sächsische bis 1275 fortgeführt.

AUFSTEIGENDES BÜRGERTUM

POLITISCHE UND SOZIALE UMGESTALTUNGEN

Mit dem Tode Friedrichs II. war die universalistische Kaiserpolitik der Hohenstaufen zusammengebrochen, zugleich aber auch die Zentralgewalt in Deutschland selbst. Die Fürsten – so nannte man ehedem alle adeligen Lehensleute, jetzt nur noch jene (weltlichen und geistlichen) Landesherren, die direkt unter dem König standen – strebten offenkundig nach der Souveränität und verstanden es, ihre Macht nach unten zu erweitern, indem sie ihren eigenen Vasallen die öffentlich-rechtlichen Befugnisse nahmen und diese an fügsame, weil absetzbare Beamte übertrugen, die ihrerseits je länger je seltener aus dem Ministerialadel, häufiger aus dem Bürgerstand kamen.

Dieser lebte seinerseits mehrheitlich in den Städten, welche schon in der zu Ende gehenden Stauferzeit eindeutige Autonomiebestrebungen zeigten und diese nun mancherorts zum Ziele führten. Es entstanden die freien Reichsstädte mit eigener Verfassung, eigenem Rat, eigenen Oberhäuptern, Schultheiß oder Bürgermeister genannt. Zuerst waren es Adelige, die den Kurs der Städte bestimmten, seit dem 14. Jahrhundert erscheinen sie mehr und mehr von den in Zünften organisierten Handwerkern und Kaufleuten verdrängt.

Weitaus nicht allen Städten gelang die Erringung der Selbständigkeit, viele mußten sich landesfürstlicher Hoheit unterordnen, deren 70 bis 80 aber wurden zu Republiken, nahmen umliegende Landschaften in ihr Stadtrecht auf und erweiterten so ihr Territorium zu ausgedehnten Stadtstaaten. Besonderen Erfolg hatten damit Schweizer Städte, wie Luzern, Zürich und vor allem Bern.

Auf heutigem Schweizer Boden entstand gleichzeitig die Schweizerische Eidgenossenschaft, zunächst gebildet von Schwyz, Uri und Unterwalden, die, indem sie ein älteres Bündnis erneuerten, Anfang August 1291 einen Ewigen Bund schlossen und im sogenannten Ersten Bundesbrief in lateinischer Sprache schriftlich fixierten (alle späteren Dokumente ähnlicher Art wurden deutsch geschrieben). Es dauerte nicht lange, und der Bund der drei alten Orte erweiterte sich zur achtörtigen Eidgenossenschaft, indem zur Hauptsache Städte (Luzern, Zürich, Glarus, Zug, Bern) sich den Ländern anschlossen, zur dreizehnörtigen durch Zuzug von Freiburg i. Ü., Solothurn,

Basel, Schaffhausen und Appenzell. Der »Schwabenkrieg« von 1499 löste diese Staatengruppe praktisch vom Reiche ab.

Das Reich selbst war nach dem Ende der Hohenstaufenzeit sozusagen aufgelöst, nominell regiert von zwei Schattenkönigen Richard von Cornwallis (gest. 1272) und Alfons von Kastilien (gest. 1284) bis zur Wahl Rudolfs von Habsburg (geb. 1218, deutscher König 1273–1291). Seinem Hause war es bestimmt, im Verlauf von zwei Jahrhunderten durch eine kluge Politik ein Reich zu gründen, in dem die Sonne nicht unterging. Karl V. (1519–1556, Lebenszeit: 1500–1558) war der letzte gekrönte Kaiser des Heiligen Römischen Reiches. In seine Regierungszeit fällt der Sieg der Reformation und somit das Ende des Mittelalters, das ja politisch durch die Idee der »Republica Christiana« gekennzeichnet ist.

Der andere Träger dieser Idee, das Papsttum, erfuhr in dieser Periode kaum eine Anfeindung mehr aus dem Raum der deutschen Sprache, um so größere seitens Frankreichs. Bonifaz VIII. (1294–1303) versuchte noch einmal, die Stellung des Papsttums wiederherzustellen, aber es gelang nicht. Von 1309–1377 residierten seine Nachfolger sogar in Avignon, auch dies ein Zeichen für das Ende des Universalismus und den Sieg des Nationalismus. Dieser führte in Frankreich und anderen Ländern zum Zentralismus, in Deutschland allerdings nicht.

Ein sichtbares Zeichen des Geisteswandels ist der Übergang von der Romanik zum gotischen Stil. Dieser verbreitete sich von Frankreich aus seit dem 12. Jahrhundert durch den größten Teil Europas und durch die Kreuzfahrer auch in die Mittelmeerländer. Eigentümlich ist ihm der Wille zur Aufhebung der Schwerkraft, das Streben nach Höhe, Auflösung des Steins in ein Netz feinster, schlanker Glieder und Teile, die ihrerseits alle in kühnem und klarem Aufbau zur Einheit des Ganzen sich zusammenschließen. Aber dieses Ganze sichert oft genug dem Individuellen einen besonderen Raum.

Das also ist der Rahmen, in dem sich die deutsche Literatur zwischen 1250 und 1500 betätigt, teils getragen von den bisher wirksamen Kreisen, teils vom neu aufkommenden Stand des Bürgertums.

UMBRUCH DER BILDENDEN LITERATUR

Zwischen der Suche nach neuen Wegen, wie wir sie schon bei Wernher dem Gärtner fühlten, und der Bewahrung des alten Gutes schwankt die zeitgenössische bildende Literatur. Typisch ist die Erscheinung des deutschen Dominikaners aus dem Geschlecht der schwäbischen Grafen von Bollstädt, des »doctor universalis« (des allumfassenden Lehrers), den die dankbare Nachwelt mit Ehrfurcht ALBERTUS MAGNUS (1193–1280), sein Volk mit Stolz Albert den Deutschen, seine Kirche – erst seit dem 20. Jahrhundert, das sich überhaupt auf manchen bisher Vernachlässigten besinnt – Albert den Heiligen heißt. 1245 und dann 1248–1254 war Albert der Lehrer des Aquinaten; seither verdunkelt der Ruhm des großen Schülers die Leistung des Meisters, die voll zu erfassen nur dem möglich wäre, der es vermöchte, Thomas und sein Werk aus der Geistesgeschichte des christlichen Abendlandes hinwegzudenken.

Und doch war Alberts Geist der umfassendere; in weitem Bogen umspannt sein wissenschaftliches Lebenswerk die gesamte damalige Philosophie, einschließlich Aristoteles, den er zuerst für die Scholastik nutzbar machte, und eingeschlossen die Araber, deren pantheistische Lehren oder Neigungen er glücklich zu meiden oder zu widerlegen wußte, dazu die spekulative und exegetische Theologie, außerdem das ganze Gebiet der zeitgenössischen Naturwissenschaften, auf dem er sich als selbständiger Beobachter erwies, wenn er auch nicht alles überprüfen konnte oder mochte, was er in der ihm zur Verfügung stehenden Literatur vorfand. Sein Werk hat Joseph Bernhart mit »der aufgeregten Füllung eines Brunnenbeckens« verglichen, »das von allen Seiten empfängt und nach allen Seiten von sich gibt; immer lebendig, immer sich erneuernd, fesselt es den Zuschauer durch den Kampf mit sich selbst«.

Mystiker und Chronisten

Albertus Magnus, Thomas von Aquin und Bonaventura sind die erlauchten Kirchenlehrer des 13. Jahrhunderts. Wie an jenem Pfingsttag, da der Heilige Geist über die Häupter der jungen Kirche kam, die Jungfrau-Mutter Maria unter den Aposteln saß, so findet sich in der geistigen Nähe jener drei Großen gleichfalls eine Frau, die Beghine und spätere Zisterzienserin MECHTILD VON MAGDEBURG (1212–1283), aus ritterlichem Geschlecht, die im Reiche der religiösen Literatur die Brücke von der Adelsdichtung zum bürgerlichen Schrifttum schlägt. Seit frühester Jugend mit der Gabe der Beschauung begnadet, schrieb sie, was zu sagen ihr aufgetragen war, nicht mehr wie Hildegard von Bingen in der Sprache der Kirche, sondern in der ihres Volkes. Denn ihr Erleben war viel zu mächtig, als daß es sich einer der überlieferten

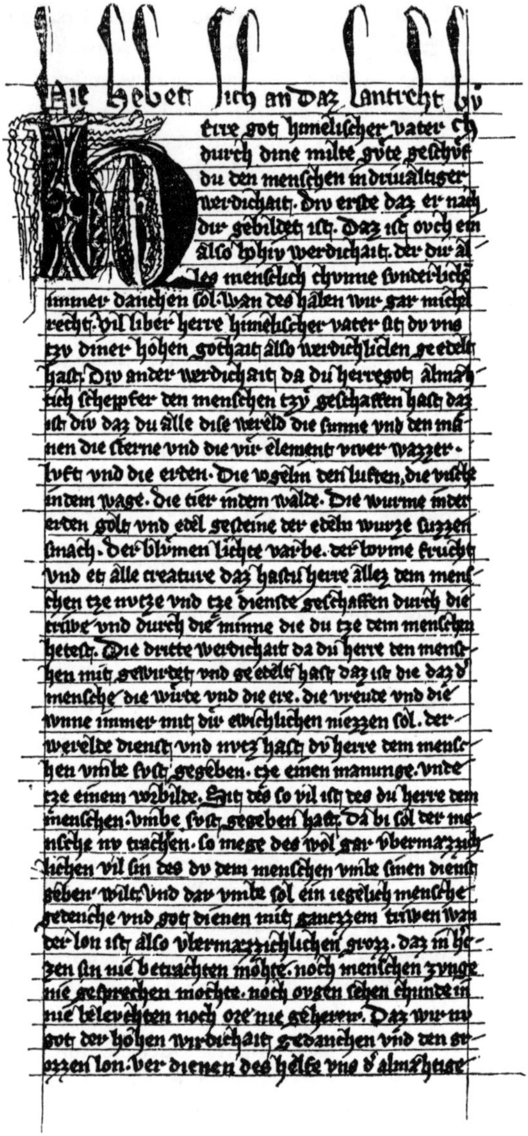
Hie hebet sich an daz lantreht bu
Herre got himelischer vater ch
durch dine milte gute geschuf
du den menschen in driualtiger
werdichait. div erste daz er nach
dir gebildet ist. daz ist ovch ein
also hohiv werdichait. der dir al
les menslich chunne sunderliche
immer danchen sol. wan des haben wir gar michel
reht. vil liber herre himelischer vater sit du vns
zv diner hohen gothait also werdichlichen geedelt
hast. Div ander werdichait da du herregot almah
tich schepfer den menschen zv geschaffen hast daz
ist div daz du alle dise werld die sunne vnd den ma
nen die sterne vnd die vir element fiwer wazzer
luft vnd die erden. Die vogeln den luften. die vische
in dem wage. die tier in dem walde. Die wurme in der
erden golt vnd edel gesteine der edeln wurze suzzen
smach. der blumen liehte varbe. der bovme frucht
vnd et alle creature daz hastu herre allez dem men
schen tze nutze vnd tze dienste geschaffen durch die
triuwe vnd durch die minne die du tze dem menschen
hetest. Die dritte werdichait da du herre den mensc
hen mit gewirdet vnd geedelt hast daz ist die daz d'
mensche die wirde vnd die ere. die vreude vnd die
wnne immer mit dir ewichlichen niezzen sol. der
werelde dienst vnd nvtz hast du herre dem mensc
hen vmbe sust gegeben. tze einem manunge. vnde
tze einem vrbilde. Sit des so vil ist des du herre dem
menschen vmbe sust gegeben hast. da bi sol der me
nsche nv trachten. so mege des wol gar vbermazzich
lichen vil sin des du dem menschen vmbe sinen dienst
geben wilt. vnd dar vmbe sol ein iegelich mensche
gedenche vnd got dienen mit ganezzem triwen wan
der lon ist also vbermazzichlichen grozz. daz in he
zen sin nie betrachten mohte. noch menschen zunge
nie gesprechen mochte. noch ovgen sehen chunde in
nie beleuchten noch ore nie geherte. Daz wir nv
got der hohen wirdichait gedanchen vnd den su
ozzen lon verdienen des helfe vns d' almahtige

Der Anfang des Schwabenspiegels. Nach einer Handschrift aus dem 14. Jahrhundert.

Übertragung[1]

Hie hebet sich an daz lantreht bůch.
Herre got, himelischer vater,
durch dîne milte gůte geschůf[2]
du den menschen in drîualtiger
werdichait. Div erste, daz er nach
dir gebildet ist. Daz ist ouch ein
alsô hôhiv werdichait, der dir al-
les menschlîch chunne[3] svnderlîchen[4]
immer danchen sol. Wan[5] des haben wir gar michel[6]
recht. Vil liber herre, himelischer vater, sît[7] dv vns
tzu dîner hôhen gothait alsô werdiclîchen geedelt
hâst. Diu ander werdichait, da du, herre got, almah-
tich scheppfer, den menschen tzv̂ geschaffen hâst, daz
ist dív, daz du alle dise wereld, die sunne vnd den mâ-
nen[8], die sterne vnd die vir element, viver[9], wazzer,
lvft vnd die erden. Die vogel in den luften, die vische
in dem wâge[10], die tier in dem walde, Die wurme in der
erden, golt und edel gesteine, der edeln wurze suzzen
smach[11]. Der blůmen lichte varbe, der bovme frucht
vnd et[12] alle crêatûre, daz hâstu, herre, allez dem mens-
chen tze[13] nvtze vnd tze dienste geschaffen durch die
triwe[14] vnd durch die minne, die du tze dem menschen
hetest[15]. Die dritte werdichait, da du, herre, den mensc-
hen mit gewirdet[16] vnd geedelt hâst, daz ist die, daz der
mensche die wirde vnd die êre, die vreude vnd die
wnne[17] immer mit dir êwichlîchen niezzen[18] sol. der
werelde dienst vnd nvtz hâst dv, herre, dem mensc-
hen vmbe svst[19] gegeben, tze einen manunge[20] vnde
tze einem vorbilde. Sît[21] des so vil ist, des du, herre, dem
menschen vmbe svst gegeben hâst, dabî sol der me-
nsche nv trachten, sô mege des wol gar vbermaezzich-
lîchen[22] vil sîn, des dv dem menschen vmbe sînen dienst
geben wilt[23]. Vnd darvmbe sol ein iegelich mensche
gedenche[24] vnd got dienen mit gantzzem triwen, wan[5]
der lôn ist also ubermaezzichlîchen grôzz, daz in hert-
zen sin nie betrachten mochte, noch menschen zvnge
nie gesprechen mochte, noch ovgen sehen chunde[25] in
nie belevchten, noch ôre nie geheren[26]. Daz wir nv
got der hôhen wirdichait gedanchen vund den gr-
ôzzen lôn verdienen, des[27] helfe vns der almaehtige

---

[1] *Der Abdruck ist silbengetreu, die Unterscheidungszeichen sind geändert;* [2] *erschufst;* [3] *Geschlecht;* [4] *ganz besonders;* [5] *denn;* [6] *groß;* [7] *seitdem, da;* [8] *Mond;* [9] *Feuer;* [10] *Woge, Wasser;* [11] *Geruch;* [12] *auch;* [13] *zum;* [14] *Treue;* [15] *hattest;* [16] *ausgezeichnet hast;* [17] *Wonne;* [18] *genießen;* [19] *umsonst;* [20] *Erinnerung;* [21] *da, weil;* [22] *über die Maßen;* [23] *willst;* [24] *l.* gedenchen; [25] *könnte;* [26] *hören;* [27] *dazu.*

literarischen Formen hätte anvertrauen können; darum brach es in Prosa durch und bewegte es sich abseits von stilistischer Entwicklung, je nach dem Zustand der Seele in ihrer Hinordnung zu Gott bald in schlichter Alltagsrede, bald in hymnischer Höhe. *Das fließende Licht der Gottheit* (gemeint: auf die Menschheit fließend) ist der Titel ihres in den Jahren 1250–1264 entstandenen, an Bildern, Ideen und Sentenzen reichen Büchleins, dessen ursprünglich wohl niederdeutsche Fassung verloren zu sein scheint; doch ist es in einer oberdeutschen Übersetzung erhalten, die der Magister Heinrich von Nördlingen um 1344 für ein Dominikanerinnenkloster besorgt hat.

Die Söhne des hl. Dominikus und die des hl. Franziskus hatten sich zum Schutze der durch Ketzereien bedrohten Kirche das Recht erworben, überall predigen zu dürfen. Mit ihren Vorträgen wandten sich die »Predigerbrüder« vorzugsweise an Stadtbewohner, die Franziskaner mehr an die Landbevölkerung. Beide Orden gaben der Predigt Verständlichkeit, Anwendbarkeit für alle Stände, breitere Ausführung, dem Prediger die Freiheit seiner Subjektivität und persönliche Bedeutung. Überliefert sind trotzdem nur wenige Namen und Predigten. Der berühmteste Prediger war der Franziskusjünger BERTHOLD VON REGENSBURG (gest. 1272) aus der angesehenen Regensburger Bürgerfamilie Sachs. Von 1253 bis 1270 entfaltete er seine Tätigkeit als Missionsprediger, die ihn in die Steiermark, nach Böhmen und Schlesien, an den Oberrhein, in die Städte Speyer, Kolmar und Konstanz, in die Schweiz, nach Österreich und Ungarn führte.

Als 1318 ein Richter einen Schweizer Bürger fragte, was ihm aus seinem Leben besonders in Erinnerung sei, erzählte dieser, wie Bruder Berthold zweimal nach Thun gekommen sei, um daselbst zu predigen. Und wie der Chronist Johannes von Winterthur (um 1340), dem wir diesen Bericht verdanken, so erzählen auch andere von dem mächtigen Eindruck, den Bertholds Predigten im Volke hervorriefen. Er predigte, da die Hallen der Kirche seine oft nach Tausenden zählenden Zuhörer nicht fassen konnten, im Freien. Die Ursache der ungeheuren Anziehungskraft, die er auf alle ausübte, lag darin, daß er als der erste deutsche Prediger aus dem Rahmen der Allgemeinheit heraustrat und durch bestimmte Individualisierung seinen Worten Leben und Wirklichkeit und darum auch eine unnmittelbare Wirkung verlieh. Er greift den Sünder mitten aus seinem Publikum heraus, stellt in dessen Namen an sich Fragen, erhebt Einwürfe, widerlegt sie und gestaltet die Rede durch solche Dialoge dramatisch. Phantasievolle Schilderungen und mannigfaltige Vergleiche aus allen Gebieten des Lebens erhöhen die Kunst seiner Darstellung, die verschiedensten Tonarten vom feinen Humor bis zum erschütterndsten Pathos erhalten die Leser stets gespannt, und die zahlreich eingeflochtenen Sprichwörter passen trefflich zur Volkstümlichkeit des Ausdruckes, deren Klassiker er geworden ist.

Bruder Berthold hat seine Predigten deutsch gehalten; sie wurden aber lateinisch, zum Teil mit deutschen Randbemerkungen (eigenen Worten Bertholds) nachgeschrieben und diese Nachschriften teils deutsch, teils lateinisch ausgearbeitet und entweder so oder in der ursprünglichen Nachschrift überliefert. Eine Anzahl von Predigten liegt aber auch in lateinischen Entwürfen und Aufzeichnungen von Bruder Berthold selbst vor. Von großer Bedeutung für die Kulturgeschichte überhaupt, erweitern Bertholds Predigten, zumal die lateinischen, auch unsere Kenntnis von dem damals weit verbreiteten Ketzertum. Die Originalität Bertholds erklärt, daß er keine förmliche Schule bildete und keine ebenbürtigen Nachahmer fand, obgleich seine Art der Rede nicht ohne Wirkung auf die Entwicklung der Kanzelberedsamkeit, insbesondere innerhalb seiner Ordensgenossen, geblieben ist.

Geehrt als Redner war auch der Franziskaner DAVID VON AUGSBURG (gest. 1272), den man ohne hinreichende Gründe als Lehrer und Novizenmeister Bertholds anzusehen pflegt. Einig waren beide Männer in der Bekämpfung der Ketzer, von denen die Katharer in Süddeutschland und Österreich, am Rhein, namentlich in Köln und Mainz, in Hessen und Nassau, die Waldenser aber in allen Ländern verbreitet waren. Von den letzteren, den Armen von Lyon oder Leonisten, spricht David in seiner zwischen 1256 und 1272 verfaßten lateinischen Schrift *Über die Inquisition der Häretiker* und nennt sie die gefährlichsten von allen, die in Bayern aufgetreten sind. Von seinen deutschen Predigten ist uns nichts erhalten; doch besitzen wir von ihm außer mehreren lateinischen Schriften auch zwei Traktate in deutscher Sprache, *Die sieben Vorregeln der Tugend* und den *Spiegel der Tugend*. Beide stellen David an die Spitze der deutschen Mystiker, die nicht bloß durch die Tiefe ihrer geistigen Schöpfungen alles übertrafen, was das 14. Jahrhundert hervorbrachte, sondern auch als die ersten die deutsche Prosa zur schönen freien Form erhoben haben.

Die Wörter Mystiker, Mystik stammen aus dem griechischen; dort bedeutete »myein« soviel wie »sich schließen«, »die Augen schließen«, daher »mysterion« »das Geheimnis«. Das Augenschließen sorgt dafür, daß es im Menschen still wird; in dieser Stille vereinigt sich die Seele mit Gott durch Beschauung. Der erste christliche Mystiker war wohl der Völkerapostel Paulus; seither hörte der mystische Strom nie völlig zu fließen auf. Von literarischer Bedeutung wurde er in Deutschland im 13. und 14. Jahrhundert.

Das kam nicht von ungefähr: Die Streitigkeiten zwischen Kaiser Ludwig dem Bayern und Papst Johannes XXII., die »babylonische Gefangenschaft« der Päpste in Avignon, die Zügellosigkeit der Sitten und viele pestartige Krankheiten wirkten zusammen, daß sich viele Menschen geistlichen und weltlichen Standes auf das innerste Gebiet religiösen Denkens und Fühlens zurückzogen, um für sich selbst den Frieden der Seele zu gewinnen und das religiöse Leben allenthalben zu wecken. Im Gefühl inniger Gemeinschaft mit Gott nannten sie sich mit Bezug auf Johannes 15,15 »Gottesfreunde« und erschlossen ihre Gemüter der Mystik. Am Oberrhein, von Straßburg bis Basel, und noch weiter hinauf in den Klöstern der Dominikanerinnen des Oberelsaß, der Schweiz und Bayerns, dann am Niederrhein zu Köln und selbst in den Niederlanden gab es Gottesfreunde.

Einer der letzten von ihnen und doch fast der bekannteste war der heilige Schweizer Staatsmann Nikolaus von Flüe (1417–1487), dessen außenpolitische Ratschläge (»macht den Zaun nicht zu weit«, »beladet euch nicht mit fremden Angelegenheiten«, »verbindet euch nicht mit fremder Herrschaft«) von den eidgenössischen Ständen erst nach der Schlacht von Marignano (1515) in die Tat umgesetzt wurde. Seine innenpolitische Mahnung wurde jedoch schon zu seinen Lebzeiten angenommen und verhinderte durch das »Stanser Verkommnis« (1481) nicht nur den Bürgerkrieg, sondern führte zur Gründung der dreizehnörtigen Eidgenossenschaft. Sein Wirken hinter den Kulissen bewirkte die »ewige Richtung«, d. h. den endgültigen Frieden zwischen der Schweiz und dem Hause Habsburg (1499). Sein Gebet »Mein Herr und mein Gott, nimm alles von mir ...« ist in verschiedenen Fassungen allerorten in deutscher Sprache zu hören.

In Fühlung mit den Gottesfreunden stand auch der Dominikaner Meister Eckhart (um 1260–1327?) aus Hochheim bei Gotha, wahrscheinlich ritterlichen Geschlechts, aber in seiner Wirksamkeit keineswegs auf adelige Kreise sich beschränkend. Als Ordensmann, Lehrer, Prediger, Seelenführer war er lange Zeit hochangesehen, ja gefeiert, wurde erst kurz vor seinem Tod als Irrlehrer angefeindet, verdächtigt und vom Kölner Erzbischof, dessen Verdikt sich schließlich auch der Papst anschloß, verurteilt. Die Bulle aus Rom erreichte den Angeklagten allerdings nicht mehr, der von hinnen geschieden sein mochte »halb im naiven Glauben, seine Sendung treu im Sinne der Kirche zu erfüllen, halb doch auch im trotzigen Gefühl seiner Kühnheit« (Joseph Bernhart).

Geschrieben hat Meister Eckhart in der Sprache seiner Kirche wie in der seines Volkes. Eine Grundlinie seiner Werke ist – im Gegensatz zur Schola-

Mit *Reinmar dem Alten* (geb. zwischen 1150 und 1160, gest. vor 1210) erreichte die Dichtung der Hohen Minne ihren Höhepunkt. Miniatur aus der großen Heidelberger Liederhandschrift, 14. Jahrhundert.

AUS DEM KUDRUNLIED

Übertragung

Erste Spalte

Ir frawen[1]. | Er was ir nachster kunne[2]. man mocht im dester baz
Man hiess in wesen[3] maister der viertzcigk turne[4] gut [getrawen.
vnd Sechtzig Sale weiter: die stunden bey der flut
vnd drey palas reiche. ain herre[5] war darynne.
da muesset noch beleiben bei im fraw Chaudrun die Kuniginne.

Da hiess man schaffen hute den schiffen bey der flute.
hinwider ward gefuert der Degen Hartmut
auf Cassyanen ze anndern seinen magen[6],
Da di schonen frawen auch bey den Helden da gefangen lagen.

Man hiess ir also hueten, daz niemand in entran
vnd liess auch beleiben Tausend kuener man,
die mit dem Tenmarche huetetn da der frawen.
Wate vnd der kuene fruete Wolten noch der Schilde mer zerhawen.

Da schicktens ir rayse[7] mit dreysig tausent man.
das fewr allenthalben hiesz man werffen an.
da begunde ir erbe au manigen enden prynnen.
dem edlen Hartmute ward erst laid von allen seinen synnen.

Die Helden von den Sturmen vnd von[8] Tenelant
die prachen gute Burge, was man der da vant.
Sy namen weib[9] den maisten, den yemand da mochte bringen.
vil manig schöne frawe ward da gefangen von den von Hegelingen.

Ee daz die Hilden freunde ir rayse heerten widere[10],
Sechsundzwainczigk purge prachen Sy da nidere,
sy warn ir vrlauges[11] vil stolz vnde here.
seyd prachten sy frawen Hilden tausent gisel oder mere.

Man sach der Hilden zaichen[12] durch Ormanie lannt
fueren[13] vnuerirret[14] hinwider auf den sant,
daz[15] sy hetten lassen die edlen maget here.
sy wolten dannen schaiden. Sy muteten da ze wesen nicht mere.

Die sy da hetten lassen in Hartmutes sal,
die riten gen ir freunden aus der Burg ze tal.
Sy grueszten willikliche die alten zu[16] den iungen [lungen?"
da sprachen die von Tennelant: „wie ist iungelingen dort ge-

Da sprach der kunig Ortwein: „das ist die masse wol[17],
daz ichz meinen freunden ymmer danncken sol.
Wir haben in vergolten mit streite also sere:
Was sy vnns ye getan, Wir nemen in wol tausend mal mere."

Da sprach Wate der alte: „Wen wellen wir hie lan,
der vnns phlege der lannde? nu haysset abegan
die schönen Chaudrun. Wir sullen gegen Hegelingen
vnd lassen sehen da frawen Hilden, was wir ir ze lannde bringen."

Da sprachens allgemaine alte vnd iung:
„da[18] tun die Tene Horant vnd Morung.

Zweite Spalte

die sullen hie beleiben mit Tausent kuenen mannen."
da musten sy in volgen. die herren furten manigen Giesel dannen.

Do sy ze Hegelingen der ferte hetten mut[19]
Sy brachten zu den schiffen maniger schlachte[20] gut,
daz sy genomen hetten vnd das was ir aigen. [wol zaigen.
die frombdes[21] gernne prachten[22], die mochten es dahayme vil

Da hiess man Hartmut aus dem Sale gan
den Recken vil gut mit funffhundert mann,
die alle gisel hiessen vnd warn da gefangen.
sy gewunnen bey ir veinden syder manigen zahen tag vil lanngen.

Man bracht auch Ortrunen die herzlichen maid
mit ir ynngesinde ze grosser arbait,
do sy von den Lannden Vnd von freunden musten schayden.
da mochten Sy wol gelauben, wie Chaudrun were[23] vnd allen [iren maiden.

Die gefanngen leute fuerten sy dan.
vnd die gewunnan Burge wurden vnnderthan
Morunge vnd Horande. do sy fueren danne,
sy beliben[24] in Ormanie wol mit tausent ir vil kuenen mannen.

„Nu het[25] ich euch gerne," sprach do Hartmut,
„darumb wolt ich setzen leib vnd gut[26],
daz ir mich ledig lazzet in meines vater reiche." [liche 27."
da sprach Wate der alte: „ia behalten wir euch selber vleissic-

„Ich[28] enwayss, von welchen schulden[29] es mein Neue thut,
der im gerne name leib vnd gut[30].
daz[31] Er den haisset fueren haym ze seinem lande. [pande[32]."
Wolt Er, ich schueffs schiere, daz Er sein gesorgete nymmer in dem

„Was hulff, ob ir Sy alle," sprach der Ortwein,
„hie ze tode schluegen[33] in dem Lande sein?
Hartmut vnd sein gesinde die sullen bas gedingen[34].
ich wil sy lobelich ze Lannde meiner Hilden bringen."

Sy prachten zu den Schiffen den crefftigen rat[35]
mit golde mit gestaine Ross vnnde watt.
des sy gedingen hetten[36], daran was in gelungen.
die vor vil harte klagten, man horte daz Sy summeliche[37] sungen.

Abentheur[83]. Wie sy Hilden[39] poten sannde[40].

Sich hub mit freuden widere Hegelinge heer[41].
die sy mit in hetten gefueret vber mer,
der muesset da beleiben, todter vnde wundter, [sunder[45].
drew[42] tausent vnde mere sy[43] clagten ir freund haymlich[44] be-

Ir Schiff gienge ebene, ir wint warn gut.

Dritte Spalte

Die den[46] da brachten, die waren hochgemut
Wie sy daz gefuegten[47], Ir poten sy fur sanden.
die brachten dise mare haym zu Hegelingen Lannden.

Sy gachten[48], was sy mochten, das wil ich euch sagen.
Sy kamen haym ze Lannde ich wais nit in manigen tagen[49]
es gehorte fraw Hilde nie so liebe mare,
do[50] sy ir das sagten, daz der kunig Ludwig erschlagen wäre.

Sy sprach: „wie lebt mein tochter vnd ir maidin?"
„da[51] bringet Euch her Herwig die trauttine sein.
es bedarff nit bas gelingen helden also guten[52].
Sy bringen Ortrun geuangen vnd iren Brueder Hartmuten."

„Das sein mir liebe mare," sprach das edel weib.
„es was von in[53] bekumbert mein hercz und auch mein leib.
Ich soltz in itwizen[54], geschent sij mein augen.
ich lidt michel vngemuto offenlich vnd taugen[55].

Ir poten ich sol euch lonen, daz ir mir habt gesait,
dauon mir ist entwichen mein vngefüeget laid.
ich gib euch das[56] meine vnd tun das billichen[57]."
sy sprachen: „frawe here, ia mügt ir vnns sanfte gereichen[58].

Des wir da han geraubet, des bringen wir so vil.
wir tuns durch[59] verschmahen, daz wir Ewr nicht enwil[60].
ja sind vnnser kuchen[61] von liechtem golde ware.
Wir haben auf vnnser ferte lassen[62] vil gute kammerare[63].

Fraw Hilde hiess beraiten, so sy hette vernomen,
gen[64] ir vil lieben gesten, die ir da solten kumen,
trincken vnde speyse, stüele zu den pencken,
da sy da sitzen solten. ia kunde siz nach[65] eren wol bedencken[66].

Da[67] ze Matelane vnmüessig[68] man da vant.
die[69] niden auf dem plane vnd auch auf dem sant[70].
schuf man[71] zymmerleute. die eylten des vil sere,
wie da nach eren susse[72] Herwigk vnd Chaudrun die here.

Ich kan euch nicht beschaiden[73], ob sy auf dem Mere
hetten icht der laide[74]. daz Ortweines heer
waz in Sechz wochen hin ze Matelane.
Sy brachten da frawen[75] vnd manige magt wolgstane.

Da sy nu komen waren, da saget man vnns für war,
da het ir heerferten[76] gewere twol ain iar.
es waz in ainem Mayen, do sy ir gisel brachten.
nu fueren sy mit schalle, wie wol Sy maniger arbait gedachten.

Da man nu ir kuchen vor Matelane sach,
von Trummen und pusawnen hort man manigen krach,
floyten vnde plasen, auf sumber[77] sere bozzen[78]
Waten Schif des alten warn nu in ain habe gestossen[79].

Da kamen auch

---

v kann für u stehen und u für v. [1] *Aventiure 19. Bartsch 19. Bartsch 1541, 3;* [2] *Verwandter;* [3] *man machte ihn zum Gebieter;* [4] *über vierzig Türme;* [5] *l. (lies)* ein herre er war darynne; [6] *Dienstleute, Mannen;* [7] *da begannen sie ihren Kriegszug;* [8] *l.* vnd die von; [9] *l.* roub *«sie nahmen Leute, so viel nur jemand nehmen konnte» die Leseart* weib *ließe sich zur Not wiedergeben mit: «sie nahmen Weiber den meisten, denen überhaupt jemand soche entführen [wegbringen] konnte»);* [10] *von ihrem Zuge zurückkehrten;* [11] *Krieg;* [12] *Feldzeichen, Fahne;* [13] *als Subjekt ist* sy *zu ergänzen;* [14] *ohne daß sie sich verirrt hätten;* [15] *l.* da = *wo;* [16] *bei, mit;* [17] *das ist in dem Maße wohl (gelungen), daß ...* [18] *l.* daz; [19] Do sy der ferte *(zur Fahrt)* ze Hegelingen muot hetten; [20] *mancher Art, mancherlei;* [21] *fremdes;* [22] *mitbrachten;* [23] *wie der Kudrun zu Mute gewesen war;* [24] *während sie (das Heer der Hegelinge) fortfuhren, blieben sie (Morung und Horand) in ...;* [25] *l.* bet, *ich möchte euch bitten, daß ihr mich frei ziehen lasset;* [26] *Parenthese;* [27] *wir behalten geflissentlich Euch selber (statt Eures Pfandes);* [28] *hier scheint etwas ausgefallen; es muß jemand, etwa Horant, der Watens Neffe ist, zugunsten Hartmuts gesprochen haben (Bartsch);* [29] *warum;* [30] *«der ihm gern* laib *und* gut *(als Pfand) angenommen hätte», vergl. die vorige Strophe, Zeile 2;* [31] thut, daz, *zu verbinden;* [32] *wünschte er es, ich brächte es bald dahin, daß er sich darum nicht mehr sorgte in der Gefangenschaft. Wate hätte Lust, Hartmut zu töten;* [33] *l.* schlueget; [34] *bessere Hoffnung haben;* [35] *den ungeheueren Vorrat;* [36] *was sie gehofft hatten;* [37] *manche;* [38] *Aventiure 30. Bartsch 1561;* [39] *Dativ;* [40] *l.* sannden; [41] daz Heg. heer; [42] drew = driu, *drei;* [43] *um sie;* [44] *vertrauten Freunde;* [45] *im besonderen, um jeden einzelnen;* [46] *ergänze:* roub; [47] *wie sie das auch ins Werk setzen mochten; dem Dichter erscheint es rätselhaft, wie sie auf dem Meere Boten vorausschicken konnten; aber an der Tatsache zweifelt er darum nicht (Bartsch);* [48] *eilten;* [49] *l.* in naiswie manigen tagen = in i' ne wais wie manigen tagen = *in, ich weiß nicht wieviel Tagen (nach Bartsch);* [50] *als damals, wo sie sagten;* [51] *Antwort;* [52] *es braucht nicht besser zu gelingen (als diesmal); so gut ist es diesmal gelungen;* [53] *durch sie (Hartmut und Ortrun);* [54] *es ihnen zum Vorwurf machen, sie dafür strafen, wenn meine Augen sie erblicken;* [55] *geheim, im stillen;* [56] *ergänze:* golt das meine; [57] *und ich tue das, weil es so billig ist;* [58] *ihr könnt uns leicht reich machen;* [59] *ergänze:* nit durch; [60] *fehlerhaft* wir – enwil; *lies* werz Ewr nicht enwil *(nach Bartsch);* [61] = kocke = *Schiff;* [62] *zurückgelassen; die Boten waren vorausgeeilt;* [63] *Schatzmeister, die die Schätze hüten;* [64] *entgegen, in Erwartung;* [65] *gemäß;* [66] *ausdenken, anordnen;* [67] *l.* Die; [68] *nicht müßig, sehr beschäftigt;* [69] *l.* da; *vergl. 67;* [70] *das sandige Ufer;* [71] *stellte man an;* [72] *wie sitzen könnte, damit sitzen könnte;* [73] *Bescheid geben;* [74] *etwas von den Unannehmlichkeiten, irgendwelche Unannehmlichkeiten;* [75] *ergänze:* die frawen, *Kudrun;* [76] eine hervart *machen;* [77] *Pauke;* [78] *schlagen; ergänze zu diesem Vers aus dem früheren:* hort man; [79] *waren in einen Hafen eingelaufen.*

Eine Seite aus dem Kudrunlied im Ambraser Heldenbuch aus dem 16. Jahrhundert.

Als Schüler Reinmars begann *Walther von der Vogelweide* (geb. um 1170), doch wuchs er bald über seine Lehrer hinaus und erwarb sich mit seinen Minneliedern und Spruchgedichten den Ruf des größten deutschen Lyrikers des Mittelalters. Miniatur aus der großen Heidelberger Liederhandschrift, 14. Jahrhundert.

stik – die rein metaphysische Religiosität, die, vom Mittleramt Christi und des corpus Christi mysticum absehend, das Endliche direkt dem Unendlichen gegenüberstellt; eine andere die vom Neuplatonismus übernommene pantheistische, die keinen Unterschied macht zwischen dem innertrinitarischen Leben, das eben das Leben Gottes ist und nicht anders sein könnte, und dem Schöpfungsakt, durch den Gott in einer freien Tat die Welt erschaffen hat und erhält. Diese Sätze ließen sich um etliches vermehren (die Kirche hat deren 28 verurteilt), gewonnen wäre damit nichts; denn der merkwürdige Satz Eckharts, wonach die Leute nur sein Herz haben müßten, um zu wissen, daß die Wahrheit aus ihm spräche, schließt jedes »Disputieren« aus; deshalb haben auch seine am meisten angesehenen Schüler, ohne die Lehren des Magisters einfach zu übernehmen, an der Aufrichtigkeit Eckharts nicht gezweifelt und die Anhänglichkeit an ihn nicht aufgegeben. So war es wohl stets weniger das Wort als die Persönlichkeit des Dominikaners, die wirkte, oder das von ihm gepredigte und vorgelebte Ineinandersein des inneren und des äußeren Werkes.

Das Positive aus Meister Eckharts Lehre verband mit der klaren Doktrin des Aquinaten einer seiner begabtesten Jünger, der Dominikaner HEINRICH SEUSE (latinisiert: Suso, etwa 1295–1366, Sohn eines Heinrich von dem Hegau, doch hatte er den Namen seiner Mutter angenommen), dessen Leben ein »Epos der Gottesminne« genannt worden ist. Als er in Ulm starb, umschwebte ihn der Ruf der Heiligkeit. Vier Jahre vor seinem Tod unterzog er seine vier Hauptschriften einer Revision, »weil etliche seiner Bücher nun lange in fernen und nahen Landen von mancherlei unkönnenden Schreibern und Schreiberinnen ungänzlich abgeschrieben seien, so daß jedermann dazu legte oder davon nahm nach seinem Sinn«. Im durchgesehenen *recht Exemplar* sind geboten die Autobiographie, an deren Formgebung seine geistliche Freundin Elsbeth Stagel, eine Dominikanerin des Klosters Töß bei Winterthur, großen Anteil hatte, ferner das später weitverbreitete Erbauungsbuch *Büchlein der Ewigen Weisheit*, von ihm selbst unter dem Titel »Horologium Sapientiae« ins Lateinische übersetzt (beide zwischen 1327 und 1334 erstmals veröffentlicht), drittens das gegen freigeistige bzw. pantheistische Begarden gerichtete *Büchlein der Wahrheit* und endlich das *Briefbüchlein*, eine Sammlung von Schreiben an geistliche Kinder. Die Klosterfrau in Töß gab dann noch eine größere Briefsammlung heraus; auch sind eine Reihe Predigten Seuses überliefert; dagegen dürfte das unter seinem Namen gehende *Minnebüchlein* mit Unrecht Seuse zugeschrieben worden sein. Um anderen das Unsichtbare und Unaussprechliche möglichst nahezubringen, hat Heinrich

Seuse seine Werke mit symbolischen Bildern ausgestattet, vor allem aber in einer Sprache geschrieben, welche die innere Fülle seiner Persönlichkeit, die Kraft seiner Empfindung, die Beweglichkeit seines Gefühls und den unaufhörlichen Wechsel der Geschichte auch dem modernen Leser nahe und gegenwärtig zu machen versteht. Seuses Bücher sind die besten Erzeugnisse deutscher Prosa seiner Zeit.

Die Gedankentiefe Meister Eckharts, den Feuereifer des Bruder Berthold und die Innigkeit Seuses vereint der Dominikaner JOHANNES TAULER (um 1300–1361). Meister Eckhart war sein Lehrer, Straßburg seine Heimat, und hier wirkte er, als Prediger mit Bewunderung gehört, bis zu seinem Tode. Seine Predigten sind uns mangelhaft, meist nur in Nachschriften von Zuhörern, überliefert; viele unter seinem Namen laufende sind, wie auch manche Traktate und Briefe, nicht sein Eigentum. Auch Tauler erblickt den Höhepunkt des religiösen Lebens in dem minniglichen Versenken in den unaussprechlichen Abgrund der Gottheit; aber er bewegt sich nicht wie sein Meister auf jenen spekulativen Höhen, sondern behandelt die darauf bezüglichen Fragen nur so weit, als sie dazu dienen, seine Lehre vom Seelengrunde, wo sich die Vereinigung der Seele mit Gott vollzieht, zu erörtern. Die Hauptsache ist ihm die erbauliche Einwirkung auf seine Zuhörer, und darum tritt in seinen Predigten mehr das praktisch-asketische Element als das rein spekulative hervor. Am häufigsten behandelt er die Frage, wie die Abkehr des Geschöpfes von der Kreatur zum Schöpfer hin sich vollziehen soll; er weiß aber die gefährlichen Spitzen mystischen Denkens umzubiegen, indem er die Vereinigung der Seele mit Gott nicht als Wesensvermengung beider, sondern als Werk der Gnade bezeichnet und eindringlich vor der Ausartung der Kontemplation in Quietismus warnt. Von diesem Vorwurfe ist nicht ganz frei das *Buch von geistlicher Armut*, das man ihm früher mit Unrecht zugeschrieben hat. Tauler steht auf kirchlichem Boden, und dasselbe gilt im wesentlichen auch von dem Verfasser eines mystisch-asketischen, oft bearbeiteten und verbreiteten Büchleins, das Luther 1516 und 1518 drucken ließ und unpassend *Ein Deutsch Theologia* benannte, denn es bietet nicht ein System spekulativer Dogmatik, sondern eine Anleitung zur Vollkommenheit. Verfaßt wurde es gegen Ende des 14. Jahrhunderts von einem Priester und Kustos der Deutschherren zu Frankfurt a. M., weshalb es ursprünglich »Der Frankfurter« benannt wurde.

Heinrich Seuse erwähnt einmal »die Bruderschaft der ewigen Weisheit« und meint damit die Gottesfreunde, deren Bestrebungen er durch Wort und Schrift zu fördern suchte. Auf kleinere Kreise wirkte auch der Weltpriester

Heinrich von Nördlingen, der von 1332 bis 1351 in verschiedenen Gegenden Deutschlands, besonders in seiner Heimat und in Basel als Prediger wirkte und mit Tauler und Seuse in freundschaftlichem Verkehr stand. Von der ungeheuren Wirkung seines Auftretens und seiner Worte, in denen er seinem tiefen und reichen Gefühlsleben Ausdruck verlieh, melden uns die Aufzeichnungen der Christina Ebner (1277–1355), zu der er nach dem Tode der Margareta Ebner (1291–1351) in Beziehung trat. Es waren dies zwei Dominikaner-Nonnen, jene in Engeltal, diese in Medingen, die wie Mechtild von Magdeburg und Adelheid Langmann in Engeltal über ihre Visionen in deutschen Schriften berichten.

Einen Einblick in den geistigen Verkehr Heinrichs von Nördlingen mit Margareta Ebner gewähren uns die Briefe, die er an sie richtete. In kulturgeschichtlicher und psychologischer Beziehung von großem Werte, gewinnt diese älteste Sammlung deutscher Briefe auch dadurch an Bedeutung, daß sie uns einige besonders ausgezeichnete Gottesfreunde aus dem Laienstande nennt. Denn auch aus diesem erhoben sich bald einige Männer, um eine leitende Rolle im geistlichen Leben zu übernehmen. Darunter spielte eine ganz merkwürdige Rulman Merswin, ein wohlhabender Patrizier und Kaufmann aus Straßburg, der nach Verkauf von Hab und Gut ein strenges Büßerleben führte, dann auf göttliche Eingebung, wie er sagt, zu den Gottesfreunden in Beziehung trat, auf der Illinsel vor der Stadt 1364 eine Johanniter-Komturei errichtete, in einer an der Kirche angebauten Zelle als Einsiedler lebte und 1382 starb, ohne das Geheimnis verraten zu haben, durch das er sich und die Gottesfreunde in ein mysteriöses Dunkel gehüllt hatte.

Dieses aber bestand darin, daß er Namen und Aufenthaltsort des »großen Gottesfreundes« im Oberland verschwieg. Nach Merswins Angaben war jener geheimnisvolle Unbekannte gleich ihm ein frommer Laie, der durch himmlische Erleuchtung und Gnade zur Einkehr in Gott gelangte, sein Wissen durch Visionen und Briefe vom Himmel erhielt und durch die Macht seines Wortes auf Geistliche und Laien einen unwiderstehlichen Zauber ausübte.

Unter der Maske dieser Idealgestalt veröffentlichte Rulman Merswin viele Schriften, schildert darin die freie Gemeinde der Gottesfreunde mit ihrem unsichtbaren Oberhaupte und sicherte ihnen mit der Berufung auf dessen Autorität eine ungeheure Wirkung. Der unmittelbare Verkehr jedes einzelnen mit Gott, die religiöse Selbstverherrlichung, Erhebung des Laientums über das Priestertum und die vollständige Unabhängigkeit jenes von diesem waren die Ziele, die Rulman durch die Erfindung seines geheimnisvollen Lehrers und Führers anstrebte. Ohne Decknamen fanden sich nach Merswins Tode zwei Schriften: der Bericht *Von den vier Jahren seines anfangenden Lebens,* worin er schildert, wie er durch strenge Bußübungen und Versuchungen zu Gott gelangt sei, und das groß angelegte, aber nicht entsprechend ausgeführte *Buch von den neun Felsen.*

Auch andere Mystiker bleiben hinter ihren Vorbildern zurück; so Otto von Passau, Lesemeister im Franziskanerkloster zu Basel, in seiner vor 1383 allen Gottesfreunden gewidmeten, aus der Bibel und weltlichen Schriftstellern zusammengetragenen Sittenlehre *Die 24 Alten oder der geistliche Thron,* und der Dominikaner Johannes Nider (gest. 1438) mit seinen *24 goldenen Harfen,* einer unter Seuses Einfluß geschriebenen Nachbildung jenes Werkes, dem die bekannte Erscheinung aus der Geheimen Offenbarung zugrunde liegt.

Die Phantasmagorien, durch die man die christliche Mystik trübte, und verschiedene unlautere Elemente schadeten dem Ansehen der Gottesfreunde und brachten sie gegen Ende des 14. Jahrhunderts, wie früher die Beginen und Begarden, in Verruf. Mit Nikolaus von Basel, dem Verfasser des Buches *Von den fünf Mannen,* und Martin von Mainz, die beide als Ketzer verurteilt wurden, schwinden sie aus der Geschichte.

Die Neigung zur Prosa rief im 14. und 15. Jahrhundert auch neben der Mystik eine ausgedehnte deutsche Prosaliteratur erbaulichen Inhalts ins Leben. Ebenso zahlreich wie früher die poetischen wurden jetzt die prosaischen Legenden, indem man jene teils in Prosa auflöste, teils deren lateinische Quellen übersetzte. Die Einzellegenden wurden zu Zyklen nach dem Heiligenkalender geordnet, und diese verdrängten seit dem 15. Jahrhundert das gereimte Passional und das Leben der Altväter. Die Bibel war seit der Übertragung Matthäi unter Karl d. Gr. unzählige Male stückweise, und zwar, wie die zahlreichen Plenarien bezeugen, besonders der Psalter und die Evangelien ins Deutsche übersetzt worden; im 14. und 15. Jahrhundert entstehen Verdeutschungen der ganzen Bibel nach der Vulgata, darunter die prächtigste deutsche Bibelhandschrift, die 1389–1400 nach einer Vorlage für König Wenzel angefertigt wurde. Im Jahre 1466 wurde nach einer wahrscheinlich von Johann Rellach, einem Dominikaner oder Franziskaner der Diözese Konstanz, 1450 geschriebenen Vorlage die *erste deutsche Bibel* von Johann Mentel in Straßburg gedruckt, der bis 1518 dreizehn neuhochdeutsche Auflagen folgten, die seit der vierten (um 1473) eine tiefgreifende Revision des Textes aufweisen.

Bis zum 14. Jahrhundert war die Geschichtschreibung, wenn man von der romanhaften und poetisch behandelten absieht, durchweg lateinisch, jetzt wird vorzugsweise die deutsche Sprache verwendet. Wie die Dichtung verrät aber auch die Historiographie den bürgerlichen Charakter der Zeit; man weiß zwar vieles aus der Nähe zu berichten, doch fehlt der weitreichende Blick für die großen politischen Ereignisse. Daher überwiegen die Lokalgeschichten und Städtechroniken, denen die allgemeine Reichsgeschichte meist nur in Auszügen aus älteren lateinischen Werken beigegeben wird. Während früher alte Volkssagen die Urgeschichte poetisch verklärten, werden jetzt, um das Ansehen einer Stadt, eines Stammes oder Adelsgeschlechtes zu heben, absichtlich erfundene Berichte aufgenommen. Gegenüber der Unterhaltungsliteratur entwickelt die Geschichtsschreibung in reicherem Maße Selbständigkeit, obgleich sie noch oft an lateinische Vorlagen sich anlehnt und einfach die alten Reimchroniken in Prosa umsetzt.

So wurden im 14. und 15. Jahrhundert die Kaiserchronik, Rudolfs von Ems, Jansen Enikels, Heinrichs von München Weltchroniken zum Teil im engen Anschluß an die Originale, zum Teil in freierer Weise und unter Herbeiziehung anderer Quellen in deutscher Prosa bearbeitet.

In der Memoirenliteratur erfreuten sich die Reisebeschreibungen einer besonderen Beliebtheit; sie waren teils Übersetzungen, teils selbständige Leistungen. Zu den ersteren gehören die Bücher von der Orientreise (1271 bis 1295) des Venetianers Marco Polo und die überreich mit Fabeln ausgeschmückten und in verschiedenen Fassungen verbreiteten Reiseberichte des Engländers John Mandeville (1322–1355), zu den letzteren die Schilderungen des Münchners Johann Schiltperger, der 1395–1427 als Reisender und Gefangener im Orient weilte, ferner der Bericht eines Kölners *Über den Orient* und Mitteilungen der Jerusalempilger.

In den Reisebeschreibungen werden oft naturgeschichtlich merkwürdige Gegenstände erwähnt; aber auch für sich allein finden sie Behandlung in deutscher Prosa. Das bedeutendste Werk ist *Das Buch der Natur* des Regensburger Domherrn Konrad von Megenberg, eine freie, teils gekürzte, teils durch Aufnahme kulturgeschichtlich interessanter Abschweifungen und moralischer Ermahnungen erweiterte Bearbeitung des »liber de naturis rerum«, den zwischen 1233 und 1248 der Dominikaner Thomas von Chantimpré verfaßte.

VERBÜRGERLICHUNG DER PROFANEN POESIE

Konrad von Würzburg

Konrad von Würzburg (zwischen 1220 und 1230–1287) zog wohl schon in jungen Jahren aus der Stadt fort, in der er geboren war und nach der er benannt bleibt, zunächst nach Straßburg, dann nach Basel. Diese Stadt am jungen Rhein wurde gerade damals aus einer Stadt des Bischofs eine Stadt des Rates; noch pflegte der rittliche Dienstadel des Bischofs die höfische Kunstpoesie, und alter Adel wie aufstrebendes Bürgertum machten eifrig mit. Der schon früher genannte Konrad Fleck verstand es bereits, Kleriker, Edelleute und Bürger literarisch zu befriedigen; noch besser gelang dies dem Ostfranken Konrad, der zum Modedichter seiner Zeit wurde. Alle Gesellschaftsschichten waren gut zahlende Abnehmer seiner metrisch glatten, inhaltlich eher leeren, aber immer klangvollen Versromane, Versnovellen und Verslegenden. Zwanzig Jahre ungefähr lebte er in Basel, bis er am 31. August 1287 dortselbst starb und in der Magdalenenkapelle des Münsters beigesetzt wurde. Auch ihn haben die Meistersinger unter ihre zwölf Ahnherren aufgenommen, immerhin an zehnter Stelle.

Als seine älteste Dichtung gilt das *Turnei von Nantheiz,* das ein in Nantes stattgefundenes Turnier zwischen Engländern und Deutschen einerseits und Welschen andrerseits beschreibt und reiches heraldisches Wissen bekundet. Das sogenannte Wappengedicht, später nicht von Dichtern, sondern von »Versfabrikanten« gepflegt, ist damals bereits in Mode gewesen. Das älteste ist der lateinische *Clipearius* des in Zürich wirkenden Konrad von Mure (um 1210–1281), eines Freundes König Rudolfs von Habsburg.

Kurzepen oder Novellen Konrads sind *Herzmäre, Heinrich von Kempten* oder *Otto mit dem Bart, Der Schwanritter* sowie *Engelhart und Engeltrut.* Die erstgenannte poetische Erzählung greift nach unbekannter französischer Vorlage einen indischen Stoff auf. Die schönste von Konrads Novellen ist die letztgenannte. Namen und Motive gehören der volkstümlichen Sage an, das Freundschaftsthema war schon angeschlagen im Modus »De Lantfrido et Cobbone« (um 1000) und in der anonymen Dichtung »Athis und Prophilias« (um 1200).

Durch tiefernste Lebensauffassung zeichnet sich Konrads Allegorie *Der Welt Lohn* aus, die den alten Volksglauben an Frauen, die durch ihr Antlitz alles bezaubern, im Rücken aber gräßlich anzuschauen sind, auf die Frau Welt überträgt. Der Hinweis auf ihren schlechten Lohn kehrt bei früheren Dichtern oft wieder. Konrads allegorische Durchführung des Gedankens findet sich schon bei Walther und kehrt gegen Ende des 13. Jahrhunderts in Anlehnung an den Würzburger dann bei dem Liederdichter Guter wieder. Konrad knüpfte vielleicht durch Wirnts von Gravenberg Kreuzzug veranlaßt, die im Mittelalter geläufige, in den Predigten und den Schriften der Asketiker oft wiederkehrende und, wie z. B. auf dem Portal des Freiburger Münsters, auch bildlich dargestellte Sage von der Frau Welt an Wirnt an, der am Ende seines Wigalois klagt, daß er die Vergänglichkeit der Welt erfahren habe.

Nicht geistlich, sondern weltlich ist eine andere Allegorie, *Die Klage der Kunst,* die die Abhängigkeit des Künstlers von der Gunst seiner Gönner behandelt.

Von Gönnern aufgefordert, dichtete Meister Konrad in Basel, wo die folgenden Gedichte alle entstanden sein dürften, zunächst drei *Legenden,* und bot damit die duftendsten Blüten, die dieser Zweig deutscher Poesie je getrieben hat. Wenig moralisierend, anmutig und fließend erzählend, lebensvoll gestaltend, knapp gehalten, tief empfunden und von kindlich frommem Glauben getragen, gehören Konrads Legenden aber auch zu dem Schönsten, was die mittelhochdeutsche Dichtung überhaupt hervorgebracht hat. Als erste Legende des Würzburgers wird die vom *heiligen Alexius* angesetzt, einem Vorbilde heroischer Enthaltsamkeit. Das Leben dieses Heiligen wurde zuerst syrisch, dann griechisch aufgezeichnet und fand im Abendlande, wo es schon im 10. Jahrhundert bekannt war, eine Gestaltung, die uns in zwei lateinischen Prosafassungen überliefert ist, von denen die ältere den deutschen Dichtern des 12. Jahrhunderts als Vorlage diente, während Konrad der jüngeren folgt.

Im Auftrage des Basler Domherrn Leutold von Röteln dichtete Konrad um 1280 die Legende vom *heiligen Silvester,* und zwar nach einer lateinischen Vorlage. Mit reichem Aufwande theologischer Gelehrsamkeit wird in der Legende der Sieg der christlichen Lehre über das Heidentum und Judentum verherrlicht. Den Glanzpunkt darin bildet die vom Kaiser Konstantin veranstaltete Disputation, ein Meisterstück christlicher Apologetik, das auch in die Kaiserchronik Eingang gefunden hat. Wieder auf Bestellung verfaßte Konrad nach einer lateinischen Vorlage die Legende vom *heiligen Pantaleon.*

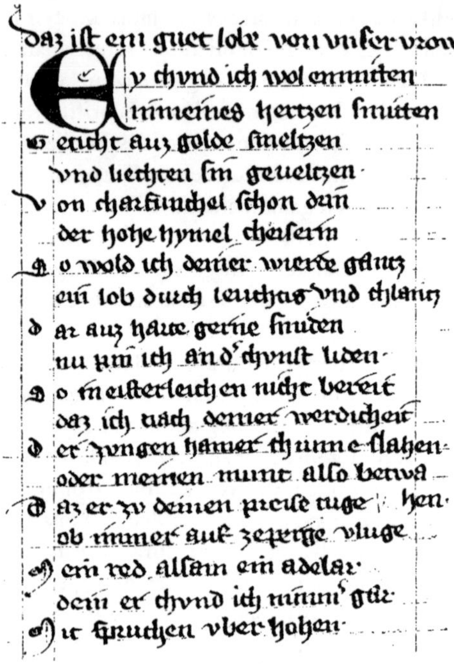
Daz ist ein guet lob von unser vrowen·
Ey chund ich wol enmiten
in meines hertzen smiten
getiht auz golde smeltzen
vnd liechten sin geueltzen·
von charfunchel schon drin
der hohe hymel cheiserin
so wold ich deiner wierde glantz
ein lob durch leuchtig vnd chlantz
daraus harte gerne smiden
nu bin ich an d' chunst liden·
so meisterleichen nicht bereit
daz ich nach deiner werdicheit
der zungen hamer chunne slahen·
oder meinen munt also betwahen·
daz er zu deinen preise tuge
ob immer auf zeberge vluge
mein red alsam ein adelar·
dein er chund ich nimm' gar
mit spruchen vber hohen·

Übertragung

Ey chund[1] ich wol enmiten
in meines hertzen smiten[2]
getícht[3] auz golde smeltzen
und liechten sin geueltzen[4]
von charfunchel[5] schon drin
der hohe hymel cheiserin[6]
so wold ich deiner wierde[7] ganz
ein lob durch leuchtig und chlanz[8]
darauz harte[9] gerne smiten
nu bin ich an den chunst liden[10]
so meisterleichen nicht bereit
daz ich nach deiner werdicheit[11]
der zungen hamer[12] chunne slahen
oder meinen munt also betwahen[13]
daz er zu deinem preise tuge[14]
ob immer auf zeberge vluge[15]
mein red alsam ein adelar[16]
dein er[17] chund ich nimmer gar
mit spruchen uberhohen

[1] *könnte*, [2] *Schmiede*, [3] *Gedichte*, [4] *einlegen zur Zierde*, [5] *Karfunkel*, [6] *Himmelskaiserin*, [7] *Würde*, [8] *leuchtend und glänzend*, [9] *sehr*, [10] *Kunstlieder*, [11] *gemäß deinem Wert*, [12] *Hammer*, [13] *reinigen*, [14] *tauge*, [15] *aufwärts fliegen würde*, [16] *Adler*, [17] *Ehre*.

Anfang der »Goldenen Schmiede« Konrads von Würzburg. Handschrift des 14. Jahrhunderts.

Den Legenden steht inhaltlich Konrads Lobgedicht auf die erhabene Himmelskaiserin, die Gottesmutter Maria, nahe, das nach seiner Einleitung *Goldene Schmiede* benannt wurde. Denn der Dichter erscheint als Schmied in seiner Werkstätte und bearbeitet mit dem Hammer seiner Zunge das reine Gold der Rede, in das er die herrlichsten Edelsteine faßt, um mit solchem Lobe wie mit einem aus Gold und Edelsteinen gewirkten Geschmeide die heilige Jungfrau zu zieren. Diese aber sind die Bilder und Gleichnisse, unter denen Mariens Erhabenheit und Würde, ihre Beziehung zu den Menschen und das Geheimnis ihrer göttlichen Mutterschaft durch das ganze Mittelalter und in allen Sprachen verherrlicht und veranschaulicht wurden. Das Gedicht fand großen Beifall, wurde oft nachgeahmt, und seine Bildersprache wurde typisch für ähnliche Schöpfungen.

Gegen Ende seines Lebens dichtete Konrad, dem Geschmacke seines Jahrhunderts folgend, nach französischen Vorlagen zwei ritterliche Romane, *Partonopier und Meliur* und den *Trojanischen Krieg*. Den ersteren verfaßte er um 1277 aus Veranlassung von Basler Patriziern, von denen ihm Herr Heinrich Marschant das welsche Original dazu verdeutschte. Dieses war das aus dem 12. Jahrhundert stammende französische Epos »Partonopeus de Blois« von Denis Pyramus, das die Liebesgeschichte von Partonopier und Meliur zum Inhalte hat. Man will darin eine Umformung des antiken Mythus von Amor und Psyche von Apulejus erkennen; wahrscheinlich aber ist die Erzählung durch Verknüpfung von Elementen, wie sie in den Ritterromanen und Märchen üblich waren, entstanden. Jedenfalls hat der Sagenstoff mit dem Lohengrin und dem Märchen von Melusina einige Züge (das Schiff, die bestrafte Neugier) gemeinsam. Konrad behandelt seine Vorlage mit Freiheit, erweitert sie um das Doppelte (22000 Verse), vertieft sie durch die Darstellung seelischer Vorgänge, gestaltet die Erzählung lebensvoller durch anschauliche Schilderung der Ereignisse, verliert sich aber in die Breite und vermag die einzelnen Momente nicht zu einem in sich geschlossenen Ganzen zu gestalten.

Partonopier, der Neffe des Königs von Kärlingen, verirrt sich auf einer Jagd im Ardennenwalde und besteigt am Meeresstrand ein Zauberschiff, das ihn zu der Fee Meliur trägt, die ihn in ihrem Palast freundlich aufnimmt und ihm verspricht, seine Gemahlin zu werden, wenn er dreieinhalb Jahre bei ihr bleibe, ohne sie zu sehen. Er genießt alle Freuden der Welt, kehrt zweimal in seine Heimat zurück und wird hier überredet, das Gelübde zu brechen. Er tut es und erblickt das schönste Weib, verscherzt aber damit sein Glück. Die Geliebte gibt sich ihm als Kaisertochter zu erkennen und erklärt, der Zauber habe durch den Wortbruch seine Wirkung verloren, und sie müßten auf ewig voneinander geschieden sein. Von ihr verbannt, geht Partonopier verzweifelnd nach Kärlingen, zieht dann im Ardennenwald umher und sucht vergeblich den Tod im Kampfe mit den wilden Tieren zu finden. In seinem Jammer trifft ihn zufällig Irekel, Meliurs Schwester, die ihn auf die paradiesische Insel Salence bringt, wo er sich unter ihrer Pflege erholt, Meliur aber muß sich auf das Drängen der Landesherren vermählen und will dem Sieger im Turnier ihre Hand schenken. Nach mancherlei Fährlichkeiten gelingt es Partonopier, den Turnierpreis und damit auch die ihm verzeihende Geliebte und die Königskrone zu erringen.

Mit dem *Trojanischen Kriege*, seinem umfangreichsten Werke (40424 Verse), zu dem er dem »werden singer Dietrich von Basel an dem Orte« die Anregung verdankte, beschloß Konrad seine dichterische Tätigkeit. Als Hauptquelle diente ihm einer Bearbeitung von Benoîts »Roman de Troie«, die er durch Heranziehung einer uns unbekannten lateinischen Erzählung, die von der Jugend des Paris handelt, ferner durch Benutzung von Ovids Metamorphosen und Heroiden, der Achilleis des Statius und des Pindarus Thebanus erweiterte. Aus den letzteren Quellen allein schöpfte er wohl den Stoff zu der Vorgeschichte seines Epos, die Benoît ihm nicht bot und die er mit größerer Freiheit als die übrigen Teile behandelte. Hier gestattet er seiner Phantasie die freieste Bewegung, und der frische, schwungvolle Ton, der runde Guß, die sinnvolle Durchbildung und die Anklänge an heimische Sagen haben gerade diesem Abschnitte die meisten Freunde gewonnen. In dem Gewirre der Sagen aber verlor der Dichter den Überblick über das Ganze und hat so kein ästhetisches Kunstwerk geschaffen.

Ein anderer Dichter hat das Epos fortgesetzt und in ungefähr 10000 Versen die weiteren Ereignisse erzählt, die mit der Eroberung Trojas, der Heimkehr der Griechen, der Ermordung Agamemnons und der Rache des Orestes ihren Abschluß finden. Diese Fortsetzung ist aber viel schwächer als Konrads Werk, der den beliebten Sagenstoff im Mittelalter am besten bearbeitet hat. Freilich unterscheidet er sich in der Auffassung der Verhältnisse von seinen Vorgängern, denn auch er hat, wozu allerdings Benoît schon anregte, den Stoff mit dem Geist seiner Zeit durchdrungen und in ihren Farben dargestellt. Die griechischen und trojanischen Helden erscheinen im Kostüme mittelalterlicher Ritter, die höfische Zucht und Sitte regelt das Leben.

Was Konrad im »Trojanischen Krieg« verherrlicht, die Zeit, in der »die Minne der Ritter edle Herzen hob und zarte Frauen zu Gerichte saßen, mit feinem Sinne alles Schöne schlichtend«, konnte er nicht mehr zurückzaubern; sie war nur mehr in der Überlieferung vorhanden, und daher entbehren auch Konrads *Minnelieder* des tiefen und lebenswahren Inhaltes. Nicht inneres Bedürfnis, sondern der traditionelle Geschmack hieß ihn nach der Leier greifen und seine jeder persönlichen Empfindung baren Lieder singen.

Den Minneliedern stehen die *Sprüche* nahe, die mit jenen oft auch die Natureingänge gemeinsam haben, zuweilen aber sich in die Form des »bîspels« kleiden. Neben Sprüchen geistlichen Inhaltes dichtete er solche, in denen weltliche Tugenden der Frauen und Ritter, die Milde und Kargheit der Adeligen oder persönliche Beziehungen zur Darstellung kommen. Nur selten behandelt Konrad politische Verhältnisse; so in dem Spruch auf Rudolf von Habsburg, den er dem Adler vergleicht, der die kleineren Raubvögel und den böhmischen Löwen überwunden hat. In der Form des Leiches ist eine Lobpreisung Gottes abgefaßt, die sich ganz in den Bildern der goldenen Schmiede bewegt; ein weltliches Gegenstück dazu bildet ein Tanzleich, eine Allegorie, worin er über das Verstummen des Minesanges während des Interregnums klagt.

Konrad von Würzburg war Epigone, hob sich aber von den Kunstgenossen durch seine Dichtungen so weit ab, daß neue Anregungen von ihnen ausgingen. Seiner Gelehrsamkeit und Verskünste halber verehrten ihn die Meistersinger; seine kleinen Erzählungen wurden zu Vorbildern für ähnliche Gedichte, von denen manche unter seinem Namen laufen, und den Einfluß seiner großen Dichtungen sehen wir in den Legenden HUGOS VON LANGENSTEIN und in dem Reise- und Abenteuerroman *Reinfried von Braunschweig*, den um 1300 ein gelehrter bürgerlicher Dichter aus Alemannien ganz im Stile Konrads verfaßte. Darin wird die heimische Sage von der Orientfahrt Heinrichs des Löwen auf den Helden des umfangreichen Epos (27627 Verse) übertragen.

Um den Lesern glaubwürdig zu erscheinen, will KONRAD VON STOFFELN, der sich Meister und einen freien Mann nennt, vielleicht aber aus dem Geschlechte der Herren von Stoffel in Höwgau stammt, den Inhalt zu seinem Artusroman *Gauriel von Muntabel*, dem Ritter mit dem Bocke, sogar aus einer spanischen Quelle geschöpft haben, während er ihn doch Hartmanns Iwein nachgebildet und unter dessen Einfluß in seinem nicht üblen Gedicht verarbeitet hat.

Vorgeblich eine lateinische Quelle bot JOHANN VON WÜRZBURG die Motive zu seinem 1314 in Esslingen vollendeten Abenteuer- und Liebesroman *Wilhelm von Österreich*, den er den beiden österreichischen Herzögen Friedrich und Leopold widmete. Des letzteren Sohn, Wilhelm, der dem lange kinderlosen Vater nach einer Wallfahrt in die Stadt Ephesus von seiner Gemahlin geschenkt und mit Aglei, der zu derselben Stunde geborenen Tochter des Königs Agrant von Zyzya, vermählt wird, ist der Held der Dichtung. Der Roman erfreute sich in Österreich großer Beliebtheit und wurde, in Prosa aufgelöst, noch 1480 in Augsburg gedruckt.

Frei nach älteren Artusromanen und nicht, wie er vorgibt, nach schriftlichen Quellen dichtete auch ein Österreicher, der wahrscheinlich aus dem Salzburgischen stammende PLEIER zwischen 1260 und 1290 seine drei umfangreichen Epen, den *Garel vom blühenden Tal* (21310 Verse), den *Meleranz* (12840 Verse) und den *Tandareis* (18339 Verse). Der Beiname des Garel erinnert an des Strickers »Daniel vom blühenden Tal«, der dem Pleier auch in der Anordnung des Stoffes als Muster diente, während der Name Garel aus dem Parzival Wolframs entlehnt ist. Der Pleier klagt einmal, »ez nimt abe mit guoten dingen«, und meint damit die höfischen Lebensformen.

Ihr Verfall war nun einmal unaufhaltbar, aber in der Literatur erstarrt, wurden sie von den Dichtern noch ins 15. Jahrhundert hineingetragen und fanden in adeligen und bürgerlichen Kreisen Gefallen.

Als der letzte Vertreter des bayerisch-österreichischen höfischen Epos in ausgebildeter Kunstform gilt Heinrich von Neustadt (Wiener Neustadt), der, urkundlich 1312 als Arzt in Wien am Graben ansässig, nach diesem Jahre den *Apollonius von Tyrland* (Tyrus), den bekanntesten Vertreter des antiken Liebes- und Abenteuerromans im Mittelalter, verfaßte. Mit der Wahl dieses weder höfischen noch volkstümlichen Stoffes trat er als Neuerer auf, lenkte aber trotz aller Gelehrsamkeit durch dessen Behandlung im ritterlichen Stil in die Bahnen der anderen Kunstepiker ein. Die Geschichte von Apollonius ist ihrem Kern nach ein Ausläufer des griechischen Romans und erhielt schon im 3. Jahrhundert n. Chr. ihre lateinische Gestaltung. Mannigfach umgebildet, ging der lateinische Apollonius später in fast alle abendländischen Literaturen des Mittelalters über und wurde in deutschen Versen zum ersten Mal durch den gelehrten Wiener Arzt, und zwar nach einer Vorlage behandelt, der mehrere lateinische Fassungen zugrunde lagen. Niklas, Pfarrer von Stadlau, hatte sie dem »arzet von den puochen« verschafft, und dieser übersetzte sie mit großer Freiheit, kürzend und erweiternd, wie es eben seine Gelehrsamkeit gestattete. In der Anhäufung der Stoffmasse liegt aber auch des Verfassers einziges Verdienst, denn zu ihrer Gliederung und zu einem künstlerischen Aufbau des Ganzen fehlte ihm ebenso das Talent wie zu einer Vertiefung der Handlung oder wirkungsvollen Hervorhebung einzelner Personen und Situationen. Die Abenteuer des Helden sind ihm die Hauptsache und nicht ein in ihnen sich offenbarender Gedanke, wie in den Dichtungen Wolframs, der neben Wirnt von allen höfischen Epikern am meisten auf seine Darstellung eingewirkt hat. Gelegentlich läßt der gelehrte Arzt auch etwas von seinen medizinischen und naturwissenschaftlichen Kenntnissen einfließen und bringt fabelhafte geographische Berichte, die damals schon schwebendes Gemeingut waren oder aus der »Imago mundi« des Kompilators Honorius von Autun genommen sind.

Die Geschichte von Apollonius erfuhr in Deutschland in der Folgezeit noch viele Bearbeitungen. Reichen Beifall fanden eine niederdeutsche Fassung, die 1601 in Hamburg gedruckt wurde, und die Prosaübersetzung Heinrichs von Steinhöwel (1412–1482), der jene lateinische Gestaltung zugrunde liegt, die in die Gesta Romanorum Aufnahme gefunden hat. Danach ist die Erzählung in die deutschen Volksbücher übergegangen.

Nicht um weltliche Ehre zu erwerben, sondern in wahrer Andacht und um seine Leser zu belehren, schrieb Heinrich von Neustadt, einem Brauche anderer Dichter folgend, als Gegenstück zu seinem Apollonius das religiöse Lehrgedicht *Von Gottes Zukunft* (d. h. Ankunft). Der einheitlichen Verarbeitung der benützten Quellen zwar entbehrend, hebt es sich durch den Aufbau und durch die Darstellung dennoch zu seinen Gunsten von dem Apollonius ab. Die Derbheit der Vergleiche wird gemildert, die langweiligen Aufzählungen sind seltener, die Wärme, mit der Heinrich seinen Stoff behandelt, teilt sich dem Leser mit, und großartig wirkt der Schluß durch die Entschleierung des irdischen Verderbens, der Sündenfolgen, der Gewissensqualen und der teuflischen Höllenpein und durch die Schilderung der Wonne, deren sich die Seligen im Himmel erfreuen.

Aus Niederösterreich führen uns einige epische Dichtungen nach *Böhmen*. König Wenzel II. trat selbst in die Reihen der deutschen Minnesänger und verteilte reichliche Gaben an jene, die an seinem Hofe ihre Lieder erklingen ließen. Unter seiner und seines Vorgängers Ottokar II. Regierung trieb aber neben der Lyrik auch die deutsche höfische Epik in Böhmen manch schöne Nachblüte. Hier dichtete der wahrscheinlich aus Kärnten stammende ULRICH VON DEM TÜRLIN in zweiter Bearbeitung zwischen 1261 und 1269 für König Ottokar eine *Vorgeschichte zum Willehalm* Wolframs, indem er dessen Andeutungen über des Helden Jugend, Gefangenschaft bei den Heiden und die Entführung Arabelens zu einer hübsch abgerundeten Erzählung selbständig weiterspann. Sie fand Beifall, wurde oft umgearbeitet, in Prosa aufgelöst und verkürzt in die Weltchronik aufgenommen.

Ulrich von dem Türlin fand einen Lobredner in ULRICH VON ESCHENBACH, der, um die Mitte des 13. Jahrhunderts in Böhmen geboren, an König Ottokar und später an dessen Nachfolger wohlwollende Gönner fand, die durch ihre Milde seiner Armut steuerten. Er war gelehrt, des Lateinischen mächtig und mit der deutschen Literatur wohl vertraut. Für Ottokar begeistert, verherrlichte er ihn in seiner *Alexandreis*, die ihn 17 Jahre (1270–1287) beschäftigte. Als Hauptquelle diente ihm Walthers von Châtillon lateinischer Alexander, den er sich durch Vermittlung zweier Edelleute vom Salzburger Erzbischof Friedrich II. von Walhen verschafft hatte. Walthers Alexander war ein im Mittelalter sehr beliebtes Schulbuch, das daher oft mit Erklärungen versehen wurde, und eine solche kommentierte Ausgabe mag Ulrich vorgelegen sein.

Der Schluß der »Alexandreis«, ist, da Ottokar vor ihrer Vollendung starb, seinem Nachfolger Wenzel II. gewidmet. In besonderer Weise verherrlicht

Ulrich um 1289 diesen König und dessen Gemahlin Guta, die Tochter Rudolfs von Habsburg, unter dem Bilde des *Wilhelm von Wenden*, des Helden seiner zweiten Dichtung, zu der ihm Chrestiens von Troyes »Wilhelm von England« und geschichtliche Ereignisse vom Hofe Wenzels II. den Stoff geliefert haben. Dem Inhalte nach reiht sich das Gedicht den höfisch erzählten Legenden an. Die Belohnung treu bestandener Prüfungen bildet das Ziel, Hoffeste, Turniere und Kämpfe mit den Heiden im Morgenlande den Rahmen der schönen Erzählung.

Allmählich erschloß sich, dem Beispiele des Königs folgend, auch der Adel Böhmens der deutschen Poesie, und schon HEINRICH VON FREIBERG, der bedeutendste Dichter in diesem Lande während des Mittelalters, stand zu einigen der angesehensten und reichsten Herren des Landes in naher Beziehung und durfte ihnen seine Werke widmen. Er entstammte einem wahrscheinlich aus dem sächsischen Freiberg nach Böhmen eingewanderten Geschlechte und scheint sein poetisches Schaffen mit der einer lateinischen Vorlage nachgebildeten *Legende vom heiligen Kreuz* begonnen zu haben. In frischerem und freierem Ton erzählt Heinrich die berühmte und auch in Chroniken erwähnte *Ritterfahrt Johanns von Michelsberg* nach Paris, die dieser aus dem bekannten reichen Herrengeschlechte Böhmens stammende Ritter zwischen 1293 und 1296 unternahm. Die Einleitung zu diesem Gedichte offenbart Heinrichs reiche Belesenheit in der deutschen Literatur, die Beschreibung der Rüstung seines ritterlichen Gönners vor Beginn des Turniers den Nachahmer Konrads von Würzburg. Auf einer höheren Stufe zeigt sich Heinrichs Kunst in der uns schon bekannten Fortsetzung des Tristan Gottfrieds von Straßburg.

Ob auch der formell vollendete Schwank *Von Schrätel und vom Wasserbären* von dem Freiberger stammt, ist nicht gewiß. Merkwürdig erscheint es, daß Heinrich, der durch seine Phantasie und seine Darstellungskunst die anderen Poeten seiner Zeit weit überragte, mit dem Hofe Wenzels II. nicht in Fühlung kam, und zwar um so mehr, als dieser doch manche deutsche Dichter zur Abfassung ihrer Werke ansporнte. So hat HEINRICH DER KLAUSNER auf Anregung des Königs eine hübsche *Marienlegende* von einem Knaben erzählt, der Maria um ein Paar Schuhe bittet, sie zwar nicht erhält, aber durch ihre Fürbitte in den Himmel aufgenommen wird.

Zu dem Königshause und zu einigen Adelsgeschlechtern Böhmens stand auch der unbekannte schlesische Dichter in Beziehung, der zwischen 1301 und 1303 die *Kreuzfahrt des thüringischen Landgrafen Ludwig des Frommen* vom Jahre 1180 im Auftrag des Herzogs Bolko II. von Münsterberg verfaßte.

Schriftliche und mündliche Überlieferung, Geschichte und Sage bilden im bunten Gemisch die Quellen der trockenen Erzählung, der auch des Dichters Versuch, Wolframs Darstellung nachzuahmen, wenig Leben einzuhauchen vermochte.

Die Ausläufer des höfischen Epos

Die Sprache der genannten, um den böhmischen Hof sich gruppierenden Dichter ist mit Ausnahme der Ulrichs von dem Türlin, die mitteldeutsche, und aus mitteldeutscher Gegend stammt auch BERTHOLD VON HOLLE, der in Urkunden von 1250 und 1270 auftritt und einem im Hildesheimischen ansässigen Rittergeschlechte angehörte. Selbst wenig begabt, machte er bei andern deutschen Dichtern, besonders bei Wolfram, Anleihen, entlehnte manche Motive auch dem Volksepos und mittelbar selbst französischen Gedichten. So schrieb er seine drei außerhalb des Artuskreises stehenden Romane, deren Inhalt die Liebesgeschichten und Heldentaten des *Demantin, Crane* und *Darifant* bilden.

Berthold von Holles Gedichte erhalten durch die Anknüpfung an geschichtliche Namen und Titel eine historische Färbung; in der Darstellung verrät sich allenthalben Wolframs Einfluß. Dieser tritt am stärksten hervor in einer Dichtung, die unter dem Namen *Der jüngere Titurel* bekannt ist und vor 1272 in Bayern entstand. Als ihren Verfasser nennt sich gegen Schluß ein Albrecht, während er sonst von sich als »Wolfram« oder »von Blienvelden« spricht. So sehr hat er teils durch unmittelbare Entlehungen, teils durch eine bis ins kleinste gehende Nachbildung der Ausdrucksweise den Eschenbacher nachgeahmt, daß er es wagen konnte, Wolframs Namen als Maske zu nehmen. Und in der Tat hat sich die große Menge durch dieses Versteckspiel täuschen lassen, und selbst Püterich von Reichertshausen, der in seinem Ehrenbrief den jüngeren Titurel das »haupt ob teutschen puechen« nennt, und später noch Ulrich Füetrer schreiben ihn Wolfram, dem Meister aller deutschen Dichter, zu. Das Ansehen, dessen sich der Titurel im Mittelalter erfreute, war ungemein groß. Dafür sprechen die vielen Handschriften, die ihn teils vollständig, teils bruchstückweise überlieferten. Diese Beliebtheit des Titurel ist bezeichnend für die ästhetischen Bedürfnisse seiner Leser, die eben nur wünschten, in poetischer Form über nützliche und seltsame Dinge belehrt zu werden. Und gelehrt ist Albrecht und dessen sich auch wohl bewußt. Er verfügte über reiche, aus lateinischen Büchern geschöpfte theologische Kenntnisse und verwertet sie, wo es nur angeht, in symbolisierenden

Auslegungen und moralisierenden Betrachtungen, verliert sich aber dabei zuweilen in geschmacklose Spitzfindigkeiten. In der deutschen Literatur belesen wie nur einer, weiß er über die höfische Epik ebenso Bescheid wie über die Spielmannspoesie und das Heldenepos, und obendrein hat er Kenntnis von allerlei merkwürdigen naturhistorischen Dingen. Ein schöpferisches Talent war er nicht, und so beschränkte sich seine Nachahmung Wolframs nur auf äußerliche Dinge und auf die Darstellung, die aber, des kunstmäßigen Aufbaues entbehrend, nur durch die einfache Liebesgeschichte notdürftig zusammengehalten wird. Als Vorlage, die Albrecht gleichmäßig für sein ganzes Gedicht heranzog, dienten Wolframs Parzival und Titurel, während eine nähere Kenntnis der französischen Gralsromane sich nicht nachweisen läßt. Gegenüber dem reichen Wissen, das in den 6422 Strophen gelegentlich geboten wird und für die Bildungsgeschichte jener Zeit von hohem Wert ist, tritt die eigentlich dichterische Bedeutung weit zurück.

Den Grundstock der Dichtung bildet die Geschichte Schionatulanders und Sigunes, die Albrecht in den Wolframchen Bruchstücken vorlag. Nach ihnen bildet er durch Herstellung des Innenreims in den beiden ersten Langversen seine siebenzeilige Titurelstrophe und umkleidet den ihm dort überlieferten Stoff mit einer nahezu erdrückenden Masse anderer Ereignisse, unter denen die Wolframs Willehalm nachgebildeten Kämpfe mit den Heiden, ferner Turniere und Hoffeste einen großen Raum einnehmen. Die Genealogie des Gralskönigtums wird nach beiden Seiten hin erweitert. Die Einleitung bringt dessen Geschichte von Christus bis auf Amfortas, und in die Haupthandlung hinein werden Erzählungen von Parzival, Lohengrin und dem Priester Johannes verflochten, mit dem Parzival nach Verlegung des Gralstempels nach Indien zu einer Person vereinigt wird. Einzelne Teile des jüngeren Titurel, wie z. B. das Marienlob oder der Tempel der Jungfrau Maria, und ganz besonders der wunderbare Bau des Gralstempels fanden bis in die neueste Zeit herauf wiederholt besondere Bearbeitungen. In dem Gralstempel, dessen phantastische Schilderung an die Beschreibung des himmlischen Jerusalem in der Offenbarung Johannis erinnert, wollte der Dichter wohl ein Ideal deutscher Baukunst aufstellen.

Über die Persönlichkeit des Dichters des jüngeren Titurel sind wir noch im unsichern, denn zu wenig begründet erscheint die Ansicht jener, die ihn Albrecht von Scharpfenberg zuerkennen, dessen Namen als den eines epischen Dichters uns nur Ulrich Füetrer bezeugt, indem er sich auf ihn ausdrücklich als Quelle für zwei seiner auszugsartig bearbeiteten Artusromane beruft. Von diesen ist *Seifried von Ardemont* eine freie Bearbeitung der üblichen Motive von Kämpfen und Abenteuern, in deren Mitte eine Liebesgeschichte steht, während in dem anderen, dem *Merlin*, der französische Prosaroman getreu nachgebildet und durch Einschübe erweitert ist.

Schon unter dem Einfluß des jüngeren Titurel steht die zwischen 1283 und 1290 in Bayern entstandene Überarbeitung des Gedichtes von *Lohengrin*, das von einem thüringischen Spielmann um die Mitte des 13. Jahrhunderts in der Strophenform des Wartburgkrieges, d. h. des zweiten Teiles des Rätselstreites, verfaßt und mit ihm dadurch auch verbunden wurde, daß es Wolfram in den Mund gelegt wird. Die Geschichte des Schwanritters, wie sie am Schlusse die Erzählung des Parzival von Wolfram kurz angedeutet und mit dem Gralskönigtum in Verbindung gebracht wird, und das altfranzösische Gedicht vom »chevalier au cygne« lieferten dem thüringischen Fahrenden den Stoff zu seinem uns nur zum Teile erhaltenen Gedichte, dessen Held den ihm zuerst von Wolfram beigelegten wunderlich klingenden Namen »Loherangrîn« (d. h. altfranzösisch »li loheren Gerin«, Gerin der Lothringer) trägt. Der bayrische Überarbeiter hat die Sage mit der Geschichte der deutschen Kaiser, namentlich mit Heinrich I., in Verbindung gebracht und so zu einem Loblied auf sein engeres Vaterland ausgestaltet. Die Grundzüge der schönen, auf einen altgermanischen Mythus zurückgehenden und in den Niederlanden lokalisierten Sage, die aus dem französischen Gedichte noch hervorleuchten, wurden durch die geschichtlichen Erweiterungen, zu denen die Repchowsche Chronik beisteuerte, verwischt und die hohe Abstammung, die der Dichter mit Wolfram dem Schwanritter gibt, ist dafür nur ein schwacher Ersatz.

Um seine Kunst zu zeigen, erzählt Wolfram vor dem landgräflichen Paar und Klingsor die ihnen bekannte Geschichte von Lohengrin: Die schöne Herzogin Elsa von Brabant wird von einem Vasallen ihres Vaters, dem Drachentöter Friedrich von Telramunt, zur Gemahlin begehrt. Ein Zweikampf soll die Wahrheit der Behauptung des Werbers, daß Elsa ihm einst ihre Hand versprochen habe, erhärten. Da wird Lohengrin vom Gral ausersehen, der bedrängten Dame zu helfen. Ein Schwan kommt mit einem kleinen Kahn herbei, Lohengrin steigt ein und der Vogel zieht ihn fort. Bei Antwerpen landet er. Lohengrin, ob seiner Schönheit von allen bewundert, besiegt den Telramunt und wird der Gemahl Elsas, doch nur unter der Bedingung, daß sie ihn nie um seine Herkunft frage.

Abweichend von Konrad von Würzburg, der die Zeit bis zur Trennung der Gatten übergeht, wird sie hier im Anschlusse an Wolframs Willehalm und den jüngeren Titurel mit allerlei Kämpfen ausgefüllt, die Lohengrin mit dem deutschen »Kaiser« (König Heinrich I.) gegen die Ungarn und Sarazenen führt. Siegreich kehr Lohengrin als Held heim, muß aber bald für immer scheiden, denn Elsa hat die verbotene Frage an den Gemahl gerichtet. Den Schluß des Gedichtes bildet die weitere Geschichte Heinrichs I. und seiner Nachfolger aus dem sächsischen Hause bis auf Heinrich II.

Durch die Verbindung der Romantik mit der Wirklichkeit lenkte der Dichter des Lohengrin in jene Bahn ein, die schon vor ihm einzelne Epiker eingeschlagen hatten und fortan alle wandelten. Mit der Verschiebung der

Standesverhältnisse verschwand auch die romantische Lebensanschauung, die das höfische Epos ins Leben gerufen und genährt hatte, immer mehr, eine auf das Praktische gerichtete beherrschte die Gemüter, und vergeblich versuchten die Verfasser der Ausläufer des ritterlichen Epos die alte Kunstweise einer entschwundenen Epoche mit der Nüchternheit und Unbeholfenheit ihrer Zeit zu vereinigen. Von den älteren poetischen Romanen behaupteten die Wolframs und seiner Nachahmer am längsten ihr Ansehen und fanden darum auch die meisten Bearbeiter. So verfertigte der Straßburger Goldschmied PHILIPP COLIN, unterstützt von Klaus Wisse und dem Juden Samson Pine, der ihm als Dolmetsch diente, eine 36426 Verse umfassende Erweiterung des Wolframschen Parzival, zwischen dessen vierzehntes und fünfzehntes Buch er seine Dichtung einschob. Diese aber ist nur eine getreue Umreimung der von einem Anonymus, von Gaucher von Dourdan und von Mannecier stammenden Fortsetzung des Percival Chrestiens, und auch zu den Ergänzungen, die einzelne Bücher des Parzival erfuhren, lieferte die französische Quelle den Stoff.

Als ein begeisterter Verehrer Wolframs tritt uns noch in der zweiten Hälfte des 15. Jahrhunderts der Ritter JAKOB PÜTERICH VON REICHERTSHAUSEN (1400 bis 1469) entgegen. Zwanzig Meilen weit ist er geritten, um an der Begräbnisstätte des Dichters zu beten und ihm dadurch zu Gottes Reich behilflich zu sein. Er stammte aus einem bayerischen Geschlechte und hielt sich in seinen letzten Lebensjahren am herzoglichen Hofe zu München auf, an dem damals noch reges Interesse für die alten höfischen Epen herrschte. Nun hat Püterich zwar selbst keine Ritterromane verfaßt, aber er war ein leidenschaftlicher Liebhaber davon und suchte daher ängstlich und rastlos nach alten Liederbüchern. Was er an solchen auf rechte und unrechte Weise innerhalb mehr als vierzig Jahren aus ganz Deutschland zusammengebracht hat, zählt er in dem *Ehrenbriefe* auf, der an die Witwe Albrechts VI., die Pfalzgräfin bei Rhein und Erzherzogin von Österreich Mechthild (Mathilde), gerichtet ist (1462). Auch mit dem Bücherschatze dieser als Gönnerin der Kunst und Wissenschaft bekannten Frau, die zu Rottenburg am Neckar lebte, macht er uns vertraut und nennt uns überdies die damals noch lebenden Geschlechter des bayerischen Turnieradels. Für die Literaturgeschichte durch die Aufzählung der Bücher, von denen uns manches nur hier genannt wird, und durch manche ihnen beigefügte Notiz wertvoll, ist der Ehrenbrief als poetische Schöpfung gering zu bewerten, denn er ist ja doch nur ein versifiziertes Bücherverzeichnis in ungelenker Form.

Die Begeisterung für die untergegangene Ritterwelt und die Freude am Sammeln alter Rittergeschichten teilte mit Püterich der Wappenmaler ULRICH

Füetrer, der gleich jenem am Hofe zu München lebte und im Auftrage Herzog Albrechts IV. eine bayerische Chronik in Prosa verfaßte (1478 bis 1481). Für denselben fürstlichen Gönner dichtete er um 1490 ein umfangreiches *Buch der Abenteuer*, dessen Inhalt eine Bearbeitung des ganzen Zyklus der Artus- und Gralssage bildet. Ulrich ging aber nicht auf die fremden Quellen zurück, sondern benutzte die deutschen Einzelbearbeitungen dieser Kreise und gab in Auszügen die beliebtesten Romane wieder.

Füetrers zyklisches Werk, als poetische Schöpfung minderwertig, gewinnt an Bedeutung durch die Überlieferung des Inhaltes einiger im Original nicht erhaltener Dichtungen. Dasselbe gilt von einer anderen zyklischen Sammlung, die ein mittelfränkischer Dichter wahrscheinlich in Aachen nach 1317 aus verschiedenen niederländischen und deutschen Gedichten zu einem Epos vereinigte, das von dem Herausgeber nach dem ersten Teile der Sammlung *Karlmeinet* (d. h. der kleine Charlemagne) genannt wurde. Der Verfasser machte sich aber die Arbeit leichter als Füetrer, denn er brachte die einzelnen Gedichte nicht in eine einheitliche poetische Form, sondern reihte sie, wie er sie fand, unvermittelt aneinander und nahm nur dort sprachliche Änderungen vor, wo der Reim und die Verständlichkeit solche unabweisbar erscheinen ließen.

Die niederländische Epik, die ihren Inhalt hauptsächlich aus den »Chansons de geste« schöpfte und diese Deutschland vermittelte, war, wie wir aus Püterichs Ehrenbrief entnehmen, um 1450 auch im südwestlichen Deutschland bekannt, und einige Gedichte aus der altfranzösischen Heldensage wurden dort in der zweiten Hälfte des 15. Jahrhunderts ins Deutsche umgeschrieben, so aus dem Renout de Montalbane der *Reinold*, die Geschichte von den Haymonskindern, die später nach Übertragung der niederländischen Prosa (1604) als Volksbuch die weiteste Verbreitung fand.

Nicht einem bestimmten Sagenkreise gehört der in naiv-realistischer Weise erzählte Helden- und Liebesroman *Margareta von Limburg* an, den Heinrik von Aken (1280–1317) nach überlieferten Motiven in niederländischer Sprache dichtete und mit lehrhaften Allegorien ausstattete und Johann von Soest, der Singermeister von Heidelberg, ins Deutsche übertrug und 1480 seinem Herrn, dem Pfalzgrafen Philipp, überreichte. Die Kämpfe der Christen von 1227 bis 1230 unter dem limburgischen Herzog Heinrich IV. gegen die Sarazenen bilden einen geschichtlichen Hintergrund, auf dem die in den Hauptzügen frei erfundene Erzählung von der Entführung Margaretas von Limburg, deren Aufsuchung durch ihren Bruder Heinrich, den von ihrem Liebhaber Echites, einem Grafen in Athen, bestandenen Abenteuern und der schließlichen Wiedervereinigung Margaretas mit ihren Angehörigen kunstlos sich aufbaut.

Die antiken Sagen wurden noch im 14. Jahrhundert in Form von Ritterromanen, aber nicht mehr nach französischen Vorlagen, sondern nach lateinischen Quellen bearbeitet. So fand der Trojanerkrieg wahrscheinlich in Niederösterreich einen Dichter, der Wolfram nachahmt, sich auf ihn als Gewährtsmann beruft, wohl auch selbst dafür ausgibt und durch willkürliche Einflechtung von Motiven aus Artusgedichten eine nahezu 30000 Verse umfassende Erzählung zustande bringt, die, noch ungedruckt, in Göttweig aufbewahrt wird. Im Jahre 1352 erzählt der Österreicher SEIFRIED in nüchterner Weise die Taten Alexanders nach der »historia de preliis«, und zwischen 1389 und 1397 bringt ein alemannischer Dichter im engen Anschluß an die lateinische Alexandreis des Quilichinus von Spoleto dieselbe Geschichte in deutsche Reime.

Die vom antikisierenden Roman wenigstens teilweise beeinflußte und früher schon in deutscher Sprache erzählte Sage von Mai und Beaflor erneuerte nach einer unbekannten, vielleicht lateinischen Quelle im Jahre 1400 der Elsässer HANS VON BÜHEL in der *Königstochter von Frankreich*. Der Gemahl der Königstochter von Frankreich ist der König von England, und die Sage soll Englands Erbansprüche auf Frankreich und damit die Ursache des langen Krieges zwischen beiden Ländern erklären. An rührseligen Szenen fehlt es wie in der »Königstochter« auch in einer anderen Dichtung des Bühelers nicht, die er, damals zu Poppelsdorf bei Bonn im Dienste des Kölner Erzbischofs Friedrich stehend, zwölf Jahre später nach einer deutschen Prosaübersetzung der lateinischen Novellensammlung »Historia septem sapientium« verfaßte und nach dem Helden der Rahmenerzählung *Diokletianus' Leben* nannte. Hier behandelt er einen weitverzweigten Stoff, der in seinem Ursprunge nach Indien weist, sich bald über den Orient und Griechenland verbreitete und in verschiedenen lateinischen Fassungen auch im Abendlande Eingang fand. Als Volksbuch der »Sieben Weisen« lebte die Geschichte bis in das 19. Jahrhundert fort.

Diese berichtet in der Bearbeitung des Bühelers von des römischen Kaisers Pontianus Sohn Diokletianus, zu dem seine Stiefmutter in unnatürlicher Liebe entbrennt, der sie aber verschmäht und, deshalb von ihr bei seinem Vater verleumdet, hingerichtet werden soll, aber durch die List seiner sieben weisen Lehrer gerettet wird.

Als ein Spätling besonderer Art reiht sich an die höfisch-ritterlichen Epen der Teuerdank des Kaisers MAXIMILIAN I. (1493–1519). Man nennt diesen

Fürsten den »letzten Ritter«, und in der Tat hatte es den Anschein, als wollte er das mittelalterliche Ritterwesen mit seinen kühnen Taten und seiner hochherzigen Gesinnung zurückführen. Schon die Erziehung des Prinzen richtete ihr besonderes Augenmerk auf die ritterlichen Tugenden und bildete zugleich jenes praktische Sehvermögen und jene Findigkeiten im Können aus, die der hervorstechendste Zug im Charakter Maximilians sind. Das Nibelungenlied, die Kudrun, Biterolf, Ortnit, Wolfdietrich, Hartmanns Erek, Fragmente von Wolframs Titurel und andere Dichtungen der Zeit, im ganzen 23, ließ er durch Hans Ried, Zöllner am Eisack in Bozen, zwischen 1504 und 1515 in die prächtig ausgestattete sogenannte *Ambraser-Wiener Handschrift*, einen Pergamentband in Folio, zusammentragen, die einige der damals schon seltenen Gedichte, wie z. B. die Kudrun, vor dem Untergang gerettet hat.

Um nicht mit dem Glockenton des Leichenbegängnisses vergessen zu werden und zugleich auch für den Nachruhm seiner Vorfahren zu sorgen, suchte Maximilian eine *habsburgische Hausgeschichte* zustande zu bringen. Der Verwirklichung dieses Gedankens dienten die auf seine Veranlassung hin von den Humanisten Suntheim, Arnpeck, Cuspinianus (Spießhaimer), Stabius, Fuchsmagen (Fusemanus), Manlius, dem hochgebildeten Augsburger Ratsherrn Konrad Peutinger und anderen unternommenen historischen Arbeiten. Getreu seinem Ausspruche, daß die Gelehrten es seien, die da regieren und nicht untertan sein sollten und denen man die meiste Ehre schuldig sei, weil Gott und die Natur sie anderen vorgezogen, umgab der Kaiser sich mit einem Stabe von Gelehrten und verfolgte mit rührendem Eifer deren geschichtliche Studien. Der Verherrlichung des Kaisers und seiner Dynastie dienten auch zwei in deutscher Sprache abgefaßte Werke, zu deren Entstehung der humanistisch gebildete Fürst selbst das meiste getan hat. Es sind dies der in Prosa geschriebene Weißkunig und der Teuerdank, ein allegorisches Rittergedicht.

Den *Weißkunig* verfaßte 1513 des Kaisers Geheimschreiber Marx (Markus) Treytzsaurwein von Ehrentreitz (gest. 1527), und zwar in den beiden ersten Teilen selbständig nach geschichtlichen Quellen, im dritten nach mündlichen Mitteilungen und Diktaten des Kaisers, von dem auch der Entwurf und der Aufbau des Werkes stammen. Es behandelt in ziemlich nüchterner Prosa das Leben Kaiser Friedrichs III., des »alten Weißkunigs«, von seiner Brautwerbung um Eleonora von Portugal an (1450) und das seines Sohnes Maximilian, des »jungen Weißkunigs«, bis zum Jahre 1513. Hans Burgkmair besorgte den Bilderschmuck, der den Wert des Buches bedeutend erhöht. Das gewaltige Ringen und Kämpfen in der Schlacht, die Bestürmung von Städten, glänzende Hoffeste, Szenen aus der Erziehung und den Spielen des Fürstensohnes, der Kaiser in den Werkstätten der Künstler und Handwerker, kurz das Leben und Treiben des ausgehenden Mittelalters in allen seinen Erscheinungsformen wird uns in Bildern vorgeführt, deren Zuverlässigkeit außer Zweifel steht, da sie unter der ständigen Aufsicht Maximilians entworfen wurden. Und doch hat der Weißkunig, obschon alles zum Druck vorbereitet war, bis 1775 ein stilles Archivleben geführt, und es mußte nach den zum Teil vom Künstler Hans Burgkmair geschnittenen Holzstöcken erst wieder gesucht werden, als es zur Veröffentlichung kam. Das Werk sollte noch eine Fortsetzung erhalten. Dies war der eine Grund, warum man seine Drucklegung verschob und, da jene nicht zustande kam, schließlich darauf vergaß; der andere mochte in der geheimnisvollen Einkleidung des Stoffes liegen, durch die dessen Verständlichkeit schon zu Maximilians Zeiten sehr verdunkelt wurde. Hierher gehört vor allem die verdeckte Benennung von Personen und Orten, die unter dem Einflusse des Turnierwesens, der üblichen Mummereien, der Herold- und Wappendichtung nach den Farben und Emblemen oder anagrammatisch vorgenommen wurde.

Der Weißkunig wurde zwischen 1526 und 1527 von Treytzsaurwein den Enkeln Maximilians, Ferdinand und Karl, gewidmet. Schon 1517 hatte Melchior Pfintzing den *Teuerdank* mit einer Widmung Karl von Spanien, dem späteren Karl V., übergeben. Auch der Teuerdank ist ein biographisches Werk, unterscheidet sich aber von dem Weißkunig schon dadurch, daß er aus der politischen Geschichte nichts hereinzieht, sondern auf des Kaisers persönliche Erlebnisse bei den Turnieren und auf der Jagd und sonstige Abenteuer sich beschränkt. Während im Weißkunig die Namen der historischen Personen entweder offen ausgesprochen oder doch nach heraldischen Beziehungen gegeben werden, sind sie im Teuerdank frei erfunden und überdies durch Umgestaltung des Stoffes verdeckt. Daneben wurde eine Reihe rein allegorischer Figuren eingeführt.

Im Jahre der Welt 6444, so erzählt der Dichter, starb ein mächtiger König mit Namen Romreich (Ruhmreich), der in seinem Testament für seine Tochter Ehrenreich den jungen Teuerdank zum Eidam bestimmt hatte. Die Räte der Königin Ehrenreich aber fürchten, durch den neuen Herrn ihren Einfluß zu verlieren, und wählen drei Hauptleute: Fürwittig, Unfallo und Neidelhart, die die Zugänge zum Lande besetzen und den Helden, falls er sich nicht abweisen lasse, in Gefahr und Not bringen sollen.

Beim ersten Passe nun wird Teuerdank für Fürwittig empfangen, unter allerlei Vorwänden in der Stadt festgehalten und zu elf gefährlichen Abenteuern, besonders auf der Jagd, verlockt. Aus allen aber geht er siegreich hervor, erkennt endlich die List des Hauptmanns, jagt ihn fort und kommt zum zweiten Passe, den Unfallo besetzt hält. Es folgen nun 47 Fährlichkeiten, in die Teuerdank durch Unfallos Schuld gerät. Aber der Held merkt des Hauptmanns Tücke, und nur durch die Flucht kann dieser sich vor der Rache retten. Noch muß der Ritter die 21 Gefahren, meist kriegerischer Art, bestehen, in die ihn Neidelhart am dritten Passe treibt. Auf der drei Hauptleute Anstiften muß er danach mit sechs Rittern, die ihm nach dem Leben trachten, im Turnier sich messen. In allen sechs Kämpfen erregt er durch die verschiedenen Arten des Rennens, Stechens und Fechtens die Bewunderung der Königin, bleibt in allen Sieger und wird von ihr mit einem Lorbeerkranz geschmückt. Die Königin, die erkennt, daß Teuerdank sich in alle Not nur um der weltlichen Ehre willen gebracht habe, erklärt, daß er, um die gelben Sporen zu verdienen, noch den Christenglauben beschützen müsse, und trägt ihm auf, ihr Heer in den Kampf gegen die Ungläubigen zu führen. Erst nachdem der Held, durch einen Engel dazu aufgemuntert, dies versprochen hat, reicht sie ihm die Hand zum ehelichen Bunde. Das Hochzeitsfest aber soll erst nach der Rückkehr aus dem Feldzuge begangen werden.

Als Autor nennt sich MELCHIOR PFINTZING, der aus einem der ältesten Patriziergeschlechter Nürnbergs stammte, Maximilians Geheimschreiber und Vertrauter wurde und als Propst zu Mainz 1535 starb. Daß Pfintzing sich die Autorschaft mit Wissen und Willen Maximilians beilegte, steht fest, obgleich schon vor ihm Siegmund von Dietrichstein und Treytzsaurwein daran gearbeitet haben. Indes hat schon Cuspinian den Kaiser selbst als Verfasser bezeichnet und eine Vergleichung des im Druck vorliegenden Teuerdank mit den drei Handschriften der Wiener Nationalbibliothek, die ihn in einer wesentlich davon abweichenden Gestalt bieten und teils von der Hand und mit dem Namen des Sekretärs Marx Treytzsaurwein, teils vielleicht von Maximilian selbst geschrieben sind, zeigt deutlich, daß die Idee, Anlage und der Grundstock der Versifikation vom Kaiser selbst herrühren. Mit der Überarbeitung des Ganzen betraute Maximilian den gelehrten Propst Pfintzing, der manches neue Abenteuer aus dem »Blankkündig« oder nach Mitteilung des Kaisers einlegte, durch Einführung des bösen Geistes zu Beginn und des ihm entsprechenden guten Engels am Schlusse der allegorischen Richtung seiner Zeit entgegenkam.

So war der ursprünglich als eine Sammlung von erlebten Jagd- und Kriegsabenteuern geplante Teuerdank durch Pfintzings moralisierende Einkleidung in eine höhere Sphäre gerückt und durch das reichlich eingestreute Lob des Fürsten zu einem Preisliede auf diesen geworden. Die Naivität der älteren Erzählung aber ging durch die allegorische Darstellung verloren. Um ihr Verständnis zu erleichtern und über die geschichtliche Bedeutung des Gedichtes aufzuklären, hat schon Pfintzing einen »Schlüssel« beigefügt, in dem übrigens die geschichtlichen Namen aus Vorsicht nur mit den Anfangsbuchstaben genannt werden.

Auf die deutsche Dichtung hat der Teuerdank keine Wirkung ausgeübt und keinen Poeten zur Nachahmung angeregt. Die Zeit der ritterlichen Epik war vorbei, und der dem neuen Geschmack entsprechende allegorische Aufputz konnte die alte, rein epische Form nicht ersetzen. Eine neue Zeit war angebrochen, und in diese leitet der Teuerdank hinüber. Er klingt mit dem Gedanken einer gemeinsamen Unternehmung der abendländischen Völker gegen die Türken aus, die Maximilian als notwendig erkannt, die Sonderinteressen der Fürsten aber und die Kämpfe der Reformationszeit nicht haben zustande kommen lassen.

DIE LYRIK

Zahlreich und mannigfaltig sind die Blüten, die im ausgehenden Mittelalter die Lyrik entfaltete; dabei gibt es die verschiedensten Kreuzungen zwischen kunstmäßiger und volkstümlicher Dichtweise sowie Erweiterungen des stofflichen Gebietes.

Ulrich von Lichtenstein und seine Zeitgenossen

Anschließend noch ganz dem höfischen Minnesang zugehörig, ist ULRICH VON LICHTENSTEIN (1200–1276) aus der Murauer Linie seines weitverzweigten Geschlechtes. Dieser steirische Ritter war zweifellos keine unbedeutende Persönlichkeit. Er vertrat 1245 als Landeshauptmann in der Steiermark die Person Herzog Friedrichs II., wußte nach dem Tod des letzten Babenbergers den eigenen Besitz und die Vorteile seiner Standesgenossen zu sichern, leitete 1251 den Widerstand gegen die Ungarn und wurde 1272 vom Böhmenkönig Ottokar zum Landmarschall erhoben; er starb im Jahr 1276, in dem Rudolf von Habsburg zum Herrn der Steiermark wurde.

Von diesem Mann stammt der *Frauendienst*, eine scheinbare Autobiographie, in der vielleicht wirklich Erlebtes mit Zügen aus den Artusromanen phantastisch ausgeschmückt wird, um ihr den Charakter eines höfischen Epos zu geben.

Aufgewachsen in Kreisen, die von den höfischen Idealen der großen Dichter erfüllt waren, hörte Ulrich, wie er uns berichtet, schon als Kind die Weisen sagen, daß niemand Würdigkeit und Freude sich erwerben könne, der nicht bereit sei, guten Weibern ohne Wanken zu dienen. Empfänglichen Gemütes wie er war, wählte er daher, kaum zwölf Jahre alt, die Dame, der er als Page diente, zu seiner Herrin. Zum Ritter geschlagen, weihte er seine Dienste derselben Dame, findet aber kein Gehör. Da beschließt er durch ritterliche Taten ihre Huld zu erwerben. Bei einem Turnier wird er schwer am Ringfinger der Speerhand verwundet. Dieser wird zwar geheilt, bleibt aber krumm. Als Ulrich, von einer Romfahrt zurückgekehrt (1226), erfährt, seine Dame glaube nicht, daß ihm der Finger krumm geschlagen sei, haut er ihn ab, dichtet ein zweites zärtliches Minnebüchlein und sendet es samt dem abgehauenen Finger in grünem Samt der lieben Herrin. Da diese durch den seltsamen Liebesbeweis doch etwas gerührt wird, beschließt er, um ihre volle Huld zu gewinnen, einen Hauptschlag zu unternehmen. Durch den Boten kündet er ihr, daß er im nächsten Frühjahr von Mestre (bei Venedig) durch Friaul, Kärnten, Obersteier, Österreich bis an die böhmische Grenze, als Frau Venus verkleidet, in ihrem Dienste eine ritterliche Fahrt unternehmen werde.

In der Tat wird 1227 der Mummenschanz, der wahrscheinlich in Frankreich sein Vorbild hatte, ausgeführt und mit einem großen Turnier in Klosterneuburg beendigt. Die Dame lobt ihn und sendet ihm ein Ringlein, fordert es aber bald wieder zurück, weil sie von seiner Treulosigkeit vernommen habe. Doch ganz vergeblich ist die Fahrt nicht gewesen; denn die Dame läßt sich durch ein Lied besänftigen und lädt Ulrich durch einen Boten zu sich auf ihre Burg. Er verweilt, wie ihm aufgetragen ist, in die Tracht eines bettelnden Aussätzigen gekleidet, in scheußlicher Gesellschaft vor dem Burgtor, wird dann in zusammengeknüpften Leintüchern zu dem Erker emporgezogen und seiner Herrin vorgeführt. Nach einer eigentümlichen Unterredung aber lassen die Damen die Zipfel der Laken, mit denen er hinabbefördert werden soll, los und der liebende Minnesänger fällt in den Burggraben. Dennoch gibt er die Beziehung zur Dame nicht auf. Erst eine neue »Untat«, wahrscheinlich die Plauderhaftigkeit der Dame, macht dem Verliebten klar, daß er genarrt worden sei, und führt die Lösung des Verhältnisses herbei, in dem er 13 Jahre geduldig ausgeharrt hat.

Nunmehr wieder ein freier Mann, singt er Wahnweisen, wählt sich aber bald wieder eine Herrin, preist sie in Liedern und unternimmt 1240 ihr zu Ehren eine Turnierfahrt, und zwar diesmal als König Artus. Im weiteren Verlaufe des Frauendienstes beklagt Ulrich den Tod seines Fürsten in der Leithaschlacht und erzählt, wie ihn 1248 sein Vasall Pilgrim von Katsch in seiner Frauenburg ein Jahr lang gefangenhielt. Darüber wurden dem Dichter die Haare grau, und auch die Freude an der Poesie ward ihm verleidet.

Es ist fast unausdenkbar, daß der kluge und tapfere Lichtensteiner, als welchen ihn seine echte Biographie ausweist, alle jene Torheiten beging, die er im »Frauendienst« als eigene Erlebnisse ausgab. Nein, dieses Werk im trockenen Chronikstil diente nur dazu, die schönen Lieder, die sonst keinen Zusammenhang hatten, in den Rahmen einer Erzählung einzuspannen und so in Konkurrenz zu den ritterlichen Abenteuerromanen zu treten (richtig werten läßt sich diese Geschichte nur, wenn man sie als Persiflage betrachtet, als die erste Donquichotterie). Besagte Lieder, die sich an passenden Stellen durch den ganzen »Frauendienst« verteilt finden, offenbaren am besten Ulrichs schönes Talent. Daß Ulrich von Lichtenstein eine satirische Ader besaß, zeigt uns auch sein *Frauenbuch* (1257), erwachsen aus Gesprächen mit Gleichgesinnten über den Verfall der höfischen Zucht, eine ergiebige Quelle für die Sittengeschichte jener Zeit, in poetischer Hinsicht dem »Frauendienst« allerdings unterlegen.

In einem Zwiegespräch zwischen einem Ritter und einer Dame werden die Ursachen der Entartung des Minnedienstes erörtert; jener schiebt die Schuld auf die Frauen, diese auf die Verrohung der Ritter, denen Jagd und Wein höher stehen als die Frauen. Ulrich, als Schiedsrichter beigezogen, entscheidet den Streit in höfischer Art zugunsten der Dame.

Bei der großen Anzahl vornehmer Persönlichkeiten, die in Ulrichs Frauendienst genannt werden, muß man sich wundern, daß er nur in einer einzigen, jetzt in München befindlichen Handschrift uns überliefert ist. Auch das

Frauenbuch ist uns nur in der Ambraser-Wiener Sammelhandschrift erhalten. Lieder Ulrichs finden sich in der großen Heidelberger Liederhandschrift.

Ulrich von Lichtenstein überragte in künstlerischer Beziehung viele der zeitgenössischen Dichter. Von diesen nennt er selbst den Niederösterreicher Gottfried von Totzenbach und den Kärntner Zachäus von Himmelberg, der ihm bei seiner Venusfahrt, als Mönch verkleidet, entgegentrat. Es begreift sich, daß Ulrichs Dichtweise auf andere Sänger Einfluß nahm. Wir merken ihn besonders bei dem Burggrafen Heinrich von Lienz (an der Drau), und auch steirische Sänger, wie z. B. Herrant von Wildon, Freiherr von Sonneck, und besonders Rudolf II. von Stadeck (bei Graz) scheinen Ulrich zum Vorbild genommen zu haben. Wie die genannten Dichter pflegten noch viele andere den Minnesang im höfischen Stil. Zu ihnen gehört der vielleicht aus Tirol stammende Walther von Metz, dessen Tod um 1276 der von Brennenberg beklagt. Den besten Minneliedern reihen sich die des letzten Staufers Konradin an. In den nördlicheren und östlicheren Gegenden pflegten die edelsten Geschlechter den vornehmen Minnesang. So Markgraf Heinrich III. von Meissen, der Erlauchte (gest. 1288), Herzog Johann von Brabant (gest. 1294), Herzog Heinrich IV. von Breslau (gest. 1290), Markgraf Otto IV. von Brandenburg (gest. 1308) und der von Fahrenden ob seiner Sangeskunst und Freigebigkeit vielfach gepriesene Witzlaw III., Fürst von Rügen (gest. 1325).

Während in Nord- und Ostdeutschland fast nur die rein höfische Lyrik gepflegt wurde, verbindet sich in anderen Gegenden mit dem Minnesang des höheren Adels die Weise Neidharts und die volkstümliche Dichtung. Hierher gehören zunächst drei schwäbische Sänger, die zeitweise am Hofe Heinrichs VII., des leichtlebigen Sohnes Kaiser Friedrichs II., sich aufhielten. Von ihnen ist uns Burkart von Hohenfels schon bekannt, die beiden anderen, gleich ihm vornehme Herren, sind Gottfried von Neifen und der Schenk Ulrich von Winterstetten (urkundlich 1241–1280). Neifen besaß ein ungewöhnliches Formtalent, das ihn mit Leichtigkeit die verschiedenartigsten Wortspiele und schwierigsten Reimstellungen behandeln ließ. Zwar übt er mit Vorliebe das höfische Minnelied, aber es ist ihm mit dem Frauendienst nicht mehr recht Ernst, denn er preist gelegentlich auch einmal ein Mädchen, das mit dem Kruge zum Brunnen geht, im Stil der hohen Minne. Er beginnt seine Minnelieder nach Art der volkstümlichen Dichtung, mit der er auch sonst in inniger Fühlung steht, mit einem Jahrzeitbilde und ahmt in der Erzählung erotischer Dinge Neidhart nach, wobei er auch das Schmutzige und Derbe nicht meidet. An des Reuentalers Reigen erinnert lebhaft auch

Ulrich von Winterstetten in einem Gespräch zwischen einer warnenden Mutter und ihrer vom Sänger berückten Tochter, dem sie durchaus nachlaufen will.

Mit Neidhart berührt sich auch der TANNHÄUSER (1205–1270), ein fahrender Sänger von Beruf, aus dem bayerisch-salzburgischen Geschlechte derer von Tannhausen stammend. So weit nämlich führen uns seine Anspielungen auf zahlreiche fürstliche Gönner, von denen er besonders den letzten Babenberger Friedrich den Streitbaren und Herzog Otto II. von Bayern in überschwenglicher Weise rühmt. In seinen besten Jahren besaß er durch Herzog Friedrichs Gunst ein Haus in Wien und Lehen in Leopoldsdorf und Himberg. Durch leichtsinnige Lebensführung scheint er aber bald genötigt worden zu sein, wieder die Fremde auszusuchen. Viel ist er in der Welt herumgekommen; weit und breit hat er Deutschland durchwandert, er hat Italien, vielleicht auch Frankreich gesehen und das Heilige Land (1228) betreten. Darum wohl stellt ihn die große Heidelberger Liederhandschrift im weißen Pilgermantel dar, geziert mit dem schwarzen Kreuze. Er war ritterlich erzogen worden und besaß ein so reiches, freilich zerfahrenes Wissen, daß man vermutet, er habe eine Zeitlang geistliche Bildung genossen und sich dann als fahrender Kleriker durch die Welt geschlagen. Etwas von dem Geiste der lateinischen Vagantenpoesie klingt aus jenen seiner *Sprüche*, in denen er sich mit freier Ironie über seine drückende Lage erhebt, seinen Leichtsinn beklagt und voll Humor schildert, wie Herr Mangel, Herr Schaffenicht und Seltenreich ihm beim Hausbau helfen. Herr Abgang, Zweifel, Schade und Unbereit sein stetes Ingesinde bilden, sein Haus ohne Dach, seine Stube ohne Türe sei.

In manchen Sprüchen tut er einen glücklichen Griff ins wirkliche Leben, behandelt ernste Dinge und schließt sich dabei an Walther an, während er in den *Leichen* das parodierende Element, das schon Neidharts Gedichte durch die Gegenüberstellung von Minne- und Bauernleben in sich schließen, zu einer eigenartigen Richtung weiterbildet. Da werden Motive aus der höfischen Minnepoesie neben dem volkstümlichen Liede verwertet, nach Art des französischen Pastourels, eines Gegenstückes der höfischen Dorfpoesie, Liebesabenteuer recht deutlich erzählt, Fürsten in der Art der Lobgedichte gepriesen, eine Masse fremder Wörter neben deutschen gebraucht, voll Gelehrsamkeit literarische, mythologische und geographische Brocken aufgetischt, und zum Schluß folgt die Aufforderung an die mit dem Namen angerufenen Dorfschönen (Elle, Juzze, Guetel, Mazze usw.), den Reigen unter der Linde zu springen, bis des Fiedlers Saite reißt.

Nur ein paarmal behandelt der Tannhäuser das *Minnelied* im ernsten Stil; gewöhnlich aber parodiert er das höfische Minnewesen. Im Gegensatze zu den lebensfrohen Gedichten des Tannhäusers steht das *Bußlied*, das die Jenaer Liederhandschrift ihm zuschreibt. Hier beklagt der leichtlebige Dichter seine Sündenschuld und bittet den Herrn, ihm um seiner jungfräulichen Mutter willen zu verzeihen und ihn die Bekehrung zum Rechten und das Himmelreich finden zu lassen. Ob diesen Bußgang der Tannhäuser wirklich gesungen hat, steht nicht fest; jedenfalls glaubte man es zu seiner Zeit und später allgemein, und die Sage, die den unsteten Gesellen zum Helden des Venusberges machte, mag dadurch mit veranlaßt worden sein. In ihr lebt der Sänger fort, verklärt durch das schöne und tiefsinnige Volkslied des 15. Jahrhunderts, auf dessen Grundton Richard Wagner sein Musikdrama aufgebaut hat.

Was am höfischen Lied noch lebensfähig war, hat Berthold Steinmar von Klingenau (1251–1290 urkundlich bezeugt), Dichter einer Reihe frischer Minnelieder hohen Stils, wieder wirksam gemacht; was aber bereits verloren war, stieß er durch spöttische Nachahmung völlig in den Tod; dabei folgte er dem Reuentaler. Die Freuden des nährenden Herbstes gelten ihm mehr als der unfruchtbare Monat der Liebe, der Mai. Nicht mehr einer hohen Dame, sondern einer Bauerndirne, die Kräuter suchen geht, widmet er seine Lieder. Auch das Tagelied überträgt Steinmar auf bäuerliche Verhältnisse: An die Stelle des Wächters tritt der Hirt, der mit seinem Horn den Anbruch des Tages verkündet.

Als Steinmar starb, war Johannes Hadlaub oder Hadloub noch jung an Jahren. 1302 hatte sich in Zürich ein Bürger dieses Namens ein Haus gekauft, und an einem 16. März (vor 1340) war er gestorben. Er war der Günstling des ritterlichen Hauses Manesse, dem wir die nach ihm benannte Liederhandschrift zu danken haben, eine der prächtigsten Sammlungen für die Periode des Minneliedes. Dieses Adelshaus förderte den Bürger Hadlaub, der seine wirklichen Erlebnisse in epische Kleinbildchen zusammenzudrängen verstand und sich den Mann hinter Pflug und Ochsengespann zum Thema wählte. Dies lag im Zug der Zeit; dennoch unterscheidet sich Hadlaub von Steinmar, denn er klagt um den scheidenden Sommer und kennt die Natur nicht bloß als die Spenderin der Tafelfreuden – sosehr er auch diesen Genuß zu schätzen weiß –, vielmehr belebt er die aus ihr entnommenen Bilder mit Männer- und Frauengruppen und stellt über alle ihre Reize die weibliche Schönheit; hingegen bleibt der Zürcher in der Verskunst hinter dem Aargauer weit zurück und steht auf diesem Gebiet dem kommenden Meistersang nahe, was immerhin auffällig ist, weil dieser auf Schweizer Boden dennoch nie gedeihen sollte.

Hugo von Montfort und Oswald von Wolkenstein

Als die Erben des ritterlichen Minnesangs treten uns gegen Ende des 13. Jahrhunderts bürgerliche Sänger entgegen, und nur einmal noch, und zwar ungefähr zur Zeit, als das volkstümliche und höfische Epos neu auflebte, ertönte in den Burgen zweier adeliger Herren ritterlicher Minnesang, freilich in einer jüngeren Sprache und in neuen Weisen. Der eine von ihnen ist HUGO VON MONTFORT (1357–1423). Auf seiner väterlichen Burg zu Bregenz geboren und in der Ritterschaft wie in gelehrten Dingen wohl bewandert, spielte er nach dem Tode seines Vaters (1378) in politischen Dingen eine hervorragende Rolle, wurde Landeshauptmann von Steiermark und erschien als Rat des Herzogs Ernst des Eisernen auf dem Konzil zu Konstanz (1414). Die vielen Ämter, mit denen Hugo wegen seines ehrenhaften Charakters, seiner Bildung und Hausmacht betraut wurde, lassen es begreiflich erscheinen, daß er nur auf seinen Fahrten durch Wald und Feld die Dichtkunst üben konnte, denn zu Hause gönnten ihm die Berufsarbeiten nicht die notwendige Muße. Und der Duft der frischen und freien Natur breitet sich denn über alle seine Lieder. Er hatte ein offenes Auge für das Leben in der Natur und in der Welt und verstand, das einzelne mit dem allgemeinen in Verbindung zu bringen. Er betrachtet den Lauf der Dinge in der Welt, der Menschen Schuld und Schicksal, die Verhältnisse in Kirche, Staat und Gesellschaft, tritt gegen das Schisma auf, tadelt die Entartung der Mönche, bekämpft verschiedene religiöse Sekten und verfolgt vom Standpunkt der Reformpartei aus die religiösen Strömungen vor dem Konzil zu Basel. Leidenschaftlich, wie seine Natur nun einmal war, ließ er alles, was sein Gemüt bewegte, aufjubelnde Freude und tiefen Schmerz, in Versen aufklingen. Doch besaß er nicht die Gabe, alle die inneren und äußeren Einflüsse, die auf ihn wirkten, zu einheitlichen Gebilden zu vereinigen und künstlerisch zu gestalten. Dazu fehlte ihm der Sinn für die Schönheit der äußeren Form und Beherrschung der Sprache und des Reims. Die musikalische Komposition seiner Lieder mußte er durch seinen Knecht Burk Mangold besorgen lassen. Daher pflegte er nur selten diese Gattung und wählte lieber die des Briefes und der Rede, die an keine musikalische Begleitung gebunden waren. So steht Hugo auf der Grenze der alten und neuen Zeit. Er schwärmt für das alte Rittertum und erblickt in Parzival sein Ideal; daneben wirkt auch die zur Belehrung neigende zeitgenössische Literatur auf ihn ein. Weltliche Lust und Entsagung geht in seinen Dichtungen nebeneinander her. Die Sprache ist stark alemannisch gefärbt, der Stil oft ein Gemisch von altem, geschmücktem Kunststil und neuem Realismus; Vers und Reim werden unter dem Einfluß des kunstlosen Volksliedes minder streng gehandhabt, die Reinheit der Kunstformen ist geschwunden; epische und lyrische Behandlungsweise des Stoffes finden sich in demselben Gedichte, und nicht selten verbindet sich damit auch noch die Belehrung in der Form der Allegorie.

Im Leben und Dichten dem Montforter ähnlich ist Herr OSWALD VON WOLKENSTEIN (um 1377–1445), der originellste und vielseitigste Lyriker des ausgehenden Mittelalters. Er stammte aus einem tirolischen, im südlichen Eisacktale ansässigen Rittergeschlechte und kam, schon im jugendlichen Alter als Pferd-, Reit- und Ruderknecht oder als Koch dienend, weit in der Welt herum. Auch als er auf der Burg Hauenstein seinen Sitz genommen hatte, kam er nicht zur Ruhe. Die Hinterlist der ehedem geliebten Sabina Jäger brachte ihm Folter und Gefangenschaft, seine Verbindung mit Kaiser Siegmund und der nach Reichsunmittelbarkeit strebenden Ritterschaft Tirols verwickelten ihn in Fehden mit Herzog Friedrich und trugen ihm harten Kerker ein. Ohne viel um Recht und Billigkeit sich zu kümmern, blieb er bis zu seinem Tode auf die Erweiterung seiner Hausmacht bedacht. Ein Denkstein am Dom zu Brixen erinnert an den Mann, der mit »toben, würten, tichten, singen mangerlei« durch das Leben stürmte.

Oswalds viel bewegtes, zwischen übermütigem Glück und tiefster Verzweiflung schwankendes Leben spiegelt sich in seinen Dichtungen. Hier erzählt er mit viel Geschick, anschaulich und lebhaft, zuweilen auch mit Humor, seine Lebensgeschichte und streift dabei geschichtliche Ereignisse. Der Bericht ist aber meist nur andeutend, selten ausführlich und daher für die Biographie schwer verwendbar. Er dichtete, weil ihn das Herz dazu antrieb, und alles, was dieses bewegte, sprach er frei und offen in Versen aus. Dazu besaß er ein hervorragendes Formtalent, das wahrscheinlich in einer Meistersingschule ausgebildet und durch seine Kenntnisse in der Sangeskunst und Instrumentalmusik gefördert wurde. Mit Leichtigkeit brachte er jeden Stoff, den er aufgriff, in die kunstvollsten und oft bis zum Übermaß gereimten Strophen des Liedes. In den Liedern zeigt sich am besten Oswald von Wolkensteins Dichternatur; hier weiß er alle Saiten der sinnlichen Leidenschaft anzuschlagen und vermag er die verschiedensten Stimmungen vom tollsten Übermut bis zum verzweifelten Aufschrei unerträglichen Elends erklingen zu lassen.

Wieder offenbart sich Oswalds poetisches Talent in seinen *geistlichen* und *lehrhaften Gedichten*, in denen er Betrachtungen über die Nichtigkeit des weltlichen Getriebes anstellt, sein sündhaftes Leben bereut und am meisten seine Vertrautheit mit dem Inhalt und der künstlichen Technik des Meistergesanges zeigt. Wie der Montforter das Tagelied, so vergeistlicht Oswald auch das Tanzlied und verwendet diese Form einmal zu einem Preise auf die Himmelskönigin. Die Darstellungsweise Oswalds ist realistisch, durch Verteilung des Stoffes auf Rede und Gegenrede dramatisch; der Aufbau aber der Gedichte entbehrt der Sorgfalt, denn ohne Ordnung werden oft die verschiedenartigsten Dinge zusammengestellt, unbedeutende bis ins kleinste beschrieben, wichtige kurz angedeutet, Gegensätze nicht ausgeglichen und die Erzählung, zumal in den geschichtlichen Gedichten, sprunghaft geführt.

Neben dem Minnesang und dem Leich übten in der zweiten Hälfte des 13. Jahrhunderts einige Dichter auch die *Spruchpoesie*, so die bürgerlichen Walther von Breisach, der wilde Alexander, ein süddeutscher Sänger, der Schulmeister Heinrich von Esslingen und Meister Sigeher, der meist am böhmischen, damals von Dichtern viel besuchten Hofe weilte und politische Fragen nach Art Walthers behandelt. An diesen und an die älteren Traditionen knüpft auch Friedrich von Sonnenburg an, der wohl aus dem Dienstmannengeschlechte der Sonnenburger im Pustertal stammte, als Fahrender an den bayerischen und böhmischen Hof kam und bald nach 1274 gestorben zu sein scheint.

Bürgerliche Spruchdichtung

Eine eigenartige Dichtweise, die vom höfischen Minnesang und von der Volkslyrik sich unterscheidet und den unmittelbaren Übergang zum handwerksmäßigen Meistergesange bildete, pflegte ein Kreis bürgerlicher Sänger, die sich Meister nannten und die Poesie als Beruf trieben. Da ihnen der Kunstbegriff gleichbedeutend mit der Erlernung der Kunstregeln und der Aneignung gelehrten Wissens gilt, bemühen sie sich, durch schwierige Reim- und Strophengebäude zu glänzen und durch ihre meist theologisch-naturwissenschaftliche Weisheit Bewunderung zu erregen. Voll des Bewußtseins ihrer Kunst, erheben sie sich über die Laien und bekritteln gegenseitig mit Rücksichtslosigkeit ihre poetischen Leistungen. Schon Konrad von Würzburg gefällt sich in solchen gelehrten Prunkstücken.

Noch mehr tritt der gelehrte Charakter und die kleinliche Eitelkeit hervor bei Boppe, wahrscheinlich einem Alemannen, und bei dem Marner, einem gelehrt-gebildeten Fahrenden, der vielleicht aus Ulm stammte und vor 1287 als erblindeter Greis ermordet wurde. Er ist uns das Bild der Vielseitigkeit eines fahrenden Meisters. Vertraut mit allen Formen der Dichtung, singt er an Höfen lateinische Vagantenlieder, ein andermal lateinisch von den sieben freien Künsten, wetteifert mit den ritterlichen Poeten im Minnelied, Tanzlied und Tagelied, weiß Bescheid, wenn sein Publikum ihn nach dem Berner, Rother, Siegfried oder dem Nibelungenhort fragt oder aus der höfischen Epik etwas zu hören verlangt, und pflegt ganz besonders die Spruchpoesie. Hierin verrät er sich zum Teile als Schüler Walthers, lenkt aber dann in die gelehrte Richtung ein, wie sie viele andere meisterliche Sänger pflegten. Als Fahrender wandte er sich an geistliche und weltliche Gönner, wirft sich aber auch zum Kritiker an Kirche und Staat auf, erteilt gelegentlich auch Sittenlehren und prunkt mit seinem theologischen und naturgeschichtlichen Wissen.

Von anderen Sängern wurde der Marner um seinen Ruhm viel beneidet und oft in kleinlicher Weise bekämpft. So wirft ihm der mitteldeutsche MEIßNER (1260–1284) im Gefühle reicherer Gelehrsamkeit vor, daß er an der Kunst zum Lügner geworden sei, weil er nicht richtig angegeben habe, wie der Strauß seine Eier ausbrüte, der Phönix sich verjünge u. a., was er dann selbst berichtigt.

Ein anderer Gegner des Marners, der Niedersachse RUMESLAND, wird in seinen Angriffen persönlich und nennt ihn einen Widder an Ungeschick und ein Rind an Zucht. Indes übt auch der Marner ungerechte Kritik an Reinmar von Zweter und an einem anderen, nicht genannten Dichter, während der Meißner von Konrad von Würzburg befehdet wird. Noch andere Meister gehören in diesen Kreis, der die Poesie zur Schulweisheit machte; so der hessische Meister STOLLE, der in seinen Sprüchen den kargen Vornehmen hart an den Leib rückt, der Niedersachse SINGUF, der KANZLER, der meist nur Sprüche religiösen und moralischen Inhalts dichtete, der Norddeutsche HERMANN DER DAMEN, so genannt nach dem Flüßchen Dahme, das bei Köpenik in die Spree fließt, und HEINRICH VON MEISSEN, genannt der FRAUENLOB, weil er in einem langen Liederstreit mit seinem Nebenbuhler Regenbogen die Bezeichnung »Frau« über »Weib« stellte, im Gegensatz zu Walther, der »wîp« als den höchsten Namen erklärt hatte.

Wie in diesem »geteilten Spiel« pflegt sich FRAUENLOB in seinem Gelehrtendünkel auch sonst über die alten Meister zu erheben, von denen er behauptet, sie hätten ihren Gesang nur oberflächlich aus dem Schaume geschöpft, während der seine aus des Kessels Grund erklinge. Und doch hat er viel von ihnen gelernt und insbesondere Wolframs stilistische Eigenheiten, freilich ohne dessen Geist, nachzuahmen gesucht. Mit der Kenntnis der deutschen

Klassiker verband er ein gelehrtes Wissen, das auf theologischem Gebiete nicht unbedeutend war und das er, wo es nur anging, in seinen Gedichten zur Schau trug. Unstreitig besaß er auch Phantasie und beherrschte alle lyrischen Formen, den geistlichen Leich (An Maria, An das Kreuz) und den Minneleich, das weltliche und das geistliche Lied und vor allem die Spruchdichtung; aber ohne Geschmack und natürlich poetisches Empfinden wie er war, berechnete er alle seine Dichtungen auf den Effekt und strebte, ihn durch die schwierigen Metren, durch gesuchte und geschraubte Ausdrucksweise und durch gelehrten Prunk zu erzielen. Und es gelang ihm, denn gerade dies verlangte das seine Zeit beherrschende Kunstideal. So brachte er die meisterliche Dichtung auf ihren Höhepunkt und erwarb sich großes Ansehen an den Höfen von Königen und Fürsten, an denen er ein gern gesehener Gast war. Von Kärnten bis hinauf an die Ostsee können wir von 1278 an seine Sängerfahrten verfolgen; am häufigsten finden wir ihn an norddeutschen Höfen, in Brandenburg, Mecklenburg, Rügen, Bremen, Oldenburg und anderswo. Seine letzten Lebensjahre brachte er in Mainz zu, wo er 1318 starb. Einige Jahrzehnte später wurde erzählt, er sei von Frauen zu Grabe getragen worden.

Wie im Leben, übertraf er auch durch seinen Nachruhm den der anderen gelehrten Sänger, und die Meistersinger nannten ihn als den ersten von allen bürgerlichen Sängern, deren Töne sie in den Singschulen nachahmten. Und ist es auch nicht beglaubigt, daß er selbst die erste Meistersingerschule in Mainz begründet habe, so liegt doch etwas Wahres in dieser Behauptung, denn die Kunst, die er übte, war wirklich lehrbar und lernbar und fand ihre unmittelbare Fortsetzung in den Liedern der Meistersinger.

Noch enger hängt mit diesen BARTHEL REGENBOGEN zusammen, den sie daher auch neben Frauenlob als verehrungswürdigen Ahnherrn ihrer Kunst bezeichnen. Über seine Lebensverhältnisse geben uns seine Sprüche nur wenig Auskunft, und seine literarische Beziehung zu Frauenlob, in die er um 1300 zu Mainz trat, ist außer seinem Todesjahr (1318) das einzige überlieferte Datum. Er war seines Zeichens ein Schmied, gab aber sein Gewerbe auf und lebte von dem Ertrage seiner Sängerfahrten. An Gelehrsamkeit und Sprachgewandtheit kann er es mit Frauenlob nicht aufnehmen; er ist zwar minder schwülstig und dunkel, aber auch ärmlich in Sprache und Reimkunst. Aber gerade diese Inhaltslosigkeit seiner Lieder und die Verrohung in Reim und Versbau macht sie denen der späteren Meistersinger gleich, und es ist daher schwer, von den vielen Strophen, die in seinen Tönen (Melodien, Weisen) und unter seinem Namen gedichtet wurden, die echten zu scheiden.

In den Kreis der meisterlichen Spruchdichtung des 13. Jahrhunderts reiht sich auch der *Sängerkrieg auf der Wartburg*, eines der damals schon beliebten Streitgedichte. Wie in den Epen von Biterolf und vom Rosengarten die bedeutendsten volkstümlichen Helden im Kampfe sich messen, so werden hier die berühmtesten alten Sänger im Wettstreite vorgeführt. Er ist in die Wartburg verlegt, wo unter dem Landgrafen Hermann die Minnesänger gern gesehene Gäste waren und Walther zugleich mit Wolfram eine Zeitlang weilte. Es besteht in der uns vorliegenden, nicht ursprünglichen Überlieferung aus zwei von verschiedenen Verfassern stammenden und in verschiedenen Tönen gedichteten Teilen, von denen der erste ein Fürstenlob, der zweite ein Rätselspiel enthielt. Die Anlage der Dichtung ist dramatisch, ihr erster Teil vermutlich als Festsingspiel vielleicht von einem thüringischen Poeten, mit Namen Biterolf, zu Ehren der zwei Enkel des Landgrafen Hermann, Heinrichs des Erlauchten von Meißen und Hermanns I. von Henneberg, verfaßt worden. Darin tritt Heinrich von Ofterdingen, ein nur dem Namen nach bekannter Dichter, vor den Landgrafen von Thüringen und seine Gemahlin und fordert die sie umgebenden Dichter auf, mit ihm einen Kampf um das Lob des Fürsten von Österreich aufzunehmen. Im zweiten Teil findet ein Rätselwettkampf zwischen dem von Heinrich herbeigerufenen Zauberer Klingsor und Wolfram von Eschenbach statt.

Im Rätselspiel, das zum Teil in geheimnisvollen und theologischen Fragen sich bewegt, erglänzt Wolframs mystische Weisheit, bei der auch die meisterlichen Spruchdichter Anleihen zu machen pflegten. Wann jedoch der Rätselstreit die vorliegende Gestalt erhielt, ist nicht bekannt, jedenfalls ist er uns nicht in der ursprünglichen Form überliefert und älter als das Fürstenlob, mit dem er erst später, etwa um 1270, durch Einschiebung einiger Strophen notdürftig verbunden wurde. Daß an das Rätselspiel, und zwar an dessen ältesten Teil, auch die Lohengrindichtung anknüpfte, ist uns schon bekannt. Unmöglich aber ist es, alle die Zusätze bloßzulegen, die jener allmählich bis zu dem sogenannten *Aurons Pfenning* mit seinen heftigen Anklagen gegen die Habsucht der Geistlichen erfahren hat. Die Dichtung vom Sängerkrieg erfreute sich bald großer Beliebtheit; ihr Inhalt wurde schon gegen Ende des 13. Jahrhunderts als geschichtliche Wahrheit betrachtet und in die Chroniken aufgenommen.

Der ältere Meistergesang

Die gelehrten Berufsdichter des 13. Jahrhunderts übermittelten das Erbe der mittelalterlichen Kunstlyrik mit ihren strengen Regeln an jene Gesellschaftskreise der Kunst, die, aus bürgerlich nüchternen, oft dem Handwerksstande angehörigen Meistern sich zusammensetzend, unter dem Namen *Meistersinger* bekannt sind und berufen waren, in der Literatur des 14. und 15. Jahrhunderts den Hauptton anzugeben. Sie singen die Lieder, Leiche und Sprüche ihrer Vorbilder und fahren auch dort, wo sie Neues erfinden, nach Form und Inhalt das alte Geleise jener bürgerlich-gelehrten Dichtung. Die Strophen werden kunstvoll gebaut, die Verse nach der Silbenzahl gemessen, die Reime gehäuft und kunstvoll verschlungen. Doch wird der Umfang des Spruches von einer Strophe auf mehrere, gewöhnlich auf drei, fünf oder sieben erweitert und ein solches Gedicht mit dem der Fechtschule entlehnten Ausdrucke »Bar« oder »Par« genannt.

Auch der Inhalt der Meisterlieder deckt sich mit dem didaktisch-geistlich-persönlichen Repertoire der fahrenden Spruchdichter. Es werden biblische und dogmatische Fragen mit allem Tiefsinn der Mystik und allen Feinheiten der Scholastik erörtert, aber auch weltliche Dinge, aus der Natur, besonders aus der Astronomie, aus Sage und Geschichte mit Aufwand aller Gelehrsamkeit behandelt. Zu diesem Wissensdünkel stimmt es auch, daß sich die Meistersinger den Anschein geben, als sei für ihre Lieder nicht bloß die Kenntnis der Musik, sondern auch die der anderen sechs freien Künste notwendig, und nach ihnen in Gedichten die Gesetze des Meistergesanges erörtern. Wie ihre Vorbilder üben auch die Meistersinger in Streit- und Kampfgedichten aneinander Kritik und schlagen dabei oft recht rauhe Töne an.

Steht nun auch der mittelbare Zusammenhang des Meistergesanges mit der höfischen Kunst fest, so sind wir doch über seine allmählich vollzogene zünftige Einrichtung nur wenig unterrichtet. Gewiß ist, daß er von allem Anfang an auf schulmäßiger Unterweisung beruhte. So wissen wir, daß Frauenlob in Mainz Unterricht in der Sangeskunst erteilte, und eine kunstmäßige musikalische Ausbildung setzen die Kompositionen der Meistersinger alle voraus. Die Lehrer waren gebildete Fahrende, die zur Zeit, als die Ritter sich um die Poesie nicht mehr viel kümmerten, in die wohlhabenden Städte gingen und hier die Patrizier, ihre neuen Gönner, in die Kunst des Singens einführten. Hatte sie ein Schüler erlernt, so erklärte ihn der Meister zum Sänger und stellte ihm zur Beglaubigung seiner Sangesfähigkeit eine Art Diplom aus. Die so ausgebildeten Sänger einer Stadt traten dann zu freien Vereinigungen zusammen, um an bestimmten Orten und Tagen teils der Unterhaltung, teils des Erwerbs wegen ihre Kunst zu üben. Zur gegenseitigen Anregung wurden Sangwetten um die Ehre des Siegs, um einen guten

Trunk oder um ein Kränzlein veranstaltet. Ein Gedicht, mit dem ein Sänger zum Kampfe herausforderte, wurde »Fürwurf« (Vorwurf) genannt. Die Entscheidung fällten die »Merker«, und zwar ganz nach ihrem persönlichen Gutachten, ohne dabei, wie es später geschah, an bestimmte Normen gebunden zu sein. Deren Aufstellung erfolgte erst am Ausgang des 15. und zu Beginn des 16. Jahrhunderts, als die ursprünglich freien Schulen zu zunftmäßigen Vereinigungen mit strengen Satzungen ausgestaltet wurden. So war auch die Meistersingergesellschaft zu Augsburg, die um 1450, und zwar als die älteste, bezeugt ist, anfangs eine freie Schule und ist erst später zu einer Zunft mit fester Ordnung geworden.

Die Glieder dieser jüngeren Meistersingschulen waren meist seßhafte Bürger, denen die Ausübung der Kunst als eine unterhaltende Beschäftigung neben ihrem Gewerbe galt, während die Sänger der älteren, freien Schulen noch vielfach nach Art der Spielleute und der fahrenden Spruchdichter des 13. Jahrhunderts Sängerfahrten unternahmen und durch Singen und Sagen ihr Brot sich verdienten. Zu diesen gehört auch Heinrich von Mügeln aus Meißen, der an verschiedenen Höfen, so an denen Kaiser Karls IV. in Prag und Rudolfs IV. in Wien, lebte und nach 1369 starb. Die künstlichen Formen, mit denen er in seinen Liedern, Sprüchen und Fabeln prunkt, und die Gelehrsamkeit, die sie erfüllt und auf weltliche, besonders astronomische, und geistliche Dinge sich erstreckt, machten ihn zu einem Musterdichter der späteren Meistersinger. Lehrhaft ist auch sein Hauptwerk, der *Kranz der Maide*, ein allegorisches Gedicht. Mügelns gelehrte Bildung bezeugen auch seine anderen Schöpfungen. So übertrug er den Psalmenkommentar des Nikolaus von Lyra, eine ungarische Chronik und (1369) die Anekdotensammlung des Valerius Maximus in deutsche Prosa und brachte eine ungarische Chronik in lateinische Reimverse und Strophen.

Mit viel Glück und Beifall sang auch (1415–1438) der aus Nordbayern stammende Muskatblut an fürstlichen Höfen, gleich Mügeln hochgeehrt. Durch den Bau der meist zweiundzwanzigzeiligen Strophen seiner Minnelieder und ihren gelehrten Einschlag verrät er den Meistersinger nicht minder als durch seine geistlichen Gedichte, in denen er wie Frauenlob und Mügeln insbesondere zum Lobe Mariens alles aufbietet, was er an mystisch-allegorischen Deutungen in der Schrift und Natursymbolik auffinden konnte. Besonderes Interesse erweckten seine moralisch-satirischen Sprüche, in denen er die Verhältnisse seiner Zeit streift. Auf kirchlichem Boden stehend, tritt er gegen Hus auf, »der des Wassers Flut zuerst trübte, den Christenglauben in manchen Stücken taub machte und viele Christenleute zweifelnd«.

Im Tone des Volksgesanges dichtete GILGENSCHEIN zwei Lieder auf den Pfalzgrafen Friedrich (1462), während SUCHENSINNS (urkundlich 1392) Lieder trotz der meistersingerischen Färbung noch im Geiste des höfischen Frauenkultes gehalten sind. Muskatbluts Erfolge erregen den Neid des Webers MICHAEL BEHEIM (geb. 1416 zu Sulzbach bei Weinsberg, nach 1476 ermordet), der an Mannigfaltigkeit der Stoffe und Reichtum seiner poetischen Erzeugnisse alle Meistersinger übertrifft und, da seine handwerksmäßige Dichterei nicht den gewünschten Erfolg erzielte, die Zunftgenossen in Streit- und Wettgedichten schmäht. Noch von vielen anderen der älteren Meistersinger überliefert uns die um 1450 entstandene *Kolmarer Meisterliederhandschrift* Namen und Gedichte.

Die Entwicklung des älteren Meistergesanges wurde, wenigstens nach der musikalischen Seite hin, durch die Vorschrift gehemmt, daß man nur nach den Tönen der Musterdichter Texte dichten dürfe und einen etwa erfundenen neuen Ton einem alten Meister unterschieben müsse. Als trotzdem um 1450 NESTLER aus Speyer einen neuen Ton unter seinem Namen ausgehen ließ, erregte er in der Mainzer Singschule Anstoß, was zu Streitigkeiten führte, die einige Sänger, darunter Hans Folz, veranlaßten, nach Nürnberg auszuwandern. Dessen Singschule scheint zuerst mit der Überlieferung gebrochen und die neue Ära des Meistergesanges eröffnet zu haben.

Volkslieder

In Meisterliedern, die nicht für die Schule, sondern für weitere Kreise berechnet sind, klingt zuweilen das *Volkslied* an. Auch in die konventionelle höfisch-ritterliche Lyrik brachte es frische Töne und die lateinische Vagantendichtung, die Lieder von der niederen Minne und die höfische Dorfpoesie, zumal in ihren Ausläufern, bezeugen uns nicht minder dessen Pflege. Solange aber die geistliche und ritterliche Kunstlyrik blühte, erklangen seine schlichten Töne nur in den niederen Schichten des Volkes und verhallten, ohne der Aufzeichnung wert befunden worden zu sein. Als dann der ritterliche Minnesang verstummte und die Meistersinger in ihren Handwerker-Singschulen durch dessen trockene Nachahmung die Liederkunst zu einem Spiel der Willkür machen wollten, da brach es mit aller Macht hervor und trat im 14. und 15. Jahrhundert als ein eigener Zweig der Lyrik auch in den Kreis der schriftlichen Aufzeichnungen ein.

Es war ja unausbleiblich, daß in der Zeit, in welcher der Volksgeist in strotzender Jugendfrische erstand und das Städte- und Gewerbewesen einen so wunderbaren Aufschwung nahm, das geistige Leben, als dessen Träger das

Volk jetzt in seine ursprünglichen Rechte eintrat, zunächst im Volksliede sich äußerte und daß dieses von den Städten und Gewerben ausgehen mußte, wo auch die künstlerischen Anlagen zuerst zutage traten. Doch nicht bloß die Bürger, sondern alle Gesellschaftsklassen drückten ihre Empfindungen in den schlichten Weisen des Volksliedes aus. Auf den Straßen und Wegen, auf den Feldern und in den Herbergen wird nach dem Bericht der *Limburger Chronik* um 1360 fleißig gesungen, und sie hält es für wichtig genug, zu einzelnen Jahren anzugeben, welche Lieder damals zuerst oder mit Vorliebe gesungen worden seien. Trafen sie den Ton und die Stimmung, in der die Gesamtheit des Volkes ihr eigenstes Wesen ausgesprochen fühlt, dann wurden sie von allen nachgesungen. Dabei war es natürlich, daß sie vor ihrer Aufzeichnung die mannigfachsten Veränderungen erfuhren und in verschiedenen Gestalten sich über ganz Deutschland verbreiteten. War ein Lied nicht vollständig bekannt, so wurde es willkürlich ergänzt, ein anderes erweitert, nicht selten auch aus einem anklingenden etwas eingefügt und so der Zusammenhang oft bis zur Sinnlosigkeit zerstört. Daher ist es schwer möglich, die Entstehungszeit eines Liedes, geschweige seinen Verfasser zu bestimmen, und wir müssen uns mit den allgemeinen Angaben begnügen, mit denen sich die Dichter zuweilen am Schluß nennen: ein Student, ein Fischer, ein Bergmann, ein Schreiber, ein Bäckerknecht, ein Krieger, ein Landsknecht, ein Reitersmann, ein Jäger, drei Jungfräulein.

Da viele Stände das Volkslied pflegten, sind alle mit ihren Anschauungskreisen darin vertreten. In der Weise der Vaganten singen die Bursenknechte, die Studenten, lebensfrische, von Witz und Humor sprudelnde Lieder und preisen Wein und Zechgelage; der Landsknecht lobt den Krieg, der Reiter sein freies Leben; in Schlemmerliedern klingen Steinmars Herbstlieder fort; nach Neidharts Art verspottet der oberbayerische Dichter Hans Heselloher (gest. vor 1486) die Bauern. Die zartesten und unvergänglichsten Blüten aber treibt das Volkslied, wenn die Liebe, die mächtigste Empfindung der Menschen, seinen Inhalt bildet. Nie hat ein Kunstdichter der Liebe Lust und Leid so tief erfaßt und geschildert wie das Volkslied mit seinen einfachen, seelenvollen Tönen. Wie immer knüpft es auch hier an ein bestimmtes, oft nur angedeutetes Ereignis an; die handelnden Personen sind nur Typen, der Edelmann, der Reitersknabe, der Jäger, aber sie sind trefflich gezeichnet; ihre Sprache ist die der Natur, schmucklos, treuherzig, durchsichtig und hell wie der Diamant. Auch Volksglaube und Volkssitte, Ereignisse im täglichen Getriebe fanden ihren Widerhall im Volkslied, und wie aus kräftigem Naturdrang heraus erklang es besonders dann, wenn das Volksleben frische und hohe Wellen schlug. In episch-lyrischen Volksliedern klangen nationale Sagen aus, wurden Sagen erzählt, die um alte, legendenhaft gewordene Minnesänger sich gewoben hatten, und selbst antike Sagen, wie die von Pyramus und Thisbe, Hero und Leander, kehrten wieder. Ein andermal meldet es uns von der blutigen Fehde eines Raubritters mit einer Stadt, von dem Heldentode eines Kameraden in der Schlacht oder von einem geschichtlichen Ereignisse. Nicht selten wird dies rein poetisch aufgefaßt, das Politische zurückgedrängt und so das historische Lied zur Ballade, wie man Volkslieder mit sagenhaftem oder geschichtlichem Inhalte in Hinsicht auf ihren Zweck Tanzlieder genannt hat. Und in der Tat wurden solche Lieder damals, wie noch heute in Norwegen, zum Tanze gesungen.

Nicht eigentliche Volkslieder sind die sogenannten *Gesellschafts-* und *Hoflieder*, die für gebildetere Kreise berechnet waren und in Ausdruck, Stil und Form die Fortwirkung der höfischen Lyrik bis ins 15. Jahrhundert bezeugen. Doch sind die Kunstmittel auf das Volksmäßige herabgestimmt und so die Gedichte dem Volksliede ähnlich geworden. Auch in ganz einfachen, für niedere Kreise gedichteten Liedern leben die Traditionen des Minnesanges fort und zeigt sich die Einwirkung des Meistergesanges. Beispiele solcher volkstümlicher Mischpoesie finden sich in alten Liedersammlungen, die angelegt wurden, als die mündliche, einst einzige Art der Verbreitung des Volksliedes keine lebendige mehr war. Von ihnen stammen noch aus dem 15. Jahrhundert die jetzt verschollene, ehemals Herrn von Fichard in Frankfurt gehörige Handschrift, ferner zwei Augsburger Liederbücher, von denen eines 1471 die Nonne CLARA HÄTZLERIN abgeschrieben hat; dann drei andere Sammlungen (das Lochheimer Liederbuch, das des Nürnberger Arztes Hartmann Schedel und ein auf der Berliner Staatsbibliothek aufbewahrtes), die zu den Texten auch die Melodien in dreistimmigem Satz überliefern. Denn seit dem Beginn des 15. Jahrhunderts war unter dem Einfluß der Niederländer ein mehrstimmiger weltlicher Gesang aufgekommen, und mit Vorliebe wurden den mehrstimmigen Kompositionen Volkslieder zugrunde gelegt. So finden sich in Einzeldrucken, auf fliegenden Blättern und in gedruckten Liedersammlungen des 16. Jahrhunderts Volkslieder mit vierstimmigen Melodien.

Die ältesten Beispiele von deutschen Liedern, die im zweistimmigen Satze komponiert sind, bietet uns die Mondsee-Wiener Handschrift des Mönches HERMANN VON SALZBURG, der in der zweiten Hälfte des 14. Jahrhunderts, wahrscheinlich im Auftrage des kunstliebenden Erzbischofs Pilgrim II. von Puchheim (1365–1396), weltliche und geistliche Lieder dichtete.

Und der Mönch blieb mit seinen geistlichen Liedern nicht allein, denn Ritter, Meister und Geistliche schufen religiöse Gedichte, dabei beeinflußt von der weltlich-deutschen und letztere auch von der kirchlich-lateinischen Poesie. Der Montforter und der Wolkensteiner, ein Nachahmer Hermanns, sind uns als Verfasser geistlicher Lieder schon bekannt; ihnen schloß sich GRAF PETER VON ARBERG mit geistlichen Tageweisen an. Diese geistlichen Weckrufe haben schon in alten lateinischen Hymnen ihr Vorbild und schließen sich seit dem 14. Jahrhundert ganz an die Kunstform des weltlichen Tageliedes an. Überhaupt laufen zwischen dem Minnesang und der geistlichen Lyrik verbindende Fäden. Die allegorische Auslegung des Hohenliedes von der Brautschaft der Seele mit Christus bereitete eine solche Verbindung vor und erzeugte insbesondere in den Kreisen der Mystiker eine Lyrik, die deutlich auch den Einfluß der weltlichen Minnepoesie verrät. Von dieser und der kirchlich-lateinischen beeinflußt, dichtete BRUDER HANS vom Niederrhein in deutsch-niederländischer Mischsprache sein zum Teil lehrhaft und erzählend, im ganzen aber lyrisch gehaltenes und warm empfundenes *Marienlob.*

Diese Dichtung war ihrer Anlage nach nur zum Lesen bestimmt; für den Gesang berechnet waren jene geistlichen Lieder, die man als Gegenstücke *(Contrafacta)* zu Texten und Melodien weltlicher Lieder verfaßte. Dabei wurde entweder bloß auf die Melodie des weltlichen Liedes ein geistlicher Text gedichtet oder an seine bekannten Eingangsworte angeknüpft oder auch Gedanken, Worte und Wendungen aus jenem in diesen verflochten. Da die Melodien des Volksliedes sehr beliebt waren, konnte man auch auf eine weite Verbreitung solcher geistlichen Parodien rechnen, und es begreift sich daher, daß ihre Zahl vom 14. bis ins 16. Jahrhundert stetig wuchs.

Besonders fruchtbar an solchen Seitenstücken zu Volksliedern war HEINRICH LAUFENBERG, der zuerst als Priester und Dekan in Freiburg und Zofingen lebte, 1445 als Mönch in das Johanniterkloster zu Straßburg eintrat, seit 1412 dichtete und 1460 starb. Von seinen Werken sind nur die Lieder erhalten. Was an geistlicher Lyrik damals vorhanden war, ist in ihnen vertreten. Da finden wir Übertragungen lateinischer Hymnen und Sequenzen, die den Einfluß des Mönches von Salzburg erkennen lassen, aber minder gewandt sind, ferner Lieder an Jesus im Geiste der Mystik und überschwengliche Marienlieder, oft reich an Künsteleien im Reim und Strophenbau, dann geistliche Tage- und Wächterlieder und endlich geistliche Parodien, in denen die verschiedenen Arten weltlicher Lyrik sich noch erkennen lassen. Die geistlichen Umdichtungen, meist in einfachem Tone gehalten, sind Laufen-

Ein Lied Frauenlobs, dessen Melodie in Neumen, der mittelalterlichen Notenschrift, aufgezeichnet ist.

Übertragung

Nu geseygyn mich hiut got vater, sun vnd ovch heiliger geyst,
gots muter vnd syn trînitas, syn heilige volleyst,
al hemelysche heer mich gar behiuten
Nu seyne mich ovch dy martyr, dy her durch den svnder leyt,
daz sper, dy crône, daz dy tzarte menscheyt gar vorsneyt
nu geseyn mich ovch syn barmhertzkeyt, syn guͤte.
Nu geseyn mich ouch sîn bitter tôt,
daz crutze dâ syn menscheyt an wart vunden.

Übersetzung

Nun segne mich heute Gott Vater, der Sohn und auch der Heilige Geist,
Gottes Mutter und seine Dreieinigkeit, seine heilige Gnade,
das ganze himmlische Heer möge mich wohl behüten.
Nun segnen mich auch die Leiden, die er um des Sünders willen litt,
die Lanze, die Krone, wodurch der zarte Leib so ganz verwundet ward;
nun segne mich auch seine Barmherzigkeit, seine Güte.
Nun segne mich auch sein bitterer Tod,
das Kreuz, an dem seine Menschheit gefunden ward.

bergs beste Lieder und einige, wie das »Wollt Gott, ich wär daheime« und »Es steht eine Lind im Himmelreich«, gehören zu den schönsten des geistlichen Liederschatzes überhaupt.

Der liturgische Kirchengesang war seit Karl d. Gr. der gregorianische Choral in lateinischer Sprache. Doch schon seit dem 8. Jahrhundert hat das Volk durch die der Liturgie entlehnten Worte *Kyrie-eleis (eleison)* seinen religiösen Empfindungen Ausdruck verliehen. Dieser Ruf ertönte bei allen möglichen Veranlassungen, bei Begräbnissen, Wallfahrten und auf dem Schlachtfelde. Im Anklang an den Choral wurde er in verschiedenen Melodien gesungen, und um sie festzuhalten, hat man ihnen, wie den Jubilationen des Alleluja beim Graduale, Texte untergelegt, entweder einzelne Worte oder Verse, die sich zu Strophen verbanden und mit dem Refrain »Kyrie-eleis« schlossen. Nach diesem Rufe hat man solche auf dem Boden der Kirche selbst erwachsenen geistlichen Volkslieder »Leise« genannt.

Auch in der Kirche wurden von den Laien Leise gesungen, mit denen sie, zumal an den hohen Festtagen, die liturgische Handlung begleiteten. Da erklang in der fröhlichen Weihnachtszeit wohl schon im 14. Jahrhundert das bekannte »In dulci jubilo, nun singet und seid froh«, und das Tauler zugeschriebene »Uns kommt ein Schiff gefahren«, in der Passionszeit Johann Böschensteins »Da Jesus an dem Kreuze stund«, in der Osterzeit des Schlesiers Konrad von Queinfurt (gest. 1382) »Du lenze guot, des jares tiurste quarte«, und bereits im 13. Jahrhundert sang man die Leise »Christ ist erstanden« und »Nu bitten wir den heiligen Geist«. Die Weihnachts-, Passions- und Osterspiele riefen als Einlagen mehrere auf die Feste sich beziehende Lieder im volkstümlichen Ton ins Leben. Aber auch ohne besondere Veranlassung war es seit dem 12. Jahrhundert Gepflogenheit, daß nach der Predigt die Zuhörer aufgefordert wurden, einen ihnen bezeichneten Leis zu singen. Gesangbücher aus dem 15. Jahrhundert, so das mit Melodien versehene aus Hohenfurt, überliefern uns eine große Anzahl deutscher geistlicher Lieder, von denen viele während des Gottesdienstes als eigentliche *Kirchenlieder* mit Bewilligung der kirchlichen Obrigkeit von der ganzen Gemeinde gesungen wurden.

Die fromme Richtung der Zeit begünstigte die weitere Pflege der Legende, und zwar besonders im deutschen Orden, der, 1190 von Friedrich von Schwaben gegründet, auf dem Gebiete der Literatur sowohl selbst eine umfassende Tätigkeit entfaltete als auch dazu anregte. So verfaßte gegen Ende des 13. Jahrhunderts ein zum Orden in naher Beziehung stehender Prediger unter dem Einfluß Rudolfs von Ems das *Passional*, das umfangreichste, über 100000 Verse zählende Legendenwerk. Es zerfällt in drei Bücher, von denen das erste die Geschichte Jesu und Marias, das zweite die der Apostel, Johannes des Täufers und die der Maria Magdalena und das dritte das Leben vieler Heiliger erzählt. Als Hauptquelle diente dem Dichter die »Legenda aurea«; daneben hat er auch lateinische und deutsche Bearbeitungen von Einzellegenden benutzt.

Vielleicht von demselben Verfasser stammt das *Buch der Väter*, ein ähnliches Sammelwerk, das in etwa 40000 Versen das Leben der Altväter nach den »Vitae Patrum«, die dem heiligen Hieronymus zugeschrieben werden, in klarer und formgewandter Darstellung erzählt. Verwandten Inhalts, aber von einem anderen Verfasser und von geringem dichterischem Werte ist das nach der »Legenda aurea« in der ersten Hälfte des 14. Jahrhunderts in schwäbisch-fränkischem Dialekt für eine Gräfin von Rosenberg geschriebene *Buch der Märtyrer*. Die lose Fügung der Elemente des Passionals und des Väterbuchs gestattete, daß einzelne in sich abgeschlossene Teile daraus, wie z.B. die Marienlegenden, auch selbständig verbreitet wurden. Eine solche Auflösung des Gefüges ist aber nicht möglich in der Legende von der heiligen *Martina*, die der schwäbische Deutschordensbruder und spätere Komtur HUGO VON LANGENSTEIN nach einer lateinischen Vorlage 1293 erzählt und durch viele moralische und theologische Einschaltungen, insbesondere allegorischen Inhalts, auf nahezu 33000 Verse gebracht hat. Wie Hugos Darstellung unter dem Einfluß Konrads von Würzburg steht, so auch die des Schweizers WALTHER VON RHEINAU, der um die Wende des 13. Jahrhunderts nicht ohne Geschick die »Vita beatae virginis et salvatoris metrica« ins Deutsche übertrug und mit feinem Geschmack behandelte. Nur in Bruchstücken überliefert ist uns eine Legende vom hl. *Adalbert* des NIKOLAUS VON JEROSCHIN, und verloren ist die von der hl. *Barbara*, die der Hochmeister LUTHER VON BRAUNSCHWEIG verfaßte.

Einer großen Beliebtheit erfreuten sich die *Marienlegenden*, und von ihnen insbesondere jene kleinen Erzählungen, die von einer wunderbaren Beloh-

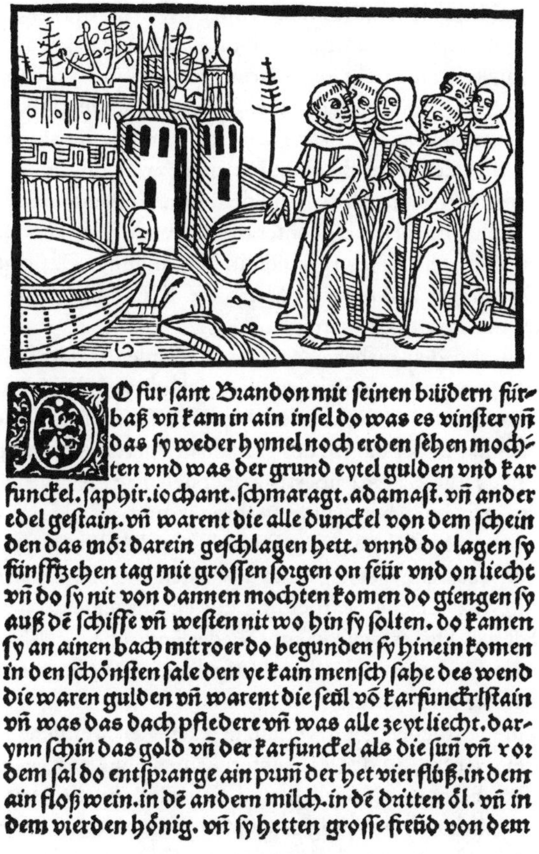

DO fur ſant Brandon mit ſeinen brůdern für-
baß vñ kam in ain inſel do was es vinſter vñ
das ſy weder hymel noch erden ſehen moch-
ten vnd was der grund eytel gulden vnd kar
funckel. ſaphir. iochant. ſchmaragt. adamaſt. vñ ander
edel geſtain. vñ warent die alle dunckel von dem ſchein
den das mőr darein geſchlagen hett. vnnd do lagen ſy
fünffzehen tag mit groſſen ſorgen on feür vnd on liecht
vñ do ſy nit von dannen mochten komen do giengen ſy
auß dē ſchiffe vñ weſten nit wo hin ſy ſolten. do kamen
ſy an ainen bach mit roer do begunden ſy hinein komen
in den ſchőnſten ſale den ye kain menſch ſahe des wend
die waren gulden vñ warent die ſeül vō karfunckelſtain
vñ was das dach pfledere vñ was alle zeyt liecht. dar-
ynn ſchin das gold vñ der karfunckel als die ſuñ vñ vor
dem ſal do entſprange ain pruñ der het vier flüß. in dem
ain floß wein. in dē andern milch. in dē dritten ől. vñ in
dem vierden hőnig. vñ ſy hetten groſſe freüd von dem

Eine Seite aus dem Volksbuch von »Sant Brandan«. Um 1500.

nung des Vertrauens zu Maria berichten und zahlreich in Handschriften des 14. und 15. Jahrhunderts überliefert sind. Das ist in allen der leitende Grundgedanke: Maria läßt keinen ihr geleisteten Dienst, und mag er noch so klein sein, unbelohnt. Dies sehen wir auch an *Theophilus und Christophorus*, von denen jener durch Mariens Fürbitte aus der Gewalt des Teufels befreit, dieser zu Christus hingeführt wird.

Auch das Leben Mariens wurde von Dichtern geschildert. Vielleicht noch im 13. Jahrhundert verfaßte der Kartäuser Bruder Philipp nach der metrischen Vita ein Marienleben, das trotz einiger Weitschweifigkeit durch Klarheit und gleichmäßigen Fluß der Erzählung und eine das Ganze durchdringende Frömmigkeit anspricht und darum im 14. und 15. Jahrhundert viel verbreitet war. Sie ist in mittel-, nieder- und oberdeutscher Bearbeitung überliefert; die ursprüngliche war fränkisch. Noch einmal, vor 1382, fand dieselbe Vita eine deutsche Bearbeitung, und zwar durch einen Schweizer namens WERNHER. Nach der Bibel und dem Pseudo-Matthäus erzählte im 14. Jahrhundert ein alemannischer Dichter das Leben Mariens und brachte damit die Legenden von zehn Märtyrerinnen in Verbindung. Das ganze Werk benannte er *Der magêt krône*, weil Maria die Krone über alle Frauen, jene Heiligen aber die Marterkrone tragen.

Abweichend von den bisher genannten Legenden, in denen das weltliche Gebiet nur gelegentlich gestreift wird, liest sich die vom heiligen *Brandan* wie ein Reiseroman der abenteuerlichsten Art. Ihre Grundlage bildet die »Navigatio s. Brandani«, in der ein Ire des 11. Jahrhunderts eine uralte Schiffersage auf den Heiligen (gest. 576) übertrug. Schnell hatte sich diese lateinische Erzählung im ganzen Abendlande verbreitet und in allen Vulgärsprachen Bearbeitung gefunden. Schon gegen Ende des 12. Jahrhunderts scheint sie am Niederrhein in deutsche Verse gebracht worden zu sein. Überliefert aber ist uns als die älteste deutsche Bearbeitung nur ein mitteldeutsches Gedicht des 14. Jahrhunderts. Dieses wurde ins Niederländische und Niederdeutsche übertragen und fand später, in Prosa aufgelöst, als Volksbuch noch im 16. Jahrhundert Leser und Hörer.

Neben dem geistlichen Sinn verlangte auch der weltliche, ja selbst der Leichtsinn sein Recht, und die Dichter kamen ihm entgegen mit kleinen poetischen Erzählungen, Novellen und Schwänken, die, seit der zweiten Hälfte des 13. Jahrhunderts üppig gedeihend, bequeme und doch immer neue Unterhaltung boten. Schon der Stricker hat in seinem Pfaffen Amis eine Reihe solcher lustigen Geschichten erzählt; Jansen Enikel suchte seine Reimchronik den Zeitgenossen durch Einflechtung halbhistorischer Novellen genehm und anmutig zu machen, und Konrad von Würzburg diente durch einige solcher Mären zum stilistischen Vorbild selbst noch um die Mitte des 14. Jahrhunderts. Von da ab schwindet die gefällige Erzählungsweise, und nach Abwerfung des feineren Gewandes tritt der zum Teil unsittliche Stoff in seiner Nacktheit zutage. Ohne Rückhalt und Scham bricht vollends in Schwänken aus dem Ende des 15. Jahrhunderts die roheste Obszönität hervor; frech und dreist wird herausgesagt, was die Sitte zu verschweigen Grund hat.

Der Inhalt dieser kleinen Erzählungen ist ernst oder heiter, aus dem internationalen Novellenschatze des Mittelalters, aus den leichtfertigen und üppigen Fableaux der Franzosen, aus der Novellistik der italienischen Renaissance oder aus dem wirklichen Leben geschöpft und bringt zuweilen nur in gekürzter Form, was ausgedehnt in Romanen (Epen) behandelt ward. Durch eine beigefügte Lehre wird manche Novelle den Bispeln und der damals besonders beliebten Form der didaktischen und satirischen Rede in Reimpaaren, durch die Behandlung des Stoffes in Gesprächsform den Fastnachtsspielen ähnlich, denen sie reiche Nahrung zuführen. Manche Dichter, wie Hanz Folz und Rosenplüt, haben beide Dichtarten gepflegt. Noch im 16. Jahrhundert dienten diese kleinen Erzählungen, in Prosa aufgelöst, zur Kurzweil, und im 18. kehrten sie noch einmal über Frankreich wieder.

Zu den köstlichen Schwänken gehört auch der von der *Wiener Meerfahrt*, worin von dem Verfasser, der sich den Freudeleeren nennt, ein lustiges Stücklein, das schon bei Athenäus sich findet, an die allzeit lustige Stadt Wien geknüpft wird. Reich an Anspielungen und Hinweisungen auf höfische Romane und volksmäßige Heldenlieder ist der durch Gewandtheit und Lebendigkeit der Darstellung ausgezeichnete und von Humor sprudelnde Schwank *Vom üblen Weibe*, der von einem in der Ehe nicht sonderlich glücklichen Verfasser stammt. An die Stelle des Minnedienstes war zur Zeit des verfallenden Rittertums, wie wir aus des Lichtensteiners Frauenbuch wissen, der Wein getreten. Seiner Macht und zugleich dem deutschen Trinken wird in dem *Weinschwelg* von einem sehr begabten Dichter ein Denkmal gesetzt, das durch künstlerische Vollendung und packenden Humor zu den besten Erzeugnissen der Schwankliteratur gehört. In der Literatur wie in der Sprache vermittelt der aus der Lechlandschaft stammende HEINRICH KAUFRINGER zwischen österreichisch-bayerischem und alemannischem Wesen mit seinen um die Wende des 14. zum 15. Jahrhundert entstandenen Gedichten. Der Hinterlassenschaft Teichnerischer Gedanken und Betrachtungsweise verdankt er die didaktische Richtung seiner religiösen Sprüche, den Traditionen der höfischen Epigonendichter und vor allem dem Erbe der Spielmannsdichtung die Form seiner volksmäßigen Erzählungskunst, die in den Novellen ihren Höhepunkt erreicht.

Seit dem Niedergange des Rittertums und dem Emporstreben des Bürgertums und Bauernstandes entstand auch eine Fülle von Schwänken und satririschen Erzählungen, die, wie Neidharts Lieder und Wernhers Novelle, ihre Spitze gegen die Dörper richteten und, Hadloub fortsetzend, in derbster Weise deren Lebensgewohnheiten schilderten und unter lautem Gelächter verhöhnten. Da berichtet ein schwäbischer Dichter des 14. Jahrhunderts in seinem Schwank von *Metzen* (Mechtilds) *Hochzeit* von dem übermäßigen Fressen und Saufen der Bauern beim Vermählungsschmaus und der Prügelei, die das ganze Dorf ins Treffen ruft und die Hochzeit beschließt.

Diese Erzählung bot dem bürgerlichen Thurgauer Heinrich Wittenweiler den Rahmen zu seinem vor 1453 verfaßten *Ring*, mit dem er das komisch-satirische Heldenepos in Deutschland einführte. Er nennt es »Ring«, in dem ein Edelstein liege, und ein andermal heißt er es ein Buch, das Aufklärung gebe über alles, was »im Ring um uns«, im Weltlaufe, sich zutrage. Wieder also, ganz entsprechend dem Verlangen der Zeit, verfolgt der Dichter damit einen lehrhaften Zweck und unterweist im ersten Teile in höfischem Wesen, im Stechen und Turnieren; im zweiten zeigt er, wie der Mann in der Welt sich halten soll, und im dritten, wie man in Nöten und Kriegsgefahren am besten sich einrichte. Da aber der Mensch den Ernst nicht gern ohne Scherz hinnehme, sei das Ganze ins Komische gezogen, dabei aber nicht der treue Arbeiter, sondern nur der läppische Bauer die Zielscheibe des Spottes. So gibt der »Ring« ähnlich wie der »Meier Helmbrecht« und »Neidhart« ein Bild von dem sich überhebenden Bauerntum. Mit dem »Ring« endet das mittelalterliche Epos, unter den Händen des nüchternen Bürgers erstirbt die ritterliche Kunst; die höfische Dichtung in allen ihren Zweigen, Minnelied, Tanzlied, Tagelied, die Allegorie, das höfische Epos, die Heldensage werden parodiert und die Nibelungennot, ins Bäuerische umgesetzt, bildet den Schluß von Wittenweilers in derber Sprache und verwilderten Reimen geschriebener epischer Dichtung. Und doch weht bei allem ungefügen Scherz ein ernsthafter und genialer Zug durch die mit derber Faust aus dem Leben gegriffene Erzählung; eine ausgeprägt dichterische Individualität hat dieses Zeitgemälde voll dramatischer Bewegung, aber auch voll wüster Roheit und unerhörtem Schmutze mit einer Unbefangenheit und zugleich mit einer Meisterschaft entworfen, daß uns graut.

Im ersten Teil des »Ring« tritt Neidhart als der typische Verspötter der Bauern auf, zu dem der Minnesänger bald geworden ist. Am Ende des 15. Jahrhunderts erscheint er als der Held eines *Schwankbuches*, dessen Verfasser ihn als »Neidhart Fuchs« an den Hof Ottos des Fröhlichen (gest. 1339) versetzt. Durch die spätere Dramatisierung der Neidhartschwänke wurde der Faden ihrer weiteren epischen Entwicklung abgeschnitten. Dazu trug wohl die im 16. Jahrhundert entstandene Schwanksammlung vom *Till Eulenspiegel* bei, der auch die vom *Pfarrer von Kalenberg* verdrängte. Um diesen Schelmenpfaffen wurde ein Zyklus von Schwänken gruppiert, der in der zweiten

Hälfte des 15. Jahrhunderts von dem Wiener PHILIPP FRANKFURTER neu bearbeitet und zum erstenmal in Nürnberg als das älteste oberdeutsche Kalenberger Buch gedruckt wurde. Das Schwankbuch, dessen Helden man, wie Neidhart, an den Hof Ottos des Fröhlichen versetzte, fand trotz seiner nicht einheitlichen Komposition, seiner rohen Form in Sprache und Metrik und seines oft grobzotigen Inhalts eine weite, über Holland, England und Frankreich sich erstreckende Verbreitung, diente dem Verfasser des Neidhart Fuchs und dem des Peter Leu als Vorbild und wurde noch im 17. Jahrhundert neu aufgelegt.

DIDAKTISCHE POESIE

Neben der Ausgelassenheit, die an der Schwankliteratur ihr Vergnügen fand, suchte auch eine ernste Richtung sich Geltung zu verschaffen, die jener Zügel anlegen wollte und eine überaus große Zahl von Schriften ins Leben rief, die auf geistlichem oder weltlichem Gebiete oder auf beiden zugleich Nützliches lehren sollten. Und es darf uns nicht wundern, daß zu einer Zeit, da das gesprochene Wort für nützlicher als das gesungene und die Epik nur für Lüge galt, die Lehre bald alles andere überwucherte. Was an poetischen Talenten vorhanden war, warf sich daher im 14. und 15. Jahrhundert am liebsten auf die Didaktik, pflegte ihre überlieferten Formen und Dichtungen, bildete sie weiter aus und schuf neue. Bezeichnend für die Zeit ist die Satire und die ihr verwandte Parodie, sodann die Allegorie, in die sich der vorhandene Hang zur Epik jetzt kleidet, und die Gesprächsform, die unter Einwirkung der lehrenden Prosa und der sich eben auch jetzt entwickelnden dramatischen Dichtung immer mehr Boden gewinnt.

Wie im 12. Jahrhundert erzählen auch jetzt geistliche Didaktiker nach den kanonischen und nach apokryphen Schriften die Hauptmomente der Heilsgeschichte; so um 1250 der in der kirchlich-lateinischen und teilweise auch in der deutschen Literatur bewanderte steirische Priester GUNDAKER VON JUDENBURG in seinem Werke *Christes hort* und etwas später der mitteldeutsche Verfasser des Gedichtes *Die Erlösung*. Jener unterbricht die Schilderung durch reumütige Sündenbekenntnisse und Marienklagen, dieser durch Einflechtung von allegorischen Bildern, wie sie seit dem 12. Jahrhundert aus den symbolisierenden theologischen Erklärungsschriften in die deutsche Dichtung übergegangen sind.

Besonders reich an solchem Schmucke ist die Auslegung des Vaterunsers, die um 1255 HEINRICH VON KROLEWITZ dichtete. Entnommen sind die allegorischen Motive der Bibel, den Kirchenvätern, dem Physiologus und den Lapidarien, in denen die Anschauungen von der symbolischen Bedeutung der Edelsteine und ihrer magischen Kraft aufgezählt wurden. Ungefähr gleichzeitig mit Krolewitz hat sie der Alemanne VOLMAR nach der magischen Seite hin in einem poetischen *Steinbuch* erörtert. Besonders fruchtbar an symbolisch-allegorischen Beziehungen erwiesen sich das *Hohelied* und die *Apokalypse.* Aus der Deutung auf die Brautschaft Christi mit der Seele, die jenes schon früher erfahren hatte, entwickelte sich unter Einfluß der jetzt durchbrechenden Mystik die Vorstellung von der minniglichen Vereinigung der Seele mit Jesus, wie sie in den Visionen MECHTILDS VON MAGDEBURG (1250–1265) und in Dichtungen, so z. B. in des Magdeburger Bürgers BRUN VON SCHÖNEBECK Bearbeitung des Hohenliedes (1276), zum Ausdruck kam.

Bis in das 15. Jahrhundert wurde durch poetische Behandlungen der christlichen Heilsgeschichte die typisch allegorische Bibelerklärung in immer weitere Kreise getragen. Insbesondere geschah dies durch die deutschen Umdichtungen, die das 1324 erschienene »Speculum humanae salvationis« schon um die Mitte des 14. Jahrhunderts vermutlich in Schlesien, später durch KONRAD VON HELMSDORF (um 1400), den steirischen Zisterzienser ANDREAS KURZMANN (gest. vor 1428) und HEINRICH LAUFENBERG (1437) erfuhr.

Es ist dies eine Darstellung der Heilsgeschichte, die den Sündenfall und die Erlösung zum Hauptthema hat und biblische und weltgeschichtliche Historien in symbolischer Weise deutet. Bildliche Darstellungen, mit denen dieser im lateinischen Originaltext wie in deutschen Prosabearbeitungen viel verbreitete Heilsspiegel geschmückt ist, unterstützten die Phantasie des Lesers.

Der Marienverehrung diente Laufenbergs *Figurenbuch* (1441), eine gereimte Verdeutschung des »Opus figurarum« Konrads von Alzei, worin Ereignisse des alten Bundes als Figuren (Symbole) auf Maria gedeutet werden, und selbst die *Wappendichtung* wurde in den Dienst der heiligen Jungfrau und ihres göttlichen Sohnes gestellt.

Unter der Einwirkung der geistlich-lateinischen und deutschen Literatur pflegte man auch auf weltlichem Gebiete wirkliche Vorgänge in das Gewand der Symbolik und Allegorie zu kleiden. Um 1300 hatte der Dominikaner JACOBUS DE CESSOLIS die Figuren des *Schachspiels* und deren Gang im Spiele zum Ausgangspunkt seiner moralisch-satirischen und durch allerlei Erzählungen aus der biblischen und profanen Geschichte belebten Predigten auf alle Stände gemacht. Daraus erwuchs das lateinische Schachbuch, das in seiner ursprünglichen Fassung wie in den Vulgärsprachen bald seinen Weg durch das ganze Abendland nahm. In Deutschland erfuhr es im 14. Jahrhundert vier poetische Bearbeitungen, von denen die noch im höfischen Stil gehaltene des Alemannen HEINRICH VON BERINGEN bald nach dem Original erschienen war. Ohne von ihr etwas zu wissen, machte 1337 der Schweizer KONRAD VON AMMENHAUSEN, Mönch und Leutpriester zu Stein am Rhein, das lateinische Büchlein zur Grundlage seines Schachzabelbuches (zabel = tabula), das den größten Erfolg erzielte und von anderen mehrfach benutzt wurde. In holprigem Rhythmus und in schwerfälliger Sprache geschrieben, verdankte es seine Berühmtheit nur der Fülle des Stoffes, der in seinen nahezu 20000 Versen aufgespeichert liegt und auf gelehrter Lektüre wie auf der Beobachtung der gesellschaftlichen und politischen Verhältnisse beruht. Eng an das lateinische Original schließt sich die Bearbeitung des mitteldeutschen PFARRERS VON HECHTE (1355), freier ist die zwischen 1357 und 1375 entstandene des niederdeutschen Schulmeisters STEPHAN, dagegen nur ein Auszug aus Konrads Buch die JAKOB MENNELS zu Konstanz (1507).

Das Thema von der Minne wurde unter Einwirkung antiker Vorbilder schon in der lateinischen Vagantendichtung des 12. Jahrhunderts in rhetorisch-allegorischer Weise behandelt, und in der provenzalisch-französischen Lyrik und unter ihrem Einfluß auch in der deutschen kehren derartige spitzfindige Erörterungen oft wieder; so z. B. der Streit zwischen Herz und Leib in Hartmanns Büchlein. In Frankreich bediente man sich dabei gern der Form des geteilten Spieles (»jeu parti«), worin jeder der Streitenden seine Ansicht über irgendeine Minneangelegenheit verteidigt und die Entscheidung durch ein eigenes Richterkollegium gefällt wird. Sie erfolgte nach bestimmten Normen, die zu Beginn des 13. Jahrhunderts der nordfranzösische Kaplan ANDREAS aufgrund der höfischen und der theologisch-scholastischen Überlieferungen in seinem »Tractatus de amore« zusammengestellt hat. Dieser nahm Einfluß auf den französischen »Roman de la Rose« (1230) und wurde mit ihm in der Einkleidung und Ausführung des Grundgedankens zum Vorbilde für die französischen wie für die deutschen *Minneallegorien*. Im 15. Jahrhundert übertrug JOHANN HARTLIEB den Traktat von der Liebeskunst in deutsche Prosa, und schon vor ihm hatte ihn der Mindener Kanonikus EBERHARD VON CERSNE poetisch in der *Minne Regel* (1404) bearbeitet.

An der Spitze der Minneallegorien oder doch allegorisch eingerahmten Minneerzählungen steht die gegen Ende des 13. Jahrhunderts entstandene und HEINZELIN VON KONSTANZ (gest. 1298), dem Küchenmeister des Grafen

Albrecht von Heigerloh, zugeschriebene Dichtung *Der Minne Lehre*. Der Verfasser ist gelehrt, handhabt die höfische Vers- und Reimkunst mit Geläufigkeit und erzählt anmutig und fließend sein Minnewerben. In der Korrespondenz mit der Geliebten knüpft Heinzelin an die höfischen Traditionen des poetischen Liebesbriefes an. Die allegorische Einkleidung wurde typisch und blieb nicht auf die Minnepoesie beschränkt. Mochte der Dichter im Traume auf einem Spaziergang in einen schönen Garten, in eine blumige Au oder in einen tiefen Wald gelangen, jedesmal begegnet er einer herrlichen Frau, mit der er dann Gespräche über die Minne, die Ehre, die Tugend führt. Nur geringe Änderung ist es, wenn der Montforter mit Parzival über den Weltlauf sich unterhält oder andere Gestalten aus Sage und Dichtung auftreten.

Nachdem einmal die Minnegesetze kodifiziert waren, darf es uns nicht wundern, daß man die Liebespaare unter einer Ordensregel vereinte. Dieser Gedanke liegt der Dichtung vom *Kloster der Minne* zugrunde (um 1350), zu der die *Minneburg* eine Art Gegenstück bildet, die ungefähr gleichzeitig ein Ostfranke dichtete und auch die bildende Kunst wiederholt zum Vorwurf nahm. Von Frau Minne gerufen, folgt Meister Altswert, ein elsässischer Dichter des 15. Jahrhunderts, zuerst von einem Knechte, dann von einem Zwerge geleitet, und erhält Aufschluß über die wahre Liebe.

Am weitesten wird diese personifizierende Allegorie getrieben in den Dichtungen des schwäbischen Ritters Hermann von Sachsenheim (gest. 1458). Er besaß eine gelehrte Bildung und hat sich erst in seinem Alter der Poesie gewidmet. Wie sein Zeitgenosse Püterich von Reichertshausen war er ein Freund der althöfischen Dichtung und verehrte gleich diesem besonders Wolfram von Eschenbach. Nach dem alten ritterlichen Ideal lebend, war er doch anderseits ein Kind seiner nüchternen Zeit und parodierte jenes vielleicht mehr, als es in seiner Absicht gelegen war. So in einem recht schmutzigen Schwank, in dem ein Graukopf im hochtrabenden Stil des althöfischen Minnewerbers um Liebe wirbt und dafür derb heimgeschickt wird. Ganz im Gegensatz dazu erzählt er in dem *Schleiertüchlein* die empfindsam rührende Minnegeschichte eines Ritters. Am liebsten pflegte er die Allegorie und schrieb in dieser Form zwei geistliche Gedichte, den *Goldenen Tempel* und *Jesus als Arzt*, und zwei gereimte weltliche Erzählungen. Das Lob seiner Zeitgenossen erwarb er sich durch das große allegorische Gedicht *Die Mörin*, das er in seinem hohen Alter verfaßte (1453) und dem Pfalzgrafen bei Rhein Friedrich I. und seiner Schwester Mechthild, der Erzherzogin von Österreich, widmete. Der Beifall setzte sich im 16. Jahrhundert fort, in dem das Gedicht mehrmals, zuerst 1512, gedruckt wurde.

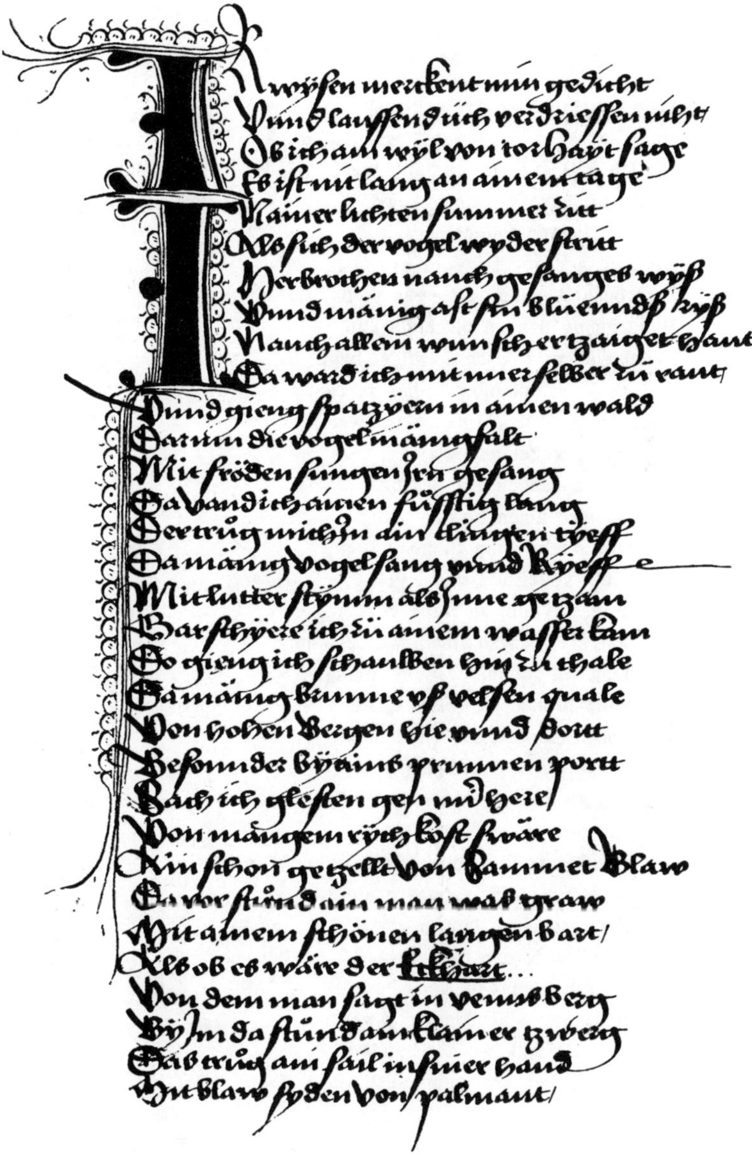
In wyssen merckent nun gedicht
Und laussend üch verdriessen nicht
Ob ich ain wyl von torhayt sage
Es ist nit lang an ainem tage
In ainer lichten summer zitt
Als sich der vogel wyder strit
Herbrochen nauch gesanges wyß
Und mängig ast sin bluenndes ryß
Nauch allem wunsch ertzaiget hant
Da ward ich mit mier selber zu raut
Und gieng spatzieren in ainen wald
Darinn die vogel mängfalt
Mit fröden sungen iren gesang
Da vand ich ainen füsstig lang
Der trüg mich hin durch clingen tieff
Da mängig vogelsang und rieff
Mit lutter stymm als sie ne getzam
Bar schyere ich zu ainem wasser kam
So gieng ich schawben hin zu thale
Da mängig brunne vß velsen quale
Von hohen bergen hie und dort
Besunder bräunt prunnen portt
Sach ich glesten gen mir here
Von mängem rych kost swäre
Ain schon getzelt von sammet blaw
Da vor stund ain man was graw
Mit ainem schönen langen bart
Als ob es wäre der Eckhart...
Von dem man sagt in venus berg
By im da stund ain klainer zwerg
Das trug ain sail in siner hand
Uß blaw syden von palmant

Anfang der »Mörin« des Hermann von Sachsenheim. Handschrift des 15. Jahrhunderts.

Übertragung

IR wysen, merckent min gedicht
Vnnd laussend[1] üch verdriessen niht,
Ob ich ain wyl von torhayt sage.
Es ist nit lang, an ainem tage
IN ainer lichten summer zitt,
Als sich der vogel wyder stritt[2]
Zerbrochen[3] nauch gesanges wyß
Vnnd mänig ast sin blüenndß ryß
Nauch[4] allem wunsch ertzaiget haut[5]
Da ward ich mit mier selber zu raut
Vnnd gieng spatzyern in ainen wald,
Darinn die vogel mänigfalt
Mit fröden sungen Irn gesang.
Da vand ich ainen fůsstig[6] lang.
Der trůg mich In ain clingen[7] tyeff,
Da mänig vogelsang vnd Ryeff
Mit lutter stymm, als Inne getzam.
Gar schyere[8] ich zü ainem wasser kam.
Do gieng ich schaulben[9] hin zu thale,
Da mänig brunne uß velsen quale
Von hohen Bergen, hie vnnd dortt,
Besonnder by ains prunnen portt[10]
Sach ich glesten[11] gen mir here
Von mangem rychkost swäre
Ain schon getzellt von Sammet Blaw[12].
Da vor stůnd ain man, was graw[13],
Mit ainem schönen, langen bart,
Als ob es wäre der Eckhart . . .,
Von dem man sagt, in venusberg.
By Im da stůnd ain klainer tzwerg,
Das trůg ain sail in siner hand
Mit blaw syden von palmant[14].

---

[1] *Lasset;* [2] *Wettstreit;* [3] *sich auflöste;* [4] *nach;* [5] *hat;* [6] *Fußsteig;* [7] *Schlucht, Tal;* [8] *bald;* [9] *schaum;* [10] *Rand;* [11] *glänzen;* [12] *blau;* [13] *grau;* [14] *d. i. palmat, aus mittellatein. palmatium, eine weiche Seidenart und Stoff daraus.*

Von den Zeitgenossen viel bewundert und neben Wolfram gestellt wurde der bayerische Ritter HADAMAR VON LABER, der zwischen 1335 und 1340 in der Titurelstrophe unter dem Bilde einer Jagd das ritterliche Minnewesen darstellte.

Dem Verfalle des Rittertums, den Ulrich von Lichtenstein in seinem Frauenbuch beklagt, sucht um 1270 der österreichische Dichter KONRAD VON HASLAU in seinem satirischen Zeitgedichte *Der Jüngling* dadurch entgegenzuarbeiten, daß er die Erziehungsmethode der Jugend geißelt. Eine Strafpredigt auf alle Stände hält um 1276 nach einer etwa um 50 Jahre älteren lateinischen Vorlage ein bayerisch-österreichischer Geistlicher in dem *Buch der Rügen*. Viel kräftiger als diese ziemlich farblose Übersetzung sind 15 Gedichte eines bejahrten niederösterreichischen Ritters, die unter dem Namen des im 13. Jahrhundert auftretenden Spielmanns SEIFRIED HELBLING gehen. Der Verfasser selbst hat mit Bezug auf die dem lateinischen Lucidarius, einer populären Enzyklopädie, nachgebildete Form des Gespräches eine Gruppe von acht Gedichten den *Kleinen Lucidarius* genannt und darin das Verhältnis zwischen dem fragenden Knappen und dem antwortenden Ritter so gestaltet, daß es den künstlerischen Charakter seiner Satire zu steigern geeignet war. Zwischen 1283 und 1299 verfaßt, reihen sich Helblings satirisch-didaktische Gedichte würdig denen seiner Vorgänger, Heinrichs von Melk, Wernhers des Gärtners und insbesondere Konrads von Haslau an, dessen Kunst unmittelbarer Darstellung von Handlungen Helbling fortsetzt und weiterentwickelt. Seine Gedichte stellen das Leben der höheren und niederen Stände dar, der Fürsten und Ministerialen, der Ritter, Knappen, der über ihren Stand sich erhebenden Bauern und des Klerus und wissen an den Frauen manches zu tadeln. Es weht durch sie der Zug lebendiger und frischer Teilnahme an den Vorgängen des wirklichen Lebens, das durch die Phantastik des höfischen Romans in Österreich nie zurückgedrängt wurde.

Der Ritter im kleinen Lucidarius behandelt die Gegenstände, die sein Knappe der Reihe nach zur Sprache bringt, mit Hilfe eines Ehrenrates, der sich aus sieben Tugenden zusammensetzt. Eine Allegorie sehen wir auch angewendet in dem *Renner*, dem berühmten Lehrgedichte, das der Schulmeister HUGO VON TRIMBERG um 1296 begann und 1300 zu einem vorläufigen Abschluß brachte. 64 Jahre hatte er damals bereits gelehrt und 42 die Schule von Teuerstadt, einem Vororte von Bamberg, geleitet. Schon seit seiner Jugend hatte er Bücher gesammelt und 200 zusammengebracht, seine zwölf eigenen miteingerechnet, von deren Erlös er im Alter ein notdürftiges Auskommen zu finden hoffte. Doch die Erwartung erfüllte sich nicht, da niemand die Kunst lernen wollte, »die manchem Ehre und Gunst brächte«, und die »Büchlein« in der Kiste liegenbleiben mußten. Von diesen Werken waren sieben in deutscher, die anderen in lateinischer Sprache abgefaßt. Erhalten sind uns von den letzteren eine *Laurea sanctorum* und ein *Registrum multorum auctorum classicorum*, ein Verzeichnis alt- und mittellateinischer Schriftsteller in lateinischen Reimversen vom Jahre 1280, von den deutschen nur der Renner und die darin aufgenommenen Teile des *Sammlers*, eines 1266 verfaßten, aber unvollendeten Gedichtes.

Der Renner erwarb dem Dichter Ruhm bei seinen Zeitgenossen und bewahrte ihn auch bei der Nachwelt. Denn beliebt wie wenig Bücher der vorreformatorischen Zeit, wurde er wiederholt abgeschrieben, noch 1549 gedruckt und schon im 14. Jahrhundert in dem Meister *Reuaus*, einer Beschreibung der sieben Hauptsünden, in weltlich volkstümlicher Behandlung und allegorischer Einkleidung, wenigstens in der Rahmenerzählung, nachgeahmt. Man fand eben im Renner, was man wünschte, ein Buch, das nach Inhalt, Geist und Behandlungsweise die Strömungen der sich vorbereitenden neuen Epoche deutschen Kulturlebens getreu widerspiegelte. Der Bürger übernimmt in ihr anstelle des Ritters die führende Rolle und sucht, nachdem er im politischen Leben eine Stellung sich errungen, auch seinen neuen sittlichen wie gesellschaftlichen Anschauungen Geltung zu verschaffen. Und bürgerlich ist auch Hugos Gesinnung; mit allen seinen Gefühlen steht er auf seiten des Volkes. Zwar tadelt er die Gebrechen, die er hier findet, aber schärfer bekämpft er die Fürsten, Ritter, Geistlichen und Advokaten, die Vertreter des römischen Rechtes.

Er weist auf die Gleichheit aller Menschen hin, erklärt, daß wahrer Adel nicht in der Geburt und im Reichtum, sondern im tugendhaften, frommen Wesen liege, und findet die wahre Menschenliebe nur mehr in den niederen Ständen. Für diese breiten, emporstrebenden Massen und nicht, wie der »Welsche Gast«, für einen bevorrechtigten Stand, hat Hugo in seinem Renner durch die Schilderung der Laster mittelbar auch eine Tugendlehre aufgestellt, die Torheit und Verderbtheit der Menschen nach Helblings Art in satirischen Bildern aus dem wirklichen Leben veranschaulicht und, Freidank nachahmend, eine Fülle volkstümlicher Weisheit niedergelegt. Und um in diesen Kreisen, zu denen Hugo durch seine Stellung in nächster Beziehung stand, Anklang zu finden, hat er den reichen Inhalt in eine dem Volke gefällige, der populären Predigt nachgebildete Form gebracht, den trockenen Lehrton oft gewürzt durch eingestreute Fabeln, Parabeln, geistliche und weltliche Historien, Sprüche, durch Vorträge über die vier Elemente, die

Natur der Menschen, der Tiere, der Vögel und der Steine und den Wert der Sprache.

Auf einem Spaziergang kommt der Dichter in eine blumige, von Bergen umgebene Au, in deren Mitte ein fruchtbeladener Birnbaum steht. Unter ihm ist wonnigliches Gras, in seinem Bereich ein Dornstrauch, ein Brunnen und eine Lache. Da fährt ein Windstoß in die Zweige des Baumes und schüttelt sie so derb, daß die Früchte herabfallen. Einige fallen in die Dornen, andere in den Brunnen, in die Lache oder in das Gras. Die Au bedeutet die Welt, die Berge sind die Sorgen, die sie umfangen, der Baum versinnbildet Adam und Eva, seine Früchte die Menschen. Werden sie vom Winde, »Herrn Fürwitz« bei den Mädchen, »Herrn Selphart« (Selbstsucht) bei den Jünglingen, geschüttelt, dann fallen einige in den Dornstrauch der Hoffart, andere in die Lache der Schlemmerei und ein Teil in das grüne Gras der Reue. Nach diesem Grundriß werden nun die drei Hauptsünden in einzelnen Kapiteln behandelt, die anderen vier nebst kleineren Gebrechen gelegentlich eingefügt.

Ungefähr ein Jahrhundert nach Hugo dichtete Hans Vintler, ein tirolischer Adeliger, auf dem Schlosse Runkelstein die *Blumen der Tugend* (1412) nach dem italienischen Werk »fiori di virtù« des Thomasin Leoni und einem ihm in den Handschriften beigefügten Anhange. Darin werden 17 Tugenden und jedesmal auch ein ihnen entsprechendes Laster ihrem Wesen nach erklärt, durch Gleichnisse und Erzählungen erläutert und im fünfunddreißigsten Abschnitt die Mäßigkeit behandelt. Die Anekdotensammlung des Valerius Maximus in Heinrichs von Mügeln Übersetzung, mündliche Überlieferung und eigene Erfahrung steuerten dem Verfasser allerlei zu seinem Werke bei, das durch satirische und lehrhafte Ausblicke auf die Zeitverhältnisse für die Kulturgeschichte ebenso wichtig ist, wie es durch die Beschäftigung mit dem Volksaberglauben einen bedeutenden Beitrag zur Mythologie liefert.

Zur Karikatur wird die Satire in dem Gedichte *Des Teufels Netz*, das ein Alemanne unter dem Einfluß des Schachbuches wahrscheinlich zwischen 1415 und 1418 verfaßt hat. Durch Detailschilderungen aus dem Leben der niederen Stände bietet es dem Kulturhistoriker interessanten Stoff; im allgemeinen aber wirkt die pessimistische Weltanschauung unerquicklich. Sprache und Verse sind roh, die allegorische Einkleidung ist nicht glücklich durchgeführt, die Darstellung durch die immer wiederkehrenden Fragen des Einsiedlers eintönig, die Sittenschilderungen, die sonderbarerweise der Teufel entwirft, werden nirgends durch eingestreute Erzählungen belebt.

Neben den Lehrgedichten, die alle Stände durchhecheln, gab es auch solche, die einzelnen Ständen ihre Pflichten in Erinnerung bringen, so den Rittern Johannes Rothe (gest. 1432) in seinem *Ritterspiegel* und den Beamten und Ratgebern der Fürsten in des *Rates Zucht*.

Es gab kaum ein Gebiet im menschlichen Leben, das nicht in kurzen Gedichten mit gepaarten Reimen, den sogenannten *Reimreden*, behandelt worden wäre. Ihrem Inhalte nach überaus mannigfaltig, bilden sie eine

Fortsetzung und teilweise Entartung der alten Spruchpoesie und wurden oft gewerbsmäßig verfertigt. Nach den Sängern fanden auch die Vertreter dieses Berufszweiges, die *Reimsprecher*, an den Höfen und in den Städten ihre Zuhörer, mochten sie nun ein bedeutendes geschichtliches Ereignis, eine Festlichkeit oder eine bestimmte Persönlichkeit verherrlichen oder sonst zur Belehrung und Unterhaltung ihre oft improvisierten Sprüche hersagen. Dabei kam es nicht auf den Inhalt an; er durfte unbedeutend, gleichgültig sein, wenn ihm nur der Reimsprecher eine witzige Seite abzugewinnen wußte. In solchen Reimereien gefiel sich in der ersten Hälfte des 14. Jahrhunderts der König von Odenwald, wahrscheinlich Koch am bischöflichen Hofe zu Würzburg; wenigstens sind seine kleinen Gedichte nicht weit vom Herde weg; denn er schrieb eine Lobrede auf das Huhn zuungunsten der Singvögel, andere auf die Gänse und das Schwein und preist das Stroh auf Kosten der Seide.

Viel ernstere und höhere Ziele strebte Heinrich der Teichner an, der eigentliche österreichische Sittenprediger des 14. Jahrhunderts. Wenig anziehend zwar durch dichterische Kunst, ist er in seinen auf mehrere hundert sich belaufenden und etwa 70000 Verse zählenden Reimsprüchen der Richtung wie dem Inhalte nach eine der originellsten und bemerkenswertesten Persönlichkeiten seiner Zeit. Er war zu Beginn des genannten Jahrhunderts, vielleicht in der Steiermark, aus bürgerlichem Stande geboren, führte eine Zeitlang ein Wanderleben und scheint dann, von seiner Dichterei lebend, in Wien ansässig gewesen zu sein, wo er um 1377 starb. Ohne eine gelehrte, d. h. lateinische Schulbildung genossen zu haben, verfügte er doch über nicht unbedeutende naturwissenschaftliche und theologische Kenntnisse, zitiert die Bibel und Kirchenväter, Seneca, Berthold von Regensburg und ist vertraut mit dem Freidank, dem Buch der Väter, der Fabel- und Legendenliteratur.

Teichner nennt sich einen »Sprecher« und stellt den Spruch höher als das Lied. Die Kunst ist ihm ein Wissen, das Wort gilt ihm mehr als die Weise. Daher verwendet er nirgends eine lyrische Form, sondern bedient sich ausschließlich der kurzen Reimpaare und baut seine Verse ziemlich frei, obgleich mit dem Streben nach regelmäßigem Wechsel von Hebung und Senkung. Seine Sprüche sind meistens zum mündlichen Vortrag bestimmt und überschreiten daher mit Ausnahme des *Von der unbefleckten Empfängnis* und des *Buches der Weisheit* nie den Umfang von 50 bis 100 Reimpaaren. Für die breiten Schichten des Volkes dichtend, strebt er überall nach unmittelbarem Ausdruck des Gedankens, schreibt in kurzen Sätzen, die sich nur durch Metrum und Reim von der Prosa unterscheiden, und in der Sprache des gewöhnlichen Lebens. Er meidet die geblümte Rede und unterscheidet sich dadurch wie durch die metrische Kunstlosigkeit von den Meistersingern, mit denen er sich nur in der Wahl religiöser und moralischer Stoffe berührt. Für die Anlage seiner Sprüche wählt er zuweilen die vorhandene Bispelform und ordnet dann der Erzählung die Lehre unter; meistens aber weicht er davon ab und spitzt die Fabel auf die Lehre zu. Einige Sprüche sind durch die bekannte Allegorie des Ganges auf Abenteuer oder durch auffordernde Formeln, wie z. B. »ainer fragt mich, ainer pat, daz ich im sait«, eingeleitet, andere sind rein lehrhafter Natur und beginnen mit dem Gegenstand, dessen Erörterung dann folgt. Am Ende pflegt sich der Dichter zu nennen: »also sprach der Teichnær.« Treffend vergleicht er seine Kunst mit einem Spiegel, in dem jeder sein Bild schauen könne, unverzerrt und verschwiegen, richtig und wahr. Wegen seiner sittenrichterlichen und religiösen Sprüche mußte der Teichner den Spott jener ertragen, die ihn lieber von Ecken, Minne, Ritterschaft, Gesang und Saitenspiel reden hören wollten; aber die weite Verbreitung und große Anzahl seiner Gedichte zeigt, daß er mit seiner an Geist und Gemüt anknüpfenden Belehrung dennoch dem Verlangen vieler entgegenkam. Ihre Wirkung erstreckt sich, wie wir schon aus den vielen Abschriften schließen können, bis in das 15. Jahrhundert hinein. Noch an dessen Ende wird er durch August von Hamerstetten als wohlbekannter Dichter gerühmt. Auch der Wolkensteiner kannte ihn, und Rosenplüts ernste Gedichte scheinen unter des Teichners Einfluß entstanden zu sein.

Die charakterfeste Gesinnung und das poetische Schaffen des Teichners rühmt sein Landsmann und Zeitgenosse Peter der Suchenwirt in dem poetischen Nachrufe, den er dem Andenken des Freundes widmet. Auch der Suchenwirt ist ein Reimsprecher, unterscheidet sich aber von jenem trotz mannigfacher Berührung in der Wahl der Stoffe schon dadurch, daß er die lehrhafte Richtung stets mit der historischen zu verbinden strebt. Er war bürgerlichen Standes, mußte um des lieben Brotes willen eine Zeitlang ein Wanderleben führen, wurde um 1378 Hausbesitzer in Wien und starb um 1395.

Vom Beginn seiner dichterischen Tätigkeit (um 1353) bis 1378 pflegte er in hervorragender Weise eine Gattung, die ihn in einem Berufe zeigt, der seinen Erwerb in den adeligen und höfischen Kreisen suchte, ähnlich dem der späteren Wappenherolde und Ehrenholde, doch nicht so beamtenartig und an einen bestimmten Herrn gebunden. Er nennt sich selbst einen Knappen, der sich auf die Merkmale der Wappen wohl versteht, und gehörte zu jenen, die er Knappen von den Wappen nennt, die die *Wappendichtung* pflegen. Sie mußten bei höfisch-ritterlichen Veranstaltungen Dienste leisten, die Einladung zum Turnier umhertragen, die Wappen nach den Regeln der Kunst erklären und mit Benützung überlieferter Formen und Formeln als Spruchsprecher im Reimvers vortragen, was sie bei solchen Gelegenheiten zu sagen hatten.

Sie dichteten auf Bestellung oder in der Hoffnung auf Lohn zu Ehren lebender oder verstorbener Fürsten Lobreden, sogenannte *Ehrenreden*, die im letzteren Falle nach Art der späteren humanistischen Gedächtnisrede vielleicht einen Teil der Totenfeier bildeten. Suchenwirt hat 16 solcher Ehrenreden auf Verstorbene verfaßt und damit seinen Ruhm begründet. Er übte sich auch in freier schriftstellerischer Tätigkeit. Eine in Wien aufbewahrte Haupthandschrift seiner Gedichte bringt die erhaltenen 40 Stücke in chronologischer Folge. Da finden wir, daß er mit den Ehrenreden eine Travestie, Lügenmärchen, Scherzgedichte und Allegorien wechseln ließ, von 1370 ab sich mehr dem moralisierenden und religiösen Lehrgedichte zuwandte und nach 1378 in besonderer Art historische Zeitgedichte verfaßte. Suchenwirt war tüchtig, wenn auch nicht gelehrt und gebildet, und konnte lesen und schreiben; Französisch und Latein waren ihm fremd. Er kannte Wolframs Parzival, den Wigalois, Lanzelot, Motive aus der Heldensage und aus Neidhart; besonders aber hebt er die Kunst Konrads von Würzburg hervor, und das ist bezeichnend. Denn auf diesen geht die Wappendichtung zurück; er hatte in der Klage der Kunst ein Muster für die kleinen allegorischen Aventiuregedichte aufgestellt und den Begriff der Kunst im Gegensatz zur Unkunst entwickelt, der dann, in geänderter Umformung, den Meistersängern maßgebend wurde. Von Suchenwirts geistlicher Gelehrsamkeit zeugt das Prunkstück *Die sieben Freuden Mariens*. Die Darstellung in den Gedichten Suchenwirts erinnert bei allem »Blümen« (Florien), der Ausschmückung mit sprachlichen und gedanklichen Figuren, noch an die höfische Kunstdichtung, wie er denn auch die althöfischen Tugenden hochhält und verficht.

Einen höfischen Wappendichter nennt sich auch einmal der Gelbgießer und Büchsenmeister Hans Schnepperer (der Schwätzer), genannt Rosenplüt. Doch findet sich unter seinen Reimsprüchen nur der auf den Herzog Ludwig von Bayern-Landshut, in dem sich mit dem Lobe des Fürsten auch eine Beschreibung des Wappens verbindet (1460). Erst in vorgerückten Jahren scheint er sein Gewerbe aufgegeben und diesen Beruf gewählt zu haben. Doch war ihm das Heroldsgewand nicht lange bequem, denn er fühlte mit den Städtern und Bürgern und meinte, daß Deutschlands Heil nicht auf dem verkommenen Raubadel, sondern auf dem Bauer und Bürger beruhe. Darum verherrlichte er schon 1447 in seinem *Lobspruche auf Nürnberg* den Rat, die Bürgerschaft und die Einrichtungen dieser Stadt, in der er zu Beginn des 15. Jahrhunderts geboren war.

In den Dienst des üppigen Wohllebens dieser reichen und selbstbewußten Stadt stellte er seine Reimverse und wurde ebenso zu ihrem Lokalpoeten wie ein Jahrhundert später Hans Sachs, dem er vielfach die Wege ebnete. Ohne bedeutende poetische Schulung lernte er hauptsächlich nur aus dem lokalen Volkswitz und Volksspruch und ersetzte, was ihm an Bildung fehlte, durch scharfe Beobachtung des ihn umwogenden Lebens. Im allgemeinen lassen sich seine Gedichte in zwei Hauptgruppen teilen, in die volkstümliche Gelegenheitspoesie und in eine höhere literarische Gattung. Zu jener gehören die Fastnachtsspiele, in denen die auch in moralisch-satirischen Gedichten angewendete Gesprächsform weiter ausgebildet wird, die Priamel, Weingrüße und kleinere Gedichte, zu dieser die teils strophisch, teils unstrophisch abgefaßten historischen Gedichte, Sprüche über die sozialen Verhältnisse, ernste Erzählungen, Schwänke, die Wappen- und Lobreden und geistliche Lehrsprüche. Im Volkstümlichen ist zwar viel Schmutz aufgehäuft, aber die Darstellung ist urwüchsig und lebendig, das Ganze ein treuer Spiegel des städtischen Treibens. Insbesondere bot ihm die Priamel eine erwünschte Form, die ganze bunte Lebensfülle der einzelnen Stände und Berufsarten, die sein scharf schauendes Auge um sich sah, in schnell wechselnden Bildern auszugießen. Er ward zum Klassiker dieser Dichtart, deren Wesen darin besteht, daß einzelne miteinander zusammengestellte Sprüche einen allen gemeinsamen und auf jeden einzelnen gleichmäßig passenden Schlußsatz präambulieren, ihm vorangehen. Zart ist ein Neujahrsgruß (»Klopf an, klopf an, der Himmel hat sich aufgetan«), und glücklich traf er auch den Ton des Volksliedes. Nach einer Lokaltradition soll er als Dominikaner in Nürnberg gestorben sein.

Titel eines Fastnachtsspiels von Hans Folz. Um 1480.

Dem Schnepperer geistig verwandt war HANS FOLZ, der 1479 aus seinem Geburtsorte Worms nach Nürnberg auswanderte und dort bis zu seinem Tode (vor 1515) als Barbier (Wundarzt) und Dichter wirkte. Er war Meistersinger, dichtete Bare geistlichen und weltlichen Inhalts in mancherlei Tönen und wurde von Hans Sachs unter die zwölf alten Meister gerechnet; doch läßt sich eine Wirkung der Schule nur in der Vers- und Reimtechnik, nicht aber im Inhalte seiner vom Regelzwange freien Dichtungen erkennen. Denn er behandelt in den *Reimsprüchen* Stoffe der gemeinsten Art neben geistlichen, wie das tägliche Leben sie ihm eben bot. Recht derb und schmutzig sind seine *Schwänke*, in denen er oft schon Dagewesenes nur in das neue, grobe Gewand kleidet, und voll von Zoten und Unflat sind seine *Fastnachtsspiele*, die indes durch ihre etwas gebundenere Gestalt gegenüber Rosenplüt einen gewissen Fortschritt bezeichnen und die Ausgestaltung dieser Dichtart durch Hans Sachs vorbereiten.

Zur derben Satire verwendet Folz die Form des *Klopfan* in seinen Neujahrsgedichten, in denen Leute verschiedenen Standes und Charakters eingeladen werden, anzuklopfen, worauf er ihnen in derber Weise seinen Bescheid gibt.

In allen Arten der Lehrdichtung finden wir Sentenzen, Bibelsprüche und Sprichwörter eingestreut; damit nicht zufrieden, hat man auch selbständig viel Derartiges aufgezeichnet und die alten Spruchsammlungen, Freidank und Kato, ganz oder stückweise vervielfältigt und ausgenutzt. Weit verbreitet war in verschiedenen deutschen Fassungen die alte Überlieferung von dem rüpelhaften *Markolf*, der im Wechselgespräche mit Salomon dessen Aussprüche durch seine derben, mit Vorliebe unflätigen Gegenreden abtrumpft. Auch in den Schwänken, die sich an das Zwiegespräch anschließen, zeigt stets der plumpe Tölpel seine Überlegenheit, die schließlich selbst Salomon anerkennen muß. Es entsprach ganz dem zur Satire auf die höheren Stände geneigten Sinne der Zeit, die Weisheit des Königs durch den Naturwitz des Bauern, das Ideale durch das Gemeine, das Erhabene durch das Lächerliche abgeführt zu sehen. Daher wurde die lateinische Prosa, die den deutschen Dichtern als unmittelbare Vorlage diente, immer aufs neue bearbeitet. Im 14. Jahrhundert brachte sie ein mittelfränkischer Mönch, um 1450 GREGOR HAYDEN in deutsche Verse; mehrmals wurden sie auch dramatisiert und besonders in einer Prosaübersetzung als Volksbuch verbreitet, das bis in die klassische Zeit die Erinnerung an Markolf lebendig erhielt.

Der Vorliebe der Zeit für kleine Erzählungen, die mit Witz auch Sinnbildlichkeit und Nutzanwendung verbanden, entsprach vor allem die *äsopische*

wurzeln als ich hā geſeit· Der nuzet nicht die frucht=
te gut·Der allzeit wil habē gutē mut·Er muſz ir dar=
ben ſicherlich·Pei diſē paum vernemet mich·Das
hohe auff gezogē lebē·Das nymāt hat vergebē·Er
muſz ſich ubē auff dē plan·Der tugēt vñ muſz erbeit
hā·Ee er auff dē hohē perg gat· Do dī lieplich paum
auf ſtat·wañ er dī fruchte ſuſſikeit·Enpfȳdet ſo wirt
gar ſein leit·Czu ſtort vñ wirt ſeȳ freude groſz·wañ
er ſtet aller ſorgē plos Diſz peiſpil ſei geſeit·allen
dē die do nemē an erbeit·wolluſt lob vñ ere·Beſizen
ȳmermere·Das mag nymāt wol thū·Als verre als
ich mich verſtū·Der paū iſt aller tugēt vol·wer kūſt
vñ weiſzheit habē ſol·Sicher dī muſz erbeit hā·Als
verre ich mich verſtā·An erbeit nymāt uber ſich mag
gā·Vñ auch die ewigē ſeligkeit han· An kunſt vñ
an erbeit gar·wer an fleiſſigkeit ſein iūge iar · Der
treiben wil in uppikeit·wirt er alt es wirt ym leit·

Von gezwang der armen·

Eine Seite aus Boners »Edelstein«. Bamberg 1461.

Fabel. Daher wurden die im Mittelalter verbreiteten lateinischen Sammlungen solchen Inhalts wiederholt bearbeitet und zur Grundlage deutscher Fabelbücher, in die auch Stücke aus ähnlichen Sammelwerken, wie z. B. aus den »Gesta Romanorum«, der »Disciplina clericalis« des Petrus Alfunsi und anderen, Aufnahme fanden. So brachte um 1349 der Berner Dominikaner ULRICH BONER seine Sammlung von 100 Fabeln zusammen, die er seinem Gönner, dem Berner Patrizier Johann von Ringgenberg, widmete und *Edelstein* nannte, weil sie einen Schatz kluger Fabeln in sich schließe und einen guten Sinn erzeuge. Die Nutzanwendung, entweder eine breite Moralisation oder eine einfache Klugheitsregel, ist denn auch dem Dichter die Hauptsache. Er erzählt in seiner altbernischen Mundart schlicht und klar, gemütvoll und warm, hält noch fest an den Traditionen mittelhochdeutscher Verskunst und erteilt seine Lehren mit Milde. Sie sind stets allgemein gehalten und meiden jede Anspielung auf bestimmte Verhältnisse. Und gerade weil Boners Fabeln weder an Ort noch Zeit gebunden sind, blieben sie vor dem Alter geschützt und war ihnen eine außerordentliche Verbreitung und Beliebtheit beschieden. Sie wurden oft abgeschrieben, mit Bildern geschmückt und als eines der ersten deutschen Bücher zu Bamberg 1461 gedruckt. Nachdem dann im Beginn des 18. Jahrhunderts zuerst Scherz wieder auf Boners Edelstein aufmerksam gemacht hatte, wurde er 1757 von Breitinger fast vollständig herausgegeben, und Lessing widmete ihm ein eingehendes Studium.

Eine hervorragende Pflege fanden die Tierfabel und die Tiersage in Niederdeutschland. Hier entstanden im 15. Jahrhundert zwei gereimte Bearbeitungen äsopischer Fabeln, und mit dem niederdeutschen *Reynke de Vos* trat von den Niederlanden her von neuem das lehrhafte Tierepos in die deutsche Literatur ein.

Während man sich im 13. Jahrhundert in Oberdeutschland mit der Umarbeitung der Dichtung des Glichesaere begnügte, erhielt die Überlieferung von den Übeltaten Reinharts eine neue Form in dem *Roman van den Vos Reinaerde*, den WILLEM, ein Ostfläming, nach der 20. Branche des französischen »Roman de Renart« mit großem Geschick und unter Erweiterung der Vorlage verfaßte. Willems Dichtung, die schon 1280 ins Lateinische übertragen wurde, erfuhr um 1375 durch einen westflämischen Dichter eine Umarbeitung und erhielt eine Fortsetzung, die der Anlage nach im ersten Teil nur eine Wiederholung des Reinaert ist, im zweiten auf äsopischen Fabeln und der französischen Tierdichtung beruht.

Während in Willems reflexionslosem Kunstwerk der Faden der Erzählung in rein epischem Stil, ohne lehrhafte Beimischung geführt wird, wuchert in

Ich wil ir dienen jn ymmer phlegen -
darnach gib ich jn disen segen - daz jr
sele dort wol gefar - vnd daz jr leib hie
got bewar - vor trauren vnd vor hertz
en laid - vnd daz jr hohen werdikait -
Von tag ze tag werd ye me - vnd daz
jn nymmer werde we - Wann von
jeren ame - das weten ist so raine -
daz ich jn gern gunnen wil - daz sy
nach liebe sich jenen vil - vnd auch
mit liebe werden fro - das mus jn got
fuegen also - Vnd mueß jn mannige freu
de geben - mit hertzenliebe suesses leben -
got geb jn hoher eren vil - vnd freuden
an jr ennde jch - got muess sy behueten
alle weyb - vor swarer gemuete man
ne leib - daz den von jn nicht werde
kunt - wie ein frawen suesser mund -
einen mynne gernden man - mit
hertzen wunne erzunden kan - ob ich
jn nicht mit trewen sey - so werde ich
nymmer laides frey - Ich bin jn holt
mit trewen gar - Vnd weil jr alle
meine jar - dienen williklichen - Sy
sint so tugentreiche - wer jn dienet
daz der wol - wert daz man glauben
sol - Ich wil ze dienst jn ymmer leben -
Ich han jn hertze leib vnd gut gegeben -
ze dienen alle meine tage - got gebe daz
ich jr gunst beiage -

Nu kan ich diz puechelein - vol
richtet ze dienst der frawen
mein - got gebe daz es jr wol
behage - Ich wil jr alle mein tage
dienen ritterleichen - sy ist so tugent
reiche - so suesse so schön vnd so guet -
daz mir jr dienst sanffte thut - des
mus ich von der warhait iehen - wann
mir kan nymmer lieb geschehen -
Wann von jr einer guete - sy einmag
mein gemuete - trösten vnd vntrosten
so - daz ich bin ymmermere fro - oder
ymmermere an freuden todt - Bekante
aber sy die senenden not - vnd die stiffe
pern laid - die von jr mein hertze trait -
so recht gut erkenne ich sy - daz sy mich
doch ettesiey - in meiner swere troste -
vnd mich von sorgen loste - sy ist so recht
weiblich gut - vnd so tugentlich gemut -
erkante sy die trewe mein - daz ich
wolt gar an angst sein - sy erzaiget
jr weiplich guete an mir - ja hertze
got wie sol ich jr - in meinen senenden
clagenden tagen - ein iammer reicht
gar gesagen - vnd mein lauter stete
trait - die mein hertze gen jr trait -
Wie hertzen lich ich sy mynne - Wie
sol sy des werden ynne - da bedorffte ich
wol rates zu - nu enwais ich was ich
anders thu - Wann daz ich jr nacht
vnd tag - diene als ich pest mag - Vnd
daz ich sprethe gar on spot - Vil suesser
vnd vil rainer got - Ich emphilche dir
das vil raine weib - baide jr hertz vnd
jr leib - darnach emphilhe ich dir mer -
jr salde jr hayl vnd jr ere - Vnd alles
daz sy ye gewan - vnd jr mit dienst ist
vnndertan - das las dir herr empholhen
sein - durch die vil hohe tugende dein -
Vnd gib jr herre solhen mut - daz sy
mein dienst bedancke gut - Vnd daz sy
scherr werde ynne - daz ichs von hertzen
mynne - Vnd gar mit trewen maine -
sy suesse schöne guete vnd sy raine -
Sy rainikleich gemuete - sy schöne raine
suesse vnd sy guete - Vor all jr trau
ren pueße - sy raine sy liebe sy suesse -
Sy frowe ob all den freuden mein -
ja muess sy mir so genedig sein - durch
jr guete des recht ynne - daz ich sy von
hertzen mynne - sunder wencken mei
ne jar - Vnd daz ich jr so recht gar -
diene annaltikleiche - sy werde ich
freudenreiche - des erlat sy jr guete
nicht - Vil liebes mir von jr geschicht -
Mein valsch ist gen jr klaine - Ich
Vlrich von Liechtenstaine - han
jr geticht diz puechlein - damit sol
jr gedienet sein - der frawen puech
es haissen sol - also haisset es von
rechte wol - da ich das puech voll tich
tet gar - da was ich funffundreys
sig jar - Ritter ritterlich gewesen -
die frawen sullen es gern lesen - Er
nennet jn die werden man - die jn mit
dienst sein vnndertan - der sol jr
gute gnad han - Welhe das thut
die ist jr wolgetan -

Das puech ist von dem Mayr Helmprechte

Ainer sagt was
er gesicht - der
annder sagt
was jm gesche
cht - der drit
von mynne -
der vierd von
gewynne - der funffte von grossem
guete - der Sechst von hohem mute -
Hie wil ich sagen was mir geschach -
daz ich mit meinen augen sach - des
sach da bist sicherlichen war - eines
gepauren Sun der trug ein har - das
was raide vnde fal - ob der achsel hin
ze tal - mit lennge es vollikleichen gie -
in ein hauben er es vie - die was von
pilden wähe - Ich wän yemand ge
sehe - so manigen vogl auf hauben -
sytteche vnde tauben - die waren
alle darauf genäet - Welt jr nu
hören was da stet -

Ein Mayr der hiess Helem
precht - des Sun was derselb
be knecht - Von dem das
märe ist erhaben - sam den Vater
nennet man den knaben - Sy bede
hiessen Helmprecht - mit ainer kurtz
en rede schlecht - kunde ich euch das
märe - was auf der hauben wäre -
wunders erzeuget - das märe euch
nicht betreuget - Ich sag es nicht
nach wane - hinden von dem spann
nach der schaitel gegen dem chopfe -
recht enmitten auf dem sophe - der
Lim mit voglen was bezogen - recht
als sy wären geflogen - aus dem Specht
harte - auf gepawren swarte - kam
nie pesser haube tach - dann man auf
Helmprechte sach - derselben geitoren
was gegen dem zeswen oren - auf die
hauben genäet - Welt jr nu hören was
da stet -

Wie Troye ward besessen - do
Paris der vermessen - dem
kunige von kriechen nam
sein weib - die jm was lieb als sein leib -
Vnd wie man Troy gewan - Vnd Eneas
von danne entran - auf das mer in
den Chielen - Vnd wie die Turn zevielen
vnd manig Stainmaure - Awe daz
ye gepawre - solhe hauben solte tragen -
davon sowil ist gesagen -

Welt jr nu hören mer - was ander
halb auf der hauben ster - mit
seiden erfullet - das märe euch nicht
betrillet - es stuend gegen der winstern
hant - wie kunig karl vnd Rulant -
Turpin vnd Olivere - die notgestallen
viere - was die wunders mit jr craft
worchten gegen der haydenschaft -
Provenz vnd Arel - betzwang der
kunig karel - mit manhait vnd
mit witzen - Er betzwang das Land
Galitzen - das warn alles hayden e -
welt jr nu hören was hie stet -

Von einer Nestel her an dise -
Es ist war daz ich euch sage -
zwischen den oren hinden - von frawen
Helchen kinden - Wie die weylend vor
Raben - den leib in sturmen verloren
haben - do sy slug her Weittege - der
kuene vnd der vnsittige - Vnd Dietrich
von Pern - noch muget jr hörn gerne -
was der narre vnd der ganch - trug
auf seiner hauben auch -

Ob het der gotes tumbe - vor an
dem leym all vmbe - von dem
zeswen oren hin - vntz an das lencke
das ich bin - mit warhait wol bewäret -
nu höret wie es sich märet - man möcht
es gerne schawen - Von rittern vnd von
frawen - Auch was da nicht überhaben
baide von rittern vnd von knaben -
Vor an dem Leyme stuend ein tantz -
genäet mit seyden die waren glantz -
Ye zwischen zwayen frawen stuend -
als sy noch bey tantze tuend - Ein ritter
an jr hende - dort an anderm ende -
ye zwischen zwayen mayden gie - ein
knab der jr hende vie - da stuenden
fidelare bey - nu höret wie die haube
sey - geprieset Helmprechte - dem tum
men rüssen knechte -

Nu habt jr alle nit vernom
men - wie die haube her sey komen -
die naet ein Nunne gemeit - die Nunne
darch jr hubschait - aus jr selle was
entrunnen - Es geschach derselben
Nunnen - als vil maniger noch ge
schicht - mein auge der vil dicke sicht -
die das Nidertail verratenhat - dawo

AUS DEM «MEIER HELMBRECHT»

Übertragung

Das puech ist von dem Mayr
Helmprechte.
Ainer sagt, was Er gesicht,
der annder sagt, was Im geschicht,
der drit von mynne,
der Vierd von gewynne,
der funfft von grossem gute,
der Sechst von hohem mute:
Hie will ich sagen, was mir geschach,
daz ich mit meinen Augen sach.
Ich sach, das ist sicherlichen war,
eines gepaurn[1] Sun, der trug ein har,
daz was raide[2] vnde fal.[3]
ob der achsel hin ze tal
mit lennge es volliklichen gie.[4]
in ein hauben er es vie,
die waz von pilden waehe[5]
Ich wan, Yemand gesehe[6]
so manigen Vogl auf hauben.
Sytteche vnde tauben,
die waren alle darauf genaet.
Welt ir nu horen was da stet?
Ein Mayr[7] der hiess Helemprecht.
des Sun waz derselbe Knecht,
Von dem daz mare ist erhaben.[8]
sam den Vater nennet man den knaben:
Sy bede hiessen Helmprecht.
mit einer kurtzen rede schlecht[9]
kunde[10] ich euch daz maere,
was auf der hauben waere
wunders erzeuget.[11]
daz maere euch nicht betreuget:
Ich sag es nicht nach wane[12]
hinden von dem spane[13]
nach der schaitel gegen dem Schopfe[14]
Recht enmitten auf dem Kophe
der Sun[15] mit Voglen was bezogen,[16]
recht als sy weren geflogen[17]
aus dem Specht harte.
auf gepauren swarte[18]
kam nie pesser haube tach,[19]
dann man auf Helmprechte sach.
demselben geutoren[20]
was gegen dem zeswen oren[21]
auf die hauben genaet
(welt ir nu horen, waz da stet),
Wie Troye ward besessen,
do Parys, der vermessen,
dem kunige von Kriechen nam sein weib,
die Im was lieb als sein leib,
vnd wie man Troy gewan
Vnd Eneaz von danne entran
auf das Mer in den Chielen
Vnd wie die Turne vielen
vnd mannig Steinmaure.
Owe daz ye gepaure
sölhe hauben solte tragen,
davon sovil ist ze sagen.
Welt ir nu horen mee,
waz anderhalb[22] auf der hauben stee
mit seyden erfullet?
daz maere euch nicht betrillet.[23]
es stund[24] gegen der wunstern[25] hant,
wie Kunig Karl vnd Rulant
Turpin vnd Olifiere,
die notgestalten[26] Viere,
was[27] die wunderz mit ir craft
worchten[28] gegen der Haydenschafft.
Provencz vnd Orel
betzwang der Kunig Karel
mit manhait vnd mit witzen.[29]
Er betzwang daz Land Galitzen.
daz warn alles haiden Ee.
welt ir nu horen, was hie stee
Von einer Nestel[30] her dise[31]
(Es ist war, daz ich euch lise)[32]
zwischen den oren hinden
von frawen Helchen kinden,
Wie die weylend[33] vor Raben[34]
den leib in sturmen verloren haben,
do sy slug her Weittege,
der kuene vnd der vnsitege,[35]
Vnd Diethern[36] von Perne?
noch mugt Ir horn gerne,
Was der narre vnd der gauch
trug auf seiner hauben auch.
Es het der gotes tumbe[37]
vor an dem leym[38] allumbe[39]
von den zeswen oren hin
vncz an das Tencke,[40] daz ich bin
mit warhait wol bewaret[41]
(nu horet, wie es sich maret)[42]
man mocht es gerne schawen,
Von Rittern vnd von frawen,
Auch was da nicht vberhaben,[43]
baide von Rittern[44] vnd von Knaben
Vor an dem Leyme stuend ein tantz
genaet mit seyden, die warn glantz.[45]
Ie zwischen zwayen frawen stuend,
als sy noch[46] tantze tund,
Ein Ritter an Ir hende.
dort an einem ennde
Ie zwischen zwayen mayden gie
ein Knab, der Ir hennde fie.
da stuenden fidelare bey.
nu horet wie die haube sey
gebruefet[47] Helmprechte
dem tummen rassen[48] Knechte
Noch habt Ir alle nicht vernommen,
wie die haube heer sey komen.
die naet ein Nunne gemeit[49]
die Nunne durch Ir hubschait
aus Ir zelle waz enntrunen.
Ez geschach derselben Nunnen,
alz vil maniger noch geschicht;
mein auge der[50] vil dicke sicht,
die daz Nidertail[51] verraten hat
davon

[1] Bauern. [2] gekräuselt, gelockt. [3] blond. [4] über der Schulter floß es ganz herab. [5] mit gestickten Bildern verziert. [6] ich glaube, niemand habe so viele Vögel gesehen; ieman nach waene in negativem Sinne. [7] Meier, dem die Bewirtschaftung eines Gutes anvertraut ist. [8] part. perf. von erheben; anheben, anfangen. [9] schlicht, einfach. [10] verkündige, erzähle. [11] was wunders (was für wundervolle Dinge) ... erzeuget waere. [12] nicht aufs ungewisse hin. [13] hobelspanförmige Ringelung der äußersten Haare, das rückwärts in Locken unter der Haube hervorquellende Haar. [14] Haar des Vorderkopfes, das ebenfalls nach Bauernsitte von der Haube hervorstand. [15] der obere Teil der Haube. [16] überzogen, besetzt. [17] gerade als wären sie aus dem Walde hergeflogen. [18] Schwarte, Kopfhaut. [19] Kopfbedeckung (haubettach). [20] Tor aus dem Gau, Bauerntölpel. [21] gegen das rechte Ohr hin. [22] auf der andern Seite. [23] betrügt. [24] es war dargestellt. [25] zur linken Seite; die rechte wurde eben beschrieben. [26] Kampfgenossen. [27] wie: zur Einleitung der Beschreibung. [28] wirkten; was für Wundertaten sie verrichteten. [29] durch Tapferkeit und Klugheit. [30] Bandschleife. [31] von einem Lande bis zum andern. [32] was ich euch erzähle. [33] vorzeiten. [34] Ravenna. [35] ungestüm. [36] versteh vnd von Diethern (Dietrich von Bern). [37] Gottes unkundig, erzdumm. [38] am oberen Teil der Haube. [39] ganz herum. [40] das linke Ohr. [41] dessen bin ich versichert. [42] erzählen läßt. [43] übergangen. [44] nicht bloß von Rittern und Frauen, auch von Mägden und Knappen war ein Tanz dargestellt. [45] glänzend. [46] wie sie jetzt noch. [47] gemacht. [48] scharf, wild. [49] schön. [50] deren. [51] der niedere Teil des Menschen, die Sinnlichkeit; gar häufig sieht mein Auge solche, die die Sinnlichkeit verführt hat.

Eine Seite des »Meier Helmbrecht« aus der Ambraser Handschrift, 16. Jahrhundert.

Der mittelalterliche Gelehrte Albert von Bollstädt (1193–1280), der den Ehrennamen Albertus Magnus trug, war der Lehrer des Thomas von Aquin. Gemälde von Justus van Ghent. 15. Jahrhundert.

Der Franziskaner Berthold von Regensburg (gest. 1272), der berühmteste Prediger des 13. Jahrhunderts, predigt vor einer Kirche. Miniatur, 1447.

dieser sogenannten *Reinaert-Historie* das tendenziöse Element, der Prunk mit gelehrten Zitaten und Anspielungen und wird Willems absichtslose Erzählung mittels direkter Satire durchbrochen. Mit dieser wendet sich der nicht unbegabte Dichter im einzelnen gegen das Leben der Geistlichkeit und die Zustände am pästlichen Hofe und weist darauf hin, daß Reinaert an allen Höfen tätig sei.

Jd is yo vnder yw. al dat hir is
¶ De könynck sprack. is dat so wys
So latet yw dat neen wunder syn

Dat nu myn herte lydet pyn
Edder dat ick sus hebbe myszghelaet
My heft myt syneme bözen beraet

Bellyn, der Widder, überbringt in einem Ränzlein den Kopf des von Reineke totgebissenen Hasen. Aus »Reynke de Vos«. Lübeck 1499.

Noch stärker wurde die didaktische Tendenz hervorgehoben, als um 1487 der Holländer Hinrik van Alkmar das Gedicht unter leisen Änderungen in Bücher und Kapitel teilte, mit Überschriften versah und jedem Abschnitt eine prosaische Glosse hinzufügte, die es vom katholischen Standpunkte aus moralisierend auslegte und auf politische, soziale und besonders auf kirchliche Verhältnisse deutete. Diese Arbeit Alkmars, von der uns nur wenig erhalten ist, wurde von einem Unbekannten mit geringen Änderungen und Erweiterungen in die niedersächsische Mundart übertragen. So entstand der *Reynke de Vos*, der 1498 in Lübeck mit Holzschnitten gedruckt wurde und das Tierepos in die Hände des ganzen Volkes brachte, in die Studierzimmer der Staatsmänner und Gelehrten wie in die Hände der Kinder, Bürger und Bauern. Er ward ins Lateinische, Hochdeutsche, Dänische und Schwedische übertragen und lebte in seiner ursprünglichen Fassung und, in Prosa aufgelöst, als Volksbuch fort, bis er nach 300 Jahren durch Goethe ein klassisches Gewand erhielt. Der Meister folgte bei seiner Umarbeitung unter Heranziehung des Originals der Prosaübersetzung, die Gottsched seiner Ausgabe des Originaltextes gegenübergestellt hatte.

Die derb-natürliche Sprache, der niederdeutsche Humor, der in der sächsischen und in der flämischen Fassung die Naivität und Komik ungezwungen zur Geltung bringt, und die lehrhaften und satirischen Beziehungen, die im

»Reynke de Vos« lagen oder hineingelegt wurden, entsprachen so recht dem Charakter des 15. und 16. Jahrhunderts und verschafften ihm seine Verbreitung in Deutschland, das um die Wende des 15. Jahrhunderts aus eigener Kraft eine solche Dichtung nicht hätte erzeugen können, da die Poesie fast einzig unter dem Zeichen der Didaktik und Satire stand. Und diesen Zwekken wurde das plattdeutsche Epos besonders im Reformationszeitalter dienstbar gemacht, indem an die Stelle der katholischen Glosse Alkmars eine protestantische trat und unmittelbare Polemik gegen die Kirche hineingelegt wurde. Auch in künstlerischer Beziehung fand »Reynke de Vos« hohe Wertschätzung. Luther nennt ihn ein »werklich (vortreffliches) Gedicht« und eine »lebendige Kontrafaktur des Hoflebens«, Erasmus Alberus setzt ihn den antiken Komödien insgesamt gleich, und wie er und Burkhard Waldis ihm Anregungen für ihre Fabeln verdanken, so lassen auch Fischarts »Flöhhatz« und Rollenhagens »Froschmeuseler« seinen Einfluß deutlich erkennen.

GESCHICHTLICHE DICHTUNG

Das 12. Jahrhundert hatte auf bayerischem Boden in der Kaiserchronik ein Stück Weltgeschichte hervorgebracht. Dann ruhte die Pflege dieser Gattung bis auf die Sächsische Weltchronik und Rudolf von Ems. Von da bricht die Geschichtsschreibung in deutscher Sprache nicht mehr ab. So verfaßte zur Zeit, da der Übergang von der höfischen zur bürgerlich-städtischen sich vorbereitete, zwischen 1278 und 1282, ein wahrscheinlich dem Handelsstande angehöriger Bürger Wiens eine *Weltchronik* und später ein *Fürstenbuch*. Es ist dies Jans der Jansen Enikel, oder Jans(en) Enikel, wie ihn eine spätere Zeit nannte, die seinen Beinamen zum Familiennamen umdeutete. Er hieß Johannes, verkürzt Jans, und war der Jans(en) Enkel, d. h. aus dem Geschlechte der Janse. Seine Bildung verdankte er hauptsächlich dem Umgang mit gelehrten Meistern und Geistlichen, vor allem den Schottenmönchen, von denen ihm auch viel Stoff zu seinen Werken übermittelt wurde. Das Lateinische verstand er nur wenig, mit der deutschen Literatur aber war er vertraut. Dies verrät seine Darstellungsweise, die von der volkstümlichen, spielmannsmäßigen und höfischen Kunst beeinflußt erscheint, sich aber an kein bestimmtes Muster anschließt und in der *Weltchronik* nur die Abhängigkeit von dem Stricker deutlich erkennen läßt. Dieses Werk Jansens ist sowohl Reimbibel, da alttestamentliche Stoffe den

Hauptstock für die älteste Geschichte bilden, als auch Reimchronik, insofern sie an das römische Reich und das deutsche Königtum die Fäden der späteren Weltgeschichte knüpft. Treue, geschichtliche Darstellung lag Jansen ferne; mit den Quellen verfährt er ganz willkürlich und behandelt am liebsten Stoffe, die sich zu einer ergötzlichen Geschichte gestalten lassen. Die Fülle derartiger Novellen und Schwänke war ihm die Hauptsache; zu ihrer Verbindung oder Gruppierung durch ein leitendes Motiv fehlte seiner Phantasie die gestaltende Kraft.

Jansen Enikel erzählt in seinem Fürstenbuch die Geschichte der Babenberger; in ähnlicher Weise beschränken sich andere *Reimchroniken*, die seit dem Ende des 13. Jahrhunderts auftreten und die fabulosen Weltchroniken zurückdrängen, auf ein bestimmt abgegrenztes geschichtliches Thema. Im einfachen und sachlichen Ton des Chronisten erzählt ungefähr gleichzeitig mit Enikel der kölnische Stadtschreiber Gottfried Hagen aus eigener Anschauung und vom Standpunkt des Patriziers aus die politischen Wirren seiner Vaterstadt in den Jahren 1250–1270 und vor allem die Streitigkeiten der Bürgerschaft mit den Erzbischöfen Konrad und Engelbert. Die *Livländische Reimchronik* schildert die Besiedlung und Bekehrung Livlands, insbesondere die Kämpfe der deutschen Ordensritter, von denen sie einer bis 1290 führte, ein anderer später mit einem Anhang versah. Um 1279 schrieb unter dem Einfluß höfischer Tradition ein Geistlicher die *Braunschweiger Reimchronik* und verband darin mit der Geschichte der Fürsten Bemerkungen über die Reichsgeschichte. In Anschauungen und im Stil vom höfischen Epos beeinflußt ist auch der Dichter, der um 1304 die niederrheinische Chronik der *Schlacht von Göllheim* (1298) verfaßte, von der uns drei Bruchstücke erhalten sind. Ihr Verfasser stand auf seiten Adolfs, während Hirzelin, der oberdeutsche Dichter eines Liedes auf dieselbe Schlacht, Albrechts Partei ergreift.

Gleichzeitig mit diesem Dichter lebte Ottokar, der Verfasser der *Steirischen Reimchronik*, die uns etwa sechzig Jahre österreichischer und deutscher Geschichte (1250 bis 1309) in breitem, aber durch mannigfach wechselnden Stoff und lebhafte Vergegenwärtigung des Vergangenen anziehendem Redestrom in nahezu 100 000 Versen erzählt. Ottokar verstand das Lateinische; seine Bildung aber war eine weltliche und ihm, soweit sie auf literarischer Mitteilung beruhte, durch die deutsche Dichtung zugeflossen. Deren Wirkung sehen wir in seiner Darstellungsweise, die sich aus volkstümlichen, höfischen und spielmannsmäßigen Elementen zusammensetzt und des Dichters große Belesenheit bekundet. Er gehörte dem niedersten Adel an, dürfte um 1265 in der nordwestlichen Steiermark in der Gegend von Murau geboren worden sein und stand zu den Lichtensteinern in Beziehung, namentlich zu Otto II.

Vor der Reimchronik hatte Ottokar das *Kaiserbuch*, eine Geschichte der Kaiser und Päpste, verfaßt, von dem aber nichts erhalten ist. Von Freunden aufgefordert, arbeitete er zwischen 1305 und 1320 an der Reimchronik, die zur Unterhaltung und Belehrung eines größeren Leser- und Hörerkreises bestimmt war. Der Dichter trug sich mit dem Plane, auch eine besondere Papstgeschichte zu schreiben, kam aber nicht mehr zu dessen Ausführung. Für die Wirkung der Reimchronik Ottokars auf die österreichische Geschichtschreibung sei nur darauf hingewiesen, daß der gelehrte Abt Johannes von Viktring sie wenige Jahre nach Ottokars Tod zur Grundlage seiner lateinischen Chronik machte.

Seit dem Beginn des 14. Jahrhunderts mehren sich die Reimchroniken, die einen Zeitabschnitt aus der näheren Vergangenheit und Gegenwart des Dichters behandeln. Die Verfasser solcher Reimchroniken sind oft genug Ratsherren, Bürgermeister, gelehrte Stadtschreiber, von der Obrigkeit beauftragt, eine Stadtgeschichte zu verfassen, die man dann in prachtvoller, zuweilen mit Bildern ausgestatteter Handschrift im Rathaus aufbewahrte – zu Nutz und Frommen kommender Generationen und zur Rechtfertigung der eigenen Politik. Auffallender- oder besser begreiflicherweise wirkt der Reimchronist nicht selten künstlerisch weniger befriedigend als der Prosachronist. Als Beispiele solcher sozusagen amtlichen Stadtbücher seien aufgeführt das des KONRAD JUSTINGER (zwischen 1390 und 1438 nachweisbar), der um 1420 aufgrund der städtischen Urkundensammlung, des Zürcher Zeitbuches und der Weltchronik des Straßburgers Jakob Twinger von Königshofen sein Werk von der Gründung der Stadt Bern bis zu seiner Gegenwart heraufführte und den literarischen Markstein setzte auf dem Wege Berns zu seiner baldigen Machtstellung, und das des DIEBOLD SCHILLING (geb. 1460, gest. zwischen 1516 und 1523), der, mit dem Jahr 1509 schließend, zugunsten der mailändisch Gesinnten sein *Luzerner Zeitbuch* schrieb und malte, während ungefähr gleichzeitig PETERMANN ETTERLIN (1495 Geschichtsschreiber von Luzern), Anhänger der französischen Partei, die *Chronika von der löblichen Eidgenossenschaft* verfaßte (sie erschien, von einem Freunde Etterlins überarbeitet, 1507); sein Buch ist das erste Druckwerk, das die Befreiungsgeschichte der Eidgenossenschaft in weitesten Umlauf setzte. Das war immerhin rund drei Jahrhunderte nach 1200, um welches Jahr herum ein Ungenannter einen lateinischen Bericht geschrieben hatte über die Einwanderung. Dann fehlen schriftliche Aufzeichnungen bis zu JOHANNES FRÜND, einem Luzerner in

Schwyzer Diensten, der um 1440 eine *Gemeine Schwyzerchronik* schrieb, und bis zum sogenannten *Weißen Buch von Sarnen* (1471).

Eine besondere Stellung unter diesen Chronisten nimmt der Konstanzer Kleriker Ulrich von Richental ein, der als Augenzeuge das Tagebuch des Konstanzer Konzils (1414–1418) verfaßte, absichtlich seine Augen nur auf die Außenerscheinungen richtend, aber gründlich und zuverlässig berichtend. Josef Nadler nannte ihn mit Recht den wohl ersten modernen Zeitungsmann, »auf seinem täglichen Gange durch die Stadt, Großes und Kleines, entthronte Päpste und den Preis des Kornes mit der gleichen Allgegenwart und Wichtigkeit buchend«.

Titelblatt zu Halbsuters »Lied von der Sempacher Schlacht«.

Die Vorliebe für die kleine poetische Erzählung drängte seit der zweiten Hälfte des 14. Jahrhunderts die umfangreichen Reimchroniken zurück, und es traten an ihre Stelle kleine historische Dichtungen, entweder in Reimpaaren oder in Strophen abgefaßt, geschichtliche Sprüche und Lieder. Die inneren Zwistigkeiten der Bürgerschaften, die zahllosen Fehden der Städte, Ritter und Fürsten, insbesondere die Kämpfe der schweizerischen Eidgenossen und der Schwabenkrieg von 1499 lieferten dazu reichlichen Stoff. Die Verherrlichung der eigenen und die Verspottung der feindlichen Partei bildet den Hauptzweck dieser Gedichte, von denen daher viele eher der politischen als der erzählenden Dichtung angehören. In immer wachsender Fülle schossen im 14. und 15. Jahrhundert die historischen Volkslieder empor, die einen voll Leben und Anschaulichkeit, die anderen meisterlich gedrechselte Reimereien. Zuweilen wurde ein Lied, das gefallen hatte, später erweitert, wie z. B. das *Von der Schlacht bei Näfels* (1388), dann aber auch mehrere Lieder, die dasselbe Ereignis behandelten, verwertet zu einem großen Gedichte, wofür das in der zweiten Hälfte des 15. Jahrhunderts verfaßte und unter Halbsuters Namen laufende *Lied von der Sempacher Schlacht* (1386) als Beispiel dienen mag. In weiterer Entwicklung entstanden umfangreiche, nur für das Lesen bestimmte Dichtungen in der üblich gewordenen Strophenform, also strophische Reimchroniken.

Einer der fruchtbarsten Dichter, der ein gut Teil seiner Tätigkeit geschichtlichen Stoffen widmete, ist Michel Beheim (1416–1480). Einer Familie, die aus Böhmen nach Schwaben ausgewandert war, entstammend und zu Sulzbach (Württemberg) als Sohn eines Webers geboren, widmete er sich dem Handwerk des Vaters, zog dann als Krieger und Sänger im Gefolge verschiedener Herren in der Welt herum und scheint in den siebziger Jahren Schultheiß seines Heimatortes geworden und ermordet worden zu sein.

Michel Beheim war ein fahrender Meistersänger und verfaßte eine große Zahl geistlicher und weltlicher Lieder nach den Regeln meisterlicher Kunst; aber auch dort, wo er eine freiere Richtung einschlägt, kann er sich von ihrem Einfluß nicht vollständig befreien. Ohne Gefühl für Harmonie zwischen Satzbau und metrischer Gliederung und ohne Rücksicht für die natürliche Betonung schmiedet er seine silbenzählenden Verse. Er war eben in recht bescheidenem Maße dichterisch begabt und trotzdem für seinen Dichterberuf so begeistert, daß ihn dessen Ausübung alle Trübsale verschmerzen ließ. Mit Vorliebe pflegte er den historischen Spruch und das historische Lied und entnahm den Stoff dazu dem Schatze seiner Erfahrungen, die er auf seinen Fahrten sich gesammelt hatte. So erzählt er des Königs Ladislaus Kampf gegen die Türken und die von 1453–1456 gegen sie geführten Kriege. In dem *Buch von den Wienern*, das seinen Ruhm der Nachwelt überlieferte, wollte er nicht ein geschichtliches Bild entwerfen, sondern die unedle Handlungsweise der Wiener gegen den Kaiser Friedrich III., den Gesalbten des Herrn, brandmarken. In demselben Tone, der »Wiener Angstweise«, verfaßte Michel Beheim unter Mithilfe des Matthias von Kemmat, auf eine lateinische Prosachronik sich stützend, auch eine *Geschichte des Kurfürsten Friedrich von der Pfalz*. Von den Wienern wegen der Schmähungen, mit denen er sie reichlich bedacht hatte, gehaßt und seines Lebens nicht mehr sicher, war Beheim in die Dienste des Kurfürsten getreten und sang dessen Lob in überströmender Weise (1469–1472).

DAS DRAMA

Geistliche Spiele

Eines der besten Erzeugnisse mittelalterlicher Dramatik ist wohl das – wahrscheinlich von einem Geistlichen verfaßte – *Mecklenburger Osterspiel*, das in Redentin bei Wismar 1464 niedergeschrieben wurde. Es bewegt sich zwar noch in den alten Bahnen, aber mit einer Meisterschaft, die manchmal etwas Klassisches hat. Zugleich offenbart sich darin ein Dichtergemüt, in dem tiefernste Gesinnung und jugendliche Ausgelassenheit nebeneinander wohnen und sich bisweilen zu scharfer, satirisch-moralischer Tendenz vereinigen.

Dem eigentlichen Osterspiel folgt, damit innerlich verbunden, ein sogenanntes *Teufelsspiel*, wie das Satyrdrama auf die attische Tragödie. Christus hat durch seinen Tod den Menschen die Möglichkeit der Rettung verschafft, Luzifer und seinem Anhange blieb sie benommen. Darüber ergrimmt, sucht dieser die Menschen in Schuld und Sünde zu verstricken, um auch sie den ewigen Qualen überantwortet zu sehen. Die Teufelskomödie zerfällt in zwei Teile; im ersten sendet Luzifer die Teufel aus, um neue Bewohner für die durch Christi Erscheinen leer gewordene Hölle zu schaffen; im zweiten werden Leute aus allen Ständen herbeigeschleppt und deren Sünden aufgezählt. So wird, wie später in des »Teufels Netz«, das Spiel zu einer Satire auf alle Stände und durch den Hinweis auf die Höllenstrafen zugleich zu einer furchtbar ernsten Predigt für alle, die sich vom Teufel verführen und so die Erlösungstat an sich verlorengehen lassen.

Das Teufelsspiel erscheint als Zeitsatire in der *Tiroler Passion* und im *Vierten Erlauer Spiel*, die alle auf einer gemeinsamen Quelle beruhen. Noch in Verbindung mit dem Erscheinen Christi in der Vorhölle sehen wir die Teufelsepisode im *Wiener* und *Innsbrucker Osterspiel*.

Durch Einschiebung neuer Szenen wurden auch die lateinischen *Weihnachtsspiele*, nachdem sie die deutsche Sprache zum Gemeingut gemacht hatte, ausgeweitet, und es scheint die Umgestaltung nach dem Geschmacke des Volkes hier früher geschehen zu sein als bei den Osterspielen. Jedenfalls haben sich die Weihnachtsspiele in ihrer alten und in ihrer umgeänderten Form länger erhalten als die Auferstehungsspiele. Denn während diese im 16. Jahrhundert allmählich außer Übung kamen, fanden die Weihnachtsspiele auf bayerisch-österreichischem, deutsch-ungarischem und schlesischem Gebiete bis zur Stunde ihre Pflege. Selbst aus den Aufführungen der um Weihnachten von Haus zu Haus ziehenden Kinder lassen sich noch die Hauptszenen und humoristischen Motive der alten Weihnachtsspiele herauslösen.

Schon in dem *St. Gallischen Weihnachtsspiele* des 14. Jahrhunderts, dem ältesten in deutscher Sprache, sehen wir realistische Einlagen und Ausführungen. Da wird die bereits im Freisinger Herodesspiel vorhandene Botenrolle komisch behandelt und in dem ältesten deutschen *Dreikönigsspiele*, das durch eine Erlauer Handschrift überliefert ist, wird sie geradezu zur Hofnarrenrolle. Noch weiter geht in der realistischen Darstellung ein im 15. Jahrhundert aufgezeichnetes *hessisches Weihnachtsspiel*.

Der Gang der Handlung in diesen Spielen war folgender. An die Verkündigung Mariens schloß sich die Herbergsuche des Elternpaares. In derber Weise wird es von den Wirten abgewiesen. Es folgt das Hauptstück, die Geburt Christi. Engel und Menschen preisen sie mit tief gefühlten Liedern. Besonderen Beifalls erfreute sich hier das »Kindelwiegen«, in das ein Weihnachtslied hineinklang, das sich Maria und Josef zusangen. Oft stimmten auch andere Personen, in fröhlichem Reigen um die Krippe ziehend, in den Gesang ein. Daran reiht sich die Verkündigung der Geburt Christi an die Hirten und die Anbetung durch diese. Die Naivität, mit der sie dem Christkind ihre Bitten vorbringen, und ihr bäurisches Wesen zielten auf eine komische Wirkung ab. Diese Szenenfolge in den Weihnachtsspielen erhielt im Hessischen einen derben Zuwachs durch eine Prügelszene zwischen dem hl. Josef und zwei Mägden, die dem Kinde den Brei nicht kochen wollten.

Die Dreikönigsspiele wurden mit den Weihnachtsspielen verbunden, oft aber auch allein aufgeführt. Beide Gattungen bedurften zur Inszenierung nicht vieler Vorbereitung und gelangten daher neben den alten einfachen Weihnachtsfeiern ebenso zur Aufführung wie die Osterspiele neben den Osterfeiern. Bald jedoch verlangte man, die ganze Geschichte der Welterlösung dargestellt zu sehen. So entwickelten sich neue Formen des geistlichen Dramas. Eine davon knüpfte an das Fronleichnamsfest an, das, 1264 eingeführt, sich bald zu dem Feste entwickelte, bei dem die Kirche ihren höchsten Glanz entfaltete. Die uralte Neigung des Volkes zu Verkleidungen und festlichen Umzügen fand hier Gelegenheit, sich auf dem Boden des Christentums zu betätigen. Oft sah man daher bei diesen Prozessionen Gruppen einherschreiten, die alle Momente der Heilsgeschichte von der Schöpfung bis zum Jüngsten Gericht symbolisch durch Aufschriften, Spruchbänder, Embleme, Kostüme, mimische Bewegungen usw. darstellten.

Aus diesen Szenenreihen entstanden die großen *Fronleichnamsspiele*, von denen das aus Künzelsau (im württembergischen Franken) 1479 niedergeschrieben wurde und die ganze Weltgeschichte von der Schöpfung bis zum Jüngsten Gerichte, in drei Abschnitte geteilt, enthält. Leider ist uns von deutschen Fronleichnamsspielen außer dem genannten nur noch das der *Innsbrucker Handschrift* von 1391 erhalten, das zwar das älteste dramatische Erzeugnis ist, das an das Fronleichnamsfest anknüpft, aber nur aus einer Reihe gelehrter Ansprachen besteht und nicht erkennen läßt, ob und in welcher Weise es mit der Prozession verbunden war.

Die Osterspiele behandelten den Höhepunkt im Weltdrama; doch begnügte man sich nicht mehr mit der dramatischen Darstellung dieses wichtigsten Ereignisses im Leben des Gottmenschen; man wollte das ganze, vor allem die Leidensgeschichte, veranschaulicht sehen. So entstanden eine Reihe von Dramen, die wegen des Hauptteils, den darin die Passion bildet, *Passionsspiele* genannt werden. Manche von ihnen schließen mit der Grablegung; in anderen reiht sich, um den Heiland auch in seiner Verklärung zu zeigen, das Osterspiel an, manche enden erst mit der Himmelfahrt und der Teilung der Apostel. Da aber die Verfolgung des Herrn durch die Juden erst durch sein Lehramt verständlich wird, so hat man auch dieses einbezogen, und damit noch nicht zufrieden, greifen einige Dichter in das Alte Testament nach vorbildlichen Szenen zurück, um sie als sogenannte Präfigurationen in die Passionsspiele einzureihen, oder beginnen mit der Schöpfung, dem Sündenfall und dem Sturz der Engel. Endlich hat man noch zwei kleine Dramen in die Passionsspiele aufgenommen, die *Marienklage*, d. h. Marias Klage am Kreuz, und das *Maria-Magdalena-Spiel*, das von Maria Magdalenas Sünde und Bekehrung handelt.

Der Entwicklungsgang der Passionsspiele war ungefähr derselbe wie bei den Osterspielen. Wir sehen sie im 14. Jahrhundert auf einer Höhe, die nur durch öftere Übung erreicht worden sein konnte. Überliefert sind uns aus dieser zweiten Periode die *Wiener*, die *Sankt Galler*, die *älteste Frankfurter*, alle drei aus Mitteldeutschland stammend, und die niederdeutsche *Maastrichter Passion*. Alle vier Spiele sind in gereimten, zum großen Teile deutschen Versen abgefaßt und wurden gesprochen. Individuelle Zeichnung der Personen, die dadurch von der Masse sich abheben, und ein deutlich entwickelter, die Handlung zum großen Teile begleitender dramatischer Dialog sind allen Stücken gemeinsam. In der Herausarbeitung der Handlung aber werden Haupt- und Nebensache noch wenig unterschieden. Die Wiener Passion erweitert den Umfang bereits auf die Darstellung der ganzen Heilsgeschichte nach ihren Hauptmomenten und beginnt daher mit der Erhebung und dem Sturze Luzifers. Leider bricht die Überlieferung mit der Abendmahlsszene ab.

Viel reicher entwickelt als die anderen Passionsspiele dieser Periode ist die älteste Frankfurter Passion des BALDEMAR VON PETERWEIL, Kanonikus am Bartholomäusstifte zu Frankfurt am Main (1350–1380), die für die Aufführung schon zwei Tage erforderte. Erhalten ist uns von diesem Werke nur der *Ordo sive Registrum*, eine lange, für den Regisseur bestimmte Pergamentrolle mit Spielanweisungen und Anfangsworten des Dialogs. Da aber diese Dirigierrolle mehreren Passionsspielen als Grundlage diente, kann das dazugehörige Stück wiederhergestellt werden.

Die Spiele, die auf der Frankfurter Dirigierrolle beruhen, leiten uns hinüber in die Blütezeit dieser Dichtgattung (1400–1515). Es sind dies das *jüngere Frankfurter* von 1467, das 1501 zum erstenmal aufgeführte *Alsfelder*, das *Friedberger* und das *Heidelberger*, aufgezeichnet 1514. Im Zusammenhange mit dieser Gruppe stehen auch die aus verschiedenen Stücken zusammengesetzte *Egerer*, die in der zweiten Hälfte des 15. Jahrhunderts niedergeschriebene *Donaueschinger*, die *Augsburger, Freisinger* und die *Luzerner Passion*, die, mit der Erschaffung des Menschen beginnend, das Weltdrama bis zur Ausgießung des Heiligen Geistes darstellt und noch 1583 mit großer Pracht aufgeführt wurde. Nahezu alle die genannten Passionen stehen, nehmend oder gebend, in Beziehung zu den aus Tirol stammenden. Hier erfreute sich das Passionsspiel der reichsten Pflege; aus keinem anderen Lande sind so viele Spieltexte überliefert, so viele Aufführungen durch Urkunden bezeugt und eine so mannigfaltige Entwicklung bis zur Gegenwart nachgewiesen.

Ihrem Wandertriebe folgend, waren die Tiroler, denen es von alters her Freude machte, »deutsche Komödien und andere Spiele in Reimen zu verfassen und in den Spielen auch zu agieren«, in andere Teile Österreichs gezogen, um ihre Spiele aufzuführen. So erklärt sich deren Einfluß auf die österreichischen; aber auch auf Deutschland und die Schweiz hat die *Tiroler Passion* eingewirkt, die Wackernell (»Altdeutsche Passionsspiele in Tirol«, 1897) auf Grund einer Anzahl geistlicher Spiele rekonstruierte, die der Schulmeister Debs aus Bozen (gest. 1515) und der auch um die Aufführung und Verbreitung weltlicher Volksschauspiele verdiente Maler Vigil Raber aus Sterzing (gest. 1552) gesammelt haben und das Sterzinger Archiv aufbewahrt. Die Tiroler Passion entstand im Übergang vom 14. zum 15. Jahrhundert in Sterzing und hat, wie sie selbst aus älteren Passionen schöpfte, auf andere eingewirkt.

Die großartigen Aufführungen der Passionsspiele des 15. Jahrhunderts stehen im Zusammenhange mit dem mächtigen Aufschwung und gehobenen Selbstbewußtsein der Städte, das in stolzen Kirchen- und Rathausbauten wie in prunkvollen öffentlichen Festen zum Ausdruck kam. Der Kunstsinn und die Kunstfreude der Bürger hatten im Verein mit der Geistlichkeit die Spiele ins Leben gerufen, und der Wohlstand der Städte sorgte für deren glanzvolle Inszenierung auf den öffentlichen Plätzen.

Die überlieferten Spielanweisungen und drei erhaltene Zeichenskizzen machen es möglich, uns von der Bühne ein Bild zu entwerfen. Sie war ein weites, hölzernes Gerüst, fast ebenso breit wie lang, nicht viel über dem

Boden erhaben und nach allen Seiten hin offen. Den Hintergrund bildete ein Haus, ein Balkon daran stellte den Himmel dar. Unter ihm wurden die drei Kreuze errichtet. Zuweilen war die Bühne durch Tore in drei Abteilungen geteilt. An den beiden Längsseiten der Bühne standen die Häuser, deren man im Spiele bedurfte, durch Einzäunung eines Platzes oder durch vier Pfosten mit einem daraufliegenden Dache markiert. Der Eingang zur Hölle wurde durch den Rachen eines Ungeheures dargestellt, durch den die Teufel und die während des Spiels gefangenen und befreiten Seelen aus- und eingingen. Auf dem mittleren freien Platze der Bühne fand die Handlung statt, wenn sie nicht in einem bestimmten Hause oder Garten sich abspielen mußte, in welchem Falle sich die beteiligten Darsteller dorthin begaben.

Die Spieler waren vom Anfang des Stückes an bis zum Ende auf der Bühne; sie saßen an den Seiten jener Abteilungen, in denen sie zu spielen hatten, und durften ihren »Stand« nur verlassen, wenn sie ihren »Spruch« zu sagen hatten. War dies geschehen, so kehrte jeder auf seinen Platz zurück.

Im 15. Jahrhundert waren die Passionsspiele zu eigentlichen geistlichen Volksspielen geworden und gaben durch ihre eigentümliche Mischung von religiösen, künstlerischen und volkstümlichen Elementen ein getreues Spiegelbild des deutschen Bürgertums. Ernster Tiefsinn und frischer Humor kamen in ihnen wie in den epischen Dichtungen zur schönsten Entfaltung. Ihre Aufführungen gaben den reichen Patriziern Gelegenheit, sich als Mäzenaten der Kunst zu zeigen. Als sie sich im Verlaufe des 16. Jahrhunderts davon allmählich zurückzogen, begannen die Spiele, den niederen Schichten des Volkes überlassen, ihren ernsten und trotz der komischen Züge würdevollen Charakter zu verlieren. Der Einfluß des Fastnachtsspieles machte sich immer mehr geltend, Meister Grobianus fand mit seinen derben und obszönen Witzen auch Eingang in die Passionen. Dazu kam die Reformation mit ihren neuen Ideen. Die Protestanten nahmen gegen die prunkvollen Aufführungen eine feindliche Stellung ein. Der religiöse Kampf, der in den tendenziösen und satirischen Schriften sich widerspiegelt, raubte den Bürgern die Ruhe des Gemüts und die naive Freude, Spiele selbst zu inszenieren. Die alttestamentlichen Komödien, die jetzt von Schulmeistern mit ihren Schülern im Rathause aufgeführt wurden, konnten nicht allgemein befriedigen, und so begrüßte man mit Freuden das Auftreten berufsmäßiger Schauspielergesellschaften, deren Kunst die der bürgerlichen Darsteller überflügelte. Als dann im 17. Jahrhundert auch das glänzend ausgestattete Jesuitendrama erblühte, zogen sich die geistlichen Volksspiele in abgelegene Ortschaften und in die Klöster (Lambach, Schlögl), namentlich der bayerisch-österreichischen

Lande, zurück. Hier wurden sie noch weiter aufgeführt, dem Zeitgeschmacke entsprechend geändert oder im prunkvollen Jesuitenstil umgestaltet. Als einer der letzten Ausläufer des alten Passionsspieles gilt die sogenannte *Passion von St. Stephan* in Wien, die im 16. Jahrhundert verfaßt, aber erst im 17. aufgeschrieben wurde. Das Stück ist kein eigentliches Passionsspiel, sondern eine dramatisierte Marienklage und spielt schon darum in der Geschichte des Passionsspieles eine Rolle, weil mit ihm das geistliche Drama wieder zu seinen Anfängen, dem Ritual der Kirche, zurückkehrt. Denn sein Charakter ist lyrisch-dramatisch, es wurde gesungen und mit der Zunftprozession in der Kirche am Karfreitag verbunden.

Aufs neue erwachte das allgemeine Interesse für die Passionsspiele in den letzten Dezennien des vorigen Jahrhunderts, und seitdem rufen in Tirol Vorderthiersee, das durch den Steitenstettener Benediktiner Jakob Reimer einen neuen, auf gründlichem Studium beruhenden und poetisch hochstehenden Text (»Christus«) erhalten hat, ferner Brixlegg und Erl, dessen alter Text in Anton Dörrer einen kunstsinnigen Erneuerer gefunden hat, in Südböhmen Höritz, in Oberösterreich Radegund und vor allem in Oberbayern Oberammergau Tausende zu ihren Spielen. Der Grundbestandteil des *Oberammergauer Passionsspieles* geht auf zwei Augsburger Passionen des 15. und 16. Jahrhunderts zurück. Schon seit dem Ausgange des 17. Jahrhunderts unter dem Einflusse des Jesuitendramas erweitert und umgestaltet, wurde es 1750 durch den Ettaler Benediktiner Ferdinand Rosner neu gedichtet, 1811 in Prosa umgearbeitet und später in einzelnen Teilen wieder umgestaltet.

Neben den Dramen, die aus der Liturgie erwachsen waren, wurden auch solche aufgeführt, die mit ihr in keinem Zusammenhang standen. So hat man das lateinische *Antichristspiel* im 15. Jahrhundert verdeutscht und 1549 damit nach einer älteren Vorlage ein Drama *Vom Weltende* verbunden. Ein anderes *Weltgerichtsspiel* von 1467 ist in einer Handschrift des Klosters Rheinau überliefert worden. Zu diesen eschatologischen Spielen gehört auch das *Mysterium von den zehn Jungfrauen* eines thüringischen Dichters, der darin das Walten der göttlichen Gerechtigkeit in lyrisch-dramatischer Form wirkungsvoll darstellt.

Die fünf klugen Jungfrauen ermahnen sich gegenseitig, für die Ankunft des Bräutigams sich bereitzuhalten; die fünf törichten aber unterhalten sich mit Ball- und Brettspiel, essen, schlafen und erwachen, als es zu spät ist. Sie finden keinen Platz am Hochzeitsmahl; vergeblich legt die Gottesmutter für sie Fürbitte ein; Luzifer mahnt den Heiland an seine Gerechtigkeit und erhält die Verurteilten zur ewigen Peinigung. In ergreifenden Wechselreden und Wechselgesängen, deren Form an die Nibelungenstrophe erinnert, beklagen sie, anderen zur Warnung, ihr schreckliches Los.

Als das Spiel 1322 von Schülern und Dominikanermönchen im Tiergarten zu Eisenach vor dem Landgrafen Friedrich dem Freidigen aufgeführt wurde, erschütterten ihn die Klagen der Verurteilten derart, daß er vom Schlage getroffen wurde und in ein Siechtum verfiel, dem er drei Jahre darauf erlag. Der Verherrlichung Mariens ist das Spiel von *Mariens Himmelfahrt* (1391) gewidmet, und die Macht ihrer Fürbitte zeigen das der Faustsage ähnliche dramatisierte Marienmirakel von *Theophilus*, das uns in drei Fassungen überliefert ist, und das *Spiel von Frau Jutten* des Geistlichen DIETRICH SCHERNBERG aus Mülhausen in Thüringen, der von 1483 bis 1502 urkundlich bezeugt ist. Nach Art der Mysterien behandelt der Dichter die Fabel von der Päpstin Johanna, deren Wirklichkeit damals geglaubt wurde.

Das Spiel, ursprünglich ohne satirischen Beigeschmack, wurde später von Hieronymus Tilesius in den Dienst der reformatorischen Ideen gestellt, 1565 gedruckt und nur so überliefert. Beliebt scheinen die Spiele von der *hl. Dorothea* gewesen zu sein. Bei der Aufführung eines solchen in Bautzen im Jahre 1413 verunglückten viele Zuschauer infolge des Einsturzes eines Daches, von dem aus sie dem Spiele zuschauten. Wie dieses nehmen den Stoff aus der Legende auch die Dramen vom *hl. Georg*, von der *hl. Katharina*, *der Auffindung des heiligen Kreuzes*, der *Zerstörung Jerusalems*, und von der Erschaffung der ersten Menschen und deren Verführung durch Luzifer handeln die *Paradiesspiele*.

Weltliche Spiele

Alle diese kleinen geistlichen Spiele behandeln einen epischen Stoff, der für den dramatischen Vortrag hergerichtet ist, und berühren sich hierin mit den gleichzeitigen weltlichen Spielen. Über deren Ursprung sind wir noch nicht völlig unterrichtet, und es ist nicht möglich, sie wie die geistlichen auf eine gemeinsame Grundform zurückzuführen und aus einer Quelle abzuleiten. Sie treten im 14. und mit überraschender Fülle im 15. Jahrhundert in den schwäbisch-alemannischen und bayrisch-österreichischen Landen in die Literatur ein, sind aber das Ergebnis eines langjährigen Werdeprozesses, dessen einzelne Phasen wir nicht verfolgen können.

Schon in alter Zeit pflegten, wie die Bezeichnungen »histriones«, »mimi« schließen lassen, Gaukler und Lustigmacher, das Publikum an den germanischen Fürstenhöfen durch Darstellung lächerlicher Typen zu unterhalten. In späterer Zeit haben Spielleute und fahrende Scholaren durch Aufführung dramatischer Szenen Zuhörer um sich geschart, und bekannt ist uns bereits ihr Einfluß auf die Popularisierung des geistlichen Dramas. Daß andrerseits von dieser der literarischen Überlieferung nach älteren Gattung des Dramas auf das weltliche anregende Wirkungen ausgegangen sind, zeigen, abgesehen von denen allgemeiner Art, auch die Anleihen, die dieses bei jenem machte. So sind die Teufelsszenen, der Antichrist, die Disputationen zwischen Christen und Juden, manche Heiligenlegende aus dem geistlichen Spiele in die Fastnachtsspiele übergegangen und hier teils in ernster Auffassung, teils unter derber Herausarbeitung der komischen Motive behandelt worden. Ansätze zur Entwicklung des weltlichen Dramas boten auch die Wechselgesänge in der lyrischen Dichtung, wie der Wartburgkrieg, die Wettsingen der Meister, die Frage- und Antwortsätze der Rätseldichtung (Traugemundslied), gereimte Disputationen (Sommer und Winter), Streitspruchgedichte (Salomon und Markolf), Reimsprüche, die als dramatischer Monolog oder Dialog abgefaßt sind, und selbst in epischen Gedichten ließen sich Abschnitte finden, die leicht in ein Drama umgesetzt werden konnten, zumal man für dieses zunächst nur einen Dialog verlangte, den kostümierte Personen hielten.

So gab es in allen Dichtungen Anknüpfungspunkte für die Entwicklung eines weltlichen Schauspieles, aber die wesentlichste Anregung zu dem eigentlich Dramatischen ging wie bei dem geistlichen von Festbräuchen aus. Es waren die Umzüge, die, ihrem Ursprunge nach auf heidnische Opferbräuche zurückgehend, in phantastischen Verkleidungen und unter Darstellung bestimmter Handlungen in der Fastnachtszeit stattfanden. In alter Zeit brachte man derartige Umzüge in Verbindung mit einschneidenden Veränderungen im Leben der Natur, so mit der Winter- und Sommersonnenwende. Die erste beging man als eine Art Reinigungsfest, kleidete sich zum Schutze gegen die feindlichen Mächte in Tierfelle, führte in diesen den Opferreigen auf und stellte unter allerlei Zeremonien die Vertreibung der Haus und Hof zerstörenden Mächte dar. Solche Bräuche, zuweilen durch kleine dramatische Spiele erweitert, haben sich als »Todaustreiben« in verschiedenen Ländern bis in die Gegenwart erhalten, und all der Mummenschanz und die mannigfach ausgestatteten Umzüge in der Fastnacht stehen mit jenem Wintersonnenwendfest im Zusammenhang. Zwar traten an die Stelle der Dämonen die Narren, aber die mit den Umzügen verbundenen sinnbildlichen Spiele, wie z. B. die Verfolgung des in Moos gehüllten »wilden Mannes«, die Verbrennung oder Ertränkung einer Strohpuppe als Hexe oder Tod, lassen noch immer den Sinn des alten heidnischen Festes durchschimmern.

Mit diesen Jahrzeitbräuchen hatte sich, als von der Kirche die vierzigtägige Fastenzeit angeordnet worden war, das Verlangen verbunden, vor deren

Beginn noch einmal der Lebenslust und Laune völlig die Zügel schießen zu lassen. So wurden in den Städten Fastnachtsumzüge in großem Stil veranstaltet, oft von bestimmten Zünften und mit bedeutenden Kosten, in keiner aber mit solchem Prunk wie in der reichen Handelsstadt Nürnberg, die damals in Leben und Kunst für die anderen Städte im Reich tonangebend war. Hier veranstalteten alljährlich die Fleischer und Messerschmiede den *Schembart-(Masken-)Lauf*, und von der dabei entfalteten Pracht und Originalität der Kostüme geben uns die Bilder der chronikartig geführten Schembartbücher noch Kunde. Die Kleidung der Schembartleute diente nicht minder zur Verspottung allgemeiner menschlicher oder besonderer Torheiten als die »Hölle«, ein großes, auf einen Schlitten gezogenes Dekorationsstück mit ausgestopften grotesken Figuren. Selten in Nürnberg, aber häufig in anderen Städten, wie z. B. in Eger und der mächtigen Hansestadt Lübeck, wurden im 15. Jahrhundert bei den Fastnachtsumzügen auf Wagen, Schlitten oder Schiffen Gruppen Verkleideter einhergezogen, die zu diesem Zwecke gedichtete kleine Spiele aufführten.

Neben diesen prunkvollen Straßenumzügen war es, besonders in Nürnberg, Sitte, daß zur Fastnachtszeit Scharen verkleideter junger Burschen, begleitet von Pfeifern und Spielleuten, in den Häusern, wo es lustig herging, herumzogen und ihre Spiele zur Darstellung brachten. Das Leben auf der Straße, auf dem Markte, im Bürgerhause und in der Gerichtsstube, Brautwerbungen, Liebes- und Ehehändel lieferten den Inhalt für diese kurzen Fastnachtsspiele, die in der Regel nur eine dramatische Szene darstellten.

Die Sprache ist roh, das Ganze in verwilderte Knittelverse gekleidet und voll von ausgelassenen Witzen und läppischen Einfällen. In vielen Spielen gewinnt die Satire auf die menschlichen Torheiten, z. B. auf die Liebesnarrheiten und auf die einzelnen Stände, Ausdruck, und da richtet sich der Spott vor allem gegen die Bauern. Hier waltet kein gutmütiger Humor, sondern es zeigt sich in den Dichtungen, die vom wohlhabenden Bürgerstande ausgingen und für ihn bestimmt waren, ein mitleidsloser Hohn gegen das Dörpertum, die Schwachen und Dummen. Daher erscheinen die Bauern in den Fastnachtsspielen stets als rohe, schmutzige Gesellen, schon durch entsprechende Namen, wie Schottenpauch, Hundskranz, Heinz Mist, Äppel Milchschlund, Schnabelrausch, Schweinszagel, Rübenschlund von Sauferei, Heinz von Schalkhausen unter dem Kuhzagel, Jekel Schmutzindiegelten, gekennzeichnet. Nur einmal, in dem *Fastnachtsprozesse*, wo das ganze Treiben in der Fastnacht verurteilt wird, erfährt die Verspottung des Bauern eine herbe Zurechtweisung, denn unser Stammvater sei doch auch ein Bauer gewesen.

Und auch dort, wo es gilt, die Gelehrtenweisheit vom Naturwitze übertrumpft zu sehen, wie in der dramatisierten Geschichte mit den Rätselfragen *Vom Kaiser und Abt* und in der *Tischputatz* von Salomon und Markolf, erscheint der Bauer in günstigem Lichte. Viel seltener hat sich die bürgerliche Satire an die Ritter und Geistlichen herangewagt, obschon auch sie, wenn alle Stände kritisiert wurden, wie z. B. im genannten Fastnachtsprozesse und im Spiele vom *Papst, Kardinal und Bischof*, nicht ungestraft davonkamen. Schlimmer erging es den Juden; selbst wenn sie, wie im *Kaiser Konstantin*, in ernsthafter Disputation widerlegt und bekehrt wurden, fehlte es nicht an ihrer Verspottung.

Rohe Komik bildet die Signatur des Fastnachtsspieles, das in Nürnberg im 15. Jahrhundert seine literarische Prägung und in den Städten (Augsburg, Bamberg, Luzern) besondere Pflege gefunden hat. Eine große Zahl solcher Spiele ist überliefert, aber nur wenige Dichterpersönlichkeiten treten deutlich hervor. Die Stücke galten als Gemeingut, mit dem jeder nach Belieben schalten und walten konnte. Nur zwei Namen sind uns von Fastnachtsspieldichtern überliefert. Es sind die uns als Spruchdichter bereits bekannten Hans Rosenplüt und Hans Folz, von denen jener vermutlich das beliebte *Des Turken Vasnachtspiel* gedichtet hat. Der Verfasser geißelt darin mit bitterer Ironie die angesichts der Türkengefahr in Deutschland herrschende Zwietracht und innere Fäulnis und regte damit mehrere Dichter des 16. Jahrhunderts zur Verwertung der dramatischen Form für die Polemik an. Gewiß hat er *Des Königs von Engelland Hochzeit* gedichtet, in der er acht Herolde auftreten läßt. Wahrscheinlich dürfte auch manches von den mit einer Priamel auslaufenden Stücken von ihm stammen, da er diese Form liebte und mit Meisterschaft handhabte. Unter dem Namen des Hans Folz sind sieben Fastnachtsspiele bekannt, darunter das von Salomo und Markolf und *das von dem Alten und Neuen Testament*, das im ernsten Ton gehalten ist und durch die darin aufgetischte Gelehrsamkeit den Meistersinger verrät.

Von den Fastnachtsspielen, wie sie in Nürnberg entstanden, unterscheiden sich die *Lübecker* durch die Darstellung einer verwickelten und jede Obszönität meidenden Handlung. Geschichte und Sage lieferten den Stoff, die Bearbeitung und Darbietung besorgten die Mitglieder der Zirkelgesellschaft. Als Patrizier waren sie, wenn sie als »Agenten« sich dem Volke zeigten, mehr auf ihre Würde bedacht als die Nürnberger Handwerksgesellen. Dennoch haben die Nürnberger Fastnachtsspiele im südlichen Deutschland eine weite Verbreitung gefunden und alle Lustspiele allmählich in ihren Bann gezogen, so daß die Bezeichnung »Fastnachtsspiele« für alle weltlichen Dramen üblich wurde, obschon manche von ihnen nach Ursprung und Gattung, Ort und Zeit der Entstehung sich von jenen wesentlich unterscheiden.

So ist das älteste, noch im 14. Jahrhundert aufgezeichnete komische Spiel von *Neidhart und dem Veilchen* aus den dramatischen Elementen des Minnesangs und den Tänzen und Reigen der Frühlingszeit herausgewachsen und geht in seinem letzten Grunde auf das heidnische Fest der Sonnenwende zurück, an das manche Volksbräuche, wie die Frühlingsspiele mit Fecht- und Hinrichtungsszenen, der Kampf des Winters mit dem Sommer und die in manchen Ländern besonders zur Fastnachtszeit üblichen Schwerttänze, die Erinnerung bewahrt haben. In diese Zeit hatte die Kirche alle die Tänze und Mummereien der heidnischen Wendfeste zusammengedrängt, und so gingen auch die alten Frühlingsspiele in der gemeinsamen Form der Fastnachtsspiele auf. Jene traten zur Zeit, in der das Rittertum den Ton im gesellschaftlichen Leben angab, in den Vordergrund, während die aus den Umzügen erwachsenen Winterspiele schon eine Entfaltung des Städtelebens verlangten. Die Frühlingsspiele erhielten ihre literarische Prägung unter Einwirkung der sogenannten höfischen Dorfpoesie Neidharts und seiner Nachahmer; sie haben daher das Aufstreben des Bauernstandes zur Voraussetzung, mischen höfische und bäuerliche Elemente und suchen eine Intrige herauszuarbeiten. Ihre typische Form erhielten sie in den *Neidhartspielen*. Diese beginnen mit einer Frühlingsfeier und verbinden damit eine Szene aus dem Kampfe Neidharts mit den Bauern. Das älteste, wahrscheinlich in Steiermark entstandene Stück dieser Art erzählt den Grund des Hasses Neidharts gegen die Bauern. Er will das gefundene erste Veilchen der Herzogin zeigen; die Bauern aber haben ihm die Freude in übler Weise verdorben.

An dieses ganz einfache Stückchen wurde später eine Menge anderer dramatisch bearbeiteter Schwänke angereiht, und so entstand zu Beginn des 15. Jahrhunderts in Tirol das *große Neidhartspiel*, das zur Einfügung von Tanzszenen reichlich Gelegenheit bot. Es ist mit seinen 2000 Versen das umfangreichste altdeutsche Lustspiel und war ursprünglich für die höfische Gesellschaft bestimmt und in der vornehmeren Dichtersprache abgefaßt. Althöfische Formen klingen noch nach in den Reden der Ritter und Damen und bilden einen wirksamen Gegensatz zu den ungefügen Worten der Dörper. In kürzerer Fassung bietet den Stoff des sogenannte *kleine Neidhartspiel*; den ganzen, unter dem Einfluß des Nürnberger Fastnachtsspiels aber schon vergröberten Inhalt erkennen wir noch aus einem umfangreichen *Sterzinger Szenar*. Der Charakter der Neidhartspiele lebte fort in vielen Lustspielen, die in Österreich entstanden.

Eine einheitliche Entwicklung der Handlung finden wir nur in dem schweizerischen Spiel *Vom klugen Knecht*, der erst seinen Herrn, dann einen Kaufmann und zuletzt sogar seinen Anwalt betrügt, der ihn von der Strafe befreit hat. Der beliebte, früher schon in einem italienischen, dann in einem französischen, von Reuchlin (1497) in einem lateinischen Lustspiel (Henno) behandelte Stoff wird vom deutschen Dichter mit Humor und mit einer Gewandtheit bearbeitet, die im 15. Jahrhundert ebenso selten war wie die moralische Nutzanwendung, mit der er das Drama schließt.

Das Beispiel für den Übergang vom poetischen zum prosaischen Roman gab Frankreich, wo man bereits um die Mitte des 13. Jahrhunderts angefangen hatte, die epischen Gedichte in Prosa aufzulösen. Noch andere Umstände, wie das mehr auf das Stoffliche als auf die Form gerichtete Interesse der Zeit, das durch die Verbreitung der Schulbildung in weiteren Kreisen möglich gewordene stille Lesen, bei dem sich die Schönheit des Reims und Rhythmus weniger erschließt, und die seit der Erfindung der Burchdruckerkunst leichtere und billige Verfielfältigung der literarischen Erzeugnisse, wirkten mit, daß auch in Deutschland im Laufe des 15. Jahrhunderts das Epos durch den Prosaroman allmählich verdrängt wurde.

Zunächst sehen wir die Bildung dieser neuen Literaturgattung an den westdeutschen Höfen, an denen fürstliche Frauen Stoffe aus der französischen Nationalsage in ungebundener, deutscher Redeform bearbeiteten. So übertrug die Gräfin ELISABETH VON NASSAU-SAARBRÜCKEN 1437 den Roman von *Loher* (Lother), einem natürlichen Sohne Karls d. Gr., und seinem treuen Genossen *Maller* aus einer französischen Prosa, in die ihn ihre Mutter Gräfin MARGARETA VON VAUDEMONT aus dem Lateinischen übersetzt hatte. Wieder nach einer französischen Vorlage erzählt dieselbe Elisabeth die Helden- und Liebesgeschichte des *Hug Schapeler* (Hugo Capet), dem es trotz seiner nicht ritterbürtigen Abstammung gelingt, die Hand der Königstochter zu erwerben und sich auf den Thron zu schwingen. Die rührende Historie von dem königlichen Liebespaar *Pontus und Sidonia*, das, durch Verleumdung getrennt, noch zur rechten Zeit wieder vereint wurde, übersetzte die Herzogin ELEONORE VON VORDERÖSTERREICH (1448–1480) aus dem Französischen, und nach einem französischen Gedicht bearbeitete 1456 der Berner Schultheiß TÜRING VON RINGOLTINGEN die Erzählung von *Raimund von Lustignan* und der schönen Fee *Melusine* für den Markgrafen Rudolf von Hochberg-Neuenburg in deutscher Prosa. Den Roman »Chevalier de la Touri Landry« übertrug der württembergische Landvogt von Mömpelgart, MARQUART VON STEIN, unter dem Titel *Ritter von Turn*, der, 1493 gedruckt und mit Holzschnitten ausgestattet, bis in die neue Zeit Beifall fand. Mit den darin gebotenen »Exempeln der Gottesfurcht und Ehrbarkeit« sollten insbesondere die weiblichen Tugenden und Untugenden durch novellistische und biblische Erzählungen dargestellt werden. Aus dem Französischen stammt auch *Herpin*, »der weiß Ritter, wie er so getreulich beistund Ritter Leuwen, des Herzogen Sohn von Burges, daß er zuletzt ein Königreich besaß«.

Wie sehr man die ungebundene Redeform bevorzugte, ersieht man auch daraus, daß jetzt die alten Stoffe der höfischen Epen in Prosa bearbeitet wurden. Dabei hat man entweder die mittelhochdeutschen Gedichte nach französischem Beispiel einfach in Prosa aufgelöst (Flore und Blancheflore, Wigalois, Tristan, Willehalm u. a.) oder folgte auch hier einer französischen Prosa, die neben der poetischen Behandlung vorhanden war (Lanzelet, Valentin und Orsus), oder schloß sich einer lateinischen Quelle an, die früher in deutschen Versen bearbeitet war (Herzog Ernst, der Römer Tat, der Trojanerkrieg, Alexander d. Gr. u. a.). Auf diese Art entstanden, zumeist durch Verdeutschung aus dem Französischen, die deutschen Volksbücher von der »schönen Magelone«, »Fortunatus«, «Kaiser Oktavianus«, die »Vier Haymonskinder« und andere, die im 16., 17. und im 18. Jahrhundert die Lieblingslektüre des Volkes auch dann noch bildeten, als der Geschmack der höheren Gesellschaftskreise sich bereits anderen Lesestoffen zugewandt hatte. In ihrem Streben, die deutsche Vergangenheit der Gegenwart wieder nahezubringen, haben sich dann die Romantiker diesem Literaturzweige zugewendet, und nachdem Tieck schon einige dieser deutschen Volksbücher der Leserwelt wieder erschlossen hatte, lenkte Josef Görres durch seinen Aufsatz die »Teutschen Volksbücher« (1807) die Aufmerksamkeit auf den in ihnen liegenden tiefen Sinn und ihren poetischen Wert und gab damit die Anregung zu deren Sammlung. Diesem Winke folgend, haben uns Gustav Schwab und Simrock die deutschen Volksbücher wiedererzählt, und in jüngster Zeit veröffentlichte sie Richard Benz in altertümlichem Gewande und in einer der alten sich nähernden Sprache.

UMBRUCHZEIT

FREMDE EINFLÜSSE, EIGENE BEREITSCHAFT

Um 1500 beginnt jene geschichtliche Periode, die man die Neuzeit nennt (da sie in unserem Jahrhundert zu Ende geht, wird man für sie bald eine andere Bezeichnung finden müssen). Die sichtbaren Daten des Umbruches sind die Entdeckung Amerikas durch Kolumbus (1492), die Öffnung des Seeweges nach Ostindien durch Vasco da Gama (1498), die Auflösung des ptolemäischen Weltbildes durch Kopernikus (1543). Von größtem Einfluß auf das geistige Leben war auch die Erfindung des Buchdruckes durch Johannes Gutenberg (1445).

Als die »neue« Welt am Horizont auftaucht, einigt Karl V. (1519–1556) die »alte« weithin durch Personalunion, vermag aber nicht die innere Einheit zu retten, die von der Reformation gesprengt wird. Zudem erhebt sich im Osten drohend der Halbmond (erste Belagerung Wiens durch die Türken: 1529). Die Reformatoren hatten längst ihre Vorläufer in den Sekten des Mittelalters sowie in John Wyclif (um 1320–1384) und Jan Hus (1369–1415) und fanden ein für ihre Ideen aufgelockertes Erdreich, weil die Humanisten bereits ihre Saat ausgestreut hatten. Und auch der Humanismus als solcher ist keine Erfindung des 14. Jahrhunderts, eher eine Wiederentdeckung, ist auch nicht notwendigerweise eine geistige Revolution, manchmal nur eine Akzentverschiebung. Die Beziehung zwischen Gott und Mensch hat selbst in der religiösen Literatur des Mittelalters verschiedene Darstellungen erfahren, wobei unmerklich, jedoch stetig das Interesse der Autoren sich immer mehr dem Menschen zuwandte, allerdings ohne Gott zu übersehen.

Neben das kirchliche Schrifttum war ferner das profane getreten, keineswegs damit zufrieden, das irdische Geschehen zum Thema zu haben, vielmehr wagte man bald, die Vorkommnisse auf Erden nach eigener Weise hintergründig zu deuten. Endlich ist der Rückfall in eine durchaus unreligiöse Haltung für eine ganze Reihe mittelalterlicher Werke in Prosa und Poesie dem Leser dieses Buches nicht unbekannt. Die Loslösung des Menschen von Gott und Kirche wäre also auch ohne die Humanisten, ja war bereits ohne sie versucht worden.

Auch die Annahme, die Humanisten seien die Erneuerer des Lateinstudiums gewesen, stimmt nur halb; denn auch darin hatten sie ihre Vorgänger, denen die Sprache der Römer immer noch ein verehrungswürdiges Gut, die Stoffe der antiken Welt Anregung zu poetischen Arbeiten und ein fast eifersüchtig gehütetes Erbe waren. Dennoch muß diese geistige Bewegung als ein Einschnitt in der Geistes- und Literaturgeschichte des Abendlandes anerkannt werden; ihre große Wirkung ist begründet durch die enge Verbindung der beiden eben skizzierten Bestrebungen, zugleich aber dadurch, daß der mittelalterliche Kosmos in Auflösung begriffen war; erst das Zusammentreffen beider Gelegenheiten führte zum Umschwung; denn auch geistige Revolutionen erringen den Sieg nicht, wenn die angegriffene Ordnung noch fest gefügt ist.

Die geistige Regsamkeit vor und um 1500 führte ferner die bildende Kunst zu einer Fülle von großartigen Leistungen allein im Raum der deutschen Sprache; die bekanntesten Namen sind Michael Pacher (um 1435–1498), Veit Stoß (um 1445–1533), Adam Krafft (um 1460–1509), Peter Vischer (um 1455–1529), Tilman Riemenschneider (um 1460–1531), Albrecht Dürer (1471–1528), Lucas Cranach (1472–1553), Matthias Grünewald (um 1460/70–1528), Hans Baldung genannt Grien (um 1480–1545), Albrecht Altdorfer (1480–1538), Hans Holbein d. J. (1497–1543).

HUMANISMUS IN DEUTSCHEN LANDEN

Anfänge der humanistischen Bewegung

Seit der Gründung der dortigen Universitäten war Italien das Ziel mancher Deutschen gewesen, die dann nicht nur Doktorhüte und Magisterdiplome nach Hause brachten, sondern auch das neue Bildungsgut. Zudem hatte Karl IV. aus dem Hause der Luxemburger, König von Böhmen und seit 1346 Deutscher König, von 1355 bis zu seinem Tod im Jahre 1378 Römischer Kaiser, ein kluger und gelehrter Fürst, Anno 1348 zu Prag die erste Universität diesseits der Alpen gegründet und war durch die Flucht Cola di Rienzos (1350) an seinen Hof und die Gesandtschaftsreise Francesco Petrarcas nach der Residenzstadt an der Moldau (1356) in persönlichen Kontakt mit den ersten Humanisten gekommen.

Die Beziehungen zwischen dem Kaiser und dem »poeta laureatus« blieben fortan bestehen und fanden Niederschlag in einem regen Briefwechsel, für den der kaiserliche Kanzler JOHANN VON NEUMARKT aus Schlesien (gest. 1380) verantwortlich war. Die Abschriften der an Petrarca gerichteten Schreiben, mochten sie nun die lateinische oder schriftdeutsche Sprache verwenden, sammelte er im sogenannten *Epistolar- und Formelbuch*, das starken Einfluß auf die Schreibweise anderer Kanzleien ausübte. Demnach ergibt sich für die erste Periode des deutschen Humanismus ein juristisch-bürokratischer Charakter, immerhin im Zeichen des Werdens einer gemeindeutschen Literatursprache und im Zeichen der ersten Universität innerhalb des deutschen Reiches. Unter das Gesetz des neuen Stilbegriffes wurde auch die deutsche Prosa gestellt, und in der für König Wenzel angefertigten Bibel merken wir bereits die Wirkung.

Vom humantistischen Hauche wurde auch der letzte Luxemburger Kaiser Sigismund (1410–1437) berührt, da ihn sein wechselvolles Leben mit den Italienern in vielfache Beziehungen brachte, so auf den Konzilien von Konstanz (1414–1418) und Basel (1431–1449), die beide für die Verbreitung des Humanismus in Deutschland große Bedeutung erlangten. Denn im Gefolge der italienischen Bischöfe waren als deren Beamte vielfach Humanisten mitgekommen, die durch ihre Rhetorik Bewunderung erregten, den Fürsten ihre Dienste anboten, aber auch in den benachbarten Klöstern Jagd auf Handschriften antiker Autoren machten.

Einer von ihnen war Enea Silvio Piccolomini oder, wie er sich als Humanist nannte, Aeneas Silvius (1405–1464). Dieser, Sproß einer verarmten Adelsfamilie, zur Zeit des Basler Konzils Sekretär des Bischofs von Fermo, wurde 1442 für die Reichskanzlei Kaiser Friedrichs III. (1440–1493) in Wien gewonnen, von seinem neuen Herrn in Frankfurt zum Dichter gekrönt, 1446 zum Priester geweiht, 1447 zum Bischof von Triest, dann von Siena, endlich 1458 zum Bischof von Rom erhoben und als solcher unter dem Namen Papst Pius II. bekannt. Zur Zeit des Basler Konzils und des kaiserlichen Dienstes erfreute Aeneas Silvius den Kreis lockerer Literaten, dem er angehörte, mit moralisch keineswegs einwandfreien Gedichten, Geschichten und Komödien. Trotzdem versicherte Piccolomini immer wieder, er lehre durch den Hinweis auf die Antike und deren Helden und Dichter eine höhere Moral, ja er schrieb dem Poeten eine tiefer wirkende Kraft zu als dem Bußpriester, da jener besser von der Verwerflichkeit der Laster zu überzeugen vermöge als dieser.

Seine Ansichten zu verbreiten, schienen dem Sienenser Humanisten vor allem Briefe nützlich. Aus ihnen – 558 an der Zahl – läßt sich infolge ihrer Offenheit das Leben und die Zeit Piccolominis sowie der Wandel seines Denkens rekonstruieren. Als an der Historie interessierter Mann schrieb Aeneas Silvius eine *Geschichte Friedrichs III.* (»Historia Friderici III. sive Historia Austriaca«), eine Studie über Böhmen (»Historia Bohemica«) und

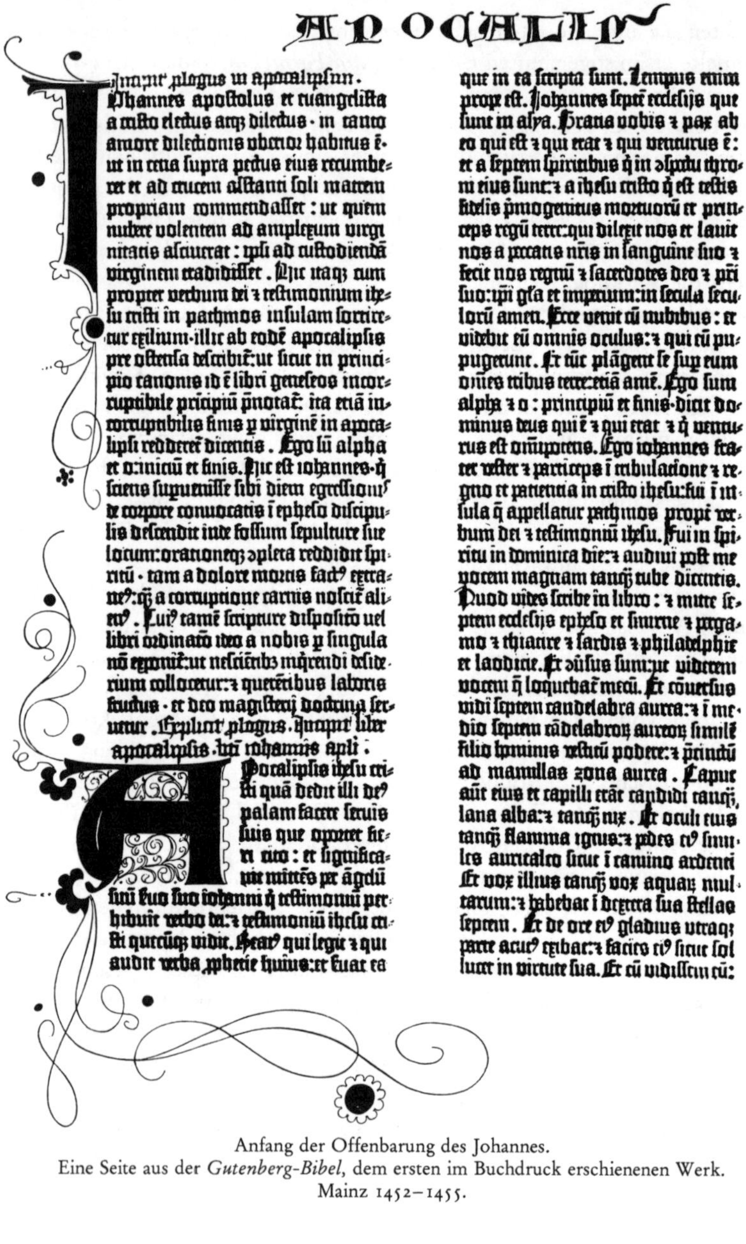

APOCALIP

Incipit prologus in apocalipsim.
Johannes apostolus et euangelista
a cristo electus atque dilectus · in tanto
amore dilectionis uberior habitus ē.
ut in cena supra pectus eius recumbe-
ret et ad crucem astanti soli matrem
propriam commendasset : ut quem
nubere volentem ad amplexum virgi-
nitatis asciuerat : ipsi ad custodiendā
virginem tradidisset . Hic itaque cum
propter verbum dei et testimonium ihe-
su cristi in pathmos insulam trude-
retur exilium · illic ab eodē apocalipsis
pre ostensa describitur : ut sicut in princi-
pio canonis id ē libri geneseos incor-
ruptibile principiū prenotatur: ita etiā in-
corruptibilis finis p virginē in apoca-
lipsi redderetur dicentis . Ego sū alpha
et omega initiū et finis. Hic est iohannes · q̄
sciens superuenisse sibi diem egressionis
de corpore conuocatis ī epheso discipu-
lis descendit in defossum sepulture sue
locum : oratoneque cōpleta reddidit spi-
ritū · tam a dolore mortis factus extra-
neus : q̄ a corruptione carnis noscitur ali-
enus . Cuius tamē scripture dispositio uel
libri ordinatio ideo a nobis p singula
nō exponitur: ut nesciēdi desideri-
um collocetur: et querētibus laboris
fructus · et deo magisterij doctrina ser-
uetur . Explicit prologus . Incipit liber
apocalipsis · beati iohannis apli ·
Apocalipsis ihesu cri-
sti quā dedit illi deus
palam facere seruis
suis que oportet fie-
ri cito : et significa-
uit mittēs per āgelū
suū seruo suo iohanni q̄ testimoniū per-
hibuit verbo dei : et testimoniū ihesu cri-
sti quecumque vidit. Beatus qui legit et qui
audit verba prophetie huius: et seruat ea
que in ea scripta sunt. Tempus enim
prope est. Johannes septē ecclesijs que
sunt in asya. Gratia vobis et pax ab
eo qui est et qui erat et qui venturus ē:
et a septem spiritibus q̄ in cōspectu thro-
ni eius sunt: et a ihesu cristo q̄ est testis
fidelis primogenitus mortuorū et prin-
ceps regū terre: qui dilexit nos et lauit
nos a peccatis nr̄is in sanguine suo et
fecit nos regnū et sacerdotes deo et pri
suo: ipi glā et imperium: in secula secu-
lorū amen. Ecce venit cū nubibus : et
videbit eū omnis oculus: et qui eū pu-
pugerunt. Et tūc plāgent se sup eum
omnes tribus terre: etiā amē. Ego sum
alpha et o : principiū et finis · dicit do-
minus deus qui ē et qui erat et q̄ ventu-
rus est omnipotens. Ego iohannes fra-
ter vester et particeps in tribulatione et re-
gno et patientia in cristo ihesu: fui ī in-
sula q̄ appellatur pathmos propter ver-
bum dei et testimoniū ihesu. Fui in spi-
ritu in dominica die: et audiui post me
vocem magnam tanq̄ tube dicentis.
Quod vides scribe in libro : et mitte se-
ptem ecclesijs epheso et smirne et perga-
mo et thiatire et sardis et philadelphie
et laodicie. Et cōuersus sum: ut viderem
vocem q̄ loquebatur mecū. Et cōuersus
vidi septem candelabra aurea: et ī me-
dio septem cādelabrorū aureorū similē
filio hominis vestitū podere: et precinctū
ad mamillas zona aurea . Caput
aūt eius et capilli erāt candidi tanq̄
lana alba: et tanq̄ nix . Et oculi eius
tanq̄ flamma ignis: et pedes eius simi-
les auricalco sicut ī camino ardenti
Et vox illius tanq̄ vox aquarū mul-
tarum: et habebat ī dextera sua stellas
septem . Et de ore eius gladius utraque
parte acutus exibat: et facies eius sicut sol
lucet in virtute sua. Et cū vidissem eū:

Anfang der Offenbarung des Johannes.
Eine Seite aus der *Gutenberg-Bibel*, dem ersten im Buchdruck erschienenen Werk.
Mainz 1452–1455.

als Kenner der von ihm bereisten Lande die Monographie *Über den Zustand, die Lage und die Sitten Deutschlands* (»De ritu, situ, moribus et conditione Germaniae«).

Mit Aeneas Silvius setzen wir den Beginn der zweiten Periode des deutschen Humanismus, deren Gepräge philologisch-rhetorischer Natur ist. Der Zusammenhang mit Italien ist überall erkennbar, mögen die Humanisten unter dem unmittelbaren Einfluß Piccolominis stehen oder im Süden selbst der neuen Kulturwelt sich erschlossen haben, mögen sie wie Aeneas Silvius lateinisch schreiben oder sich der deutschen Sprache bedienen.

Zu den Neulateinern gehören die beiden Mathematiker und Astronomen GEORG PEU(E)RBACH (1423–1461) aus Oberösterreich, in Rom und in Wien tätig, und sein Schüler Johannes Müller, genannt REGIOMONTANUS (1436–1476) aus Königsberg in Franken, Erbauer der ersten deutschen Sternwarte in Nürnberg. Dort wollte der Jurist GREGOR HEIMBURG (gest. 1472) den Wert der humanistischen Bildung auf praktische Zweckdienlichkeit eingeschränkt wissen, von »tullianischer (d. h. ciceronianischer) Eloquenz« oder dem »Redeblümchen Quintilianus« nichts hören und lehnte infolge antipäpstlicher Einstellung den Humanismus, weil diesem so viele Vertreter der Kirche huldigten, ab.

Von den deutschen Hochschulen war Heidelberg die erste, die dem Humanismus ihre Tore öffnete – oder öffnen mußte. Denn trotz Ablehnung durch die Fakultät wurde nach kurzem Studium und Wanderleben PETER LUDER (1415 bis um 1474) aus Kißlau (bei Heidelberg) vom Pfalzgrafen Friedrich als erster deutscher humanistischer Universitätslehrer dortselbst angestellt. Allerdings mußte er bald Heidelberg wie auch später Erfurt und Leipzig wegen seines liederlichen Lebenswandels verlassen. Sein literarischer Nachlaß besteht aus einer Lobrede auf den Pfalzgrafen Friedrich und aus Briefen. In die Geschichte seiner Zeit ging er als der erste »Lumpenhumanist« ein.

Der Gegenspieler gegen die ersten Humanisten und den Geist, den sie vertreten, ist der Niederländer GERHARD (GERRIT) GROTE (oder Groote, d. h. Große, 1340–1384), dem aufgetragen war, der neuen Zeit die »neue Frömmigkeit«, die *Devotio moderna*, zu lehren und vorzuleben. Er stiftete in seiner Vaterstadt Deventer an der Ijssel die »Schwestern vom gemeinsamen Leben« und bald darauf die »Brüder vom gemeinsamen Leben«, auch Fraterherren genannt. Der Sinn dieser Stiftung war die gemeinsame Pflege des religiösen Lebens als Gegenbewegung gegen den Humanismus, soweit er zum Laizismus zu werden drohte. Darum hielten die Fraterherren Unterricht, liebten die Bücher, stellten sie her und verbreiteten sie. Aus dieser

Schule und Schulung gingen eine Reihe bedeutender deutscher Humanisten hervor.

Der älteste von ihnen ist Thomas Hamerken (d. h. Hammer, darum lateinisch: Thomas Malleolus), bekannt unter dem Namen THOMAS VON KEMPEN (1380–1471), wie er nach seiner rheinischen Geburtsstadt heißt. Als Sohn eines Handwerkers geboren, trat er 1399 ins Chorherrenstift Agnetenberg bei Zwolle ein, das der Windesheimer Kongregation angehörte. 1413 wurde Thomas Priester, 1425 Subprior. Ihm lag weniger das gesprochene als vielmehr das geschriebene Wort; er war kein Buß- und Sittenprediger, sondern der freundliche Seelenberater. Man hat ihn einen Idylliker genannt, und in der Tat liebte er es, »in angello cum libello« – mit einem frommen Buch in einem beschaulichen Winkel – zu sitzen. Harte Lebens- und Seelenkämpfe kannte er kaum, doch wußte er um derartige Schwierigkeiten aus der Kenntnis anderer Menschen. In die Literaturgeschichte eingegangen ist Thomas durch die *Imitatio Christi* (»Nachfolge Christi«), die zwar nicht das Werk seines Geistes, doch das seiner fleißigen Hände ist. Er hat die Notizen Gert Grootes, dem das Werk heute von manchen zugeschrieben wird, aber nicht einfach abgeschrieben (vielleicht da und dort ein wenig um ihre ursprüngliche Kraft gebracht), sondern überarbeitet und ihnen jene Form gegeben, in der sie, jahrhundertelang mehr oder weniger unangefochten, den betrachtenden Leser »mit himmlischem Tau erquickten«. Dieses Verdienst wird man Thomas a Kempis auch heute nicht abstreiten können. Als guter Lateiner und fleißiger Schreiber hinterließ der Chorherr von Agnetenberg außerdem noch 37 Schriften, darunter die Chronik seines Klosters, die Biographien Gerhard Grootes und des Florentiners Radewijns, seines priesterlichen Freundes und Mitgründers der Fraterherren.

Der berühmteste, zu den höchsten Würden emporgestiegene Schüler der Fraterherren ist Nikolaus Chrypffs (Krebs), gewöhnlich nach seinem Geburtsort Kues an der Mosel CUSANUS (1401–1464) genannt, seit 1448 Kardinal, seit 1450 Bischof von Brixen, gestorben in Todi (Italien). Weil Cusanus einen Mittelweg in den gegensätzlichen Zeitströmungen suchte, ist seine Stellung bis auf den heutigen Tag umstritten. Das Schwanken in den Lehrmeinungen erklärt sich auch aus der Bereitschaft des Cusanus, stets neue Anregungen aufzunehmen. Er war Humanist, d. h. für seine Zeit: der wissenschaftlichen Tradition gegenüber kritisch eingestellt; er war als zugleich religiöse und philosophische Natur ein Fortsetzer der »philosophischen Mystik« und den Gedankengängen Meister Eckharts zugänglich; er studierte und exzerpierte die Werke des Katalanen Raimundus Lullus (um

1235 bis um 1315), des von Unruhe zu Gott weit umhergetriebenen Abenteuerers der Wissenschaft und des Glaubens, eignete sich reiche Kenntnisse in Mathematik und Astronomie an, liebte aber nicht minder die Wissenschaft der Geschichte; Griechen, Lateiner und Araber wurden von ihm gelesen, und so wirkte auch Aristoteles auf ihn ein und also die Scholastik, bei deren Ablehnung der Cusaner den äußeren Betrieb, nicht den echten Geist meinte.

Charakteristisch für ihn ist der Begriff der »coincidentia oppositorum«, des Zusammenfallens aller Gegensätze in Gott. Daß dadurch der christliche Gottesbegriff gefährdet wird, spürte er schließlich selbst und kam deshalb zur Formulierung, Gott sei jenseits aller Gegensätze; auch das war ihm kein befriedigender Ausweg. Darum lehrte Cusanus die *Docta ignorantia*, das Wissen des Nichtwissens (so auch der Titel seines 1440 edierten philosophischen Hauptwerkes), und gab darin der Vernunft die Begrenztheit ihrer Erkenntnismöglichkeit zu bedenken, schrieb jedoch den Menschen die Fähigkeit zu, auf dem Weg der Intuition eine gewisse Anschauung des Unendlichen zu gewinnen. In Gott sah er die höchste Aktivität, den »omnipotens«, d. h. nicht nur den Allmächtigen, sondern vor allem den Alles-Könnenden oder genauer: die Wirklichkeit aller Möglichkeit; darum erfand er für ihn einen neuen Namen, nämlich »possest«, ein Wort, das allen Regeln der lateinischen Grammatik und Wortbildungslehre widerspricht, aber besagen will: Gott ist das Können (posse), das Wirklichsein (est) und die Verbindung beider (possest), die durch den allen drei Wörtern gemeinsamen, daher »dreieinigen« Laut e unterstrichen sein will. Diese positive Definition Gottes, ausgesprochen in der Schrift *De possest* (1460), machte aus ihrem Verkünder einen der aktivsten Männer seiner Zeit, der in unermüdlicher Tätigkeit an der Reform der ihrer zweifellos bedürftigen Kirche arbeitete und mit für die damalige Zeit überraschendem Optimismus in die Zukunft sah. 1452 verfaßte er die kleine Schrift *Vermutung über die letzten Dinge*, deren mit Zahlen spielende Analogie zwischen den Lebensjahren des Herrn und der Lebensdauer der Kirche (er errechnete das Jüngste Gericht für ungefähr 1734) aus der mystischen Überlieferung zu verstehen ist.

Aus den Schulen der Fraterherren gingen ferner zwei große Persönlichkeiten auf dem Gebiet der Pädagogik hervor: RUDOLF AGRICOLA (eigentlich: Roelof Huysman, um 1443–1485) aus Baflo bei Groningen, nach unstetem Wanderleben Professor in Heidelberg, Verfasser künstlerisch hochstehender lateinischer Schriften, der erste Lehrer des Griechischen in Deutschland, und dessen Schüler ALEXANDER HEGIUS (1443–1498) aus dem Dorfe Heeck im Münsterlande, einer der größten Pädagogen seiner Zeit, der seit 1475 an der

Schule zu Deventer wirkte und die antiken Klassiker in den Mittelpunkt des Jugendunterrichtes stellte.

Cusanus und Agricola drangen darauf, die alten Geschichtsschreiber ins Deutsche zu übertragen, damit auch das Volk sie kennenlerne und sich in der eigenen Sprache vervollkommne. Ihren und Piccolominis Anregungen folgend, setzte nun eine reiche Übersetzertätigkeit aus dem Lateinischen, Französischen und Italienischen ein. Als Beispiele seien genannt JOHANN HARTLIEB (gest. gegen 1474), Leibarzt und Rat des Herzogs von Bayern, ein in Astrologie und Geheimwissenschaft erfahrener Mann, der das Buch *Ovidii von Lieb zu erwerben* aus dem Lateinischen ins Deutsche übertrug (1472), der Ulmer Stadtarzt HEINRICH STEINHÖWEL (gest. gegen 1482). Übersetzer zweier Werke des Boccaccio und Verfasser eines deutschen *Esopus* (1476–1480), der Übersetzungen ins Französische, Spanische, Englische und Holländische erfuhr und bis auf La Fontaine, d. h. bis ins 17. Jahrhundert, seinen Einfluß behauptete, Heinrich Schlüsselfelder, genannt ARIGO, der schließlich Boccaccios »Decamerone« für »beschwerte und betrübte Frauen« 1472 verdeutschte.

Neben ihrer praktischen Übersetzertätigkeit setzten sich mit der Übersetzungsarbeit vor allem zwei Männer auch theoretisch auseinander: Niklas von Wyle und Albrecht von Eyb.

NIKLAS VON WYLE (um 1410 bis um 1479), ein Schweizer aus Bremgarten im Aargau, ritterbürtigem Habsburger Ministerialengeschlecht entstammend, zunächst Schulmeister in Zürich, dann Ratsschreiber in Nürnberg, Stadtschreiber in Esslingen, endlich Kanzler Ulrichs V. und Eberhards II. von Württemberg, stand in Zürich unter dem Einfluß des Chorherrn und Kantors am Großmünster FELIX HEMMERLIN (1388–1458), des Autors von meist lateinischen Schriften, jenes Verteidigers des Adels gegen das aufkommende Bauerntum (»De nobilitate et rusticitate«). Er übersetzte die Schriften des Aeneas Silvius und jene anderer Humanisten, wie Poggio und Petrarca, ins Deutsche; sie wurden später unter dem Titel *Translationen* oder *Deutschungen* gesammelt (1461–1478), gleichsam als Vorschule der Bildung für Deutsche.

Viel freier und natürlicher noch als der Aargauer bearbeitete italienisch-lateinische Vorlagen ALBRECHT VON EYB (1420–1475), geboren auf dem Schloß Sommersdorf bei Ansbach, in Italien zum Juristen ausgebildet, gestorben zu Eichstätt als Domherr von Würzburg. Er übersetzte zwei Komödien des Plautus, in denen er statt der lateinischen Namen deutsche verwendete, veröffentlichte unter dem Titel *Margarita poetica* eine reiche Sammlung von

Zitaten und Beispielen aus der antiken Literatur, die erste in Deutschland erschienene umfassende Auswahlsammlung der Stilistik und Rhetorik, bot im *Ehebüchlein* (1472) die schönste Prosa der deutschen Literatur vor 1500 und erzielte durch die rein humanistische Behandlung des Themas (ohne Rücksicht auf den sakramentalen Charakter der Ehe) sowie die volkstümliche Darstellung großen Erfolg. Außerdem schrieb er den *Spiegel der Sitten*, eine Darlegung der christlichen Ethik auf Grund kirchlicher Schriftsteller und humanistischer Gedankengänge. In diesen »Sittenspiegel« hat Albrecht von Eyb auch eine Disputation römischer Jünglinge über den Vorzug des Geburts- bzw. des Gemütsadels eingefügt. Der Dialog wurde wie hier auch sonst von deutschen Humanisten – nach dem Muster der Italiener – mit Vorliebe zur Entwicklung eines Gedankens gewählt.

Aber es bedurfte dieses Musters eigentlich nicht, wie der berühmte *Ackermann aus Böhmen* zeigt, den JOHANN VON TEPL oder von Saaz 1399 oder 1400 geschrieben hat. Sein Verfasser war Rektor der Lateinschule, Notar und Stadtschreiber von Saaz in Böhmen und starb als Protonotar in Prag. Das Gespräch zwischen dem Ackermann, dessen Frau im Kindbett gestorben ist, und dem Tod ist der literarische Zeuge für eine Stimmung, die sich alsbald in der bildenden Kunst in Form der Totentänze äußerste (zuerst in der Auvergne und in der Bretagne) und im Totentanz der Lübecker Marienkirche (1463) und den beiden Basler Darstellungen des gleichen Themas (1470) ihre Gipfelpunkte erreichte.

In kraftvoller Sprache fordert der Ackermann, ein fühlender Mensch, der seine Frau sogar mit Ausdrücken der mittelalterlichen Minnepoesie zu verherrlichen weiß, und dennoch mehr, nämlich Verkörperung der Macht des Lebens, vom Tod als dem Mörder seiner Frau Rechenschaft und beansprucht als Sohn dieser Erde das Recht auf die Freuden des Diesseits. Der Tod aber verweist auf die Eitelkeit und Hinfälligkeit alles Irdischen und auf Gott, von dem er seine Macht habe. Schließlich schlichtete der Herr als höchste Instanz den Streit: »Den twinget leid zu klagen, diesen die anfechtung des clagers, die warheit zu sagen. Darumb, clager habe ere! Tot, sige! Jeder mensche dem Tode das leben, den leib der erden, die sele Uns pflichtig ist zu geben!« Nun erst sinkt der Ackermann auf die Knie und sendet aus Herz und Mund ein inniges, mystisch vertieftes Gebet für die Seele der Verstorbenen.

In Italien haben große lateinische Dichter der Renaissancezeit nach antiken Mustern auch Dichtungen in der stammverwandten italienischen Sprache verfaßt und auf beiden Gebieten Klassisches geschaffen. In Deutschland fehlte es zwar nicht an Versuchen, den Humanismus zu popularisieren, aber man kam dabei nicht über die Übersetzungen hinaus, doch auch diese blieben zunächst ohne Wirkung auf die Massen. Und da eine solche nicht erzielt wurde, verzichtete man überhaupt auf jeden weiteren Versuch, die deutsche Literatur durch die neu erschlossene Kultur zu beleben, und erblickte einzig in deren Nachbildung die Aufgabe wahrhaft geistigen Strebens. In dieser Anschauung bestärkt durch die glänzenden Erfolge, deren sich die Philologie als Fachwissenschaft erfreute, schließen sich die meisten Humanisten gegen Ende des 15. Jahrhunderts von dem Volke ab und bilden für sich eine Kaste von Gelehrten, die sich die Denk- und Ausdrucksweise der fremden Kulturwelt aneignen und sich darin gefallen, anders zu denken und zu reden als die Menge, auf deren Torheiten sie aus dem Gefühl ihrer eigenen Erhabenheit verächtlich herabblicken. Fremd wie das Heimische und Volkstümliche ist der humanistischen Literatur der Humor, von dem das Mittelalter voll ist; sie kennt nur den Witz und die Stachelrede, nicht aber das fröhliche Lachen. Aber gerade durch die Satire und das Epigramm greift der Humanismus, der sich sonst oft in das Reich der Phantasie verliert, am wirksamsten in die treibenden Tagesfragen, zumal in die kirchenpolitischen ein und kämpft für die antik-heidnische Weltauffassung, während die Vertreter der überlieferten christlichen Anschauung mit derselben Waffe jeden Angriff zurückzuweisen suchen.

Blüte des Humanismus

Die Anfänge zu der Form des deutschen Humanismus, die wir eben skizziert haben, trafen wir schon in seinen beiden früheren Epochen. Seine Ausgestaltung aber fand er erst in der dritten Periode, die ihn in seiner Blüte zeigt und zeitlich mit der Regierung des Kaisers Maximilian I. zusammenfällt, des fürstlichen Dichters, Geschichtsschreibers und Mäzens der humanistischen Bestrebungen. Man pries die Hoheit, die Machtfülle des Kaisers, des Lichtes der Erde, des Ruhmes des Weltalls, und sonnte sich an den hehren Strahlen, die von ihm ausgingen. Sein Beispiel wirkte anregend und förderte den Patriotismus; denn mochten die Humanisten auch von dem Volke sich abschließen und auf dessen Literatur keinen unmittelbaren Einfluß ausüben, so waren sie doch bemüht, Deutschland von dem Vorwurfe der Barbarei zu befreien und dessen Geschichte glänzend darzustellen. Und gerade das Streben, vom Einflusse Italiens sich frei zu machen, drückt der dritten Periode ihr eigenartiges Gepräge auf. Der Buchdruck enthob den jungen deutschen Humanisten der Mühe des Abschreibens der Bücher, die gedruckten Klassiker ersetzten ihnen den Besuch einer italienischen Hochschule. Daher schoß denn jetzt die Saat des Humanismus in vollen Ähren empor. Fürsten und Gelehrte wetteiferten, Universitäten und Schulen zu errichten, die bestehenden im humanistischen Sinne auszugestalten. Eine mächtige Förderung fand das humanistische Streben durch die Dichterkrönungen, die

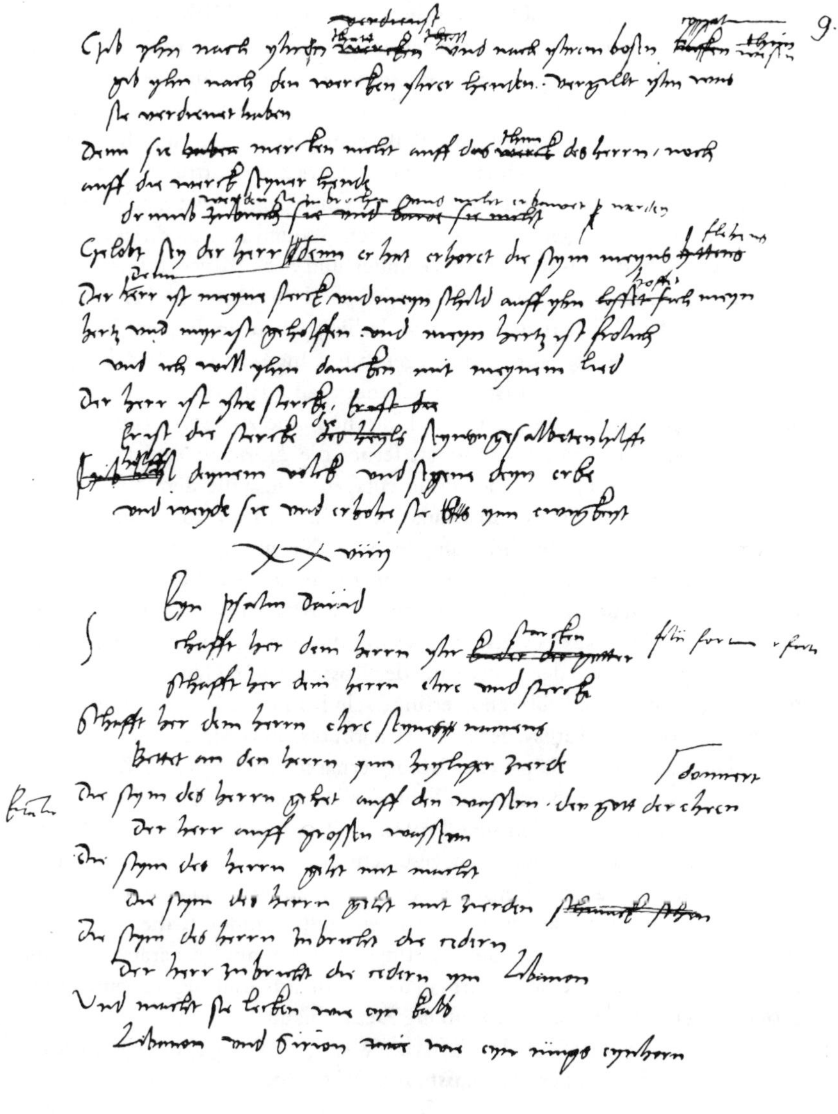

Eine Seite aus Martin *Luthers* Niederschrift seiner Psalmenübersetzung.

nach italienischem Vorbilde auch in Deutschland üblich wurden. Zum erstenmal vollzog hier Kaiser Friedrich III. diesen Akt; Piccolomini war der Gekrönte (1442). Ursprünglich ein Recht des Kaisers, büßte die Dichterkrönung an ihrem Wert ein, als sie kaiserlichen Pfalzgrafen übertragen wurde, und verlor mit der Vollziehung durch »Berechtigte« vollends ihre Bedeutung. Trotzdem reizte es noch immer, als »poeta laureatus« auftreten zu können.

Nach italienischem Muster entstanden um die Wende des 15. Jahrhunderts auch in Deutschland gelehrte Gesellschaften (»sodalitates literariae«), so die Donaugesellschaft in Wien, deren Gründer und Seele Konrad Celtis (oder Pickel, d.h. Meißel, 1459–1508) aus Wipfeld in Unterfranken war. Er studierte in Köln, Heidelberg und in Italien, lehrte in Italien, in Erfurt, Krakau, Danzig, Prag, Nürnberg, Regensburg, Ingoldstadt, Heidelberg und Wien, wo er starb. Diese Liste angesehener Städte läßt den Einfluß, den er auf seine Zeit übte, erahnen. Celtis hinterließ eine *Ars versificandi et carminum* (1486), also eine Dichtkunst, ferner die *Libri amorum* (1502), das sind Elegien, der Liebe zu einer Polin entsprungen, außerdem ein Theaterstück *Ludus Dianae* (Spiel von Diana), das 1501 in Linz aufgeführt wurde, zudem eine lateinische Beschreibung der Stadt Nürnberg (1502), *Oden*, fünf Bücher *Epigramme* und Fragmente einer großen geographisch-historischen Beschreibung Deutschlands; keines dieser Werke ist später ins Deutsche übersetzt worden, was beweist, wie wenig ihn die Nachwelt würdigte, die ihm zumindest die Wiederentdeckung der Roswitha von Gandersheim (1501) nicht vergessen sollte. Früh schon erfüllte sein Ruhm die Welt; er wurde 1487 der erste »poeta laureatus« germanischen Blutes, und Maximilian, zur Zeit dieser Dichterkrönung Römischer König, ernannte ihn später als Kaiser zum Präsidenten des ersten deutschen Dichterkollegiums (1501).

Celtis las als der erste deutsche Professor über Weltgeschichte im Zusammenhang und über deutsche Reichsgeschichte, zog den »Ligurinus«, ein 1186 geschriebenes Barbarossa-Epos, wieder ans Tageslicht, fand jene interessante Karte des römischen Kaiserreiches aus dem 3. Jahrhundert, die, weil er sie später Peutinger schenkte, Tabula Peutingeriana genannt ist, veranstaltete die erste deutsche Ausgabe der »Germania« des Tacitus und begann eine große geographisch-historische Beschreibung Deutschlands.

Nach seinem Tode wurde Joachim von Watt (1483–1551) oder Vadian aus St. Gallen der Führer des Humanismus in Wien und von Kaiser Maximilian persönlich 1514 in Linz zum Dichter gekrönt. Unter seinen poetischen Werken ist ein Streitgespräch zwischen dem Dichter und dem Tod, der als Jäger mit Pfeil und Bogen auftritt, hervorzuheben; genannt sei ferner die

Eine Szene aus »Flore und Blancheflur« von Konrad Fleck.
Bilderhandschrift aus der Werkstatt Diebolt Laubers, zwischen 1430 und 1440.

(Min frowe ist underwilent hie...
min lip ist hie, so wont bi ir min sin:[1]
der) wil von ir niht daz ist ein ende.
nu wolte ich, er tete ir guote war[2]
und min darumbe niht vergesse.
was hilfet, tuon ich diu ougen zuo.
so sehent si durh min herze dar.[3]

Ich lebte wol und ane nit.
wan[4] durh[5] der lugenere werdekeit.[6]
das wirt ein lange wernder[7] strit.
ir liep[8] muos iemer sin min leit.
es erbarmet[9] mich vil sere,
daz si alse offenliche gant
und niemen guoter unverworren[10] lant.
unstete,[11] schande, sünde, unere,
die ratent[12] si iemer swa[13] man si hören wil.
owe das man si niht vermidet.[14]
daz wirt noch maniger frowen schade
und hat verderbet herren vil.

Ich wil nu teilen e ich var,
min varnde[15] guot[16] und eigens[17] vil,
daz iemen[18] durfe striten dar,
wan den ichs hie bescheiden[19] wil.
al min ungelüke wil ich schaffen[20] ienen,
die sich hasses unde nides wenen,[21]
dar zuo min unseligkeit.
mine swere[22]
haben die lügenere.
min unsinnen[23]
schaffe ich ten die mit velsche[24] minnen,
der frowen nach herzeliebe senendiu leit.[25]

Die herren iehent[26] wan sul den frowen
wissen[27] daz diu welt so ste.
si sehent[28] niht frölich uf als e,[29]
si wellent alze nider schowen.[30]
ich habe auch die rede gehöret:
si[31] sprechent, daz in fröide störet,
si[32] sin me danne halbe verzaget
beidiu libes unde guotes,
nieman helfe[33] in hohes muotes.[34]
wer sol rihten, hie ist geklaget.

Min frowe wil zu frevelliche[35]
schimpfen[36] ich hab us gelopt.
si tumbet[37] obe si entobt.[38]
wan ich wart lobes nie so riche:
getorste[39] ich vor den wandelberen,[40]
ich lobte die ze lobenne weren.
des enhabe deheinen muot,[41]
ich engelobe si niemer alle,
swies[42] den bösen missevalle.
sine[43] werden alle guot.

Ich weis si diu daz niht ennidet,
daz man nennet[44] reiniu wib.
so rehte reine ist ir der lip.
daz si der reinen lob wol lidet.[45]
er engab ir zekleine,[46]
der si geschuof[47] schöne und reine.
der diu zwei zesamne slos,[48]
wie gefüge[49] er kunde sliessen.
er solt iemer bilde giessen,
der daz selbe bilde gos.

Sich krenkent[50] frowen unde pfaffen
daz si sich niht scheiden lan.[51]
die den verschamten[52] bi gestan,[53]
die wellent lihte ouch mit in schaffen.
we[54] das zwein als[55] edelen namen
mit den schamelosen werben.[56]
sicherliche si verderben,[57]
sine wellens sich erschamen.[58]

So die bluomen us dem grase dringent
sam[59] si lachen gegen dem spilnden sunnen,
in einem meien[60] an dem morgen fruo,
und die kleinen vogellin wol singent
in ir besten wise die si kunnen,
(waz) wünne[61] kan sich da gelichen[62] zuo.
es ist wol halb ein himelriche.
nu sprechent alle was sich dem geliche,
so sage ich waz mir dicke baz[63]
in minen ougen hat getan,
und tete ouch noh gesehe ich das.[64]

Swa ein edeliu frowe schöne reine,
wol bekleit und darzuo wol gebunden,[65]
dur kurzewile zuo vil liuten gat,
hoveliche[66] hohgemuot niht eine,
umbe sehende ein wenic under stunden,
alsam[67] der sunne gegen den sternen stat, –
der meie bringet uns al sin wunder,
waz ist da so wünnecliches under,
als ir vil minneklicher lib.
wir lassen alle bluomen stan,
und kapfen[68] an daz werde[69] wib.

Aller werdekeit[70] ein füegerinne,[71]
daz sit ir ze ware[72] frowe masse.[73]
ein selig man der iuwer lere[74] hat.
der darf sich iuwer niht beschamen[75] inne
beide zehove[76] noch ouch an der strasse.
dur daz[77] so suoche ich iemer iuweren rat,
daz ir mich ebene werben[78] leret.
wirbe ich nidere wirbe ich hoh ich bin verseret.[79]
ich was vil nach zenidere[80] tot,
nu bin ich aber ze hohe siech,
unmasse ir lasset mich an not.

Nideriu minne heisset diu so swachet[81]
daz der lib nach kranker liebe ringet:
diu minne tuot unlobeliche[82] we.
hohe minne heisset diu daz machet,
daz der muot nach werder[83] liebe uf swinget,
diu winket mir nu daz ich ir mitte ge.[84]
nu weis ich wes diu masse beitet.[85]
kumt herzeliebe so bin ich verleitet[86]
doch hat min lib[87] ein wib ersehen,
sei swie[88] minnekliche ir rede si
mir mac (wol schade von ir geschehen).

[1] *Geist, Sinn.* [2] *er diente ihr gut (durch Lieder).* [3] *dorthin.* [4] *außer.* [5] *wegen.* [6] *Ansehen.* [7] *dauernder.* [8] *Freude.* [9] *schmerzt.* [10] *ungeschädigt.* [11] *Unbeständigkeit.* [12] *darauf sinnen.* [13] *wo immer.* [14] *meidet.* [15] *beweglich.* [16] *Gut.* [17] *Eigentum.* [18] *niemand.* [19] *zuweisen.* [20] *vermachen.* [21] *sich gewöhnen an.* [22] *Schmerz.* [23] *Unverstand.* [24] *Falschheit.* [25] *Liebesleid.* [26] *behaupten.* [27] *man soll die Schuld geben.* [28] *aufschauen.* [29] *ehemals.* [30] *zu sehr zu Boden schauen.* [31] *sie (die Frauen).* [32] *sie (die Männer).* [33] *verhelfen zu.* [34] *hohem Mut.* [35] *zu übermütig.* [36] *spotten.* [37] *töricht sein.* [38] *wenn sie nicht verrückt ist.* [39] *wagte.* [40] *Wankelmütige.* [41] *darauf darf sie nicht rechnen.* [42] *wie es auch.* [43] *wenn sie nicht.* [44] *lobt.* [45] *gern erträgt.* [46] *gab ihr reichlich.* [47] *erschuf.* [48] *zusammenfügte.* [49] *kunstvoll.* [50] *schädigen.* [51] *keinen Unterschied gelten lassen.* [52] *Schamlosen.* [53] *beistimmen.* [54] *oweh.* [55] *so.* [56] *verkehren.* [57] *zugrundegehen.* [58] *sich schämen.* [59] *als ob.* [60] *Maitag.* [61] *Herrlichkeit.* [62] *dem vergleichen.* [63] *viel besser.* [64] *wenn ich es sähe.* [65] *mit einem schönen Kopfschmuck.* [66] *höfisch.* [67] *wie.* [68] *starren.* [69] *herrlich.* [70] *Würde, Ansehen.* [71] *Ordnerin.* [72] *wahrhaftig.* [73] *Maß (halten).* [74] *Lehre.* [75] *beschämen.* [76] *am Hofe.* [77] *deswegen.* [78] *richtig werben.* [79] *verletzt.* [80] *nach niederer Liebe.* [81] *erniedrigt.* [82] *schmählich.* [83] *würdig.* [84] *mit ihr gehen.* [85] *wartet.* [86] *verführt.* [87] *ich.* [88] *wie auch.*

Eine Seite aus den Liedern Walthers von der Vogelweide. Große Heidelberger Liederhandschrift.

wil vō ir niht dc ist ein ende· nv wolte ich
er tete ir gůte war· vñ min dar vmbe niht
v̓gesse· nv was hulfet tůn ich dú ǒgen zv̊·
so sehent si dvrch min h̓ze dar·

Ich lebte wol vñ ane nit· wan dvrch d̓ luge
nere w̓dekeit· dc wirt ein langer wern
der strit· ir lieb mvs iemer sin min leit·
es erbarmet mich vil sere· dc si alse offē
liche gant· vñ niemen gvter vn verwar
ren lant· vnstete schadē svnde vnere· die
ratent si iemer swa man si hören wil·
owe dc man si niht v̓midet· dc wirt
noch maniger frowē schade· vñ hat ver
derbet herren vil· 156

Ich wil nv teilen e ich var· min varnde
gvt vñ eigens vil· dc ieman dvrfe stri
ten dar· wan den ichs hie bescheidē wil·
al min vngelúke wil ich schaffen ienen·
die sich hasses vñ nides wenen· dar zv̊
min vnselikeit· mine swere habē die lv
genere· min vnsinnē· schaffe ich den die
mit velsche minen· der frowen nach h̓ze
liebe senendiv leit· 157

Die herren iehent man svl den frowē·
wissen dc dú welt so stet· si sehent
niht frölich vf als e· si wellent alzenid
schowē· ich habe ǒch die rede gehöret· si
sprechent dc in fröide störet· si sin me dā
ne halbe v̓zaget· beidú libes vñ gůtes· nie
man helfe in hohes mvtes· wer sol rihtē
hie ist geklaget·

Min frowe wil zetrevelichē schimpfē
ich hab vs gelopt· si rvmbet obe si
entobt· wan ich wart lobes nie so riche·
getorste ich vor den wandelberen· ich lobte
die zelobēne reinen· des en habe deheinv̊
mvt· ich engelobe si niemer alle· swies dē
bösen missevalle· sine werden alle gvt·

Ich weis si dú do niht enmidet· dc man nē
net reinú wib· so rehte reine ist ir der
lip· dc si der reinen lob wol lidet· er en
gab ir zekleine· der si geschvf schöne
vñ reine· der dú zwei zesamne flos· wie
gefüge er kvnde fliessen· er solt iemer
sus bilde giessē· d̓ dc selbe bilde gos· 160

Sich krenkē frowē vñ pfaffen· dc si sich
niht scheidē lan· die dc v̓schampten bi ge
stan· die wellent libe ǒch mit in schaffē
we das zwein als edelen namē mit den
schamelosen werben· sicherliche si ver
derben· sine wellens sich erschamen· 161

So die blůmē vs dem grase dringet·
sam si lachen gegen dem spilnden
svnnen· in einem meien an dem morgē
frv̊· vñ die kleinē vogellin wol singet·
in ir besten wise die si kvnnē· wc wūne
kan sich da gelichē zv̊· es ist wol halb
ein himelriche· nv sprechet alle was sich
dem geliche· so sage ich wc mir dike bi
minen ǒgen hat getan vñ tete ǒch noh
gesehe ich das· 162

Swa ein edelv frowe schöne reine·
wol bekleit vñ dar zv̊ wol gebvn
den· dvr kvrzewile zv̊ vil lútē gat ho
veliche hoh gemvt niht eine· vmbe se
hende ein wenic vnder stvndē· alsam d̓
svnne gegen dē sternen stat· der meie
bringet vns al sin wunder· wc ist da
so wūnekliches vnder· als ir vil minē
kliche lib· wir lassen alle blůmē stan
vñ kapfen an dc w̓de wib· 163

Aller w̓dekeit ein fügerinne· dc sit
ir zewäre frowe mässe· ein selig
man der iuwer ere hat· der darf sich
iuwer niht beschamē inne· beide zeho
ve noch ǒch an der strasse· dvr dc so sv̊
che ich iemer iweren rat· dc ir mich ebe
ne werben leret· wirbe ich nidere wir
de ich hoh ich bin v̓seret· ich wc vil
nach ze nidere tot· nv bin ich aber ze
hohe siech vnmasse ir lasset mich an not·

Niderú mine heisset dv̊ so swachet·
dc der lib nach kranker liebe ringe·
dú liebe tůt vnlobeliche we· hohe mi
ne heisset dv̊ dc machet· dc d̓ mvt nah
w̓der liebe vf swiget· dv̊ winket nv dc
ich ir mitte ge· nvn weis ich wes div
masse beitet· kvmt h̓zeliebe so bin ich
v̓leitet· doch hat min lib ein wib erse
hen· swie minekliche ir rede si mir mac

Neidhart von Reuental. Miniatur aus der großen Heidelberger Liederhandschrift.

Familiengeschichte in Versen (»De insignibus familiae Vadianorum«, 1517) und der *Hahnenkampf*, die älteste Wiener Posse (Hähne und Hennen, von zwei humanistisch gebildeten Anwälten vertreten, erscheinen vor Gericht, um über Recht und Unrecht des Hahnenkampfes und über den Vorrang des Geschlechtes zu debattieren).

Bedeutender sind Vadians Leistungen auf dem Gebiet der Geographie und Literaturkunde. Als Geograph betonte er den Wert dieses Wissenszweiges für andere Wissenschaften, verlangte eigene Beobachtung, zeichnerische Hilfsmittel, Karten als Erkenntnisquellen und -ausdruck. Im Winter 1512/1513 las er über *Poetik und die Wissenschaft von der Dichtung* und gab diese Vorlesungen 1518 als Buch heraus. Es handelt vom Wesen der gebundenen Form, von Vers und Rhythmus, bietet einen Überblick über die gesamte Literaturgeschichte, führt in die Psychologie des literarischen Schaffens ein, spricht von Griechen, Römern, Deutschen und vermittelt das lebenstreue Bild des Konrad Celtis; es ist der erste Versuch einer Weltliteraturgeschichte. Erstaunlich ist es, daß dieser Mann, der 1516/1517 auch die Aufgaben des Rektorats der Wiener Universität zu bewältigen hatte, noch 1517 zum Doktor der Heilkunde promoviert wurde. Jedoch erst 34 Jahre alt, verließ er schier fluchtartig die Residenzstadt an der Donau, kehrte in die Heimat zurück, heiratete, wurde Stadtarzt und Bürgermeister von St. Gallen und widmete sich nur mehr den eidgenössischen Angelegenheiten.

Ein anderes Zentrum des Humanismus war die Rheinische Gelehrtengesellschaft in Heidelberg, die in Konrad Celtis ihren Stifter verehrte, aber in dessen Freund, dem frommen Johann von Dalberg (1445–1503), seit 1482 Bischof von Worms, ihren Leiter besaß, der den Grund zu der nachmals unter dem Namen Palatina weltberühmt gewordenen Universitätsbibliothek von Heidelberg legte und mit dem schon genannten Agricola sowie mit dem später zu nennenden Reuchlin in gelehrtem Gedankenaustausch stand.

Zum weiteren Kreis der Rhenana gehörte Johannes Trithemius (1462–1516) aus Trittenheim bei Trier, von 1483 an Abt von Sponheim, seit 1506 von St. Jakob in Würzburg. Dieser vielseitig gebildete Benediktiner war weder eine tiefe noch eine spekulative Natur; seine naturwissenschaftlichen Werke brachten ihn sogar in den Verdacht, ein Hexenmeister zu sein. Von seinen zahlreichen Schriften haben bleibenden Wert nur seine Briefe, die Reden an seine Mönche sowie anderes asketisches Schrifttum. Seinen Zeitgenossen allerdings war er der »Fürst der vaterländischen Wissenschaft«.

Bedeutender ist Johann Butzbach (1477–1526), Prior von Maria Laach, der einen Nachtrag (Auctuarium) zum Gelehrtenlexikon seines Lehrers

Trithemius lieferte und so dessen polyhistorische Tätigkeit erfolgreich fortsetzte, auch eine Schrift über berühmte Maler verfaßte, indessen am bekanntesten ist durch sein Wanderbüchlein, in dem er gemäß den Erlebnissen seiner Jugend (er begann erst mit 20 Jahren die humanistischen Studien) die Chronik eines fahrenden Schülers schrieb.

Die Freude an historischer Forschung rief in Augsburg einen literarischen Verein ins Leben, an dessen Spitze der kaiserliche Rat und städtische Beamte KONRAD PEUTINGER (1465–1547) stand. Eine groß und reich veranlagte Natur, vertiefte er sich in die Geschichte des deutschen Mittelalters und war unermüdlich tätig im Sammeln altertümlicher Denkmale zu weit ausgreifenden literarischen Plänen.

An künstlerischer Veranlagung übertraf ihn der Nürnberger Patrizier WILLIBALD PIRKHEIMER (1470–1528), gleich Peutinger bedeutend als Diplomat, Historiker und Theologe, dazu ein gewandter Lateiner und witziger Kenner Lukians, unter dessen Einfluß er die derbe Satire *Eccius dedolatus* (gehobelter Eck) geschrieben hat. Als Augenzeuge verfaßte er die Geschichte des sogenannten Schwabenkrieges, den er selbst mitgemacht hatte.

Starken Anklang fand der Humanismus im Elsaß. Hier wirkte zunächst der Weltgeistliche JAKOB WIMPHELING (oder Wimpfeling, 1450–1528) aus Schlettstadt, dessen Bedeutung von der Erziehungsgeschichte bis in die Literatur hinüberreicht. Obwohl er lateinisch schrieb, ist seine Wirkung auf die Entwicklung von Wissenschaft und Schrifttum im deutschen Sprachraum kaum zu überschätzen; denn der *Isidoneus Germanicus* (Wegweiser für die deutsche Jugend, 1497) und andere pädagogische Schriften (der Fürstenspiegel »Agatharchia«, 1498, und »De adolescentia«, 1500) brachten ihm den Ehrennamen »Erzieher Deutschlands« ein, den sich in ähnlicher Übergangszeit Hrabanus Maurus erworben hatte. Seine historischen Werke (»Germania«, 1501, »Epitome rerum Germanicarum«, 1505 usw.) gaben, obwohl ihnen kritischer Sinn und kompositorische Kunst fehlen, durch die Berücksichtigung von Erscheinungen der Literatur und der Kultur sowie der elsässischen Lokalinteressen der Geschichtsschreibung neuen Antrieb.

Vor allem aber wies Wimpheling durch seine Komödie *Stylpho* (1470) dem Schuldrama neue Wege, wenn man ihn nicht überhaupt zu dessen Begründern zählen will. Noch sei beigefügt, daß dieser Priester und Pädagoge 1510 in seiner temperamentvollen Streitschrift *Defensio theologiae scholasticae* (Verteidigung der Scholastik) die Scholastik gegen die Angriffe jüngerer Humanisten verteidigte und bei lebhaftem Interesse für alle Gebiete menschlichen Wissens und größter Aufgeschlossenheit für alles Neue nie die Verbindung zur Vergangenheit und Überlieferung preisgab; er wandte sich auch von Martin Luther, dessen Auftreten er zunächst begrüßt hatte, wieder ab, als er sah, wohin seine Bewegung führen mußte.

Zu den großen elsässischen Humanisten zählt ferner JOHANN GEILER (1445–1510), dessen Wiege in Schaffhausen stand. Früh kam er in die neue Heimat, nannte sich »von Kaisersberg«, und zwar nach jenem Ort, an dem ihn der Großvater aufgezogen und er die Jugend verbracht hatte; seine Studienstadt war Basel, wo er 1475 den Doktorhut der Theologie erwarb, die wichtigste Stätte seines Wirkens das Straßburger Münster, in dem für ihn die Domkanzel errichtet wurde, unter der sein Grab liegt. Gleich Wimpheling verband auch Geiler das humanistische mit dem scholastischen Denken. Geilers Predigten, die populärsten seit Berthold von Regensburg, zeichnen sich nicht gerade durch eigenartige Gedankengänge aus (sie verarbeiten meist fremdes Gut), ragen aber durch Originalität in der geistreichen und zugleich volkstümlichen Darbietung des Stoffes hervor; sie lieben Erzählungen, Vergleich, Anekdoten, Witz, Humor, Satire; ihre Sprache ist meist derb, oft anstößig; ihre Vorliebe für Allegorien möge durch einige Predigttitel veranschaulicht werden: »Der Berg des schauenden Lebens«, »Der dreieckecht Spiegel«, »Der Has im Pfeffer«, »Die geistliche Spinnerin«, »Die Passion des Lebkuchens«. Geiler war vor allem Sittenprediger und lenkte daher das Augenmerk wie jeder Satiriker auf die Schäden der Zeit, die er schroff und sarkastisch zeichnet.

Damals findet sich an Geilers Seite, ihm durch Freundschaft verbunden, noch eine zweite Persönlichkeit ähnlicher Art: SEBASTIAN BRANT (1457–1521) aus Straßburg, seit 1475 in Basel, zuerst als Student, später als Professor beider Rechte und humanistischer Lehrer, bis er aus politischen Gründen (Anschluß Basels an die Eidgenossenschaft, 1501) die Stadt am Rhein verließ und in die Heimat zurückkehrte, um ihr als Syndikus und von 1503 an als Stadtschreiber zu dienen. Sebastian Brant ist, wie Josef Nadler sagt, »der erste moderne Schriftsteller« und – besonders rührig, da er den Ertrag seiner Feder brauchte – »der erste Tagesschriftsteller«. Deshalb war er auch vielseitig, besorgte die Ausgabe alter Rechtsbücher, der Dichtung Vergils, der Schriften einiger Kirchenväter, sämtlicher Werke Petrarcas und verfaßte selbst lateinische und deutsche Verse, sogar lateinische Dramen, übersetzte diese sowie jene anderer Autoren und beriet die Buchdrucker bei ihren Editionen.

Aber trotz alledem wäre er vergessen, stammte von ihm nicht das *Narrenschiff* (1494), das den Höhepunkt seines Schaffens darstellt. Nach diesem

Werk hielt Geiler von Kaisersberg nicht weniger als 146 Predigten, mit ihm läßt Ulrich von Hutten eine neue Literaturepoche beginnen, von ihm gab es Übersetzungen ins Niederländische, Englische, Französische und sogar ins Lateinische (durch Jakob Locher aus dem Schwabenland, genannt Philomusus (1471–1528). Der Erfolg des Buches beruhte sicherlich zu einem großen Teil auf der Verbindung von Wort und Bild. Einblattdrucke dieser Art waren längst in Deutschland heimisch; da waren Narren dargestellt und hielten in der Hand ein Blatt, das von ihrer Narrheit Kunde gab. Brant machte daraus nun eine Kunst: Er entwarf die Bilder selbst, ließ sie in Holz schneiden, trennte sodann Bild und Wort, indem er das, was die Narren zu sagen haben, in gereimten Versen unter den Holzschnitt setzte, und verband die Einzelblätter zu einem Buch, dem er durch den Gedanken des Narrenschiffes die geistige Einheit gab. Man erinnert sich, daß Hugo von Trimberg bereits etwas Ähnliches unternommen hat, wird sich aber über den Unterschied klar: Der 200 Jahre ältere Schulmeister ergeht sich in allgemeinen Betrachtungen und sucht durch den Hinweis auf Gottes Strafgericht zu bessern, der Humanist zeichnet Individuen und warnt, indem er das Böse lächerlich macht, das für ihn ein Widerspruch zur Vernunft ist und deshalb den Menschen erniedrigt – vor anderen wie vor sich selbst.

Dem alemannischen Sprachgebiet angehörig, das sich lange dem Gebrauch der neuhochdeutschen Gemeinsprache widersetzte, schreibt er in seinem elsässischen Dialekt, baut seine Verse zu je vier Hebungen mit ebenso vielen Senkungen; dabei verletzt er oft die natürliche Betonung und verstümmelt Wörter, um die Zahl der acht Silben für jeden Vers nicht zu überschreiten.

Bevölkert wird das Narrenschiff von einer großen Zahl von Leuten, darunter der Verfasser selbst als Büchernarr, ferner ungerechte Richter, Geizhälse, Neufund-(Mode-)Narren, Eselskopfnarren, die guten Rat verschmähen, falsche Freunde, Buhl-, Sauf- und Schwatznarren, »Offenburger«, die alles ausplaudern, Saumselige mit ihrem ewigen Gekrächze »cras, cras« (morgen, morgen), betrügerische Bettler und Reliquienhändler, verkrachte Studenten, übermütige Bauern, ein Schwarm von jenen, die den neuerstandenen Sankt Grobian nachahmen, und andere mehr. In einem besonderen Kapitel werden auch die öffentlichen Angelegenheiten unter die Lupe genommen.

Von der Kritik der Autorität führt oft nur ein Schritt zu deren Ablehnung. Diesen Schritt taten der Ingolstädter Professor JOHANNES AVENTINUS (Thurmayr, 1477–1534), der Verfasser einer deutschen bayerischen Chronik und der lateinischen »Annales Boiorum«, der in allen Hochgestellten und Geist-

Eine Seite aus der ersten Ausgabe des »Narrenschiffs« von Sebastian Brant, 1494.

lichen Feinde der Gedanken- und Redefreiheit erblickte, ebenso der Tübinger Professor HEINRICH BEBEL (1472–1518), der für die Schönheit der Form eintrat, den Glauben dagegen ins Lächerliche zog, in seinem Hauptwerk *Facetiae* (1506) und im *Triumphus Veneris* (1509) schwere Angriffe gegen den Klerus richtete, grundsätzlich nur lateinisch schrieb und in diese Sprache deutsche Sprichwörter und Lieder übersetzte.

Als einer der wichtigsten Vertreter des antikirchlichen Humanismus gilt der westfälische Ritter HERMANN VON DEM BUSCHE (1468–1534), der in den gleichgesinnten Italienern Poggio, Beccadelli und Valla seine Vorbilder sah. Im Namen des christlichen Humanismus erwiderte den Propagandisten des Neuheidentums der gewandte Grammatiker und Erklärer der alten Klassiker ORTWIN GRATIUS (de Graes, 1481–1542) in Köln.

JOHANNES REUCHLIN (1455–1522) aus Pforzheim war der neben Erasmus von Rotterdam wohl bedeutendste Humanist nördlich der Alpen, ausgezeichnet durch sein Interesse am Griechischen, hervorragend durch seine Kenntnisse der hebräischen Sprache und Literatur. Zu diesen Studien hatte ihn das Verlangen geführt, das Alte Testament im Urtext lesen zu können, ferner die Hoffnung, in der Kabbala, den gesammelten Schriften spätjüdischer Geheimlehren, den Schlüssel zu dunklen Rätseln zu finden. Seine diesbezüglichen gelehrten Arbeiten (»De verbo mirifico«, 1494, und »De arte cabbalistica«, 1517) verraten, daß Reuchlin in geheimnisvollen Namen und Zahlen Träger und Sinnbilder der höchsten Ideen sah und mit Hilfe einer ausschweifenden Exegese die Mysterien des christlichen Glaubens bereits in den Büchern Moses und im neupythagoreischen Schrifttum finden wollte.

Neben wissenschaftlicher Genauigkeit zeigt sich hier auch ein großer Anteil Phantasie, unter deren Einfluß Reuchlin sogar zum Dichter geworden war, nämlich zum Verfasser humanistischer Schuldramen, von denen der *Henno* (1497) für lange Zeit vorbildlich wurde. Es ist die aus Italien stammende, in Frankreich zu meisterlicher Höhe emporgeführte Farce vom durch seinen Klienten überlisteten Advokaten, die nun Reuchlin mit einer Satire auf die Astrologie verband und mit der an Plautus, vor allem aber an Terenz gelernten Technik formte. 1531 hat Hans Sachs den »Henno« frei ins Deutsche übersetzt, doch schon vorher setzte sich das Luzerner Neujahrsspiel über denselben Stoff (um 1506) auf eigene Weise mit dem Thema des »klugen Knechtes« auseinander, indem es, wie es scheint, einer um 1500 entstandenen deutschen Bearbeitung von Reuchlins »Henno« folgte, die das Werk des Humanisten mit Zügen aus dem geistlichen Spiel versah. So ist Reuchlin, ohne daß er es wohl wußte und wollte, Schöpfer jener eigenartigen Verbindung geworden, die das mittelalterliche Theater, hervorgegangen aus dem christlich-geistlichen Spiel, mit der durch den Dionysoskult angeregten dramatischen Poesie der Griechen einging.

Geistesgeschichtlich wichtig ist die Stellungnahme Reuchlins im Streit um das von Johann Pfefferkorn, einem getauften Juden aus Mähren, angeregten Edikt, das die Vernichtung der jüdischen Literatur bezweckte; Reuchlin verlangte nämlich, nur Schundbücher seien zu verbrennen, den Juden dagegen die Bücher des Alten Bundes, der Talmud (das rabbinische Rechtsbuch) und die Kabbala zu lassen. Pfefferkorn erwiderte ziemlich gereizt in der deutsch geschriebenen Flugschrift *Handspiegel*, und Reuchlin antwortete nicht weniger leidenschaftlich im *Augenspiegel* (1511), in dem er sich zu unkirchlichen Behauptungen hinreißen ließ. Dieser Streit wurde bis vor den päpstlichen Thron getragen.

Bevor aber eine Entscheidung kam, veröffentlichte Reuchlin eine Sammlung von Briefen, die zu verschiedenen Zeiten von berühmten Männern (z. B. Marsilio Ficino, Pico della Mirandola, Johann Geiler von Kaisersberg. Sebastian Brant, Kaiser Friedrich III.) an ihn geschrieben worden waren, um damit eine echt humanistische Musterkollektion der Epistolographie zu bieten, zugleich aber auch die eigene angegriffene Person ins rechte Licht zu stellen. Das 1514 veröffentlichte Werk führte den Titel *Clarorum virorum epistolae* (Briefe berühmter Männer).

Diese Publikation erhielt bald eine merkwürdige Ergänzung: 1515 und 1517 erschienen die *Epistolae obscurorum virorum* Briefe unbekannter Männer) oder »Dunkelmännerbriefe«, ein parodistisches Glanzstück der Weltliteratur und zugleich eines ihrer unerfreulichsten Erzeugnisse. Adressiert sind diese Briefe an Ortwin Gratius, das Haupt der Gegner Reuchlins, absichtlich geschrieben in schlechtem Mönchslatein; als Absender zeichneten Leute mit burlesken Spottnamen (z. B. Langschneiderius, Buntmantellus, Dollkopfius), womit die Gegner Reuchlins getroffen werden sollten. Beabsichtigt war die Verspottung der Kölner Hochschule und ihrer Dozenten, vor allem der Mitglieder des Predigerordens, sowie die Verballhornung der scholastischen Philosophie und Theologie. Derartige Elaborate gab es schon früher, auch in anderen Ländern; was aber in den Dunkelmännerbriefen außer Übertreibung und Verfälschung an Verleumdung geleistet wurde, verletzt die Normen der erlaubten Satire.

Doch trifft dies vor allem für die zweite Auflage der Dunkelmännerbriefe zu mit ihrer schärferen Tonart und den gewollten gemeinen Verhöhnungen, die stark beeinflußt wurde von dem schon genannten Hermann von dem Busche, vor allem aber von dem fränkischen Ritter ULRICH VON HUTTEN (1488–1523), einem Schüler der Fuldaer Benediktiner, der der dort waltenden strengen Zucht entflohen und seither mit unauslöschlichem Haß gegen das Mönchtum erfüllt war und fortan teils freiwillig, teils gezwungen ein Wanderleben führte, das früh auf der Zürichseeinsel Ufenau enden sollte.

Nach der Flucht aus der Schule schloß sich Hutten den Humanisten des Erfurter Kreises an, ging auch nach Italien, feierte in lateinischen Epigrammen die Kaiseridee und griff, nach Deutschland zurückgekehrt, in fünf ebenfalls lateinischen Reden (nach dem Muster von Ciceros Büchern gegen Verres) mit unerhörter Energie den Herzog Ulrich von Württemberg an, der seinen Vetter Hans von Hutten getötet hatte. Ciceronisches Latein, an der »Pompeiana« geschult, findet sich auch im *Aufruf gegen die Türken* (»Exhortatio ad principes Germaniae«), während der Privatstreit mit dem Württemberger zu einer Nachbildung der »Totengespräche« Lukians führte, nämlich in der scharfen Satire *Phalarismus*, in welcher Herzog Ulrich bei dem antiken Tyrannen Phalaris von Akragas auf Sizilien (553 v. Chr. gestürzt) Unterricht in der Grausamkeit nimmt. Wohl um 1520 vollzog sich im Denken Ulrichs von Hutten ein Umschwung; die persönliche Fehde mit dem »Mörder« seines Vetters wuchs sich zu allgemeinem Haß gegen die Fürsten aus, die er wie das päpstliche Rom in leidenschaftlichen Dialogen bekämpfte. Dieser Übergang zur revolutionären Haltung bedeutete aber zugleich den Abfall vom Humanismus; denn bald verzichtete der 1517 zum »poeta laureatus« Gekrönte auf die Verwendung der bisher von ihm fast allein gepflegten lateinischen Sprache.

Diese Umstellung steht offenbar in Verbindung mit der Hinwendung zu Luther, dessen Bewegung er durch eine Flut von deutschen und lateinischen, später verdeutschten Brandschriften förderte. Vom Kaiser darum verfolgt, fand er eine Zeitlang Schutz auf den Schlössern des Franz von Sickingen. 1522 antichambrierte er vergebens bei Erasmus von Rotterdam; er ward nicht vorgelassen und rächte sich mit einem grimmigen Pasquill an dem Manne, den er vor Jahren als deutschen Sokrates gepriesen hatte und nun einen unersättlich Ruhmsüchtigen, Erbärmlichen, Unzuverlässigen, ja einen Verräter nannte. Erasmus versuchte, in einer Gegenschrift *Spongia* (Schwamm – um die Anwürfe des Hutten wegzuwischen) die Anschuldigungen abzuwehren; diese Schrift, die ebenfalls mit sehr scharfen Formulierungen arbeitet, erschien erst nach Huttens Tod. Dem völlig Mittellosen und Todkranken bot schließlich Zwingli in Zürich Aufnahme.

Wegen seines Kampfes gegen den Papst finden wir Hutten neben Luther gestellt, obwohl er sich von diesem schon durch seine antik-heidnische Weltauffassung unterscheidet. Zweifellos hat Hutten den Reformator wie kein anderer der Stürmer bei dem religiösen Umsturze unterstützt, denn er war ein Mann von Talent, humanistischer Bildung, gewaltiger Tatkraft und glühender Leidenschaftlichkeit der Rede. Erstaunlich bleibt der bedingungslose Einsatz seiner Existenz, zu dem er sich selbst einmal rückblickend mit dem Ausruf bekannte: »Ich hab's gewagt!«

Erasmus von Rotterdam

Den Höhepunkt der humanistischen Bestrebungen in Deutschland repräsentiert zweifellos Erasmus von Rotterdam (1466–1536). Er war Holländer und hieß eigentlich Gerhard Gerhards. Als Humanist nannte er sich Desiderius Erasmus. Zeit seines Lebens trug er, der illegitime Sohn eines Geistlichen, schwer an seiner Herkunft. Er gehörte selbst dem Priesterstand an, allerdings nicht ganz aus eigenem Wunsch und nicht zu seinem Glück. Geboren in Rotterdam, erhielt er seine Schulbildung bei den Fraterherren in Deventer und im Chorherrenstift Emaus bei Gouda. 1492 zum Priester geweiht, 1496–1499 Student in Paris, begann der bereits fast Vierzigjährige ein unstetes Wanderleben, das ihn nach England, in die Niederlande und durch Italien führte, bis er 1521 in Basel, wo er schon früher mehrmals geweilt hatte, im Haus des berühmten »Königs der Buchdrucker« Johann Froben (um 1460–1527) dauernden Wohnsitz nahm. Der Übergang der Rheinstadt ins Lager der Reformation nötigte allerdings 1529 Erasmus zur

Abreise nach Freiburg im Breisgau, von wo er sechs Jahre später doch wieder nach Basel zurückkehrte.

Erasmus, dessen Wiege in Holland stand, dessen Grab in der nördlichsten Schweizer Stadt liegt, empfing die sein Leben am meisten bestimmenden Einflüsse in England, besonders durch John Colet (1467–1519), den Oxforder Universitätsprofessor, der sich besonders um die Erklärung des Neuen Testamentes bemühte und seinen Altersgenossen zu eingehendem Schriftstudium anspornte, und den jüngeren Thomas Morus (1478–1535), mit dem ihn dauernde Freundschaft verband, so verschieden auch die beiden Persönlichkeiten waren. Der in hohem Maß geradlinigen Natur des Engländers mit ihrem geschlossenen Charakter war Erasmus überlegen durch die größere Weite seiner Reisen, die reichere Fülle seiner Beziehungen, den gewaltigeren Umfang seiner geistigen Interessen und schriftstellerischen Tätigkeit, unterlegen dagegen durch den Zwiespalt seiner Seele, die immer wieder schwankte zwischen Weltflucht und Wissensdrang, Reformeifer und Verantwortungsscheu, rationalistischer Verständlichkeit und echter Herzensfrömmigkeit, freiem Bibelchristentum und der Anerkennung kirchlicher Lehrautorität, germanischer Geistigkeit und romanischem Formverlangen. Vergeistigung war des Rotterdamers höchstes und letztes Lebensziel, für die eigene Person wie für die Allgemeinheit in gleicher Weise erstrebt; doch erkannte er auch, daß es nur erreichbar sei in Ruhe sichernder Bindung. Dies zwang zum Bruch mit Luther und Hutten, dies hielt Erasmus bei der alten Kirche und machte ihn zum Haupt des Hochhumanismus.

Alle Welt verehrte in Erasmus den Schöpfer der vornehmen, selbstverständlich lateinischen Bildungsliteratur, den Textkrtitiker und Herausgeber des antiken Schrifttums, d. h. der Klassiker wie der Kirchenväter, den anregenden Förderer des Griechischstudiums und mächtigen Gestalter des humanistischen Bildungsideals und ahnte nicht, daß später die sogenannte Aufklärung ihre rationalistische Gesellschafts- und Gotteslehre auf ihn zurückführen, daß sich Calvinismus und Pietismus auf seine symbolische Bibelauslegung berufen würden. Die Folgerungen, die andere aus seinen Ideen ziehen sollten, lagen deren Urheber eher fern. Wie weit er sich nämlich auch ins Wagnis kühner Behauptungen hinausbegab, so waren diese doch meist Früchte seines Temperaments, die er nachträglich oft genug verleugnete, und seines zuweilen allzu raschen Arbeitstempos, das ihm keine Zeit ließ, die letzten Konsequenzen zu überdenken. Seine Absicht war stets Synthese, wenn auch manchmal von unvereinbaren Gegensätzen, war Vermittlung, solange eine Kluft noch überbrückbar schien, war Friede und

Bekämpfung des Krieges, wie eine Reihe politischer Schriften und viele Briefe an die Großen der Kirche und der Welt beweisen.

Von einzelnen Schriften seien hier nur die folgenden genannt: die *Sammlung der Aphorismen* (»Adagia«) aus beiden alten Sprachen (1500), »erläutert mit der Hand eines Diamantenschleifers« (Carl J. Burckhardt), eine Quintessenz antiker Lebensweisheit, in der Folge mitbestimmend die Haltung des englischen »gentleman« und des französischen »honnête homme«; das *Handbüchlein des christlichen Streiters* (1502), ursprünglich dazu bestimmt, einen rohen, pfaffenhassenden Kriegsmann durch den Hinweis auf die Heilige Schrift und auf die Kirchenväter, zu deren Studium die Lektüre der antiken Literatur als Vorbereitung gedacht war, zu christlichem Lebenswandel zu bewegen; das *Lob der Torheit* (1509), lateinisch »Laus stultitiae«, geschrieben für Thomas Morus, eine bittere Satire auf die Torheiten und Laster der verschiedenen Stände einschließlich des geistlichen, im Gegensatz zu welchem sich der Autor am Schluß ausdrücklich zur »vita christiana« bekennt, zur auf Sanftmut, Geduld und Verachtung des Irdischen beruhenden Lehre Christi und zu dessen Stellvertreter auf Erden, in dessen Hand er das Schwert des Geistes sehen möchte, das bis in den innersten Grund der Seele dringen und alle Leidenschaften töten solle; die fast in akademische Kühle getauchten, trotzdem von Witz und Bosheit sprühenden *Colloquia* (1518), eine Beispielsammlung lateinischer Zwiegespräche, zunächst für den Sohn Frobens bestimmt, deshalb auch belehrende, schildernde, unterhaltende Stücke umfassend, gewissermaßen Vorläufer künstlerischer Feuilletons; die dem spanischen König Karl I., dem späteren Kaiser, als Dank für die Ernennung zu dessen Hofrat gewidmete *Institutio principis christiani* (1516), die gewiß nicht als christliches Gegenstück zu Machiavellis »Principe« geplant war, aber doch dafür gehalten werden konnte; die der allzubald von Heinrich VIII. verstoßenen Königin Katharina von England gewidmete *Unterweisung über die christliche Ehe*; die gegen Luther gerichtete *Schrift über die Willensfreiheit* (»De libero arbitrio«, 1524; er vertrat darin die Ansicht, daß es bei der Leugnung der Willensfreiheit keinen Sinn habe, von Gottes Barmherzigkeit und Gerechtigkeit zu sprechen); endlich der für den Verfasser zahlreicher Episteln fast notwendige Traktat *De conscribendis epistulis* (1521). Daß sich Erasmus über die Art, wie man Briefe schreiben solle, äußerte, ist nicht erstaunlich, mußte er doch ein ganzes Sekretariat zur Bewältigung seiner Korrespondenz beschäftigen. Es galt für eine Ehre, vom Rotterdamer einen Brief zu bekommen, den man dann kopieren, vervielfältigen, verkaufen oder sogar in Druck geben konnte. Seine Anhänger nannten sich »Erasmianer«, wozu Erasmus erklärte: »Nichts finde ich in mir, um dessetwillen ich wünschte, ein Erasmianer zu sein.«

Es ist nicht möglich, hier auch nur ein annähernd vollständiges Bild von seiner weit ausgebreiteten schriftstellerischen Tätigkeit zu entwerfen. Es gab ja kaum ein geistiges Gebiet, das er nicht bebaute und auf dem er sich nicht als Künstler bewegte. Er war vor allem Philologe, und nicht minder wie das Lateinische hat er auch das Griechische beherrscht und für dessen Pflege sich eingesetzt. Von großer Bedeutung für die Folgezeit wurde seine Ausgabe des *Neuen Testamentes*, die 1516 in Basel erschien. Dem griechischen Text sind eine lateinische Übersetzung und Anmerkungen beigegeben, in denen er für eine rationalistische oder, wie er sagt, allegorische Auffassung der biblischen Erzählungen eintritt, die sich aber von jener der Väter unterscheidet und mit der Erklärung mythologischer Sagen auf dasselbe hinausläuft. Er wollte die »wahre Theologie« wiederherstellen, die Fälschungen der mittelalterlichen Theologen beseitigen und als Mittel dazu der klassischen Studien sich bedienen.

Erasmus war für das Zeitalter Leos X., was Voltaire für das Friedrichs II. gewesen ist: das Orakel, der Gesetzgeber und Richter in Sachen Bildungsbestrebungen des zivilisierten Europa. Päpste und Könige, Fürsten und Private, Geistliche und Laien wetteiferten im Ausdrucke ihrer Bewunderung gegenüber dem Manne, den die von den klassischen Studien begeisterten Jünger wie einen Heiligen, ja wie einen Gott verehrten. Und in der Tat hat der deutsche Humanismus in Erasmus seinen Höhepunkt erreicht; außer den Gaben, die seinen Nebenbuhler Reuchlin schmückten, den vielseitigen gelehrten Kenntnissen und dem unstillbaren Forschertrieb, vereinigte Erasmus in sich noch Fähigkeiten, die jenem fehlten: Eleganz des Ausdrucks und einen sprühenden Witz.

DIE REFORMATION UND IHRE LITERARISCHEN FOLGEN

Die humanistische Literatur des gesamten Abendlandes, nicht nur jene Deutschlands, steht in einem merkwürdigen Zwielicht: Einerseits zerstört sie die überlieferte Denk- und Darstellungsweise, muß also als revolutionär gelten, andrerseits greift sie zurück auf ältere Formen scheinbar längst versunkener Zeiten, kann also als traditionell bezeichnet werden. Dies ergibt ein Schwanken zwischen Christentum und Heidentum, zumindest aber eine gewisse Trennung zwischen sakralem und profanem Bereich; dazu kommt die bewußte Loslösung der nationalen Literatur von der bisher gemeinsamen Sprache der abendländischen Kirche und Welt. Nur eines bleibt noch unversehrt und wird durch die sogenannte Wiederentdeckung der Antike als der Grundlage des europäischen Seins und So-Seins auf eine neue Weise neu gepflegt: das Bewußtsein des Menschen seiner selbst und der Besonderheit seiner Existenz.

Zum völkerspaltenden Riß wurden die Entscheidungen jener Männer, die unter dem Namen »Reformatoren« bekannt sind. Ihr Wirken fällt zeitlich mit dem Höhepunkt des Humanismus zusammen, und selbst die Orte der Handlung sind streckenweise die gleichen. Das »klassische«, aber keineswegs vereinzelt stehende (man denke an Calvin!) Land der Glaubensspaltung ist Deutschland. Hier stellte sich Luther an die Spitze der religiösen Bewegung und unternahm die Reform gegen die Kirche. Die schon auf den Konzilien von Konstanz und Basel angestrebte Unabhängigkeit von Rom in kirchenrechtlichen Dingen war erreicht und obendrein wurde eine nationale Kirche gegründet, die im Kult und in der Lehre die deutsche Sprache statt der lateinischen gebrauchte. Vollauf befriedigt waren mit der lutherischen Reformation etliche der mächtigen deutschen Fürsten. Sie nutzten die politische Zerfahrenheit zu ihrem Vorteil aus; die Annahme der neuen Lehre versprach ihnen vollständige Unabhängigkeit von der kaiserlichen Gewalt, vermehrte durch die Kirchengüter ihren Reichtum und das durch den Augsburger Religionsfrieden (1555) ihnen zugestandene Recht, den Untertanen die Religion vorzuschreiben, verlieh ihnen auch in kirchlichen Dingen die höchste Macht. Durch die Buchdruckerkunst war es möglich, die neuen Ideen schnell zu verbreiten und die Massen des Volkes zu entflammen.

Martin Luther und seine Schüler

Äußere Umstände ermöglichten die Ausbreitung der Ideen jenes Mannes, von dem 300 Jahre später Kierkegaard sagte, er habe versucht, Arzt und Patient zugleich zu sein, und dabei wohl die Leidenschaften des Patienten, aber nicht die Übersicht des Arztes besessen. Dieser Mann hieß MARTIN LUTHER (1483–1546). Als Bergmannssohn am 10. November in Eisleben geboren (sein Vater stammte aus einer Bauernfamilie), wurde er 1505 Augustinermönch, 1508 Lehrer der Didaktik und Ethik in Wittenberg. In Ordensangelegenheiten reiste er 1510 nach Rom und kam nicht gerade begeistert von dort zurück. 1512 promovierte er zum Doktor der Theologie. Eine Polemik gegen den Ablaßprediger Tetzel führte 1517 zur Formulierung von 95 Thesen (daß er sie am 31. Oktober an der Schloßkirche von Wittenberg anschlug, wird heute von einigen Forschern bezweifelt). 1520 sagte er sich durch öffentliche Verbrennung der gegen ihn gerichteten Bannbulle von Rom los, lehnte 1521 auf dem Reichstag zu Worms jeden Widerruf ab und verfiel deshalb der Reichsacht. Seine Freunde brachten ihn auf der Wartburg bei Eisenach in Sicherheit, von dort aus und später in wiedererlangter Freiheit widmete er sich der Organisation seiner neuen Kirche, für die er im Besitze eines reichen Wissens, einer eisernen Willensstärke und Arbeitskraft, eines großen sprachschöpferischen Talents und einer seltenen Redegewalt Millionen Menschen gewann. 1525 vermählte er sich mit Katharina v. Bora. Am 18. Februar 1546 starb er in seiner Geburtsstadt.

Zunächst bediente sich Luther der lateinischen Sprache; in ihr waren die *Wittenberger Thesen* formuliert, in ihr die Schrift *Von der babylonischen Gefangenschaft der Kirche* (1520), religionsgeschichtlich wichtig durch die Verwerfung der Siebenzahl der Sakramente und die Ablehnung der heiligen Messe, ferner die *Tischreden*, berüchtigt durch den in ihnen (wie in anderen Erzeugnissen des oft recht vehementen Verfassers) waltenden derben Ton.

Die erste der deutschen Schriften ist das Sendschreiben *An den christlichen Adel deutscher Nation von des christlichen Standes Besserung* (1520), der in packendem und mitreißendem Stil verfaßte Feldruf zum gewaltsamen Angriff gegen die alte Kirche, zugleich das Programm für eine neue und unabhängige. Ruhiger gehalten ist der kleine, lateinisch und deutsch erschienene Traktat *Von der Freiheit eines Christenmenschen*, der Luthers »sola-fides«-Lehre entwickelt. Am Ende des Jahres folgte die Antwort auf den über ihn verhängten Kirchenbann (»Wider die Bulle des Endchrists«).

Von der Wartburg aus setzte Luther in lateinischen und deutschen Schriften den Kampf gegen die Hierarchie und die Einrichtungen der römischen Kirche fort, doch darf diese Streitliteratur hier übergangen werden. Sie gipfelt in der Schmähschrift *Wider das Papsttum zu Rom vom Teufel gestiftet*, erschienen 1545, also wenige Monate vor des Verfassers Tod, hier genannt, weil Lukas Cranach dazu die Zeichnungen lieferte, die Luther mit lateinischen Über- und deutschen Unterschriften versah.

Der Erfolg der Reformation beruhte zu einem nicht geringen Teil auf der Verbindung des religiösen mit dem nationalen Pathos; daher stammte die Forderung nach einer deutschen Theologie und Liturgie, daher die Notwendigkeit, die Bibel – nach Luther oberste Autorität in religiösen Dingen – in die Sprache des Volkes zu übertragen. Diese Übersetzertätigkeit begann 1521 auf der Wartburg: 1522 konnte das Neue Testament im Druck erscheinen,

1534 die ganze Bibel (1541 in verbesserter Neuauflage). Hans Lufft in Wittenberg, der erste Verleger, soll in 50 Jahren 100000 Exemplare vertrieben haben – für die damalige Zeit ein ungeheurer Erfolg, der Zeugnis für die Vorzüge dieses Werkes gegenüber früheren Bibelübersetzungen ablegt. Denn keineswegs war Martin Luther der erste, der dem deutschen Volk das Wort Gottes in der Muttersprache vorlegte, aber frühere Übersetzer lehnten sich an die Vulgata an – Luther an den Urtext – und begnügten sich damit, einfach die lateinischen Worte zu übertragen. Luther dagegen richtete sich bei im allgemeinen peinlicher Treue nach dem Geist sowohl des Originals als auch der Muttersprache; er schloß sich dabei an den Sprachgebrauch der kaiserlichen und kursächsischen Kanzlei an, durchblutete aber diese papierene Amtssprache mit ursprünglicher volkstümlicher Sprach- und Bildkraft.

Martin Luther.
Holzschnitt nach einem Bild von Lukas Cranach d. Ä.

Luther bediente sich, wie er selbst sagt, der »gemeinen deutschen Sprache«, damit ihn beide, »Ober- und Niederländer«, verstehen mögen.

»Man mus die mutter ihm hause, die kinder auff der gassen, den gemeinen man auff dem marckt drumb fragen und den selbige auff das maul sehen, wie sie reden, und darnach dolmetzschen, so verstehen sie es denn und mercken, daß man Deutsch mit in redet.« An anderer Stelle meint er: »Als wenn Christus spricht: ›Ex abundantia cordis os loquitur.‹ Wenn ich den eseln sol folgen, die werden mir die buchstaben fürlegen und also dolmetzschen: ›Aus dem überflus des hertzen redet der mund.‹ Sage mir: Ist das deutsch geredet? Welcher Deutscher versteht solchs? Was ist ›überflus des hertzen‹ für ein ding? Das kan kein Deutscher sagen, er wolt denn sagen, es sey, daß einer allzu ein gros herz habe oder zu vil hertzes habe, wiewol das auch noch nicht recht ist. Denn ›überflus des hertzen‹ ist kein deutsch, so wenig als das deutsch ist: ›überflus des hauses, überflus des kacheloffens, überflus der banck.‹ Sondern also redet die mutter im haus und der gemeine man: ›Wes das hertz vol ist, des gehet der mund über.‹ Daz heist gut deutsch geredt, des ich mich geflissen und leider nicht allwege erreicht noch troffen habe. Denn die lateinischen buchstaben hindern aus der massen ser, gut deutsch zu reden.« (»Sendbrief vom Dolmetschen.«)

Daß diese Art und Weise, stets auf die Redeweise des Volkes zu achten, kaum je ins Vulgäre abgleitet, darin besteht Luthers Originalität. Seine Absicht ist wohl geglückt, seine Bibelübersetzung ist ein sprachliches Meisterwerk, das auf die Entwicklung der neuhochdeutschen Schriftsprache großen Einfluß gewann; ihr Schöpfer ist Luther zwar so wenig wie der erste Bibelübersetzer, aber jedenfalls ihr Förderer. Allerdings war die Glaubensspaltung ein Hemmnis für die Annahme der durch Luther geformten Sprache, nicht bloß in den katholisch gebliebenen deutschen Ländern, sondern auch dort, wo Zwingli und die alemannische Zürcher Bibel eigene Wege gingen. Nichts aber könnte Zweifel an Luthers Sprachgenie besser widerlegen als die Tatsache, daß schließlich sein Deutsch, wenn auch erst im 18. Jahrhundert, obsiegte, bis es durch Goethe und Schiller nicht eigentlich verdrängt, doch neu gestaltet wurde.

Endlich sei Martin Luther als Erneuerer des deutschen Kirchenliedes gewürdigt. Nie beanspruchte er den Ruhm, es selbst erfunden zu haben, und unter den 37 Gesängen, die seinen Namen tragen, sind 12, also ein Drittel, Bearbeitungen älterer deutscher Texte, von den Strophen, die sich an Psalmen, Hymnen, Sequenzen anschließen, gar nicht zu reden; die Leistung Luthers auf diesem Gebiet ist also eher eine nachbildende als eine eigentlich schöpferische, in der Hauptsache aber eine anregende. Er vereinigt in seinen Liedern das Zweckmäßig-Gottesdienstliche mit dem Subjektiv-Herzlichen, andere Lieder des Reformators sind dräuende Kampf- und Trutzlieder, wie das bekannte, aus der Türkennot geborene »Ein feste Burg ist unser Gott«.

Auf Luthers Spuren wandelten zunächst die evangelischen Kirchenmänner Paul Speratus, Justus Jonas, Paul Eber und Nikolaus Decius, dessen Lieder »Allein Gott in der Höh sei Ehr« und »O Lamm Gottes unschuldig» Luther in seine »Deutsche Messe« aufnahm. In der letzten Auflage des »Wittenberger Gesangbuches« (1545) konnte er mit Hilfe dieser Zeitgenossen 105 deutsche Kirchenlieder veröffentlichen. Luthers Beispiel, den erbaulichen und poetischen Zweck innerhalb der geistlichen Lyrik hinter den der Belehrungen zurücktreten zu lassen, beeinflußte auch Johann Walther, Lazarus Spengler sowie die späteren Nachfolger, aus deren Liedern sich die ganze Entwicklung des Protestantismus ablesen ließe.

Außerdem wirkte verhältnismäßig bald das Ausland – der Hugenottenpsalter – auf das Kirchenlied ein, wie sich das bei Ambrosius Lobwasser und bei Paulus Melissus Schede (1539–1602) zeigt. Melissus stammte aus Mellrichstadt in Unterfranken, wurde 1564 zum Dichter gekrönt und 1582 zum kaiserlichen Gesandten am Hof Elisabeths von England ernannt; ursprünglich ein Nacheiferer der französischen »Plejade« und ihres Hauptes Ronsard, hat er nachmals das eigene Erlebnis zur Grundlage lateinischer Dichtung gemacht. Geistliche Poesie im engeren Sinn sind die acht Bücher *Fromme Gesänge*. Melissus war aber nicht der einzige, der das Lateinische an die Stelle von Luthers deutschem Kirchengesang treten ließ.

So bedurfte es geraumer Weile, bis das protestantische Kirchenlied den lebensfrischen und volkstümlichen Ton der ersten Zeit wiederfand. Daß im katholischen Lager infolge der Reformation die Pflege des deutschen Kirchenliedes einige Zeit bewußt vernachlässigt wurde, läßt sich verstehen; ganz verstummt war es aber nie, ja trotz eines auf beiden Seiten angestrebten Purismus ging eine diesbezügliche Gütergemeinschaft nie völlig verloren. Angeregt durch das Beispiel der Protestanten, begann man die alten Lieder, von denen bis 1534 eine große Zahl gedruckt worden war, zu sammeln und in Gesangbüchern zu bearbeiten. So hielt es 1537 der Stiftsprobst zu Halle, Michael Vehe, so Georg Wizel (1501–1573) aus Fulda sowie 1567 der Olmützer Domdechant Johann Leisentritt, 1581 Christoph Hecyrus; Übersetzungen des ganzen Psalters boten Rutger Edingius und Kaspar Vienbergius (gest. 1617), während 1555 Leonhard Kethner die Lieder des Zisterzienserordens sammelte; andere Ausgaben blieben anonym.

Als Gregor Corner, Abt zu Göttweig in Niederösterreich, 1631 sein katholisches Gesangbuch verfaßte, fand er, daß viele Lieder katholischen Ursprungs ohne den sonst üblichen Vermerk »christlich korrigiert« in protestantische Bücher aufgenommen worden seien. Aber auch die Katholiken haben von ihren getrennten Brüdern Lieder oder doch deren Form entlehnt. Die Entscheidung über die Priorität läßt sich oft schwer fällen, denn die Lieder wurden als gemeinsames Gut angesehen, auf fliegenden Blättern verbreitet, gingen von diesen in die Gesangbücher und von hier wieder in fliegende Blätter über.

Das Verhältnis zwischen Reformation und Humanismus nannte Carl J. Burckhardt »ein aussichtsloses Unterfangen, die Reformation und die Humanisten gegeneinander zu stellen. Sie stehen auf zwei verschiedenen Seiten der Erde – so wie Luther und Erasmus durch eine Welt getrennt sich gegenüberstehen: Dem einen geht es um die Religion, dem andern um ein sittliches Paradies, in welchem eine reine Moral die Sicherheit gewährt für das Blühen einer hohen Bildung«. Natürlich sind Religion und Bildung nicht zwei einander ausschließende Gegensätze, aber die beiden genannten Männer hatten zumindest die Akzente so stark verschoben, daß ihre Ideale weltenfern getrennt erscheinen müssen.

Trotzdem gab es Humanisten, die – nicht nur vorübergehend – den Anschluß an Martin Luther vollzogen. Da war Vinzenz Heidnecker oder VINCENTIUS OBSOPOEUS, der erste Rektor der 1528 gestifteten gelehrten Schule zu Ansbach, Verfasser einer Anzahl Gedichte, darunter der Ovids »Ars amandi« nachahmenden *Ars bibendi* (1536), gewissermaßen der Herold studentischen Kommersierens; da war vor allem Philipp Schwarzerd, d. h. der große MELANCHTHON (1497–1560), seit 1518 Professor des Griechischen in Wittenberg, Verfasser der ersten protestantischen Dogmatik (»Loci communes rerum theologicarum«), maßgebender Bearbeiter der *Augsburger Konfession*, nach Luthers Tod Führer der Evangelischen, infolge seiner gelehrten Tätigkeit »praeceptor Germaniae« genannt, Begründer des höheren protestantischen Schulwesens, eine sanfte und friedfertige Natur, welche die Verbindung zwischen Humanismus und Luthertum herstellte und dadurch beide christlichen Konfessionen zu gemeinsamer Kulturarbeit in einem gewissen Sinne verband.

Polemiken für und gegen Luther

Melanchthons Zielsetzung war keineswegs selbstverständlich, wie das Schicksal des Graubündner Humanisten Simon Lemm-Margadant oder LEMNIUS (1511–1550) zeigt. Dieser hatte in Wittenberg Epigramme gedichtet (Lessing schätzte sie hoch) und dem Kurfürsten Albrecht von Mainz gewidmet; diese Dedikation sowie Angriffe auf Wittenberger Persönlichkeiten veranlaßten Luther, ihn von der Kanzel herab einen »ehrlosen Buben und Schandpoetaster« zu heißen, »der billig den Kopf verlieren müßte«. Derartige Angriffe nötigten den Beschimpften schließlich zur Flucht unter Verzicht auf all seine Habe (1534) und zur Rückkehr in seine Vaterstadt Chur, wo er Muße zu freier humanistischer Tätigkeit fand. Zuerst freilich rächte er sich durch ein grobes Schmähgedicht an seinem Gegner; später entfaltete er eine ersprießliche Tätigkeit als Übersetzer griechischer Dichtungen ins Lateinische und als Verfasser eigener lateinischer Verse. Sein Hauptwerk ist die *Raeteis*, ein Hochgesang auf die Schweizer Tapferkeit gegen Maximilian I. Luther zog aber noch einen anderen Schweizer an, der sich später von ihm wandte: ULRICH (oder HULDRYCH) ZWINGLI (1484–1531) aus Wildhaus im Toggenburg, aufgewachsen bei einem geistlichen Verwandten, dem Pfarrer von Seewen, unterrichtet zu Basel und Bern, Hörer der Universitäten von Wien und (seit 1502) Basel, wo er mit zahlreichen Humanisten Freundschaft pflog. 1506 begann Zwingli seine Seelsorgertätigkeit als Pfarrer von Glarus; von dieser Stätte aus zog er 1513 und 1515 als Feldgeistlicher mit seinen Landsleuten in die Lombardei. Da er gegen die französischen Truppenwerbungen auftrat, übernahm er 1516 den Leutpriesterposten zu Einsiedeln, wo er im Kloster seine humanistischen Neigungen befriedigen konnte und auf der Kanzel begann, im Sinne des Erasmus zu wirken. Dies machte ihn bekannt, brachte ihm den Ruf an das Großmünster zu Zürich: hier (seit 1519) wandte er sich gegen auftretende Ablaßprediger. Diese gemeinsame Gegnerschaft erweckte in ihm das Interesse für die Schriften Luthers, und es erschien ihm noch möglich, dessen Lehre mit der des Rotterdamers verbinden zu können. Dennoch kam es 1522 (Predigt gegen das Fasten und Eintreten für die Priesterehe) zum Bruch mit der alten Kirche, wenige Jahre später zur Trennung von Luther (seit 1525 durch den Abendmahlstreit, da Zwingli in den Konsekrationsworten »das ist mein Leib« das Wort »ist« nur im Sinne von »bedeutet« verstehen wollte).

Zwinglis Lehre wurde zunächst niedergelegt in den veröffentlichten Schlußreden zweier Zürcher Disputationen (1523) und im 1525 publizierten *Commentarius de vera et falsa religione*, der ersten und einzigen systematischen Darlegung seiner Theologie. Von Luthers Schriften unterscheiden sich die Werke des Zürcher Reformators durch geringere Kühnheit und geringere Gewalt der Sprache, wie auch, literarisch gesehen, die von Zwingli und seinen Mitarbeitern geschaffene alemannische Zürcher Bibel hinter der Übersetzungsleistung Luthers zurücksteht, obwohl sich Zwingli als Humanist in besonderer Weise dem Wort, dem geschriebenen wie dem gesprochenen, verpflichtet fühlte. Andrerseits war es aber die humanistische Begeisterung für das Altertum, die bei Zwingli – im Gegensatz zu Luther, der die Politik den weltlichen Mächten überließ – zur Aufrichtung des Zürcher »Kirchenstaates« führte, wozu allerdings nicht minder die schweizerische Veranlagung zu politischer Tätigkeit beitrug. Für diesen »seinen« Staat fiel Zwingli in der Schlacht bei Kappel, wenige Jahre, nachdem Bern zu seiner Lehre übergetreten war.

Dort, in der mächtigen Stadt an der Aare, hatte ein Dichter in besonderem Maß den Umschwung vorbereitet: Nikolaus Manuel (1484–1530), der in seiner vielseitigen Tätigkeit als Maler, Architekt, Krieger, Staatsmann und Dichter an die führenden Männer der italienischen Renaissance erinnert. Zum Poeten machten ihn Erlebnisse des Feldzuges von 1522, in dem er anläßlich des Sturmes auf Novara leicht verwundet wurde; in einem Lied auf die Ereignisse des bösen Tages von Bicocca verteidigte er die Waffenehre der Schweizer, deren ungestümes Losbrechen ihm mehr Eindruck machte als die nach vorgeschrittener Kriegskunst geleistete Arbeit der Landsknechte. Im gleichen Jahr dichtete Manuel den »Traum«, in dem der kurz vorher verstorbene Papst Leo X. (1513–1521) für alles Unheil der Zeit verantwortlich gemacht wird.

Manuels Fastnachtsspiel *Vom Papst und seiner Priesterschaft* wendet sich gegen die Verweltlichung der Kirchenleitung, gegen den Reichtum der Kirchenfürsten und die finanziellen Schattenseiten der Ablaßpredigt; deutlicher noch ist die Fortsetzung *Von Papsts und Christi Gegensatz*, worin der Heiland auf einem Esel, umgeben von Bresthaften aller Art, dem in der Mitte glänzenden Kriegsvolkes triumphierend reitenden Bischof von Rom gegenübergestellt wird, ein Bild, das Manuel zu lebendiger Anschaulichkeit gebracht hat. Beide Werke sind keineswegs Dramen, sondern eher Bühnengespräche.

Wirkliche Bühnendichtung ist sein *Ablaßkrämer* (1525), der aufgeregten Dorfweibern zum Opfer fällt. Dann kehrte, der debattenreichen Zeit entsprechend, Nikolaus zur einfachen Gesprächsform zurück, um in *Barbali* ein elfjähriges Mädchen, das ins Kloster gehen soll, mit einem Pfarrer diskutierend vorzuführen (1526) und im gleichen Jahr das Glaubensgespräch von Baden in *Eck und Fabers Badenfahrt* zu karikieren. Zwei Jahre später, als Bern zu Zwingli übergetreten war (1528), setzten die allegorischen Satiren in Prosa *Von der Krankheit* und *Von dem Testament der Messe* den tendenziösen Kampf Manuels fort.

Das Leben des Nikolaus Manuel fällt in die Lebenszeit des THOMAS MURNER (1475?–1537), von dem Lessing sagte: »Wer die Sitten der damaligen Zeit kennenlernen will, wer die deutsche Sprache in allem ihrem Umfange studieren will, dem rate ich, die Murnerschen Gedichte fleißig zu lesen. Was die Sprache Nachdrückliches, Derbes, Anzügliches, Grobes und Plumpes hat, kann er nirgends besser zu Hause finden als in ihm.« Der also Gepriesene stammte aus gutbürgerlichem Hause, wurde zu Oberehnheim im Elsaß geboren, verbrachte mit seinen Eltern und Geschwistern die Jugend in Straßburg und trat 1491 in den Franziskanerorden ein. Zum Priester geweiht, besuchte er lernend und lehrend verschiedene Universitäten, so Freiburg, wo er den theologischen Doktorhut erwarb (1506), dann Paris, Krakau, Wien, Rostock, Prag, Köln und Basel, wo er Doktor beider Rechte wurde (1518). Spätere Reisen führten ihn nach Italien und nach England, endlich zurück nach Straßburg. Vor aufständischen Bauern floh er nach Luzern (1525), das er wegen seiner Polemik gegen die Zwinglianer verlassen mußte (1529), und starb als Pfarrer seines Geburtsortes am Fuß der Vogesen.

Seine literarische Tätigkeit begann mit gelehrten Arbeiten, die bereits seinen eigenwilligen Kopf zeigen; so stellte Murner als Lehrer der Logik zu Krakau das Kartenspiel in den Dienst seines Faches, und in der lateinischen Schrift *Chartiludium Logicae* (1507) machte er diese persönliche Praxis auch anderen zugänglich. Die ersten Gegner, mit denen er sich literarisch auseinandersetzte, waren die um Wimpheling gescharten engeren Landsleute, in Gegensatz zu denen Murner in seiner *Germania nova* die ursprüngliche

Zugehörigkeit seiner Heimat zu Frankreich nachzuweisen suchte. Neue Erbitterung der Humanisten löste die wörtliche Übertragung des römischen Rechtes ins Deutsche durch Murner aus, der so dem Volk die Jurisprudenz verständlich machen wollte und auch dabei seine Spielkartenmethode anwandte.

Erst 1509 trat Murner mit seinen satirischen Reimwerken großen Stils auf. Die erste Schrift dieser Art hieß *Von den vier Ketzern des Predigerordens in Bern*, d.h. von vier Dominikanern, die in Bern öffentlich verbrannt worden waren – nach einem Prozeß, der erst in unserem Jahrhundert als Justizirrtum nachgewiesen wurde. 1511 schrieb er das Gedicht *Eine andächtige geistliche Badenfahrt*, in der er Christus selbst als Bademeister fungieren und ihn alle dazugehörigen Prozeduren verrichten läßt, die samt und sonders auf einen geistlichen Sinn gebracht werden.

Eine Zeitlang war Murner Prediger an der Barfüßerkirche in Frankfurt a.M., die am Ort der heutigen Paulskirche stand. Hier entstand zunächst *Die Narrenbeschwörung*. Er verfuhr dabei umgekehrt wie Geiler von Kaisersberg: Hatte dieser, wie erinnerlich, Sebastian Brants »Narrenschiff« für die Kanzel ausgenützt, so zog Murner den Inhalt seiner Predigten – seine Kanzelworte waren volkstümlich, drastisch, anschaulich, temperamentvoll – in poetischer Form zusammen und veröffentlichte sie 1512. An diesem »zweiten Narrenschiff« fand Kaiser Maximilian so großes Gefallen, daß er über dessen Urheber Erkundigungen einziehen ließ. Mit dem ersten »Narrenschiff« hat übrigens das »zweite« recht viel gemein, nämlich Holzschnitte, Motive, ja wörtlich übernommene Verse. Nie zitiert Murner einen Klassiker, da er so dem Volk unverständlich würde; dafür schöpft er immer aus dem Leben der Zeit und kennt – im Gegensatz zu Brant – überhaupt keine Schonung und keine Grenze für Derbheit und Rücksichtslosigkeit.

Knapper, kürzer und wuchtiger als die »Narrenbeschwörung« ist die *Schelmenzunft* gehalten, die von den Mißständen in der Kirche, von den üblen Künsten der Juristen, den Betrügereien der Kaufleute, von verkommenen Soldaten, überhaupt von bösen Menschen und schlimmen Sitten handelt. Den Liebesnarren im besonderen widmete Murner zwei spezielle Schriften, die *Geuchmatt*, d.h. Narren-, eigentlich Kukuckswiese, und die *Mühle von Schwindelsheim* oder »der Gretmüllerin (d.h. der Buhldirne) Jahrzeit«.

Thomas Murner ging auch mit seinem eigenen Stand nicht glimpflich um; darum hielt er zunächst Martin Luther für einen Verbündeten in seinem Kampf gegen die Mißstände in der Kirche. Noch als dieser 1520 in aller Form von ihr abfiel, hat Murner vier Büchlein gegen Luther herausgebracht, die eine ruhige und gelassene Diskussion mit dem Reformator einleiten sollten. Erst im März 1521 antwortete Luther, kurz und schnöde. Süddeutsche Anhänger des Wittenbergers gingen zum Angriff auf Person und Vergangenheit des Franziskaners über, so Niklaus Gerbel mit seiner lateinischen Satire *Murnarus Leviathan* (»Murnarr« hatte sich Murner selbstkritisch schon früher selbst genannt!) und der St.-Galler Humanist Vadian mit dem Dialog *Karsthans*, worin er Murner als miauende Katze vorführte. Jetzt hieb dieser wuchtig zurück in seinem Streitgedicht *Von dem großen lutherischen Narren, wie ihn Doktor Murner beschworen hat* (1522). Murnarr, der Mönch mit dem Katzenkopf, beschwört den Narren mit kuriosen Formeln, und so muß er sich keuchend seiner Last entledigen. Selbstverständlich rief diese Satire eine Flut von Gegenschriften hervor.

Theophrastus Paracelsus

Scheinbar als Anhang, in Wirklichkeit als weiteren Zeugen einer turbulenten Zeit nennen wir Philippus Theophrastus Bombastus von Hohenheim, den Abkömmling eines württembergischen Adelsgeschlechtes. Als er den Beruf seines Vaters, der in Einsiedeln in der Schweiz als Arzt tätig gewesen war, ergriffen hatte, ging er derart eigenwillige Wege, daß er es sich mit seinen Kollegen gründlich verdarb. Er bekämpfte die griechisch-römisch-arabische Medizin, und da unter deren Anhängern der Name des römischen Arztes Aulus Cornelius Celsus guten Klang hatte, nannte er sich THEOPHRASTUS PARACELSUS (1493–1541), d. h., wie seine Gegner behaupteten, Gegen- oder Über-Celsus. Mit neun Jahren kam er aus der Heimat nach Kärnten, lernte Latein bei den Benediktinern zu St. Paul im Lavanttal, zog dann auf die Hochschule, um Medizin zu studieren, und wanderte unbefriedigt von Fakultät zu Fakultät – in Wien, Ferrara, Montpellier und Oxford – und erwarb sich die Doktorwürde in Ferrara. Auch dann nahm er sein Wanderleben wieder auf, um schließlich vorübergehend in Basel, wo er den berühmten Buchdrucker Froben heilte und dadurch auch zu Erasmus von Rotterdam in Beziehung trat, als Stadtarzt und Medizinprofessor seßhaft zu werden (1526–1528). Doch auch hier fanden sich Widersacher, und der Angegriffene mußte bei Nacht und Nebel flüchten. Neuerdings begann ein unstetes Wanderleben, das nach längerem Aufenthalt in St. Gallen schließlich zu Salzburg durch den Tod beendet wurde. Er versuchte, sich aus Theosophie und Pantheismus eine eigene Naturphilosophie zusammenzubrauen und diese mit Theologie, Physik und Chemie zu einem Ganzen zu verschmelzen.

Von dem groſſen
Lutheriſchen Narren wie in
doctor Murner beſchworen hat. ꝛc.

Titelblatt von Murners Satire »Von dem großen lutherischen Narren, wie ihn Doktor Murner beschworen hat«, 1522.

Auf medizinischem Gebiet lag seine größte Stärke in der Arzneimittellehre. Durch keine Verfolgung zermürbt, setzte er sich ein für das, was er als richtig erkannte, und in vielem gab ihm die Folgezeit recht, ja gegenwärtig beschäftigen sich Philosophen und Mediziner intensiver denn je mit der Hinterlassenschaft des »Magus vom Etzel«, wie ihn sein Landsmann Linus Birchler genannt hat. Die grundlegenden Werke des Paracelsus sind *Paragranum* (1530 beendet) und das wohl im gleichen Jahr begonnene *Paramirum*; beide zeigen, daß Mensch und Natur der Gegenstand seines Forschens sind, daß er den Menschen immer im Ganzen der göttlichen Schöpfung sieht, den Mikrokosmos im Makrokosmos. Es versteht sich beinahe von selbst, daß sich dieser Mann auch eine eigene Theologie schuf (123 Traktate aus seiner Feder beschäftigen sich mit der Gotteswissenschaft und bezeugen seine Bibelkenntnis) und gemäß seiner eigenwilligen Natur Katholiken und Evangelische in gleicher Weise bekämpfte. Die Devise, die man über manchen seiner Porträts findet, stammt von ihm selbst: »Alterius non sit, qui suus esse potest« (»Einem andern soll nicht gehören, wer sich selber gehören kann«). Aber unter seinem letzten Bild steht außerdem ein Satz, den er als drohendes Wort auffaßte, der jedoch zugleich die zweifachen Werte seines Werkes bestimmt: »Omne donum perfectum a Deo, imperfectum a diabolo« (»Jedes vollkommene Werk ist von Gott, das unvollkommene vom Teufel«).

Das lateinische Schuldrama

Unter dem Einflusse der kirchlichen Bewegung und des Humanismus entwickelte sich etwa seit den dreißiger Jahren das *geistliche Schuldrama* (Drama sacrum), das seine Stoffe hauptsächlich aus der Heiligen Schrift, aber auch aus den Moralitäten nahm. Nicht wenig trug zu der reichen Pflege dieser insbesondere bei den Protestanten beliebten neuen Gattung Luther bei, der die Dramatisierung biblischer Stoffe überhaupt und einzelner Abschnitte aus der Bibel (Judith, Tobias) im besonderen empfahl, während er gegen die mittelalterlichen Mysterienspiele eine ablehnende Haltung einnahm. Und doch übten diese einen Einfluß auf das Schuldrama aus. Wir sehen ihn in der Wahl der Stoffe, in der Kunstübung, so z.B. in dem Inszenierungssystem mit den getrennten Standorten, und im Kunststil, zu dem wir die enge Verbindung tragischer und komischer Szenen rechnen. Auch der lehrhafte Zweck wird von den Dichtern scharf im Auge behalten.

Mit Vorliebe nahm man Vorwürfe aus dem Alten Testament, die durch Ausgestaltung der Ereignisse, Herausarbeitung der Stimmungen und Entschließungen der Helden erweitert und durch Übertragung der ganzen Darstellung in das Kostüm der Zeit zu selbständigen Spiegelbildern des häuslichen, gesellschaftlichen und politischen Lebens wurden. Die Dichter ermüdeten nicht, durch Moralpredigten zu sittlich-frommem Leben zu ermahnen und gelegentlich in satirischen Ausfällen auf bestehende Verhältnisse und auf die Kirche sich zu ergehen.

Bahnbrecher für den neuen Kunststil des geistlichen Dramas wurde der Holländer Willem van de Voldersgroft oder de Volder (der Walker), zu »Fullonius« latinisiert; bekannt ist er unter dem Namen WILHELM GNAPHÄUS (1493–1568). Geboren in 's Gravenhage, war er in den Anschauungen des niederländischen Humanismus aufgewachsen und später wegen seines Anschlusses an die neue Lehre zur Flucht vor den spanischen Ketzerrichtern genötigt (1530), kam so nach Preußen, wirkte in Königsberg als Pädagoge und ging dann nach Ostfriesland, wo er sich in den Diensten der Gräfin Anna zu verschiedenen diplomatischen Geschäften verwenden ließ; er starb zu Norden als gräflicher Rentmeister.

Seine literaturgeschichtliche Bedeutung knüpft sich an seine Komödie *Acolastus* (der Zügellose). Die Wahl der lateinischen Sprache, die Verkleidung in ein antikes Kolorit scheinen einen Rückschritt zu bedeuten, tatsächlich aber ist die Kunstform des römischen Dramas wiedergewonnen, und zwar nicht in steifer Humanistenfeierlichkeit, sondern mit mitschwingender Seele. Der Erfolg des »Acolastus« war groß, bis 1585 wurde das Stück vierzigmal in aller Herren Ländern neu aufgelegt, wiederholt ins Deutsche, Französische und Englische übersetzt, an verschiedenen Orten aufgeführt, in Schulen gelesen und mit Erklärungen versehen.

Und doch war die poetische Behandlung des Stoffes nicht neu. Schon das Mittelalter hatte sich damit beschäftigt, in Frankreich und Italien hatte man ihn dramatisiert, und das deutsche Prodigusdrama des BURKHARD WALDIS (etwa 1490–1557) war bereits 1527 in Riga als Fastnachtsspiel aufgeführt worden. An dem Leben des verlorenen und ohne Verdienst begnadigten Sohnes sollte entsprechend der protestantischen Lehre die Nutzlosigkeit der guten Werke und die Rechtfertigung durch den Glauben allein dargestellt werden. Das Stück repräsentiert zugleich den ersten neuzeitlichen Versuch eines Problemdramas. Gelernt hat Waldis bei Plautus und Terenz: Von ihnen stammt die zum erstenmal in einer deutschsprachigen Bühnendichtung auftretende Einteilung in Akte und der strenge, kunstvolle Aufbau des Ganzen. Daß die angestrebte Form noch nicht vollkommen ist, die Tendenz sich oft zu stark den künstlerischen Gestaltungswillen unterwirft, sind Tatsachen, über welchen dennoch der Ansatz zu einer neuen Dramatik nicht übersehen werden darf.

Bereits 1536 hatte Gnaphäus seinen »Acolastus« in Elbing (Preußen) aufgeführt und damit die biblische Komödie auf deutschen Boden verpflanzt. Die in den Niederlanden geprägten Typen fanden in Deutschland Nachahmung, und bald entwickelten sich unter den Dichtern beider Gebiete literarische Beziehungen, infolge deren sich eine vom lateinischen Drama aus- und auf das deutsche übergehende Tradition unter den Bearbeitungen derselben Stoffe einstellte.

Als eigentlicher Begründer des lateinischen Schuldramas in Deutschland gilt Sixt Birk (1500–1554) aus Augsburg; nachdem er in Basel studiert hatte, wirkte er dort als Lehrer. Hier schrieb er die meisten seiner Dramen, die er nach seiner Rückkehr als Gymnasialdirektor in Augsburg mit seinen Schülern aufführte. Von diesen wurden auch die von ihm ursprünglich deutsch verfaßten Stücke in das Lateinische übertragen. Alle Schauspiele Birks behandeln biblische Stoffe, zeigen in der Akt- und Szeneneinteilung wie in der Anwendung horazischer Versmaße in den Chorliedern bereits den Einfluß der Antike und verraten in Tendenz und Form die Anregungen, die er dem schweizerischen Drama verdankte und in das deutsche verpflanzte. Daher seine Freude an politischen und öffentlichen Angelegenheiten, durch deren Darstellung er die Schüler zu guten Bürgern erziehen wollte. So ist es ihm in seiner *Susanna* (1537) um die Schilderung der Verderbtheit des Richterstandes zu tun, und in der *Judith* (1541) sucht er für den Türkenkrieg zu begeistern. Seine protestantischen Anschauungen trägt er in seine *Eva* (1539) hinein, eine Bearbeitung der uns aus Hans Sachs bekannten Fabel, wie Gottvater den Haushalt Adams und Evas besucht, und seine Dramatisierung der biblischen Erzählung »Von Bel zu Babel«, ein Angriff auf die katholische Bilderverehrung, wurde 1535 als »Tragödie wider die Abgötterei« zur Fastnacht aufgeführt. Sixt Birk wurde das Vorbild für eine Reihe von Lateindramatikern, die ihre Stoffe aus der Bibel holten und Abel, Jakob, Isaak, Josef, Simson, Goliath und David, gelegentlich aber auch neutestamentliche Parabeln zum Vorwurfe ihrer Dramen wählten. Letzteres tat auch der bayrische Schulmann Hieronymus Ziegler (gest. 1562 in Ingolstadt).

Schon in Birks Dramen treten die Gegensätze zwischen den Protestanten und Katholiken gelegentlich hervor. Noch schärfer geschieht dies in den drei biblischen Dramen des streitlustigen Naogeorgus. Von ihnen ist der *Hamanus* (1543) gegen die Fürsten, insbesondere die katholischen, gerichtet; in *Jeremias* (1551) schilt der Prophet die böse Zeit und wird der Katholizismus dem Götzendienst Baals verglichen; der *Judas Iskariot* (1552) ist auf jene gemünzt, die von der Reformation sich wieder losgesagt hatten. Die Wahl und Behandlung dieses tragischen Stoffes verrät des Dichters Begabung für die Charaktertragödie. Doch war für die Lösung einer solchen Aufgabe das Humanistendrama noch nicht eingerichtet, und daher schildert auch Naogeorg die Seelenkämpfe und das Ende seines Helden nur mit Hilfe allegorischer Personifikationen, insbesondere des Teufels, der durch ihn seine typische Gestalt im Drama des 16. Jahrhunderts erhalten hat. Der Satan weckt in Judas die Geldgier, die allmählich alle edlen Regungen in ihm erstickt und zum Verrate anspornt, und als ihn Reue und Verzweiflung darüber ergreifen, ist es wieder der Teufel, der ihm den Strick zum Selbstmord reicht. Von den katholischen Dramatikern deutet KORNELIUS LAURIMANUS, Schüler und Nachfolger des Makropedius zu Utrecht (gest. 1573), in seiner Tragödie *Exodus* die Bedrückung der Israeliten durch Pharao auf die Verfolgung der Kirche durch die Häretiker seiner Zeit. ANDREAS FABRICIUS, der bis 1566 Professor in Löwen war, dann aber als katholischer Schriftsteller und Diplomat in Bayern wirkte, polemisiert in seiner Tragödie *Samson*, die 1568 von den Jesuiten in München zur Hochzeit des bayerischen Thronfolgers aufgeführt wurde, gegen die Ehe mit Andersgläubigen und zeigt sich auch in seiner Tragödie *Jerobeam* (1585) als eifriger Vorkämpfer der Gegenreformation.

Da der lateinischen Schuldramatik die Belehrung als Hauptzweck vorschwebte, lag es nahe, daß sie neben den biblischen Geschichten auch die *Moralitäten* (Sittenspiele) in ihren Bereich zog. Der Anfang dazu ging wieder von den Niederlanden aus, wo der Maastrichter Priester CHRISTIAN ISCHYRIUS (Ch. Sterck) in seinem *Homulus* (Menschlein) die 1530 verfaßte englische Moralität »Everyman« (d. h. Jedermann) nach der niederländischen Übersetzung des PETRUS DIESTHEMIUS in freier Weise bearbeitete. Der Inhalt der hier dramatisierten Parabel bewegt sich in dem Gedankenkreis der asketischen Literatur des Mittelalters und will nach Art des viel verbreiteten Traktats »Ars moriendi« zu einer erbaulichen Vorbereitung auf den Tod bewegen. Gott sendet zu dem »Jedermann« den Tod, und vergeblich sucht der Bedrängte gegen ihn Hilfe bei den irdischen Mächten. Nur seine guten Werke begleiten ihn hinüber und verschaffen ihm einen Platz im Himmel. Der »Homulus« wurde dann von dem Kölner Buchdrucker Jaspar von Gennep unter Benutzung ähnlicher Arbeiten ins Deutsche übersetzt, aufgeführt und veröffentlicht.

Denselben Stoff griff MAKROPEDIUS auf und bearbeitete ihn in seinem *Hekastus* (1539), der zum Vorbilde einer ganzen Reihe deutscher Dramatiker, auch Hans Sachsens, wurde, sogar nach Dänemark und Schweden seinen Weg nahm.

Der Hekastus war wegen des Schlusses, der mit Luthers Rechtfertigungslehre sich zu berühren schien, den Katholiken bedenklich erschienen, aber gerade deshalb in den protestantischen Kreisen beifällig aufgenommen worden. Noch weitere Verbreitung fand hier natürlich die Bearbeitung der Everymanfabel im protestantischen Sinne, die NAOGEORG 1540 in seinem *Mercator* (Kaufmann) veröffentlichte.

Vergeblich ringt hier der Sterbende unter dem Beistande eines katholischen Priesters mit dem Teufel, bis der Apostel Paulus und ein Arzt durch ein Brechmittel alle erworbenen Ablässe, die Wallfahrten, Fasten und sonstigen guten Werke usw. aus dem Bauche des Kranken entfernen und ihm einzig durch den Glauben an den Erlösertod Christi Rettung bringen. Bei dem Gerichte, das den 4. und 5. Akt ausfüllt, wird denn auch wirklich der Kaufmann gnädig beurteilt, während ein Fürst, ein Bischof und ein Franziskaner trotz ihrer Berufung auf Gebete und Messen verurteilt werden. Mit heftigen Anklagen, die Petrus gegen die Anmaßungen des Papsttums schleudert, endet das polemisch-satirische Tendenzstück.

Wie Makropedius brachten auch andere Katholiken, als ihr Selbstbewußtsein wieder erwachte, ihren Standpunkt in Sittenspielen literarisch zur Geltung. Zwar SCHÖPPERS Drama von dem *Streit der Wollust mit der Tugend* (1546) und des LAURIMANUS *Miles christianus* (1565) bewegen sich ganz in dem Geleise der allegorischen Festspiele des Chelidonius und anderer Humanisten, aber bereits in dem *Euripus* (1549) des Minoriten LEVIN BRECHT aus Antwerpen wird die katholische Anschauung mit einem Seitenblick auf die protestantische zum Ausdruck gebracht. Den Inhalt bildet die Geschichte des Euripus, der, zwischen Tugend und Laster lange schwankend, schließlich ein Opfer der Venus und des Cupido wird und in die Hölle kommt. Das Drama fand Beifall, wurde auch von den Jesuiten oft aufgeführt und von dem Niederländer HANNARDUS GAMERIUS, der im Dienste der Gegenreformation in Ingolstadt schriftstellerisch tätig war, in seinem *Pornius* nachgeahmt.

Während aber diese beiden allegorischen Dramen noch nicht den Ton eigentlicher Polemik anschlagen, gestaltet ANDREAS FABRICIUS in seinem *Evangelicus fluctuans* (1569) den Kampf zwischen dem Guten und dem Bösen zu einem Streite zwischen dem Katholizismus und Protestantismus.

Durch die Verwendung des biblischen Stoffes oder einer Moralität zu polemisch-satirischen Zwecken gingen die Dichter über die Grenzen des eigentlichen Schuldramas hinaus. Noch mehr geschah dies in jenen Schauspielen, die ihren Inhalt aus der *Zeitgeschichte* nahmen. Als Hauptvertreter dieser Richtung muß THOMAS NAOGEORGUS (1511–1563) genannt werden, den wir als Verfasser der heftigsten und einschneidendsten lutherischen Streitdramen schon kennengelernt haben. Geboren in dem Dorfe Hubelschmeiß bei Straubing, schloß er sich Luther an und bewahrte die Begeisterung für dessen Persönlichkeit auch dann noch, als er dessen Lehrmeinungen nicht mehr teilte. Ruhelos und unbeständig in seinen Anschauungen, verurteilte er sich selbst zu einem Wanderleben, das ihn in verschiedene Städte und schließlich nach Wisloch führte, wo er als Prediger starb. Unversieglich war sein Haß gegen das Papsttum, die katholischen Glaubenslehren und Kulteinrichtungen, wie er sie in seinem *Regnum papisticum* (1553), einer satirischen Dichtung in vier Büchern, schilderte. Dieselbe Erbitterung gegen Rom führte ihm die Feder bei der Abfassung seiner Dramen, von denen der *Pammachius* (1538) einen Hauptschlag gegen die Kirche zu führen suchte. Mit unleugbar kräftigen Zügen entwirft er hier ein Phantasiebild von der Geschichte der Kirche, angefangen von der Bekehrung des römischen Reiches zum Christentum bis herauf zu Luther.

Alles läuft auf eine Verherrlichung Luthers hinaus, von dessen wuchtiger Darstellungsart etwas auf Naogeorg übergegangen ist. Und gerade der mit Leidenschaftlichkeit geführten Polemik wie der rhetorischen und anschaulichen Ausarbeitung der höllischen Ränke verdankte das Drama trotz seiner Armut an Handlung, seiner Zeit- und Ortslosigkeit eine sehr weite Verbreitung, sowohl in seiner lateinischen Gestalt als in den deutschen Bearbeitungen des Justus Menius (1539) und Hans Tyrolf (1540). Auch die 1541 folgende Tragödie *Incendia seu Pyrgopolinices*, obzwar nur eine dramatische Scheltrede auf den der Brandstiftung bezichtigten Herzog Heinrich von Braunschweig, gegen den Luther in demselben Jahre seine Schrift »Wider Hans Worst« gerichtet hatte, fand Beifall und wurde noch im 17. Jahrhundert in deutscher Bearbeitung (»Der Mordbrandt«) allenthalben aufgeführt.

Es ist auffällig, daß die älteren Schuldramatiker nur selten Stoffe aus der antiken Sage und Geschichte bearbeiteten; erst gegen Ende des 16. Jahrhunderts wandte man sich ihnen öfters zu; man zog, was Locher in seinen dramatischen Dialogen schon getan hatte, auch zeitgeschichtliche Ereignisse in den Bereich des Schauspiels und schritt allmählich zum *historischen Drama* vor. Alle diese Wandlungen sehen wir in Straßburg sich vollziehen, an dessen akademischem Gymnasium das lateinische Drama ein Heim gefunden hatte, das an Pracht der Ausstattung die Bühnenverhältnisse in anderen Städten weit übertraf. Während jedoch sein Gründer Johann Sturm die Komödie bevorzugte, gelangte nach seinem Tode (1583) insbesondere durch Brülow die hohe Tragödie zur Herrschaft, und selbst die griechische, teils in lateinischer Übersetzung, teils im Original, fand Aufnahme in das Repertoire. Auch

Begebenheiten aus der Bibel, griechische Mythen und Romane und Stoffe aus der Geschichte wurden von den Dichtern, gelehrten Professoren an der Akademie (Georg Calaminus, Johann Paul Crusius, Michael Hospeinius, Theodor Rhodius und Kaspar Brülovius), in die Form der Tragödie gekleidet.

Die lateinischen Schuldramen sollten die rohen Fastnachtsspiele verdrängen und wurden daher regelmäßig in der Fastnachtszeit, gelegentlich auch an anderen Tagen aufgeführt. Ihren Zweck suchten sie durch den moralischen Gehalt und die künstlerische Form zu erreichen. Die Anschauung der Dichter aber, durch Vorführung des Lasters von ihm abzuschrecken, fand nicht allgemeine Billigung. Für die Form war Terenz Vorbild. Von ihm wurde der Prolog herübergenommen und auch der Bau der Verse, die Komposition in ihren Grundlinien und viele Redewendungen weisen auf ihn zurück, selten auf Plautus, und der Einfluß Senecas und der Griechen wird erst spät merkbar. Der Stoff wurde, freilich oft willkürlich, auf fünf Akte verteilt, von denen jeder mit einem Chorliede schließt, das aber erst seit Avianius (gest. 1617 zu Eisenberg) in die Handlung eingreift. Mit einem deutschen Epilog (Beschluß), einer oft weit ausgesponnenen Aufforderung zum Beifallklatschten (Plaudite) pflegen die Dichter wie die antiken Dramen zu schließen. Da es galt, möglichst viele Schüler an den Aufführungen zu beschäftigen, konnten sich die Verfasser der Schuldramen nicht an die geringe Zahl der antiken Vorbilder halten, und daher kamen ihnen die biblischen Begebenheiten mit einem großen Personal sehr gelegen. Die Behandlung des Stoffes ist mehr episch als dramatisch; von einer Spannung ist im allgemeinen wenig zu merken, und nur wenige machen, wie etwa Balthasar Crusius (gest. 1630), den Versuch, das Drama durch strenge Beobachtung der Einheit der Zeit und des Ortes kunstgerecht zu gestalten. Trotzdem blieb neben dem moralischen Nutzen der Vortrag in öffentlicher Versammlung der oberste Zweck des lateinischen Schuldramas, und so blühte es bis hinein in das 17. Jahrhundert.

Für den Gebrauch des Lateinischen in den Schulen trat auch Nikodemus Frischlin (1547–1590) ein, der bekannteste humanistische Schauspieldichter aus der zweiten Hälfte des 16. Jahrhunderts. Er steht mit Naogeorg und dem Schuldrama im Zusammenhange, eigen aber ist ihm die starke Hervorhebung und Ausbildung der Nebenfiguren und die Einflechtung satirischer Episoden, wobei sich selbst biblische Stoffe eine ihrer Würde nicht geziemende weltliche Behandlung gefallen lassen müssen. Frischlin wurde in dem württembergischen Städtchen Balingen geboren, bezog 1563 die Universität in

Tübingen, um den philosophischen Studien sich zu widmen, und wirkte dort seit 1568 als Lehrer der Poetik und Geschichte. Sein Wunsch, ordentlicher Professor zu werden, scheiterte an der Mißgunst seiner Amtskollegen. Auch das Wohlwollen des Herzogs Ludwig, dem er die Krönung zum Poeten und die Ernennung zum Pfalzgrafen verdankte, konnte ihm nicht dazu verhelfen. Ein gewandter Gesellschafter und Lebemann nach alter Humanistenart, war er in den adeligen Kreisen gern gesehen und verherrlichte deren Festlichkeiten mit Gedichten. Den Glanz des Hofes erhöhte er alljährlich durch eine Komödie und war dort ein gern gesehener Gast. Trotzdem gelang es den Professoren, deren Erbitterung er durch Schmähschriften stets erregte, ihn mit dem Adel zu entzweien. Frischlin bot dazu selbst die Hand durch eine Rede, in der er gegen die Grausamkeit und Gottlosigkeit des Adels loszog.

Um den Belästigungen auszuweichen, ging er nach Laibach, wurde dort Schulmeister, kehrte zwei Jahre darauf wieder nach Tübingen zurück, mußte aber 1587, der Gunst des Herzogs durch eine schwere Anklage beraubt, in die Verbannung gehen. In Braunschweig als Lehrer angestellt, erbitterte er durch ein Pasquill die Räte und selbst den Herzog, trotzdem er versprochen hatte, keine Pamphlete mehr zu schreiben. Auf der Räte Betreiben wurde er 1590 in Mainz verhaftet und auf dem Hohen Urach eingekerkert. Um den Bedrückungen zu entgehen, machte er einen kühnen Fluchtversuch und fand dabei durch einen Sturz auf den Felsen seines Gefängnisses den Tod.

Frischlin war ein überaus fruchtbarer Schriftsteller, und von den zahlreichen Werken, die er als gelernter Philologe und lästermauliger Pamphletist, als epischer, lyrischer und satirischer Dichter geschaffen hat, machen die dramatischen nur einen kleinen Teil aus. Zum Drama zog ihn die natürliche Neigung; alle anderen Schriften verdanken äußeren Anlässen ihre Entstehung. Den dramatischen Übungen legte er großen Wert bei; die Schüler wurden nicht nur angehalten, sich die Spiele der Alten anzueignen und zur Darstellung zu bringen, sondern deren auch selbst in diesem Geiste zu verfassen. Die Nachahmung galt ja als Ziel des klassischen Studiums und stellte die höchste Kunst dar.

Hierin ging er seinen Schülern als Beispiel mit seinen Tragödien *Dido* (1581) und *Venus* (1584) voraus, bloßen Dialogisierungen des ersten und vierten Buches der Äneis, und auch die Komödie *Helvetiogermani* (1589) ist in ähnlicher Weise nach dem ersten Buche von Cäsars gallischem Kriege geschrieben worden. In seinen anderen Dramen beschränkte sich die Abhängigkeit von den Alten nur auf die Form; den Inhalt bieten die Bibel oder Verhältnisse der Gegenwart; in allen aber will er einen bestimmten Gedanken zum Ausdruck bringen. So soll die *Rebekka* (1576 aufgeführt) ein Bild der christlichen Brautwerbung und Hochzeit sein, die *Susanna* (1578) eines von der christlichen Ehe darstellen, und auch die zwei Dramen, zu denen er den Stoff aus der deutschen Sage schöpft, behandeln Motive aus dem Eheleben. Da erscheint *Hildegardis* (1579), Karls des Großen Gemahlin, als eine fromme Dulderin, die wie Genoveva durch einen abgewiesenen Verführer verleumdet und verjagt, schließlich aber gerechtfertigt wird. Ihr folgte einige Monate später *Frau Wendelgart*, die einzige deutsche Komödie Frischlins. Auch dieses Drama verherrlicht die weibliche Treue.

Der Humanist Nikodemus Frischlin.

Einen polemisch-satirischen Ton schlägt Frischlin, beeinflußt durch das Studium des Aristophanes, in zwei anderen Dramen an. Von ihnen ist der *Priscianus vapulans* (Der geprügelte Priszian, 1571) eine Satire auf das mittelalterliche Latein, *Phasma*, »vor Fürsten und Herren agiert« (1592), gegen den religiösen Sektengeist seiner Zeit gerichtet. Luther und Brenz werden verherrlicht, Calvin, Zwingli und die Wiedertäufer verworfen und das ganze tridentinische Konzil vom Teufel geholt.

Im Vollbewußtsein deutschen Könnens und von Eifersucht erfüllt, stellt er in seinem *Julius redivivus* (1584), der merkwürdigsten seiner dramatischen Schöpfungen, das deutsche Volk als den Träger der Macht und des Fortschrittes hin. Cicero und Cäsar werden aus der Unterwelt nach Deutschland entrückt, um die Erfindungen (Schießpulver, Buchdruckerkunst) und die Leistungen der Gelehrten und neulateinischen Poeten auf Kosten der Italiener und Franzosen zu bewundern.

Die Liebe zum dramatischen Schaffen verließ unseren Dichter auch in der Gefangenschaft nicht. Er begann die Ausführung eines längst gehegten Planes: die Abfassung eines biblischen Dramenzyklus, den er, wie der Holländer Schonäus, dem Terenz als Terentius christianus in deutscher Sprache gegenüberstellen wollte. Doch hat er nur eine *Ruth* und eine *Hochzeit zu Kana* vollendet und zu einem *Josef* den Prolog und die Inhaltsangaben zu den einzelnen Akten geschrieben.

Frischlins Dramen fanden großen Beifall und wurden ins Deutsche übertragen; die Rebekka und Susanna hat sein Bruder Jakob »in liebliche deutsche

Reimen transferiert und versetzet«, von denen wenigstens die Susanna in Waiblingen und anderen Orten aufgeführt wurde.

Das Schuldrama in deutscher Sprache

Etwas später als die Aufführungen lateinischer Dramen fanden auch solche von Schulkomödien in deutscher Sprache statt. Den Anfang dazu bildeten die deutschen Prologe, Epiloge und Inhaltsangaben vor jedem Akte, mit denen man dem Publikum die in lateinischer Sprache dargestellte Handlung verständlich machen wollte. Diesem Zwecke dienten auch die Verdeutschungen der Schuldramen wie der antiken Dramen, die in Straßburg der Meistersinger Wolfgang Spangenberg, Isaak Fröreisen und andere anfertigten; schon 1540 hatte der Elsässer Valentin Boltz den ganzen Terenz in Prosa, 1566 der Würzburger Johann Bischoff seine Bearbeitung desselben Dichters in den üblichen Kurzzeilen erscheinen lassen. Alle diese Übersetzungen dienten den Zuschauern als Textbücher; nur selten zur Aufführung benutzt, bildeten sie die Vorläufer zu der im 17. Jahrhundert herrschenden Bücherdramatik.

Übrigens entstanden bereits in der ersten Hälfte des 16. Jahrhunderts, zumal seit den vierziger Jahren, auch selbständige Schuldramen in deutscher Sprache. Doch auch diese Originaldramen, von Lehrern an Gymnasien und Theologen verfaßt, unterscheiden sich in Ton und Stil kaum wesentlich von den humanistischen Schuldramen. Die Eröffnung mit einem Prolog, die Einteilung in Akte und Szenen, Inhaltsangaben vor dem Stück oder den einzelnen Akten und der Epilog, der die Lehre angibt, sind dem lateinischen Drama nachgebildet. Wie dieses will auch das deutsche durch Moralisation und das gesprochene Wort allein wirken; daher verschmäht es die Buntheit der Erscheinung und verzichtet auf schauspielerische Kunst der Darsteller. Nur in einer Beziehung bedingte die Anwendung der deutschen Sprache einen tiefgreifenden Unterschied des Kunststils. Überzeugt von der Unmöglichkeit, der deutschen Sprache die Formvollendung der lateinischen zu geben, behielt man die althergebrachte Form des vierhebigen Verses bei, und nur schüchtern wagte Rebhun eine Reform des deutschen Sprachverses. Das Volkstümliche verrät sich auch in der Aufnahme vieler sprichwörtlicher Redensarten und in der Einmengung komischer Szenen. Die Intrige wird auch hier gewöhnlich durch den Teufel gesponnen, neben dem der Narr, Morus oder Morio genannt, die komische Rolle spielt. Wie die Form, den dramatischen Aufbau und die Charakterisierung haben die deutschen Schuldramen mit den lateinischen auch den Inhalt gemeinsam. Vor allem sind es

Eine Illustration aus der ersten Ausgabe des »Teuerdank«, 1517.

Der Dominikaner *Heinrich Seuse* (etwa 1295–1366), ein Schüler des Mystikers Meister Eckhart.

deiner erden · So du ouf steigest
vnd erscheinest vor dem angesich
te deines herren gotis dreistunt
in dem iare · Nicht opfer ouf ge
sewertes brot das blut meines
opfertires noch bleibe nicht bis
vru von des siges opfer tir mey
ner hochzeit der ostern · Die er
ste frucht des getreides deiner er
den opfer in das hous deines
herren gotis · Nicht koche das
zickel in der milch seiner mut ·
Vnd vnser herre sprach zu moy
si · Schreib dise wort mit den
ich mit dir vnd mit israhel ha
be geslagen friede · Nu was do
vmme moyses allda mit vnsrm
herren vierzig tage vnd vier
zig nacht · Brot as her nicht
noch wasser trank her nicht ·
Vnd schreib in die tafeln die
zehen wort des fredes · Vnd
do moyses von dem perg steig
do hielt her die zwu tafeln der
gezeuknusse vnd wost nicht
das gehurnet was sein ant
litze von der gesellschaft der
rede gotis · Aber do aaron vnd
die kinder von israhel sahen
das moyses antlitz was ge
hurnet do vorchten sie sich zu
im nahen zu geen · Vnd sie
wurden gerufet von im · Do
karten sie wider also wol aa
ron als die fursten der same
nunge · Vnd do her hette ge

redt do quamen zu im ouch al
le kinder von israhel den gepot
her alles das her gehort hette
von vnserm herren ouf dem
perge synai · Vnd do her vol
bracht hette sein rede do lette
her einen vorhank ouf seyn
antlitze · So her ein gienk zu
vnserm herren vnd redte mit
im so nam her in ab vntz bis
her wider ous gienk · Vnd iem
ne redte her zu den kindern

von israhel alles das im was
gepoten · Die sahen das ant
litze moysi gehurnet sein so
er her ous gienk · Aber her be
dakte wider sein antlitze ob
her etwenne zu in redte · z cet ·

e · XXXV

G esamment wurden di

Linke Spalte

deiner erden, so du ouf steigest | vnd erscheinest vor der Angesich | te deines herren gotis dreistunt[1] | in dem iare. Nicht opfer ouf ge | sewertes[2] brot das blut meines | opfertires, noch bleibe nicht bis | vru von des siges opfertir mey | ner hochtzeit der ostern. Die er | ste frucht des getreides deiner er | den opfer in das hous deines | herren gotis. Nicht coche das | tzickel[3] in der milch seiner muter | . Und unser herre sprach zu moy | si: Schreib dise wort, mit den | ich mit dir vnd mit israhel ha | be geslagen friede. Nu was dor | vmme moyses also mit vnserm | herren viertzig tage vnd vier | tzig nacht. Brot as her nicht, | noch wasser trank her nicht. | Und schreib in die tafeln die || tzehen wort des Friedes. Und | do moyses von dem perg steig | , do hielt her die tzwu[4] | tafeln der getzengnusse und wost nicht | , das gehurnet[5] was sein ant | litze von der geselleschaft der | rede gotis. Aber da aaron vnd | die kinder von israhel sahen, | das moyses antlitz was ge | hurnet, da vorchten sie sich zu | ihm nahen zu geen. Und sie | wurden gerufet von im. do karten[6] sie wider alsowol aa | ron als die fursten der same | nunge[7]. Und do her hette ge |

Rechte Spalte

redt, do quamen[8] zu im ouch al | le kinder von israhel. den gepot | her alles, das her gehort hette | von vnserm herren ouf dem | perge synai. Und do her vol | bracht hette sein rede, do leite | her einen vorhank ouf seyn | antlitze. So her eingienk zu | vnserm herren vnd redte mit | im, so nam her in ab untz bis | her wider ous gienk. Und den | ne redte her zu den kindern | von israhel alles, das im was | gepoten. Die sahen das ant | litze moysi gehurnet lein, so | er her ous gienk. Aber her be | dakte[9] wider sein antlitze ob | her etwenne zu in[10] redte. et cet.

Ge XXXVV

samment wurden dor

---

[1] *dreimal;* [2] *gesäuertes;* [3] *Böcklein;* [4] *zwei;* [5] *glänzend;* [6] *kehrten;* [7] *Gemeine;* [8] *kamen;* [9] *bedeckte;* [10] *ihnen*

Eine Seite aus der *Wenzelbibel* (2. Buch Moses, Kap. 34, Vers 24 bis Kap. 35).
Handschrift aus dem 14. Jahrhundert.

wieder alttestamentliche Stoffe, die Bearbeitung fanden; seltener schöpfte man aus der Moralitätenliteratur; erst gegen Ende des Jahrhunderts werden zeitgeschichtliche Ereignisse bearbeitet; die kirchliche Bewegung und die Streitigkeiten innerhalb des Protestantismus boten weiteren Stoff, und an Bitterkeit der Satire und Schärfe der Polemik gegen soziale und religiöse Verhältnisse übertrafen die deutschen Dramen um sehr viel die lateinischen.

Ein starkes dramatisches Talent, das sich etwa mit Makropedius oder Naogeorgus vergleichen ließe, hat die deutsche Schuldramatik nicht hervorgebracht. Aber auch an Fruchtbarkeit blieben die deutschen Dramatiker hinter den lateinischen zurück; viele haben bloß ein oder zwei Schauspiele verfaßt, die, oft nur einmal aufgeführt, in den Büchern allein weiterlebten, während die lateinischen, insbesondere die antiken, in den überlieferten Spielplänen immer wiederkehren. Die Darstellung der lateinischen Dramen geschah immer durch Schüler, die der deutschen auch durch Bürger, zumal in der älteren Zeit, in der das mittelalterliche geistliche Spiel noch stark nachwirkte und durch Kreuzung mit dem Schuldrama eine neue Art Volksspiele ins Leben rief, wodurch das deutsche geistliche Spiel von neuem eingebürgert wurde.

Die ältesten deutschen Schulkomödien im Sinne Luthers führen uns in die sächsisch-thüringischen Lande. Bald erblühte in Magdeburg unter der Leitung des Rektors GEORG MAIOR und des Zwickauers JOACHIM GREFF neben der lateinischen Dramatik auch die deutsche. Hier schrieb Greff, der fruchtbarste unter den sächsischen Dramatikern, für Schüler den *Patriarchen Jakob* (1534); zur Darstellung durch Bürger ließ er noch andere biblische Stücke und den *Mundus* folgen, eine Bearbeitung der Geschichte Äsops von dem Bauer mit seinem Sohne und dem Esel.

Am Gymnasium in Zwickau wirkte 1531–1538 der aus Niederösterreich, vielleicht aus Waidhofen an der Ybbs stammende PAUL REBHUN, der bedeutendste Dramatiker der sächsischen Reformationszeit. Durch die Festigkeit und Klarheit in der szenischen Behandlung des Stoffes, durch natürliche und ruhige Entwicklung der Handlung und Wahrheit in der Charakteristik zeigt er, daß er sich durch das Studium der Alten bereits höhere Begriffe von der dramatischen Dichtung als Kunst gebildet hatte. Wenn auch in seinen Versen, namentlich dort, wo er, mit der Alleinherrschaft des achtsilbigen Verses brechend, mancherlei Formen (Jamben und Trochäen) nach der Lateiner Art verwendet, die Sprache zuweilen holperig wird und zugunsten der festgehaltenen Silbenzahl manchen Zwang erleiden muß, so erscheint er doch als wirklicher Poet in den Chören, die in künstlichen Strophengebäuden nach Art der Meisterlieder gebaut sind und Betrachtungen über die im Spiele dargestellte Handlung zum Inhalt haben.

Alle diese Vorzüge zeichnen sein *Geistlich Spiel von der gottesfürchtigen und keuschen Frauen Susannen* aus, das er 1535 in Kahla und zwei Jahre später in Zwickau aufführen ließ. Weit gegen dieses Spiel steht die *Hochzeit zu Kana* zurück, das einzige Drama, das er noch verfaßte. Obzwar weniger polemisch als Greff, verficht auch Rebhun die neue Lehre und preist in seinen Dramen die Gottseligkeit des ehelichen Lebens in der Auffassungsweise Luthers. Mit Wärme führt er das Familienleben vor und bringt damit ein neues Moment in das Drama; zu seinem Versuche aber, eine vornehmere Dichtung in der Muttersprache zu schaffen, fehlten noch die günstigen gesellschaftlichen Vorbedingungen, die ein Jahrhundert später Opitzens Bestrebungen förderten. Aber auch auf das Schuldrama blieb er ohne nachhaltigen Einfluß, und es sind nur wenige Dichter, bei denen er merkbar hervortritt.

Die Reihe der dramatischen Bearbeitungen in deutscher Sprache eröffnet JÖRG WICKRAM aus Kolmar, der den Stoff als Roman und als Spiel behandelte und für Hayneccius, Pondo (Pfund) und Ayrer Vorbild wurde. In der Grafschaft Mansfeld, dem Stammlande der Reformation, werden von den dramatischen Dichtern die kirchliche Bewegung und die Persönlichkeit Luthers in den Vordergrund gerückt.

Die dramatischen Bestrebungen der sächsisch-thüringischen Schule, die sich bald über andere deutsche Lande verbreiteten, mußten in den süddeutschen Reichsstädten in Wettbewerb mit dem Meistersingerdrama treten, das, in Nürnberg wenigstens, aus seiner Herrschaft nicht verdrängt werden konnte, sich aber selbst der fremden Einwirkung nicht verschloß. Selbst in katholische Gegenden drang die protestantische Schulkomödie vor. Wir sehen ihren Einfluß an der Mannigfaltigkeit des Versbaues, den des Kölners JASPAR VON GENNEP Bearbeitung des *Homulus* und der *Josef* des PETER JORDANN aufweisen.

Auch in Bayern und Tirol fanden trotz aller Bedenken deutsche Schulaufführungen statt. Reicher Pflege erfreuten sie sich in Böhmen, das in CLEMENS STEPHANI aus Buchau (gest. 1592 in Eger) einen tüchtigen Dramatiker besaß. Ausgerüstet mit einer scharfen Beobachtungsgabe und klassisch gebildet, hat er die traditionellen Bahnen des biblischen Dramas verlassen, 1551 die Geschichte von Rosamunden dramatisiert, 1568 das Everymanthema in protestantischer Auffassung dargestellt und in seinem Bauernspiel den viel bearbeiteten Schwank vom fahrenden Schüler behandelt, der den Teufel bannt. Nach Wien wurde das deutsche Schuldrama durch den Pfälzer WOLFGANG SCHMELTZL verpflanzt, der mit ihm während seines Aufenthaltes in Sachsen vertraut geworden war. Anfangs lutherisch, später katholisch, ließ er als Schulmeister bei den Schotten von 1540–1551 jährlich durch Schüler deutsche, zumeist biblische Komödien aufführen, von denen eine Bearbeitung des »Acolastus« den Anfang machte. Nicht künstlerische Wirkung, sondern die Bekehrung der Welt und Übung aller häuslichen Tugenden sind die Ziele, die dem gemütsvollen und von Wehmut über die herrschende Zwietracht ergriffenen Dichter bei seiner dramatischen Tätigkeit vorschweben. Sie fand Beifall und regte auch außerhalb Wiens in Klöstern zur Aufführung von Schuldramen an. In Oberösterreich waren Linz und Steyr Mittelpunkte des protestantischen Schuldramas.

Und diese Pflege des Schuldramas sächsischer Prägung fand statt, obwohl die Gegenreformation bereits in vollem Gange war und es durch katholische Schauspiele zu verdrängen suchte. Dies gelang ihr nur in den dem Katholizismus wiedergewonnenen Ländern; in den protestantischen aber bestand die Schulkomödie fort, obschon der Dreißigjährige Krieg störend auf ihre Entwicklung einwirkte. Noch bedenklicher wurde für sie die innere Verrohung. Seitdem das Schuldrama durch das Hinaustreten in die große Öffentlichkeit immer mehr den Charakter eines Volksspiels gewonnen hatte, mußte es, dem Geschmacke des Volkes zuliebe, das weniger belehrt als unterhalten sein wollte, zu den Mitteln einer rohen und unanständigen Komik greifen. Die Konkurrenz, die ihm mit Berufsschauspielern, insbesondere den englischen Komödianten, erwuchs, nötigte dazu noch obendrein.

Trotzdem erlebte die Schulkomödie in Zittau, wo seit 1678 Christian Weise Rektor des Gymnasiums war, nochmals eine Blüte, um dann zu verfallen. Bereits 1668 fand die letzte der einst so berühmten lateinischen Schulaufführungen in Straßburg statt, und 1718 verbot König Friedrich Wilhelm I. in Preußen die »actus dramatici«, »weil sie die Gemüter vereitelten und Unkosten verursachten«. Zwar dauern die Aufführungen von Dramen in der Schule bis gegen Ende des 18. Jahrhunderts fort; doch stehen diese mit der Schulkomödie nur in historischem Zusammenhange, denn sie dienten nicht mehr der Schule und wählten ihre Stücke aus dem Repertoire der Berufsschauspieler.

Schwankdichtungen und Volksbücher

Früher als die dramatische Muse hatte der Schwank den Mut zur deutschen Sprache. Bei dem Begriff Schwank ist hier nicht an ursprüngliches Volksgut gedacht, sondern an die bei den Humanisten gepflegte Kurzgeschichte, deren moralischer Wert allerdings meist sehr gering war. Und doch entstand unter ihrem, freilich nicht alleinigen Einfluß die Schwanksammlung *Schimpf und Ernst* (d. h. Heiteres und Ernstes) des elsässischen Franziskaners JOHANNES PAULI (gest. nach 1530), eines getauften Juden, dessen Bedeutung mit der des Petrus Alfunsi verglichen werden kann; denn wie dessen »Disciplina clericalis« die erste abendländische Geschichtensammlung war, so ist Paulis »Schimpf und Ernst« Vorbild für eine ganze Reihe ähnlicher Bücher in deutscher Sprache geworden, dabei selbst unerreicht geblieben in der Anschaulichkeit der Erzählweise und in der Prägnanz der Diktion. Mit Petrus Alfunsi teilt Johannes Pauli auch die eingestandene Tendenz »zu besserung der menschen«.

Am nächsten steht Pauli der Elsässer JÖRG WICKRAM, der mit seinem *Rollwagenbüchlein* (1555) für Reiselektüre sorgte. Durch seine Tätigkeit auf dem Gebiete der Novellistik, von der wir noch hören werden, im Erzählen geübt, hat er einzelne Schwänke in epischer Ausführlichkeit mitgeteilt, die meisten aber in Paulis knapper Weise. In der Wahl der Stoffe jedoch hält er es nicht mit diesem, denn trotz seines Eiferns in der Vorrede gegen alle, die »schandbare und schändliche Worte« gebrauchen, bietet er selbst viele unzüchtige Fazetien (Schwänke).

Rein und streng stellt sich auch ein anderer Elsässer, JAKOB FREY, Stadtschreiber zu Maursmünster, in der Vorrede zu seiner Schwanksammlung hin, um dann desto anstößigere Geschichten in unehrbarem Tone vorzutragen. An den zweiten Teil des Rollwagenbüchleins sich anschließend, waren sie zum Vortrage in den damals beliebten Gartengesellschaften bestimmt und darum *Gartengesellschaft* (1556) benannt. Als dritter Elässer reiht sich MARTIN MONTANUS mit seinem *Wegkürzer* (1557) und dem *anderen Teile der Gartengesellschaft* an, zu denen hauptsächlich Boccaccio den Stoff lieferte. Er bringt manche harmlose Geschichte aus dem Leben der Kinder und der Familie, daneben aber wieder solche, bei denen er den »erbaulichen Zweck« seiner Sammlung vergessen hat.

Besonders scharf gewürzte und derb zubereitete Kost bieten ihren Lesern die Leipziger VALENTIN SCHUMANN und MICHAEL LINDENER, jener ein Schriftsetzer, dieser nach verbummelter Studienzeit Korrektor in verschiedenen Buchdruckereien. Schumann verfaßte ein *Nachtbüchlein* (1559), das manche literargeschichtlich interessante Erzählung bietet, Lindener ein *Rastbüchlein* und »bunte und runde Schnudelbutzen, welche man auf Welsch *Katzipori* nennt« (1558). Mehr als die anderen Schwankdichter nimmt er seine Stoffe aus dem wirklichen Leben und bedient sich eines charakteristischen Stils, der ihn durch seine Wortverrenkungen, Wortspiele und massenhaften Häufungen zu einem Vorläufer Fischarts macht. Mit diesem teilt er auch die Neigung zur burlesken Komik, verwechselt aber oft das Derbkomische mit dem Unflätigen und rechnet damit, wie sein Landsmann, auf Liebhaber derartigen Lesefutters. 1563 trat der Hesse HANS WILHELM KIRCHHOFF (geb. 1525 in Kassel, gest. als Burggraf in Spangenberg um 1603) mit seinem *Wendunmuth*, einer Sammlung von Schwänken, von »höflichen, züchtigen und auserlesenen Historien, Schimpfreden und Gleichnissen mit angehengtem Morale« vor die Öffentlichkeit.

Eine große Anzahl Schwänke ging in die Bücher über, die man wegen des großen Erfolges, den sie in bürgerlichen Kreisen erzielten, *Volksbücher* zu nennen pflegt. Viele von ihnen, und gerade die ältesten gehen auf die deutschen Prosaromane zurück, die im 15. Jahrhundert durch adelige und gelehrte Verfasser auf verschiedenen Wegen in die deutsche Literatur Eingang gefunden hatten und zunächst für aristokratische Kreise bestimmt waren. Dieselbe Romanschriftstellerei setzt sich im 16. Jahrhundert und bis in das 17. hinein fort, und vorzugsweise sind es französische Vorlagen, die in das Deutsche »transferiert« wurden.

So die Erzählung von den *Haimonskindern*, den vier Söhnen Haimons und der Schwester Karls, der von ihnen bekriegt wird. Die reckenhaften Helden, die Fülle der organischen Kraft im Roß Bayard, die Zauberkunst in Malegus auf der einen, Kaiser Karl mit seinen Rittern und Knechten auf der anderen Seite, all das war so recht nach dem Geschmacke der kraftstrotzenden Zeit. Nicht minder gefielen der Riese *Fierabras* mit seinem wunderheilenden Balsam, *Ogier von Dänemark, Valentin und Orsus*, alle aus dem karolingischen Sagenkreise, und, ihn wenigstens streifend, » eine schöne und kurzweilige Historie von dem Kaiser *Oktavian*, seinem Weibe und seinen zwei Söhnen, wie die in das Elend verschickt und wunderbarlich in Frankreich bei dem frommen Könige Dagobert wieder zusammengekommen sind«.

Dem Kreise der Freundschaftssagen gehört *Olivier und Artus* an, der beliebten Gattung der Erzählungen von der Trennung und Wiedervereinigung zweier Liebenden *Die schöne Magelone*; von einem Günstling Fortunas berichtet die wahrscheinlich spanische Wundersage von *Fortunatus* mit seinem Zaubersäckel und seinem Wunschhütlein; allen Unglücklichen und Verfolgten spendet Trost die Erzählung von der Pfalzgräfin *Genoveva*, an deren Seite, gleichfalls als Bilder der Frömmigkeit, die Herzogin *Hirlanda* und die geduldige *Helena* gestellt werden.

Die genannten Erzählungen, meist Rittergeschichten, gingen nebst den früher erwähnten, aus fremden Quellen stammenden oder durch Auflösung deutscher Gedichte in Prosa entstandenen aus den adeligen und gelehrten Kreisen in die bürgerlichen über und bildeten hier einen sehr beliebten Unterhaltungsstoff, als jene schon einer neuen Geschmacksrichtung huldigten. Das Volk, das diese Bücher zu seinem Eigentum machte, hielt daran fest, und so rankten sie sich gelesen und zerlesen, in immer neuen Auflagen auf Märkten feilgeboten, versehen mit dem Vermerk »Gedruckt in diesem Jahr«, geschmückt mit rohen Holzschnitten, auf schlechtem Papier, als einer der wenig beachteten Literaturzweige über die Renaissance des 17. Jahrhunderts aus dem Mittelalter hinein in die neue Zeit. Schon 1578 erschien eine frühe, 13 Nummern zählende Sammlung solcher Prosaromane unter dem Titel *Buch der Liebe*, andere folgten. Noch Goethe hat als Knabe diese »schönen Historien« in den wohlfeilen Frankfurter Löschpapierausgaben voll Begierde verschlungen, und die Romantiker haben dieses altüberlieferte Gut mit Begeisterung aufgegriffen. Durch Tieck der Literatur wiedergewonnen, wurden sie nebst allerlei »Wetter- und Arzneybüchlein« durch Görres der literarhistorischen Forschung erschlossen (1807) und in dessen Sinne von Schwab, Marbach, Klee, vor allem aber durch Simrock in erneuter Sprache wieder verbreitet.

Es begreift sich, daß man in dem Zeitalter der Entdeckungen nach Reiseromanen verlangte. Um sie zu erhalten, griff man selbst auf *Herzog Ernst* zurück und schuf auf Grund der lateinischen Prosa, die aus dem deutschen Gedichte hervorgegangen war, ein Handbuch der Geographie für den Hausgebrauch des deutschen Volkes. Was John Mandeville von den Wundern des Orients erzählte, ward zum Gemeingut in dem *Ritter Montevilla*. Auch andere Legenden, in Prosa aufgelöst, wurden zu Volksbüchern.

Verhältnismäßig spät und in nicht geschickten Bearbeitungen fand die Heldensage aufs neue den Weg zum Volke. So löste man das Lied vom hörnernen Seyfried, als es selbst nicht mehr aufgelegt wurde, in Prosa auf, gab dem Inhalt einen romanhaften Aufputz, bezeichnete das Ganze, um ihm mehr Ansehen zu verschaffen, als Übersetzung aus dem Französischen und ließ es als *Wunderschöne Historie von dem gehörnten Siegfried und der Jungfrau Florigunde* ausgehen. Das Buch, seit dem ältesten bekannten Drucke von 1726 oft aufgelegt, kann erst in einer Zeit entstanden sein, der die Bedeutung von »hörnen« (beschuppt) bereits entschwunden war.

Erweist sich uns so der größte Teil der Volksbücher als fremde Ware, so gab es doch auch eine Anzahl solcher, zu deren Entstehung das Volk selbst insofern mitwirkte, als es für bestimmte Kreise seines Anekdotenschatzes einheitliche Charaktere herausgriff und festsetzte.

Eines der beliebtesten Volksbücher wurde das vom *Till Eulenspiegel*, einem Schalksnarren, der alle Stände in witziger, oft aber auch in unflätiger Weise durch übermütige Streiche zum besten hält. Wie andere Schwankhelden geht er auf eine historische Persönlichkeit zurück; denn es ist sehr wahrscheinlich, daß in der ersten Hälfte des 14. Jahrhunderts in der Gegend von Mölln, heute in der Provinz Schleswig-Holstein, Kreis Lauenburg, ein Till Ulenspiegel gelebt und das Leben eines vagabundierenden Spaßmachers geführt hat. Von seinem Tode (1350) und der Aufschrift seines Leichensteins in Mölln erzählen die Chronisten, für seine Berühmtheit sprechen die zahlreichen bildlichen Darstellungen und die außerordentlich häufigen Ausgaben, Bearbeitungen und Übersetzungen des Buches in fast alle lebenden Sprachen und in das Lateinische.

Die älteste erhaltene hochdeutsche Ausgabe stammt aus dem Jahre 1515 und geht auf ein verlorenes niederdeutsches Original zurück, das mutmaßlich 1483 niedergeschrieben wurde. Unverkennbar stellt sich darin durch literarische Originalität, lokale Beschränkung und Ausprägung eines bestimmten Charakters eine Gruppe von Schwänken als der Kern, die eigentliche Till-Legende, dar, an die sich eine Menge von Streichen ansetzte, die von Bauern und Landbewohnern den städtischen Handwerkern gespielt werden, um ihnen den Spott heimzuzahlen, mit dem sie namentlich in den Fastnachtsspielen des 15. Jahrhunderts von den Bürgern in reichem Maße und in der derbsten Weise überschüttet wurden. Eulenspiegel führt eine Art Standeskampf gegen die Handwerker, in deren zeitweilige Dienste er tritt, um ihnen allerlei Schabernack zu spielen. Sein Hauptkunstgriff dabei ist die wörtliche Befolgung der ihm gewordenen Aufträge; er weiß aber auch sonst alle Kniffe und Ränke zu benutzen, um jene zu übertrumpfen, die sich auf ihre Weisheit viel einbilden und meinen, den Bauer übers Ohr hauen zu können.

Eulenspiegel fand einen Nachfolger in *Hans Klauert*, dessen Narrenhistorien Bartholomäus Krüger, Stadtschreiber zu Trebbin in Brandenburg, aus dem Munde des Volkes sammelte und mit Geschick zu einer in sich geschlossenen Darstellung vereinte (1587), die trotz mehrerer gemeiner Plattheiten zu den besten Prosaerzählungen ihres Jahrhunderts gehört. Wie Klauert verkörpert auch *Klaus Narr* aus Altrandstädt, der am sächsischen Hof als Hofnarr lebte, die närrische Klugheit, die Vorteile des Narrentums in der Welt. Die 627 Historien, die Wolfgang Bütner, Pfarrer zu Wolferstädt im Weimarischen, von ihm erzählt (1572), sind zumeist geschmacklos und derb.

er zu ſchanden kem/vnd zog aus den langen rock/ wanderte vnd kam gen Erffurdt.

Die xxix. Hiſtorien.

Wie Vlenſpiegel zu Erdffurdt einen eſel lernte leſen/ ynn einem alten pſalter.

VLenſpiegel het gros verlangen gen Erffurd als er die ſchalckheit zu Brag het aus gericht/ wann er beſorget ſich/ ſie mochten yhm nach eilen. Als er nu gen Erffurt kam/ da ein groſſe merckliche vn̄ hochberūmpte vniuerſitet iſt. Da ſchlug Vlenſpiegel ſeine brieff auch daran/ Vnd die Collegaten der Vniuerſitet/ hetten nu vil gehört von ſeinen liſten. Vn̄ ratſchlugen wz ſie yhm furgebē mochten/ auff das es yhnen nicht gieng wie es den vō Brag mit yhm gangē was/ die mit ſchandē beſtundē. Nu wurden ſie zu rad/ das ſie Vlenſpiegel ein Eſel ynn die lere thun woltē dañ es ſind viel eſel zu Erffurdt alt vnd iunge/ Sie erfragten Vlēſpiegel vnd ſprachen zu yhm/ magiſter yhr habt künſtliche brieff angeſchlagen/ wie yhr ein iglich creatur wöllet lernen ſchreiben vnd leſen ynn kurtzen tagen/ ſo ſind die herrn von der vniuerſitet hie/ vnd wollen euch ein iungen eſel ynn die leer thun/ trawet yhr euch yhn auch zu lehren. Er ſprach ia/ aber er muſt zeit dartzu haben/ darumb ſo es ein vnuernünfftig thier wer/ des waren ſie mit yhm zu frieden/ auff. xx. iar. Vlenſpiegel gedacht vnſer iſt drey/ ſtirbet

Eine Seite aus dem »Till Eulenspiegel«. Erfurt 1532.

Bald beschränkte sich die Narrheit nicht mehr auf einzelne Schwankhelden, sondern dehnte sich auf ganze Gemeinden aus und zeigte sich in *Der Schildbürger wunderseltsamen, abenteuerlichen, unerhörten und bisher unbeschriebenen Geschichten und Taten*. Den Grundgedanken dieses gegen Ende des 16. Jahrhunderts von einem unbekannten Gelehrten verfaßten, nach

Inhalt und Darstellung volkstümlich gehaltenen Buches bildet die bekannte Vorstellung, daß gewisse Städte besonders närrische Leute beherbergen. Fast jeder Stamm, jede Provinz hat ja einen Ort, der ihr das ist, was den Griechen Abdera war. Buxtehude, Krähwinkel und Schöppenstedt in Niedersachsen, Schwarzenborn im Hessischen, Schilda in Sachsen, Tripstrill in Schwaben haben in diesem Sinne das Schicksal gehabt, sprichwörtlich zu werden. Was nun an Schildbürgerstreichen von einzelnen Städten und Orten erzählt ward, hat der Verfasser, aus vorhandenen Schwankbüchern schöpfend, auf einen Ort zusammengedrängt, den er nach Misnopotamien hinter Utopia verlegt. Dem unvergänglichen satirischen Grundgedanken, der die einzelnen Anekdoten zu einem in sich geschlossenen Ganzen verbindet, verdankt das mit Humor und Geschick geschriebene Büchlein seine Aufnahme in den eisernen Bestand der Unterhaltungslektüre des Volkes. 1597 gedruckt, lebte es als Buch der Schildbürger, mit verändertem Titel als *Lalenbuch* umgearbeitet und erweitert, als *Grillenvertreiber* (Witzebürger, Hummeln) fort bis in die Gegenwart.

Die Reformation hat die Vorliebe des Mittelalters für Wundergeschichten verspottet, dafür aber den Glauben an die absonderlichsten Dinge, angeblich übernatürlichen Charakters, genährt, um damit die Wahrheit des neuen Evangeliums zu beweisen. Skribenten und Poeten rechneten, zumal seit der zweiten Hälfte des 16. Jahrhunderts, auf die Leichtgläubigkeit der Leute, überschwemmten den Büchermarkt mit *Wunderbüchern* und fanden reißenden Absatz. Denn in der Zeit, da auf religiösem Gebiete die Grundfesten wankten, Hader und Zwietracht herrschten und auch im öffentlichen Leben kein rechter Halt mehr vorhanden war, lebte man sich in eine Welt des Truges und Wahnes hinein und glaubte, förmlich von Wundersucht ergriffen, demjenigen am meisten, der die wunderlichsten und unerhörtesten Dinge an den Mann zu bringen verstand. Voll Begierde las man daher diese »Neuen erschröcklichen, jedoch wahrhaftigen Zeitungen« von Wundern in der Natur, an Sternen und Kometen, von merkwürdigen Himmelserscheinungen, von den Zeichen des nahenden Jüngsten Tages, von Totenerscheinungen, von grausamen Verbrechen, Martern, Hinrichtungen und anderen die Gemüter aufregenden Dingen. Einer der berühmtesten alchimistischen und geheimwundermedizinischen Künstler und Schriftsteller war Leonhard Thurneissen zum Thurn (geb. 1530 zu Basel), und nicht minder wurde der italienische Arzt und Philosoph Hieronymus Cardanus (gest. 1576) angestaunt, der die Handlesekunst in ein festes System brachte. Einen besonderen Reiz gewährte die Erforschung des Menschenschicksals aus den Gestirnen, und selbst die berühmtesten Männer konnten sich ihr nicht entziehen. Fürsten und Städte hatten ihren Astrologen, und selbst JOHANNES KEPLER, Hofastrologe des Kaisers Rudolf II., mußte der »Astrologia«, dem »närrischen Töchterlein«, huldigen, damit die Mutter (die Astronomie) nicht Hunger litt.

Alle diese teils gut gemeinten, teils schwindelhaften Bestrebungen der Astrologen, Alchimisten, Magier, Schatzgräber und Goldmacher drangen durch die Kalender und Praktiken, durch Traum-, Wahrsage-, Zauber-, Tier- und Kräuterbücher auch in die breiten Massen, allenthalben die Köpfe verwirrend. Insbesondere gewann seit dem Ausgange des 15. Jahrhunderts der Glaube an die Macht des Teufels einen großartigen Umfang und eine früher nicht gekannte Tiefe. Zwar war der Glaube von jeher allgemein, daß der Teufel auf die Menschen einwirke, um sie von Gott zu trennen und für sich zu gewinnen, aber man war auch überzeugt, daß er über den Menschen wider dessen Willen nichts vermöge. Die Heilmittel der Kirche boten Schutz gegen den Teufel, und daher wird sein »Lügen und Trügen«, wie uns die Legenden der Heiligen erzählen, besiegt, und wo er auf der Bühne dem Volke vorgeführt wird, erscheint er stets als der geprellte, dumme Teufel. Anders wurde die Anschauung von der Macht des Teufels zur Zeit der religiösen Parteikämpfe. Luthers Lehre von der völligen Verderbtheit der menschlichen Natur und von der Unfreiheit des Willens räumte dem Teufel eine unbesiegliche und unbegrenzte Wirksamkeit ein, und die Beschäftigung mit der kabbalistischen und talmudistischen Literatur förderte die Vorstellungen von allerlei teuflischem und dämonischem Spuk.

Umsonst trat Johannes Nas gegen die Teufelliteratur auf; sie setzte sich bis in das 18. Jahrhundert hinein fort, und nur allmählich wurde ihr zugleich mit dem Hexenwesen ein Ende gemacht. Die ganze auf das Geheimnisvolle und Schreckliche gerichtete Denk- und Empfindungsweise des 16. Jahrhunderts fand ihren typischen Ausdruck in der *Historia von D. Johann Fausten*, »dem weitbeschreyten Zauberer und Schwartzkünstler«, die 1587 im Verlage des Johann Spieß in Frankfurt a. M. erschien, bald zu einem Volksbuche wurde und in der Folgezeit eine Reihe poetischer Bearbeitungen in verschiedener Behandlung hervorgerufen hat. Es dürfte aus einem lateinischen Faustbuche geflossen sein, von dem auch als Handschrift eine deutsche Übersetzung in Wolfenbüttel aufbewahrt wird. Aus mehreren Zeugnissen, wie des Trithemius, Mutianus Rufus und Begardi, geht hervor, daß im ersten Drittel des 16. Jahrhunderts, etwa bis 1540, ein Mann namens Faust in verschiedenen Städten Deutschlands sich herumgetrieben hat, der als Schwarzkünstler nicht

HISTORIA
Von D. Johañ Fausten/dem weitbeschreyten

Zauberer vnnd Schwartzkünstler/ Wie er sich gegen dem Teuffel auff eine benandte zeit verschrieben / Was er hierzwischeu für seltzame Abeuthewer gesehen / selbs angerichtet vnd getrieben / biß er endtlich seinen wol verdienten Lohn empfangen.

Mehrertheils auß seinen eygenen hinderlassenen Schrifften / allen hochtragenden / fürwitzigen vnd Gottlosen Menschen zum schrecklichen Beyspiel / abscheuwlichen Exempel / vnd treuwhertziger Warnung zusammen gezogen / vnd in den Druck verfertiget.

IACOBI IIII.

Seyt Gott vnterthänig / widerstehet dem Teuffel / so fleuhet er von euch.

CVM GRATIA ET PRIVILEGIO.

Gedruckt zu Franckfurt am Mayn / durch Johann Spies.

M. D. LXXXVIII.

Titelblatt des Faustbuches, Frankfurt 1588.

minder wie der als Erzzauberer berüchtigte Cornelius Agrippa von Nettesheim die Gemüter des Volkes erregte, von den Gelehrten aber als Großsprecher und Prahlhans verachtet wurde.

Schon 1575 war unter dem Namen des großen Magiers Doktor Faustus ein Buch erschienen, genannt *Höllenzwang*, wodurch er »Teufel und Geister bezwungen und beschworen, zu bringen, was er gewollt, und zu tun, was er begehrt« habe. Bald bemächtigte sich des historischen Faust die Sage. Unter ihrem Einfluß steht schon Melanchthon, der als Geburtsort Fausts das Städtchen Kundling nennt, von dem als Hund ihn begleitenden Teufel, von dem verunglückten Flugversuche in Venedig und der Ermordung durch den Teufel erzählt. Andere Berichte lassen Faust aus Knittlingen in Schwaben stammen und auf der hohen Schule in Krakau die Magie studieren; so z. B. August Lerchheimer in seinem Buche *Christlich Bedenken und Erinnerung von Zauberey* (1586). Diese alle schildern Faust als Gaukler, Wollüstling, Säufer, Schmarotzer und Lotterbuben. Der Verfasser des Faustbuches hat durch Hinzufügung einiger Züge die Sage abgerundet und ihr in einem gewissen Grade eine einheitliche Form gegeben. Zu einem künstlerischen und einheitlichen Ganzen aber hat er den eilig zusammengelesenen Stoff nicht gestaltet. Was an Anekdoten über Faust im Umlaufe war und in den Schriften der Gelehrten, in den Fazetien- und Sprichwörtersammlungen über ihn sich fand, hat er vereinigt, auch anderes aus Zauberschwänken, Teufelsverschreibungen und Geisterspektakel auf Faust übertragen und das Ganze mit gelehrten Zutaten aus historischen und kosmographischen Werken, insbesondere aus des Humanisten Hartmann Schedel Weltchronik durchsetzt. So wurde Faust zum eigentlichen Vertreter einer Anzahl Lieblingsvorstellungen und aller schwarzkünstlerischen und zauberischen Veranstaltungen seines Jahrhunderts, und darum allein ist das Faustbuch zum Buche der Zeit geworden.

Nach ihm ist der »weit beschreite Zauberer und Schwartzkünstler« Dr. Johannes Faust als der Sohn eines Bauern zu Rod bei Weimar geboren. In Wittenberg wird er Doktor der Theologie, ergibt sich aber dann einem gottlosen Leben und studiert allerlei geheime und zauberische Künste. Er beschwört den Teufel, und in dessen Auftrag erscheint ihm der hochmögende Dämon Mephistophiles. Mit diesem schließt er einen Vertrag auf 24 Jahre und unterzeichnet ihn mit seinem Blute. Dafür stehen ihm während dieser Zeit alle Künste der Hölle zur Verfügung, um »die Elemente zu spekulieren«, wie er sich »fürgenommen«. Auf diese 24 Jahre der Dienstbarkeit des Teufels verteilt der Verfasser des Faustbuches den vorhandenen Sagenstoff und gestaltet ihn zu einer Art Lebensbeschreibung. Um ihr mehr Ansehen zu geben, will er alle Ereignisse, größtenteils Hexenmeisterstücke, nach der eigenen Aufzeichnung Faustens geschrieben haben, die nach dessen Ende in seiner Wohnung gefunden worden sei. Dieses war schrecklich, denn nach Ablauf der Frist fiel Faust trotz all seines Jammerns und Wehklagens über sein Geschick und trotz aller Reue dem Teufel an Leib und Seele als Beute zu.

So stellt sich die Fausthistorie dar, die den gewaltigsten Stoff der neueren Literatur enthält. Der Titanismus, als dessen Verkörperung Faust später erscheint, wird im Volksbuche nur gestreift, denn seinen Verfasser leitete bloß die Absicht, »allen Christen zur Warnung« ein »schreckliches Exemplar des teuflischen Betrugs, Leibs- und Seelenmords« vorzuführen. Daher läßt er es nicht an moralischen Bemerkungen fehlen, aber auch seiner kirchenfeindlichen Gesinnung macht er in Ausfällen gegen den Papst, die Mönche und katholische Einrichtungen Luft. Sein Faust ist nicht bloß Schwarzkünstler, sondern auch Humanist, der durch seine Gelehrsamkeit, trotzdem er sie zu verkehrten Zwecken benutzt, sein Ansehen stützt und selbst unter Gelehrten sich zu behaupten weiß.

Die Schwänke Fausts haben das große Publikum vor allem angesprochen, sie wurden schnell neu geordnet und vermehrt. Vom Titanismus, dem Streben nach den höchsten geistigen Gütern, der in den anderen Teilen doch durchleuchtet, ist dabei keine Rede mehr. Genußsucht und Grobianismus, die jener Zeit im hohen Grade eigen waren, spiegeln sich darin wie in den Schwankbüchern bedenklichster Art. Was an tiefen Ideen und erschütternden Zügen im Faustbuche stand, wurde vollständig verwischt durch dessen erweiterte Bearbeitung, die Rudolf Widmann 1599 zu Hamburg erscheinen ließ. Während es damals kein Deutscher künstlerisch zu gestalten wußte, hat bereits 1588 der bedeutendste Vor-Shakespeareaner, Christopher Marlowe, selbst eine ungestüme, in Wissensdurst wie Genußsucht faustisch maßlose Natur, dem das Spießsche Buch in die Hände fiel, den germanischen Helden für die germanische Bühne gewonnen.

Unter Marlowes Einfluß entstanden in Deutschland das *Puppenspiel* und das im 17. und 18. Jahrhundert oft aufgeführte *Volksschauspiel*. Erst 1674 erneuerte der Nürnberger Arzt Johann Pfitzer das Widmannsche Buch, und durch Kürzung entstand daraus zu Beginn des 18. Jahrhunderts die Ausgabe des *Christlich Maynenden*, deren verschiedene Auflagen bis 1797 reichen. Auch die anderen Faustbücher wurden oft aufgelegt und in gekürzter Form als Jahrmarktbücher weit verbreitet. Durch Übersetzungen fand das Faustbuch zugleich mit dem 1593 als dessen Fortsetzung erschienenen Leben des *Christoph Wagner*, »weiland gewesenen Famuli des weltberufenen Erzzauberers Johann Faustens«, in verschiedenen Ländern Eingang.

Als Gegenstück zu Faust erhielt in dem aufgeregten 16. Jahrhundert, das so viele wandernde Gäste sah, auch die aus dem Orient stammende und schon 1228 im Abendlande nachweisbare *Sage vom ewigen Juden* ihre eigentliche Gestaltung. Sie heftete sich an eine bestimmte Person, die 1547 in

Lübeck, 1601 in Hamburg gesehen wurde, und war durch die geheimnisvollen Züge, mit denen sie das Wesen des ruhelosen, von Reue und Verlangen nach Vergebung und endlicher Ruhe erfüllten Erdenwallers Ahasverus ausstattete, geeignet, ein Liebling des Volks zu werden, wie die vielen, dem ersten Drucke (1601) folgenden Auflagen zeigen.

Die Entwicklung des deutschen Prosaromans

Neben den Volksbüchern bildete sich auch der deutsche Prosaroman weiter aus, und zwar zunächst im Anschluß an jene Helden- und Liebesromane, die am Anfang des 15. Jahrhunderts, aus dem Französischen übersetzt, zuerst den adeligen, dann den bürgerlichen Kreisen als Unterhaltungslektüre dienten. So ist die Historie von den Abenteuern des Ritters *Galmy* (1539) noch ganz aus französischen Quellen geschöpft. Ihr Verfasser ist wahrscheinlich JÖRG WICKRAM aus Kolmar, wo er eine Zeitlang als Ratsdiener angestellt war, daneben aber auch mit dem Buchhandel sich beschäftigte. Seit 1555 Stadtschreiber in dem elsässischen Burckheim, wird er 1562 bereits als verstorben genannt. Seine reiche literarische Tätigkeit begann er unter dem Einflusse Brants und Murners, dessen Narrenbeschwörung er später neu herausgab, mit Fasnachtspielen, in denen er die Laster und Gebrechen verschiedener Stände geißelt. Unter Einwirkung des schweizerischen Schauspieles schrieb er biblische Dramen, einen *Verlorenen Sohn* (1540) und einen *Tobias* (1550). Zur Satire zurückkehrend, eifert er in einem poetischen Dialog gegen das »mechtig Hauptlaster der Trunkenheit« und bekämpft in Prosa die *Sieben Hauptlaster.* Hierauf entwarf er in seiner bedeutendsten Lehrdichtung *Der Irr reitend Pilger* (1555) ein Zeit- und Weltbild, worin er das Leben und die Kindererziehung in einer protestantischen Bauernfamilie mit Liebe zeichnet, aber es auch an Ausfällen gegen Papst und Kirche nicht fehlen läßt.

Vertraut mit den Werken des Altertums und der Renaissance, suchte Wickram durch die Neubearbeitung des mitteldeutschen Ovid für die Verbreitung antiker Dichtung zu wirken, ohne es jedoch in diesem Streben so wenig wie in den Schwänken mit Hans Sachs aufnehmen zu können. Gleich diesem war auch er Meistersänger. Er brachte 1546 die wertvollste Sammlung von Meisterliedern des 14. und 15. Jahrhunderts, die überliefert wurde, durch Kauf an sich, vermehrte sie durch neue Töne und Texte und gründete in Kolmar eine Meistersingerschule.

Bedeutender aber als Wickrams poetische Leistungen sind seine prosaischen Erzählungen. Von diesen sind uns die im Rollwagenbüchlein vereinigten schon bekannt. Angeregt durch den Roman des benachbarten Frankreich, begann auch er die kurze Anekdote zu einer durch Verwicklung reizenden und durch größeren Umfang fesselnden Erzählung auszugestalten.

Wie Hirt Erich ſeines Viehes hůt/ vnd ein groſſer Lew teglich zů jm vnd ſein vieh kam/ dem aber gar keinen ſchaden thet/ allein wie ein ander zammer hund das halff verhůten.

Es iſt geweſen vor vilen vñ langen Jarẽ in dẽ künigreich Portugal ein armer man mit namẽ Erich/ welchẽ Got in ſeiner armůt mit vil kindẽ/ Sŏn vñ Tŏchtern begabet die ſelbigẽ kind aber Got mit wunderbarer ſchŏne an die welt kommen ließ/ ſo das gemelden Erichen aller arbeit/ angſt vnd armůt gar nit beſchweret/ dañ ſo bald er von ſeiner arbeit des nachtes heym zůhauß kam/ legt er von jm ſein bickel vnd hawen/ nam zů jm ſeine jungen vnd ſchŏnẽ kinder/ ſchimpffet vnd ſchertzet mit freuden mit jn/ als wann er den gantzen tag keiner arbeit nie gepflegen. So bald auch ſeine kinder etwas erwůchſen/ begerten ſie von jm die reichen Kauffleut/ die wur

A ij den

Eine Seite aus dem »Goldfaden« von Jörg Wickram. Straßburg 1557.

Man nennt ihn den Vater des deutschen Romans, und insofern mit Recht, als er an die Stelle der herkömmlichen Übersetzungen aus dem Französischen selbständige Schöpfungen treten ließ. Mit seinen Gefühlen steht er auf Seite des Bürgers; in dessen Anschauungs- und Lebenskreis führen uns seine Romane auch dann, wenn er sie um des herrschenden Geschmackes willen in das ritterliche Gewand kleidet. Ihre Anlage und die Verwicklung der Handlung ist noch wenig künstlerisch, und viel besser als der Aufbau eines Romans gelang ihm die Einzelszene, wie er es in seinem Rollwagenbüchlein gezeigt hat. Die Erzählung schreitet durch paarweise Nebeneinander- oder Gegenüberstellung nur in gleichlaufenden Zügen fort.

So wird in *Gabriotto und Reinhard* die Geschichte zweier Freunde erzählt, von denen der eine die Liebe der Schwester des englischen Königs, der andere die ihrer Genossin, einer Grafentochter, gewinnt. Beide lieben über ihren Stand hinaus; dem »sorglichen Anfang« entspricht ein »schreckliches« Ende: »Allen Jungfrauen eine gute Warnung.« Wie hier kommt Wickram auch im *Goldfaden* (1557) der volkstümlichen Freude an Helden aus dem mittleren oder niederen Stande entgegen, indem er den Hirtenknaben Leufried nach mancherlei Schicksalen zum Gemahl der geliebten Grafentochter Angliana werden läßt.

Als ehrsamer Bürger, dem eine glückliche Ehe, züchtige Liebe, eine sorgfältige und gewissenhafte Kindererziehung als Ideale vorschweben, versäumt er es niemals, auf den lehrhaften Zweck seiner Erzählungen hinzuweisen; so besonders in *Der jungen Knaben Spiegel* (1554), der uns in das Schul- und Beamtenleben führt und den Segen einer strengen und die schlimmen Folgen einer verzärtelnden Erziehung schildert. Auf diesen Roman bezieht sich die *Historie von einem ungeratenen Sohn*, und beide knüpfen an das im 16. Jahrhundert unzählige Male behandelte biblische Motiv vom verlorenen Sohne an. Mit den Verhältnissen in der Kaufmannsgesellschaft macht uns die Erzählung *Von guten und bösen Nachbarn* (1556) vertraut.

Wickram fand mit seinem Versuche, den Kunstroman in nationale Bahnen zu lenken, leider keinen Nachfolger, und am Ende des Jahrhunderts war wieder, und zwar besonders in den adeligen Kreisen, ein Fremdling der Liebling der Leser. Es ist dies der *Amadis aus Gallien*, der, aus Spanien stammend, in Frankreich umgeformt und erweitert, auf seinem Triumphzuge durch die Welt auch Deutschland eroberte und den deutschen ehrbaren und bürgerlichen Roman verdrängte. Nachdem sich schon der Herzog Christoph von Württemberg, der den Roman in Paris kennenlernte, dessen Übersetzung in das Deutsche hatte angelegen sein lassen, brachte der Buchhändler Feyerabend in Frankfurt a. M. in der Zeit von 1569 bis 1595 zuerst einzelne, aus verschiedenen Federn stammende Teile, darunter das sechste, aus der Feder Fischarts geflossene Buch, dann das ganze Riesenwerk mit mehr als

25 000 Seiten auf den deutschen Büchermarkt. Es wurde angestaunt, gelesen, von den bedeutendsten Männern genannt und als Lehrbuch des höfischen Anstandes im mündlichen und schriftlichen Verkehr bis in das 17. Jahrhundert hinein benutzt. Es bietet ein wunderbares Gemisch von Rittergeschichten und Liebesabenteuern, Kämpfen mit Riesen, Helden und Ungeheuern, allerlei Zauberspuk, dazwischen viele galante und lüsterne Liebesabenteuer der fürstlichen Helden aus dem Geschlechte des Amadis, von denen je einer, jeder ein Kind der Liebe, die Hauptperson der vielen Fortsetzungen bildet. Jedem dieser die Welt durchirrenden Ritter ist in der Vereinigung mit einer hohen Dame ein durch das Schicksal bestimmtes Ziel gesetzt. Wie er es trotz seiner dunklen Herkunft und trotz aller Hindernisse aus eigener Kraft oder mit fremder Hilfe, etwa einer Fee oder einer Königstochter, erreicht, bildet den Inhalt der Amadisgeschichten. Von da stammen die vom Schicksal füreinander bestimmten Liebespaare vieler unserer modernen Romane.

Volkslied und Meistergesang

Erfreulicher als der Amadisroman sind die Sangweisen des Volksliedes, die aus dem 15. Jahrhundert in das 16. hinüberklingen. Die Blüte des Volksgesanges war freilich vorbei, denn die Zeit, in der bei dem Sturme der kirchlichen und politischen Umwälzungen Kirche und Staat in ihren Grundfesten erbebten und alles Bestehende aus den Fugen zu gehen schien, war wenig geeignet für die weichen Akzente des Volksgesanges. Er entfaltete zwar noch manche schöne Blüte, viele Lieder aber verfielen ins Grobe und Gemeine oder in jenen nüchternen und lehrhaften Ton, der uns von dem Kirchenliede jener Zeit her bekannt ist, und wenig Geschmack verraten die Ehrenlieder auf Hochzeiten, Kindstaufen, bei Sterbefällen usw., wie sie von Gelegenheitsdichtern, zumal von den fürstlichen Hofpoeten, in schwerer Menge gedichtet werden. Die große geschichtliche Bewegung des Jahrhunderts aber bot reichen Stoff für jene Art Volkslieder, die man als historische oder politische zu bezeichnen pflegt. Sie wurzeln in ihrer Zeit, denn was diese erfüllt, bildet ihren Inhalt, und darum vergehen sie mit ihr, wenn neu andringende Ereignisse neue Stoffe in den Vordergrund stellen. Doch wollen sie nicht wie die seit Beginn des 16. Jahrhunderts als Einzeldrucke verbreiteten Prosaberichte (»Neue Zeitungen«) die erste Kunde über eine Begebenheit bringen, sondern Stimmungen erwecken und bilden so die eigentliche Presse. Sie beleuchten von ihrem Parteistandpunkte aus kriegerische Ereignisse der Zeit, Schlachten, Belagerungen, Erstürmungen von Städten und festen Plätzen, loben und tadeln Fürsten und Herren, weisen auf die dem Abendlande durch die osmanischen Eroberer drohende Gefahr hin, betrauern den Tod hervorragender Personen, rügen und verspotten Gebrechen und Verkehrtheiten der Zeit und richten die Waffen des Hohnes und Spottes auch gegen die Kirche und deren Diener.

Da seit Erfindung der Buchdruckerkunst die Verbreitung der Volkslieder nicht mehr bloß durch mündliche Überlieferung, sondern durch fliegende Blätter geschah, sank die Bedeutung der fahrenden Meister und Spielleute, und als dann unter dem Einflusse der Niederlande und später Italiens die Musik auch in Deutschland einen großen Aufschwung nahm, finden wir an den Fürstenhöfen statt jener den Kapellmeister mit seiner Kantorei. Man ahmte hierin das Beispiel des Kaisers Maximilian nach, der schon gegen Ende des 15. Jahrhunderts berühmte Meister in allen Gattungen der Musik und für alle Instrumente um sich versammelt hatte. Neben der Instrumentalmusik wurde von diesen Hofkomponisten (Heinrich Isaak, Ludwig Senftl, Heinrich Finck, Georg Forster, Orlandus Lassus, Antonio Scandelli) der Gesang kunstgerecht ausgebildet. Dabei bemächtigte man sich auch der Volkslieder, änderte aber das Verhältnis zwischen Wort und Ton; denn während früher das Hauptgewicht auf dem Texte lag und die einstimmig gesungene Melodie nur dessen Dienerin war, wurde jetzt die Melodie mit dem über ihr errichteten Kunstbau die Hauptsache und der Text sank zum Träger der Tonreihen herab. In dieser Form erklangen sie bald nicht nur in den fürstlichen Kapellen, sondern auch in den geselligen Kreisen der Bürger, und zwar gesungen und gespielt auf verschiedenen Instrumenten. Und wie beliebt dieser mehrstimmige Kunstgesang, der sich auf volkstümlicher Grundlage und mit volksmäßiger Färbung entwickelt hatte, auch in den niederen Ständen war, können wir aus der großen Zahl der im 16. Jahrhundert gedruckten, oft auch mit den Melodien versehenen Liedersammlungen schließen.

Manche dieser Lieder, zumal Liebeslieder, verraten deutlich die Einwirkung des ritterlichen Minnesangs auf die persönliche Liebeslyrik der bürgerlichen und bäuerlichen Kreise; und die Meisterlieder, die in den Sammlungen sich neben den Volksliedern finden, zeigen, daß der Meistergesang, der einzige Vertreter der Kunstlyrik jener Zeit, doch nicht ganz ohne Verbindung mit der volkstümlichen Poesie geblieben ist. Freilich konnte diese nur durch Lieder hergestellt werden, die nicht nach dem strengen Regelzwange der Schule gebaut waren und nicht einen gelehrten und geistlichen Inhalt boten, sondern durch den erzählenden, zeitgeschichtlichen, sagen- oder schwankhaften Stoff dem historischen Volksliede oder der Volksballade sich näherten. Die weite, auch auf die gebildeten Kreise sich erstreckende Verbreitung des Volksliedes erlitt seit der zweiten Hälfte des 16. Jahrhunderts durch die Einführung welscher Melodien und Liedformen (Madrigalien, Motetten, Kanzonetten, Galliarden usw.) und durch die von den Tonsetzern selbst erfundenen und der Musik angepaßten Texte eine starke Einbuße. Als dann im folgenden Jahrhundert in der deutschen Poesie Frankreich den Ton angab, verschlossen sich die gelehrten Kreise dem heimischen Volksliede nahezu gänzlich. Nur im Volke lebte es, zuweilen sogar noch eine Nachblüte treibend, fort, bis Herder und Goethe an diesen durch die Jahrhunderte geleiteten Quell lauterer und frischer Poesie herantraten und fortan auch die Kunstlyrik sich darin immer wieder verjüngte.

Während das Volkslied selbst in seiner kunstvollen Vertonung die Fühlung mit dem Volke nie verlor, erklang der *Meistergesang* in choralähnlichen, fremden und oft verkünstelten Melodien. Über seinen Zusammenhang mit der höfischen Kunst, seine Pflege in den ursprünglich freien Vereinigungen und deren spätere feste Organisation haben wir bereits gesprochen. Wann diese zünftliche Ausgestaltung sich vollzog, läßt sich nicht genau bestimmen. Gegen Ende des 15. und zu Beginn des 16. Jahrhunderts gab es bereits solche eigentliche, nach bestimmten Satzungen eingerichtete Meistersingschulen. Ihre Mitglieder gehörten fast ausschließlich dem Handwerksstande an, und handwerksmäßig war auch der Betrieb der »holdseligen Kunst«. Die ehrsamen Meister sangen nicht aus Beruf oder des Gewinnes halber, sondern aus Liebhaberei und zur Ehre Gottes und waren überzeugt, eine Kunst zu hüten und zu pflegen, die mit ihren Wurzeln bis in das 10. Jahrhundert zurückreiche.

Die erste Nachricht über die Errichtung einer zünftlichen Meistersingerschule stammt aus Straßburg, wo die Singer 1493 nach festen Statuten, der späteren Tabulatur, sich vereinigten. Dieser Ausdruck (vom lat. tabula, d. h. Tafel oder Schema) bezeichnete in der Musik eine Schreibart, durch die auf kurze und übersichtliche Weise, wie auf einer Tafel, die Harmonie einer Komposition dargestellt ward, also eine Art Partitur. Aus dem Musikunterricht nun scheint der Name in die Kunstsprache des Meistergesanges, der ja auch eine musikalische Kunst war, übergegangen zu sein und bedeutete hier die gesamte Sing- und Reimordnung, den Inbegriff der Kunstregeln, die in jeder einzelnen Singschule galten. Nach solchen Satzungen, den ersten uns erhaltenen, wurde 1513 in Freiburg im Breisgau die »Brüderschaft der Sängerei« gegründet, aus deren von dem Bürgermeister und dem Rate ausgestellten Stiftungsbrief erhellt, daß sie neben der geregelten Ausübung der Dicht- und Sangeskunst auch den Zweck hatte, den Mitgliedern, durchweg Handwerkern, ein feierliches Begräbnis zu sichern und für deren Seelenheil durch Seelenämter zu sorgen.

Von den Rheingegenden, in denen er zuerst erblühte, verbreitete sich der Meistergesang im Laufe des 16. Jahrhunderts in die süddeutschen Städte, wo die Bürgerschaft am freiesten, kräftigsten wohnte. So sind in Kolmar, Hagenau, Weißenburg, Speyer, Pforzheim, Frankfurt, Augsburg, Ulm, Memmingen, Regensburg Meistersingerschulen bezeugt. Zu besonderem Ansehen gelangte die von Nürnberg, wohin Hans Folz aus Mainz die Kunst verpflanzt zu haben scheint. Er wird unter den zwölf Nürnberger Meistern genannt; als deren Haupt aber erscheint Hans Sachs, der im 16. Jahrhundert die führende Rolle im Meistergesange übernahm und auf dessen Entwicklung im Westen und Osten Einfluß übte. Denn auch im Osten, in den Städten Steyr, Iglau, Görlitz, Breslau, Dresden und in Danzig, waren Singschulen errichtet worden. Doch noch zu Lebzeiten Hans Sachsens begannen sie zu verfallen. Die Ursachen davon lagen in den religiösen und politischen Streitigkeiten, in den Wirren des Dreißigjährigen Krieges, in der Geringschätzung, mit der die gelehrten Renaissancedichter auf die Kunst der Handwerker herabblickten, und endlich in dem Verfalle des Zunftwesens selbst. Trotzdem fand der Meistergesang noch im 17. Jahrhundert Pflege, wie wir dem Berichte des Nürnberger Chronisten Christoph Wagenseil über der Meistersinger »holdselige Kunst« (1697) entnehmen. Erst 1780 wurde die Bruderschaft der Meistersinger zu Straßburg aufgelöst, und einige Schulen überdauerten selbst das 18. Jahrhundert; noch 1852 gab es in Memmingen eine Meistersingergenossenschaft.

Wollte einer in eine Singschule aufgenommen werden, so ging er zu einem Meister, um sich von ihm in die Geheimnisse der Tabulatur einführen zu lassen. War er hierin weit genug vorgeschritten und hatte er insonderheit die vier gekrönten Töne begriffen, so stellte ihn der Meister auf der »Zeche«, d. h. dem Wirtshaus, in dem die gewöhnlichen Zusammenkünfte stattfanden, der Gesellschaft mit der Bitte vor, ihn aufzunehmen. Hierauf wurde er geprüft und erforscht, ob er ehrlicher Geburt und eines ehrbaren Wandels sei und die Singschule fleißig besucht habe. Nachdem er feierlich gelobt, der Kunst stets treu zu sein, die Ehre der Gesellschaft wahrzunehmen, sich stets friedlich zu betragen und kein Meisterlied durch Absingen auf der Gasse zu entweihen, wurde er aufgenommen. Hatte er sich dann eine Zeitlang »zu Ehr und Vorteil der Gesellschaft« gehalten und zur Zufriedenheit der Meister auf den Schulen hören lassen, so konnte er um die Freiung auf den Stuhl, d. h. um die Verleihung der Meisterwürde anhalten. Diese wurde in einer der öffentlichen Festschulen vollzogen, die an bestimmten Sonntagen des Jahres nach dem vor- oder nachmittägigen Gottesdienst im Rathause oder in der Kirche abgehalten wurden.

Die Kirche war schön aufgeputzt. Neben der Kanzel war der Singstuhl errichtet, nur kleiner, sonst wie die Kanzel selbst und mit einem Teppich geschmückt. Vorn im Chor sah man ein niedriges, mit schwarzen Vorhängen umzogenes Gerüst aufgeschlagen, worauf ein Tisch und ein Pult standen. Dieses Gerüst war das *Gemerke*, auf dem die vier *Merker* Platz fanden, die die Fehler der Sänger anmerken mußten. Der erste von ihnen hatte die Bibel nach Luthers Übersetzung vor sich auf dem Pulte liegen, um nachzusehen, ob des Sängers Lied ihr entspreche. Die andern Merker prüften das Lied nach den Gesetzen der Tabulatur, ob der Bau der Verse, die Stellung der Reime und der Ton stimmten.

Sobald alles geordnet war, begann zunächst das *Freisingen*. Wer singen wollte, mußte sich auf den Singstuhl setzen. Als Texte waren außer Stoffen aus der Bibel noch wahre, ehrbare Begebenheiten aus alter oder neuer Zeit gestattet. Es wurde nichts gemerkt, also konnten die Sänger außer dem Ruhme nichts gewinnen. Hierauf begann einer der Meister ein Lied, in das alle anderen einstimmten, um den Beginn des eigentlichen *Hauptsingens* anzukündigen. Bei diesem waren seit der Reformation nur biblische Stoffe erlaubt, während früher scholastisch-mystische, auch das Lob Mariens gewählt wurden. Wenn der Sänger den Singstuhl bestiegen und ehrfurchtsvoll gegrüßt hatte, rief einer der Merker: »Fanget an!« und nach einem jeden Gesätz »Fahret fort!« Jedes Lied, »Bar« oder »Par« genannt, bestand aus drei, fünf oder sieben kunstvoll gebauten Gesätzen (Strophen), von denen jedes aus zwei *Stollen* von gleichem Ton und dem *Abgesange* mit andrem Versmaß und andrer Melodie bestand. Die Bezeichnung »Stollen« ist ein Handwerksausdruck für zwei durch einen Querbalken verbundene Pfeiler, während »Bar« der Fechtschule (vgl. Paratschwert, Parade) entlehnt ist, mit der die Singschule nicht bloß Kunstausdrücke, sondern auch einzelne Punkte der Organisation gemeinsam hatte.

Hierauf zogen sich die Merker zu einer Beratung zurück, um die von jedem Sänger gegen die Tabulatur etwa begangenen großen und kleinen Fehler zu zählen. Wer bei dieser Aufrechnung am besten bestand, erhielt durch den Kronenmeister das Schulkleinod, eine Krone oder eine vergoldete Silbermünze mit dem Bilde des Königs David, zum Umhängen. Der Zweitbeste bekam einen Kranz von seidenen Blumen, den alten Preis, um den man auch im Turnier und im volkstümlichen Rätselstreit seine Kräfte gemessen hatte. Zuweilen wurde nur um diesen gesungen, im sogenannten *Kranzsingen*, und oft setzten Freigebige noch andere Preise aus. Bei dem Hauptsingen fand auch die *Freiung* bewährter Sänger statt. Wie in der Zeche, mußte der Kandidat sich nochmals einer Prüfung unterziehen und dann sein eigenes Meisterstück ablegen. Die Formalitäten wurden in der späteren Zeit in poetischer Weise nach einem Gedichte des Ambrosius Metzger erledigt, eines der fruchtbarsten Meistersinger Nürnbergs, der von 222 älteren Meistertönen die größte Anzahl erfunden hat.

In den zahlreich überlieferten Sammlungen von Meisterliedern des 16. Jahrhunderts werden viele Meister genannt, doch außer Hans Sachs keine durch Eigenart aus der Masse hervorragende Persönlichkeit. Und eine solche konnte sich, wenigstens innerhalb der Schulordnung, auch kaum herausbilden. Denn allen Singern galt ja die rein äußerliche Nachahmung der von den Meistern des 13. Jahrhunderts geschaffenen metrisch-musikalischen Formen als die Hauptsache. Man achtete ängstlich auf die Silbenzahl des Verses, die der Übersichtlichkeit halber 13 nicht übersteigen sollte, gliederte die Gesätze nach Vorschrift, suchte sie durch Reimverschlingung und Reimhäufung abwechslungsreich zu bauen und hatte seine größte Freude an den Strophen, deren Umfang auf 122 Reime angeschwollen war. Dagegen blieben der Rhythmus, die poetische Erfassung und Behandlung des Stoffes in Sprache und Ausdruck völlig berücksichtigt. Wie der hölzerne, verkünstelte Formalismus war auch der gelehrte und geistliche Inhalt der Bare wenig geeignet, bei den Massen des Volkes Gefallen zu erregen. War jedoch einmal durch die Schule der Sinn für die Dichtkunst geweckt, so machte er sich bei den Fähigeren auch in anderen, freien Kunstgattungen Bahn.

Dann haben sich die berühmten Meistersinger auch außerhalb des Meistergesanges in verschiedenen Arten der Poesie versucht und gerade hierin ihr Bestes geleistet. So kennen wir bereits Hans Folz als Dramatiker, und auch im 16. Jahrhundert pflegten Meistersinger wie Pamphilus Gengenbach in Basel, Hans Sachs, Wickram in Kolmar, Sebastian Wild in Augsburg, Puschman in Breslau und Görlitz das geistliche oder weltliche Spiel. Von den Singerbrüderschaften wurden die Fastnachtsspiele und andere poetische Festlichkeiten veranstaltet und aufgeführt. So wirkte der Meistergesang mittelbar fort bis auf die Weihnachts- und Volksschauspiele, die noch in unserer Zeit von Meistersinggesellschaften in Ungarn aufgeführt werden. Doch auch unmittelbar griff der Meistergesang in das geistige Leben ein. Er verschaffte der Poesie eine höhere, unabhängige Stellung, verbreitete den Gebrauch der neuhochdeutschen Sprache in weite Kreise, erweiterte das Stoffgebiet der Dichtung, wies durch den ererbten Strophenbau, obwohl er zur starren Regel geworden war, auf die Notwendigkeit der Gesetzmäßigkeit in der Poesie hin und machte mit der Tabulatur den Anfang zu einer Poetik.

Hans Sachs

Als seine schönste Frucht zeitigte der Meistergesang den poetischen Ruf eines der bedeutendsten Dichter seines Jahrhunderts und vielleicht des eigentümlichsten der ganzen deutschen Literatur. Es ist dies HANS SACHS (1494–1576), der kunstreiche Schuster von Nürnberg. Wir haben die Schilderung seiner Tätigkeit bis jetzt aufgespart, weil sie in ihrer Fruchtbarkeit und Vielseitigkeit auf alle Dichtungen der Unterhaltungsliteratur sich erstreckt, die wir in ihren charakteristischen Vertretern dargestellt haben, und uns so die ganze Fülle der dichterischen Leistungen des 16. Jahrhunderts auf einmal überschauen läßt. Zugleich aber gewährte sie auch Anknüpfungspunkte für neue literarische Reihen; denn Hans Sachs hat nicht nur die aus dem Mittelalter stammenden bürgerlichen Kunsttraditionen sich angeeignet, sondern auch die Ideen der neuen Strömungen, der Reformation und des Humanismus, in sich aufgenommen und mit jenen zu rein volkstümlichen Bildungen geeint, von denen die dramatischen der Entwicklung dieser zu Beginn der neuen Zeit mächtig einsetzenden Dichtungsart angelegentlichst Vorschub leisteten.

Hans Sachs wurde in der durch ihre Industrie und ihren Welthandel wie durch die Pflege der Wissenschaften berühmten freien Reichsstadt Nürnberg als der Sohn des eingewanderten Schneidermeisters Jörg Sachs geboren. Von seinem siebenten Jahre an besuchte er die Lateinschule vom »Neuen Spital zum heiligen Geist« und erwarb sich während seiner achtjährigen Lernzeit ein tüchtiges Wissen in den freien Künsten (Grammatik, Rhetorik, Dialektik, Musik), zu denen damals auch das Lateinische und das Griechische gekommen waren. Als er 1509 die Schule verließ, wurde er von seinem Vater zu einem Schuhmacher in die Lehre gegeben. Doch nahm er die Freude an den schönen Künsten in die Werkstätte mit. Er suchte für seine Lernbegierde geistige Nahrung in der deutschen Dichtung, wie sie im Stile Rosenplüts und Folzens in den bürgerlichen Kreisen gepflegt ward, und ließ sich vor allem durch Lienhard Nunnenpeck, einen Leinweber und gekrönten Meistersinger, in die Kunst des Meistergesanges einführen. Dessen Pflege und Fortbildung füllten die Mußestunden während seiner nach den damaligen Handwerkergebräuchen üblichen Wanderschaft (1511–1516) aus, auf der er Bayern, Salzburg, Oberösterreich, Tirol, Franken und die Rheinlande kennenlernte. Wo er eine Singschule traf, trat er zu den »Gesellschaftern« in Beziehung und sang Lieder in den Tönen der alten Meister; so in München (1514) das »Geheimnis Gottes« im langen Ton Marners. Zum Lobe der heiligen Jungfrau erfand er dann die »Silberweis«, wurde damit Meister und konnte in mehreren Städten als Beirat der Merker Singschule halten.

Schon dieses Meisterlied verrät durch den leichten Versbau die poetische Natur des Hans Sachs und es ist begreiflich, daß sie ihn antrieb, auch über den Schulzwang hinaus in freieren und natürlicheren Formen sich zu versuchen. Die Volksdichtung bot ihm dazu Vorbilder, seine Wanderschaft Anregungen und Stoffe. Er hatte ja einen großen Teil des deutschen Südens gesehen, die Schneehäupter der Alpen geschaut und die reichsten und blühendsten Landschaften besucht, die der Rhein durchfließt. Ausgerüstet mit einer scharfen Beobachtungsgabe, hat er Land und Leute, ihre Sitten und Gewohnheiten genau betrachtet, und so tief haben sich die gewonnenen Anschauungen eingeprägt, daß er selbst seinen späteren Dichtungen noch durch die Anlehnung an bestimmte, teils wirklich, teils vorgeblich gesehene Örtlichkeiten und Personen Leben und Frische verleiht. Auch an inneren Erfahrungen mag es nicht gefehlt haben. Darauf läßt ein *Buhlscheidlied* (1513) schließen, in dem er mit beredten Worten den Schmerz der Trennung von der Geliebten und das freudlos vor ihm liegende Leben schildert. Wie durch den Inhalt, ist es auch durch die Sangweise, den beim Volke beliebten »Brennbergers Hofton«, von den eigentlichen Meisterliedern ausgeschlossen.

Eine sittliche Natur, wie er war, und bedacht, die Leidenschaft an sich selbst zu bekämpfen und andere zu ihrem Heile davor zu warnen, pflegte Hans Sachs seinen Dichtungen eine moralische Nutzanwendung beizufügen, und zwar in seinen Jugenddichtungen vor den Gefahren der Liebe zu bewahren. So in seiner ersten Spruchweis *Der ermört Lorenz* (1515), wozu er den Stoff dem durch Arigo verdeutschten Dekameron Boccaccios entnommen hat. Es ist die tragische Geschichte von der adeligen Jungfrau Elisabetha, die zu Lorenzo, dem Diener ihrer Brüder, ein heimliches Liebesverhältnis unterhält, den diese, als sie es entdeckten, ermorden. Bald darauf schrieb Hans Sachs, ohne Anlehnung an eine gegebene Erzählung, aber mit reichlicher Verwertung der aus Ovid, Boccaccio, mittelalterlichen Heldengedichten und neueren Chroniken gewonnenen Kenntnisse ein dialogisches Spruchgedicht, *Kampfgespräch von der Lieb*, das mit dem ersten auf dieselbe Moral hinausläuft, daß nur die eheliche Liebe Freude und dauernde Glückseligkeit bringen könne. Auch in seinen ersten Fastnachtsspielen beschäftigte er sich mit der Theorie der Liebe. So in dem *Hofgesind Veneris* (1517), zu dem er die Sage vom Venusberg und vom getreuen Eckart benutzte, und in dem *Spiel von den Eygenschaften der Lieb* (1518), einer Umarbeitung des genannten Kampfgesprächs.

Diese beiden Spiele dichtete er in Nürnberg, wohin er 1516 mit einem großen Schatze an Erfahrungen und reichem Wissen zurückgekehrt war. Nachdem er den Zunftherren seines Handwerkes sein Meisterstück vorgelegt hatte, erlangte er die Meisterwürde, durfte sie aber erst ausüben, als er nach seiner Verheiratung (1519) mit Kunigunde Kreuzer aus Wendelstein einen Hausstand sich gegründet hatte. An ihrer Seite genoß er durch 41 Jahre das eheliche Glück, das er der »unordentlichen« Liebe entgegengesetzt hatte. Getrübt wurde es durch den Tod der sieben Kinder, die sie ihm geschenkt hatte. Noch tiefer ging ihm der Verlust seiner treuen Gefährtin (1560), wie wir aus dem warm empfundenen und rührenden Spruchgedicht *Der wunderliche Traum von meiner abgeschiedenen Gemahel Kunigunde Sächsin* erkennen, in dem er so treuherzig wie anschaulich schildert, wie seine Lebensgefährtin als seliger Geist ihm erscheint und ihn mit der Hoffnung auf das Jenseits vertröstet. Anderthalb Jahre später heiratete er die junge Witwe Barbara Harscher, deren Schönheit und Tugenden er in dem Gedicht *Das künstlich Frauenlob* in überschwenglicher Weise besingt. Seine äußeren Verhältnisse waren stets behaglich gewesen, und es ist wahrscheinlich, daß er in vorgerückten Jahren das Handwerk aufgegeben hat. Mit diesen stellten sich auch die Beschwerden des Alters ein, die er in dem Gedicht *Valete* beklagt. Im 74. Lebensjahre schrieb er sein letztes Meistergedicht, im 78. seine letzte »Spruchweis«. Mit dem Studium seiner Bücher beschäftigt, starb er als 82jähriger Greis am 19. Januar 1576.

Es war eine bedeutsame und stürmische Zeit, als Hans Sachs sein Heim in Nürnberg gründete. Das neue geistige Streben, zu dem um die Wende des 15. Jahrhunderts die Keime gelegt worden waren, zeitigte in der aristokratischen Republik auf allen Gebieten die herrlichsten Früchte. Die Kunst schuf durch die Verbindung deutschen Wesens mit antiker Formenschönheit eigenartige Gebilde; Peter Fischer, der große Erzgießer und Bildhauer, der Steinmetz Adam Krafft, der Holzschnitzer Veit Stoß und vor allen Albrecht Dürer erfüllten die Stadt mit ihrem Ruhme. Die Buchdruckerkunst hatte bald nach ihrer Erfindung nächst Straßburg, Mainz und Augsburg hier eine der ausgezeichnetsten Stätten gefunden, und um den Humanisten Willibald Pirkheimer scharte sich ein Kreis von Männern, die dasselbe wissenschaftliche Streben einte. Durch den Humanismus war aber auch der neuen Lehre der Boden bereitet worden, besonders seitdem Staupitz (1516) in deren Sinn daselbst gepredigt hatte. Daher fand denn auch die Reformation bei Geistlichen und Laien sofort Anklang und in dem Ratsschreiber Lazarus Spengler ihren eigentlichen Führer. Der vorsichtige Rat nahm anfangs zwar eine beschwichtigende Haltung ein, weigerte sich aber im weiteren Verlaufe der Bewegung, gegen die entwichenen Ordensleute und die bereits angestellten Prediger, von denen Osiander zu St. Lorenzen der hitzigste war, strafend vorzugehen.

Da mußte auch Hans Sachs zur Reformation Stellung nehmen. Er tat es in seiner ersten großen Reimrede, die er die *Wittembergisch Nachtigall* benannte (1523). Ihr Ruf drang weiter als die in dem großen Streite von Geistlichen und Gelehrten verfaßten Schriften, und insbesondere lauschten auf ihn die breiten Massen. Noch im Jahre des Erscheinens wurde das Gedicht sechsmal aufgelegt, viele Auflagen und Neudrucke folgten, und wiederholt weisen die zeitgenössischen Literaten darauf hin. Mit einem Schlage erhob es Hans Sachs zu einer außerordentlichen Popularität. Er galt als der Sänger der Reformationsbewegung, und man nahm keinen Anstoß an dem allegorischen Gewande, in das er sein gegen das Papsttum und die Mönche gerichtetes Lied gekleidet hatte.

Denn die Nachtigall, die den Aufgang der Sonne des Evangeliums verkündet (»Wacht auf, es nahent gen dem Tag!«), ist Luther. Durch ihre Strahlen sollen die Schafe (die Christen), die der Löwe (Papst Leo) im Verein mit den Wölfen (den Priestern) beim trüben Schein des Mondes (der kirchlichen Lehre) zur Speise der Schlangen (der Mönche) in die Wüste gelockt hat, wieder zu ihrem Hirten (Christus) zurückgeführt werden.

Da dem Rufe der Nachtigall nicht alle Christen folgten und insbesondere die Geistlichen darauf entsprechend erwiderten, griff Hans Sachs nochmals, und zwar durch einige prosaische Schriften, in den Gang der reformatorischen Bewegung ein. Er wählte dazu die seit den Humanisten beliebte Form des Dialogs und zeigte sich, trotzdem er außer diesen Gesprächen und der Vorrede zur Nachtigall nichts in ungebundener Rede geschrieben, dennoch des deutschen Stiles mächtig. Der Inhalt dieser Gespräche bildet, wie in den von den *Scheinwerken der Geistlichen und ihren Gelübden* und der *Disputation zwischen einem Chorherrn und einem Schuhmacher* (1524), die aus der Nachtigall bekannte satirische Bekämpfung des Lebens oder der Unwissenheit der katholischen Mönche und Geistlichen.

Hatte Sachs die Angriffe auf katholisches Wesen in den Dialogen bei allem Hohn doch immerhin noch mit Humor und Witz gemacht, so wurde seine

Weissagung vom Papsttum (1527), die durch die Teilnahme an einem Unternehmen Osianders, des bekannten fanatischen Gegners der Kirche, entstand, zu einem so maßlosen Pasquill, daß der Rat von Nürnberg wegen der Aufregung der Katholiken für den Frieden seiner Bürger fürchtete und dem Verfasser befahl, »daß er seines Handwerkes und Schuhmachens warte, sich auch enthalte, einig Büchlein oder Reime hinfüro ausgehen zu lassen«. Von da an mied Hans Sachs in seinen Druckschriften zwar jede unmittelbare Polemik gegen das Papsttum, aber nicht die Satire auf Priester und kirchliche Einrichtungen.

Die Errungenschaften des Luthertums preist er in dem Gedicht *Die gemartert Theologie* (1539), ferner in dem *Epitaphium oder Klagred ob der Leich Dr. Martin Luthers* (1546) und in dem *Klagend Evangelium*, worin er die theologischen Zwistigkeiten und den Verfall echt evangelischer Gesinnung bedauert. Des Reiches Wohl lag ihm am Herzen; im Schmalkaldischen Kriege stand er auf Seite des Kaisers und des Reiches, und er bedauert es, daß jeder ernste und nachhaltige Kampf gegen die Türken unmöglich gemacht werde durch die ewige Zwietracht unter den Fürsten und durch die Verkommenheit des Adels, die er in grellen Farben schildert. Die politischen und kirchlichen Ereignisse, die im Gefolge der Reformation einhergingen, allein konnten seinem schaffensfreudigen Geiste nicht genug Nahrung bieten. Diese fand er vielmehr in dem Studium der deutschen und fremdländischen Literatur. Mit rastlosem Eifer sich darin versenkend, erwarb er sich eine staunenswerte Fülle an Kenntnissen aus der Geschichte und Sage der verschiedensten Völker und Zeiten und damit jene bunte und fast unerschöpfliche Masse von Stoffen, der wir in seinen Dichtungen begegnen.

Hans Sachs war zwar kein schöpferischer Geist, der die im Stoff liegenden Keime zum lebensvollen Gebilde gestalten und aus der unvollkommenen Erscheinung eine neue, vollkommene Welt schaffen kann, aber er besaß eine solche Kraft des poetischen Sinnes, daß er herausfühlte, was in jenen Keimen verborgen liegt, und er vermochte es auch hervorzuziehen und in seinen wesentlichen Zügen mit großer Lebendigkeit und Schärfe darzustellen. Wo nun eine reiche Entfaltung der Handlung, wie sie z. B. das Drama fordert, nicht verlangt wird, betätigte sich sein poetisches Talent in wirkungsvoller Weise. Denn er war, um das gleich hier zu sagen, obwohl manche seiner Gebilde zu bloßen Reimereien herabsanken, ein wirklicher Dichter, und dem Schwank und dem Fastnachtsspiel hat er die mustergültige Form gegeben, die Goethe zum Vorbilde diente. Von den zeitgenössischen Dichtern übertraf er die besten an Mannigfaltigkeit der Erfindungen und Formen, an Lebendigkeit der Gestaltung, an sittlicher Tiefe und an Reichtum des Stoffes. Seine staunenswerte Belesenheit erstreckte sich auf alle Gebiete des damaligen Wissens, und er war der Mann, es nicht bloß in sich aufzunehmen, sondern auch seinen Lesern in mundgerechter Form zu bieten. Und gerade durch seine reproduktive Tätigkeit hat er für seine Zeit überaus Ersprießliches geleistet. Seinem Zeitalter war die Kraft eigener Erfindung versagt; es mußte sich mit der Bearbeitung alter heimischer Stoffe und mit der Einbürgerung fremder bescheiden, wie sie insbesondere durch das gelehrte Studium der Griechen und Römer in Hülle und Fülle erschlossen wurden.

Insbesondere suchte der fleißige Schuhmacher und wohlmeinende Dichter die Bildung des Bürgerstandes zu fördern und erreichte dies durch die Hebung des Meistergesanges. Durch diesen war ja in ihm selbst der poetische Trieb geweckt worden, und seitdem ihn die Musen zu dem Werke der Dichtung berufen, mit ihren Gaben beschenkt, ihn für den Gesang der Tugend und für die Erheiterung der Traurigkeit begeistert hatten, ist er bis zum Ende seiner dichterischen Tätigkeit der »holdseligen Kunst« mit aufopfernder Liebe ergeben geblieben. Von dem trefflichen Einfluß der Singschule auf die Handwerker überzeugt, widmete er ihr viel Zeit und Kraft. Als er bei seiner Rückkehr von der Wanderschaft fand, daß in den ruhmvollen Garten der »Schulkunst«, »in dem mancher Vogel schön quintieret«, ein wildes Tier, der Neid, verwüstend eingedrungen sei, mahnte er die Sänger, in Einigkeit zu verharren und für des Gartens Ruhm fernerhin Sorge zu tragen. Mit scharfen Worten tadelte er einige Jahre später die »Gesellschafter«, die durch Singen von »Strafern« und »Reizern« Unfrieden stifteten. Und er durfte eine gebieterische Sprache führen, denn schon erblickte man in ihm das Haupt der Schule, dessen Einfluß immer wuchs und allmählich auf den Meistergesang in allen Städten sich erstreckte.

Die Form der Sachsschen Meistergesänge war durch die Tabulatur bestimmt, und auch der Inhalt bewegte sich anfangs in den herkömmlichen Geleisen. Später aber zog er die Bibel, dann alle Stoffe menschlichen Wissens und Könnens, überhaupt die gesamte damalige Bildung in den Rahmen seiner Dichtung und wurde, andere zu derselben Betätigung aneifernd, der Reformator der Singschule in Nürnberg, die sich bald eines so großen Ansehens erfreute, daß sie über 250 Mitglieder zählte. Durch die Erweiterung des Stoffgebietes erhielt der Meistergesang erst seinen vollen bildenden Wert und seine nationale Bedeutung. Da die Meisterlieder nur für die Singschule bestimmt waren, formte Hans Sachs nach 1555 Hunderte von ihnen, um sie drucken lassen zu können, in die eine freiere Gestaltung und eine gefälligere stilistische Behandlung des Stoffes gestattende Spruchform um. Seine *Sprüche*, 1700 an der Zahl, sind in den für solche Gedichte üblichen Reimpaaren abgefaßt und zerfallen in die epischen *Reimreden* und in die dramatischen *Schauspiele*.

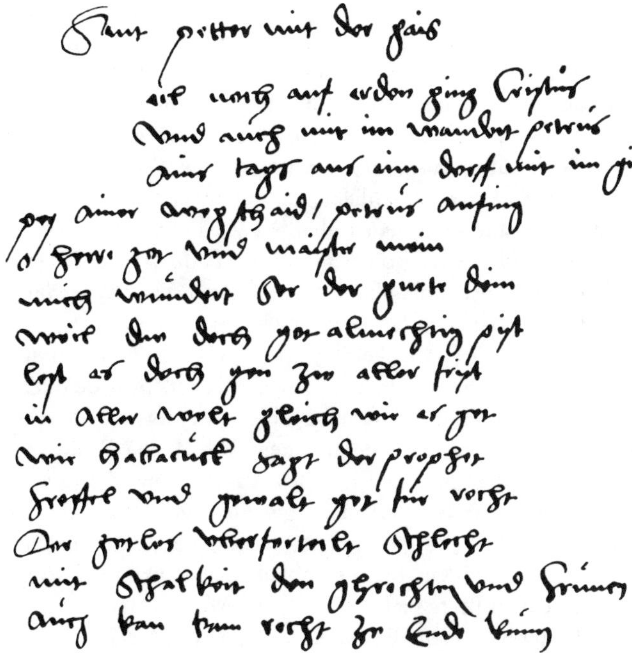

Anfang des Spruchgedichts »Sankt Peter mit der Geiß«.
Eigenhändige Niederschrift von Hans Sachs.

Von den *epischen Sprüchen* verfolgen die eigentlichen *Sprüche* einen rein belehrenden Zweck. So z. B. wenn die 300 Gegenstände aufgezählt werden, die zu einem wohleingerichteten Haushalt gehören, oder wenn uns der Dichter alle römischen Kaiser bis auf Karl V. vorführt, die 36 Turniere, die in Deutschland gehalten wurden, die 72 Namen Christi in Reime bringt, »die 110 fließenden Wasser Deutschlands«, das Leben der anderthalbhundert Vögel, der 124 Fische und Meerwunder in Versen beschreibt. Doch selbst diese einer poetischen Bearbeitung widerstrebenden Stoffe weiß Hans Sachs durch die ihm eigentümliche Treuherzigkeit zu beleben, und echt künstlerisch setzt er in seinem begeisterten *Lobspruch der Stadt Nürnberg* (1530) die Beschreibung in Handlung um. In andern Sprüchen stellt er die Tugenden und Laster, die verschiedenen Zustände und Verhältnisse des Lebens dar und schildert mit tiefer Welt- und Menschenkenntnis deren Einwirkungen auf den Menschen.

Viele dieser Reimreden, oft nur Ausführungen von Gedanken, die durch das Studium der antiken Literatur in ihm angeregt wurden, sind in das bereits bei den älteren lehrhaften Dichtern übliche Gewand der Allegorie gekleidet und beginnen mit der Schilderung eines Spazierganges, der den Dichter bald in einen kühlen Hain, bald in eine blühende Aue führt, wo ihm dann eine wunderbare Erscheinung, ein Zwerg, ein göttliches Weib entgegentritt oder wo er, vom Schlaf übermannt, einen wundersamen Traum hat, an den sich dann das übliche Gespräch anschließt. Da treten verschiedene Tugenden als Personen auf und halten *Klagreden* über die Verderbtheit der Menschen; so klagt Frau Arbeit über den großen müßigen Haufen, Frau Zucht über die zügellose Welt, der Ehrenhold über Fürst und Adel, Frau Keuschheit beklagt sich, weil man sie vertrieben hat usw.

Voll malerischer Anschaulichkeit und reich an Gedanken sind die *Kampfgespräche*, die er zwei entgegengesetzte menschliche Zustände oder Neigungen halten läßt; so die Frau Armut mit Plutus, dem Gotte des Reichtums, die Hoffart mit der Demut, den Tod mit dem Leben, die Kühnheit mit der Geduld, die Gesundheit mit der Krankheit, das Alter mit der Jugend. Durch Kürze, treffende Gedanken und meist glücklich gewählte Bilder zeichnen sich die *Komparationen* (Vergleichungen) aus. So vergleicht der Dichter den Christen mit einem Schäflein, das menschliche Leben mit den zwölf Monaten des Jahres, mit einem Brettspiel oder mit dem Wein. Dem sittlich belehrenden Zweck dienten vor allem die *Fabeln*, die Hans Sachs, aus Äsop oder den lateinischen Tierdichtungen schöpfend, teils auch aus eigener Erfindung in großer Zahl gedichtet hat, darunter ganz trefflich erzählte, wie z. B. *Die zwei Meus, Der Zipperlein und die Spinn*. In seinen *Historien* hat er die alte Geschichte, aber auch die des Mittelalters und der neueren Zeit sowie die Sagenwelt des Altertums und der christlichen Völker bearbeitet.

Weitaus am glücklichsten aber ist er in den eigentlichen Erzählungen, mögen sie nun ernste Gegenstände oder komische Begebenheiten darstellen, mag er sie aus dem Leben nehmen oder nach einer Quelle berichten. Hierher gehören seine biblischen Gedichte und seine noch immer unerreichten *Schwänke*. Des Dichters heitere Laune, sein schalkhafter Humor und seine scharfe Beobachtung treten besonders dort hervor, wo er aus eigener Anschauung schöpft. So z. B. wenn er in dem Boccaccio nachgebildeten Schlaraffenland sich nicht auf die ergötzliche Schilderung der Wunder dieses

Landes aller Freßlustigen beschränkt, sondern die Tendenz des Gedichtes gegen die Müßiggänger, Faulenzer und Fresser zuspitzt, so daß das gepriesene Wunderland mit allen seinen bequemen Genüssen nur widerwärtig und abschreckend erscheint. Aus dem Leben schöpft er den Stoff zu dem Schwank *Der Schneider mit dem Panier*, einer ebenso wahren wie köstlichen Schilderung der menschlichen Natur. Nicht minder beruhen auf Erfahrung *Das bittersüß ehelich Leben* und der burleske Schwank *Neunerlei Haut einer bösen Frau*. Freilich geht es in manchen Schwankgedichten, zumal solchen, zu denen er den Stoff der Renaissanceliteratur oder dem Leben der niederen Stände entnahm, nicht ohne Schmutz und ohne Derbheit ab; gleichwohl weiß der Dichter selbst anstößige Dinge mit Offenheit, naiver Treuherzigkeit und Kraft des Humors darzustellen.

Seine 208 *drammatischen Sprüche* teilt Hans Sachs in *Fastnachtsspiele, Komödien, Tragödien* und *Spiele*. Nach welchem Prinzip er die drei letzten Gattungen geschieden hat, läßt sich nicht erkennen; es scheint, daß er sie nur nach dem Eindrucke benannt hat, den die Zuschauer mit nach Hause tragen, sei es Trauer und Mitleid, Rührung und Erschütterung oder Erleichterung des Herzens und Fröhlichkeit. Der Untergang des Helden gehörte nicht notwendig zur Tragödie und die Komödie schloß gewaltsame und entsetzliche Vorgänge nicht aus.

Wie in der Bezeichnung der Dramen ist er auch über die andern Bedingungen dieser Kunst nicht ins reine gekommen, obgleich Ansätze zur Weiterbildung des Dramas in formeller Hinsicht allenthalben sich finden. So machte er Versuche zur Exposition und zur Motivierung, gestaltet den Dialog lebhafter, nimmt dabei den Reimpaaren durch die Verteilung des Reims auf Rede und Gegenrede (Reimbrechung) ihre Eintönigkeit. Der dramatische Aufbau fehlt allerdings in seinen Schauspielen, und die Gliederung der Handlung nach Akten, die er unter dem Einfluß der Schulkomödie seit 1531 regelmäßig vornahm und am Schlusse durch eine dreifache Wiederkehr des Reims hervorhob, hat keine innere Begründung, sondern ist rein äußerlich und willkürlich nach Umfang dieser Abschnitte und deren zwischen drei und zehn sich bewegenden Zahl. Nur wie Bilderzyklen werden uns die einzelnen Ereignisse eines nach dem anderen vorgeführt. Nach der alten Schablone sind die Dramen in den meisten Fällen noch eingerahmt durch die Sprüche des Ehrenholds, der zu Beginn der Handlung das Stück ankündigt und das Publikum um Aufmerksamkeit bittet und am Schlusse wieder erscheint, um das Drama in moralisierender Weise zu deuten; so regelmäßig in den Tragödien und Komödien, während in den Fastnachtsspielen meistens eine der

»agierenden« Personen diese Rolle übernimmt. Das dramatische Talent des Dichters aber tritt hervor, wenn er einen Schwank zu einem wirkungsvollen Bilde aus dem Leben der Gegenwart umgestaltet oder dieser den Stoff entnimmt, wie es in vielen Fastnachtsspielen geschieht. Dann entwickelt er eine seltene Kunst im Charakterisieren der Personen, und wenn diese auch nur Typen sind, so stattet er sie doch mit vielen neuen und wirksamen Zügen aus und läßt sie zuweilen vor dem Zuhörer sich entwickeln.

Sachs vereinigt in seinem dramatischen Schaffen die Richtungen des älteren und gleichzeitigen Dramas, erschloß ihm aber auch alle Quellen, aus denen er für seine Meistergesänge und epischen Sprüche schöpfte, und erwarb sich damit ein großes Verdienst. Während es bis dahin als geistliches Spiel auf das Religiöse, als weltliches auf die bodenlose Gemeinheit der Fastnachtsspiele beschränkt blieb, zog er auch die Antike, die mittelalterliche Sage, die Erzählungsliteratur, kurz das ganze Wissen und Können seiner Zeit in den Kreis seiner dramatischen Kunst, verlieh selbst den örtlich und zeitlich entlegensten Vorwürfen eine Beziehung zur Gegenwart und machte damit einen hoffnungsvollen Ansatz zu einem nationalen Drama. Das wachsende Interesse des 16. Jahrhunderts an den Schauspielen bewog die Meistersinger, mit theatralischen Aufführungen vor das Publikum zu treten. Leonhard Culmann, Prediger zu St. Sebald, hatte bereits Schauspiele religiösen Inhaltes, der Spitalschreiber und Meistersinger Peter Probst außer »christlichen Komödien« auch Fastnachtsspiele geschrieben. Beide aber und alle anderen Poeten überbot an Fruchtbarkeit Hans Sachs, der von 1550 bis 1559 allein 142 dramatische Dichtungen verfaßte. Er war jedoch nicht bloß der bevorzugtere Dichter, sondern auch Schauspieler und Theaterunternehmer, der alljährlich beim Rate um die Aufführung von Stücken nachzusuchen hatte. Die geistlichen wurden in der Kirche, die weltlichen in Gasthöfen oder in dem 1550 durch die Meistersinger in Nürnberg erbauten Theater, dem ersten in Deutschland, aufgeführt.

Von seinen Dramen machen die *Fastnachtsspiele* ungefähr den dritten Teil aus. Er knüpft damit an Hans Folz an, erhebt sie aber über die Roheit und Zuchtlosigkeit der Nürnberger Erzeugnisse. Die szenische Komposition machte ihm in diesen mit einer einzigen Ausnahme einaktigen Spielen voll burlesker Szenen keine Schwierigkeiten; seine volkstümliche Anschauungs- und Ausdrucksweise stimmt hier ganz zu dem Inhalt, und alle seine Vorzüge konnten auf diesem Gebiete so ungehindert sich entfalten, daß er hierin ebenso unvergleichlich dasteht wie in seinen erheiternden und dabei doch belehrenden Schwankgedichten. Denn in der sittlich-religiösen Hebung seiner Zuhörer erkannte Hans Sachs bei aller Freude an dem Stoffe den

Eine Szene aus dem »Renner« des *Hugo von Trimberg*. Handschrift aus dem 15. Jahrhundert.

Das Grabmal des Humanisten *Nikolaus Cusanus* (1401–1464) in der Kirche S. Pietro in Vincoli in Rom.

Incipit liber primus fratris thome de kē
pis canonici regularis ordinis sancti au
gustini. De imitatione cristi et de contēp
tu omn̄ vanitatū mundi. Capit. I.
Qui sequitur me non ambu
lat in tenebris sed habebit lu
men vite dicit dominus. Hec
sunt verba cristi quibus āmonemur

Eine Seite aus der »Imitatio Christi« des *Thomas von Kempen* (1380–1471). Die Abbildung zeigt den Autor an seinem Buch schreibend. Flämische Handschrift, Ende des 15. Jahrhunderts.

Der fränkische Ritter *Ulrich von Hutten* (1488–1523) war einer der streitbarsten Anhänger der Reformation. Zeitgenössischer Holzschnitt.

Der Humanist *Konrad Celtis* (1459–1508) wurde 1487 zum ersen deutschen »poeta laureatus« gekrönt. Gemälde von J. J. Haid, 18. Jahrhundert.

Mit dem Werk des *Erasmus von Rotterdam* (1466–1536) erreichten die humanistischen Bestrebungen ihren Höhepunkt. Gemälde von Hans Holbein d. J. (1497–1543).

Philipp Melanchthon (1497–1560), der Verfasser der ersten protestantischen Dogmatik und maßgebender Bearbeiter der »Augsburger Konfession«. Kupferstich von Albrecht Dürer (1471–1528).

Philippus *Theophrastus* Bombastus von Hohenheim, genannt *Paracelsus* (1493–1541), Arzt, Philosoph und Naturforscher. Gemälde von Peter Paul Rubens (1577–1640).

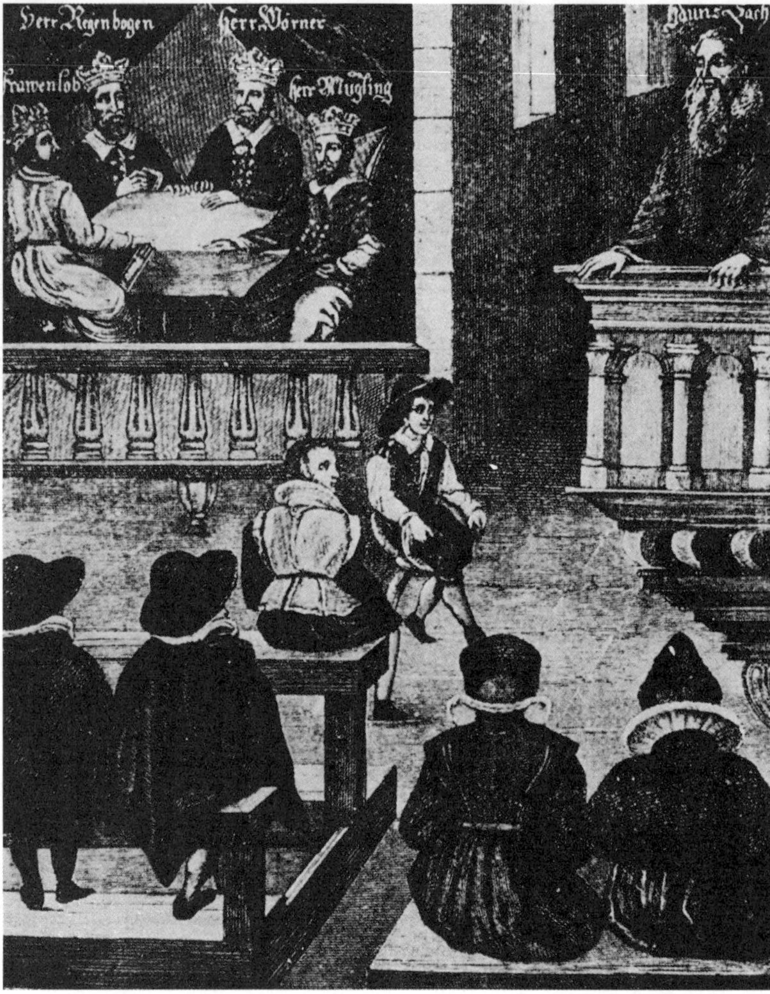

Darstellung einer Singschule der *Meistersinger*; rechts der Singstuhl, links das »Gemerke« mit den vier »Merkern«, die die Fehler der Sänger notieren. Holzschnitt aus dem 17. Jahrhundert.

Hauptzweck seines gesamten Dichtens, und wie in allen seinen Sprüchen gab er dieser Anschauung auch in den Fastnachtsspielen Ausdruck durch moralisierende »Beschlüsse«, die er, wie mit einem Eigentumsstempel, mit seinem Namen zu versehen pflegte. Die lehrhafte Absicht hindert ihn jedoch nicht, eine Reihe von Schwänken in scharf gezeichnete Bilder aus dem Leben seiner Zeit umzugestalten und das Treiben der Welt in einzelnen Vertretern so anschaulich vorzuführen, daß sie um ihrer selbst willen dazusein scheinen.

Die ganze Lebensfülle des welterfahrenen und menschenkundigen Dichters sprudelt uns hier in seiner Eigenart unverfälscht entgegen, überall waltet sein milder Humor, der nur selten zur bitteren Satire wird und nur selten unser Empfinden verletzt. Kein Wunder, daß manche dieser Possen ihre Zeit überdauert haben und noch heute auf der Bühne wirkungsvoll sich erweisen; so *Der Bauer im Fegfeuer, Der farend Schüler im Paradeis, Der Kaufmann mit den alten Weibern, Das Wildbad, Das Weib im Brunnen*, das *Narrenschneiden, Das heiß Eisen* und andere mehr.

Hans Sachs ist auch in seinen Dramen der rechtlich denkende und sittlich fühlende ehrsame Bürger, dem neben der moralischen Absicht der Stoff die Hauptsache bleibt. Doch was ihn als Menschen erhob, hemmte seinen poetischen Flug. Dies zeigt sich in seinen größeren Schauspielen, den *Tragödien* und *Komödien*, mögen dies nun Bearbeitungen antiker oder mittelalterlich-romantischer oder geistlicher (biblischer) Stoffe sein. Solchen Materien gegenüber erwies sich seine poetische Eigenart als machtlos; sie vermochte das eigentlich Tragische und Heroische nicht zu fassen, in die Seelenkämpfe nicht einzudringen; daher begnügte er sich, die blutigen Vorgänge als den Höhepunkt der Handlung hinzustellen und einen »Beschluß« daran zu knüpfen. So z. B. erscheint ihm Siegfried als ein ungeratener Sohn, der seinen Eltern des Ausgangs wegen Sorge macht, ein Bild der Jugend »on zuecht gueter siten und tuegent, Verwegen, frech und unferzagt, Die sich in all gferlikeit waget« und verdienterweise durch Hagen den Tod findet. Die schöne, aber vorwitzige und hochmütige Kriemhilde ist die seiner würdige Gemahlin, Dietrich von Bern jedoch gilt ihm als das Urbild eines frommen und gerechten Fürsten.

Mit dieser trivialen Auffassung stand Hans Sachs nicht allein; schon im Volksliede, das er nebst andern, zum Teil unbekannten Quellen für seine Tragödie benutzte, war die Heldenkraft bereits zu gemeiner Roheit herabgesunken. Für die ritterlichen Dichtungen war kein Boden mehr vorhanden, und der gelehrte bürgerliche Poet dachte wohl auch nicht an deren Wiedererweckung, sondern dramatisierte den Stoff, wie auch andere aus der romantischen und nationalen Sage (Griseldis, Melusine, Pontus und Sidonia, Olivier und Artus, Tristan, Oktavian, Fortunatus), weil er eben die poetische Überlieferung aller Zeiten und Völker in ihrer rein menschlichen Bedeutung für sein Volk zu gewinnen und zurechtzulegen suchte.

Wie im »hürnen Seufrid« hat der ehrliche Meister die Personen und die äußeren Verhältnisse auch sonst ohne Rücksicht auf den Geist der Überlieferung dargestellt. Mochte er Stoffe aus dem Orient, aus dem griechischen und römischen Altertum oder aus der vielgestaltigen Sage behandeln, immer hat er zünftige Nürnberger und Nürnbergerinnen vorgeführt. Die Übertragung fremder Verhältnisse in die Gegenwart wird bei Hans Sachs oft zur unfreiwilligen Komik; so z. B. wenn das Heer des Ödipus auf das seines Vaters mit Kanonen schießt. Dazu kommt, daß sein Talent, das einen Schwank trefflich zu dramatisieren verstand, versagte, wenn es galt, aus einem umfangreichen Stoff ein Drama aufzubauen. Die Hauptsache bleibt ihm die Erzählung, und er meint, seine Aufgabe erfüllt zu haben, wenn er sie in dialogische Form umgegossen hat. Bezeichnend wählt er dafür den Ausdruck »ein histori tragedienweis agiren«, und ein Schauspiel nennt er ein »tragedisch Gedicht«. Und doch war er mit dem antiken Lustspiel und dem ihm nachgebildeten Drama der Humanisten nicht unbekannt geblieben. Er hatte ja nach Reuchlin den *Henno* geschrieben (1531), den *Hecastus* des Niederländers Makropedius, die *Menächmen* des Plautus, den *Eunuchus* des Terenz, den *Plutus* des Aristophanes bearbeitet, freilich ohne in den Witz und das Wesen der antiken Komödie einzudringen.

Die Schwächen der weltlichen Dramen teilen auch die geistlichen. Den Stoff lieferte ihm die lutherische Bibel, teilweise schloß er sich den lateinischen Schuldramen und den überlieferten geistlichen Spielen an, doch wurden diese im protestantischen Sinne umgearbeitet und nach Umfang und Zahl der Personen auf ein recht bescheidenes Maß gebracht.

Leben in die meist trockenen Stücke brachte der Dichter nur dann, wenn der Stoff die Schilderung von Szenen aus der Gegenwart gestattete; so in dem *Verlorenen Sohn* und in der bekanntesten aller seiner Dichtungen, in der Komödie *Die ungleichen Kinder Evä* (1553). Schon Erasmus Alberus hatte nach einer Darstellung Melanchthons in einem Dialoge den Stoff behandelt, und Hans Sachs fühlte sich von ihm so angezogen, daß er seit 1546, als er ihn in die Form eines Meisterliedes preßte, noch dreimal darauf zurückkam; zuerst in dem *Spiel, wie Gott der Herr Adam und Eva ihre Kinder segnete* (1553), dann in der Komödie und 1558 in einem *Spruchgedicht*, das der ursprünglichen Einfachheit der Geschichte am treuesten geblieben ist.

Das Philosophisch Ehezuchtbüchlin
oder

Die Vernunfft gemäse Naturgescheide Ehezucht/sampt der Kinderzucht.

Auß des Berhümbsten vnnd Hocherleuchten/ Griechischen Philosophi Plutarchi vernunfft gemäsen Ehegebotten vnd allerley andern Anmütigen Gleichnussen Sprüchwörtern/Gesangen/Reimen der Fürtrefflichen Authoren vnd Scribenten/von allerley Nationen zusamen gelesen/verteutscht/vñ auff gantz lustige angeneme weiß in Gesatzen vnd Gleichnussen tractiert vnd außgeführt/mit beigethaner Missiff vnd Ehelicher schuldigkeit erinnerung Herrn Anthoni von Gueuara.

Durch Weiland den Ehrnvesten Hochgelehrten Herrn Johann Fischarten genant Mentzer der Rechten Doctorn seligen auß Griechischen vnd andern Sprachen verteutscht/vnd zusamen getragen.

SAPIENTIA

CONSTANS

Getruckt zu Straßburg/bei Bernhart Jobin.
M. D. LXXXXI.

Titelblatt von Fischarts »Philosophischem Ehezuchtbüchlein«, Straßburg 1591.

Die »Komödie« ist eine Überarbeitung des »Spieles«, für mehrere Personen eingerichtet, durch den Tod Abels und anderes erweitert. Mit rührender Naivität läßt der ehrsame Bürger den lieben Herrgott zu dem ersten Elternpaare kommen und dessen Kinder aus dem lutherischen Katechismus prüfen. Die sechs wohl gesitteten, Abel voran, bestehen das Examen gut und werden zum Lohne dafür zu Königen, Fürsten, Grafen, reichen Kaufleuten und gelehrten Doktoren geweiht; die sechs anderen Kinder aber, mit Kain an der Spitze, reden unsinniges Zeug daher und werden zu harter Arbeit verurteilt, als Bauern, Handwerker, Fischer, Schiffleute, Boten und Knechte.

Des Dichters liebenswürdiger und schalkhafter Humor, seine naive Treuherzigkeit und ehrliche, biedere Gesinnung haben ihm die Herzen seiner Zeitgenossen erobert. Seine Dramen wurden in verschiedenen Städten aufgeführt, die Fastnachtsspiele sind bis heute nicht übertroffen worden, und viele der ernsten Dramen leben in den Volksschauspielen noch immer fort; seine Meisterlieder verklangen erst mit dem Verfalle des Meistergesanges, und des Nürnbergers Schwänke ergötzen auch noch die Leser unseres Jahrhunderts. Er war der Klassiker der volkstümlichen Dichtung seiner Zeit, der wie kein anderer Dichter das Treiben und Empfinden der Welt scharf beobachtete, in seiner Eigenart auffaßte und unabsichtlich mit Naturwahrheit zum Ausdruck brachte. Dadurch wurden seine Gedichte zu einem Spiegel der Sitten, für den Kulturhistoriker eine unschätzbare Quelle. Seine Verse sind nach unseren Begriffen oft rauh und hölzern, die Sprache ist hart, aber doch voll treffender Kraft, und die etwas ungefüge Art verstärkt den Charakter des Biederen und Treuherzigen in den Gedichten. Die Freude an ihnen schwand, als das Vorbild der ausländischen Dichtung maßgebend wurde. Da hatte man für den ehrsamen Dichter nur mehr ein bedauerndes Lächeln, hochmütige Verachtung und offenen Spott, und erst Goethe, angezogen von dessen sinnenfälliger Darstellungskunst, brachte ihn wieder zu Ehren. Und mit Recht! Denn mag Hans Sachs auch nicht Gestalten von unvergänglichem Jugendwerte geschaffen haben wie die Dichter des Hamlet und der Iphigenie, so war er doch für seine Zeit der beste, und mit seinen über 6000 sich belaufenden und etwa eine halbe Million Verse zählenden Dichtungen der fruchtbarste Poet, und für das deutsche Drama hat er dasselbe Stoffgebiet erschlossen, auf dem in England die Kunst Shakespeares erblühte. Leider fehlte in Deutschland das Genie, das auf den geschaffenen Grundlagen ein nationales Drama aufgebaut hätte. Das Fremde erstickte die Keime, die der alte Nürnberger Meister gelegt hatte.

Satire und Unterhaltungsliteratur des aufstrebenden Bürgertums

Allmählich flaute das grollende Toben der Reformationszeit ab, doch blieb noch lange die feine Sitte gestört. Dem Unmut darüber gab Friedrich

Dedekind (gest. 1598) aus Neustadt an der Leine Ausdruck in den eleganten lateinischen Distichen seiner *Grobianus* betitelten Satire (1549). Der neue Heilige, Sankt Grobian, ist eine Erfindung Sebastian Brants, und Murner hat ihn zum Herrn Grobian degradiert. Dessen unmögliches Benehmen bei Tisch hatte zudem 1538 ein ausführliches Werkchen *Grobians Tischzucht* zum Gegenstand eingehender Darstellung genommen. So hatte Dedekinds »Grobianus« seine Ahnen unter den kämpferischen Literaten, doch geht sein Stammbaum auch zurück auf des Erasmus »Encomion moriae« und dessen humanistischen Abscheu vor der Brutalität der Zeit. Abgesehen aber von der karikierenden Schilderung wirklicher Zustände, verraten Dedekinds Distichen jenen Disziplinierungswillen, der bald die Barockzeit von der Renaissancezeit unterscheiden sollte. Die baldige Verdeutschung seines Buches besorgte der Wormser Schulmeister Kaspar Scheidt (gest. 1565), der 1551 seine allerdings inhaltlich ums Doppelte vermehrte Bearbeitung des »Grobianus« unter dem Titel *Von groben Sitten und unhöflichen Gebärden* veröffentlichte und Dedekind veranlaßte, das Originalwerk nach dem Vorbild des Übersetzers gleichfalls auszubauen. Der lateinische und der deutsche »Grobianus« erlebten in der Folge bis ins 17., ja bis zum Beginn des 18. Jahrhunderts immer wieder neue Auflagen, Übersetzungen in andere Sprachen und zahllose Nachahmungen in den verschiedensten Tisch- und Kinderzüchten.

Ein Gegenstück zum wenig eleganten Dedekind ist sein Zeitgenosse Petrus Lotichius Secundus (1528–1560), der nach Jahren des Kriegsdienstes zu Magdeburg und des Mentoramtes für junge Adelige Medizinprofessor zu Heidelberg wurde; seine Liebeselegien atmen den Geist eines lebendigen Humanismus und erfreuen durch Kraft und Anmut der Darstellung, durch die Tiefe echten Gefühls, durch Klarheit und Bestimmtheit der Anschauung; seine Reisegedichte gehören zu den schönsten dieser Gattung: Lotichius war die seltene Synthese von antiker und christlicher Empfindungsweise gelungen; er zählt zweifellos zu den bedeutendsten lateinischen Dichtern Deutschlands, zumindest des protestantischen Bereiches.

Ihm sei an die Seite gestellt der Poesieprofessor Michael Haslob (1540–1589) in Berlin, der 1572 den *Frühlingsgarten* (hortus vernus), 1578 zwei Bücher *Frühlingslieder* und 1585 *Lieder aus der Pestzeit* der Öffentlichkeit übergab, sozusagen der einzige zeitgenössische Neulateiner, dessen Gedichte Freude an der Natur und ihren Erscheinungen offenbaren, also deutsches Gemüt in der Sprache der Römer zu Wort kommen lassen.

Eher dagegen möchte man an das berüchtigte teutonische Ungestüm denken, wenn man die Schriften des Elsässers Johann Fischart (1545/1551–

1590/1591) zur Hand nimmt; denn dieser Vetter, Schüler und Erbe des Kaspar Scheidt war einer der schärfsten antikatholischen Satiriker. Nie seit Aristophanes ist ein so gewaltiger, verwegener Sprachbildner aufgetreten wie Fischart. Er hat sich eine eigene Sprache geschaffen, mit Kühnheit und Geschick neue Wörter gebildet, fremdländische durch ähnlich klingende deutsche ersetzt, heimische in die verschiedensten Formen verwandelt und ist unerschöpflich in komischen Sprachverrenkungen. In den poetischen Werken durch den Vers eingeengt, konnte sein Stil sich nur in der Prosa, und hier vor allem in der Satire mit voller Freiheit entfalten.

Fischart war national eingestellt; so lehnte er Machiavelli ab, weil seine Lehren fremd und nicht deutsch seien. Diese Einstellung hinderte ihn aber nicht, Rabelais in seiner Muttersprache nachzuahmen; ihn lernte er 1572 kennen, griff sein Werk auf und überbot es in der *Affenteuerlichen und ungeheuerlichen Geschichtschrift vom Leben, Rhaten und Thaten der vor langen weilen Vollenwolbeschraiten Helden und Herrn Grandgusier, Gargantoa, und Pantaguel, Königen in Utopien und Nienenreich* betitelten Nachdichtung (1575), die er später (1582) *Affentheuerliche Naupengeheuerliche Geschichtsklitterung*... nannte, keine bloße Übersetzung, sondern eine allerdings dick angeschwollene Umsetzung des französischen Werkes in deutsches Milieu. Auch Teile des Amadisromans wurden durch Fischarts reiche Übersetzertätigkeit ins Deutsche übertragen, und unter diesen fremden Einflüssen verlor sich allmählich die von Kaspar Scheidt angelernte Richtung.

Eine Art Grobianus-Dichtung war die poetische Bearbeitung des Volksbuches vom Eulenspiegel, die Fischart 1572 als *Eulenspiegel Reimensweiß* in die Welt schickte, ohne das Vorbild verdrängen zu können. Merkwürdig mutet die *Flöh Hatz* (1573, erweitert 1577) an, eine Ausgestaltung eines älteren komischen Tierepos aus der Feder des Elsässers Matthias Holzwart. Wieder als ein anderer zeigt sich Fischart im Gedicht *Das glückhaft Schiff von Zürich* (1576).

Mit ihm trat Fischart in die Reihen der *Pritschmeister*. Diese, Nachfolger der früheren Wappendichter und Ehrenholde, waren bei den bürgerlichen Schützenfesten, die im 16. Jahrhundert ihren Höhepunkt erreichten, unentbehrlich. Sie dienten als Zielweiser, schufen mit dem klatschenden Schlage der Pritsche oder des Lotterholzes Ordnung und besangen in Versen den Verlauf des ganzen Festes. Weit über solche handwerksmäßige Reimereien, wie sie der Schwabe Lienhart Flexel, der Budweiser Benedikt Edelbeck, der Aarauer Heinrich Wire, der Augsburger Kaspar Lerff und andere verfertigt haben, erhebt sich Fischarts sinnbildliche Dichtung. Ihren Inhalt bildet die Leistung einer Anzahl Zürcher, die, wie 120 Jahre früher ihre Ahnen, nach eintägiger Fahrt bei dem Schützenfeste in Straßburg eintrafen und einen Hirsebrei, den sie morgens gekocht hatten, noch warm den Bürgern der ihnen befreundeten Stadt überreichen konnten. Sie wollten damit den Straßburgern, deren Beitritt zur Eidgenossenschaft sie wünschten, dartun, wie nahe, wenn es gelte, die Schweiz mit helfenden Waffen ihnen sei. Aber auch die erfolgreiche Arbeit und die Manneskraft an sich haben in Fischart ihren Lobredner gefunden, denn durch die ganze Erzählung, sie belebend und gestaltend, zieht sich die Idee, wie Beharrlichkeit auch das scheinbar Unmögliche möglich macht. Das Bündnis aber, das zwischen Straßburg, Zürich und Bern 1588 wirklich zustande kam, hat er zum Preise der blühenden, freiheitlichen Gemeinwesen in Lobsprüchen gefeiert. »Freiheitblum ist die schönste Blüh!«

War nun auch Fischart vorzugsweise Satiriker und Politiker, so hat er doch auch eine Anzahl geistlicher Lieder verfaßt und durch Schriften belehrenden und moralisierenden Inhaltes auf die Bildung und das Familienleben seiner Glaubensgenossen einzuwirken gesucht. In eindringlicher Weise spricht er von den Elternpflichten in dem *Philosophischen Ehezuchtbüchlein* (1578), einer Verherrlichung des Ehestandes. Denn eine solche strebte Fischart mit seinem volkstümlich und frisch geschriebenen und mit Holzschnitten gezierten Büchlein an. Er stand damit nicht allein, denn seit die Protestanten die Priesterehe eingeführt hatten, suchten sie durch Schriften über Familienleben, Ehe und Kindererziehung den Zölibat der katholischen Geistlichen als Unvernunft und Laster, die Ehe als Tugend und notwendige Grundlage des Staates hinzustellen. So entwickelte sich die Eheliteratur zu einem der blühendsten Zweige des deutschen Schrifttums im Reformationszeitalter.

Den volkstümlichen Ton, in dem Fischart das Lob der Zürcher gesungen hat, schlägt er auch in einer Reihe anderer poetischer und prosaischer Schriften an, und gerade in dieser eigentümlichen Verbindung gelehrter und volksmäßiger Richtung liegt seine Originalität. Er war nicht Volksdichter in der Weise des Hans Sachs, aber auch kein gelehrter Vertreter wissenschaftlicher Interessen. Seiner persönlichen Neigung entsprach am meisten das Gebiet der Komik, die harmlos lacht, einen fröhlichen Scherz nach alter Weise des Volkes liebt und übt, aber auch über die Komik und den beißenden Spott der Satire hinaus der Humor und mit ihm verbunden die Ironie.

Am reichsten kommt Fischarts Humor in einer Reihe von Schriften in Prosa zur Geltung. Von echt volksmäßiger Komik sprudelt die kleine Schrift

Aller Praktik Großmutter (1572), eine echt grobianische Parodie auf den Unfug, der abergläubisch oder betrügerisch in Kalendern, Praktiken, Wetterprognosen und Laßtafeln mit Vorhersagungen der Witterung, verschiedener Ereignisse und der zum Aderlaß geeignetsten Tage des neuen Jahres von Gelehrten und Buchhändlern getrieben wurde. Es war dies ein internationaler Literaturzweig, der, zuerst in lateinischer, seit dem Ende des 15. Jahrhunderts auch in deutscher Sprache gepflegt, im letzten Drittel des 16. mit seinen Erzeugnissen den Markt überschwemmte und um die Mitte des 17. allmählich erlosch. Der Name »Praktik«, mittellateinisch »Practica«, bezeichnete die Ausübung oder Anwendung der Wahrsagekunst.

An Komik, zumal volksmäßiger, überreich ist das *Podagrammisch Trostbüchlein* (1577), geschrieben zu »kitzeligem Trost und Ergötzung andächtiger pfotengrammischer Personen«. Es gehört zu den ironischen Lobreden, die im Anschlusse an das ausgehende Altertum von den Humanisten aller Länder reich ausgebildet wurden und auf die volkstümliche Literatur ebenso einwirkten, wie sie selbst deren Einfluß erfuhren.

In Fischarts Schriften spiegeln sich die Hauptströmungen seiner Zeit, und auch die traurigste, der Dämonenglaube und der Hexenwahn, ist darin dargestellt. Die Verfolgung der Hexen und Zauberer begann in den ersten Dezennien des 16. Jahrhunderts, breitete sich dann über ganz Europa, über das protestantische und katholische Deutschland aus, erreichte während des Dreißigjährigen Krieges ihren Höhepunkt, erfuhr später einige Schwankungen und endete erst im Laufe des 18. Jahrhunderts.

Die Richtschnur für die zahlreichen Hexenprozesse und zugleich das Vorbild für Werke über Hexen und Dämonen bot der berüchtigte »Malleus maleficarum« (Hexenhammer), der 1489 in Köln erschien und bis 1520 mehrere Auflagen erlebte. Nach diesem verfaßte Jean Bodin (1530–1596), der berühmteste französische Rechtsgelehrte seiner Zeit, sein Werk »De la démonomanie des sorciers« (1580) und verfocht gegen den Arzt Johann Weier, der zur Milde gegen die Hexen mahnte, deren erbarmungslose Verfolgung. Fischart übertrug, um sich dadurch einem hohen Gönner zu einer Beamtenstelle zu empfehlen, Bodins »Dämonomanie« ins Deutsche (1581) und ließ ihr ein Jahr darauf eine neue Ausgabe des *Hexenhammers* und mehrerer inhaltlich verwandter Schriften folgen. Gleich vielen seiner Zeitgenossen hat er den unseligen Hexenwahn völlig geteilt und als Beamter geradezu mit Übereifer vertreten. Auf seine Dämonomanie beruft er sich in seiner Erzählung von dem Richter *Peter von Staufenberg* und dessen Verbindung mit einer Fee, die er im Auftrage des damaligen Burgherrn nach einem mittelhochdeutschen Gedichte frei in Versen bearbeitete und mit allerlei belehrenden Zutaten und vielem Geisterspuk ausstattete (1588).

Trotz allem Bemühen, volksmäßig zu schreiben, konnte Fischart doch den Ton, der den breiten Massen gefällt, nicht treffen, und daher sind seine Schriften auch nicht volkstümlich geworden. Zum großen Teile an die Ereignisse des Tages anknüpfend, verschwanden sie mit ihnen; zu Beginn des 17. Jahrhunderts noch neu aufgelegt und ausgebeutet, wurden sie 1624 von Zinkgref nur mehr mit halbem Lobe erwähnt, und nach dem Dreißigjährigen Krieg waren sie vergessen. Im 18. Jahrhundert nur selten genannt, fanden sie erst im 19. Jahrhundert an den jüngeren Romantikern wieder Leser und Freunde.

Wie in Fischarts Dichtungen die Zeitverhältnisse sich spiegeln, so auch in denen des Bartholomäus Ringwald, eines lutherischen Predigers aus Langfeld in der Neumark (gest. um 1600). Mit seinen satirischen Gedichten strebte er nicht künstlerische Wirkung, sondern die Hebung des sittlichen Lebens seiner Leser an. Scharfe Beobachtung, ernste Weltanschauung. Unparteilichkeit in der Kritik und volkstümliche Darstellungsweise gaben seinen Schriften einen guten Klang und weite Verbreitung. So erlebte *Die lautere Wahrheit* (1585) 18 Drucke. Anknüpfend an Paulus (Ephes. 6.10ff.), schildert der Dichter nach Art der von Erasmus im Enchiridion eingeleiteten und später viel gepflegten christlich-allegorischen Kampfpoesie die Eigenschaften eines weltlichen Kriegsmannes und macht dann jedesmal die Anwendung auf die geistliche Ritterschaft, die Christen. Dabei entwirft er ein Sittengemälde des gesamten sozialen und politischen Lebens der Zeit. Noch mehr Verbreitung fand Ringwalds *Christliche Warnung des treuen Eckart* (1588), der den ursprünglichen Helden des Gedichtes, Frommann (1582), verdrängt hatte. Innerhalb 40 Jahren wurde es 40mal neu aufgelegt; so mächtig wirkte es fort, und zwar nicht zum geringsten durch die seit Dante und dem Tundalus beliebte Einkleidung des Stoffes in eine Vision. Der Dichter läßt hier den Helden der Sage, der schon 1538 in einem Fastnachtsspiel Jörg Wickrams als Warner aller Stände aufgetreten war, in einem Gesichte den Himmel und die Hölle schauen und beschreiben. Gegen »das übrige Geseuffe« des Landadels tritt er in dem dramatisch-satirischen Zeitbilde *Weltspiegel* auf, das die Schicksale eines Predigers darstellt, der durch eine Predigt gegen die Trunksucht die Gunst seines Schutzherrn, der diesem Laster frönte, und auch seine Pfarre verlor, dann in Mähren eine Pfarre erhält, aber in die Wirren der Gegenreformation hineingezogen wird, deren Vertretern er das Schlimmste wünscht.

Auf katholischer Seite verdient Erwähnung Hippolytus Guarinoni, der die religiöse Satire in das 17. Jahrhundert hinüberleitet, in dem sie an Abraham a Sancta Clara ihren Hauptvertreter findet. Zu Trient 1571 geboren, erhielt Guarinoni seine Bildung in Padua und bei den Jesuiten in Prag, wirkte später als Stadtarzt zu Hall in Tirol, wo er im Damenstifte Leibarzt der Erzherzoginnen Maria Christina und Eleonora von Steiermark war und 1654 starb. Obschon seiner Abstammung nach Italiener, fühlte er sich doch als Deutscher und schrieb sein Hauptwerk: *Greuel der Verwüstung menschlichen Geschlechts* (1610) »zu sonderm Glück, Heil, Wohlfahrt, langem Gesundt, zeitlichem und ewigem Leben der ganzen hochlöblichen deutschen Nation«. Dieses für die Kulturgeschichte bedeutende Werk verrät nicht bloß den scharf beobachtenden und für das leibliche Wohl der Menschen besorgten Mediziner, sondern auch einen mit allen Zweigen des Wissens vertrauten Gelehrten. In seiner edlen Gesinnung suchte er auch die geistige Wohlfahrt der Menschen zu fördern und tritt teils in ernster Mahnrede, teils im Tone der Satire deren Fehlern und Torheiten entgegen. Um »auf deutsch von den Deutschen verstanden zu werden«, geht er den Sitten des Volkes nach, macht sich mit dessen Sprichwörtern und Sagen vertraut, berichtet, daß dieses noch von Dietrich von Bern zu erzählen wisse, und bringt Stoffe, die von späteren Dichtern behandelt werden; so den von Schillers »Handschuh« und Hagedorns »Johann, der muntere Seifensieder«. Er begnügt sich nicht mit der Hebung des sittlich-religiösen Lebens des Volkes, sondern richtet seine Satire auch gegen verkehrte Anschauungen der Zeit, tritt der weit verbreiteten Astrologie und Alchimie entgegen und nimmt sich in dem schrecklichen Zeitalter des Hexenglaubens der armen Opfer dieses Wahnes an. Die Ruhe und Milde, die sonst seine Schriften auszeichnet, weicht der Erbitterung, wenn er seine Polemik gegen die Protestanten richtet. Da schlägt er den derben Ton an, der auf diesem Gebiete üblich geworden ist, läßt sich aber nicht, wie Murner, auf Widerlegung der Anschauungen seiner Gegner ein. Unverkennbar ist in seinen religiös-polemischen Schriften der Einfluß Fischarts, und auch auf die poetische Technik seiner *Lieder* hat er eingewirkt. Diese, teils in lateinischer, teils in deutscher Sprache abgefaßt, finden sich in seinen größeren Schriften eingestreut. Da fließen alle Dichtungsarten zusammen; mit den Erzählungen, Exempeln und Anekdoten wechseln Rügegedichte, zart empfundene Lieder und Bemerkungen über das Drama der Jesuiten und über die Aufführungen der englischen Komödianten in Wien.

Dem Geschmacke der Leser und Hörer des 16. Jahrhunderts entsprachen am meisten jene Dichterwerke, die vergnügten, im Vergnügen aber auch belehrten. Das ästhetische Gefallen an einer poetischen Arbeit als solcher war nicht mehr vorhanden, und die bloße Gestaltung ohne moralische Betrachtung genügte nicht, um anzuziehen oder festzuhalten. Ganz nach Wunsch waren daher die *humoristischen Tiergedichte* mit satirisch-polemischer Tendenz, wie sie bald nach Fischarts Auftreten und unter dessen Einfluß entstanden. Als das bedeutendste davon gilt der *Froschmeuseler* oder *Der Frösch und Meuse wunderbare Hofhaltung*, die der gelehrte und auch künstlerisch veranlagte märkische Satiriker GEORG ROLLENHAGEN (1542–1609) verfaßte. Schon als Student in Wittenberg (1566) hatte er, angeregt durch Veit Ortels Vorlesungen über die griechische Batrachomyomachie (Froschmäusekrieg), diese Dichtung in deutsche Verse übertragen und damit den Beifall des Lehrers gefunden. Er wurde Prediger, Prorektor und Rektor der Lateinschule in Magdeburg, erwarb sich Ehre und Ruhm als Schulmann, pädagogischer Schriftsteller und Astrologe, trat mit Neubearbeitungen älterer Bibeldramen (Abraham, Tobias, Lazarus) für Schulaufführungen hervor, ehe er den Froschmeuseler in der umfangreichen und zeitgemäßen Bearbeitung ausgehen ließ (1595). Die Dichtung erfreute sich der Gunst der Leser, wurde von Rollenhagen vor der letzten Ausgabe auf 20000 acht- oder neunsilbige Verse erweitert und in den folgenden Jahrhunderten wiederholt gedruckt.

Allmählich teilte sich die Unruhe und Hast des Zeitalters auch dem ästhetischen Geschmacke des gelehrten und ungelehrten Bürgertums mit, das jetzt an Stelle des Adels und der Geistlichkeit in literarischen Dingen den Ton angab. Die umfangreichen Dichtungen des Mittelalters gefielen nicht mehr; der beschäftigte Bürger hörte wohl gern in müßiger Stunde eine »schöne Historie« oder ein »neues Lied«, aber sie mußten kurz sein und einen Sinn, d. h. eine scharf hervortretende Pointe enthalten, mochte sie nun die Lachmuskeln reizen oder zum Ingrimm herausfordern. So ganz nach Wunsch war, was fliegende, auf beiden Seiten bedruckte und mit Holzschnitten gezierte Blätter an Neuem und Interessantem in Hülle und Fülle boten.

Diese Vorliebe für möglichste Zusammenziehung des Unterhaltungsstoffes zeigt sich auch in dem Reichtum, den die Sprichwörterliteratur im 16. Jahrhundert entfaltet, denn auch das Sprichwort hat eine wirkliche Begebenheit, eine Fabel oder einen Schwank zu seinem Hintergrunde. Schon das Mittelalter pflegte die Spruchdichtung, aber erst jetzt fanden deren Erzeugnisse (Freidank, Renner u. a.) durch den Buchdruck eine weite Verbreitung und wurden neben verschiedenen anderen Sammlungen zu Quellen für *neue Sprichwörtersammlungen*. Deren Ausgangspunkt bildeten die *Proverbia communia*, eine gegen Ende des 15. Jahrhunderts entstandene niederländisch-lateinische Sprichwörtersammlung, und die von Bebel gesammelten und in das Lateinische übertragenen schwäbischen Sprichwörter. Aus jenen schöpfte Anton Tunnicius, ein Schüler des Hegius und später Domvikar zu Münster, der 1513 eine Sammlung niederländisch-westfälischer Sprichwörter herausgab und zu jedem eine Übersetzung in lateinischen Hexametern hinzufügte. Mehrere Sammlungen »gemeiner deutscher Sprichwörter« veröffentlichte Luthers Landsmann, Johann Agricola (Schnitter), der als brandenburgischer Hofprediger in Berlin 1566 gestorben ist. In patriotischem Schmerz klagt er über die Nachahmungssucht der Deutschen und über den Verfall der alten Tugenden und bekämpft als Lutheraner das Papst- und Mönchtum. Beides geschieht besonders in den Erklärungen, die er den Sprichwörtern nebst erläuternden Geschichten folgen läßt.

Ohne Auslegungen, aber mit mancher guten Anekdote und volkstümlichen Erzählungen ausgestattet sind die zwei Bände »schöner, weiser, herrlicher Klugreden und Hofsprüch«, die Sebastian Franck aus Donauwörth 1541 herausgab. Er beherrscht das weite Gebiet volkstümlicher Sprüche und Redensarten mit Umsicht und war auch als Philosoph, Ethnograph und Zeitschriftsteller einer der bedeutendsten Männer seiner Zeit. Voll nationaler Eifersucht will er durch den Reichtum seiner Sammlung zeigen, daß allenthalben, wo die Lateiner, Griechen und Hebräer nur ein Sprichwort haben, die Deutschen deren zehn aufweisen können. Von seinen Nachfolgern sucht Eucharius Eyering, Prediger in Würzburg, mit seiner *Proverbiorum copia* nach Agricolas Vorgang die Sprichwörtersammlung in die Schwanksammlung überzuführen. Die reichste Sammlung von Sprüchen, Priameln, Redensarten usw. (an 20000) gab bald darauf Friedrich Petri heraus (1605), und Christof Lehmann, Stadtschreiber zu Speyer, stellte in der gelehrten Weise des Jahrhunderts die in Sprüchen oder Schwankworten vorhandene »Weisheit der Gasse« nach Hauptschlagwörtern zu einer Art Repertorium zusammen und legte so mit seinem *Florilegium politicum oder politischen Blumengarten* (1630) den Grund für alle späteren Sprichwörtersammlungen. Verschieden von diesen und eher ähnlich unseren Maximen, Reflexionen, geflügelten Worten sind die Sammlungen, die man in der »politisch« d.h. weltmännisch gewordenen Zeit nach dem Beispiele Plutarchs von geistreichen, witzigen oder geschichtlich berühmt gewordenen Aussprüchen bedeutender Männer, später zumeist gekrönter Häupter, anlegte. Die erste Sammlung dieser Art stammt von Julius Wilhelm Zinkgref (1626), der in Leonhard Weidner (1653) einen Fortsetzer erhielt.

Schon zu Ende des 15. Jahrhunderts und zu Beginn der Reformationszeit wurde für kleine Erzählungen in Poesie und Prosa die Form der Fabel aufgenommen. Wir fanden sie bereits in größeren Tiergedichten (von Rollenhagen) und zur Erläuterung von Sprichwörtern benutzt. Seit Luther auf ihren pädagogischen Wert aufmerksam gemacht und nach Äsop selbst Fabeln gedichtet hatte, fand sie durch seinen Schüler JOHANN MATTHESIUS (1504–1565) auch in die Predigt Eingang, und am Ende des Jahrhunderts konnte NATHAN CHYTRÄUS eine Sammlung von Fabeln zusammenstellen, die von lutherischen Predigern zur Unterhaltung und Belehrung ihrer Zuhörer erzählt worden waren. Es wurde aber auch sonst das alte Fabelgut in neuen Bearbeitungen verbreitet, und vor allem die unter dem Namen des Äsop oder Romulus umlaufende lateinische Fabelsammlung des Mittelalters, die schon vor 1480 Heinrich Steinhöwel in deutsche Prosa übertragen hatte, zur Grundlage für eine Reihe neuer *Fabelsammlungen*. Von den in ihnen vereinigten Fabeln sind manche mit solch epischer Ausführlichkeit, selbst mit gemütlicher Versenkung in das Leben der Tierwelt erzählt, daß sie als die letzten Ausläufer des Tierepos angesehen werden können und die Schlußmoral nur als Beigabe zur Erzählung erscheint. Fehlen durfte die Lehre freilich nicht, und daß sie wie die ganze Färbung der Fabel neben der Sittenbesserung im allgemeinen auch auf die kirchlichen und politischen Verhältnisse angewandt wurde, verstand sich bei den Dichtern, die zum Teil selbst mitten in den Kämpfen standen, von selbst. Dies gilt gleich von dem uns als Liederdichter und Streiter für Luthers Lehre bekannten ERASMUS ALBERUS, der bereits in der Jugend mit der Bearbeitung äsopischer Fabeln sich befaßte und 1550 in seinem Buch *Von der Tugend und Weisheit* 49 Fabeln erscheinen ließ, zu denen er den Stoff zumeist dem Romulus entlehnt hatte. Mehr den poetischen Anforderungen genügte der Hesse BURKHARD WALDIS (1490–1556), den die bunt wechselnden Geschicke seines Lebens als Mönch nach Riga, dann, nachdem er lutherisch geworden, als Zinngießer und Handelsmann über Land und Meer bis an den Westrand Europas und zuletzt wieder als Prediger in seine Heimat Hessen geführt haben. 1548 ließ er seinen *Esapus* ausgehen, der unter 400 Gedichten außer äsopischen Fabeln auch manchen Schwank enthält, die protestantisch-polemische Tendenz aber nicht so stark hervortreten läßt wie der des Alberus.

Der Augsburger Bürger DANIEL HOLZWART reimte 1571 die Fabeln des Bischofs Cyrillus zu einem *Spiegel der natürlichen Weisheit* zusammen, und HULDRICH WOHLGEMUTH gestaltete seinen Äsopus (1623) zu einer Sammlung von Schwänken.

Wie alle dichterischen Gattungen diente auch das Schauspiel jener Zeit in erster Linie der Unterhaltung. Außer Hans Sachs haben wir bereits die Nürnberger Leonhard Culmann und Peter Probst kennengelernt. Während dieser mehr und mehr in völlige Abhängigkeit von Hans Sachs geriet, wahrte sich jener, insbesondere in seinen weltlichen Spielen, die Originalität.

Realistischer in der Darstellung und ein Freund des Humors und der Satire ist der Ausgburger Bürger und Meistersinger SEBASTIAN WILD, der um 1566 blühte. In seinen erhaltenen zwölf Dramen behandelt er Stoffe aus der Bibel und aus Volksbüchern, darunter *Die sieben weisen Meister, Die schöne Magelona, Der Doktor mit dem Esel* und *Kaiser Oktavianus*. Von seinen geistlichen Spielen verdient das Passionsspiel als eine Quelle des Oberammergauer Spiels besondere Erwähnung. Wild war ein Nachahmer Hans Sachsens; JOHANN ZIHLER in Nördlingen hat diesen vollends ausgeschrieben. Als Schüler des Nürnberger Meisters ist uns bereits ADAM PUSCHMANN aus Augsburg bekannt, der 1570 nach Schlesien kam und in Breslau für den Meistergesang tätig war. Hier wurde 1583 sein biblisches Schauspiel *Von dem frommen Patriarchen Jakob und seinem Sohne Josef* aufgeführt. HIERONYMUS LINCK aus Glatz dramatisierte die Geschichte von Julian (1564); aus Nördlingen berichten uns die Ratsprotokolle von dem geschäftsmäßigen Betrieb der dramatischen Kunst durch die Meistersinger. Mit dem Verfalle der »holdseligen Kunst« und dem Eindringen eines fremden Elements in die deutsche Schauspielkunst schwand auch diese Art volkstümlicher Spiele; ihre Nachwirkung aber läßt sich noch lange verfolgen.

Neben dem Schuldrama und dem Meistersingerdrama fanden die mittelalterlichen Mysterien noch immer Pflege und gelangten gegen Ende des 15. und zu Beginn des 16. Jahrhunderts erst zur Blüte. Mit großartigem Aufwande stellte man 1516 an den vier Pfingsttagen zu Freiberg in Sachsen den gesamten Verlauf der Dinge von der Erschaffung der Welt und dem Sturze Luzifers bis zum Antichrist und Jüngsten Gericht dar; 1517 wurde auf dem Marktplatz zu Hildesheim, 1518 auf dem Roßmarkte zu Straßburg die Passion vorgeführt. Auch als bereits die kirchenpolitischen Stürme über die Lande dahinbrausten, dauerte die Freude an jenen symbolisch-geschichtlichen Darstellungen der göttlichen Offenbarungen an die Menschheit in einzelnen Gebieten noch fort.

Aufführungen der Mysterien mit großer Pracht und zahlreichem Personal sah man in den katholischen Kantonen der Schweiz. Sie fanden, da man die konfessionelle Polemik möglichst mied, auch den Beifall der Protestanten. So gelangte in Zug 1598 eine Tragödie von der *Auffindung und Erhöhung des heiligen Kreuzes*, in Solothurn 1549 die von dem Stiftsprediger JOHANNES AAL verfaßte zweitägige Tragödie *Johannes der Täufer* zur Darstellung. Besonders dem Mysterienspiel geneigt erwies sich Luzern. Die »Leuchtenstadt« hatte aber auch besonderes Glück mit den Spielleitern. Da war zunächst HANS SALAT (1498–1561) aus Sursee, Sprößling einer alten Söldnerfamilie und selbst mehrmals Reisläufer, doch auch Seiler, Schulmeister, seit 1531 Gerichtsschreiber. Er sang Zeitlieder und verfaßte tagesgeschichtliche Arbeiten, schrieb ein Volksbuch über Nikolaus von Flüe, war als Regisseur auch außerhalb Luzerns tätig (z. B. in Freiburg i. Br.) und dichtete das Parabelspiel *Vom verlorenen Sohn* (1537).

Der andere, dessen hier gedacht sein soll, ist RENWART CYSAT (1545–1614) aus dem mailändischen Adelsgeschlecht der Cesati. Er war Apotheker und trat später in die Schreibstube von Stadt und Staat Luzern ein. Er hatte große dichterische Pläne; so dachte er an ein Heldengedicht über den Ursprung der Eidgenossenschaft, aber er war zu beschäftigt, so daß ihm nur Zeit für die Bühnendichtung blieb, nämlich für das Osterspiel *Kreuzerfindung* (1577, teilweise zusammen mit Zacharias Bletz) und das Fastnachtsspiel *Convivii Process* (1593), Bearbeitung einer französischen Sittenkomödie (das personifizierte Gastmahl wird in seiner sittenverderbenden Üppigkeit vorgeführt, vor Gericht geladen und zum Tod verurteilt). Aber Theater geleitet hatte Cysat schon 1571 und 1583, später dann 1597 und für 1616, jenes Jahr, in dem die vom Staat veranstalteten Spiele eingestellt wurden, die Vorbereitungen getroffen. Denn inzwischen waren die Jesuiten in Luzern eingetroffen und hatten 1579 ihr neues Schulhaus feierlich eröffnet, wobei Schüler ein lateinisches Schauspiel aufführten und Renwart Cysat die Festrede hielt, unbewußt den Epilog zu seiner eigenen Tätigkeit.

Die Darsteller in den geistlichen Volksspielen waren Bürger, oft vereinigt in Zünften. Dabei wollte man sehr vielen Personen die Teilnahme am Spiele möglich machen; daher das massenhafte Personal, sogar über 300 Spieler, die breite epische Entwicklung und die Darstellung selbst der nebensächlichsten Dinge. Fügen wir noch hinzu, daß auch dem republikanischen Gemeinwesen durch Vorführung von Ratsversammlungen und Debatten mit Stimmenabgabe Rechnung getragen wurde, so haben wir in den wesentlichen Zügen den Charakter des geistlichen Volksdramas in der Schweiz beschrieben. Dieses aber bildete die Grundlage für die *Volks- und Bürgerspiele*, wie sie sich zur Zeit der Reformation in der Schweiz herausbildeten. Denn wie in keinem anderen Lande machte hier das vorreformatorische Drama sofort nach Beginn der religiösen Spaltung eine Schwenkung in das Lager der neuen Lehre, um zuerst seine eigenen Bahnen zu wandeln, dann überwiegend dem biblischen Drama sich zuzuwenden. Immer aber hat es seine Selbständigkeit gewahrt und, ohne selbst viel Einfluß zu erfahren, ihn den Rhein hinab, besonders aufs Elsaß, ausgeübt und zur Blüte des Straßburger Dramas beigetragen.

Die *Fastnachtsspiele* hatte man übrigens auch in anderen Teilen Deutschlands benutzt, um der erregten Stimmung gegen den Papst und die alte Kirche Ausdruck zu verleihen. So melden die Chronisten von Danzig, Stralsund, Königsberg wie von Nürnberg und Mainz, daß man in den zwanziger Jahren mit Vorliebe in die Fastnachtsspiele und Fastnachtsaufzüge die kirchlich-politischen Fragen hineingetragen hat. Besonders aber sind uns aus der Schweiz Tendenzstücke dieser Art auch durch den Druck überliefert. Die ältesten davon stammen aus Basel und Bern. Jenem gehört der Bürger, Buchdrucker und Meistersinger Pamphilus Gengenbach an, der in diese Stadt aus Nürnberg eingewandert ist, in allerlei Prozeßsachen sich verwickelte und 1524 bereits als verstorben erwähnt wird. Seine Fastnachtsspiele, in denen das Dramatische sich allerdings nur auf die dialogische Form beschränkt, gehören noch der vorreformatorischen Zeit an; sie wurden von Bürgern aufgeführt und sind nach Brants Art gegen die allgemeine Sittenverderbnis gerichtet. So werden in den *Zehn Altern dieser Welt* (um 1515) die verschiedenen Untugenden und üblen Gewohnheiten der Menschen in Gesprächen zwischen einem Eremiten und den verschiedenen Lebensaltern der Reihe nach vorgeführt und durch jenen von Ermahnungen und Strafreden begleitet. Nicht mehr durch vermittelnde Allegorien, sondern unmittelbar werden die Torheiten der Menschen in der *Gauchmatt* (1516) gegeißelt, die das aus Murner bekannte Motiv behandelt; vorwiegend politischen Inhalts ist der nach einem älteren Buche (1488) bearbeitete *Nollhart*, bei dem Papst und Kaiser um ihre Zukunft anfragen. Den Boden der antipäpstlichen Dialogdichtungen betritt Gengenbach mit den *Totenfressern*, die von ihm zwar nicht verfaßt, aber gedruckt wurden. Gemeint sind damit die Geistlichen, von denen die Totenmessen erfunden worden seien, um damit die Leute auszuschinden und es sich wohlgehen zu lassen. Ein beigegebener Holzschnitt stellt eine schmausende Gesellschaft dar, in deren Mitte der Papst sitzt und eben einen aufgetischten Toten zerlegt, wobei er seine geistliche Umgebung zum Prassen und Wohlleben auffordert.

Wie in Deutschland, schwindet allmählich auch in der Schweiz im Laufe der dreißiger Jahre der religiös-politische Kampf aus dem komischen Drama;

es tritt wieder jener moralisierende Ton hervor, den Brant angeschlagen und Gengenbach auf die Bühne verpflanzt hat. Stärker als in den Fastnachtsspielen tritt die reformatorische Tendenz in den *biblischen Stücken* hervor, die am Ausgange der zwanziger Jahre auch in der Schweiz üppig emporschießen. Das älteste behandelt die Geschichte vom reichen Mann und dem armen Lazarus und stammt von einem unbekannten Verfasser (1529). Von 1530 bis 1536 dichtete der Augsburger Sixt Birk als Schulmeister in Basel seine deutschen biblischen Dramen *(Ezechias, Susanna, Josef, Judith)* für die Darstellung durch Schüler oder durch die bürgerliche Jungmannschaft. Mit diesen Bürgerspielen begründete er eine Richtung, die mit dem alten mittelalterlichen Stil den humanistischen zu verbinden suchte und die sittlich belehrenden Momente mit Rücksicht auf das Staatswesen scharf hervorhob. Die breite Ausdehnung, das massenhafte Personal und das Hervortreten von Szenen aus dem republikanischen Gemeinwesen unterscheiden diese geistlichen Bürgerspiele von den biblischen Dramen in anderen deutschen Landen.

Unter dem Einflusse Birks dichtete ein anderer Basler Schulmeister, Johann Kolross (gest. um 1558), sein Spiel *Von fünferlei Betrachtnussen, die den Menschen zur Buße reizen.* Wichtiger als durch dieses Sittenspiel ist er für die Literaturgeschichte durch sein *Encheridion* (1529), worin er als der erste die Orthographie systematisch nahezu vollständig behandelt hat. Bei dem fruchtbarsten Zürcher Dramatiker, dem Chirurgen Jakob Ruf, tritt neben der reformatorischen Tendenz die politische und soziale stark hervor, jene in seinen sieben biblischen Schauspielen, diese in dem Spiel *Vom Wohl- und Übelstand einer löblichen Eidgenossenschaft*, gewöhnlich *Etter Heini* genannt (1538), das auf dem Zürcher Neujahrsspiel *Von den alten und jungen Eidgenossen* (1514) beruht, der ältesten deutschen politischen Komödie. Auch das alte Urner *Tellenspiel*, das aus Volksliedern im zweiten Dezennium des 16. Jahrhunderts entstand, hat Ruf auf Neujahr 1545 erneuert. Doch nicht mit Glück; seine Bearbeitung ist vergessen, das prächtige alte Volksspiel aber lebt fort bis in die Gegenwart. Dagegen ist Rufs *Leiden unseres Herrn Jesu Christi* (1545) in mehrfacher Beziehung merkwürdig; schon darum, weil es das einzige Beispiel eines Passions-Osterspieles schweizerisch-reformierten Ursprungs ist, und dann durch den mittelbaren Einfluß, den es auf das Oberammergauer Spiel genommen hat. In Basel entwickelte der Elsässer Valentin Boltz, der Terenzübersetzer, seine dramatische Tätigkeit, die sich vorwiegend auf biblische Stoffe erstreckte. Das umfangreichste seiner Stücke ist der *Weltspiegel*, der am 11. und 12. Mai 1550 in Basel aufgeführt wurde.

Er stellt darin der Welt Art, Wesen und Eigenschaft in einen Spiegel zusammen und entwirft damit in grellen Farben ein Sittenbild seiner Zeit.

Nicht originell durch Erfindung, aber geschickt in der Bearbeitung vorhandener Stücke ist der aus Konstanz eingewanderte Jakob Funkelin, einer der begabtesten Dramatiker um die Mitte des Jahrhunderts (gest. 1565 in Biel an der Pest). In Basel brachte 1571 Mathias Holzwart mit großem Aufwand sein zweitägiges Spiel vom König Saul auf die Bühne, bei dem nicht weniger als 110 redende und 200 stumme Personen mitwirkten. Mit der Neigung zu großem Gepränge und zu außerordentlicher Entfaltung von Massen hielt aber die künstlerische Entwicklung des Dramas nicht gleichen Schritt. Diese beschränkte sich fast nur auf das Streben, die Tendenz durch den Gang der Handlung zu unterstützen und durch die Darstellung der fortschreitenden Ereignisse mehr Bewegung hineinzubringen, während man sich früher auf einzelne Situationen beschränkte.

Das Schuldrama und das Volksschauspiel traten am Ende des 16. Jahrhundert zurück gegenüber einer gewerbsmäßig und zumeist von fahrenden Engländern ausgeübten Schauspielkunst. Den *englischen Komödianten* waren seit der Mitte des 16. Jahrhunderts Musiker vorangegangen, und auch späterhin bei den dramatischen Aufführungen stand die Musik so lange im Vordergrund des Interesses der Zuhörer, bis sich die Briten bei ihren Darbietungen etwa seit 1605 nicht mehr des Englischen, sondern des Deutschen bedienten. Bereits 1579 sind die ersten englischen Musikanten in Deutschland nachweisbar, und 1585 folgten ihnen die ersten wirklichen Komödianten. Diese kamen mit Lord Leicester, der zur Unterstützung der Generalstaaten in ihrem Kampfe gegen die Spanier nach den Niederlanden gesandt worden war, und im Juni 1586 trat ein Teil dieser als »Instrumentister und Springer« bezeichneten Truppe in der Stärke von fünf Mann in die Dienste König Friedrichs II. von Dänemark. Doch nur auf kurze Zeit, denn noch im Oktober desselben Jahres gewann sie der lebenslustige und kunstbegeisterte Kurfürst Christian I. von Sachsen für seinen Hof, wo sie für ihre Aufführungen großen Beifall ernteten. Diesen verdankten sie nicht minder ihren Schauspielen als der Entfaltung ihrer musikalischen und akrobatischen Künste, in der wenigstens im Anfange der Schwerpunkt der Tätigkeit der Englischen geruht zu haben scheint. Im Juli 1587 kehrte diese Truppe mit ihrem Prinzipal Wilhelm Kemp von Dresden wieder nach England zurück. Hier war in der Elisabethanischen Zeit mit der allgemeinen literarischen Strömung besonders die Vorliebe für das Drama wachgerufen worden, und es gehörte zum guten Ton, daß, wie Leicester, die vornehmsten Lords sich eigenen Schauspielertruppen hielten, die nach ihnen benannt wurden und dadurch auch die Berechtigung erhielten, in den Städten öffentliche Vorstellungen zu geben. Es mehrte sich die Zahl der stehenden Theater, aber dennoch reichten sie nicht aus, den vielen jungen Leuten, die, angezogen durch den Reiz eines freien und ungebundenen Lebens, sich den Brettern zuwandten, Unterhalt zu gewähren. Um dem drohenden Elend zu entgehen, zogen daher die überschüssigen Kräfte, und zwar nicht immer die besten, in die Fremde.

Von den Gesellschaften, die ihr Glück in Deutschland suchten, gelang es ganz besonders der unter WILLIAM BROWNES Leitung stehenden, das Interesse deutscher Fürsten und Städte für die britische Dicht- und Schauspielkunst zu erregen. Versehen mit einem Reisepaß und einem Schreiben Lord Howards, das diese Truppe nicht nur wegen ihrer musikalischen Fähigkeiten, sondern auch ausdrücklich wegen der Aufführung von Komödien, Tragödien und Historien, den Hauptgattungen des damaligen englischen Schauspieles, empfahl, zog Browne 1592 durch Seeland, Holland und Friesland nach Deutschland, dessen Gaue er durch mehrere Jahrzehnte durchquerte. Wir treffen ihn zuerst am Hofe des Herzogs Heinrich Julius von Braunschweig, dann in Frankfurt, Nürnberg, Münster, am Hofe von Hessen-Kassel, in der pfälzischen Residenz, in Köln, Straßburg, Ulm, München, Prag und in noch anderen Städten war er mit seinem Ensemble aufgetreten, ehe er 1620 seinem ruhelosen Wanderleben, das er durch eine zweimalige Rückkehr nach England unterbrach, ein Ende machte.

Im Gegensatze zu dem ehrlichen Browne war JOHN GREEN, sein Mitprinzipal und seit 1607 Prinzipal einer eigenen Truppe, schlau, berechnend und in der Auffassung seines Berufes nicht von künstlerischer Ehrlichkeit, sondern von der Rücksicht auf einen glänzenden Kassenerfolg geleitet. Daher huldigte er über Gebühr dem Tagesgeschmack und wußte, wenn es an der Zeit war, ebenso den Moralisten zu spielen wie durch schaurige Tragik und unflätige, freche Komik die durch die Greuel des Krieges abgestumpften Nerven der Zuhörer zu reizen. Wie Browne zog auch Green das mühevolle Wandern von einer Stadt zur andern einem dauernden festen Dienstverhältnisse zu einem Fürsten vor. Doch suchte er sich die Gunst der Hohen, selbst gekrönter Häupter, zu verschaffen, um den Stadtvätern mit Berufung darauf selbstbewußt entgegentreten zu können. Und eine Empfehlung fürstlicher Personen brauchten die Englischen oft. Das stete Herumwandern hatte auf sie entsittlichend gewirkt und sie in üblen Ruf gebracht und die Aufführung »schandbarer« Stücke ließ ihn nur zu sehr als berechtigt erscheinen. Daher begreift sich, daß der Magistrat als Wächter der guten Sitten seiner Bürger die Bittgesuche der Gruppen, die besonders zur Meßzeit sich einfanden, oft abschlägig beschied, um sich das rohe »Gauklergesindlein« vom Halse zu halten. Als der Krieg ganz Süddeutschland mit Angst und Schrecken erfüllte, ging Green in seine Heimat, um erst wiederzukehren, als der Kriegsschauplatz sich mehr auf den Norden beschränkte (1626). Bald war er wieder lieb Kind, denn alles sehnte sich nach einer Ablenkung von den ständigen Aufregungen und der herrschenden Not. Und er verstand es, das Volk, das infolge der Schrecken des Krieges gefühllos und roh geworden war, durch seine Schauertragödien und zotenreichen Possen anzulocken, und kündigte sich, um dies gleich zum Ausdruck zu bringen, als »bickelherings compagnie« an. »Pickelhäring« war der Name eines der Clowntypen, wie sie von berühmten Darstellern der lustigen Person (Clown) aus dem allgemeinen Clowntypus durch bestimmte äußere Kennzeichen geschaffen und nach Nationalgerichten benannt wurden. So wurde nach einem beliebten süßen Getränk der Clowntypus »John Bouset«, nach der Suppe »Jean Potage« geprägt.

Pickelhäring und Jean Potage, die lustigen Figuren der englischen Komödianten.

Noch von vielen anderen fahrenden Briten melden uns die Ratsprotokolle und Hofrechnungsbücher, ohne jedoch Näheres über sie mitzuteilen. Mit der Auflösung der Truppen Reinolds und Joliphus', der 1654 die ersten weiblichen Darstellerinnen nach Frankfurt brachte, hören die großen Wanderzüge der englischen Komödianten auf, und um die Mitte des 17. Jahrhunderts ist ihr Einfluß in Deutschland gebrochen. Die geänderten Verhältnisse in der Heimat haben dazu das meiste beigetragen. Auf das kunstliebende Zeitalter Elisabeths folgte die kunstfeindliche Puritanerherrschaft, die das Schauspiel unterdrückte und es zustande brachte, daß selbst Shakespeare der Vergessenheit anheimfiel. So war es möglich, daß die neue, mit der Wiedereinsetzung der Stuarts (1660) beginnende Epoche ganz unter die Herrschaft des französischen Geschmackes geriet. In Deutschland traten zwar auch in der zweiten Hälfte des 17. Jahrhunderts Schauspielergesellschaften unter dem einst so klangvollen Namen »Englische Komödianten« auf; doch diente dieser nur, um ihre Kunst zu empfehlen und die Art ihres Spieles anzukündigen. In Wirklichkeit aber setzten sie sich aus Deutschen, Bürgern, Studenten und anderen Leuten, zusammen und wurden von deutschen »Komödiantenmeistern« geleitet. Als dann die Niederländer und Holländer Gastreisen in die deutschen Gaue unternahmen, nannten sie sich »Hochdeutsche«, und damit schwindet allmählich die alte Benennung. Italiener und Niederländer und vor allem die Franzosen gewannen die Herrschaft über die deutsche Bühne, und erst hundert Jahre später, als man, der Regeln des französischen Klassizismus müde, nach Selbständigkeit verlangte, in der Zeit des Sturm und Drangs, gewann das englische Schauspiel wieder Einfluß auf das der stammverwandten Deutschen. Jetzt wurden die Bestrebungen der englischen Komödianten wieder aufgenommen und mit Verständnis und anderen Mitteln zum Ziele geführt. Es war dies die unter dem Zeichen Shakespeares eingeleitete Blütezeit deutscher Dramatik. Bis dahin lebten die Stücke der englisch-deutschen Wandertruppen auf den Volksbühnen fort, bildeten den Grundstock der von den literarischen Kreisen unabhängigen Haupt- und Staatsaktionen der deutschen Wandertruppen und erfreuen in der Form des Puppenspieles noch in der Gegenwart jung und alt.

Zur vollen Geltung kam die Schauspielkunst der Englischen nur an den Höfen, in deren Dienste sie als Hofschauspieler traten. Hier steigerte der Ehrgeiz ihre Kräfte, um einem gebildeten Publikum zu gefallen, und für eine glänzende Einrichtung und Ausstattung der ständigen Theater sorgten die fürstlichen Kammern. Doch auch auf den Wanderbühnen konnten diese Nachfolger der einstigen Vaganten, Jongleure und Spielleute mit ihren Künsten des Erfolges sicher sein, und wir wissen, daß ihnen das Volk, das sie, unter dem Schall von Trommeln und Trompeten in der Stadt herumziehend, zu fleißigem Besuch einluden, auch tatsächlich massenhaft zuströmte. Über die Stücke, die von den fahrenden Gesellen in ihren bunten, oft fadenscheinigen, aber immer glänzenden Lappen aufgeführt wurden, geben uns neben Ratsprotokollen, Rechnungen und sonstigen Aufzeichnungen vor allem die Repertoirelisten Aufschluß, die sie, freilich oft mit einer den tatsächlichen Verhältnissen nicht entsprechenden Reichhaltigkeit und Mannigfaltigkeit zusammenstellten, um damit die Stadtbehörden zur Erteilung der Spielerlaubnis zu bewegen.

Von den Spielen selbst sind verhältnismäßig wenige überliefert. Außer Puppenspielen, Überarbeitungen und Einzeldrucken aus jüngerer Zeit kommen insbesondere zwei Sammlungen in Betracht, die beide zu Leipzig bei Gottfried Große erschienen, und zwar die eine unter dem Titel *Engelische Comedien und Tragedien* (1620) und die andere als *Liebeskampff oder ander Teil der Engelischen Komödien und Tragödien*.

Ein Blick auf die Repertoireverzeichnisse der englisch-deutschen Wandertruppen zeigt uns, daß sie nicht bloß den Reichtum und die Mannigfaltigkeit der englischen Bühne jener Zeit widerspiegeln, sondern auch manches deutsche Gut aufgenommen haben. Was immer wirkte und gefiel, war den Prinzipalen willkommen. So ließen sie sich vor allem die Blut- und Mordtragödien nicht entgehen, für die Thomas Kyd (gest. 1594) in seiner »Spanischen Tragödie« das berüchtigte Musterstück geschaffen hat. Ein Freund der Darstellung des Maßlosen, Gewaltsamen, Übermenschlichen und der Auflehnung gewaltiger Helden gegen das Geschick hat Christopher Marlowe (gest. 1593) des Welteroberers »Tamerlan« glänzende Laufbahn und trauriges Ende auf die Bretter gebracht und nach dem Spießschen Volksbuch und dem deutschen Faustspiel die Geschichte von Doktor Faust in einer Tragödie bearbeitet. In Graz 1608 zum ersten Male aufgeführt, hat sie ihrerseits wieder durch ihre wirksamen Bühnenmittel auf das deutsche Volksspiel eingewirkt, das im weiteren Verlauf unter dem Einfluß des Wiener Stegreifdramas eine Umgestaltung im katholischen und im barocken Sinne erfahren hat. So sehr hat sich Marlowes Faustdrama im Vaterland der Sage eingebürgert, daß es sich in seiner weiteren Entwicklung selbst mit Goethes Dichtung berührt. Zu den beliebtesten Schauertragödien gehörte ferner der deutsche »Titus Andronikus«, ein plumper Abklatsch des Jugenddramas Shakespeares (1564–1616), und auch andere von dessen Dramen wurden dargestellt.

Liebeskampff
Oder
Ander Theil
Der Engelischen
Comoedien vnd Tra-
goedien/
In welchen sehr schöne/ auß-
erlesene Comoedien vnd Tragoe-
dien zu befinden / vnd zuvor nie in
Druck außgegangen.
Allen der Comoedi vnd Tragoedi
Liebhabern / vnd andern zu liebe vnd gefal-
len/ dergestalt in offenen Druck gegeben / daß sie
gar leicht darauß Spielweiß wiederumb ange-
richtet/vnd zur Ergetzligkeit vnd Erquickung
des Gemüths / gehalten wer-
den können.
Gedruckt im Jahr M. DC. XXX.

Titelblatt einer Sammlung von Stücken der englischen Komödianten.

Die fremden Komödianten verdankten ihre Beliebtheit insbesondere den *Singspielen*, und diese bildeten denn auch neben den Blut- und Mordtragödien einen großen Teil ihres Repertoires. Es waren dies strophisch gegliederte, durch agierende Personen dargestellte Gesangspossen, die entweder in ein Drama eingelegt oder auch allein nach einer oder mehreren bekannten

Melodien gesungen wurden. Von den Engländern »Jigs« genannt und eingeführt, bürgerten sie sich in Deutschland unter den Namen »singendes Spiel«, »singendes Possenspiel«, »ein Lied, der engelländisch Tantz genannt« schnell ein. Sie waren so recht nach dem Wunsche des gewöhnlichen Publikums, das keinen höheren poetischen Genuß, sondern nur Befriedigung seiner niedrigen Sinnenlust verlangte. Dafür sorgten reichlich der derb anzügliche Stoff, der meistens das Ehebruchsthema behandelte, ferner die gefällige frische Musik, lustige Tänze, Akrobatenstücke und glänzende Ausstattung der Agierenden und der Bühne.

Unter dem Einflusse der fremden Gäste, insbesondere der Engländer, begann man auch in Deutschland die Schauspielkunst berufsmäßig zu pflegen. Die deutschen Schauspieler glaubten, der von den Engländern erzielten Erfolge sicher zu sein, wenn sie diese in der Darstellung des Gräßlichen und Blutigen wie des niedrig Possenhaften nicht nur nachahmten, sondern durch die ungeheuerlichsten Übertreibungen weit überboten. Um das Schreckliche erträglich zu machen, ließ man zwischen den Blut- und Mordszenen die komische Figur die niedrigsten Zoten reißen, und diese erhielt fortan einen festen Platz im deutschen Schauspiel.

Anfänge dazu fanden wir bereits in den alten geistlichen Spielen, in denen dem Teufel oder dem Boten die Rolle des Lustigmachers zugewiesen wird. In den Fastnachtsspielen des 15. und 16. Jahrhunderts ist von einer typischen komischen Person nichts zu merken, und der Narr, der hier und bei Hans Sachs auftritt, ist weniger eine komische Figur als vielmehr der Vertreter verschiedener schlechter Eigenschaften im Menschen. Es fehlt in den Fastnachtsspielen jener Zeit auch nicht an Erwähnungen des Hanswursts und Anklängen an seinen Namen; aber er erscheint hier bloß als grober Tölpel; zur ausgebildeten Figur des Possenreißers von Beruf wurde er erst unter dem Einflusse des englischen Clowns. Auf diesen und den Hanswurst haben zweifellos auch die italienischen Maskencharaktere eingewirkt, mit denen die Deutschen schon vor dem Auftreten der Engländer bekannt geworden waren, und auch diesen waren sie nicht fremd geblieben. So hat der italienische Harlekin oder Arlechino, der geschmeidige, drollige Schalk, seine bunte Tracht dem Narren wie dem Hanswurst oder Bajazzo geliehen.

Den Einfluß der Engländer sehen wir zunächst bei zwei fürstlichen Poeten, zu denen die englische Wandertruppe, die 1592 nach Deutschland kam, in feste Beziehung trat. Es sind dies der Herzog Heinrich Julius von Braunschweig-Lüneburg (gest. 1613) und der Landgraf Moritz von Hessen-Cassel (gest. 1632), die beide durch ihre englischen Hofschauspieler angeregt wurden, für die Hoffeste Dramen zu schreiben. Von denen des Landgrafen Moritz hat sich außer einem Entwurfe zu einem Schauspiel aus der Sage eines Hauses von »Otto dem Schützen« nichts erhalten; sie waren in der lateinischen, englischen oder deutschen Sprache abgefaßt und wurden unter Leitung des gelehrten Dichters, der auch ein Lehrbuch der Poetik geschrieben hat (1610), von den Zöglingen der Ritterschule in einem Saale des Schlosses, später in einem nach »römischer Art« erbauten großen Theater aufgeführt. Von dem Braunschweiger Herzog sind zwölf Stücke überliefert, die alle den fremdländischen, hauptsächlich englischen Einfluß verraten, darunter die Bluttragödien *Titus Andronicus* und *Von einem ungeratenen Sohn* und das beste Stück des Herzogs, *Vincentius Ladislaus, Sacrapa von Mantua*, dessen Held ein geckenhafter Großsprecher ist. Trotz aller Roheit, die in den Schauspielen des Herzogs sich findet, bedeuten sie doch einen Fortschritt, denn die Personen leben und sind voll Beweglichkeit und voll Ausdruck.

Dasselbe Streben, der steifen Unbeholfenheit, die Schüler und Handwerker auf der Bühne entwickelten, Leben zu verleihen, finden wir auch bei einem Nürnberger Dichter. Schon 1593 und später zu wiederholten Malen haben in Nürnberg englische Komödiantengesellschaften ihre Stücke aufgeführt und auf die von den Bürgern in der Weise Hans Sachsens gepflegte Schauspielkunst einen Einfluß ausgeübt. Wir sehen ihn in einem Teile der Dramen des Nürnberger Notarius und Prokurators Jakob Ayrer (gest. 1605), der die alte Richtung mit der neuen zu vereinigen strebte. Er entwickelte in seinem poetischen Schaffen eine große Fruchtbarkeit und war hierin seinem Landsmann ähnlich; doch hat sich seine Tätigkeit fast nur auf das Drama beschränkt. Von Ayrer sind uns 69 Dramen, Tragödien, Komödien, Fastnachtsspiele und Possen überliefert, die alle aus der Zeit von 1595–1605 stammen; mehr noch dürften verlorengegangen sein. In der Wahl der Stoffe und selbst in deren Behandlung berührt sich Ayrer mit Hans Sachs, dessen Drama er zuerst ohne fremden Einfluß, dann nach dem Vorbilde der Engländer auszugestalten suchte. Die Neigung Ayrers aber zu einer breiten epischen Darstellung führte dazu, daß seine Dramen, wenn er denselben Stoff wie Hans Sachs behandelte, durchweg länger ausfielen. Damit hängt seine Vorliebe für Dramenzyklen zusammen, denn diese gestatteten ihm, den historischen Verlauf in seiner ganzen epischen Breite, oft noch mit eigenen Zutaten vermehrt, zur Darstellung zu bringen. An Stoff dazu fehlte es nicht; die Geschichte des Altertums und des Mittelalters, die deutsche Sagenwelt, die Novellenliteratur, insbesondere der verdeutschte Decameron und englische Dramen boten ihn in Hülle und Fülle. Wie eine Chronik liest sich seine

Tragedia und gantze Histori von erbauung und ankunfft der Stadt und Stiffts Bamberg, gantzer Regirung und absterben Kaiser Heinrici Secundi und seiner Gemahlin Künigunda, so vil derselben geschicht auß wahrhaften Cronicis zu beweisen ist. Dieselbe Umständlichkeit findet sich in der *»Schröcklichen Tragedi« von der Eroberung Konstantinopels durch die Türken* und in *der Tragedia von dem Griegischen Keyser zu Konstantinopel und seiner Tochter Pelimperia mit dem gehengten Horatio.* Zu diesen beiden Stücken hat er englische Vorlagen benutzt, während er in der Komödie *Der wider lebendig gemacht Keiser Julius* an Frischlin und in dem Fastnachtsspiele »von der versoffenen Bäuerin« an Makropedius Aluta sich anschließt.

Obwohl Ayrer mit merkwürdiger Strenge an dem Stil des älteren Schauspiels festhielt und seine Dramen nicht in Prosa, sondern in Versen schrieb, hat er doch in Auffassung und Behandlung der Stoffe, im Aufbau und in der Charakteristik wie in schauspielerischer Beziehung von den Engländern viel gelernt, und er war bemüht, durch Anwendung aller jenen abgeschauten Mittel eine größere Bühnenwirkung als Hans Sachs zu erzielen. Diesem Zwecke dienen auch die vielen Bühnenanweisungen, die den Agierenden die realistische und wirkungsvolle Vorführung erleichtern sollten und in der erst nach seinem Tode als *Opus theatricum* herausgegebenen Sammlung seiner Dramen (1618) sich finden. Um einzelne Momente der Handlung besser gestalten zu können, hat Ayrer eine zweckmäßige Einrichtung der englischen Bühne auf die deutsche übertragen. In deren Hintergrund befand sich nämlich eine zweite Bühne, die durch einen Vorhang verschlossen werden konnte und einen Balkon trug, zu dem man auf einer Stiege von der Bühne aus gelangte. Durch diese Räume konnte mit Leichtigkeit der Wechsel einer Szene angedeutet werden. Und wie Ayrer dadurch der Phantasie der Zuschauer nachhalf, so hat er durch Greuel- und Blutszenen die grausame Lust an Schauderszenen im Publikum genährt, die Schaulust durch die Erscheinung von Riesen, Zwergen, wilden Männern, feuerspeienden Drachen und Teufeln, durch Zaubereien, Verkleidungen und Feuerwerke gereizt.

Nach dem Vorbilde der Engländer hat Ayrer musikalische Stücke in seine Spiele eingelegt, und auf denselben fremden Einfluß ist die neue dramatische Gattung der *Singetspiele* (Singspiele) zurückzuführen, mit denen er 1598 auftrat. In ihnen lebte er bis in das 18. Jahrhundert hinein fort, ohne jedoch mit seinen Dramen auf die weitere Entwicklung des deutschen Schauspiels einen Einfluß auszuüben. Es fehlte ihm das dramatische Talent, die im englischen Drama gelegenen dramatischen Keime für das deutsche Bürgerspiel des Hans Sachs nutzbar zu machen; insbesondere hemmte ihn der Knittelvers, von dem sich nun einmal die Deutschen nicht trennen konnten, in seinen Versuchen, die Künste der »Englischen« zur vollen Geltung zu bringen.

Das Lob, das die zeitgenössischen Berichte den »Englischen« spenden, bezieht sich auf deren Schauspielkunst, nicht auf die dargestellten Stücke. Der eigentliche dichterische Wert des altenglischen Dramas blieb auch den meisten deutschen Poeten verschlossen, schon deshalb, weil sie es nur aus den Bearbeitungen der Wandertruppen, nicht aus den Originalen kannten. Nur wenige Deutsche ahnten, wie das altenglische Kunstdrama für das Deutsche fruchtbar gemacht werden könnte. Anläufe dazu fanden wir bei dem Herzog Heinrich Julius; ein eigentliches literarisches Interesse an den Dichtungen Shakespeares und seiner Zeitgenossen nahm auch Kurfürst Karl Ludwig von der Pfalz, der das englische Theater während seines Aufenthaltes in England (1635–1637) kennenlernte und ihm den Vorzug vor dem französischen und italienischen einräumte.

Ganz besonders machte um 1600 der Kasseler Arzt JOHANNES RHENANUS auf Eigenschaften des englischen Theaters aufmerksam, die in den Bearbeitungen der Wandertruppen nicht hervortraten, aber geeignet gewesen wären, die deutsche Bühne neu zu beleben. Als eine Hauptursache der Blüte des englischen Theaters erkannte Rhenanus, der in England damit vertraut geworden war, die innige Verbindung von Dichter und Schauspieler, insbesondere die Einübung des Werkes durch seinen Schöpfer. Auch die Vorzüge des dramatischen Versmaßes der Engländer, der Wechsel zwischen Blankversen für »gravitätische Materien« und der Prosa für »geringe Dinge«, entgingen dem feinfühligen Manne nicht. Und in seiner deutschen Bearbeitung des englischen Dramas »Lingua«, die er *Speculum aestheticum* (Spiegel der Sinne) betitelte, hat er als der erste Deutsche den reimlosen fünffüßigen jambischen Vers angewendet, der später durch die Klassiker endgültig anerkannt wurde. Rhenanus fand leider in seinen Versuchen keinen Nachfolger. Die deutschen Renaissancedichter, mit Opitz an der Spitze, haben mit wenigen Ausnahmen die Schauspiele der englischen Komödianten ganz unberücksichtigt gelassen und daher auch nicht auf die entwicklungsfähigen Keime hingewiesen, die dort vorhanden waren. Dagegen suchten die gelehrten Dichter Hollands das englische Drama für das einheimische Kunstdrama nutzbar zu machen, und was man an deutschen Dramen für Nachahmungen des Englischen halten könnte, geht auf solche holländisch-englischen Dichtungen zurück. Indem aber die Opitzianer nur den Mustern der klassizistischen Dramaturgie nachstrebten, haben sie zu beiderseitigem großem Schaden die Fühlung mit der Bühne und den Einfluß auf die berufsmäßigen Schauspieler verloren, und erst im 18. Jahrhundert konnte durch die Bestrebungen Gottscheds und der Neuberin diese Kluft wieder ausgefüllt werden.

Geschichtsschreibung, Memoiren- und Predigtliteratur

Mochten auch viele Gelehrte, und zwar die tüchtigsten, durch den Betrieb des Lateinischen der Geistesarbeit in deutscher Sprache entzogen worden sein, so hat dennoch eine stattliche Anzahl von ihnen ihre Kraft für deren Ausbildung eingesetzt und sie über die schmalen Vorgänge des Mittelalters weit hinausgeführt. Wir haben bei Besprechung der Satire, des Romans und des Sprichwortes auf diesen Fortschritt hingewiesen; mehr noch zeigt er sich auf Gebieten, die außer dem Bereich der Literaturgeschichte liegen; so in der Geschichtsschreibung, in der Beredsamkeit, im Staats- und Rechtsleben, in der Theologie und Philosophie.

Schon das reich bewegte Leben der Gegenwart, der Kampf politischer und religiöser Gedanken, die über die Welt sich erstreckende Staatskunst, die Muster aus dem Altertum regten zur Geschichtsschreibung an. Manche Gelehrte zwar, wie JOHANNES SLEIDANUS aus Schleiden in der Grafschaft Manderscheid (gest. 1559 in Straßburg) und BEATUS RHENANUS aus Rheinau im Elsaß, schrieben lateinisch, andere aber bemühten sich, die antiken Historiker durch Übersetzungen dem Volke nahezubringen, und eine große Anzahl Gelehrter erzählte die Geschichte der Welt oder der Heimat in deutscher Sprache.

So schuf der uns schon bekannte Humanist AVENTINUS aus Abensberg mit seiner *Baierischen Chronik* ein volkstümliches, durch Kraft, Klarheit und Reinheit der Sprache ausgezeichnetes und darum noch von Goethe gerühmtes Geschichtswerk und griff mit einer Beschreibung der Belagerung Wiens durch die Türken (1526) in eine der brennendsten Zeitfragen ein. Unerquicklich wirken in seinen historischen Werken die heftigen Ausbrüche seines Hasses gegen Papst und Geistliche, die seine Darstellung nicht selten parteiisch gestalteten, obzwar er einer der ersten war, die mit der überlieferten fabulosen Art geschichtlicher Darstellungsweise zu brechen und Quellenkritik zu üben suchten. Freilich gelang ihm dieses noch nicht völlig, und auch sein Nachahmer, der treffliche ÄGIDIUS TSCHUDI (1505–1572), ist trotz allen Fleißes im Sammeln und Studium der Quellen nicht weit darüber hinausgekommen. Tschudi bekleidete die Würde eines Landamtmanns seiner Heimat

Glarus, stand während der religiösen Wirren treu zur katholischen Partei, mußte deshalb vor dem Fanatismus der Reformierten fliehen und konnte erst, als wieder Ruhe eingetreten war, in seine Vaterstadt zurückkehren. Von seinen vielen wissenschaftlichen Werken ist das *Chronicon Helveticum* (1570) das bedeutendste, eine treuherzige, von warmer Vaterlandsliebe, staatsmännischem Sinn und dem Ernst der Wahrhaftigkeit erfüllte und den Alten nachgebildete Erzählung vom Ursprung der Schweizer und der Befreiung der Waldstätte. Von Goethe gerühmt, wurde sie nebst JOHANNES STUMPFS Beschreibung der Eidgenossenschaft (1548) von Schiller für seinen Tell benutzt.

SEBASTIAN FRANCKS Weltbuch oder Kosmographie war der erste Versuch einer geordneten Erdbeschreibung. Franck, humanistisch und theologisch gebildet, zuerst katholischer Priester, dann Anhänger des Luthertums, später auch mit diesem zerfallen und von den Protestanten als Schwärmer und Wiedertäufer verfolgt, lebte, bald als Schriftsteller, bald als Seifensieder oder Buchdrucker beschäftigt, in Nürnberg, Straßburg und anderen Städten, bis er sein wechselvolles Leben 1542 beschloß. Trotz seiner pseudomystischen und pantheistischen Ideen war er eine tief religiöse Natur, der die Religion als Sache des Herzens und der Liebe und Mildtätigkeit gegen alle Menschen galt und die lieber Not leiden als die persönliche Überzeugung opfern wollte. Ausgerüstet mit einer scharfen Beobachtungsgabe und einem weiten kulturgeschichtlichen Blick, trat er mit Unerschrockenheit gegen Hohe und Niedrige auf und beklagte die innere Glaubenszerrissenheit und den fürstlichen Cäsaropapismus in Sachen des Glaubens. Die deutsche Sprache handhabt er mit Meisterschaft in allen seinen Schriften, von denen außer den genannten die *Chronika, Zeitbuch und Geschichtsbibel* wie die deutsche Chronik *Von des ganzen Teutschlands, aller teutschen Völker, Herkommen, Händeln, guten und bösen Taten* seine Hauptwerke auf dem Gebiete der Geschichte bilden.

Neben den zahlreichen Chroniken und anderen geschichtlichen Darstellungen trat in dem der Entwicklung kräftiger Persönlichkeiten günstigen Zeitalter auch die Memoirenliteratur in deutscher Sprache hervor. So erzählte ADAM REISSNER das Leben der Herren Georg und Kaspar von Frundsberg; auf Schloß Hornberg verfaßte der als kühner Stegreifritter, als gezwungener Anführer im Bauernaufstand und als Kämpfer gegen die Reichsfeinde weltbekannte GÖTZ VON BERLICHINGEN (gest. 1562) seine Lebensgeschichte, die 210 Jahre später Goethe zu seiner ersten großen Dichtung anregte. Nach Berlichingens Vorgang zeichnete der liegnitzische Hofmarschall HANS VON

SCHWEINICHEN (gest. 1614) seine Selbstbiographie auf, zugleich ein nicht erfreuliches Bild von den damaligen Fürstenhöfen, von den rohen Saufgelagen und dem wüsten Vagantenleben des Adels.

Aufs reichste entfaltete sich die Prosa in der deutschen Predigt, zu deren Pflege schon der Kampf der Geister die Katholiken wie die Protestanten aufforderte. Bei diesen den Mittelpunkt des öffentlichen Gottesdienstes bildend, diente sie auch als Mittel zur Befehdung der alten Kirche, und deren Diener hinwieder suchten die Angriffe zurückzuweisen, indem sie in Wort und Schrift die dogmatischen Wahrheiten und Sittengesetze klar und anschaulich behandelten und aus der Fülle eines glaubensfreudigen Gemütes auf Glauben und Leben ihrer Zuhörer einzuwirken suchten. Lutheraner, Zwinglianer und Calvinisten bekämpften sich untereinander, und miteinander zogen sie gegen die Katholiken zu Felde, alle Leidenschaften des Volkes aufregend und zu Waffen in diesem Streit gestaltend, so daß Luther selbst über dieses von ihm erzogene Geschlecht von Predigern Klage führte.

Götz von Berlichingen. Seine Lebensbeschreibung regte Goethe zu seinem gleichnamigen Drama an.

Auch JOHANN MATHESIUS (gest. 1565 als Pfarrer in Joachimstal), der in seiner Predigtsammlung *Sarepta oder Bergpostil* an das Berufsleben seiner Gemeinde anknupfte und durch die Offenbarung des Reichtums der Bergmannsprache ein für die Sprachgeschichte wichtiges Werk schuf, betrachtete es trotz des religiösen Geistes, der diese Predigten durchweht, doch als seine Hauptaufgabe, »den päpstlichen Stuhl und seine Bubenschule« zu schmähen. Naturgemäß bewirkte diese unaufhörliche Polemik, die von der Kanzel und in die Wirtshäuser sich verpflanzte, eine Abstumpfung des feineren religiösen Sinnes und Unlust am Anhören der Predigt, die nur dadurch etwas gebannt werden konnte, daß die Prediger ihre Vorträge mit allerlei wunderbaren Historien, Stadtneuigkeiten und halbwissenschaftlichen Dingen ausstatteten.

Neben solchen Geschmacksverirrungen, deren sich besonders viele in den üblich gewordenen Leichenreden und den polemisierenden Reden finden, gibt es aber auch eine stattliche Anzahl von Predigtunterweisungen und Predigten, die, in einem tiefernsten und religiösen Sinn gehalten, sich dem Verfall der Sitten mit allem Eifer und Freimut entgegenstemmen, mit Wärme des Armen sich annehmen, dessen Sache gegen ihre Bedrücker vertreten und statt durch bitteres Geschimpfe die Gegner in Liebe zu gewinnen suchen.

In diesem Sinne wirkten nebst anderen der aller Polemik abholde und in Liebe tätige Johann Valentin Andreä (gest. 1654 zu Stuttgart), dessen Selbstbiographie ein wichtiges Denkmal der Zeit bildet, und Johann Arndt (gest. 1621 in Celle als Generalsuperintendent des Fürstentums Lüneburg), die freundlichste Erscheinung in der großen Zahl der evangelischen Prediger. Seine *Vier Bücher vom wahren Christentum* (1610), die nach dem Vorbilde des bekannten Buches des Thomas von Kempen geschrieben sind und bald in alte und neue Sprachen übertragen wurden, sind bis auf die Gegenwart eine Quelle religiöser Erbauung aller nach Gottinnigkeit ringenden Protestanten. Nicht minder berühmt wurde sein *Paradiesgärtlein voll christlicher Tugenden*, eine Sammlung von Gebeten und Gebetsliedern in fünf Teilen, an die sich gewöhnlich noch 14 Wundergeschichten anschließen, so sich mit dem Büchlein begeben. Von den Vätern des Pietismus, Spener und Francke, wie von dem evangelischen Volke hochgeachtet, nimmt das alte »Arndtenbuch« wegen seiner schlichten, oft spruchartigen, klaren, zuweilen hochpoetischen Sprache und Darstellung auch in der Geschichte der deutschen Prosaliteratur eine hervorragende Stelle ein.

Die Angriffe der Neuerer machten bei den Katholiken ein tieferes Eingehen auf die bestrittenen Punkte und deren unmittelbare Begründung aus der Offenbartung notwendig. Und es fehlte nicht an Männern, die vor und nach dem Tridentinum den Kampf mit den Gegnern aufnahmen und durch polemisch-apologetische Schriften in lateinischer und deutscher Sprache wie durch Kanzelreden den Gegnern einen heftigen Widerstand entgegensetzten.

Nach dem tridentinischen Konzil nahm der junge Orden der Jesuiten den Kampf auf und führte ihn methodisch in großem Stil. Obenan standen der als Kanzelredner und Literat hochverdiente und unermüdliche Petrus Canisius (geb. 1521 zu Nimwegen, gest. 1597 zu Freiburg in der Schweiz), der Verfasser des über die ganze Welt hin verbreiteten Katechismus, ferner der Innsbrucker Adam Tanner (gest. 1632), einer der ersten Männer, die in verständiger Weise über Hexerei und Hexenprozesse geschrieben haben, und Georg Scherer (gest. 1605). Dieser gehörte mit Jakob Feucht (gest. 1580 als

Weihbischof von Bamberg) zu den hervorragendsten Kanzelrednern seiner Zeit, und als ein Muster der Darbietung gelehrten Wissens in volkstümlicher Form steht Feuchts große Postille da, die beste der zahlreichen Postillen des 16. Jahrhunderts.

Kaiser Karl V. ließ auf dem Reichstage zu Augsburg die Bekenntnisschrift der Protestanten nicht in lateinischer, sondern in deutscher Sprache verlesen und erhob 1532 die peinliche Gerichtsordnung, die zuerst der Freiherr JOHANN VON SCHWARTZENBERG entworfen hatte, zum Reichsgesetz.

Damit war, wozu schon Luthers Bibelübersetzung veranlaßte, auch von Reichs wegen die Anregung gegeben, daß die niederdeutsche Kanzleisprache allmählich einen hochdeutschen Charakter annahm. Leider trübte sich dieses Deutsch der Kanzleien, da das römische Recht nun allgemein war, durch zahlreiche Fremdwörter, als sollte selbst in der Sprache jede Erinnerung des einheimischen Rechtes verschwinden. Weit mehr wurde die deutsche Prosa durch die Briefe gefördert, die im Gegensatz zu der von den Humanisten und den ihnen folgenden Gelehrten ausschließlich gepflegten lateinischen Epistel seit dem 16. Jahrhundert auch in deutscher Sprache geschrieben und gedruckt wurden. Luther hatte den Briefstil gebildet und darin eine große Mannigfaltigkeit der Töne entwickelt, je nach der Sache, der es galt, nach der Person, an die er schrieb, und nach der Stimmung, die ihn beherrschte, vom harmlosen Geplauder mit Freunden bis zum wissenschaftlichen Verkehr mit Gelehrten und zu den wuchtigen Sendschreiben an Volk und Fürsten. Thomas Platter und sein Sohn Felix ergänzen ihre kulturgeschichtlichen Darstellungen durch einen anziehenden Briefwechsel, und Albrecht Dürer tauscht auf demselben Wege mit den Gelehrten seine Ideen aus. Auch versuchte er nicht ohne Glück zum ersten Male, die Muttersprache zur Entwicklung der Kunsttheorien heranzubilden, und legte seine Kunstanschauungen klar dar in den *Vier Büchern von menschlicher Proportion*, in der *Unterweisung der Messung mit dem Zirckel und Richtscheyt* (1525) und in dem *Unterricht zur Befestigung der Stett, Schloß und Flecken* (1527).